Dark spot Noted on the last page
10/26/2016
ACR

LA SEÑAL

LA SEÑAL

RAYMOND KHOURY

Traducción de Cristina Martín

EDICIONES B
GRUPO ZETA

Barcelona • Bogotá • Buenos Aires • Caracas • Madrid • México D.F. • Montevideo • Quito • Santiago de Chile

Título original: *The sign*

Traducción: Cristina Martín

1.ª edición: septiembre 2009

© 2009 by Raymond Khoury
© Ediciones B, S. A., 2009
     Bailén, 84 - 08009 Barcelona (España)
     www.edicionesb.com

Printed in Spain
ISBN: 978-84-666-3975-0
Depósito legal: B. 24.351-2009

Impreso por LIBERDÚPLEX, S.L.U.
Ctra. BV 2249 Km 7,4 Polígono Torrentfondo
08791 - Sant Llorenç d'Hortons (Barcelona)

Esta novela es para Suellen

La idea de que la religión y la política son incompatibles fue inventada por el Diablo para impedir que los cristianos dirigieran ellos mismos sus naciones.

JERRY FALWELL

Mi reino no es de este mundo.

JESUCRISTO (Juan 18, 36)

Prólogo

1. Costa de los Esqueletos, Namibia. Dos años antes

A medida que el fondo del barranco se le iba acercando a toda velocidad, el paisaje seco y rocoso que pasaba raudo por su lado se fue ralentizando de forma milagrosa hasta transformarse en una acción a cámara lenta. Sin embargo, aquel tiempo adicional no le dio a Danny Sherwood ninguna alegría. Para lo único que servía era para alargar infinitamente la constatación de que, sin la menor sombra de duda, en cuestión de segundos iba a morir.

En cambio, el inicio de aquella jornada había sido de lo más prometedor.

Al cabo de casi tres años, su trabajo (el suyo y el del resto del equipo) por fin estaba terminado. Y además, pensó para sus adentros sonriendo, pronto iba a poder disfrutar de los resultados.

Había sido una tarea muy dura. El proyecto en sí ya había sido lo bastante abrumador, desde el punto de vista científico. Las condiciones de trabajo (los apretados plazos de entrega, las aún más apretadas medidas de seguridad, aquello de trabajar prácticamente en el exilio, sin ver a familiares ni amigos a lo largo de cada uno de aquellos intensos meses de soledad) habían dado forma a un reto todavía mayor. Pero hoy, cuando levantó la vista hacia el azul puro del cielo y aspiró el aire seco y polvoriento de aquel olvidado rincón del planeta, tuvo la impresión de que todo había merecido la pena.

No iba a haber ninguna oferta, aquello había quedado claro desde el principio. Ni Microsoft ni Google estaban dispuestos a pagar un dineral para adquirir aquella tecnología. El proyecto, según le dijeron, estaba destinado a uso militar. Aun así, a todos los miembros del equipo se les había prometido una bonificación significativa ligada al éxito del proyecto. En su caso, iba a ser suficiente para proporcionarle una estabilidad económica, para que sus padres pudieran volver a casa y para mantener a una esposa que no fuera excesivamente despilfarradora y a todos los hijos que, calculaba, sería capaz de engendrar, si es que conseguía tener algo de aquello. Era de esperar que lo tendría, pasados unos años, después de haberse divertido un poco y disfrutado del botín del trabajo realizado. Pero por el momento aquello no figuraba en su radar: sólo tenía veintinueve años.

Sí, el cómodo futuro que se materializaba ante él distaba mucho de la austeridad que experimentó en su infancia, transcurrida en Worcester, Massachusetts. Mientras caminaba por el suelo reseco de aquel desierto, pasando por delante de la tienda de campaña militar y de la plataforma de aterrizaje en la que estaban cargando el helicóptero para partir, dirigiéndose hacia la tienda del director del proyecto, iba rememorando la experiencia vivida, desde el trabajo de laboratorio hasta las diversas pruebas sobre el terreno, las cuales culminaron con esta última, en este lugar perdido en la nada.

Danny pensó que ojalá le hubieran permitido compartir el entusiasmo general con unas cuantas personas ajenas al proyecto. En primer lugar, con sus padres. Ya se imaginaba lo asombrados y orgullosos que iban a sentirse. Él estaba demostrando estar a la altura de todas sus esperanzas, de todas las ambiciosas expectativas que habían depositado en él desde el momento de su nacimiento. Su pensamiento voló hacia Matt, su hermano mayor. Matt iba a alucinar de lo lindo con todo aquello. Probablemente intentaría que él lo respaldase en algún proyecto poco de fiar, descabellado o semi ilegal, pero qué diablos, iba a tener pasta de sobra para lo que fuera. También había unos cuantos necios engreídos ante los cuales le habría encantado vanagloriarse de todo aquello, si tuviera ocasión. Pero sabía que estaba estrictamente prohibido (muy estrictamente) divulgar cualquier información fuera del equipo. Aquello también había quedado taxativamente claro desde el principio. El proyecto era secreto. Estaba en juego la defensa del país. Se mencionó la palabra «traición». De modo que Danny debía mantener la boca cerrada, lo cual no le resultó demasiado difícil, ya estaba acostumbrado. El sector sumamente competitivo en el que trabajaba contaba con una cultura subterránea profundamente arraigada. Con frecuencia había en juego cientos de millones de dólares. Y llegado el momento, la disyuntiva de tener que escoger entre una cuenta bancaria de ocho cifras y una celda mugrienta de una penitenciaría federal de máxima seguridad era algo para lo que no había que pensar gran cosa.

Estaba a punto de llamar a la puerta de la tienda (se trataba de una tienda enorme, semirígida y provista de aire acondicionado, con puerta de verdad y ventanas con cristales) cuando de pronto algo lo impulsó a retirar la mano.

Alguien que hablaba a gritos. No sólo a gritos, sino enfadado además.

Muy enfadado.

Se inclinó un poco más hacia la puerta.

—Deberías habérmelo dicho. Este proyecto es mío, maldita sea —exclamó una voz de hombre—. Deberías habérmelo dicho desde el principio.

Danny conocía bien aquella voz: era la de Dominic Reece, su mentor y jefe científico del proyecto, es decir, el IP, abreviatura de investigador principal. Reece, que era profesor de ingeniería eléctrica e informática en el MIT, ocupaba un terreno sagrado del mundo de Danny. Había sido su profesor en varias clases a lo largo de su formación y había vigilado de cerca su trabajo durante el doctorado, y seguidamente lo invitó a que se incorporase a su equipo para el presente proyecto, lo cual daba la impresión de haber sucedido hacía ya muchos meses. Se trataba de una oportunidad y un honor que él no podía dejar pasar. Y aunque sabía que el profesor tenía por costumbre expresar sus opiniones con más vehemencia y más volumen de voz que la mayoría de las personas, en esta ocasión detectó algún ingrediente más. Había un tono dolido, una indignación que no le había notado nunca.

—¿Cómo habrías reaccionado? —La voz del segundo hombre, que a Danny le resultó desconocida, se distinguía igualmente inflamada.

—De la misma manera —contestó Reece con énfasis.

—Vamos, párate a pensar un minuto. Piensa lo que podemos hacer los dos juntos. Lo que podemos conseguir.

Pero la furia de Reece no disminuía.

—No puedo ayudarte a hacer eso, no puedo formar parte de ello.

—Dom, por favor…

—No.

—Piensa lo que podemos…

—No —lo interrumpió Reece—. Olvídalo. Ni hablar. —La frase fue claramente terminante.

Por espacio de unos momentos de tensión, al otro lado de la puerta reinó un profundo silencio, hasta que Danny oyó que el segundo hombre sentenciaba:

—Ojalá no hubieras dicho eso.

—¿Qué demonios pretendes decir? —contraatacó Reece.

No hubo respuesta.

Entonces se volvió a oír la voz de Reece, teñida de un repentino desasosiego.

—¿Y los demás? No se lo has dicho a ninguno, ¿verdad? —No era una pregunta, sino una afirmación.

—No.

—¿Y cuándo tenías pensado ponerlos al corriente de la nueva definición de tu misión?

—No estaba seguro. Antes tenía que saber qué respondías tú —dijo el otro—. Esperaba que me ayudases a ganarlos para la causa, a convencerlos de que formaran parte de esto.

—Pues eso no va a suceder —contestó Reece, enfadado—. De hecho, me gustaría sacarlos a todos de aquí lo antes posible.

—Eso no puedo consentirlo, Dom.

Aquellas palabras parecieron dejar congelado a Reece.

—¿Qué quieres decir con que no puedes consentirlo? —dijo en tono desafiante. Su pregunta fue seguida de un silencio opresivo. Danny se imaginó visualmente a Reece procesándolo—. ¿Qué estás diciendo? No irás a… —La voz de Reece se apagó durante unos segundos y luego reapareció con un tono que añadía urgencia, horror, que indicaba que había comprendido—. Dios mío. ¿Es que te has vuelto loco de remate?

El tono escandalizado que teñía la voz del científico provocó en Danny un escalofrío en la columna vertebral.

Oyó decir a Reece:

—Eres un hijo de puta.

A continuación dio oídos a unas fuertes pisadas que venían en dirección a la puerta, hacia él, y luego la voz del segundo hombre que le decía a Reece:

—Dom, ni se te ocurra.

Y seguidamente una tercera persona que agregaba:

—No hagas eso, Dom. —Esta última era una voz que Danny reconoció, una voz áspera, perteneciente a un hombre que le había puesto los pelos de punta desde el momento mismo en que lo conoció: Maddox, el jefe de seguridad del proyecto, un individuo con el cráneo rapado y rostro pétreo al que le faltaba una oreja y que en su lugar resplandecía una quemadura en forma de estrella, el individuo apodado «la Bala» por sus hombres, que también ponían los pelos de punta. Después oyó a Reece que decía «a la mierda», y de pronto la puerta se abrió de par en par y apareció Reece, frente a Danny, con una expresión de sorpresa en los ojos. Danny captó nítidamente un chasquido metálico doble, un sonido que había oído un centenar de veces en las películas pero nunca en la vida real, el ruido ya familiar de cuando se monta un arma. El segundo hombre, el que había estado discutiendo con Reece todo el tiempo y al cual Danny reconoció ahora, se volvió hacia la Bala y chilló:

—¡No...!

Pero al mismo tiempo que gritaba, detrás de Reece se oyó el eco de una especie de tos amortiguada y en tono agudo, y después otra, y a continuación el científico se sacudió hacia delante, con el rostro contorsionado por el dolor, a la vez que se le doblaban las piernas y se precipitaba sobre Danny.

Danny retrocedió a trompicones, aturdido por la rapidez con que sucedió todo, intentando evitar que Reece se desplomara en el suelo. En su esfuerzo por sostenerlo notó una sensación caliente y pegajosa en las manos, un líquido denso y de color rojo oscuro que manaba del cuerpo de Reece y que le estaba empapando los brazos y la ropa.

No pudo sostenerlo. Reece cayó al suelo con un ruido sordo y dejó a la vista el interior de la tienda: el segundo hombre de pie, inmóvil, horrorizado, perplejo, al lado de la Bala, que tenía una pistola en la mano cuyo cañón ahora apuntaba directamente a Danny.

Danny se lanzó hacia un costado al tiempo que un par de proyectiles surcaban el aire que él había estado ocupando, y acto seguido echó a correr huyendo de la tienda y del profesor caído todo lo que le dieron de sí las piernas.

Estaba a unos doce metros cuando se atrevió a mirar atrás, y vio a Maddox emerger de la tienda con la radio en una mano y la pistola en la otra, y que tras clavar la mirada en él como si fuera un rayo láser, se lanzó en su persecución. Danny, con el corazón en la boca, cruzó a la carrera el campamento, en el que había otras pocas tiendas más pequeñas para el puñado de científicos que, como él, habían sido reclutados para el proyecto. Casi chocó con dos de ellos, las mentes más privilegiadas de las mejores universidades del país, que en aquel momento salían de una de las tiendas justo cuando pasaba él por delante.

—¡Han matado a Reece! —les dijo a voz en grito haciendo una pausa momentánea y señalando frenéticamente con la mano hacia la tienda principal—. ¡Lo han matado!

Miró hacia atrás y vio que Maddox iba ganando terreno de forma infalible, al parecer impulsado por pies dotados de alas, de modo que se lanzó otra vez a la carrera. Al volver la vista un momento vio que sus amigos volvían la cabeza hacia su perseguidor con expresión perpleja y advirtió cómo aparecían unas manchas carmesí en sus camisas cuando Maddox les disparó sin aminorar siquiera el paso.

Danny había torcido hacia un lado y se había metido detrás de la tienda militar, sin resuello, con los músculos de las piernas agotados y el cerebro buscando desesperadamente posibles vías de escape, cuando de pronto aparecieron delante de él los dos viejos Jeep del proyecto, que estaban aparcados bajo una improvisada cubierta de protección. Abrió a toda prisa la portezuela del primero, arrancó el motor, metió la marcha, pisó el acelerador a fondo y salió disparado, levantando una lluvia de arena y polvo justo en el momento en que Maddox aparecía por el costado de la tienda.

Danny se lanzó campo a través por la áspera llanura cubierta de grava, mirando de reojo en todo momento el espejo retrovisor. Aferraba el volante con tal fuerza que se le pusieron los nudillos blancos, mientras su cerebro era bombardeado por pensamientos confusos desde todas direcciones y el corazón le martilleaba el pecho como si pretendiera escaparse del cuerpo. Hizo lo único que se le ocurrió, que fue mantener el coche en línea recta, a través del terreno vacío, y alejarse del campamento y de aquel loco maníaco que acababa de matar a su mentor y a sus amigos, sin dejar de buscar un modo de eludir la horrible evidencia de su situación, que consistía en que no tenía adónde huir. Se encontraban en medio de la nada, no había ningún pueblo ni asentamiento en las inmediaciones, ni tampoco en muchos cientos de kilómetros.

Precisamente por eso estaban allí.

Pero el pánico no tuvo mucho tiempo para atormentarlo, porque enseguida comenzó a oír un zumbido fuerte y gutural que interrumpió su chamuscado cerebro. Miró hacia atrás y vio el helicóptero del campamento, que venía directo hacia él dándole caza sin esfuerzo. Pisó a fondo el pedal del acelerador y el Jeep salió disparado dando brincos por encima de las piedras y las ondulaciones del desierto. Con cada rebote se golpeaba la cabeza contra la lona del techo, pero aun así logró sortear los pedruscos que se iba encontrando y los solitarios grupos de arbolillos resecos que salpicaban aquel paisaje de muerte.

El helicóptero ya venía pisándole los talones, haciendo un ruido ensordecedor, ahogando al Jeep en la tormenta de arena que provocaba con el movimiento de las aspas. Danny se esforzó por ver el camino en medio de aquel tornado de polvo, aunque la verdad era que daba casi lo mismo teniendo en cuenta que no había ningún camino por el que seguir, cuando de repente el helicóptero se dejó caer pesadamente sobre el techo del Jeep y aplastó las finas varillas que sujetaban la lona. Casi le arrancó la cabeza a Danny. Viró el Jeep a la izquierda, después a la derecha, dando volantazos en su afán de esquivar las garras de aquel depredador volante. Tenía la cara chorreando de sudor, mientras maniobraba violentamente por entre las rocas y los cactus. El helicóptero en ningún momento se separaba más que unos pocos centímetros del Jeep y lo golpeaba con furiosas embestidas que lo lanzaban de un lado al otro como si estuviera jugando con un disco de hockey. A Danny ni se le pasó por la cabeza la idea de detenerse; corría impulsado únicamente por la adrenalina, con el instinto de supervivencia agarrado a la garganta e impelido por la esperanza irracional de escapar. Y justo en aquel momento, en medio del torbellino de pánico, algo cambió, algo se modificó, notó que el helicóptero se apartaba ligeramente y experimentó una punzada de esperanza al pensar que quizá, sólo quizá, lograría salir vivo de la pesadilla y se disiparía la nube de arena que envolvía al Jeep…

Fue entonces cuando vio el cañón que hendía el terreno justo delante de él con sádica inevitabilidad, una inmensa grieta en la piedra caliza que serpenteaba sobre el paisaje como algo salido del Salvaje Oeste, el mismo que había visto en incontables películas de vaqueros y había abrigado la esperanza de ver algún día pero aún no había visto, el que ahora supo, con brutal certeza, que jamás tendría ocasión de ver, porque el Jeep se despegó del borde del precipicio y salió volando por el reseco aire del desierto.

2. Wadi Natrun, Egipto

Sentado con las piernas cruzadas en el lugar de siempre, en lo alto de la montaña, con aquel valle estéril a los pies y el desierto sin fin que se extendía a lo lejos, el viejo sacerdote sintió una inquietud que fue cobrando intensidad. Las últimas veces que había visitado aquel desolado lugar había percibido un tono más amenazante en las palabras que reverberaban en el interior de su cabeza. Y hoy tenían además un elemento claramente portentoso.

Entonces sucedió. Una pregunta que le causó un espasmo a lo largo de la columna vertebral.

—¿Estás preparado para servir?

Abrió los ojos de golpe y parpadeó al sentir la suave luz del amanecer. Instintivamente, miró en derredor, igual que había hecho tantas veces, pero no sirvió de nada, como siempre. Allí arriba estaba solo, no había nadie con él. Ni un alma, ya fuera humana o animal. Nada en absoluto hasta donde alcanzaba la vista.

A pesar del frescor de las primeras horas de la mañana, le brotaron varias gotas de sudor en el despojado cuero cabelludo. Tragó saliva y se concentró de nuevo.

Y volvió a suceder.

La voz, el susurro, procedía del interior de su propia cabeza.

—Pronto llegará a ti la hora de Nuestro Señor. ¿Estás preparado para servir?

Titubeante y con voz temblorosa, el padre Jerome abrió la boca y balbució:

—Sí, naturalmente. Haré lo que me pidas. Soy tu siervo.

Al principio no hubo respuesta. El viejo sacerdote notó cómo le resbalaba cada una de las gotas de sudor por la piel áspera de la frente, una después de otra, y cómo se detenían en el arco superciliar para después derramarse hasta la mejilla. Casi le pareció notar el ruido que hacían al deslizarse hacia abajo, trazando un camino lento y penoso a través de su rostro tenso y curtido por la intemperie.

En eso volvió a oír la voz que hablaba desde el interior de su cabeza:

—¿Estás preparado para conducir a tu pueblo a la salvación? ¿Estás preparado para luchar por él, para mostrarle lo equivocado de su actitud, aunque no quiera escucharte?

—¡Sí! —exclamó el padre Jerome con la voz entrecortada por la pasión y el miedo a partes iguales—. Sí, claro que sí. Pero ¿cómo? ¿Cuándo?

De pronto se abatió sobre la montaña un silencio opresivo y después la voz le respondió con sencillez:

—Pronto.

1

Mar de Amundsen, Antártida. Época actual

La estática que siseaba en el diminuto auricular con aislamiento de ruidos desapareció y fue sustituida por la voz autoritaria aunque tranquilizadora del presentador del programa.

—¿Quieres contarnos por qué está ocurriendo esto, Grace?

Justo en ese momento, a su espalda, se desmoronó otra pared de hielo que se hundió sobre sí misma retumbando como si fuera una tormenta lejana. Grace Logan, para sus amigos, Gracie, apartó la mirada de la cámara y contempló cómo se desplomaba el acantilado entero en el azul grisáceo del mar y desaparecía en una violenta erupción de agua.

«Una sincronización perfecta», pensó con un fulgor de complacencia, un breve respiro en la solemnidad que sentía desde el día anterior, cuando llegó al barco.

En circunstancias normales, aquél podría haber sido un agradable y soleado día de últimos de diciembre, teniendo en cuenta que diciembre es el mes de pleno verano en el hemisferio austral.

Pero aquel día era distinto.

Aquel día, la naturaleza andaba revuelta.

Daba la impresión de que el tejido mismo de la tierra estuviera desgarrándose. Y así era. El fragmento de hielo que estaba desgajándose del resto del continente tenía el tamaño del estado de Tejas.

No era precisamente el regalo de Navidad que necesitaba el planeta.

El rompimiento de aquella plataforma de hielo llevaba ya tres días, y sólo acababa de empezar. El cataclismo había causado una bruma fantasmagórica que atenuaba los rayos y el calor del sol, por lo que Gracie estaba empezando a sentir el frío, a pesar de la adrenalina que le recorría todo el cuerpo. Se fijó en que los demás miembros de su equipo (Dalton Kwan, el joven y despreocupado cámara hawaiano con el que llevaba tres años trabajando de forma constante, y Howard Fincher, al que llamaban Finch, el veterano productor, superquisquilloso y estoico hasta resultar irritante) también distaban mucho de encontrarse cómodos, pero las imágenes que estaban emitiendo merecían el esfuerzo, sobre todo teniendo en cuenta que, por lo que ella advertía, eran el único equipo informativo que había en aquel lugar.

Llevaba más de una hora allí fuera, de pie en la plataforma de observación de estribor del buque de investigación *James Clark Ross*, y a pesar de la ropa térmica y de los guantes, le temblaban los dedos de las manos y de los pies. Ese buque de investigación, un robusto laboratorio oceanográfico y geofísico flotante de cien metros de eslora, dirigido por el proyecto de exploración de la Antártida del Reino Unido (BAS), en la actualidad se encontraba a menos de media milla de la costa occidental del continente helado, y su distintivo casco rojo vivo era la única mota de color que se veía en aquella sombría paleta de blancos, azules y grises. Gracie, Dalton y Finch llevaban un par de semanas en el continente, tomando imágenes de las islas Terra Firma para el gran documental sobre el calentamiento global que estaba preparando Gracie. Ya habían hecho los preparativos para recoger y marcharse a casa a pasar la Navidad, para la cual sólo faltaban unos días, cuando recibieron la llamada procedente de la redacción de Washington que les informaba de que había dado comienzo el rompimiento de la plataforma de hielo. En aquel momento la noticia aún no se había propagado por los medios; ellos la habían conseguido de un contacto que poseía la cadena dentro del NSIDC (el Centro Nacional de Datos sobre Nieve y Hielo, cuyos científicos se servían de la información que proporcionaban los satélites para rastrear los cambios que tenían lugar en la extensión y el grosor de los casquetes polares), que les había dado el chivatazo a escondidas. Dado que la competencia estaba husmeando y que el *James Clark Ross* se encontraba a un día de navegación de donde estaba la acción y se dirigía hacia dicho punto, Gracie y su equipo aprovecharon la oportunidad de hacerse con la exclusiva. El BAS había aceptado amablemente tenerlos a bordo para cubrir el evento, e incluso había enviado a la isla un helicóptero de la Marina Real para que los trasladase hasta el barco.

También se encontraban en cubierta varios de los científicos que llevaba el buque, observando cómo se desintegraban las paredes de hielo. Dos de ellos estaban filmando con videocámaras de mano. Y también había salido al exterior la mayor parte de los miembros de la tripulación, que contemplaban la escena en silencio, con resignación y asombro.

Gracie se volvió para mirar a la cámara y se acercó el micrófono a la boca. Entre uno y otro derrumbe de la pared del acantilado, irregulares y estruendosos, el aire reverberaba a causa de las lejanas y amortiguadas réplicas que se producían en el movimiento del hielo tierra adentro. Comentó:

—Lo más probable es que este rompimiento haya sido causado por varios factores, Jack, pero el principal sospechoso de esta complicada investigación es simplemente el agua del deshielo.

Se oyó un nuevo siseo cuando la señal rebotó en un par de satélites y recorrió dieciséis mil kilómetros hasta llegar a la sala de prensa climatizada de la cadena de televisión, situada en Washington, y regresar portando la voz de Roxberry, ligeramente teñida de confusión:

—¿El agua del deshielo?

—Exacto, Jack —explicó Gracie—. Charcos de agua que se forman en la superficie del hielo conforme éste se va fundiendo. El agua pesa más que el hielo sobre el que se asienta, así que, por la ley de la gravedad, va introduciéndose por las grietas, y a medida que aumenta la cantidad de agua que empuja, actúa como una cuña y esas grietas se convierten en hendiduras que a su vez se transforman en cañones, y si hay suficiente agua de deshielo para continuar empujando, la placa de hielo termina por desgajarse.

La explicación física era sencilla. El continente más elevado, más frío y más ventoso del planeta, cuya superficie es una vez y media la de Estados Unidos, está cubierto casi en su totalidad por una cúpula de hielo de más de tres kilómetros de grosor en su centro. En invierno, las fuertes nevadas lo cubren con un manto que después va extendiéndose hacia abajo por efecto de la gravedad y discurre como un río de lava helada en dirección a la costa. Y cuando ese río de hielo se queda sin tierra, continúa fluyendo pero no se hunde, sino que flota suspendido sobre el mar en lo que denominamos plataformas de hielo. Éstas pueden tener un espesor de casi dos kilómetros en el punto en que comienzan a flotar, y de unos no menos impresionantes cuatrocientos metros en el borde del agua, donde terminan en acantilados de treinta metros de altura o más.

En la última década se habían producido unos cuantos rompimientos de importancia, pero ninguno tan grande como éste. Además, rara vez se captaban en directo con una cámara. Por lo general sólo se detectaban mucho después de que ocurrieran, tras escrutar y comparar las imágenes de los satélites. Y aunque lo que estaba presenciando Gracie era únicamente una porción localizada de la convulsión global, el colapso de gigantescos acantilados de hielo en el borde marino de la plataforma, seguía siendo un espectáculo asombroso y profundamente turbador. En los doce años que llevaba trabajando en informativos para la televisión, una trayectoria profesional a la que se había lanzado de cabeza nada más licenciarse en ciencias políticas en la Universidad de Cornell, Gracie había sido testigo de muchas tragedias, y ésta ocupaba los primeros puestos entre las más graves.

Estaba contemplando cómo se desmoronaba el planeta..., ni más ni menos.

—De modo que la pregunta del millón es la siguiente —dijo Roxberry—: ¿Por qué está sucediendo en este momento? Quiero decir que, según tengo entendido, esa plataforma de hielo existe desde el final de la última glaciación, que tuvo lugar... ¿Cuándo, hace..., doce mil años?

—Está sucediendo por culpa nuestra, Jack. Por los gases de efecto invernadero que estamos generando. Lo estamos viendo en los dos polos, aquí y en el Ártico, en Groenlandia. Y no forma parte de ningún ciclo natural. Casi todos los expertos con los que he hablado hasta la fecha están convencidos de que el deshielo está acelerándose, y me dicen que nos estamos acercando a una especie de punto de no retorno, a causa del calentamiento global provocado por el hombre.

En aquel momento se desintegró otro bloque de hielo que se precipitó al mar.

—¿Y lo preocupante es que esa plataforma de hielo que está

rompiéndose y fundiéndose pueda contribuir a aumentar el nivel del mar? —preguntó Roxberry.

—Bueno, directamente no. La mayor parte de la plataforma de hielo ya está flotando en el agua, de modo que en sí misma no afecta al nivel del mar. Imagina un cubito de hielo flotando en un vaso de agua. Cuando se derrite, no aumenta el nivel del agua del vaso.

—Ah, ¿no?

—Ya veo que no soy la única que se ha olvidado de la física de sexto curso —dijo Gracie con una ancha sonrisa.

—Pero acabas de decir que existe un efecto indirecto sobre el nivel de los mares del planeta. —El tono de voz de Roxberry perdía destreza, como si estuviera teniendo la generosidad de darle a Gracie una oportunidad para exhibir sus conocimientos.

—Bueno, esta zona, la placa de hielo del oeste de la Antártida, es el lugar del planeta que más viene preocupando a los científicos, en lo que se refiere al hielo que se funde. Más concretamente, les preocupan los enormes glaciares que hay en tierra, detrás de esta plataforma de hielo. Ésos no están flotando.

—O sea que si se fundieran —agregó Roxberry—, subiría el nivel del mar.

—Exactamente. Hasta ahora, las plataformas de hielo como ésta contenían a los glaciares, igual que el corcho de una botella retiene el contenido de la misma. Cuando se desgaje la plataforma, ese corcho desaparecerá y ya no quedará nada que impida que los glaciares resbalen hasta el mar. Y si ocurre eso, subirá el nivel de los mares de todo el mundo. Además, ese deshielo está siendo mucho más rápido de lo que calculaban las previsiones. Incluso los datos que tenemos del año pasado se consideran ahora demasiado optimistas. En lo que se refiere a posibles desastres debidos al cambio climático, la Antártida se consideraba un gigante dormido, pero ahora ese gigante se ha despertado. Y, por lo que parece, está de muy mal humor, Jack.

Roxberry bromeó:

—De verdad que estoy haciendo un esfuerzo para no decir que esto podría no ser más que la punta del iceberg...

—Y haces bien en no decirlo, Jack —lo interrumpió Gracie. Ya se imaginaba la sonrisita satisfecha que tendría puesta en su rostro de bronceado perenne, y al pensarlo gruñó para sus adentros—. Tu público te está muy agradecido.

—Pero eso es precisamente de lo que estamos hablando, ¿no?

—Desde luego. Cuando esos glaciares lleguen al mar, ya será demasiado tarde para hacer nada, y...

De repente se le fue apagando la voz hasta perderse del todo. Algo la había distraído: una súbita conmoción a su alrededor, gritos y exclamaciones de asombro, brazos que apuntaban hacia la plataforma de hielo. Aún seguía sin habla cuando vio que Dalton levantaba la cabeza del visor de la cámara y miraba más allá de ella. Gracie le dio la espalda a la cámara y se volvió. Y entonces fue cuando lo vio.

En el cielo. Unos sesenta metros por encima de la placa de hielo.

Una esfera luminosa, resplandeciente.

Acababa de aparecer sin más, y no se movía.

Gracie concentró la mirada en la esfera y se asomó unos centímetros por encima de la barandilla. No entendía lo que estaba viendo, pero fuera lo que fuese, no podía apartar los ojos.

El objeto..., no, ni siquiera estaba segura de que fuera un objeto. Tenía forma esférica, pero por alguna razón no parecía... físico. Poseía una ligereza etérea, como si fuera el aire en sí el que resplandecía. Y su luminosidad no era uniforme. Era más sutil, graduada, intensa en el centro y luego cada vez más difuminada hacia fuera, como en un primer plano de un ojo. Además tenía algo de inestable, de frágil. Como el hielo al derretirse, o más bien como el agua, suspendida en el cielo e iluminada, si eso fuera posible, aunque Gracie sabía que no podía ser.

Miró fugazmente a Dalton, que estaba orientando la cámara hacia el espectáculo.

—¿Estás grabándolo? —soltó impulsivamente.

—Sí, pero... —respondió Dalton al tiempo que se volvía hacia ella con una expresión de confusión total—, ¿qué demonios es?

2

Gracie tenía la mirada clavada en la esfera, que continuaba allí, suspendida en el cielo pálido, en la vertical del borde de la plataforma de hielo. Resultaba hipnotizante porque parecía irreal, de otro mundo.

—¿Se puede saber qué es eso? —preguntó Finch. Se llevó las manos a las gafas y las cambió ligeramente de posición, como si hacerlo fuera a ayudarlo a esclarecer el misterio.

—No lo sé. —Gracie sintió que la inundaba un torrente de adrenalina al intentar procesar lo que estaba viendo, y llevó a cabo un rápido repaso, casi instintivo, de las cosas que podía ser, pero sin obtener resultados.

Aquello no se parecía a nada que ella conociera ni siquiera vagamente.

Echó una mirada al grupo de científicos que abarrotaban las barandillas. Estaban hablando y gesticulando muy excitados, intentando también encontrar alguna lógica en lo que veían.

—Gracie, ¿qué es lo que tienes a tu espalda? —le llegó la sonora voz de Roxberry a través del auricular.

Durante un segundo, había olvidado que seguían transmitiendo en directo.

—¿Lo estás viendo?

Fueron necesarios un par de segundos para que la pregunta y la respuesta rebotaran en uno o dos satélites y volviera a oírse la voz de Roxberry:

—No se ve nítido del todo, pero sí, lo estamos viendo. ¿Qué es?

Gracie recobró la compostura y miró de frente a la cámara procurando evitar que le temblara la voz.

—No lo sé, Jack. Ha aparecido de repente. Da la impresión de ser una especie de corona, un halo o algo así... Aguarda un momento.

Volvió la cabeza y escrutó el cielo para ver si había alguna otra cosa alrededor, tomó nota de la posición del sol, registró inconscientemente el entorno. No había cambiado nada. Allí no había nada más, aparte del barco y la... ¿Qué era aquello? Ni siquiera se le ocurría un nombre apropiado que ponerle. Seguía brillando con fuerza, semitransparente, con una textura que recordaba a una medusa gigantesca que flotase en mitad del aire. Y parecía estar rotando, muy despacio, lo cual le aportaba una sensación auténtica de profundidad.

Y también, cosa extraña, la sensación de ser algo... vivo.

Lo miró fijamente, rechazando toda clase de pensamientos extravagantes que pretendieran inmiscuirse, y se concentró en hacerse una idea aproximada del tamaño que tendría. Era igual de grande que un globo aerostático, pensó al principio, pero después corrigió dicho cálculo al alza. Era más grande, quizá del tamaño de una bola de fuego de un espectáculo de fuegos artificiales. Era enorme. Costaba trabajo hacer una estimación sin tener un punto de referencia para trazar la escala. Realizó una comparación visual con la altura del acantilado que había debajo, que sabía que era de unos cuarenta y cinco metros; daba la impresión de tener más o menos la misma envergadura, tal vez cuarenta y cinco metros de diámetro, quizá más.

Dalton alzó la vista al otro lado de la cámara y le preguntó:

—¿Tú crees que puede ser una especie de *aurora borealis* desmadrada?

Gracie había pensado lo mismo. Se había preguntado si no sería un efecto luminoso, un espejismo causado por un reflejo del hielo. En la Antártida, durante el verano austral el sol no se pone nunca, sino que se limita a trazar círculos en el horizonte, un poco más alto durante el «día», un poco más bajo, casi un ocaso, durante la «noche». Costaba un poco acostumbrarse a ello y a las trampas que le tendía a la vista, pero por alguna razón Gracie no creía que sirviera para explicar lo que estaba presenciando. Aquella visión parecía más sustancial.

—Puede —contestó, casi para sí misma, absorta en sus pensamientos—, pero me parece que no estamos en la época del año en que aparecen…, y estoy bastante segura de que sólo se ven cuando es de noche.

—Gracie. —Otra vez Roxberry, esperando una respuesta. Recordándole que estaba en directo.

Y que la veía el público de todo el mundo.

Dios todopoderoso.

Procuró relajarse y adoptar una sonrisa simpática para la cámara, a pesar de las diminutas alarmas que se le estaban disparando por todo el cuerpo.

—Esto es…, es increíble, Jack. Jamás había visto nada igual. A lo mejor hay alguien en este barco que sepa qué es, llevamos bastantes expertos a bordo.

Dalton levantó el trípode y siguió con el objetivo a Gracie cuando ésta fue hacia los científicos y los miembros de la tripulación que se hallaban con ella en cubierta, lo hizo manteniendo la bola de luz dentro del encuadre en todo momento.

Los otros estaban hablando acaloradamente, muy excitados, pero había algo en su lenguaje corporal que preocupó a Gracie. Si se tratara de un fenómeno raro, pero natural, estarían reaccionando de manera diferente. No supo por qué, pero tuvo la impresión de que no se sentían cómodos con lo que estaban viendo. Y no sólo incómodos, sino… nerviosos.

«No saben qué es.»

Uno de ellos, que estaba mirando con los prismáticos, se volvió y cruzó la mirada con Gracie. Era un hombre mayor, un paleoclimatólogo llamado Jeb Simmons que ella había conocido al llegar. En su semblante advirtió la misma confusión, la misma inquietud que debía de estar irradiando el suyo propio. Aquello no hizo sino confirmar su impresión.

Estaba a punto de decir algo, cuando de pronto se extendió por la cubierta otra oleada de exclamaciones. Se volvió a tiempo para ver cómo aquella forma resplandeciente se contrajo de pronto y durante un segundo emitió una luminiscencia más deslumbrante todavía, para a continuación atenuarse de nuevo y recuperar la tonalidad perlada de antes.

Gracie miró a Simmons a la vez que le llegaba de nuevo la voz excitada de Roxberry.

—¿Ha sido una llamarada?

Gracie sabía que la imagen que se veía en la pantalla que él estaba mirando sería granulada, tal vez incluso un poco inestable. La conexión de vídeo en directo con el estudio siempre sufría cierto menoscabo, la imagen no era ni de lejos tan nítida como la original, de alta definición, procedente de las cámaras de Dalton.

—Jack, no sé si te está llegando con mucha nitidez, pero, visto desde aquí, puedo asegurarte que no se parece a nada que yo haya presenciado en mi vida. —Intentó mantener una expresión impávida, pero a aquellas alturas ya tenía el corazón desbocado. Aquello no pintaba nada bien.

De pronto se acordó de algo y se volvió hacia Finch y Dalton.

—¿En cuánto tiempo podríais hacer despegar el aparato?

Finch asintió y se volvió hacia Dalton.

—Vamos allá.

—Vamos a enviar la cámara aérea para tomar imágenes más de cerca —confirmó Gracie hablando por el micrófono. Después se volvió hacia Simmons y apagó el micrófono—. Dígame que sabe qué es esto —dijo con una sonrisa tensa.

Simmons movió la cabeza en un gesto negativo.

—Ojalá pudiera. Nunca había visto nada igual.

—Usted ya ha estado aquí otras veces, ¿no es así?

—Sí. Es el cuarto invierno que vengo.

—Y su especialidad es la paleoclimatología, ¿verdad?

—Me siento halagado —sonrió—, sí.

—Y aun así…

El científico volvió a negar con la cabeza.

—Estoy perplejo.

Gracie frunció el ceño, con el cerebro funcionando a toda velocidad, y señaló los prismáticos.

—¿Me permite?

—Claro. —Simmons se los entregó.

Cuando miró por ellos no vio nada que no hubiera observado antes. El resplandor era más pronunciado, resultaba brumoso, ligeramente más parecido a un espejismo… pero estaba claro que existía. Era real.

Devolvió los prismáticos a Simmons. Acudieron varios expertos más que formaron un corrillo a su alrededor. Parecían igual de desconcertados que él. Gracie lanzó una mirada fugaz hacia el fondo; Finch había colocado en posición los brazos de la cámara aérea, mientras que Dalton estaba repasando por segunda vez el arnés y los mandos de la segunda cámara. Ninguno de los dos apartaba los ojos de la esfera de luz. Gracie vio que el capitán estaba saliendo a la cubierta y que al instante corrían a su encuentro dos miembros de la tripulación. Se volvió hacia los otros y les preguntó:

—¿Alguno de ustedes tiene idea de qué es esto que estamos viendo?

—Yo pensé al principio que podía ser una bengala —dijo uno de los otros miembros de la tripulación—, pero es demasiado grande y brillante, y además está ahí inmóvil. Es decir, no se mueve, ¿no?

El suave murmullo del aire al ser cortado por unas aspas los sobresaltó sólo momentáneamente. Era un ruido que ya habían oído aquel mismo día, cuando Gracie y Dalton hicieron uso del pequeño helicóptero no tripulado y operado por control remoto para obtener unas cuantas imágenes panorámicas de la plataforma de hielo.

Dalton gritó por encima del estruendo de las palas del rotor:

—¡Tenemos despegue!

Todos se volvieron para ver cómo el artefacto se elevaba. El Draganflyer X6 era un invento de diseño un tanto estrafalario pero muy ingenioso. No se parecía en absoluto a un helicóptero normal, sino más bien a un insecto alienígena de color negro mate, propio de una película de *Terminator*. Constaba de un pequeño receptáculo central que tenía el tamaño de un aguacate grande y contenía los componentes electrónicos, los giroscopios y la batería. Estaba provisto de tres pequeños brazos retráctiles que salían de él y se extendían en horizontal en la posición de las doce, las cuatro y las ocho. Cada brazo llevaba en la punta un motor silencioso, sin escobillas, que accionaba dos juegos paralelos de palas de rotor, uno por encima y otro por debajo. En el armazón que llevaba bajo la panza se podía acoplar cualquier tipo de cámara. Todo el conjunto se alimentaba con baterías de litio recargables y estaba construido con una fibra de carbono negra que era increíblemente fuerte y a la vez muy ligera: el Draganflyer pesaba menos de dos kilos y medio, incluida una cámara de vídeo de alta definición con enlace de helicóptero a tierra. Proporcionaba imágenes aéreas de gran calidad con el mínimo de engorro, y Dalton nunca iba a ninguna parte sin él.

Gracie estaba contemplando cómo aquel aparatito negro se elevaba por encima de la cubierta y se alejaba flotando lentamente en dirección a la plataforma de hielo, cuando de pronto se oyó una voz femenina que gritaba: «¡Oh, Dios mío!», y Gracie lo vio también.

La esfera de luz estaba cambiando de nuevo.

Otra vez incrementó su resplandor, y acto seguido se atenuó desde el borde exterior hacia dentro y se encogió hasta quedar reducida a apenas una décima parte de su tamaño original. Aguantó así un par de segundos de expectación, y después aumentó paulatinamente su brillo hasta recuperar el resplandor inicial. Entonces su superficie pareció ondularse, como si estuviera transformándose en otra cosa.

Al principio, Gracie no tuvo muy claro qué estaba haciendo la esfera, pero en cuanto empezó a modificarse sintió que se le hacía un nudo en las entrañas. Era evidente que aquella bola había cobrado vida. Estaba cambiando de forma, retorciéndose sobre sí misma, pero siempre dentro de los confines del envoltorio original. Estaba adoptando diferentes composiciones a una velocidad alarmante, sin interrumpir en ningún momento su rotación casi imperceptible, composiciones que eran todas perfectamente simétricas, casi como las de un calidoscopio, pero menos angulares, más redondeadas y orgánicas. Los dibujos que iba tomando se fundían el uno en el otro de manera continua, a un ritmo cada vez más rápido, deslumbrante, y a Gracie, aunque no estaba segura de lo que eran, le recordaron las estructuras celulares. En ese preciso momento experimentó una sensación inquietante, como si estuviera contemplando el tejido mismo de la vida.

El corrillo de los presentes se quedó petrificado, igualmente perplejo. Gracie volvió la vista hacia ellos y vio todo un abanico de emociones reflejadas en aquellas caras, desde el asombro y el respeto hasta la confusión… y el miedo. Ninguno debatía sobre qué podía tratarse, ya no. Se limitaron a quedarse donde estaban, clavados a la cubierta del barco, con la mirada fija en aquella luz y mostrando tan sólo breves expresiones del asombro que sentían. Dos de ellos, un hombre y una mujer de cierta edad, se santiguaron.

Gracie vio que Dalton estaba examinando la cámara fija, cerciorándose de que ésta seguía grabando el acontecimiento. En las manos sostenía la unidad de control remoto de la cámara aérea, la cual pendía a la altura de su cintura de una correa que llevaba al cuello, y controlaba ambos mandos con dedos expertos.

Cruzó la mirada con él y bajó el micrófono.

—Esto es… Por Dios, Dalton, ¿qué está pasando?

Dalton levantó la vista hacia la bola de luz.

—No lo sé, pero… O Prince está a punto de iniciar una nueva gira de conciertos, o alguien nos ha echado alguna mierda importante en el café. —Por lo general, Dalton siempre le encontraba humor a todo, pero en ese momento a Gracie le pareció distinto; su tono de voz carecía de toda luz.

Oyó unas cuantas exclamaciones ahogadas, y alguien dijo:

—Está desacelerando.

Con nerviosa simultaneidad, todas las miradas se clavaron a la vez en la esfera, que finalmente adoptó una forma definitiva.

Durante un segundo, Gracie tuvo la sensación de que el corazón le había dejado de latir. Todos los poros de su cuerpo parecieron estar a punto de quebrarse a causa de la tensión y el miedo mientras miraba fijamente lo que sucedía delante de ella. Sin atreverse a apartar los ojos, dijo, casi para sus adentros:

—Dios.

Las zonas más brillantes de la esfera estaban siendo consumidas por una oscuridad que se extendía poco a poco, hasta que toda la superficie de la misma quedó ennegrecida y rugosa, como si hubiera sido tallada en un pedazo de carbón.

3

Una oleada de terror recorrió a los presentes. La aparición había perdido todo su esplendor. En un abrir y cerrar de ojos, había pasado de ser algo extraño y maravilloso a convertirse en un objeto siniestro y sin vida.

Finch se aproximó a Gracie, ambos fascinados por la pasmosa visión.

—Esto no es nada bueno —dijo Finch.

Gracie no contestó. Echó un vistazo a la unidad de control de la cámara aérea. La imagen que se veía en el pequeño monitor LCD de cinco pulgadas era muy nítida, a pesar de la ligera bruma. Dalton la había guiado trazando un arco muy amplio, a fin de que no se interpusiera entre la esfera y ellos. Ahora que el Draganflyer se encontraba a más de medio camino del lugar donde se hallaba la plataforma de hielo, Gracie pudo apreciarlo todo con una mayor sensación de escala. La esfera empequeñecía la cámara volante, como un elefante erguido frente a una hormiga. Seguía teniendo aquel envoltorio oscuro y sin vida que había adquirido hacía aproximadamente un minuto y se cernía sobre ellos dando la impresión de que albergaba malévolas intenciones. De repente volvió a brillar, sólo que esta vez adoptó una forma más clara, definida por la luz que irradiaba con diferentes intensidades. Ahora era inequívocamente una esfera tridimensional, y en su núcleo había una brillante bola de luz. A su alrededor había cuatro anillos iguales que discurrían a lo largo de la cara externa de la esfera, espaciados a intervalos uniformes. Como no miraban al barco de frente, sino en ligero ángulo, daban la impresión de ser ovalados. La propia capa externa estaba también profusamente iluminada, y desde el núcleo partían rayos de luz que pasaban entre los anillos y se proyectaban ligeramente más allá del borde de la esfera. Todo el conjunto resultaba hipnótico, sobre todo brillando tanto en contraste con el fondo, apagado y gris.

Era una visión que quitaba el aliento. Los presentes se quedaron electrizados, y algunos de ellos rompieron a llorar. Los dos que se habían santiguado se abrazaron estrechamente. Gracie vio cómo les temblaban los labios musitando una plegaria en silencio. A ella también se le puso todo el cuerpo rígido y notó una falta de sensibilidad en las piernas. Experimentaba una extraña mezcla de euforia y miedo, la misma que vio en las caras de quienes tenía alrededor.

—¡Uf! —exclamó Dalton.

Finch también estaba inmóvil, mirando boquiabierto.

—Decidme que en realidad no estoy viendo esto —dijo—. Decidme que no está pasando.

—Pues está pasando —confirmó Gracie también petrificada, embelesada—. Está pasando de verdad.

Se acercó el micrófono y buscó algo que decir mientras todo lo que la rodeaba se sumía en el olvido, una total desconexión sensorial del entorno, pues todos sus pensamientos estaban acaparados por la visión. Era algo que no alcanzaba a comprenderse, algo imposible de definir. Pasados unos momentos emergió momentáneamente del trance y volvió a mirar la cámara.

—Espero que estés recibiendo esto, Jack, porque aquí todos estamos aturdidos por esta... No se me ocurre ninguna manera de describir la sensación que estamos experimentando en este momento.

Apartó la mirada para echar un breve vistazo al monitor de Dalton. Éste estaba accionando los mandos para tomar un plano más corto de la esfera, la cual llenó la pantalla con su resplandor antes de que él pudiera alejar el objetivo.

Gracie miró otra vez la esfera. La cámara aérea estaba acercándosele.

—¿A qué distancia calculas que se encuentra? —le preguntó a Dalton.

—A cien metros. Puede que menos. —Su voz llevaba un ligero temblor mientras apartaba los ojos del monitor para mirar la visión y volvía a fijarlos en el monitor.

Gracie no podía dejar de mirar.

—Es maravilloso, ¿no crees?

—Es una señal —dijo alguien. Era la mujer a la que Gracie había visto santiguarse. Se volvió hacia ella, y Dalton la siguió con el objetivo.

—¿Una señal? ¿De qué? —respondió otra persona.

—No lo sé, pero… tiene razón. Fíjense. Es una señal de… algo.

El que había hablado era el hombre que estaba con ella. Gracie recordó que se los habían presentado al llegar. Él era un estadounidense llamado Greg Musgrave, especialista en glaciares, si no recordaba mal. La mujer era su esposa.

Musgrave se volvió hacia Gracie señalando la cámara aérea con el dedo, con un ademán nervioso.

—No lleven más allá ese… —balbuceó, sin saber cómo llamar al Draganflyer— ese chisme. Deténganlo antes de que se acerque demasiado.

—¿Por qué? —inquirió Dalton, incrédulo.

Musgrave alzó el tono.

—Vuelvan a traerlo. No sabemos qué es eso.

Dalton no apartó la vista de los controles.

—Exacto —replicó—, puede ayudarnos a imaginar cómo será el infierno.

Gracie volvió la vista hacia el cielo. La cámara aérea se hallaba muy cerca de la esfera. Miró a Finch y después a Dalton, que parecía empeñado en llegar hasta el final.

—¡Le digo que lo haga volver! —dijo Musgrave, ya yendo hacia Dalton con la intención de arrebatarle la consola de control remoto. Los dedos de Dalton movieron los mandos de forma brusca, con lo cual el Draganflyer se desequilibró. Al momento entraron en acción los giroscopios para mantenerlo en el aire.

—¡Eh! —le gritó Gracie, justo en el momento en que Finch y el capitán se apresuraban a dominar a Musgrave.

—Gracie, ¿qué diablos está ocurriendo? —Otra vez la voz de Roxberry en el oído.

—Un segundo, Jack —respondió ella a toda prisa.

—Cálmese —ordenó el capitán a Musgrave—. El técnico hará volver el aparato antes de que toque la esfera. —Y a continuación se volvió a Dalton y le preguntó intencionadamente—: ¿Verdad?

—Desde luego —contestó Dalton en tono cortante—. ¿Sabe cuánto me ha costado ese trasto?

Volvió a mirar el monitor, y Gracie hizo lo mismo. La esfera llenaba totalmente la pantalla. Era granulada, pero la imagen revelaba una sutil ondulación en el resplandor que, en realidad, daba la impresión de estar rebosante de vida. Gracie captó la preocupación que reflejaban los ojos de Dalton y levantó la vista hacia la cámara aérea. Era un puntito negro situado casi en la superficie de la esfera.

—Puede que ya esté lo bastante cerca —le dijo a Dalton con un hilo de voz.

Dalton tenía el ceño fruncido por la concentración.

—Un poco más.

—No debería usted andar jugando sin que sepamos a qué nos enfrentamos —soltó Musgrave con acritud.

Dalton no le hizo caso y mantuvo el mando en posición de avanzar. La cámara aérea siguió adelante, cada vez más cerca del brillo deslumbrante de la esfera.

—Dalton —dijo Finch en tono bajo, discreto. A él ya le estaba resultando incómodo acercarse tanto.

—Te oigo —contestó Dalton—. Sólo un poquito más.

Cuando la cámara se aproximó todavía más a la esfera luminosa, a Gracie se le aceleró el pulso y empezó a latirle en los oídos. Ya parecía estar tentadoramente cerca, puede que a quince metros o menos, se hacía difícil calcular la distancia relativa, cuando de pronto la señal se atenuó rápidamente y desapareció.

Los presentes dejaron escapar una exclamación colectiva.

—¿Ha visto? Se lo he dicho —ladró Musgrave.

—¿Me está tomando el pelo? —contestó Dalton con enfado—. ¿Qué cree, que la he asustado yo?

—No lo sabemos. Pero si estaba ahí era por algo, y ahora ya no está. —El científico rodeó con el brazo a su mujer y los dos dieron media vuelta y se pusieron a mirar a lo lejos con cara de consternación, como si desearan que la esfera volviera a aparecer.

—Baja a la realidad, tío —dijo Dalton encogiéndose de hombros y volviendo la espalda.

El Draganflyer continuó su trayectoria flotando sobre la plataforma de hielo sin que nadie lo molestara. En el monitor no apareció nada cuando atravesó la zona que antes había estado ocupada por la esfera luminosa. Dalton dirigió una mirada de soslayo a Gracie. Su expresión era de profunda perplejidad. Gracie no lo había visto reaccionar nunca de aquella forma, con ninguna cosa, y eso que juntos habían vivido experiencias de lo más sobrecogedoras.

Gracie estaba igual de conmocionada. Una vez más levantó la vista hacia el cielo gris.

No había ni rastro de la señal.

Era como si aquello no hubiera sucedido.

Y en eso, de improviso, Gracie sintió que todo lo que la rodeaba se oscurecía y notó un peso tremendo por encima de ella. Al levantar la vista vio la esfera luminosa justo en su vertical, suspendida sobre el propio barco, una gigantesca bola de luz estática que empequeñecía el buque. Dio un respingo cuando todos soltaron una exclamación y se encogieron horrorizados, y Dalton se abalanzó sobre la cámara principal en el afán de intentar captar aquello en película. Ella se quedó donde estaba, mirando hacia arriba completamente maravillada, con las rodillas temblorosas y los pies clavados a las planchas de madera de la cubierta del barco, debatiéndose entre el pánico y la fascinación, con todo el vello del cuerpo erizado durante un instante que se le antojó una eternidad…

Y de repente la señal se apagó de nuevo y se desvaneció de forma tan sorprendente e inexplicable como había aparecido.

4

Bir Hooker, Egipto

Yusuf Zacharia fumaba pensativamente de la *shisha* mientras contemplaba cómo su contrincante retiraba la mano del manoseado tablero de *backgammon*. Tras afirmar con la cabeza con gesto cansado, el fibroso y anciano taxista acarició los dados. Si sacaba cualquier cosa que no fuera un seis doble, perdería la partida. Pero no abrigaba grandes esperanzas, aquella noche los dados no le estaban haciendo ningún favor.

Sacudió vigorosamente los cubitos de marfil. A continuación los lanzó sobre el tablero y observó cómo brincaban por el complicado dibujo taraceado de su superficie y se detenían por fin en un seis y un uno. Arrugó el entrecejo, un gesto que transformó en cañones las fisuras que surcaban su rostro apergaminado y cubierto de una ligera barba, y se rascó la cabeza casi calva, maldiciendo su suerte. Para mayor desgracia, tomó conciencia de una desagradable picazón que le molestaba en la parte posterior de la garganta. Los carbones de la pipa de agua se habían enfriado; estaba tan ensimismado por la partida y por las malas tiradas de los dados que no se había dado cuenta. Si le trajeran ascuas nuevas y calentitas, la pipa recuperaría el balsámico sabor a menta que lo ayudaba a conciliar apaciblemente el sueño todas las noches, pero tuvo la impresión de que aquella noche iba a tener que prescindir de ese pequeño lujo. Se había hecho muy tarde.

Miró el reloj. Ya era hora de irse a casa. Los demás clientes del pequeño café, «dos turistas jóvenes, una pareja de estadounidenses», pensó, a juzgar por las guías y los periódicos que llevaban, también estaban levantándose con la intención de irse. *Basita*, se dijo para sí con un encogimiento de hombros. No importa. Siempre habría otro día. Ya volvería para fumar una *shisha* nueva y echar otra partida, Dios mediante.

Estaba levantándose de la silla cuando vio algo que le llamó la atención, una imagen fugaz en el televisor que miraba desde lo alto de una inestable repisa que había detrás del mostrador. Ya hacía mucho que habían rebasado el horario de los siempre populares culebrones. A aquellas horas, allí, en el soñoliento confín del desierto egipcio, en el pueblo de Bir Hooker (desventurado bautismo en honor de un directivo británico de la Compañía Egipcia de Sal y Sosa) y en toda aquella inquieta región, si vamos a eso, los televisores se sintonizaban invariablemente en algún informativo que proporcionara material para los interminables debates y lamentaciones sobre el triste estado del mundo árabe. Mahmud, el jovial propietario del café, solía preferir Al Arabiyya a Al Jazeera, hasta que, en un intento de ofrecer una cara más amistosa a los turistas, invirtió en una antena parabólica equipada con un descodificador pirateado. Desde entonces, la pantalla estaba siempre fija en un canal de noticias estadounidense. Mahmud opinaba que aquella infusión extranjera aportaba más clase a su café; por el contrario, Yusuf no sentía ningún interés especial por la ininterrumpida cobertura que hacían los norteamericanos de las recientes elecciones presidenciales de su país, aunque éstas habían sido seguidas con gran entusiasmo en toda aquella región, un territorio cuya suerte parecía estar cada vez más entrelazada con los caprichos de los dirigentes de aquel lejano país. Pero la resistencia de Yusuf a aquel canal se veía contrarrestada por su tácito aprecio de algún que otro programa que sacaba a jóvenes estrellas de Hollywood haciendo morritos y a modelos de pasarela de escueta vestimenta.

Sin embargo, en ese preciso instante lo que acaparaba su atención era algo completamente distinto. En la pantalla aparecía una mujer vestida con gruesas prendas de invierno informando desde lo que parecía ser uno de los polos. Tenía algo a su espalda que brillaba en el cielo, algo extraño y como de otro mundo. Flotaba sin más, resplandeciente, suspendida sobre un acantilado de hielo que estaba desmoronándose, y tenía…, cosa extraña, pero inconfundible…, la forma clara y nítida de un símbolo.

Una señal.

Los demás también se fijaron en lo que estaba ocurriendo en la pantalla y se acercaron un poco más al mostrador al tiempo que, excitados, instaban a Mahmud a que subiera el volumen. La escena que se veía era irreal, inimaginable, pero no fue eso lo que más turbó a Yusuf. Lo que le preocupó de verdad fue que él ya había visto aquella señal en otra ocasión.

Mientras observaba fijamente la pantalla, su rostro se contrajo de incredulidad.

«No puede ser.»

Se aproximó un poco más para verlo mejor. Entonces abrió la boca unos centímetros y sintió un hormigueo de nerviosismo en la piel. La cámara mostró otro ángulo, y esta vez el símbolo luminoso ocupó la pantalla entera.

Era la misma señal.

No le cupo la menor duda.

De forma inconsciente, se llevó una mano a la frente con ademán discreto y se santiguó.

Sus amigos repararon en la repentina palidez que había adquirido su rostro, pero él hizo caso omiso de sus preguntas y, sin dar ninguna explicación ni despedirse, salió a toda prisa del café. Se subió a su viejo y fiel Toyota Previa y arrancó. El monovolumen levantó una pequeña nube de polvo al serpentear sobre la carretera de tierra sin alumbrado y desapareció en la noche. Yusuf, con el acelerador pisado a fondo, regresó al monasterio lo más deprisa que pudo, murmurando una y otra vez la misma frase para sus adentros.

«No puede ser.»

5

Cambridge, Massachusetts

Mientras paseaba por el centro comercial, Vince Bellinger se fijó en el gentío. Había una masa de gente apiñada frente a la tienda Best Buy, bullendo de excitación, al parecer, por algo que había en el enorme escaparate del establecimiento. Bellinger conocía de sobra aquel escaparate, habitualmente contenía los televisores más modernos de plasma y de pantalla LCD, entre ellos el gigantesco aparato de sesenta y cinco pulgadas con el que él había estado fantaseando aquel año para Navidad. Codiciable, sin duda, pero no era en sí algo que mereciera tanta atención. A no ser que lo que había atraído a la gente no fueran los televisores, sino algo que se veía en ellos.

Teniendo como fondo el hilo musical con las melodías navideñas propias de la ocasión y la estridente decoración al uso, algunos hablaban animadamente por el teléfono móvil y otros hacían señas a algún amigo para que se acercara. A pesar de que iba cargado con un montón de ropa sacada de la tintorería y con la bolsa del gimnasio, Bellinger giró en dirección a la tienda impulsado por la curiosidad de saber qué pasaba. De manera instintiva, se encogió ante la posibilidad de que hubiera tenido lugar algún otro horror, otra catástrofe como la del 11 de septiembre, cuyas imágenes todavía tenía grabadas en el cerebro, aunque, pensó rápidamente, aquel grupo de personas no desprendía malas vibraciones. No estaban horrorizados; parecían fascinados.

Se arrimó todo lo que pudo y miró por encima del enjambre de cabezas y hombros. Como de costumbre, todos los televisores estaban sintonizados en el mismo canal, en este caso una cadena de noticias. La imagen que emitían atrajo su mirada de inmediato, pero no entendió del todo lo que estaba viendo: una luz con forma esférica, suspendida en el aire en un lugar que parecía ser una de las regiones polares, dato confirmado por el rótulo que se leía debajo. Estaba contemplando la escena con profunda curiosidad, ajeno a todo en su trance, captando retazos de los comentarios que brotaban a su alrededor, cuando de pronto le vibró el móvil. Dejó escapar un gruñido y se pasó la bolsa y la ropa al otro lado para sacar el teléfono del bolsillo. Gruñó por segunda vez al ver quién llamaba.

—Tío, ¿dónde estás? Acabo de llamarte al fijo. —Era Csaba, pronunciado *Chaba*, apodado «Jabba» por motivos no demasiado sutiles,* y daba la impresión de estar muy alterado. Lo cual no era infrecuente. Aquel gordinflón poseía un inmenso apetito por la vida… y por todo lo demás.

—Estoy en el centro comercial —contestó Bellinger, todavía torciendo la cabeza para ver mejor los televisores.

—Pues vete a casa y pon las noticias, rápido. No te lo vas a creer.

Jabba, emocionado por algo que salía por la tele. No era lo que se dice una novedad espectacular. Aunque esta vez, sólo esta vez, pensó Bellinger, su entusiasmo parecía estar justificado.

Csaba Komlosy, un brillante ingeniero químico de origen húngaro que trabajaba con Bellinger en el Laboratorio Rowland de Investigación de Materiales, era un apasionado de todo lo televisivo. Lo suyo eran normalmente las películas bien hechas, de conceptos muy elevados, de esas en las que un agente del gobierno duro y con agallas se las arreglaba una y otra vez para salvar a la nación de la destrucción en masa, o en las que un arquitecto también duro y con agallas se las arreglaba una y otra vez para huir de las cárceles más difíciles de escapar. Sin embargo, últimamente Csaba había dado un cambio y se inclinaba más por lo cutre. Ahora prefería el inframundo de la televisión sin guión (los *reality shows*, llamados así pese a tener poco que ver con la realidad y con carecer de guión, ya que vamos a eso) y, para gran disgusto de Bellinger, le

* Jabba the Hut es una criatura gruesa y con forma de babosa de una película de *La Guerra de las Galaxias*. (*N. de la T.*)

gustaba mucho compartir los momentos más sublimes de dichas emisiones.

Pero en este caso Bellinger estaba dispuesto a concederle vía libre. Con todo, no pudo resistir la tentación de meterle un poco el dedo en el ojo.

—¿Desde cuándo ves tú las noticias?

—¿Te importaría dejar de hacer de inquisidor y encender el maldito aparato? —protestó Jabba.

—Precisamente lo estoy mirando en este momento. Estoy en el centro comercial, frente a la tienda de Best Buy. —La voz de Bellinger perdió intensidad cuando varias de las cabezas que tenía delante cambiaron de sitio y la imagen del televisor captó su atención una vez más. Alcanzó a ver el rótulo que aparecía al pie de la imagen, que decía lo siguiente: «Fenómeno inexplicable en la Antártida.» Y también había un recuadro en el ángulo superior derecho que decía: «En directo.» Se quedó petrificado en el sitio, sin poder moverse, procesando lo que veían sus ojos. Reconoció a la periodista, había visto varios de los reportajes que ésta había hecho a lo largo de los años y se acordaba de los especiales que emitió desde Tailandia tras el *tsunami* de hacía unos años, que fue la primera vez que se fijó en ella. Aunque pareciera superficial, el grado de atención que prestaban los hombres a la pantalla era directamente proporcional al relativo atractivo sexual de la presentadora, sobre todo si la noticia en cuestión no tenía que ver con ningún conflicto armado, un tablero deportivo o la debacle sufrida por algún famoso. Para la mayoría de los hombres, Grace Logan (con aquellos duros ojos verdes, aquel lunarcito travieso que tenía justo encima de los labios, aquella voz turbadoramente susurrante pero firme, aquellos rizos rubios que siempre parecían ligeramente despeinados y aquel cuerpo de vampiresa que debía sus curvas a las hamburguesas y los batidos, no a la silicona) levantaba el interés sin el menor esfuerzo.

Pero esta vez Bellinger no tenía los ojos puestos en ella.

La cámara volvió a enfocar de cerca el fenómeno, y al momento se extendió por entre el público un estremecimiento audible.

—Tío, es irreal —exclamó Jabba—. No puedo apartar los ojos del televisor.

Bellinger no le encontraba la lógica.

—¿Es una broma?

—Según lo que dicen, no.

—¿Dónde está ocurriendo, exactamente?

—En la placa de hielo del oeste de la Antártida. Están a bordo un barco de investigación, frente a la costa. Al principio pensé que tenía que ser una escena de especialistas para una película de Cameron, o de Emmerich, incluso de Shyamalan, pero ninguno de ellos tiene en estos momentos un rodaje que encaje con esto.

Quién iba a saberlo mejor que Jabba, el mayor experto del mundo del celuloide.

—¿Cuánto tiempo lleva eso flotando en el aire? —quiso saber Bellinger.

—Unos diez minutos. Surgió de la nada, mientras Logan estaba hablando del rompimiento de la plataforma de hielo. Primero fue como una bola de luz como ésta, luego se transformó en una esfera oscura, como ese planeta negro de *El quinto elemento*, ¿te acuerdas? Me dejó totalmente alucinado.

—¿Y después se convirtió en esto de ahora?

—Eso es.

El crujido que se oyó por el teléfono llevó a Bellinger a imaginar visualmente el probable entorno en el que tenía lugar la llamada de su amigo: hundido en el sofá, con una botella de Samuel Adams en una mano (no sería la primera, supuso Bellinger, dado que hacía más de una hora que ambos habían salido del laboratorio) y una bolsa semivacía de patatas fritas picantes en la otra. Por eso estaba hablando por el manos libres.

Bellinger arrugó la frente a causa de la concentración y se rascó la calva. Nunca había visto nada igual. Estaba llegando cada vez más gente, que se apiñaba a su alrededor intentando colocarse en una posición ventajosa.

Jabba masticó ruidosamente otra patata frita y luego preguntó:

—Bueno, ¿y qué opinas?

—No lo sé —respondió Bellinger, medio aturdido. Los curiosos lanzaron una exclamación de asombro cuando una cámara aérea les ofreció un primer plano de aquella visión inexplicable—. ¿Cómo harán esto? —se extrañó, al tiempo que cubría con la mano el micrófono del móvil para protegerlo del ruido que lo rodeaba. Como investigador de tecnología y científico que era, su cerebro se mostraba escéptico de forma instintiva e intentaba inmediatamente imaginar de qué modo se podía lograr aquello.

Era obvio que Jabba estaba haciendo el mismo razonamiento.

—Debe de ser algún efecto de láser. ¿Te acuerdas de las bolitas luminosas flotantes en las que trabajaban aquellos tipos de Keio...?

—¿Las emisiones de plasma inducidas por láser? —lo interrumpió Bellinger. Ambos habían visto en la prensa el reciente invento de aquella universidad japonesa, que empleaba ráfagas focalizadas de un proyector de láser para calentar el aire en puntos concretos por encima de un voluminoso dispositivo, y causaban minúsculas emisiones de plasma que «dibujaban» formas tridimensionales de luz blanca en el aire.

—Sí, ¿te acuerdas? Había un tipo con gafas estrafalarias que llevaba unos guantes blancos...

—Ni hablar —replicó Bellinger—. Haría falta poner debajo un generador del tamaño de un avión para conseguir una bola tan gigantesca. Y además, eso no explicaría el resplandor tan constante ni la definición tan nítida.

—De acuerdo, olvídalo. ¿Y qué me dices de otros tipos de proyecciones? ¿Formación de imágenes por espectro?

Bellinger observó fijamente la pantalla.

—¿Es que sabes algo que no sé yo? Porque, aparte del androide de... ¿cuál es ese de color blanco que parece un extintor de incendios?

—R2-D2. —El tono de burla con que lo dijo indicó que había puesto los ojos en blanco, fue tan claro como si estuvieran utilizando *webcams* de alta definición.

—Aparte de R2-D2, no creo que existan proyectores en tres dimensiones.

Era cierto. Un sistema que fuera capaz de fabricar una imagen autónoma, independiente, tridimensional y móvil, como la que aparece en el crucial momento en que la princesa Leia dice: «Ayúdanos, Obi-Wan», del tamaño que fuera, pero mucho menos tan grande como el de dicha secuencia, seguía siendo algo imposible de imaginar para los mejores cerebros que se dedicaban al tema.

—Además, te estás olvidando de un pequeño detalle —añadió Bellinger, ahora con una ligera sensación de incomodidad.

—Ya sé, colega. Que es de día. —Jabba parecía asustado por el hecho de que alguien hubiera ratificado aquella conclusión.

—No es lo que se dice un entorno adecuado para emplear un proyector, ¿no te parece?

—Pues no.

Bellinger se sentía incómodo por estar hablando de semejantes cosas allí en medio, rodeado de gente, con la bolsa del gimnasio y la ropa limpia a punto de que se las pisotearan. Pero es que no quería irse.

—Vale, así que ya podemos olvidarnos del láser y de los proyectores —le dijo a Jabba—. Fíjate bien. Esa esfera no está contenida dentro de ningún marco, no está dentro de ningún recinto, no tiene detrás ningún fondo oscuro, ni tampoco cristales alrededor. Está flotando, simplemente, y a plena luz del día.

—A no ser que haya un par de espejos descomunales a cada lado que no nos quieren enseñar —reflexionó Jabba—. Oye, puede que se haya generado a partir del espacio.

—Una idea interesante, pero ¿cómo, exactamente?

Jabba hizo un ruido al morder otra patata.

—No lo sé, tío. Esa cosa no tiene sentido, ¿verdad?

—No. Espera un momento —le dijo Bellinger. Sujetó el móvil entre la oreja y el hombro, agarró sus pertenencias y retrocedió unos cuantos pasos para apartarse del grupo de gente, que cada vez era más numeroso.

Jabba y él exploraron otras ideas probando con todas las hipótesis que se les iban ocurriendo, intentando dar con una explicación sensata y plausible, pero no encontraron ninguna. En cambio, la emoción que embargaba a Bellinger no tardó en dar paso a un sentimiento de desasosiego. Había algo que lo carcomía, la incómoda sensación de que algo bullía en lo más recóndito de su cerebro reclamando su atención.

De repente la cámara fija se sacudió bruscamente a causa de una conmoción que tuvo lugar en la cubierta del barco. Jabba lanzó una exclamación de placer, igual que el grupo de curiosos del centro comercial, que corearon la escena y bromearon al presenciar la refriega de la gente del barco, hasta que apareció de nuevo la imagen de la cámara aérea. Ésta tomó un primer plano de la bola de luz, la cual desapareció a continuación, para reaparecer de pronto justo en la vertical del barco. La multitud que rodeaba a Bellinger chilló y retrocedió asustada cuando vio el trémulo plano en contrapicado de la cámara que filmaba desde la cubierta, que provocó estupor general.

—¡Qué hija de puta! —exclamó Jabba—. ¿Está girando?

Bellinger concentró la mirada en la visión, ya plenamente consciente del nudo que tenía en la garganta.

—Es esférica —se maravilló—. No es una proyección. Es algo realmente físico, ¿no?

En la pantalla, Grace Logan tenía dificultades para conservar la calma, estaba claro que se sentía apabullada por la aparición que tenía justo encima, suspendida directamente sobre el barco. Los del centro comercial se hicieron eco de su reacción poniéndose rígidos y guardando silencio.

También cesaron los crujidos de Jabba al masticar.

—Me parece que has acertado. Pero ¿cómo…? No es un objeto, y sin embargo… Casi es como si el aire mismo estuviera ardiendo, pero…, eso no es posible, ¿no? O sea, no se puede prender fuego al aire, ¿verdad?

De pronto Bellinger sintió una oleada de sangre en las sienes. Algo encajó de repente. Sencillamente le vino, sin anunciarse, salido de ninguna parte. Unas neuronas olvidadas hacía mucho en lo más hondo de su cerebro, en estado latente, lograron estirarse, buscarse las unas a las otras y establecer una conexión.

Una conexión nada feliz.

«Oh, mierda.»

Calló de pronto, mientras el cerebro le trabajaba a toda velocidad para procesar dicha conexión y conducirla hasta su conclusión lógica, abrumado por el miedo a lo que podía suceder, y justo en aquel momento la señal desapareció de la vista y en el barco el cielo recuperó su apariencia normal.

—Tío, ¿estás ahí?

Bellinger oyó su propia voz a lo lejos, como si estuviera fuera de su cuerpo, observándose a sí mismo contestar.

—Sí.

—¿Y qué? ¿Qué piensas?

Sintió que se le erizaba la piel.

—Tengo que irme. Cuando llegue a casa, te llamo. Si se te ocurre algo, dímelo.

—Tío, espera un momento, no…

Pero Bellinger colgó.

Se quedó inmóvil en el sitio, con los pies clavados a las frías baldosas del suelo. La conmoción que tenía lugar a su alrededor iba perdiendo intensidad a medida que él volvía su pensamiento hacia el interior de sí mismo. Sólo unos minutos antes, cuando recogió las coloridas camisas de la tintorería, todas planchadas y listas para llevárselas, había estado acariciando una sensación de lo más agradable. Con los pocos días que faltaban para Navidad, ya lo estaban llamando el mar, el sol y el ancho cielo azul de la República Dominicana, la peregrinación que hacía todos los años, el esperado alivio que suponía tras la vida claustrofóbica que llevaba en aquel laboratorio de investigación carente de ventanas. Pero ahora habían desaparecido todas las sensaciones agradables, reemplazadas por una inquietud agobiante que seguro que no iba a dejarlo en paz.

Permaneció allí por espacio de largos instantes, estudiando la preocupante idea que se había abierto paso desde los oscuros recovecos de su cerebro.

«Ni hablar —pensó—. Seamos serios.»

Pero no pudo quitarse esa idea de la cabeza.

Se quedó allí sumido en sus pensamientos mientras los televisores reproducían toda la escena desde el principio y la multitud de curiosos iba dispersándose. Por fin, haciendo un esfuerzo, se apartó del escaparate, recogió sus cosas y se fue a casa conduciendo en silencio.

«Ni hablar.»

Dejó las bolsas en el vestíbulo de la entrada y decidió intentar olvidarse de aquello dedicándose a otra actividad, de modo que se dirigió hacia el frigorífico. Cogió una cerveza y regresó al vestíbulo para hojear el correo, pero no sirvió de nada.

No podía quitárselo de la cabeza.

Encendió la televisión. Las imágenes que proyectó sobre él resultaron escalofriantes. Embotellamientos de tráfico en Times Square, debido a que la gente se había quedado paralizada en el sitio, hipnotizada por la aparición reproducida en imágenes por el Sony Jumbo Tron; ciudadanos en bares y estadios, de pie y con la vista fija en las pantallas; y otras imágenes igualmente caóticas tomadas en todo el mundo. Fue hasta su mesa de trabajo, encendió el ordenador portátil y pasó un par de horas examinando *chats* archivados, al tiempo que escrutaba diversas páginas de prensa, en un intento de hacerse una idea más clara de lo que estaba ocurriendo, y con la esperanza de encontrar algo de munición que descartase su teoría.

Era demencial, disparatada…, pero encajaba.

Encajaba a la perfección.

Lo cual trajo a colación otro problema más importante.

Qué hacer al respecto.

Sus instintos más primitivos le dictaron que olvidara el tema y lo dejara en paz. Pero muy en paz. Si de verdad estaba sucediendo lo que él imaginaba, saldría muchísimo mejor parado si extirpara de su mente hasta el último resquicio de aquella idea y no se la mencionara a persona alguna. Lo cual era la opción más sensata, la más racional, y él se vanagloriaba de su racionalidad por encima de cualquier otra virtud que pudiera tener. Pero es que había algo más.

Había muerto un amigo. Y no un amigo cualquiera.

Su mejor amigo.

Y aquél era un detalle que a su racionalidad le costaba trabajo ignorar.

Volvieron a chispear en su cerebro las visiones del trágico accidente ocurrido en la Costa de los Esqueletos, imágenes horrorosas que su imaginación había evocado mucho tiempo atrás, cuando le informaron de cómo había fallecido Danny Sherwood.

No podía ignorarlo.

Tenía que hacer averiguaciones. Cerciorarse. Obtener la visión de conjunto.

Se sirvió otra cerveza y se sentó en el salón solo, a oscuras, con la vista perdida en la nada y el pensamiento alternando entre lo que acababa de ver y lo que había sucedido dos años antes. Al cabo de unas cuantas botellas más de cerveza, volvió a coger el teléfono y recorrió la lista de contactos hasta que dio con el que estaba buscando. Se trataba de un número que le habían proporcionado un par de años antes y al que no había llamado en todo ese tiempo.

Titubeó un segundo y después pulsó el botón de llamada.

Oyó sonar el timbre tres veces, cuatro, hasta que por fin contestó un hombre.

—¿Quién es? —El tono de voz era frío, sin concesiones.

Al oír la voz de Matt Sherwood, Bellinger experimentó un mínimo consuelo. Una conexión palpable, aunque efímera, con su amigo muerto.

—Soy Vince. Vince Bellinger —respondió con una cierta vacilación en la voz. Hizo una pausa brevísima y luego agregó—: ¿Dónde estás, Matt?

—En mi casa. ¿Por qué?

—Necesito verte —dijo Bellinger—. Digamos que ya mismo.

6

Boston, Massachusetts

En la abarrotada cancha, nadie era capaz de apartar la mirada de los enormes marcadores por vídeo. Ni los seguidores ni los jugadores. Y, desde luego, tampoco ninguna persona de las que se encontraban en la lujosa suite, ubicada en la situación perfecta, que ocupaba Larry Rydell en el Garden.

Sus invitados, el equipo de diseño que trabajaba en el innovador automóvil eléctrico que esperaba lanzar al mercado en el plazo de un par de años, estaban disfrutando mucho con la invitación. Habían pasado el día entero en el centro neurálgico del proyecto, situado en Waltham, poniéndolo al corriente de la fase en que se encontraba el coche, enumerando los problemas que habían logrado solucionar y los que acababan de surgirles. Igual que en todo lo que hacía Rydell, aquel proyecto tenía ambiciones de escala mundial. Era amigo de Elon Musk, otro que había causado sensación en Internet, cortesía de un pequeño negocio en la red del que era cofundador, denominado PayPal —ya había sacado al mercado su coche eléctrico, el Tesla, pero era un deportivo—. Rydell se dirigía a un tipo de conductor distinto: las legiones que se movían en modelos Camry, Impala y Accord. De manera que contrató a los mejores y más brillantes diseñadores e ingenieros, les proporcionó todo lo que necesitaban para triunfar y los dejó trabajar a su aire. Aquél era tan sólo uno de los varios proyectos que dirigía al mismo tiempo. Tenía equipos trabajando en parques eólicos más eficientes, células solares y mejores cableados para transportar la energía producida. Las energías renovables y limpias iban a ser la próxima gran revolución industrial, y Larry Rydell era indudablemente un visionario.

El único recurso contra el que luchaban sus proyectos era el tiempo de que disponía él. Ciertamente, el dinero no era problema, ni siquiera tras las recientes turbulencias habidas en los mercados. Era muy consciente del hecho de que tenía más de lo que iba a necesitar nunca. Todos los usuarios de ordenadores y teléfonos móviles que había en el planeta habían contribuido a aportar algo a su fortuna, y el resto era resultado de la estratosférica cotización que habían alcanzado las acciones de su empresa. Y aunque a Rydell le gustaba la buena vida, había encontrado cosas mejores que hacer con el dinero que construirse yates de ciento cincuenta metros.

Habían tenido una jornada larga y productiva, habían superado un gran escollo que llevaban varias semanas intentando salvar, así que decidió recompensar a los miembros de su equipo ofreciéndoles una despedida de vacaciones de fin de año con clase. Los invitó a una cena fastuosa, toda la bebida que pudieran tragar y los mejores asientos en las gradas. Acababan de ver a Paul Pierce esquivar a Kobe Bryant y hacer una tremenda canasta con ambas manos, tras lo cual sonó el pitido del primer cuarto, cuando el panel de pantallas que colgaba allá en lo alto parpadeó y pasó a emitir un informativo en directo que hizo enmudecer a todo el público.

Mientras estaba allí de pie, hipnotizado por las imágenes irreales que pasaban ante sus ojos, sintió que le vibraba el Blackberry en el bolsillo. Era uno de los tres modos de alerta que nunca entraban en coma, ni siquiera cuando tenía seleccionado el ajuste de entorno privado, que era casi siempre. Uno estaba reservado para Mona, su asistente personal, o, para ser más exactos, la asistente personal de más antigüedad de las cuatro que controlaban el puente levadizo de su oficina. Otro era para su ex mujer, Ashley, aunque a ésta le era generalmente más fácil llamar a Mona y decirle que él le devolviera la llamada. El tercero, el que ahora reclamaba clamorosamente su atención, le indicaba que su hija Rebecca, que ya tenía diecinueve años, quería hablar con él.

Una cosa que rara vez le ocurría cuando estaba en una playa lejana, lo cual ocurría en este momento y frecuentemente. Rebecca se encontraba en la villa que poseía la familia en México, pensó, pero no estaba seguro; podría haber sido el chalé de Vail o el yate de Antigua. Entre lo mucho que le gustaban a ella las fiestas y lo poco que le gustaba a él todo lo que no guardase relación con los proyectos para los que vivía y respiraba, aquel pequeño dato tenía bastantes grietas por las que colarse y desaparecer.

Se apretó el teléfono contra la oreja sin apartar los ojos de la pantalla.

—Papá, ¿estás viendo lo mismo que yo?

—Sí —contestó, un tanto aturdido—. Estamos todos de pie, aquí en el Garden, mirándolo como zombis.

—Pues aquí, igual. —Rio su hija con un poco de nerviosismo—. Estábamos a punto de salir cuando me llamó una amiga mía de Los Ángeles para contárnoslo.

—Y, a propósito, ¿dónde estás?

—En México, papá —respondió Rebecca medio quejándose, en un tono que decía sin disimulos «ya deberías saberlo».

Justo en aquel momento, el asombro inicial se transformó en un estruendo de vítores y aplausos, cuando el público, que ya estaba caldeado, dio rienda suelta a sus sentimientos. El rugido reverberó por toda la cancha.

—Vaya —comentó Rebecca—, se han vuelto histéricos.

—Así es —confirmó su padre con una sonrisa de curiosidad—. ¿Cuánto tiempo llevan transmitiendo esas imágenes?

—No lo sé con seguridad, acabamos de encender la tele hace unos minutos. —Calló unos instantes y luego dijo—: Papá... ¿Qué crees tú que es?

Entonces, en lo que probablemente era la primera vez para un hombre ensalzado en el mundo entero como nada menos que un genio, Larry Rydell se encontró falto de una respuesta que dar a su hija. Al menos, falto de una respuesta que pudiera compartir con ella.

Ni ahora, ni nunca.

7

Washington, D.C.

Una lluvia ligera empapaba la capital del país cuando un Lexus negro, con chófer al volante, salía del garaje subterráneo y se incorporaba a Connecticut Avenue para internarse en el escaso tráfico de últimas horas de la tarde. En el mimado confort del asiento trasero, provisto de calefacción local, viajaba Keenan Drucker, en silencio, con la vista fija en la ventanilla y en el torrente de luces de los coches que pasaban, meditando sobre lo sucedido a lo largo de aquella intensa jornada.

Las llamadas de teléfono habían comenzado como una hora antes, y en los próximos días habría muchas más, de aquello no le cabía ninguna duda.

Sólo acababan de empezar.

Cerró los ojos y se recostó contra el mullido reposacabezas. Su cerebro repasaba una y otra vez el plan, diseccionando de nuevo cada capa del mismo, buscando el fallo fatal que pudiera haber pasado por alto. Igual que en todos los ensayos previos, no halló nada de que preocuparse. Existían un montón de incógnitas, por supuesto, por definición tenía que haberlas; pero aquello no lo inquietaba. Los descuidos y los errores de cálculo, eso sí que era distinto. Eso no podía tolerarlo. Se había invertido un gran esfuerzo en asegurar que no hubiera ninguno. Pero las incógnitas eran, en fin, imposibles de conocer. Una vida entera cerrando acuerdos cuestionables en salas llenas de humo le habían enseñado que no merecía la pena preocuparse por las incógnitas hasta que se materializaran. Entonces sí que se preocuparía de que su forma concienzuda de trabajar, su concentración y su grado de compromiso garantizaran que, si el Señor así lo quería no resultaran demasiado difíciles de abordar. Sonrió para sus adentros.

El Blackberry lo sacó de aquella ensoñación. El tono del timbre le indicó quién llamaba, información que quedó confirmada cuando echó un vistazo rápido a la pantalla antes de contestar.

La Bala fue directo al grano, como era la norma en él. Aquella tarde ya habían hablado dos veces.

—He recibido una llamada de nuestro amigo de Meade.

—¿Y?

—Ha hallado un resultado. Una llamada telefónica efectuada entre dos de los periféricos que figuran en la lista de vigilancia.

Drucker reflexionó unos instantes sobre aquella noticia. La Bala, también conocido como Brad Maddox, había sugerido inicialmente emplear uno de los contactos que poseía él dentro de la Agencia de Seguridad Nacional para mantenerse discretamente al tanto de cualquier problema imprevisto que pudiera surgir. Aunque Drucker había pensado que el riesgo de salir a la luz compensaba las improbables ventajas, ahora, por lo que parecía, Maddox había hecho bien. Por eso Maddox era el encargado de la seguridad del proyecto.

—¿Has oído la grabación? —preguntó Drucker.

—Sí.

—¿Hay algo de lo que debamos preocuparnos?

—En mi opinión, podría haberlo. La llamada en sí fue demasiado breve para sacar nada en claro de una parte ni de otra, pero el momento en que se efectuó da motivos para preocuparse.

Drucker hizo una mueca de desagrado.

—¿Quiénes son los periféricos?

—Uno de ellos es un técnico, un ingeniero de aquí, de Boston. Se llama Vince Bellinger. Fue compañero de habitación de Danny Sherwood, en la universidad. Eran amigos íntimos, grandes colegas. El otro es el hermano de Sherwood, Matt.

Por la mirada de Drucker cruzó una sombra de preocupación.

—¿Y no hay ningún historial al respecto?

—La última comunicación entre ellos que tenemos es de hace casi dos años.

Drucker meditó unos instantes. Dos años atrás, tenían una

razón lógica para conversar. En cambio, el momento en que se había hecho esta última llamada era problemático, efectivamente.

—Entiendo que lo tienes bajo control.

Maddox no lo habría dicho en tono más inexpresivo ni aunque lo hubieran sedado:

—Te he llamado sólo para ponerte al corriente.

—Bien. Esperemos que sea una coincidencia.

—No creo en esas cosas —afirmó Maddox.

—Yo tampoco, tristemente —repuso Drucker. Y acto seguido, como si se le hubiera ocurrido de pronto, preguntó—: ¿Y la chica?

—Esperando a que se la lleven.

—Vas a tener que ocuparte de eso con más discreción todavía —le previno Drucker—. Ella es la clave.

—No me va a suponer ningún problema —le aseguró la Bala—. Mis muchachos están preparados. No tienes más que darnos la orden.

—Es inminente. Mantenme informado acerca de ese compañero de habitación —agregó Drucker antes de colgar.

Se quedó mirando el teléfono durante unos momentos, y después se encogió de hombros y volvió a guardárselo en el bolsillo interior de la chaqueta. Una vez más dejó la mirada perdida en las hileras de luces rojas y blancas que pasaban por la ventanilla y planificó mentalmente cuáles iban a ser las próximas jugadas.

Era un buen comienzo, de ello no cabía duda.

Pero lo más difícil estaba aún por llegar.

8

Mar de Amundsen, Antártida

Gracie observó cómo la pantalla adquiría un color gris borroso, y sacudió la cabeza en un gesto negativo. El torrente de adrenalina comenzaba a agotarse, de modo que ahora se sentía muy cansada, azotada por un huracán de euforia, confusión y nerviosismo. La llamaba otra taza del sorprendente, por lo bueno, café del barco.

—Vamos a verlo otra vez más —le dijo a Dalton uno de los científicos.

Dalton miró a Gracie, que se encogió de hombros, se levantó de su asiento y fue hasta el mostrador del rincón para administrarse su dosis de cafeína. Notaba la garganta seca y áspera y había perdido toda noción del tiempo, a lo cual contribuía aquella luz diurna continua, que por lo visto nunca tenía fin.

Después de que la aparición se esfumara, habían permanecido en cubierta durante aproximadamente una hora, escrutando los cielos, antes de decidir entrar a calentarse un poco. Varios miembros de la tripulación se quedaron de guardia por si reaparecía el fenómeno, mientras ella y los demás se apiñaron en la sala de los oficiales y los científicos (que por el nombre daba a entender un recinto más elegante de lo que era en realidad) a visionar en una gigantesca pantalla de plasma las imágenes tomadas por las dos cámaras de Dalton. Al cabo de varios visionados e incontables tazas de café, aún seguían sin hallar una explicación, por remota que fuera, a lo que habían presenciado.

La explicación más cómoda, la que atribuía la aparición a algún fenómeno espectacular de la atmósfera, quedó descartada enseguida. Los candidatos obvios, como aurora austral, arcos de niebla y destellos verdes, no encajaban. Una posibilidad que sí generó un breve debate fue lo que se llamaba «polvo de diamantes». Gracie no lo había oído nombrar nunca. Simmons explicó que se trataba de un fenómeno en el que se formaban cristales de hielo a partir de la condensación del vapor de agua presente en la atmósfera. Cuando el sol incidía sobre dichos cristales en un ángulo en particular en su caída a la tierra, generaba un efecto brillante, de destellos, a veces en forma de halo. Aquello podría haber explicado la primera parte de la aparición, durante un trecho, y además un trecho grande. Pero no explicaba en absoluto el símbolo deslumbrante en que se transformó después.

Gracie paseó la mirada por la sala y se dio cuenta de que aquella conversación era puramente académica. Pese a los acalorados debates y discusiones, estaban agarrándose a un clavo ardiendo y esquivando lo evidente. Por el gesto de tensión que mostraban los rostros que la rodeaban, la inseguridad en el tono de voz y las miradas nerviosas, dedujo claramente que ninguno de los presentes creía de verdad que lo sucedido hubiera sido un fenómeno natural de la atmósfera. Y aquella gente no era un simple grupo de profanos en la materia, dados a echar al vuelo la imaginación; aquellas personas eran científicos sumamente cualificados, expertos en su campo y más que versados en los singulares fenómenos que tenían lugar en aquel entorno. Además, todos habían quedado gravemente conmocionados por lo que habían visto. Todo aquello significaba una de dos cosas: si no había sido un fenómeno natural, tenía que ser artificial…, o sobrenatural.

La primera alternativa era más fácil de abordar.

Dalton apartó la mirada de la pantalla con el entrecejo fruncido.

—Pues si esto no es una rareza de la naturaleza, a lo mejor es algún bufón que nos está gastando una broma.

—¿Tú crees que podría ser una burla? —preguntó Gracie.

—Pues sí. ¿Te acuerdas de aquellos avistamientos de ovnis que hubo en Nueva York hace unos años? —continuó Dalton—. Tenían convencida a la mitad de la ciudad, y resultó que eran unos cuantos tipos pilotando varios ultraligeros en formación.

—En cambio, nadie ha sido capaz de explicar las luces que aparecieron en Phoenix en 1997 —replicó otro científico, un geofísico que lucía una tupida perilla de chivo y respondía al nombre de Theo Dinnick. El avistamiento en cuestión, un suceso de importancia que presenciaron centenares de personas independientes y de gran credibilidad, seguía sin tener explicación hasta la fecha.

—Se olvida usted de que esto ha sucedido a plena luz del día —señaló Gracie.

Simmons, el paleoclimatólogo de los prismáticos, asintió con desconfianza.

—Si es una broma, quiero conocer al responsable y averiguar cómo diablos ha conseguido crear ese fenómeno, porque desde luego yo no encuentro ninguna forma de explicarlo.

Gracie recorrió la sala con la vista. Su mirada se posó en Musgrave, el especialista en glaciares que se había alterado tanto en la cubierta, y en su esposa. Ambos estaban recostados en su asiento, sin participar. Se notaba a las claras que aquella conversación los incomodaba, y de vez en cuando se miraban el uno al otro. Musgrave parecía estar irritado en serio, y por fin se puso de pie.

—Por el amor de Dios, señores. Seamos serios —rogó—. Lo han visto con sus propios ojos, lo hemos visto todos. ¿De verdad creen que algo tan magnífico, tan…, sublime, puede ser una vulgar travesura?

—¿Y qué opina usted que es? —le preguntó Simmons.

—¿No resulta evidente? Es una señal.

—¿Una señal?

—Una señal —repitió—. De Dios.

Sus palabras fueron acogidas con un silencio plúmbeo.

—¿Por qué Dios? ¿Por qué no unos alienígenas? —preguntó por fin Dalton. Musgrave lo fulminó con una mirada cruda, pero Dalton no se amilanó—: Lo digo en serio. Porque es lo primero que me vino a la cabeza al verlo.

—No sea ridículo. —Musgrave no estaba haciendo ningún esfuerzo por disimular el desprecio que sentía.

—¿Y por qué es ridículo? —insistió Dalton—. Usted está diciendo que es sobrenatural, ¿no? Se queda tan contento con la idea de que ha sido obra de «Dios» —Dalton hizo en el aire la señal de las comillas—, sea lo que sea lo que significa eso, pero no con la idea de que pueda ser un fenómeno extraterrestre, procedente de alguna forma de vida inteligente que exista fuera de nuestro planeta. ¿Por qué es eso más ridículo que lo que sugiere usted?

—Tal vez sea una advertencia —sugirió la mujer de Musgrave.

—¿Qué? —dijo Simmons en tono de incredulidad.

—Que tal vez sea una advertencia. Ha aparecido ahora y aquí, en esta plataforma de hielo. Durante el rompimiento. No puede deberse al azar. Tiene que haber un motivo. A lo mejor está intentando decirnos algo.

—¿Quiere que le diga lo que me dice a mí? Que deberíamos irnos de aquí cagando leches antes de que vuelva a aparecer. No es nada bueno —dijo Dalton.

—¡Maldita sea! —explotó Musgrave—, o se toma esto en serio o…

—Está bien, cálmese —lo sofrenó Gracie, y acto seguido se volvió hacia Dalton y le lanzó una mirada reprobatoria—. Estamos todos un poco nerviosos.

Dalton asintió y se recostó de nuevo en su asiento con un profundo suspiro.

—Tengo que decir que estoy de acuerdo con él —agregó Simmons señalando a Dalton—. A ver, somos todos científicos, y aunque los láseres, los hologramas o lo que coño haya sido eso no entre dentro de nuestra especialidad, imagino que todos estamos bastante convencidos de que lo que hemos visto ahí fuera, que nosotros podamos discernir, queda muy lejos de la capacidad de la tecnología que conocemos. Ahora bien, el hecho de no ser capaz de explicarlo me estimula y me da miedo a partes iguales. Porque si no es un efecto de láser y tampoco procede de la DARPA ni de ningún laboratorio japonés ni del Silicon Valley, o sea, si no se ha originado en este planeta…, como dice Greg, tendrá que haber sido obra de Dios o, como dice aquí nuestro amigo, de origen extraterrestre. Y, la verdad, cualquiera de esas alternativas sería realmente extraordinaria, y no veo qué importancia puede tener en este momento que se trate de una cosa o de la otra.

—¿Es que no ve usted la diferencia? —Musgrave estaba enardecido.

—No quiero entrar en un debate teológico con usted, Greg, pero…

—Pero es evidente que no cree en Dios, ni siquiera ahora que le ha ofrecido un milagro, de modo que no sirve de nada entrar en ningún debate.

—No, eso no es lo que estoy diciendo —insistió Simmons con calma—. Mire, lo que está diciendo usted es que esto es obra de Dios, que nuestro hacedor, por alguna razón, ha elegido este día, este lugar, este suceso y este método para aparecerse a nosotros, aquí, hoy…

Gracie lo interrumpió para decir:

—¿Sabemos si ha sucedido algo similar en otra parte? ¿Alguien ha visto las noticias?

Finch intervino:

—Yo acabo de hablar por teléfono con la redacción. No se ha informado de ningún otro avistamiento.

—De acuerdo, así que si Dios ha escogido manifestarse aquí y ahora —prosiguió Simmons—, tengo que pensar que debe de tener una razón bastante importante.

—La mitad de la placa occidental de la Antártida está resbalando hacia el mar. ¿Necesita más razón que ésa? —exclamó irritada la mujer de Musgrave.

—¿Por qué cree usted que estamos aquí? —añadió Musgrave—. ¿Por qué estamos todos aquí? —Recorrió la sala con mirada febril hasta clavar los ojos en el científico británico—. Justin —le preguntó—, ¿por qué estás aquí?

—Inglaterra tiene la misma latitud que Alaska —contestó el aludido—. Lo único que la convierte en un lugar en el que se puede vivir es la corriente del Golfo. Si le quitamos eso, que es lo que ocurrirá si se funde el hielo, ¿te acuerdas de esa película en la que sale Manhattan sepultado entre el hielo y la nieve? Pues así quedará Londres. Junto con la mayor parte de Europa, ya puestos.

—Exacto —insistió Musgrave—. Todos estamos aquí porque estamos preocupados. Todas las señales nos están indicando que se nos avecina un problema gravísimo, y puede que esto, este milagro, nos esté diciendo que tenemos que hacer algo.

Gracie y Finch intercambiaron miradas de recelo.

—Vale, de acuerdo —concedió Simmons—. Lo único que digo es que si ése es el motivo, si se trata de una advertencia, ¿por qué no podría provenir de una inteligencia más avanzada?

—Yo estoy de acuerdo con ese joven —dijo Dinnick con una leve sonrisa que desarmaba, señalando a Dalton—. Es igual de absurdo.

La mujer de Musgrave estaba claramente alterada.

—Es inútil hablar de esto con ninguno de ustedes. No están abiertos a esa posibilidad.

—Al contrario, yo estoy abierto a todas las posibilidades —replicó Dinnick—. Y si estamos hablando de que existe un ente que está estableciendo contacto con nosotros —señaló con la cabeza a Simmons— tal vez para advertirnos, lo cual, claro está, podría justificar el aquí y el ahora… En fin, si se acepta la idea de que existe un creador, la noción del creacionismo, de un diseño inteligente…, ¿por qué no podría ser que ese diseñador inteligente perteneciera a una especie más avanzada?

Musgrave estaba encendido.

—Dios no es algo que uno encuentra en una novela de ciencia ficción —replicó—. Ni siquiera comprende de forma rudimentaria lo que es la fe, ¿verdad?

—No hay ninguna diferencia. Para la capacidad que tenemos actualmente, todo es imposible de conocer, ¿no es así? —presionó Dinnick.

—Crea lo que le apetezca —dictó Musgrave—. Yo me voy de aquí. —Y salió hecho una furia.

La mujer de Musgrave se puso de pie. Miró a todos con una mezcla de rabia, desprecio y lástima y dijo:

—En mi opinión, todos sabemos qué era lo que hemos visto. —Y acto seguido se fue por donde se había ido su esposo.

Sobre los presentes se abatió un silencio incómodo.

—Hay que ver. Está claro que ese tipo no sabe lo que es la Cienciología —comentó Dalton, provocando varias risitas nerviosas.

—Pues yo tengo que decir —declaró por fin el científico británico— que cuando estaba ahí fuera, viendo eso…, me pareció que tenía algo… divino.

Miró en derredor buscando respaldo. Un par de científicos afirmaron con la cabeza.

De pronto, la sinceridad de aquellas sencillas palabras causó cierto impacto en Gracie, guardaban un significado simple, brutal, que caló hondo en ella y le causó un escalofrío más intenso que el que podía haberle provocado cualquier racha de viento estando sobre el glaciar. Mientras escuchaba las argumentaciones que volaban por la sala, se había dejado impresionar por la semántica y casi había perdido de vista lo fundamental: la enormidad del tema que estaban discutiendo. Lo que había sucedido, lo que todos habían presenciado… estaba más allá de toda explicación. Estaba más allá del raciocinio. Y si no lo hubiera visto con sus propios ojos, estaría también más allá de lo creíble.

Pero lo había visto.

Su cerebro empezó a divagar barajando las diversas posibilidades. ¿Podría ser?, se preguntó. ¿Habrían presenciado un momento decisivo de la historia de la humanidad, algo que iba a marcar un antes y un después?

Su escepticismo innato, el escepticismo de un realista endurecido, la arrancó de aquel torbellino de conjeturas soñadoras con un contundente «no».

Imposible.

Sin embargo…, no podía ignorar la sensación de haber estado en presencia de algo trascendente. Nunca había experimentado una sensación igual.

Reprimió un estremecimiento y dirigió a Finch una mirada de incertidumbre.

—¿Qué han dicho? —le preguntó, aparte del resto.

—Que están echando mano de todo aquel que se les ocurre para pedirle opinión. Pero están recibiendo llamadas de cadenas de televisión de todo el mundo que quieren saber qué pasa. Ogilvy quiere que le enviemos urgentemente un vídeo con imágenes de alta resolución —añadió haciendo hincapié, refiriéndose a Hal Ogilvy, el director de informativos internacionales de la famosa multinacional y miembro del consejo de la empresa matriz.

—De acuerdo —aceptó Gracie—. Tenemos que hacer unas cuantas llamadas. ¿Quieres ir a ver si podemos utilizar la sala de reuniones?

Finch afirmó con la cabeza.

—Vale. Vámonos de aquí.

—Amén —añadió Dalton.

Su comentario fue seguido por un aluvión de miradas claramente poco divertidas.

Dalton compuso una media sonrisa tímida.

—Perdón —se excusó, y salió de la habitación.

Recorrieron el pasillo en silencio, todavía afectados por la tremenda magnitud del debate. Cuando llegaron a la escalera, Gracie reparó en que Dalton parecía especialmente distraído.

—¿Qué te pasa? —le preguntó.

Él se detuvo, vaciló un momento y luego dijo:

—¿Y si ese obseso de la Biblia tuviera razón?

Gracie negó con la cabeza.

—Tiene que haber una explicación mejor.

—¿Y si no la hay?

Gracie reflexionó un momento sobre aquella pregunta.

—Pues en ese caso, si de verdad esto ha sido obra de Dios —dijo con gesto pesimista—, para ser un tipo que me tenía totalmente convencida de que no existía, desde luego ha escogido el momento más adecuado para manifestarse.

9

Wadi Natrun, Egipto

La quietud de la montaña era alterada por las respiraciones trabajosas y el lento caminar de los tres hombres que ascendían penosamente por la empinada ladera. Cada pisada, cada piedra que se desprendía y cada canto que rodaba levantaban un eco que era amplificado por la superficie reseca y sin vida de las colinas que se extendían alrededor. Aquella noche la ausencia de la luna se había hecho notar, y a pesar del borroso tapiz de estrellas, la claridad del amanecer y aquella soledad helada suponían una pesada carga.

Yusuf había conducido todo seguido desde el café hasta el monasterio. Al igual que otros muchos cristianos coptos devotos, donaba a dicho monasterio todo lo que podía permitirse con sus ingresos de taxista, y además llevaba fruta y verduras procedentes del puesto de su hermano en el mercado y ayudaba en diversas tareas. Llevaba haciendo aquello desde que le alcanzaba la memoria y conocía el monasterio como la palma de la mano. Por eso había estado en la cueva a la que iba cada pocas semanas para entregar provisiones al solitario inquilino de la misma, y por eso sabía lo que había dentro de ella.

Pidiendo mil perdones de todo corazón, sacó de su sueño a aquel monje que tan bien conocía, llamado hermano Amín, un individuo joven, de ojos despiertos de color verde grisáceo y aire sociable, para darle la sorprendente noticia. Amín conocía a Yusuf lo suficiente para tomarle la palabra, de modo que, espoleado por el tono de urgencia del viejo, lo condujo hasta la celda del abad del monasterio, el padre Kyrillos. Éste, tras escucharlo, accedió de mala gana a acompañarlos de vuelta al café a aquella hora intempestiva. Entre las comodidades del monasterio, cosa nada sorprendente, no figuraba una sala de televisión, de manera que tuvieron que ver las imágenes en el televisor del café. Los monjes se quedaron conmocionados con lo que vieron, y aunque los dos estaban seguros de que Yusuf llevaba razón, sintieron la necesidad de tener la certeza absoluta.

Y aquello no podía esperar.

Yusuf los llevó de nuevo al monasterio, donde esperaron contando las horas con ansiedad. Luego, al amanecer, los llevó en el coche hasta una distancia de diez kilómetros, hasta el borde del desierto, un paraje plagado de riscos desolados y estériles que sobresalían entre la arena. Partiendo de aquel punto, los tres iniciaron un ascenso que se prolongó durante más de una hora, interrumpido por una breve pausa para beber un poco de agua de una cantimplora de cuero que había llevado consigo el monje joven.

El camino no fue precisamente un paseo recreativo. La empinada y desigual ladera de la montaña, un paisaje lunar desierto y formado por rocas sueltas que se desintegraban al tocarlas, ya era lo bastante difícil y traicionera para subirla de día, de modo que era peor a aquella hora, casi de noche, y sin nada con que alumbrarse más que los anémicos haces de luz de unas pequeñas linternas a lo largo de un terreno que todavía estaba bañado por las sombras. Y tampoco era una senda que conocieran bien; las visitas a las cuevas eran cosa muy poco frecuente. Penetrar en aquel territorio desolado era, por norma, algo que se desaconsejaba vivamente, por respeto a los pocos y muy motivados anacoretas que elegían aquel inhóspito entorno para apartarse del mundo.

Por fin llegaron a la pequeña entrada que conducía al interior de la cueva, guardada por una sencilla puerta de madera que se mantenía cerrada gracias a un pestillo viejo y oxidado. A su lado había un ventanuco construido con leños en una abertura natural de la roca. El abad, hombre que conservaba una sorprendente forma física, dotado de unos ojos penetrantes pero bondadosos, tez oscura y curtida y una barba cuadrada con un sinfín de hebras blancas que le sobresalía de la capucha bordada del hábito negro, enfocó brevemente el ventanuco con su linterna y oteó el interior, tras lo cual dio un paso atrás y titubeó unos instantes. Luego se volvió hacia Amín, no muy seguro de si continuar o no. El joven se encogió de hombros; tampoco estaba seguro.

La expresión del abad se oscureció con un gesto resignado de determinación. Con mano temblorosa, más por culpa de los nervios que del frío, dio unos tímidos golpecitos en la puerta. Transcurrieron unos instantes sin que hubiera respuesta. Miró a sus compañeros y llamó otra vez. Siguió sin responder nadie.

—Esperad aquí —les dijo—. A lo mejor es que no nos oye.

—¿Va a entrar? —preguntó Amín.

—Sí. No hagáis ruido. No quiero causarle ninguna molestia.

Amín y Yusuf afirmaron con la cabeza.

El abad hizo acopio de fuerzas, levantó con suavidad el pestillo y empujó la puerta.

En el interior de la cueva reinaba una oscuridad opresiva y hacía un frío que helaba los huesos. Se trataba de una caverna natural excavada en piedra caliza, y la cámara en la que se encontraba el abad en aquel momento, la primera de tres, asombraba por lo grande que era. Se hallaba vacía, a excepción de unos pocos muebles simples y hechos a mano: un rudimentario sillón, una mesa baja colocada delante del mismo y un par de taburetes. Junto al ventanuco había una mesa para escribir y una silla. El abad orientó hacia allí su linterna. Sobre la mesa descansaba un cuaderno de hojas pautadas abierto, con una pluma depositada entre sus páginas. En una repisa situada junto a la ventana se veían varios cuadernos iguales apilados unos encima de otros y con aspecto de estar muy usados.

Su pensamiento se centró en ellos. En el texto denso y escrito con letra febril que llenaba sus páginas, unas páginas que sólo había vislumbrado pero que nunca le habían invitado a leer. En la manera en que había comenzado todo, varios meses atrás, de forma inesperada.

En cómo lo habían encontrado.

Y en el modo milagroso (esa palabra adquirió de repente un halo totalmente distinto) en que él había venido a ellos.

El abad se sacudió aquellos pensamientos de la cabeza y dio media vuelta. Todo aquello podía esperar.

Bajó el haz de luz hacia el suelo y permaneció inmóvil unos instantes, escuchando con atención. Pero no oyó nada. Vacilante, dio unos pasos más en dirección al interior de la cueva hasta que llegó a un pequeño rincón en el que había un camastro.

Estaba vacío.

El abad se volvió iluminando las paredes de la cueva con la linterna, con el pulso disparado.

—¿Padre Jerome? —llamó con voz trémula, levantando eco por toda la estancia.

Nadie contestó.

Perplejo, retrocedió hasta la cámara principal y se volvió de cara a la pared.

Le tembló ligeramente la mano cuando alzó la linterna para iluminar la pared que se curvaba suavemente hacia el techo abovedado de la cueva. Con el corazón retumbando en los oídos, escudriñó la superficie paseando el haz de la linterna desde la entrada hasta lo más profundo de la caverna.

Las marcas seguían estando tal como las recordaba.

Había un símbolo, pintado cuidadosamente sobre la lisa superficie de la roca, hecho con alguna clase de tintura blanca, que se repetía una y otra vez hasta el infinito cubriendo todos los recovecos que estaban libres.

Un símbolo fácil de reconocer.

El mismo que acababa de ver por televisión, en el cielo de la Antártida.

Yusuf estaba en lo cierto.

Y había hecho bien en acudir a ellos.

Sin apartar los ojos de las marcas, el abad se arrodilló muy despacio y, sin proferir sonido alguno, empezó a rezar.

10

Encaramado en la cumbre de la montaña desnuda, muy por encima de donde estaban las cuevas, el padre Jerome contempló el majestuoso paisaje que se extendía frente a él. El sol comenzaba a despuntar por detrás de las montañas dibujando las ondulantes cumbres y tiñendo el cielo de una suave tonalidad rosa dorada.

El padre Jerome, un hombre delgado y viejo, de gafas de montura metálica, cabellos blancos cortados al uno y túnica *dishdasha*, permanecía la mayoría de las mañanas y las tardes allí arriba. Aunque la subida por aquel terreno rocoso y suelto había pasado factura a su débil cuerpo, necesitaba escapar de la aplastante soledad de la cueva y de los opresivos confines de la misma. Y además había descubierto que, una vez que estaba allí arriba, la montaña le regalaba una recompensa que no había previsto, una recompensa que rebasaba con mucho la asombrosa magnificencia de lo creado por Dios.

Aún no sabía qué era lo que lo había impulsado a subir allí, lo que lo había atraído a aquel lugar. Él no era el primero en acudir a aquel valle para servir a su fe y glorificar a su dios; antes que él hubo muchos que habían hecho lo mismo a lo largo de cientos de años. Otros hombres como él, hombres de profunda fe religiosa que habían experimentado la misma presencia divina cuando se vieron ante la pureza y la fuerza de aquel vasto paraje vacío que se extendía arriba y abajo del valle. Pero por más que había cavilado sobre eso durante aquellas noches interminables pasadas en la cueva, todavía no era capaz de explicar la llamada que lo había empujado a marcharse del orfanato (un refugio que acababa de inaugurar, situado varios cientos de kilómetros al sur, justo pasada la frontera con

Sudán) e internarse en el desierto, solo y sin ningún apresto. Quizá no existiera ninguna explicación. Quizá fuera simplemente eso, una llamada, procedente de un poder superior, que no podía rechazar.

Y sin embargo, no sabía por qué..., lo asustaba.

Cuando pensaba en ello, sabía que no debería tener miedo. Era una gracia de Dios, algo providencial. Le había sido mostrada una ruta, un camino, y aunque no lo entendiera ni supiera adónde conducía, seguía siendo un gran honor ser el destinatario de aquella gracia. Y sin embargo...

Lo que más miedo le daba eran las noches. La soledad de aquella cueva a veces resultaba sofocante. De vez en cuando se despertaba empapado en sudor frío, alertado por el ulular del viento o por los gañidos de los perros salvajes que merodeaban por las colinas desiertas. En esos momentos era cuando se agudizaba más su percepción del aislamiento extremo que sufría.

La montaña era un lugar que amedrentaba. Pocos lograban sobrevivir en ella. Los primeros ascetas, los monjes ermitaños que se apartaron de la humanidad y vivieron en aquellas cuevas mucho antes que él, habían ido allí para estar más cerca de Dios, en la creencia de que el único camino que llevaba a la iluminación, la única manera de conocer a Dios, pasaba por vivir en aislamiento. En aquella montaña escarpada y baldía podían evitar la tentación, liberarse de todo vestigio de deseo terrenal y concentrarse en lo único que podía acercarlos a Dios: la oración. Pero para quienes la habían vivido, la montaña era también un campo de batalla. Estaban allí para rezar por la humanidad, pues estaban convencidos de que todo el mundo era constantemente asaltado por demonios. Y nadie más que los propios ermitaños, que también creían que cuanto más rezaban, más amenazas sufrían por parte de las fuerzas del mal contra las que combatían en nombre de la humanidad.

Si al padre Jerome le hubieran preguntado antes de irse a la montaña, habría respondido que no estaba de acuerdo con dicha visión más bien sombría del mundo. Pero ahora que llevaba meses viviendo en la oscuridad de la cueva, después de haber pasado por los infiernos y por el tormento de la reflexión en solitario, ya no estaba tan seguro.

Aun así, tenía que seguir adelante. Tenía que hacer frente a los retos que se le presentaban y no resistirse a ellos.

Aquélla era su llamada.

Los días eran mejores que las noches. Cuando no estaba allí, en lo alto de la montaña, pasaba la jornada sumido en un apacible estado contemplativo, orando o escribiendo. Y ésa era otra cosa que no entendía, otra cosa que lo preocupaba.

Lo de escribir.

Al parecer, las palabras, los pensamientos y las imágenes le fluían sin cesar (sobre todo aquella imagen en particular) e inundaban su cerebro. Y cuando le llegaba la inspiración (la inspiración divina, comprendió, euforizante y terrorífica al mismo tiempo), tenía que plasmarla por escrito con toda prontitud. En cambio, no sabía por qué, no estaba seguro de dónde le venían las palabras. Su cerebro las pensaba, su mano las escribía, y no obstante daban la impresión de originarse en otro lugar y llegar flotando hasta él, como si él fuera un recipiente, un conducto al servicio de un ser superior o de un intelecto más elevado. Lo cual, una vez más, era una gracia. Porque lo que escribía era innegablemente hermoso, aunque no concordara necesariamente con la experiencia personal que tenía él en la Iglesia.

Absorbió el paisaje y aquel mar de cumbres recortadas por la luz, y después cerró los ojos y levantó ligeramente la cabeza para aclarar la mente y prepararse para lo que sabía que había de llegar. Momentos más tarde, como ocurría siempre, de manera infalible, comenzó. Sintió un torrente de palabras que fluía a sus oídos, con tanta nitidez como si alguien se hubiera arrodillado a su lado y se las estuviera susurrando.

Sonrió para sus adentros, ensimismado en su concentración y sintiendo la caricia del sol naciente en la cara, y absorbió esas palabras, que eran, como en todos los demás momentos de revelación que había experimentado, simplemente maravillosas.

11

Boston, Massachusetts

La acera apenas iluminada estaba cubierta de copos de nieve cuando Bellinger se apeó del taxi frente al pequeño bar que había en Emerson, un callejón estrecho y tranquilo del sur de Boston.

Era tarde, y el frío le calaba los huesos de manera inmisericorde. Los días previos a la Navidad solían ser fríos, pero ese invierno en particular estaba resultando muy duro. Al dar media vuelta para meterse en el bar, tropezó con una mujer que emergió de las sombras. Ella retrocedió, aturdida, levantó las manos en una reacción defensiva y pidió perdón explicando con voz entrecortada que había intentado pillar el taxi antes de que se le escapase. Lo dejó a un lado a toda prisa para llamar al taxista, y Bellinger alcanzó a verle fugazmente la cara, suave y atractiva, enmarcada entre una media melena pelirroja que le llegaba a la altura del hombro y el cuello alzado del abrigo. Fue un momento incómodo. Además del fino velo que formaban la nieve y la oscuridad, él mismo se encontraba envuelto en una niebla propia, y antes de poder pronunciar cualquier palabra torpe, la mujer ya se había metido en el taxi y éste estaba arrancando.

Se quedó unos momentos donde estaba, contemplando cómo el coche se alejaba y desaparecía detrás de una esquina. Luego salió de su ensimismamiento y se dirigió al bar.

Aquel sitio lo había elegido Matt Sherwood. Era el típico bar cutre del sur. Cerveza barata, iluminación escasa, alitas de pollo a veinticinco centavos y dianas de dardos. Se veían algunos adornos navideños repartidos por ahí, baratijas de plástico fino y papel de plata coloreado fabricadas en China. El local estaba bastante concurrido, aunque no abarrotado, lo cual era bueno; Bellinger prefería que la conversación que necesitaba tener se desarrollase dentro de la mayor intimidad posible.

Nada más traspasar la puerta se detuvo un instante, para hacerse una idea del sitio, y cayó en la cuenta, cosa extraña, de que inconscientemente estaba escrutando el entorno en busca de alguna amenaza invisible, lo cual lo sorprendió. Él no era el típico paranoico. Se reprendió a sí mismo y procuró dominar los nervios, pero cuando comenzó a adentrarse en el bar buscando a Matt, se percató de que dicha sensación de alarma no cedía.

La clientela del local estaba formada por un conjunto desigual de borrachines. Había pandillas de profesionales jóvenes y bien vestidos que pasaban la noche tomando copas en corrillos y hablando a voces, en vivo contraste con los individuos solitarios y de gesto adusto que estaban encaramados en las banquetas de la barra semejantes a buitres narcolépticos, con la vista enturbiada y fija en el vaso. La música, rock de los ochenta, un poco enlatado, que sonaba en una máquina de discos situada en el rincón del fondo, tenía el volumen perfecto, lo cual también era bueno; así podrían hablar sin preocuparse de que los oyeran. Una vez más, Bellinger se percató de que preocuparse de ese detalle no era normal en él.

Tampoco era habitual que le brotaran gotas de sudor en la frente cuando entraba en los bares. Sobre todo en los de Boston. Ni en diciembre. Y nevando en la calle.

Descubrió a Matt sentado en un reservado del fondo. Mientras se dirigía hacia él sorteando los grupos de parroquianos, le sonó el teléfono móvil. Hizo una pausa lo bastante larga para sacárselo del bolsillo y mirar quién llamaba. Era Jabba. Decidió ignorar la llamada y volvió a guardarse el teléfono en el bolsillo para ir al encuentro de Matt.

Incluso al verlo encorvado sobre el vaso, costaba trabajo no fijarse en la imponente estatura de Matt Sherwood. Medía uno noventa y le sacaba una cabeza entera a Bellinger. No había cambiado mucho en los dos años que hacía que no lo veía. Seguía teniendo la misma actitud introspectiva, el mismo rostro anguloso, el mismo pelo moreno y muy corto, los mismos ojos intensos y serenos que observaban y tomaban nota de todo sin revelar gran cosa. Si acaso, si había algún cambio que Bellinger creyó detectar, aunque fuera de escasa importancia, era para mejor. Lo cual era inevitable, dadas las circunstancias. La última vez que lo había visto fue en el funeral de Danny. Matt y su hermano pequeño estaban muy unidos, la muerte de Danny había sido repentina e inesperada, y la familia se había visto sacudida por una tragedia aún mayor y mucho peor, acaecida esta vez a sus hijos.

Con lo cual resultaba más difícil todavía sacarlo todo a la luz.

Cuando Bellinger tomó asiento en el sofá sin molestarse en quitarse la zamarra, Matt lo saludó con un gesto de cabeza.

—¿Qué ocurre?

Bellinger se acordó de aquel estilo suyo. Matt era lacónico hasta la exageración. Era un hombre que no se andaba con miramientos, lo cual resultaba comprensible. El tiempo era algo que Matt Sherwood valoraba profundamente; ya le habían robado bastante.

Bellinger consiguió esbozar una media sonrisa.

—Me alegro de verte. ¿Cómo estás?

—Genial. Me salen los pedidos por las orejas, con todo ese dinero extra que flota por todas partes. —Inclinó la cabeza hacia un lado y miró a Bellinger con una expresión sardónica—. ¿Qué ocurre, Vince? Ya hace mucho que deberíamos estar en la cama, ¿no te parece? Dijiste que teníamos que hablar.

—Ya lo sé, y me alegro de que hayas podido venir. Es que… —Bellinger titubeó. Era un tema difícil de encarar—. He estado pensando en Danny.

Matt clavó la mirada en Bellinger durante unos instantes y después miró a otro lado, hacia el interior del local, para volver a mirarlo a él.

—¿Qué pasa con Danny?

—Es que la última vez que te vi, tras el funeral…, todo fue tan repentino, que en realidad no hubo un momento para que habláramos de ello. De lo que le sucedió.

Matt pareció escudriñar a Bellinger con la mirada.

—Murió en un accidente de helicóptero. Ya lo sabes. No hay mucho más que contar.

—Ya lo sé, pero… ¿Qué más sabes tú? ¿Qué te dijeron a ti?

A juzgar por la mirada de confusión de Matt, se hacía innegable que éste se había dado cuenta de los rodeos que estaba dando Bellinger y de su acercamiento prudente al tema.

—¿Por qué me preguntas eso, Vince? ¿Precisamente ahora?

—Pues… Ten un poco de paciencia conmigo. ¿Qué te contaron? ¿Cómo ocurrió?

Matt se encogió de hombros.

—El helicóptero se precipitó al mar frente a la costa de Namibia. Un fallo técnico. Dijeron que probablemente se debió a una tormenta de arena, pero que no estaban seguros del todo. No llegaron a recuperar los restos del aparato.

—¿Por qué no?

—Porque no merecía la pena. Se trataba de un aparato privado, y lo que quedó de él estaba repartido por todo el fondo del mar. Aunque allí no es que haya mucha profundidad, según me dijeron, pero las corrientes son muy fuertes. Por eso llaman a esa zona la «puerta del infierno».

Bellinger puso cara de no entender.

—¿Y los cadáveres?

Matt hizo un ligero gesto de dolor. Se apreciaba a las claras que aún lo lastimaba acordarse.

—Tampoco se recuperaron.

—¿Por qué no?

Matt alzó un poco el tono de voz.

—Porque esa zona está infestada de tiburones, y si uno logra salir ileso de ellos, acaba palmando en las turbulencias del agua. Es la jodida Costa de los Esqueletos. Allí no había nada que recuperar.

—Así que tú…

—Exactamente, no había nada que enterrar —exclamó Matt enfurecido. A esas alturas estaba enfadado, ya se le había acabado la paciencia—. El ataúd estaba vacío, Vince. Ya sé que fue ridículo, incineramos una caja vacía y desperdiciamos una madera estupenda, pero tuvimos que hacerlo así. Contribuyó a que nos hiciéramos la idea de que se había cerrado una etapa. Y bien, ¿vas a decirme qué estamos haciendo aquí en realidad?

Bellinger desvió la mirada y la posó en las caras que había repartidas por el local. Sintió que comenzaba a inundarlo un sudor frío y que le dolía la cabeza a causa de la tensión que le producía todo lo que le circulaba por la mente.

—¿Has visto las noticias hoy?

—No, ¿por qué?

Bellinger asintió para sí, pensando cómo continuar. Matt inquirió:

—Vince, ¿qué ocurre?

Justo en aquel momento el Blackberry de Bellinger emitió un pitido para alertarlo de que acababa de recibir un mensaje de texto. Pero Bellinger hizo caso omiso y no levantó las manos de la mesa. En aquel momento no tenía paciencia para atender a Jabba.

Miró fijamente a Matt y se inclinó hacia delante.

—Pienso que lo de Danny pudo ser un asesinato. —Calló unos instantes para que calara lo que acababa de decir y luego añadió—: O algo peor.

El semblante de Matt se petrificó. Fue como si lo hubieran dejado seco de un puñetazo.

—¿Un asesinato o algo peor? ¿Qué puede haber peor?

—Es posible que lo tengan prisionero en alguna parte. Es posible que los tengan encerrados a todos.

—¿Qué? —Su rostro se contorsionó en una mueca de profunda incredulidad—. Pero ¿de qué diablos estás hablando?

Bellinger hizo un ademán con la mano para imponer calma y se acercó un poco más.

—Puede que mataran a Danny y a los demás y fingieran un accidente de helicóptero. Claro que también podría ser que aún los tuvieran encerrados en alguna parte, trabajando contra su voluntad. —Sus ojos giraban a izquierda y derecha, escrutando el local—. Piensa un poco. Si tú tuvieras a un grupo de genios diseñándote algo secreto, ¿no querrías retenerlos a tu lado el tiempo suficiente para garantizar que nada saliera mal cuando por fin fueras a hacer uso de ello?

El Blackberry volvió a pitarle.

—Diseñando ¿qué? Lo que dices no tiene lógica.

Bellinger se inclinó todavía más y bajó la voz hasta convertirla casi en un susurro.

—Hoy ha sucedido una cosa, Matt. En la Antártida. Ha aparecido un objeto en el cielo. Lo están dando todos los informativos. Y pienso que Danny ha tenido algo que ver en eso.

—¿Y por qué lo piensas?

Bellinger ya temblaba visiblemente, hablaba atropelladamente y con nerviosismo. Volvió a pitarle el teléfono, pero no le hizo caso.

—Danny estaba trabajando en algo. Estaba experimentando con el proceso distribuido. Me enseñó a mí algo de eso y estuvimos hablando de las posibilidades que tenía, que eran alucinantes, ¿sabes? Era un tipo brillante, ya lo sabes tú. Pero entonces apareció Reece y se lo llevó a trabajar para él en aquel proyecto suyo, el de los biosensores, y...

—¿Reece?

—Dominic Reece. Fue profesor suyo. En el MIT era un gurú. —Bellinger sacudió la cabeza en un gesto negativo, como si intentara bloquear una idea desagradable—. Él también iba dentro del helicóptero, con Danny. —Miró a Matt como si le pidiera perdón por haber sacado el tema. Transcurridos unos segundos, agregó—: Sea como fuere, era un proyecto grandioso, aquellos sensores habrían salvado miles de vidas, decenas de miles, y...

El Blackberry pitó por cuarta vez.

Bellinger perdió el hilo de lo que estaba diciendo y frunció el ceño. Despegó la concentración que tenía puesta en Matt y echó mano del teléfono con gesto irritado. Hizo una mueca de disgusto cuando entró en la lista de mensajes recibidos y vio que había tres enviados desde el mismo número.

No era Jabba. Todos los mensajes procedían de un número que no conocía.

Abrió el último de ellos.

Lo que apareció escrito en la pantalla lo golpeó igual que una losa.

Decía simplemente: «Si quieres vivir, cierra la boca de una puta vez y sal del bar ya mismo.»

12

Boston, Massachusetts

«Pienso que lo de Danny pudo ser un asesinato.»

El micrófono, del tamaño de un centavo, que llevaba Bellinger oculto bajo la solapa del abrigo recogió aquellas palabras y las envió a toda velocidad hacia los auriculares de los tres operadores que estaban sentados en la furgoneta estacionada frente al bar de la calle Emerson.

Los otros dos operadores, los que se encontraban en el interior del bar provistos de auriculares apenas perceptibles, también oyeron la frase.

Dentro de la furgoneta, el que dirigía el equipo de vigilancia lanzó una mirada significativa a su colega pelirroja. Lo había hecho muy bien. Había sido rápida como el rayo con las manos: un movimiento ejecutado con fluidez, y el micrófono quedó colocado sin que el sujeto se diera cuenta. También habían contribuido aquellos ojos seductores y la sonrisa juguetona con que había distraído a Bellinger. Éste no era el primero que caía bajo su hechizo.

Pero ahora era necesario frenarlo.

Por los auriculares le llegó la voz de uno de los hombres apostados en el bar:

—No coge el teléfono.

El operador principal frunció el ceño y se acercó el micrófono de muñeca a la boca.

—Voy a enviarle otro aviso. Preparaos para moveros si continúa sin hacer caso.

La voz ronca contestó:

—Quedo a la espera.

Pulsó otra vez el botón de enviar del móvil.

A Bellinger el texto que aparecía en la pantalla le quemó los ojos. Levantó la vista y recorrió el local con una expresión de alarma sintiendo el torniquete del pánico, que se le cerraba en torno al corazón. De pronto, todas las personas que vio a su alrededor le parecieron sospechosas, amenazantes, peligrosas.

Matt se dio cuenta.

—¿Qué ocurre? —le preguntó.

Bellinger parpadeó repetidamente. Le costaba trabajo enfocar la vista. Durante unos instantes de confusión todas las caras del bar parecían mirarlo fijamente, con una animosidad sin disimulos.

La voz de Matt irrumpió de nuevo:

—Vince, ¿qué te ocurre?

Bellinger se volvió hacia él y dijo con dificultad:

—Esto ha sido un error. Olvídate de todo lo que te he dicho.

—¿Cómo?

Bellinger se incorporó trabajosamente. Miró a Matt a la cara con el miedo pintado en los ojos.

—Olvídate de lo que te he dicho, ¿vale? Tengo que irme.

Pero Matt se levantó rápidamente y alargó una mano hacia Bellinger, y logró asirlo del brazo.

—Déjate de chorradas, Vince. ¿Qué es lo que ocurre?

Bellinger dio media vuelta y se zafó de Matt de malos modos, antes de empujarlo con las dos manos. Aquella reacción violenta sorprendió a Matt, que cayó hacia atrás, aterrizó pesadamente en el suelo y se golpeó la cabeza contra el borde de madera del sofá del reservado. Todo ello provocó una conmoción que sobresaltó a los clientes que estaban más cerca y los hizo apartarse.

Matt se incorporó, con la cabeza resentida por el porrazo, y recuperó el equilibrio a tiempo para ver a Bellinger perderse entre la gente en dirección a la puerta.

Echó a correr en pos de Bellinger siguiendo la misma trayectoria que había seguido él, por el pasillo que había abierto entre los clientes del bar hasta la entrada del mismo. Cuando salió a la acera, frenó en seco al ver a Bellinger sujeto por dos fornidos individuos que lo estaban arrastrando hacia la parte trasera de una furgoneta. Entonces gritó: «¡Eh!» y cargó contra ellos, pero apenas había despegado los pies del suelo cuando sintió algo contundente que lo golpeaba desde atrás, en la nuca y en la espalda. Fue un golpe que lo dejó sin respiración y lo hizo caer de bruces contra la acera cubierta de nieve.

Cayó mal, con todo el peso del cuerpo sobre el codo derecho, lo cual le provocó un rayo de dolor, y antes de que tuviera ocasión de levantarse de nuevo llegaron dos pares de brazos muy fuertes que lo aferraron, le sujetaron las manos a la espalda y lo empujaron hacia la furgoneta, que aguardaba con las puertas abiertas, para arrojarlo dentro de ella.

Aterrizó dolorosamente sobre el piso, nervado y de metal sin forrar, oyó que se cerraban las puertas detrás de él y se sintió resbalar hacia atrás cuando la furgoneta arrancó. Al momento acudió a él un aluvión de imágenes borrosas y sensaciones que lo asaltaron desde todos los ángulos. Todavía boca abajo y con un ojo aplastado contra el suelo, captó ruidos amortiguados, y al volver la cabeza alcanzó a ver a Bellinger, a los dos matones erguidos sobre él y el vago contorno de (aquello no podía ser cierto) una mujer de media melena hasta los hombros, aparentemente atractiva, que lo miraba desde el asiento del conductor, la silueta de su cabeza recortada contra el parabrisas e iluminada por las luces del tráfico. Uno de los hombres estaba sentado en la espalda de Bellinger, aprisionándolo contra el suelo y tapándole la boca con una mano para silenciar los gritos de protesta. El otro estaba agachado a un lado, cerniéndose sobre Bellinger, y sostenía en la mano un objeto que parecía una afeitadora eléctrica de tamaño gigante.

Oyó a lo lejos un gemido agudo que le resultó vagamente familiar, algo que cobraba potencia, pero en el maltrecho estado en que se encontraba no acertó a definirlo. Movió la cabeza en un intento de cambiar de postura y quedar tendido boca arriba, pero uno de los individuos que lo habían agarrado le plantó un pie en la espalda y lo aplastó de nuevo contra el piso de la furgoneta. Matt sintió un amago de náusea cuando el gemido alcanzó un tono frenético, y contrajo los músculos al comprender qué era.

Hizo un esfuerzo para elevar la cabeza unos centímetros y consiguió ver que el segundo hombre bajaba una mano hacia Bellinger y le aplicaba una descarga con un objeto que ahora comprendió que era una pistola Táser de bolsillo. Bellinger dejó escapar un chillido de dolor al tiempo que la furgoneta se iluminaba con un débil destello de color azul claro. Por lo general, una descarga de dos segundos bastaba para reducir a un hombre que estuviera en buena forma física provocándole fuertes espasmos musculares, y una de tres era suficiente para dejar a la mayoría de las personas en un estado equivalente al de un pez agitándose sobre un suelo seco. La descarga que sufrió Bellinger duró sus buenos cinco o seis segundos, y Matt se imaginó el efecto que iba a causarle, porque él mismo lo había experimentado en sus propias carnes. No era una sensación precisamente agradable, sobre todo cuando los encargados de propinar las descargas eran guardias de prisiones del Neolítico. Se le erizó la piel al acordarse, y ya el zumbido del aparato le trajo a la memoria un dolor similar al de miles de agujas clavándose a la vez en todos los poros de su cuerpo.

De pronto la furgoneta dio un giro a la izquierda, y el cambio de impulso permitió a Matt disfrutar de un breve respiro del peso que lo tenía aprisionado contra el suelo. En aquel momento vio que el torturador de Bellinger por fin dejaba la pistola Taser y sacaba otro objeto mucho más pequeño, algo que emitió un reflejo entre las luces del tráfico que iluminaban a ráfagas la furgoneta: una jeringa que clavó rápidamente en la espalda de Bellinger, justo por debajo del cuello.

Bellinger dejó de agitarse.

—Ya está —anunció el matón sin el menor asomo de esfuerzo ni turbación en el tono de voz, como si lo que acababa de hacer no fuera más que una tarea rutinaria.

La apisonadora que tenía sujeto a Matt preguntó:

—¿Y éste?

El que se había ocupado de Bellinger reflexionó unos instantes.

—Lo mismo —decidió.

No era la respuesta que esperaba Matt. Claro que ninguna de las respuestas probables lo entusiasmaba demasiado.

Una cosa sí sabía: no tenía la menor intención de quedarse tan tranquilo y dejar que lo frieran con un millón de voltios.

Vislumbró que el matón se apartaba de Bellinger y venía hacia la parte posterior de la furgoneta con la pistola Taser en la mano, que había vuelto a emitir aquel horroroso gemido.

Justo en aquel instante la furgoneta giró nuevamente, esta vez hacia la derecha.

Había llegado el momento de aguarles la fiesta.

Con el giro del vehículo, el peso de la apisonadora que tenía sentada encima se desplazó ligeramente y se alivió de forma momentánea. Matt hizo acopio de toda la energía y toda la rabia que le quedaban en todos los corpúsculos del cuerpo y tiró de sí mismo hacia atrás con todas sus fuerzas. Ese movimiento tomó por sorpresa a su captor, quien perdió el equilibrio y salió despedido contra la pared de la furgoneta. Matt, a toda prisa, se las ingenió para meter las dos manos por debajo del cuerpo a fin de incrementar el efecto palanca y, sin pausa, se volvió totalmente, entrelazó los dedos formando una bola y al mismo tiempo hizo un movimiento de vaivén empleando los brazos extendidos a modo de bate de béisbol.

Acertó a la apisonadora en toda la nariz, con un sonoro crujir de huesos que levantó eco dentro de la furgoneta. Su víctima, de rebote, se golpeó la cabeza contra la pared y después se dobló sobre sí misma retorciéndose de dolor.

Pero Matt no se paró a mirar. Había tres matones más de los que ocuparse. Los dos que habían estado entretenidos con Bellinger podían esperar, en cambio la amenaza más inmediata era el compañero de la apisonadora, que también se encontraba en la parte de atrás de la furgoneta y estaba ya abalanzándose sobre él. Matt tomó impulso apoyándose en un codo y se agachó para rodar otra vez, movimiento que le sirvió para proyectar la pierna con la que propinó una patada en el cuello al agresor que se le venía encima. Cuando éste se estrelló de bruces contra las puertas traseras, Matt se incorporó de un salto, le agarró la cabeza con las dos manos y tiró de ella hacia abajo para encajarle un rodillazo. Se oyó con toda claridad que algo le crujía en la cara, y a continuación el agresor dio unos pasos de espaldas, hacia la parte delantera de la furgoneta, para ir a desplomarse sobre el cuerpo inmóvil de Bellinger e interrumpir el avance de los otros dos matones.

Matt vio que ambos pasaban por encima de Bellinger y comprendió que sólo disponía de uno o dos segundos de libertad. Y también que no era probable que eliminara a aquellos dos tipos con la misma facilidad.

En realidad, sólo había una alternativa, y no vaciló.

Aferró la manilla de la puerta trasera, la abrió de un tirón y, aunque vislumbró brevemente un coche que los seguía no muy lejos, dio un salto y se tiró de la furgoneta.

No dispuso de mucho espacio para disfrutar de una caída libre antes de tocar el asfalto. El choque fue más que brutal. El grueso del impacto se lo llevaron el hombro y la cadera izquierdos, y al aterrizar sintió una intensa punzada de dolor que le recorrió de arriba abajo. Dio varias vueltas sobre sí mismo, con los sentidos inundados por una cascada de visiones borrosas que alternaban entre el asfalto y las luces de las farolas. No le quedó ninguna parte del cuerpo libre de magulladuras. Reparó en que lo perseguía un súbito chirrido que le taladraba los oídos y que se acercaba a él de forma alarmante; después oyó el roce delirante del caucho contra el asfalto y sintió la presencia de un parachoques delantero a escasos centímetros de él y cada vez más cerca.

Por fin se detuvieron los dos juntos, como si fuera una actuación sincronizada, Matt a pocos centímetros del automóvil, que había derrapado ligeramente y había quedado en posición un poco oblicua con respecto a la calzada. En medio del blanco deslumbrante que le provocaban el dolor y los faros del coche, percibió el calor que salía del radiador y el fuerte olor a goma quemada y frenos achicharrados que flotaba en el aire. El hombro le dolía mucho. Hizo acopio de fuerzas y se incorporó a medias para mirar calle adelante. La furgoneta estaba retrocediendo a toda prisa y uno de los hombres miró atrás y después cerró las puertas de un golpe.

Matt se puso de pie a duras penas. La pierna izquierda estuvo a punto de fallarle, pero se apoyó contra el parachoques del automóvil. Acto seguido fue tambaleándose hacia la ventanilla del conductor. Éste, un hombre ya mayor, de más de sesenta, lo contemplaba con una mezcla de inquietud e incredulidad. Matt se agachó para mirarlo a los ojos. Como el otro aún tenía la ventanilla cerrada, Matt le pidió por señas que la abriera, pero el hombre, muerto de miedo, no se movió del sitio.

Matt golpeó el cristal con los nudillos.

—¡Baje la ventanilla, maldita sea! —gritó gesticulando como loco—. ¡Abra!

El hombre titubeó, pero seguidamente negó con la cabeza y frunció la frente en una expresión de confusión.

Matt tiró varias veces de la manilla de la puerta, pero estaba echado el seguro. Entonces volvió a golpear el cristal con la palma de la mano al tiempo que chillaba malhumorado:

—¡Abra la puerta, joder!

El conductor, todo nervioso, repitió el movimiento de negar con la cabeza, lanzó una mirada de angustia al espejo retrovisor, volvió a mirar a Matt, y a continuación miró de frente hacia la calzada y pisó el acelerador. Matt retrocedió unos pasos y contempló, desconcertado, cómo el coche salía disparado y se perdía de vista en la oscuridad.

13

Monasterio Deir Al-Suryan, Wadi Natrun, Egipto

Un creciente resplandor de luz dorada se elevaba ya por detrás del horizonte cuando los tres hombres descendieron de la montaña.

Habían aguardado casi una hora a que apareciera el padre Jerome, y cuando vieron que seguía sin venir, por fin se rindieron y emprendieron el regreso. No hablaron en absoluto, ni durante el descenso ni durante el tramo que recorrieron después en coche. Simplemente, el abad afirmó con la cabeza cuando el monje más joven le preguntó si tenía razón respecto a lo que habían visto, y lo dejó tal cual.

Necesitaba pensar.

Yusuf detuvo el coche frente al monasterio y se ofreció a quedarse en las inmediaciones por si precisaban de sus servicios. El abad le respondió que no y le dio las gracias, pero después se le oscurecieron la voz y el semblante.

—Yusuf —dijo en tono grave—, necesito que te guardes todo esto para ti. No hay que decírselo a nadie más. Por el momento. Si esta noticia se supiera, las cosas podrían desbocarse muy fácilmente. De modo que tenemos que proceder con sumo cuidado. ¿Lo entiendes?

Yusuf asintió con gesto serio y besó la mano del abad.

—*Bi amrak, abuna*. Como desee, padre.

El abad lo contempló fervientemente por espacio de unos instantes para cerciorarse de que su advertencia había calado hondo, y a continuación hizo un gesto afirmativo que le indicaba a Yusuf que podía marcharse. El monje y él lo observaron mientras volvía a subirse al Previa y arrancaba.

—¿Qué vamos a hacer? —preguntó el hermano Amín.

El abad siguió con la mirada el monovolumen que se alejaba de ellos.

—Primero necesito rezar. Todo esto es demasiado... turbador. ¿Quieres acompañarme?

—Por supuesto.

Entraron en el monasterio por la portilla que había en el muro macizo de doce metros que lo circundaba. Justo al otro lado de la misma, a su derecha, se hallaba el enorme *qasr*, la torre, un cubo de color blanco y cuatro pisos de altura punteado por varias aberturas diminutas, irregulares y de forma rectangular, que se erguía con orgullo a la luz del amanecer y cuyo puente levadizo de madera actualmente estaba siempre bajado, a modo de invitación.

Aunque no siempre había estado así. El monasterio, que databa del siglo VI, se había reconstruido varias veces a lo largo de su turbulenta historia.

El valle de Wadi Natrun, que debía su nombre a la abundancia de natrón que contenía su suelo, el carbonato sódico que constituía un ingrediente clave en las momificaciones, fue el lugar en que nació la vida monástica del cristianismo. Dicha tradición se inició en los siglos III y IV, cuando se refugiaron allí miles de seguidores de Cristo huyendo de la persecución de los romanos. Varios cientos de años después llegaron más aún, esta vez escapando de la persecución de los musulmanes. Aquel valle tenía una reminiscencia especial para los creyentes: fue allí donde descansaron María, José y su hijo mientras huían de los soldados del rey Herodes antes de continuar hacia el lugar que hoy se llama El Cairo.

Al principio, las pequeñas comunidades de los primeros cristianos vivieron en las cuevas que salpicaban los bajos riscos que daban al desierto, y sobrevivían gracias al magro sustento que les proporcionaban los oasis desperdigados por la zona. Pronto empezaron a construir monasterios, en los cuales esperaban poder rezar disfrutando de una relativa paz y seguridad, pero las amenazas no cesaron nunca, sino que duraron siglos. Las tribus del desierto recogieron el testigo de la agresividad de los romanos y demostraron ser más despiadadas todavía. El más feroz de los ataques, perpetrado por los bereberes en 817, diezmó el monasterio. Y cuando la amenaza no provenía de los hombres, la naturaleza misma resultaba ser un suplente de lo más dispuesto, ya que en el siglo XIV se declaró un brote de peste al que tan sólo sobrevivió un fraile del convento. Con todo, una vez tras otra el monasterio resucitó gracias a la constancia y la dedicación de hombres santos, y en la actualidad era el hogar de más de doscientos monjes que seguían los pasos de los padres del desierto del Antiguo Testamento y que acudieron allí para escapar de las distracciones de la vida cotidiana y de las tentaciones de los deseos terrenales para luchar contra sus propios demonios y rezar por la salvación de la humanidad.

El valle venía siendo un oasis del cristianismo desde los primeros días de dicho movimiento. Allí fue donde nació la tradición monástica, mucho antes de que terminara siendo adoptada por los cristianos de Europa. Durante siglos, muchos hombres de profunda religiosidad se habían sentido atraídos por lo desolado de aquel entorno. Y en el amanecer de este portentoso día, pensó el abad, parecía sumamente posible que el valle todavía no hubiera agotado la importancia que tenía para los creyentes.

Sin embargo…, el pensamiento mismo lo atemorizó.

El mundo era muy distinto.

Estaba más avanzado en el plano tecnológico, de eso no cabía duda. Y era quizá más civilizado, en determinados aspectos, en determinados apartados. Pero en el núcleo seguía siendo tan brutal y depredador como siempre. Tal vez incluso más.

El monje echó a andar detrás del abad y juntos pasaron junto a la torre y atravesaron el patio que a continuación se bifurcaba en dos ramales: uno que llevaba a la capilla de los Cuarenta y Nueve Mártires (un único recinto abovedado, construido en honor a los monjes que murieron durante una incursión de los bereberes que tuvo lugar en el año 444) y otro que conducía a la iglesia de la Santísima Virgen, principal lugar de culto del monasterio. Afortunadamente en su interior aún no había ningún otro monje, pero el abad sabía que aquella soledad no iba a durar mucho.

Condujo a Amín hasta el otro extremo de la nave, al interior del *jurus*, el coro. Al pasar por delante del gran pórtico de madera que separaba las dos zonas, su mirada se elevó hacia un fresco que adornaba una semibóveda del techo, una representación de la Anunciación de mil años de antigüedad; lo había visto en innumerables ocasiones. En ella se veía a cuatro profetas agrupados alrededor de la Virgen y del arcángel san Gabriel. La mirada del abad se posó en el primer profeta situado a la derecha de la Virgen, Ezequiel, y sintió un escalofrío que le bajó por la espalda. Durante la hora siguiente, mientras oraba desesperadamente pidiendo inspiración, no pudo expulsar de su cansado cerebro la idea de la visión celestial que tuvo aquel profeta: se abrieron los cielos y surgió un remolino de fuego de color ambarino que se plegaba sobre sí mismo, unas ruedas de fuego en un cielo que tenía «el color de un cristal terrible», todo lo cual era un preludio de la voz de Dios.

Rezaron el uno junto al otro por espacio de casi una hora, de cara al altar negro de piedra, postrados sobre el frío suelo de la capilla según la tradición de los cristianos primitivos, una postura que más tarde fue adoptada por el islam.

—¿No deberíamos haberlo esperado un poco más? —inquirió Amín. Ahora, con el sol ya instalado cómodamente en el cielo límpido, se encontraban a solas en el pequeño museo del monasterio, recién restaurado—. ¿Y si le ha ocurrido algo?

El abad sentía la misma preocupación, y no era la primera vez. Aun así, se encogió de hombros estoicamente.

—Lleva meses en la montaña. Supongo que a estas alturas ya debe de saber manejarse. Por lo que parece, lo lleva bastante bien.

Tras unos instantes de silencio, el monje joven se aclaró la voz y preguntó:

—¿Qué vamos a hacer, padre?

—No estoy seguro de lo que deberíamos hacer —repuso el abad—. No entiendo lo que está sucediendo.

Amín elevó las cejas con incredulidad.

—Es un milagro. Eso es lo que está sucediendo.

El abad frunció el ceño.

—Está sucediendo algo que no entendemos, sí, pero de ahí a decir que es un milagro...

—¿Y qué otra explicación hay? —El abad negó con la cabeza sin saber qué contestar—. Usted mismo lo ha dicho —persistió el monje joven—. La señal que describió, la que vio en las noticias.

La mente del abad estaba ofuscada por una maraña de imágenes. Su pensamiento voló a aquel día, en el desierto, en que encontraron a su huésped antes de que se recluyera en las cuevas. Al terrible estado en que se hallaba. A su recuperación.

Una vez más se coló entre sus pensamientos la palabra «milagroso».

—No coincide con ninguna de las profecías de nuestro libro sagrado —dijo por fin.

—Ni hay necesidad.

Aquel comentario tomó al abad por sorpresa.

—Vamos, hermano. No pretenderás negar la verdad que contienen esos escritos.

—Vivimos en un milagro, padre —exclamó Amín con la voz teñida de emoción—. No estamos leyendo cómo sucedió cientos de años después de que sucediera, sabiendo perfectamente que ha sido traducido, embellecido y adulterado por incontables manos. Lo estamos viviendo. Ahora, en esta época moderna. —Hizo una pausa y luego añadió con énfasis—: Teniendo a nuestra disposición todo el poder de las comunicaciones modernas.

El semblante del abad estaba contraído por el desasosiego.

—¿Y quieres que la gente se entere de esto?

—Ya se han enterado de la aparición de la señal. Usted mismo ha visto a la mujer del informativo; lo que dijo y las imágenes que tomó han llegado a millones de personas.

—Sí, pero…, hasta que entendamos lo que está ocurriendo exactamente, no podemos permitir que esto salga a la luz.

Amín barrió las manos en ademán interrogante.

—¿No es evidente, padre?

El abad se sintió acobardado por la mirada ferviente de su hermano y afirmó con gesto pensativo. Comprendía el entusiasmo del joven, pero era necesario contenerlo. No había forma de escapar de lo que estaba sucediendo, de eso no le cabía ninguna duda. Tenía que afrontarlo. Se había visto arrojado a aquello sin darse cuenta, y ahora tenía que hacer lo que fuera preciso hacer. Pero con cuidado y tomando precauciones.

—Necesitamos estudiar más detenidamente las pinturas —declaró—. Consultar a nuestros superiores. —Calló unos momentos para sopesar la parte más difícil de la tarea que tenía por delante—. Y lo más importante de todo, necesitamos regresar a las cuevas y hablar con el padre Jerome, contarle lo que ha sucedido. A lo mejor él sabe qué significa.

Amín dio un paso hacia él.

—Todo lo que está diciendo es razonable, pero no quita importancia al hecho de que no podemos guardar esto en secreto —adujo—. Hemos recibido una gracia de Dios. Y tenemos con Él el deber de compartirla con el mundo. La gente ha de saberlo, padre. El mundo ha de saberlo.

—Aún no —insistió el abad con firmeza—. Y no nos corresponde a nosotros decidirlo.

El monje joven alzó el tono de voz, preocupado.

—Perdóneme, padre, pero en mi opinión está usted cometiendo un error. Habrá otros, otros muchos, que sin duda intentarán reclamar esa señal como suya. Y al hacerlo abaratarán y corromperán este mensaje, el más sublime de todos. Vivimos tiempos de escepticismo y falta de moral. Esos charlatanes conseguirán que resulte más difícil oír la voz auténtica. Nuestro mensaje podría quedar ahogado fácilmente por los impostores y los oportunistas, y de manera irreversible. No podemos esperar. Hemos de movernos con rapidez antes de que el caos transforme este suceso divino en un circo.

El abad se sentó y lanzó un suspiro de cansancio. Se masajeó la frente con sus manos encallecidas, sintiéndose oprimido por el espacio que lo rodeaba. Lo que decía Amín contenía parte de verdad, pero no se atrevía a dar el paso; las consecuencias eran demasiado terroríficas. Permaneció allí sentado, silenciado por la incertidumbre, contemplando el suelo de piedra mientras el monje paseaba frente a él con frustración, a la espera. Una vez más volvió a su pensamiento el fresco de la capilla, y una vez más volvió a pensar en la visión de Ezequiel:

Unas ruedas de fuego en un cielo que tenía el color de un cristal terrible, todo ello preludio de la voz de Dios.

Al cabo de unos instantes, el abad levantó la vista con una expresión grave en la cara.

—No depende de nosotros —dijo—. Necesitamos consultarlo con los consejos y llevar el asunto hasta Su Santidad. Ellos decidirán.

Una hora después, el hermano Amín, de pie en las sombras, observaba desde el amparo de un oscuro corredor al conservador de la biblioteca saliendo de su despacho.

No había logrado convencer al abad. Era un hombre anciano

visiblemente abrumado por lo que había visto, y parecía ser incapaz de comprender la enormidad de lo que estaba ocurriendo. Pero él no iba a consentir que aquello lo detuviera.

Necesitaba tomar el asunto en sus propias manos.

Aguardó pacientemente, siguiendo con la mirada al monje cuando éste cruzó el patio y entró en el refectorio. Unos momentos después se coló en el despacho del monje, tomó el teléfono y empezó a marcar.

A poco más de un kilómetro del risco del que acababan de descender los dos monjes y el taxista, deambulaba un muchacho de catorce años guiando su pequeño rebaño con los pies cansados.

A pesar de los madrugones, al chico le gustaban las mañanas más que todo, igual que a las siete cabras de su padre. El sol aún estaba bajo, y el valle se hallaba cubierto por las sombras alargadas de las colinas de alrededor. La fresca brisa que soplaba resultaba una agradable alternativa al sol que a no mucho tardar iba a caer a plomo, y además los matices morados de ese paisaje tan estéril también eran más cómodos para los ojos y, si se permitiera a sí mismo pensar de aquella forma, más inspiradores.

Tarareando una melodía que acababa de oír en la radio de su padre, rodeó un afloramiento rocoso y se detuvo en seco ante la vista inesperada que se encontró de frente. Tres hombres (soldados, al parecer, a juzgar por su indumentaria) cargaban equipo en un camión remolque cubierto de polvo y tapado por una lona. Equipo que él no había visto nunca. Como por ejemplo un objeto que captó profundamente su atención: era de color beis arena y con forma de tambor, de tal vez un metro de ancho pero sólo diez o doce centímetros de grosor.

14

A poco más de un kilómetro del risco del que acababan de descender los dos monjes y el taxista, deambulaba un muchacho de catorce años guiando su pequeño rebaño con los pies cansados.

A pesar de los madrugones, al chico le gustaban las mañanas más que todo, igual que a las siete cabras de su padre. El sol aún estaba bajo, y el valle se hallaba cubierto por las sombras alargadas de las colinas de alrededor. La fresca brisa que soplaba resultaba una agradable alternativa al sol que a no mucho tardar iba a caer a plomo, y además los matices morados de ese paisaje tan estéril también eran más cómodos para los ojos y, si se permitiera a sí mismo pensar de aquella forma, más inspiradores.

Tarareando una melodía que acababa de oír en la radio de su padre, rodeó un afloramiento rocoso y se detuvo en seco ante la vista inesperada que se encontró de frente. Tres hombres (soldados, al parecer, a juzgar por su indumentaria) cargaban equipo en un camión remolque cubierto de polvo y tapado por una lona. Equipo que él no había visto nunca. Como por ejemplo un objeto que captó profundamente su atención: era de color beis arena y con forma de tambor, de tal vez un metro de ancho pero sólo diez o doce centímetros de grosor.

Aunque se había quedado paralizado en el sitio y había dejado de respirar, los hombres lo descubrieron al instante. Sus ojos recorrieron una fila de miradas duras e implacables que lo perforaron a través de las Ray-Ban. Apenas tuvo tiempo para fijarse en aquel atuendo tan familiar, que había visto en numerosos informativos de la guerra de Iraq (los monos de camuflaje del color de la arena, las botas, las gafas de sol) antes de que uno de ellos escupiera una breve orden y los demás dejaran lo que estaban haciendo y se dirigieran a él a grandes zancadas.

El chico echó a correr, pero no logró llegar muy lejos. Sintió que uno de los hombres se abalanzaba sobre él, lo atrapaba por detrás y lo arrojaba de bruces contra el suelo reseco.

Con el corazón en la boca, se preguntó qué demonios querrían de él, por qué lo habían tirado al suelo, por qué estaba mordiendo la arena y el polvo, que también se le metían dolorosamente en los ojos. En un frenesí de pánico, intentó revolverse y quedar tendido de espaldas, pero el hombre que se le sentó encima pesaba demasiado y lo tenía firmemente aprisionado contra el suelo.

Oyó el crujido de las pisadas de otro hombre que se acercaba, y entonces alcanzó a ver durante un instante, por el rabillo del ojo, unas botas militares que se erguían sobre él como si las calzara un semidiós.

No oyó ni una palabra.

Ni vio el gesto de cabeza.

Y tampoco sintió nada cuando las manos grandes y expertas del hombre que tenía sentado encima tomaron posiciones con rapidez y eficacia, la una a un lado de su cuello, la otra al otro lado de la cabeza, y apretaron con más fuerza antes de girar de pronto, con brusquedad, en direcciones contrarias.

«Rápido, silencioso, mortal.»

Sin duda alguna, se trataba de un eslogan bien aplicado.

15

Mar de Amundsen, Antártida

—Si averiguas algo, llámame, ¿de acuerdo? Tú llámame, a la hora que sea. —Gracie dio el número de teléfono vía satélite, colgó y lanzó un suspiro de frustración.

Otro callejón sin salida.

Se pasó las manos por la cara y después por el pelo, masajeándose el cuero cabelludo para infundirle un poco de vida. Había conseguido engatusar a Simmons y a otros cuantos científicos del barco para que se dejaran tomar unas buenas imágenes de vídeo, y mientras Dalton las editaba en forma de reportaje gráfico de alta definición para enviarlas por banda ancha a la redacción de Washington (una calidad mucho mejor que la inquieta y granulada señal en directo que habían utilizado para la primera emisión, más del estilo de la película *Armagedón* y menos del de *Monstruoso*) había estado ocupada con el teléfono vía satélite.

Los años que llevaba trabajando en aquello le habían permitido ir construyéndose una abultada agenda de contactos, y en ese preciso momento estaba explotándola al máximo de su rendimiento. Habló con un contacto que tenía en la NASA, un director de proyectos que había conocido en 2003, cuando estaba cubriendo el desastre sufrido por el transbordador espacial *Columbia*. También llamó a otros contactos que tenía en CalTech y en el Pentágono, además del director de la revista *Science* y el gurú de ciencia y tecnología de la cadena.

Todos estaban tan desconcertados como ella.

Apenas acababa de colgar cuando el teléfono volvió a sonar.

Otro reportero que buscaba un comentario.

—¿Cómo se las arreglan para obtener este número? —gruñó dirigiéndose a Finch.

Éste puso cara de «vete tú a saber» y cogió el teléfono para negarse una vez más, educadamente pero con firmeza. Por el momento la exclusiva del asunto la tenían ellos, para bien o para mal.

No era que Gracie sintiera timidez ante las cámaras o que no le gustase estar a la vista del público. Ni mucho menos. Su carrera profesional de corresponsal para televisión no era un accidente; deseaba dedicarse a aquello desde que iba al instituto. Había buscado denodadamente todas las oportunidades que le permitieran avanzar, y cada vez que pudo aprovechar una, se esforzó con ahínco para hacerse con los minutos de cámara que le correspondieran y superar la endémica misoginia y la sutil agresividad competitiva que reinaba en aquel sector. Disfrutaba intensamente con los reportajes que hacía y con las experiencias que compartía con sus espectadores. Adoraba ponerse delante de una cámara y contarle al mundo lo que había descubierto, y era innegable que la cámara la adoraba a su vez. Poseía ese magnetismo imposible de cuantificar que rebasaba lo puramente físico. Simplemente, la gente sintonizaba el televisor y disfrutaba de su compañía.

Los grupos analizados confirmaban el amplio alcance que tenía su atractivo: las mujeres no se sentían amenazadas por ella, más bien se enorgullecían posesivamente de su pericia, y en una época en la que la imagen pública lo era todo y en la que cada palabra que decía uno se ponderaba cuidadosamente para estudiar el efecto que causaba, el candor y la sinceridad de Gracie constituían una ventaja considerable; los hombres, si bien estaban dispuestos a admitir que fantaseaban con quitarle las bragas, muy frecuentemente señalaban que su inteligencia los ponía igual de cachondos.

Y así pasó de reportera local de una filial que la cadena tenía en Wisconsin a presentadora de fin de semana en una filial más grande ubicada en Illinois, y por fin a presentadora y corresponsal especial de la Unidad de Investigaciones Especiales, que era la punta de lanza de la cadena. Por el camino, se convirtió en un rostro del que se fiaba todo el país, ya estuviera informando desde Kuwait en los días previos a la invasión llevada a cabo por Iraq, navegando a bordo del buque *Greenpeace* mientras éste acechaba a los balleneros japoneses, o siguiendo las sucesivas tragedias ocasionadas por el *tsunami* en Tailandia y por el huracán *Katrina* en Nueva Orleans.

Más recientemente, se había visto arrastrada tontamente al debate sobre el calentamiento global, un argumento con gran carga emocional. Había abordado el tema como una persona escéptica, ya que su instinto la empujaba a cuestionar (en antena) las suposiciones a menudo perezosas del movimiento a favor del medio ambiente, que cada vez estaba más de moda y alcanzaba tintes casi religiosos. Ella sabía lo poco fiables que eran a largo plazo las previsiones meteorológicas, hasta qué punto la historia estaba sembrada de predicciones erróneas realizadas por las mentes más brillantes respecto de todo, desde los niveles de la población hasta los precios del petróleo, y no había tenido pelos en la lengua a la hora de expresar su escepticismo. Hasta aquel momento, su sinceridad y su integridad le habían prestado un valioso servicio. En cambio, en este asunto su sinceridad resultó ser un problema. La reacción había sido nada menos que incendiaria. La bombardearon desde todos lados por albergar dudas, y su trayectoria profesional pasó a estar pendiente de un hilo.

Decidió que el tema merecía su atención, con independencia de en qué lado de la valla terminara situada. Lanzó un documental amplio, sin restricciones, en profundidad, que abordaba el tema, y los altos cargos de la cadena le dieron el visto bueno. Y así, teniendo a la gran mayoría de sus colegas empantanados en las arenas movedizas de la maratón de la campaña electoral, ella concentró sus energías en examinar todos los datos disponibles sobre el problema del clima y en entrevistarse con todas las personas de peso en dicho asunto. No tardó mucho en convencerse de que era indudable que en las últimas décadas habían aumentado los gases de efecto invernadero y que la Tierra efectivamente parecía estar calentándose, pero todavía seguía necesitando averiguar si existía una relación tan directa entre ambas cosas como la imagen que se estaba dando. De modo que viajó por todo el mundo, desde la remota estación científica de Cherskii, situada en Siberia, donde estaba derritiéndose la capa de *permafrost* que existía desde hacía 40.000 años y de paso liberando gigantescas cantidades de gases de efecto invernadero, hasta Groenlandia, donde había enormes glaciares que resbalaban hacia el mar al ritmo de dos metros a la hora. Durante esos viajes examinó con ojo de forense cada uno de los informes nuevos que le presentaban.

Sus uñas de investigadora se afilaron cuando echó una ojeada a la Coalición para el Clima Mundial, el Consejo de Información sobre el Medioambiente y la Sociedad para la Tierra que Reverdece, organismos inteligentemente mal bautizados, creados y financiados por la industria de la automoción, del petróleo y del carbón con el único y exclusivo fin de engañar al público propagando desinformación y reubicando despiadadamente el calentamiento global como teoría en vez de hecho consumado. Gracie no tardó en convencerse cada vez más de que, en efecto, el planeta tenía problemas por culpa de la humanidad. No obstante, lo que estaba mucho menos claro era lo que el mundo podía, de manera realista y pragmática, hacer al respecto. Dicho punto era objeto de un debate mucho más conflictivo y problemático, y que a ella la apasionaba profundamente.

Pero no había esperado que diera lugar a esto.

Dejó escapar un suspiro de exasperación.

—No estoy consiguiendo nada de nada. ¿Tú has tenido más suerte? —le preguntó a Finch al tiempo que se levantaba de la silla y se acercaba a la ventana para escrutar el cielo.

Finch había estado hablando con la redacción de Washington y probando con su propia lista de contactos.

—Pues no. Si es un fenómeno natural, nadie ha visto nada que se le parezca. Y si no lo es, todos me dicen que no existe ninguna tecnología que sea capaz de fabricar algo semejante.

—Eso no lo sabemos —objetó Dalton alzando la vista de su monitor—. Estoy seguro de que hay un montón de cosas de las que no tenemos ni idea.

—Ya, pero lo cierto es que en este caso no importan las cosas que no conocemos, porque no conocemos ninguna que se le acerque siquiera.

—No te sigo.

—Los avances tecnológicos tienen que empezar por alguna parte —explicó Finch—. No surgen de la nada sin más. A nadie se le ocurrió de repente la idea de fabricar un teléfono móvil, sino que proviene de Alexander Graham Bell, que vivió hace ciento cincuenta años. Es un fenómeno progresivo. Primero el teléfono normal, luego el teléfono de casa inalámbrico, luego el digital, y por fin el teléfono móvil... Tomemos por ejemplo los aviones caza silenciosos; no sabíamos que existieran, pero no son más que la evolución de otros cazas. ¿Entiendes lo que quiero decir? La tecnología evoluciona. Y eso que hemos visto..., no parece que exista nada que podamos señalar y decir: «Bueno, si cogiéramos eso y lo agrandáramos, o le diéramos más potencia, o lo utilizáramos de tal manera, tendríamos la explicación.» Esto pertenece a una categoría totalmente distinta. Y todo el mundo está intentando averiguar a cuál. Mira, fíjate en esto. —Sacó en pantalla el último correo electrónico recibido de Washington—. El asunto se está subiendo por las paredes —dijo entusiasmado—. Reuters, AP, CNN. Todos hablan de lo mismo. Todas las emisoras que hay entre Londres y Pekín están hablando del tema. Y con los grandes *blogs* de noticias ocurre lo mismo. Drudge, Huffington. En Digg está siendo votado como el número uno, y en YouTube ya ha superado las doscientas mil visitas. Y los *chats* están volviéndose locos con el tema.

—¿Qué dicen?

—Por lo que yo veo, la gente se sitúa en uno de tres campos. Unos opinan que ha sido un efecto especial inofensivo, un truco digital, al estilo *La guerra de los mundos*. Hay otros que también opinan que es un truco, pero le ven una faceta más siniestra y están lanzando toda clase de ideas disparatadas sobre cómo lo han hecho, aunque ninguna de ellas parece que tenga por dónde ser agarrada, si uno lee las respuestas de pitorreo que está mandando gente que por lo visto sabe de lo que está hablando.

—¿Hay alguien que piense que no lo hemos creado nosotros?

—Sí, los del tercer grupo, los que están a favor. Los que creen que es real..., real proveniente de Dios, no de los extraterrestres. Uno de ellos nos ha llamado «heraldos del segundo advenimiento».

—Vaya, ya me siento mucho mejor —gimió Gracie con una sensación de opresión en el pecho. La avaricia de la gente y el miedo le estaban destrozando la moral. Una parte de ella se sentía emocionada por la idea de ser el rostro del tema más candente del momento, aquello no podía negarlo, pero su parte más racional clamaba pidiendo contención. Sabía lo que había visto; pero, sencillamente, no sabía lo que era. Y hasta que lo supiera, se sentiría incómoda con la manera en que estaba desmadrándose todo. Si resultaba ser algo menos trascendental de lo que sugería todo el mundo, ya se imaginaba la cara de Jon Stewart ridiculizándola y por lo tanto conduciéndola a una jubilación anticipada.

Finch giró de nuevo el portátil hacia él y pulsó varias teclas más.

—Hablando de los extraterrestres —dijo dirigiendo una mirada significativa a Dalton—, conozco a un tipo del Discovery Channel que me ha enviado estas imágenes que tengo aquí. —Volvió la pantalla para que la vieran ellos—. Algunas son las que cabría esperar, como nubes y estelas del Concord que hacen creer a la gente que están viendo un ovni. No sé si debería sorprenderme, pero ese tipo me dice que en Estados Unidos hay más de doscientos avistamientos de ovnis al mes. ¡Al mes! Claro que a lo largo de la historia hay un montón de referencias a bolas de fuego, «vasijas de barro» que vuelan, discos luminosos. No se trata de un fenómeno moderno. Por ejemplo, fijaos en estos datos históricos: «Japón, 1458: Se observó en el cielo un objeto tan brillante como la luna llena que fue seguido por varias señales de lo más curiosas.» O este otro: «Londres, 1593: Se vio un dragón volador rodeado de llamas, suspendido sobre la ciudad.»

—Es lo que tiene fumar opio —repuso Dalton medio en broma—. Hablo en serio. En aquella época las drogas eran legales, ¿no?

—Además, ninguna de estas referencias es ni siquiera remotamente verificable —añadió Gracie.

—Desde luego, pero el caso es que hay muchas, y escritas en continentes distintos, en una época en la que viajar de uno a otro era prácticamente imposible, y en la que la mayoría de la gente era analfabeta. Hasta la Biblia las recoge.

—Eso sí que es una sorpresa —se burló Gracie. Entre ellos se hizo un silencio cargado de tensión—. A ver, ¿qué estás diciendo? Según tú ¿qué es lo que hemos visto?

Finch se quitó las gafas y se las limpió con la manga mientras reflexionaba.

—Si no fuera por las imágenes que hemos tomado, diría que ha sido una alucinación en masa. —Movió lentamente la cabeza en un gesto de incredulidad, volvió a ponerse las gafas y miró a Gracie—. No tengo explicación.

—¿Dalton? —apremió.

El aludido mostraba una expresión de incertidumbre. Se recostó en la silla y se pasó las manos por el pelo.

—No sé. Tenía algo como..., etéreo, ¿sabes? No parecía liso, como una imagen proyectada, pero tampoco parecía ser un objeto duro y físico. Cuesta trabajo explicarlo. Tenía algo mucho más orgánico, mucho más visceral. Como si formase parte del cielo, como si el cielo mismo se hubiera encendido, ¿sabes lo que quiero decir?

—Sí —confirmó Gracie con una sensación incómoda. En su cerebro se materializó la visión de aquella señal brillante y resplandeciente, con la misma viveza que cuando la vio. Al recordar cómo había surgido de la nada, la inundó una oleada de euforia, la misma que experimentó al ver la señal. «Fue como si el aire mismo hubiera sido tomado por Dios, iluminado desde el interior para que adoptara aquella forma», pensó sin proponérselo. Semejante concepto no era propio de ella. Había dejado de creer en Dios cuando falleció su madre, que le fue arrancada de su lado por un implacable cáncer de mama. Y ahora, allí estaba aquello, un objeto inexplicable que había aparecido en el cielo. Como si pretendiera mofarse de ella.

Apartó dicho pensamiento. «Domínate. Estamos lanzándonos demasiado. Tiene que haber una explicación lógica.»

Pero había una pregunta que no dejaba de importunarla.

«¿Y si no hubiera explicación?»

Gracie miró por la ventana, escrutando el cielo por si aparecía otro avistamiento, con un embrollo mental que la instaba con desesperación a buscar una respuesta. En eso sonó el teléfono vía satélite, y cuando Finch estiró el brazo por encima de la mesa para cogerlo, su pensamiento migró hacia un falso caso de ovnis sucedido un año antes. El vídeo, que mostraba un ovni sobrevolando a ras de suelo una playa de Haití, había sumado más de cinco millones de visitas en YouTube a los pocos días de ser colgado, había abarrotado *chats* y sitios de noticias de todo Internet y había aparecido en todos los FunWall de Facebook. Consiguió engañar a millones de personas, hasta que resultó ser obra de un animador informático francés que lo había creado en unas pocas horas en su MacBook empleando software disponible comercialmente y que explicó a regañadientes que había sido un «experimento sociológico» para una película (acerca de un falso avistamiento de ovnis, naturalmente) en la que estaba trabajando. Con los avances de los efectos especiales y la proliferación de vídeos falsos que poseían calidad suficiente para lograr convencer hasta a los escépticos más recalcitrantes, en el cerebro de Gracie surgió una pregunta sutil: ¿Sería la gente capaz de reconocer un suceso «auténtico» de aquel tipo cuando tuviera lugar de verdad, como parecía ser el caso? Ella sabía lo que había visto; lo tuvo justo delante, pero todos los demás lo estaban viendo únicamente en una pantalla. Y sin haberlo visto con sus propios ojos, ¿podrían aceptar lo que era, algo maravilloso e inexplicable, y posiblemente hasta sobrenatural o divino, o el fenómeno terminaría por hundirse en un mar de escepticismo?

—Gracie —la llamó Finch tapando el micrófono del teléfono con la mano. Ella se volvió, Finch tenía una expresión de perplejidad en la cara—. Es para ti.

—¿Qué pasará ahora? —masculló.

—No estoy seguro, pero…, llaman desde Egipto. Y, en mi opinión, te conviene contestar.

16

Boston, Massachusetts

No había ningún taxi a la vista, pero Matt no tardó demasiado en llegar hasta su coche. La furgoneta no había recorrido un trecho tan largo desde el bar antes de salir pitando. Habría tardado menos, pero es que no estaba en su mejor momento. Se sentía mareado y asaltado por las náuseas, tenía la piel en carne viva en varios lugares, y notaba todos los huesos del cuerpo como si lo hubiera apaleado un herrero atiborrado de esteroides. Además, para colmo de males, estaba nevando otra vez.

Sintió alivio al encontrar su coche, un Mustang GT 390 del año 1968 de color verde metalizado, modelo Fastback «Bullitt», que era su próximo proyecto de restauración, y que seguía estando donde lo había dejado, junto al bar de la calle Emerson. Ni siquiera se le había ocurrido comprobar si tenía las llaves antes de dirigirse a él, pero, afortunadamente, también seguían estando donde antes, guardadas a salvo en el bolsillo de la zamarra.

Un par de pequeños milagros para poner la guinda a una noche mágica.

Pero ya no era tan milagroso que hubiera perdido el teléfono móvil. Supuso que seguramente se le había escapado del bolsillo durante la dura operación de aterrizaje sobre el asfalto, aunque no perdió demasiado tiempo en pensar en eso; tenía problemas más acuciantes.

Se apoyó sobre el coche para recuperar el resuello, y enseguida acudieron de nuevo a su mente las brutales escenas de Bellinger sufriendo la descarga eléctrica y siendo inyectado con una jeringa.

Tenía que hacer algo para intentar socorrerlo, pero no se le ocurría nada sensato. No podía dar parte a la policía. La furgoneta hacía mucho que había desaparecido, y las inevitables preguntas que le formularían, dado su historial, no harían sino enmarañar el asunto. Además, no pensaba que el riesgo de airear su paradero a la pandilla de matones que habían venido a buscar a Bellinger estuviera compensado por algún efecto positivo que ello pudiera tener para ayudar a la policía a encontrar a Bellinger y traerlo de vuelta sano y salvo.

Algo que, no sabía por qué, estaba seguro de que no iba a ocurrir.

Durante el camino de regreso a casa encontró un tráfico ligero y la ciudad sepultada bajo un fino manto de nieve. Llegó a la autovía en cuestión de minutos, y a partir de allí sólo le quedaba por recorrer un tramo muy breve hasta Quincy y hasta el estudio donde vivía, situado encima de su taller. Mientras conducía en dirección sur su cerebro repasó de nuevo lo que le había sucedido, intentando encontrar alguna lógica al aluvión de cosas que le habían llovido encima, salidas de la nada, y calcular cuál era la manera atinada de actuar.

Bellinger lo había llamado y había solicitado una entrevista, una reunión que no podía esperar. Luego lo sorprendió con la noticia de que a su hermano podían haberlo asesinado, o que podían haber fingido su muerte y tenerlo prisionero en alguna parte. ¿Cómo lo había expresado exactamente? ¿«Trabajando en contra de su voluntad»?

Danny, vivo…, pero ¿encerrado en alguna parte?

Aquella idea le causó dosis iguales de alegría y de rabia. Su hermano y él siempre habían estado muy unidos, cosa que nunca dejaba de asombrar a los amigos de ambos, dado lo diferentes que eran. Para empezar, no se parecían físicamente en nada el uno al otro. Matt, que era tres años mayor, había heredado la tez olivácea, el pelo moreno y la sólida constitución de su padre, mientras que Danny, que tenía el cabello dos tonos más claro y pesaba veinte kilos menos, era igual que su madre. La llamativa diferencia que había entre ellos era perceptible también, en fin, en casi todo lo demás. Matt carecía de paciencia para las clases y los deberes del colegio, mientras que Danny tenía un apetito insaciable por aprender. Matt se apuntaba a todos los deportes que podía meter en su horario; Danny no era capaz de encestar una pelota ni aunque estuviera sentado en el tablero que sujetaba el aro. Fuera del campus, el contraste que había entre los dos hermanos no era menos pronunciado. Matt era irreverente, indisciplinado y temerario, dicho de otro modo: un imán para las chicas. Danny era mucho más introvertido y prefería la compañía del ordenador que había encontrado en una tienda de segunda mano y que había recompuesto en su habitación. Aun así, a pesar de todo, a ambos los unía un vínculo que era inquebrantable, un profundo entendimiento mutuo que sobrevivió a las pruebas más difíciles y a las tentaciones más malvadas que pudo plantearles el instituto.

Su amistad también sobrevivió a las repetidas colisiones de Matt con la ley.

Tal como sucedió con numerosos casos como el suyo, las cosas empezaron siendo detalles sin importancia. Matt había construido su primer coche a la edad de trece años conectando el motor de una lavadora vieja a un cochecito de carreras de juguete que se convirtió en una especie de elemento fijo de su vecindario. La policía local no salía del asombro, y ni siquiera los polis más obstinados y de ideas fijas se atrevían a quitarle al chico su orgullo y alegría, una relación que iba a cambiar drásticamente con el paso de los años. Porque conforme se fue haciendo mayor, la disparidad existente entre su amor por los coches por una parte, y las tristes perspectivas de trabajar a media jornada que se le presentaban en la zona de Worcester y la exigua cuenta bancaria de sus padres por la otra, fue resultando cada vez más frustrante. Testarudo e impaciente, Matt decidió subsanar ese desequilibrio a su manera.

Aquellas primeras escapadas eran clásicas de Matt. Él no buscaba ningún cachivache antiguo, él rastreaba los barrios más acaudalados de Boston en busca de coches concretos que tenía en la lista. Y tampoco se dedicaba a estrellar los coches que robaba ni a dejarlos para el desguace, ni jamás intentaba venderlos; simplemente los abandonaba en un aparcamiento una vez que había tenido ocasión de probarlos. Consiguió probar unos cuantos antes de que lo pillaran. El juez que le tocó en aquella primera condena no se sintió ni divertido ni impresionado por sus travesuras.

El primer período entre rejas resultó tener consecuencias importantes. Cuando salió de la cárcel no tardó mucho en darse cuenta de lo mucho que había cambiado su vida. Las perspectivas de trabajo se habían esfumado, los amigos se apartaban de él, la gente lo miraba de manera distinta. Y él también había cambiado. Daba la impresión de que los problemas venían a buscarlo, como si percibieran que era un cliente dispuesto. Sus padres, trabajadores y temerosos de Dios, estaban abrumados y paralizados por la vena salvaje de su hijo. Carecían del sentido común y de la fortaleza de carácter necesarios para ofrecerle la orientación que necesitaba. Su agente de la condicional, mal pagado y corrupto, servía incluso menos que una vela en pleno día. Y pese a los razonamientos que le hacía Danny repetidamente e invadido por la frustración para advertirlo de hacia dónde iba a conducirlo todo aquello, Matt terminó abandonando los estudios antes de finalizar el instituto, y a partir de entonces su vida se precipitó en una espiral sin control. Los años siguientes los pasó entrando y saliendo de la cárcel por delitos de robo, daños a la propiedad y agresión, entre otros, y su futuro iba marchitándose mientras que el de Danny florecía, primero en el MIT, y después en un empleo muy bien pagado en una empresa de tecnología que estaba instalada allí cerca.

Al cruzar con el coche por encima del río Neponset, recordó con tristeza lo poco que había visto a Danny antes de que éste falleciera. Hacía unos meses que había salido de la cárcel cuando a Danny le ofrecieron trabajar con Reece, y después de aquello ya no lo vio mucho más. Él había estado ocupado en montar su negocio, claro que con la ayuda de un préstamo que le cambió la existencia, cortesía de su hermano pequeño, recordó con una punzada de vergüenza. En cierto sentido, le debía la vida.

Fue Danny el que le hizo sentar la cabeza y le inoculó un poco de sentido común, por fin. Gracias a él comprendió que no podía seguir haciendo lo que hacía, y gracias a él se enderezó.

El método que le sugirió Danny era sencillo: utilizar lo que antes había causado daño en algo que fuera positivo, emplearlo para labrarse una vida nueva. Y Matt le hizo caso. Encontró en Quincy una pequeña tienda de coches que estaba a punto de cerrar, y tomó el traspaso. El plan que trazaron Danny y él consistía en que se dedicase a buscar y reparar automóviles clásicos. Matt sentía debilidad por los coches estadounidenses de los sesenta y los setenta, como el Mustang que conducía actualmente, un modelo de coleccionista, un coche con el que Danny y él habían fantaseado, viéndose propietarios del mismo, desde la primera vez que vieron a Steve McQueen catapultarse al volante de uno de ellos por las calles de San Francisco en una película que sólo habrían visto unas tres docenas de veces. Matt sabía que le iba a costar desprenderse de él cuando hubiera terminado de restaurarlo, pero con un poco de suerte podría venderlo por setenta de los grandes, puede que más, probablemente a algún ejecutivo de despacho necesitado de tener un juguete para los fines de semana. En la embriagadora época anterior a la crisis de los créditos bancarios, Matt se había construido una sólida reputación dentro de los círculos de los entusiastas del automóvil. Incluso había vendido un par de piezas a tipos a los que años atrás les había robado el coche, claro que ellos no tenían ni idea. Las cosas pintaban bien, y mientras tanto Danny seguía absorbido por el agujero negro de su nuevo trabajo. Un agujero negro que en última instancia se había tragado su vida.

¿De verdad?

¿Era posible que Danny aún estuviera vivo?

Bellinger había estado muy convincente en sus argumentos a favor de ello. Y lo habían secuestrado a los pocos segundos de haberlo revelado. Tenía que significar algo.

Con independencia de que Danny estuviera vivo o no, el solo hecho de pensar que les habían mentido a todos, que alguien conocía la verdad y se la había ocultado (la idea de que había sido una persona, y no el destino, la que les había arrebatado a Danny) fue como un ácido que le quemara la garganta.

No tenía la menor intención de dejarlo pasar.

Tomó la salida de Villard Street y después de la rotonda giró hacia Copeland, cada vez más encendido de furia al volver a pensar en lo destrozados que quedaron sus padres al recibir la noticia de la muerte de Danny. Para ellos ya era bastante malo que su hijo mayor fuera un delincuente convicto; el hecho de perder también a Danny, que era su orgullo y su alegría, el redentor del apellido familiar, fue demasiado. La madre falleció un par de meses después. A pesar de la complicada terminología que los médicos insistían en usar, Matt sabía que simplemente se había muerto de pena, y que además él tenía parte de culpa. Bien sabía el profundo dolor que le había causado el día en que lo detuvieron la primera vez, si no antes. A su padre no le había ido mucho mejor. El empleo de Danny incluía un seguro de vida, y aunque la indemnización que les pagaron sirvió para cubrir los gastos de la residencia y para que su padre disfrutase de varias comodidades adicionales, lo que quedaba de él era un hombre hundido. En el funeral de su madre Matt apenas le dirigió la palabra, y desde aquel sombrío día de enero no había vuelto a visitarlo. Casi un año después de ese día, el sheriff local, un justiciero hosco y avejentado, consiguió dar con la pista que conducía hasta el taller que Matt había abierto en Quincy, y le dio la noticia del fallecimiento de su padre. Una apoplejía, dijo, aunque Matt, una vez más, tuvo sus dudas al respecto.

En su cerebro no dejaba de resonar lo que le había dicho Bellinger. Alguien tenía prisionero a Danny, y eso guardaba relación con algo que acababa de ocurrir en los cielos de la Antártida. Sonaba extravagante y surrealista, pero estaba claro que no lo era. Los tipos con los que acababa de pelear eran muy reales. Sumamente profesionales. Bien equipados. Despiadados. Y no demasiado preocupados por la discreción.

Lo que implicaba esto último resultaba particularmente preocupante.

Continuó en dirección este por Copeland. Los faros del Mustang, que tenían cuarenta años, se esforzaban por abrirse paso entre la cortina de copos de nieve semejantes a bolas de algodón. Como no había más coches alrededor, la nieve había tenido tiempo para asentarse y cubría la calzada con una delgada e inmaculada alfombra blanca. Dejó atrás Buckley y llegó al cruce para entrar en el callejón que llevaba a su taller, y justo antes de doblar, una parte remota de su cerebro registró un conjunto de huellas de coche en la nieve recién caída.

Pertenecían a un único automóvil que había girado en Copeland. Calle adelante no se veía nada. Su taller se hallaba escondido como a unos cien metros de la vía principal y allí no había farolas, pero las huellas de neumáticos fueron más que suficientes para disparar su sistema interno de alarma, dado que sólo podían estar dirigidas a su taller, teniendo en cuenta que en aquel lugar apartado no había ningún otro local que estuviera abierto a aquellas horas y que allí tampoco vivía nadie más.

El detalle era que él no esperaba visitas.

Lo cual no auguraba nada bueno para el resto de aquella mágica noche.

17

Mar de Amundsen, Antártida

—Tiene que venir aquí. Hay una cosa que tiene usted que ver.

El que llamaba no era nativo de lengua inglesa, y Gracie no fue capaz de identificarle el acento. Además, aunque habló despacio y con esmero, su tono de voz iba teñido de una urgencia que le llegó perfectamente clara, a pesar de la nitidez no tan clara de la conexión por satélite.

—No tan deprisa —dijo Gracie—. ¿Quién es usted exactamente, y cómo ha conseguido este número?

—Me llamo Amín. Hermano Amín, si lo prefiere.

—¿Llama desde Egipto?

—Sí. Desde Deir Al-Suryan, el monasterio de los Sirios, que se encuentra en Wadi Natrun.

El sistema de alarma interno de Gracie, que ya había subido al nivel amarillo antes de que aquel individuo hubiera siquiera empezado a hablar, ascendió un escalón más y se situó en el nivel azul.

—¿Y cómo ha conseguido este número? —le preguntó de nuevo, esta vez con una ligera irritación en la voz.

—Llamando a su oficina de El Cairo.

—¿Y allí se lo han dado?

Por más evidente que fuera su enfado, aquel individuo no estaba haciendo el menor esfuerzo por apaciguarla. Al contrario, se limitó a decir:

—Les he dicho que llamaba de parte del padre Jerome.

Ese nombre rebotó unos instantes dentro del cansado cerebro de Gracie, hasta que por fin fue a posarse en la asociación más obvia:

—¿Se refiere al padre Jerome que conocemos todos?

—Sí —le aseguró su interlocutor—. Al mismo.

El sistema de alarma retrocedió al nivel amarillo.

—¿Y está llamando desde Egipto de parte suya? ¿Es ahí donde se encuentra él?

De repente cayó en la cuenta de que llevaba bastante tiempo sin leer ninguna noticia acerca de aquel personaje humanitario de fama mundial. Cosa insólita dado lo conocido que era, si bien a pesar suyo, y teniendo en cuenta la enorme organización que había fundado y todavía dirigía, que ella supiera.

—Sí, se encuentra aquí. Lleva ya casi un año.

—Muy bien, pues ya que me tiene al teléfono, ¿qué es lo que pasa? —preguntó.

—Tiene que venir aquí. A ver al padre Jerome.

El argumento la sorprendió.

—¿Por qué?

—La hemos visto en la televisión. Ha sido usted la que ha visto la señal, la persona que la ha mostrado al mundo.

—¿La «señal»?

Dalton y Finch la miraron con curiosidad. Ella les respondió con un encogimiento de hombros que quería decir: «No estoy muy segura de cómo va a terminar esto.»

—Por el motivo que sea —dijo el hermano Amín—, divino o no, usted ha estado presente. El reportaje le pertenece a usted. Y, por descontado, yo conozco su forma de trabajar. La gente la escucha. Goza de una sólida reputación. Por eso le estoy diciendo esto, única y exclusivamente a usted.

—Aún no me ha dicho nada.

El hermano Amín calló unos instantes y luego dijo:

—El símbolo que usted presenció ahí, encima del hielo, también se encuentra aquí.

Esta vez se disparó en su interior una alarma completamente distinta, una alarma que le puso el corazón a cien por hora.

—¿Cómo, lo tienen ahí también? ¿En el cielo? —Lo que estaba diciendo tenía prendida la atención de Dalton y de Finch.

—No, en el cielo no.

—Entonces, ¿dónde?

—Tiene que venir aquí. Y verlo usted misma.

El sistema de alarma de Gracie volvió a encabritarse.

—Voy a necesitar un poco más que eso.

—Es difícil de explicar.

—Por qué no hace un intento.

El hermano Amín pareció sopesar un momento lo que iba a decir.

—El padre Jerome no se encuentra exactamente aquí, en el monasterio. Estuvo. Acudió a nosotros hace unos meses. Estaba… alterado. Pasadas unas semanas, resulta que…, que se fue a la montaña. Allí hay una cueva, ¿sabe? Una cueva que contiene lo básico, ya sabe, un refugio con un lecho en que dormir, una cocina para hacerse la comida. Los hombres de Dios se van allí cuando buscan estar solos, sin que nadie los moleste. A veces se quedan varios días, otras veces semanas. Incluso meses.

—¿Y el padre Jerome se encuentra allí?

—Sí.

Gracie no sabía muy bien qué conclusión sacar.

—¿Y qué tiene eso que ver conmigo?

El monje titubeó. Parecía sentirse incómodo con lo que estaba a punto de decirle.

—Es un hombre distinto, señorita Logan. Le ha sucedido algo, algo que no entendemos del todo. Además, desde que está en esa cueva no deja de escribir. Escribe mucho. Llena una libreta tras otra con sus pensamientos. Y en algunas de las páginas hay un dibujo. Un dibujo recurrente, que también ha pintado por todas las paredes de la cueva. —Gracie sintió un hormigueo en la piel—. Es la señal, señorita Logan. La señal que usted ha visto flotando encima del hielo.

El cerebro de Gracie se esforzó en procesar lo que el monje le estaba diciendo.

Surgió una pregunta obvia que pugnaba por abrirse paso en aquel cenagal de confusión.

—No es mi intención ofender, hermano, pero…

—Ya sé lo que va a decirme, señorita Logan —la interrumpió su interlocutor—. Por supuesto, está en su derecho de mostrarse escéptica. Yo no esperaría menos de usted, de una persona de su intelecto. Pero tiene que escucharme hasta el final. Dentro de esa cueva no hay televisión. Ni siquiera la tenemos aquí, en el monasterio, ni tampoco radio, si vamos a eso. El padre Jerome no ha visto las imágenes retransmitidas por usted.

El sistema de alarma de Gracie tenía dificultades para señalar en una sola dirección.

—Bueno, no estoy segura de que lo que me está contando me dé motivos suficientes para subirme ahora mismo a un avión.

—No, no lo entiende —agregó el hermano Amín con una contención en la voz que indicaba el esfuerzo que estaba haciendo para reprimir la urgencia que a todas luces sentía—. No es algo que haya empezado a hacer ahora.

Gracie experimentó en las tripas una revelación de lo más inquietante.

—¿Qué está diciendo? ¿Cuándo ha empezado a hacer dibujos de esa señal?

La respuesta del monje la traspasó como un lanzazo.

—Hace siete meses. Lleva siete meses dibujando la señal sin cesar.

18

Quincy, Massachusetts

El puro instinto se apoderó de Matt y lo impulsó a girar prontamente, hacia el interior del aparcamiento del 7-Eleven que había justo antes del callejón.

Como era un establecimiento que abría las veinticuatro horas, no estaba cerrado, pero fuera no había más coches. Matt apagó los faros del Mustang pero dejó el motor en marcha y dejó pasar unos instantes, sentado en el asiento, bañado por las luces intermitentes verdes y rojas de los adornos de Navidad, haciendo balance de la situación.

Ya estaban allí. Esperándolo. Tenía que ser. ¿Cómo?

Rememoró rápidamente el secuestro de Bellinger. Debían de estar vigilándolo. Puede que incluso escucharan sus llamadas. Y si era así, estaban al tanto de la llamada que le había hecho a él. Y si aquello tenía que ver con Danny, entonces estaban enterados de todo lo que tenía que ver con él.

Y era evidente que él se había convertido en un problema.

«Maravilloso.»

Recorrió con la mirada su entorno más inmediato, pero no advirtió nada que se saliera de lo normal. Tenían que estar esperándolo cerca de su taller. Se puso en el lugar de ellos y casi llegó a visualizar el punto exacto en el que habrían aparcado, fuera de la vista, preparados para tenderle una emboscada cuando volviera. «Cabrones. ¿Cómo han sido capaces de reaccionar con tanta rapidez?» Sólo había transcurrido…, cuánto, ni una hora, desde que se escapó de la furgoneta.

Estaba claro que no andaban faltos de recursos.

Lo cual no contribuyó a aligerar su preocupación.

Apagó el motor, se subió el cuello de la zamarra y se apeó del coche con la mirada atenta al menor movimiento. Dio unos cuantos pasos rápidos hacia la tienda y se refugió bajo el toldo de la misma. Aprovechó la pausa para escrutar una vez más los alrededores.

Nada.

No había nada más que el conjunto de huellas de neumáticos que bajaban por el callejón al costado del 7-Eleven y se perdían en la oscuridad como si se burlaran de él.

Entró en la tienda, y al hacerlo accionó una campanilla electrónica en dos tonos que llamó la atención de Sanjay, el amable propietario, que estaba ocupado en reponer género en la parrilla de los perritos calientes.

Sanjay sonrió y saludó.

—Qué hay, Matt. —Entonces se fijó en la capa de nieve que llevaba Matt en la cabeza y dijo con expresión divertida—: Está cayendo de lo lindo, ¿eh? —Pero a mitad de la frase arrugó la frente en un gesto de confusión al reparar en el estado lamentable en que venía su amigo.

Matt se limitó a asentir con expresión ausente, pues su cerebro todavía estaba estudiando la situación y cerciorándose de que allí no había nadie más.

—Ya lo creo —contestó por fin tras la pausa de distracción. Acto seguido se le oscureció el semblante y dijo—: Sanjay, necesito salir por la puerta de atrás.

Sanjay lo observó durante unos instantes.

—De acuerdo —dijo—. Lo que necesites, Matt.

Los dos se conocían desde que Matt adquirió el traspaso del taller del callejón. Matt era buen cliente y un vecino de fiar, y a esas alturas Sanjay ya lo conocía lo suficiente para saber que no le pediría aquello si no fuera importante.

Lo condujo hacia la parte posterior del establecimiento y abrió la cerradura de la puerta.

Matt se detuvo un momento en el umbral.

—No eches aún la llave, ¿quieres? No voy a tardar.

Sanjay asintió con cierta vacilación.

—Está bien. —Desvió la mirada, pero volvió a fijarla en Matt y agregó—: ¿Seguro que te encuentras bien?

—La verdad es que no —respondió Matt encogiéndose de hombros, y a continuación salió por la puerta.

No había ningún coche en los alrededores. Matt caminó agachado, arrimado en todo momento a la tapia trasera del aparcamiento, y se alejó de la vía principal pasando junto al coche de Sanjay y los contenedores de basura. Todas las luces procedentes de la tienda dejaron de verse y enseguida quedó rodeado por una oscuridad total, con la única ayuda del difuso resplandor de la luna para alumbrarse. Se metió por entre un grupo de árboles y al salir se topó con una estructura de ladrillos de poca altura y una sola planta en la que se alojaba un pequeño bufete de abogados. Como era de esperar, tenía todas las luces apagadas y fuera no había ningún coche. Sintiendo un agudo dolor en la pierna y la cadera izquierdas a cada paso que daba, corrió encorvado y sin hacer ruido a lo largo de la pared trasera del edificio hasta que ésta se terminó.

Entonces se agachó y se arriesgó a echar una ojeada por la esquina. No se había equivocado. En una de las plazas de aparcamiento del bufete había un Chrysler 300C de color negro, al amparo del lado más alejado del edificio, como a unos veinte metros de la entrada de su taller. Aunque a duras penas, logró distinguir las siluetas de dos figuras que había dentro.

Lo estaban esperando. O eso, o se habían adelantado ocho horas a la cita con el abogado, y no existía nadie tan deseoso de verse con un abogado.

Retrocedió unos centímetros para ocultarse mientras su cerebro examinaba todas las alternativas que tenía. Su primera reacción instintiva fue la de lanzarse sobre ellos, darles de puñetazos hasta hacerlos papilla y sacarles la verdad a hostias. Unos cuantos años antes tal vez hubiera hecho precisamente aquello, a pesar de las posibles consecuencias negativas; pero en aquel momento las circunstancias no eran favorables, y por más ganas que tuviera de partirles la crisma, se obligó de mala gana a aceptar que no era lo más acertado. Tenía todo el cuerpo dolorido y la pierna izquierda apenas lo sostenía. No iba a tener la menor oportunidad, estaba claro.

Tuvo un desliz momentáneo y pensó en llamar a la policía, pero una vez más descartó la idea. No se fiaba de los polis. Nunca se había fiado y nunca se fiaría. Además, en lo que se refería a la policía, siempre podía contar con perder el típico concurso de «tu palabra contra la mía». Por otro lado, se había percatado de que los tipos del Chrysler parecían tener un montaje de lo más sólido, lo cual quería decir que poseían contactos. Lo único que tenía él era una lista de antecedentes penales capaz de secar un cartucho entero de tinta.

Pero se le ocurrió otra idea, más prometedora, que vino a ocupar el lugar de aquélla. Se apresuró a ponerla a prueba, buscando posibles fallos, y llegó a la conclusión que era la mejor opción que tenía. La mejor de un total de una, en realidad. Lanzó una última mirada al Chrysler, se convenció de que sus ocupantes no iban a irse de momento a ninguna parte y emprendió el regreso al 7-Eleven.

Atravesó el establecimiento pasando por delante de Sanjay, que lo miró interrogante y preocupado. Pero él, sin aminorar el paso, le hizo una rápida seña que le indicaba que no se inquietase, si bien no resultó precisamente muy tranquilizadora.

—Necesito cinta aislante —le dijo—. Algo que sea resistente y adhesivo, cinta de embalar, algo así.

Sanjay reflexionó un momento y luego afirmó con la cabeza.

—Voy a enseñarte lo que tengo —dijo al tiempo que Matt desaparecía por la puerta principal.

La breve ojeada que echó en derredor no reveló amenazas visibles. Fue hasta el maletero del Mustang y lo abrió. Con manos expertas, levantó el forro del interior del costado, introdujo la mano dentro y halló el pequeño hueco que estaba buscando. En él había una cajita negra, no mucho más grande que un paquete de tabaco. La sacó y se la guardó en el bolsillo interior de la zamarra. Seguidamente extrajo la llave para tuercas de la caja de herramientas de la rueda de repuesto, cerró el maletero y volvió a entrar agachado en la tienda.

Sanjay lo estaba aguardando. En las manos sostenía un rollo de cinta aislante de cinco centímetros de ancho. Matt lo cogió sin más, soltó un gutural «Perfecto» y siguió andando.

Regresó a la esquina del edificio de ladrillo y se asomó al otro lado. El Chrysler seguía estando allí, tal como él lo había dejado. Oteó el perímetro, retrocedió y a continuación se metió entre los árboles y los arbustos que había detrás del aparcamiento, sin levantar en ningún momento la cabeza. Buscó un punto situado unos quince metros por detrás del Chrysler asegurándose de no entrar en la línea visual de los espejos del coche, y una vez allí se echó al suelo y recorrió el resto del camino a gatas.

Avanzó apoyándose en unos codos que todavía le dolían a resultas del salto desde la furgoneta. Pero ignoró el dolor y siguió hasta que estuvo justo detrás del Chrysler. Se detuvo un instante a recuperar el aliento y a prestar atención por si se producía alguna reacción. Pero no se produjo ninguna. Satisfecho de que no lo hubieran descubierto, se tendió de espaldas y se deslizó por debajo del coche. Enseguida encontró una varilla estructural que se adaptara a sus propósitos. Metió la mano en el bolsillo, sacó el rastreador y lo fijó a la varilla con cinta adhesiva.

Casi había terminado cuando notó un leve cambio de peso dentro del coche, seguido por el chasquido de una portezuela al abrirse. Volvió la cabeza hacia un lado, hacia el lado del pasajero, y se quedó petrificado al ver que tocaba el suelo primero un pie, luego el otro, débilmente iluminados por la luz interior del coche. Ambos pies crujieron al pisar la nieve, y la luz se atenuó cuando el propietario de los mismos empujó la puerta de nuevo sin cerrarla del todo.

Sintió una oleada de pánico al comprender de pronto. Muy despacio, se volvió para mirar detrás del coche y vio las pisadas que había dejado él mismo en la nieve, las cuales llevaban en línea recta hasta el coche, un rastro de color negro que rompía el blanco perlado del delgado manto de copos.

Se le puso el cuerpo en tensión al ver cómo el hombre daba unos cuantos pasos. Se dirigía hacia la parte trasera del coche. Matt, con los ojos clavados en él, imaginó rápidamente el momento en que descubriría las pisadas y pensó cuál sería la forma mejor de actuar. Con el corazón en un puño, siguió con la mirada los pies del otro, que pasaron por delante de la rueda trasera, continuaron hacia el extremo del vehículo…, y se detuvieron. Matt sintió que todas las terminaciones nerviosas de su cuerpo palpitaban en tono de alarma, así que introdujo los dedos bajo la zamarra y los cerró en torno a la empuñadura de la llave para tuercas. Estaba a punto de sacar las piernas en un intento de propinarle al otro una patada que le hiciera perder el equilibrio, cuando éste se volvió para situarse de cara a la pared. Entonces Matt oyó que se abría una cremallera, y su organismo se relajó al comprender que el individuo en cuestión sólo había salido a echar una meada.

Aguardó a que terminase y después observó, sin moverse un centímetro del sitio, cómo el otro volvía a meterse en el coche. Se cercioró de que el rastreador estuviera firmemente sujeto y acto seguido salió de debajo del coche y regresó por donde había venido, con una breve pausa para memorizar la matrícula.

Halló a Sanjay de pie junto a la caja registradora, claramente sin poder hacer gran cosa, excepto preocuparse.

Matt le dio las gracias con un firme gesto de cabeza al tiempo que cogía un lápiz y anotaba la matrícula del Chrysler en un folleto. A continuación se lo guardó en el bolsillo y se volvió hacia Sanjay.

—Hazme un favor. Si alguien te pregunta, no me has visto desde la hora de comer. ¿De acuerdo?

Sanjay asintió.

—¿Vas a contarme qué es lo que pasa?

La expresión de Matt se nubló por efecto de los varios instintos que competían entre sí.

—Es mejor no meterte en esto. Es más seguro para ti.

Sanjay acusó recibo de aquellas palabras con gesto grave, luego titubeó y dijo:

—Tendrás cuidado, ¿verdad?

Lo dijo en tono inseguro, como si no tuviera claro hasta dónde debía decir o entrometerse.

Matt respondió con una media sonrisa.

—Ése es el plan. —Entonces le vino algo a la cabeza, fue hasta el frigorífico y sacó una lata de Coca-Cola. Se la enseñó a Sanjay y dijo—: Mi cuenta sigue abierta, ¿no?

Sanjay se relajó visiblemente unos milímetros.

—Naturalmente.

Y dicho eso, Matt se fue.

19

Mar de Amundsen, Antártida

—Y bien, ¿cuál es el veredicto? ¿Tenemos que creer a este tipo? Gracie apoyó la cabeza en el frío vidrio de la ventana de la sala de reuniones. Fuera la luz prácticamente no había cambiado, el cielo seguía teniendo el mismo tono gris pálido, lo cual no contribuía en nada a levantarle el ánimo. Necesitaba descansar, dar un paso atrás y concederle a su cerebro una oportunidad para recargarse, aunque sólo fuera durante una o dos horas. Tenía que ser un momento del día equivalente a bien rebasadas las doce de la noche, y la continua luz diurna del verano austral de la Antártida ya había causado estragos en el reloj de su organismo, pero todavía quedaban demasiadas preguntas que responder.

—Venga, Gracie —repuso Dalton—, está hablando del padre Jerome.

—¿Y?

—¿Estás de broma? Ese tipo es un santo viviente. No va a fingir algo así. Sería como..., no sé..., como decir que el Dalái Lama es un embustero.

Técnicamente, el padre Jerome no era un santo viviente. No existía tal cosa, dado que un requisito imprescindible para recibir el honor de la santidad era morirse, al menos según el Vaticano. Pero era un firme candidato a la beatificación, si no a la canonización, en algún momento del futuro.

No obstante, en su caso el término «santo» era más que apropiado.

Había comenzado su vida en 1949 con el nombre de Álvaro

Suárez, hijo de un humilde matrimonio de agricultores que vivían en las estribaciones de las montañas de Cantabria, en el norte de España. En su infancia distó mucho de ser un niño mimado. Su padre murió cuando él tenía cinco años, con lo cual recayó sobre la madre la poco envidiable tarea de buscar sustento para seis hijos en una España que se encontraba bajo la férrea mano de Franco y recuperándose de los años de la guerra. Educado en la religión católica, el joven Álvaro, que era el más pequeño de todos sus hermanos, demostró tener gran resistencia y generosidad, sobre todo durante un duro invierno en el que estuvo a punto de perder a su madre y a dos hermanas por culpa de una epidemia vírica. Atribuyó a su fe el mérito de haberle proporcionado la fuerza necesaria para seguir adelante a pesar de todas las dificultades y de haber ayudado a su madre y sus hermanas a salir del mal trago, y el hecho de que las tres se hubieran salvado reforzó el vínculo que lo unía a la Iglesia. A lo largo de toda su infancia, también se sintió atraído de modo particular por los relatos de misioneros, de almas altruistas que hacían la obra de Dios en los lugares menos afortunados del planeta, y para cuando llegó a la adolescencia ya sabía que iba a dedicar su vida a la Iglesia.

Decidió concentrarse en socorrer a los huérfanos, ya que él mismo había escapado por los pelos de convertirse en uno de ellos, y a los niños abandonados. A los diecisiete años se fue de casa y comenzó su viaje inscribiéndose en un seminario de Andalucía antes de cruzar a África, donde no tardó mucho en fundar la primera de numerosas misiones. Durante la ruta, tomó los primeros votos cuando le faltaban pocos meses para cumplir los veintidós años y eligió el nombre de Jerome, por Jerome Emiliani, un sacerdote italiano del siglo XVI que era el santo patrón de los huérfanos. Actualmente, los modernos hospitales y orfanatos de Jerome estaban repartidos por todo el globo. Su ejército de voluntarios había dado un giro radical a la vida de miles de niños de entre los más pobres del mundo. Y al final ocurrió que sus obras de caridad terminaron reluciendo más que las de la figura histórica que le había servido de inspiración.

Olvidémonos de los tecnicismos. Ese hombre era verdaderamente un santo viviente, y costaba trabajo dejar de lado dicha observación pronunciada por Dalton. Siempre que lo que el monje le había contado a Gracie tuviera que ver realmente con el padre Jerome.

—Ya, pero el que ha hablado por teléfono no era el padre Jerome, ¿no? Ni siquiera sabemos si esa persona llamaba en realidad desde Egipto, y no digamos desde el monasterio —arguyó Gracie.

—Bueno, sí que sabemos que el padre Jerome se encuentra allí realmente —señaló Finch.

Los informes que habían obtenido tras la llamada confirmaron que, efectivamente, el padre Jerome estaba en Egipto. Había caído enfermo mientras trabajaba en una de las misiones que tenía en dicho país cerca de la frontera con Sudán, hacía poco más de un año. Después de recuperarse se retiró del servicio activo, ya que le faltaba poco para cumplir los sesenta, y únicamente adujo que necesitaba disponer de un poco de tiempo para sí mismo, para «acercarme más a Dios», había dicho textualmente. Acto seguido se apartó del todo de la escena pública. Recibieron un par de informes breves pero cruciales que en efecto lo situaban viajando hacia el norte en busca de la vida retirada que ofrecían los monasterios de Wadi Natrun.

—¿Y cómo es posible que haya dibujado lo que hemos visto nosotros? Quiero decir, ¿cómo se puede dibujar? —razonó Gracie.

—Necesitamos conseguir una copia de esa cinta —sugirió Dalton.

Antes de poner fin a la llamada, el hermano Amín les había ofrecido un dato que corroboraba de manera tentadora otra información que ya tenían ellos. Varios meses atrás había visitado el monasterio un equipo de filmación que trabajaba para la BBC. Pasaron allí unos días, filmando parte de un documental de varios episodios en el que se comparaba el enfoque dogmático de la religión en las iglesias occidentales con el acercamiento más místico que puede encontrarse en Oriente. Consiguieron echar un vistazo rápido al interior de la cueva y tomar algunas imágenes de ella antes de que los expulsara el padre Jerome. El hermano Amín aseguró a Gracie que en dichas imágenes se veían los dibujos que había hecho el sacerdote en las paredes y el techo de la caverna.

Era la prueba que Gracie necesitaba con desesperación. El problema era que si se hacía con ella seguramente pondría en alerta a los cineastas respecto de lo mucho que significaba (algo en lo que, al parecer, aún no habían caído) y Gracie podría quedarse sin la iniciativa del reportaje. Un reportaje que todavía era, en su práctica totalidad, exclusivamente suyo.

Se dejó caer en el sofá y lanzó un suspiro de frustración mientras estudiaba la sugerencia de Dalton.

—No —decidió—, aún no. No podemos correr el riesgo.

Posó la mirada en Finch, el cual asintió. Pasados unos momentos dijo:

—¿Y qué vas a hacer?

Gracie tenía la sensación de que el aire que la rodeaba estaba cargado de expectación. Experimentaba sentimientos contradictorios que tiraban de ella en direcciones opuestas, pero en lo más hondo de sí misma sabía que ya había tomado la decisión antes de colgar siquiera el teléfono.

Con una convicción que la sorprendió, declaró:

—Tengo que ir. —Sus ojos saltaron de Finch a Dalton, y otra vez a Finch, con la esperanza de encontrar algún apoyo—. Tengo que creer a ese tipo —explicó—. A ver, todo esto carece de lógica, ¿vale? Pero ¿qué pasa si es real? ¿Os lo imagináis? Si lo que está diciendo es verdad…, Dios. —Se levantó de un brinco y se puso a pasear por la habitación, gesticulando con los brazos, sintiéndose liberada por la decisión que acababa de tomar, irradiando una energía que resultaba embriagadora—. No sé cómo ha sucedido esto, no sé lo que está pasando en realidad, pero nos guste o no, formamos parte de ello, nos hemos visto atrapados en algo… excepcional.

»Además, el reportaje ya no está aquí, sino en Egipto, en ese monasterio. Y allí es donde tengo que estar yo. —Los miró con fervor—. A ver, ¿qué vamos a hacer? No podemos quedarnos en este barco eternamente. Y desde luego no podemos irnos a casa, mientras este asunto esté sin resolver. —Calló unos instantes para observarlos, deseando ver alguna reacción en ellos, y después reiteró—: El reportaje está en Egipto.

Finch dirigió una mirada pensativa a Dalton, luego se volvió de nuevo hacia ella y, tras una pausa de incertidumbre y resignación, sonrió.

—Vamos a por ello. Aunque desilusione a mis críos. Otra vez. —Finch tenía dos hijos pequeños, un niño y una niña, y aunque estaba divorciado, aún conservaba la amistad con su ex mujer y tenía pensado pasar la Navidad con ellos.

Gracie retribuyó el comentario de Finch con una expresión tímida y contenida. Sabía que iba a resultarle duro. En cambio ella no tenía ese problema; estaba soltera y no salía con nadie especial. Y tampoco le gustaban demasiado las vacaciones de fin de año. De pequeña las odiaba, sobre todo cuando murió su madre. El frío, los días tan cortos, el final de otro año, un año menos de vida... Todo aquello le resultaba triste y malsano. Se volvió hacia Dalton; éste sonrió con expresión meditabunda pero de apoyo. Él también estaba convencido.

Gracie les respondió con una sonrisa.

—Estupendo.

—Voy a hablar con el capitán —dijo Finch—. A ver cuándo puede enviarnos un helicóptero que nos saque de este barco. Vosotros, empezad a hacer las maletas.

Un productor de menor categoría habría discutido la moción hasta la muerte antes de cubrirse las espaldas recabando la aprobación de su director. Pero Finch era sólido como una roca, y en aquel momento Gracie se sintió profundamente agradecida de tenerlo de su parte. Él la miró como si le estuviera leyendo el pensamiento en la expresión de la cara, le hizo un gesto en el cual le transmitía su apoyo inquebrantable y salió de la sala.

Gracie fue hasta la ventana y observó el exterior. La plataforma continuaba desintegrándose, pero la señal hacía mucho que había desaparecido. En cambio volvió a visualizarla mentalmente, y al revivir la fuerte impresión y el asombro reverencial que le produjo, tanto a ella como a todos los que estaban a bordo de aquel barco, la recorrió un gélido sentimiento de duda.

Todavía con la espalda vuelta hacia Dalton, le preguntó:

—¿Qué opinas? ¿Estamos actuando acertadamente?

Dalton se situó a su lado frente a la ventana. Gracie se volvió para mirarlo y cayó en la cuenta de que rara vez lo había visto con una expresión tan solemne.

—Estamos hablando del padre Jerome —replicó Dalton en un tono de voz que carecía totalmente de incertidumbre—. Si no le creemos a él, ¿a quién vamos a creer?

20

Boston, Massachusetts

Matt, al volante del Mustang, regresó a la autovía y enfiló en dirección norte, hacia la ciudad. Conducía con el piloto automático, sin tener en mente ningún destino concreto, con el único propósito de poner distancia entre él y los tipos del Chrysler.

Se sentía destrozado. Tenía el cerebro hecho un lío y le costaba trabajo encontrarle la lógica a lo que había sucedido desde que lo llamó Bellinger. Tras la descarga de adrenalina que había sufrido durante la operación de instalar el rastreador en el Chrysler, ahora notaba todo el cuerpo como si se le viniese abajo. Necesitaba descansar y meditar las cosas, pero no contaba con ningún sitio claro en el que pudiera dejarse caer para dormir un rato, ni con nadie que lo recogiera en su casa. Ninguna novia valerosa y llena de recursos, ningún colega que le prestara su apoyo aunque fuera a regañadientes, ninguna ex mujer irritable pero todavía enamorada.

Estaba solo.

Condujo un rato más por la autovía y después tomó la rampa de salida que llevaba a South Station y terminó en una cafetería al estilo de los años cincuenta que se hallaba situada haciendo esquina con Kneeland, el único lugar que sabía que iba a estar abierto a esas horas.

Con la pinta horrorosa que llevaba, al entrar atrajo un par de miradas de desprecio, lo cual no era precisamente lo ideal. Lo último que necesitaba en aquel momento era que se fijaran en él. Desapareció en el aseo de caballeros y se lavó lo mejor que pudo, y a continuación tomó asiento en una banqueta en el extremo más alejado de la barra. Pidió un café y decidió agregarle una hamburguesa con queso, dado que no sabía cuándo iba a presentársele otra ocasión de comer en paz, y con la esperanza de que el chute de cafeína más proteína lo ayudase a aguantar hasta que se hiciera de día.

Aunque todavía le dolía el cuerpo por efecto de la caída, la comida y el café contribuyeron a aclararle el pensamiento. Pidió a la camarera que le rellenara la taza y se puso a repasar las opciones que tenía ante sí. No abrigaba demasiadas esperanzas de poder hacer nada para socorrer a Bellinger. En su opinión, estaba bastante claro que los sicarios que fueron a por ellos estaban relacionados con lo que le había sucedido a Danny, fuera lo que fuese, y que no se andaban con chiquitas. Se enfrentaba a profesionales que disponían de recursos serios y carecían de inhibiciones. Las opciones que tenía eran limitadas, sobre todo teniendo en cuenta que en realidad no sabía gran cosa, aparte de las crípticas revelaciones que le había hecho Bellinger..., y la idea de que Danny podía estar aún vivo. Si tomaba la decisión de solicitar la ayuda de alguien (la prensa, tal vez incluso la policía, en aquel momento todavía no sabía muy bien de quién), necesitaba tener más información de lo que estaba pasando. Se le ocurrían dos hilos de los que tirar. Uno era el rastreador; el otro era Bellinger. O, para ser más exactos, lo que sabía Bellinger, que tanto había enfadado a aquellos tipos. Se le cayó el alma a los pies al pensar en aquel científico inofensivo, colega de su hermano, y en la apurada situación en que debía encontrarse en aquel momento, y se sintió arder de frustración por no poder hacer algo al respecto.

Por lo menos de momento.

Necesitaba examinar la ubicación del rastreador, y también quería ver qué podía encontrar en el domicilio de Bellinger. Para ambas iniciativas de ataque necesitaba conectarse a la red.

A aquellas horas, ya muy rebasadas las doce de la noche, la única opción disponible eran los centros de negocios de los hoteles. Preguntó a la camarera y ésta le dijo cómo llegar hasta un Best Western que había cerca de allí. Tras hacer una incursión en un cajero automático situado tres portales más allá de la cafetería, quince minutos después estaba deteniendo el coche en el aparcamiento del hotel.

El centro de negocios, situado junto al vestíbulo desierto, permanecía abierto toda la noche, pero estaba restringido a los clientes del hotel. Teniendo en cuenta que su casa era de momento territorio prohibido, la idea de disfrutar de una cama segura y una ducha caliente tenía sus méritos, de modo que le dio un nombre falso al recepcionista, tomó una habitación individual y pagó en efectivo. Poco después estaba ya cómodamente sentado frente a un ordenador provisto de una conexión de alta velocidad que bombardeaba información a la pantalla.

Entró en la página web del rastreador y examinó la posición del mismo. Como había sido ladrón de coches, apreciaba mejor que nadie el valor que tenían los rastreadores, sobre todo cuando se trataba de clásicos codiciables y de mucho valor como su Mustang «Bullit». En ese momento se sentía más agradecido que nunca por tenerlo. El contrato que había adoptado permitía que el rastreador estuviera configurado para transmitir su ubicación cada treinta segundos cuando el coche al que estaba adherido se encontraba en movimiento. Si el coche permanecía estacionario, el dispositivo hibernaba y transmitía su posición cada doce horas. Suponiendo que el coche no estuviera pasando mucho tiempo en la carretera, la batería del rastreador aguantaba normalmente unas tres semanas entre una recarga y otra, pero Matt estaba bastante seguro de que en esta ocasión estaba llegando al fin de dicho ciclo y se le estaba agotando el fuelle. Lo más probable era que no durase más que unos pocos días antes de estirar la pata.

No se había movido. Lo cual era bueno y malo a la vez. Si los matones seguían en el sitio, quería decir que no lo estaban siguiendo a él, pero al mismo tiempo también quería decir que no iban a rendirse fácilmente. Siguió avanzando y recorrió las páginas blancas de Internet buscando la dirección de Bellinger. La encontró sin dificultad. Estaba claro que aquel científico no se preocupaba demasiado por su intimidad, aunque daba miedo ver cuánta información se podía encontrar en la red sobre cualquier persona. Bellinger vivía en Inman Square, un enclave de moda, de nivel superior, situado en la vecina localidad de Cambridge y que Matt había visitado en varias ocasiones. Allí vivía también Danny, justo hasta que desapareció, recordó Matt. Prefirió cómo sonaba aquella palabra antes que la expresión que habría empleado en cualquier otro momento anterior a esta noche: «murió». A aquellas horas no tardaría nada en plantarse allí. Y no podía esperar.

Anotó la dirección, y estaba a punto de desconectarse cuando de pronto se le ocurrió otra cosa. Buscó en Google las palabras «Antártida», «cielo» y «noticia», y dejó que aquellos algoritmos multimillonarios se pusieran a trabajar. No les había pedido demasiado. Casi de manera instantánea, le ofrecieron más de un millón de resultados. La primera página estaba dominada por artículos de prensa que hablaban de una enorme plataforma de hielo que estaba desgajándose del continente. Pinchó el primer enlace, el que correspondía al canal Sky, y leyó el reportaje.

Lo ilustró bien poco. Se reclinó en la silla mientras lo digería, sin comprender qué relación podía tener aquello con Danny ni cómo podía haber conducido a la violenta reacción desatada contra Bellinger. Volvió a leerlo, pero se quedó como estaba, y ya se disponía a levantarse cuando en eso le saltó a la vista un enlace que había debajo del artículo. Mencionaba un «avistamiento inexplicable» que había tenido lugar sobre el continente helado. Lo pinchó, y acto seguido dicho enlace lo llevó a un artículo relacionado que iba acompañado de un vídeo como los de YouTube.

Éste sí que tenía más sustancia.

Sintió una especie de presión en la nuca al leer el reportaje y ver el breve vídeo de la periodista y el objeto que apareció suspendido sobre el hielo. Leyó de nuevo el reportaje y visionó el vídeo por segunda vez con una mueca de confusión en el rostro. Entonces decidió profundizar un poco más e inició una nueva búsqueda, y obtuvo un auténtico géiser de resultados relacionados con dicho avistamiento inexplicable, y a medida que iba recorriéndolos todos y dejando que calasen las implicaciones que debatían unos y otros, empezó a comprender, con una inquietud que cada vez le encogía más el estómago, lo que estaba ocurriendo allí.

No era un suceso de poca monta.

Si Danny estaba implicado de alguna forma en aquello («contra su voluntad», había insinuado Bellinger, aunque él no era capaz de imaginar siquiera de qué forma podía estar implicado su hermano), lo que había en juego tenía mucha más envergadura de la que había supuesto.

Minutos más tarde, el Mustang atravesaba el puente Longfellow y viraba para tomar Broadway, un coche solitario deslizándose por el desolado paisaje urbano. La quietud que lo rodeaba poseía cierta belleza en su simplicidad, pero Matt no la percibía en absoluto; su cerebro no dejaba de dar vueltas a teorías descabelladas que le estaban causando una incomodidad cada vez más acusada, la sensación de que se cernía sobre él algo maligno y siniestro.

Procuró mantener la concentración mientras se dirigía a la intersección con Fayette y a un edificio victoriano de tres plantas que coincidía con la dirección de Bellinger. Primero, como medida de precaución, pasó por delante sin parar el coche, dio una vuelta a un par de manzanas y volvió a pasar por delante para echar otra ojeada. Había dejado de nevar y ahora el vecindario se hallaba cubierto por una capa blanca de unos tres centímetros. En un ventanal situado a ras de suelo se veían parpadear las luces de un árbol de Navidad, pero por lo demás el resto del edificio estaba a oscuras y la calle parecía igualmente en coma. También reparó en que la nieve caída frente a la casa estaba intacta.

Detuvo el coche en un pequeño callejón que separaba la casa de su vecina, otra construcción similar pero ligeramente más grande, y apagó el gutural V-8, que no era lo que se dice el más discreto de los motores. Hurgó en la guantera y encontró lo que necesitaba: la multiherramienta Leatherman y un trozo de cable duro, y se guardó ambas cosas en el bolsillo. Aguardó unos instantes para cerciorarse por segunda vez de que estaba solo y a continuación se apeó del coche. A su alrededor todo se hallaba sumido en un silencio fantasmal, el aire se notaba frío y aletargado, y la luna despedía un resplandor más intenso ahora que no se veía filtrado por una cortina de nieve. Se subió el cuello de la zamarra y echó a andar a buen paso hacia el porche de entrada de la casa.

Los rótulos de los timbres indicaban que había tres ocupantes, que coincidían con el número de plantas, un apartamento por planta. El nombre de Bellinger figuraba arriba de todos, con lo cual Matt dedujo que ocupaba el ático. La cerradura del portal no representó ningún reto especial para él; era un seguro de cinco patillas, una cerradura típica de los domicilios particulares que era sorprendentemente fácil de forzar, incluso sin hacer uso de las herramientas que prefería para aquellos trabajitos: un par de alambres sujetapapeles. Atravesar la cerradura de la puerta del piso de Bellinger, situado en la tercera planta, tampoco le supuso ningún esfuerzo; con los años había adquirido mucha práctica.

Cerró suavemente la puerta al entrar y se deslizó al interior de la vivienda en silencio y sin encender las luces, dejando que sus ojos se adaptasen a la oscuridad. Fue adentrándose poco a poco en el apartamento lamentando no llevar una linterna. El breve vestíbulo de la entrada se abría a dos estancias gemelas sin tabiques, un salón y un comedor, separadas por una chimenea de gas abierta por ambos lados cuya repisa se veía acaparada por aproximadamente una docena de tarjetas de Navidad. El resplandor de la luna que penetraba por los ventanales inundaba el amplio espacio de una delicada luz plateada que invitaba a entrar. Matt avanzó con sumo cuidado, con todos los sentidos alerta. Descubrió en un rincón una lámpara halógena de pie provista de un interruptor para graduarla, junto a un sofá de cuero de gran tamaño y apartada de los ventanales, y decidió que si la ponía a muy poca intensidad no sería demasiado visible desde la calle. De modo que se arriesgó y la encendió al mínimo. El interruptor emitió un leve zumbido cuando la lámpara esparció una débil luminosidad amarillenta por la habitación.

El salón estaba amueblado y ordenado de forma impecable. Al fondo, lejos de los ventanales y de cara a la pared, había un elegante escritorio de vidrio y metal cromado. Matt cruzó la estancia para aproximarse. Estaba cubierto de montones perfectamente pulcros de periódicos, libros, revistas, material impreso y correo sin abrir: el desorden de un profesional muy ocupado y dotado de una mente inquisitiva. Matt descubrió una cajita que contenía tarjetas de visita de Bellinger, tomó una y se la guardó en el bolsillo. De repente advirtió que en el escritorio faltaba un objeto cuya ausencia resultaba de lo más llamativa: un ordenador. Sí que había una pantalla plana, así como una encimera especial para un portátil, huérfana, y un ratón inalámbrico. Pero el portátil en sí había desaparecido.

¿Habrían estado ya allí?

Matt se puso en tensión y una vez más recorrió el salón con la mirada, pero esta vez aguzando el oído por si captaba el menor ruido. Aquellos tipos no tendrían ninguna dificultad para entrar. Tenían en su poder a Bellinger, lo cual quería decir que poseían las llaves. Meditó unos instantes. Si habían estado allí, probablemente hacía mucho que se habían ido. Calculó que podían haber transcurrido tres horas desde que él prescindió de los servicios de su furgoneta.

Aun así, tenía que asegurarse.

Pisando con más precaución todavía, atravesó el vestíbulo y

fue a explorar las habitaciones situadas en la parte de atrás. Encontró dos dormitorios, uno de los cuales, el principal, daba a la calle lateral y a la parte trasera; el otro era más pequeño y contaba con pocos muebles. Ambos se hallaban vacíos. Examinó los cuartos de baño, también despejados. Entonces se relajó un poco y regresó al salón, donde al momento llamó su atención una luz que parpadeaba en la mesita de centro. Provenía de la base de un teléfono inalámbrico que tenía mensajes esperando, sólo uno, según indicaba el visor.

Pulsó el botón de reproducción. Una voz andrógina y digital le informó de que el mensaje se había recibido a las 00.47, detalle que despertó su interés. Normalmente, la gente no recibía llamadas a esa hora.

—Tío, ¿dónde diablos te has metido? —exclamó una voz hiperactiva por el contestador—. ¿Se puede saber qué pasa? No estás en casa, no coges el móvil. Venga, coge el teléfono, ¿quieres? Esto se está poniendo al rojo vivo. Los *blogs* están como locos, tendrías que verlo. Bueno, de todas formas, llámame. Voy a estar pegado a las noticias, por si la cosa esa decide aparecerse de nuevo. Llámame, o…, bueno, lo que sea. Te veo mañana en el rancho. —Antes de colgar, la voz sonó un tanto desanimada.

Matt cogió un bolígrafo, levantó el auricular y marcó un número. Salió otra voz digital que le recitó el número del llamante. Era local. Mientras lo anotaba por detrás de la tarjeta de visita, captó un ruido amortiguado que se coló en el límite de su percepción, un coche deteniéndose frente al edificio, seguido poco después por los chasquidos secos de las portezuelas al cerrarse.

Se acercó a la ventana, pero el crepitar de unas breves transmisiones por radio le indicó de qué se trataba ya antes de que se asomara y viera a los dos hombres que se apartaban de un sedán sin distintivos y desaparecían en el interior del edificio.

Venían a registrar el piso de Bellinger.

Aquello significaba una de dos cosas.

O eran más matones, incluidos en la misma nómina que los individuos que lo habían metido a él en su furgoneta, o eran policías de paisano y ya había aparecido el cadáver de Bellinger.

Ya se imaginó de qué manera iban a desarrollarse los hechos.

Dio un respingo cuando de pronto se oyó el timbre de la entrada del edificio. Al instante echó a correr hacia la puerta y la abrió unos centímetros. Aguardó escuchando con los cinco sentidos, notando cómo le retumbaba el pulso en los oídos, y de repente volvió a sonar el timbre, esta vez más prolongado, más impaciente.

Los timbrazos parecieron confirmar la segunda hipótesis. El escuadrón de matones tenía en su poder a Bellinger, o sea que contaban con las llaves de éste. No tenían necesidad de llamar al timbre. Sintió que le huía toda la sangre de la cara y que lo invadía una acuciante sensación de irrealidad al imaginarse lo que podía haberle ocurrido al científico. Esperó junto a la puerta repasando a toda prisa los posibles desenlaces, ninguno de los cuales le pareció prometedor.

El telefonillo de la entrada seguía guardando un silencio que no presagiaba nada bueno.

Decidió echar otro vistazo, así que dejó la puerta ligeramente entreabierta y retrocedió hasta el ventanal para otear la calle.

Vio a los dos hombres de pie junto a su coche, el cual, según le pareció distinguir ahora, era un Crown Victoria estándar. Uno de ellos estaba hablando por el móvil, pero no alcanzó a oír lo que decía. Se relajó brevemente. Llegaron, llamaron, no contestó nadie, se fueron. O eso esperaba. Entonces vio que el otro hombre inclinaba la cabeza hacia la entrada, como si reaccionara a algo, y desaparecía otra vez bajo el porche.

Los instintos de Matt se agudizaron inmediatamente. Volvió a la puerta del apartamento y, muy en silencio, levantó el auricular del telefonillo. Pilló la conversación a medias.

—..., en la segunda planta —estaba explicando una voz de mujer—. Bellinger vive justo encima de mí, en el ático. —Luego titubeó y preguntó—: ¿Está todo en orden?

El hombre ignoró la pregunta e inquirió a su vez:

—¿El señor Bellinger vive solo, señora?

En presente, pensó Matt durante un segundo. Ha hecho la pregunta en presente, no en pretérito. A lo mejor Bellinger se encontraba bien.

Pero aquel alegre pensamiento quedó anulado rápidamente. Los tipos de la furgoneta no tenían pinta de estar gastando una broma. Bellinger estaba muerto, eso lo tenía claro. Si no fuera así, ¿qué iban a estar haciendo allí aquellos individuos? ¿Para qué iban a preguntar si vivía solo?

La voz de la mujer se oía teñida de cierto nerviosismo.

—Sí, creo que sí. O sea, está soltero. No creo que viva con nadie. Pero me sorprende que no conteste al timbre. Estoy bastante segura de que está en casa.

Aquel comentario causó a Matt la misma impresión que un cubo de agua helada.

—¿Por qué dice eso? —preguntó el hombre con una súbita atención.

—Pues porque lo he oído volver. Estas casas son viejas, y aunque están reformadas, la madera del suelo tiene grietas que no han desaparecido, así que siempre lo oigo entrar y salir, sobre todo cuando es tarde y en la calle todo está en silencio…

—Señora… —la interrumpió bruscamente el hombre, con evidente impaciencia.

—Me parece que vino a casa —dijo con más urgencia— y luego se marchó otra vez. Pero después volvió.

—¿Cuándo lo ha oído entrar?

—No hace mucho. Hará unos diez minutos. Tiene que estar.

A Matt se le pusieron los nervios de punta.

Percibió que el hombre adoptaba un tono mucho más duro cuando ordenó a la mujer:

—Necesito que nos deje pasar, señora, ahora mismo.

Dicha orden fue seguida de un grito dirigido a su compañero y del sonido inequívoco del chasquido que hizo la puerta del portal al abrirse.

Segundos después se oyeron unas fuertes pisadas que subían a toda prisa por la escalera.

21

Mar de Amundsen, Antártida

Gracie sintió que le aleteaba el estómago al contemplar cómo Dalton se elevaba de la cubierta del buque de investigación. A diferencia del *Shackleton*, su compañero estacionario, el *James Clark Ross* no estaba equipado con plataforma para helicópteros. Los traslados efectuados en el mar sólo podían llevarse a cabo transportando a los pasajeros mediante un cable hasta un helicóptero que aguardaba suspendido en el aire. Lo cual, con temperaturas bajo cero y estando a unos pocos cientos de metros de una descomunal pared de hielo que se derrumbaba por momentos, no era para los débiles de espíritu.

Ya habían transcurrido seis horas desde que apareció la señal. Cuando las imágenes ampliadas y de alta definición que tomaron ellos fueron retransmitidas por los demás canales, la noticia simplemente estalló. Salía en todos los informativos de última hora, se mostraba en pantallas de televisión del mundo entero y en todos los periódicos digitales de Internet. Estaba en boca de ejércitos de reporteros y expertos que la comentaban, la cuestionaban y ofrecían teorías disparatadas. En todo Estados Unidos, así como en el resto del mundo, se hacían entrevistas a personas y se les preguntaba qué creían que podía ser aquel avistamiento. Tal como cabía esperar, algunos daban respuestas superficiales y evasivas, pero la mayoría de la gente sentía una curiosidad auténtica. Y eso que en toda Norteamérica todavía era de noche y la mayoría de sus habitantes estaban durmiendo. Gracie sabía que sería al día siguiente cuando comenzaría de verdad el ataque de histeria. Su teléfono vía satélite no había dejado de recibir llamadas de personas que solicitaban entrevistas y comentarios, y su correo electrónico estaba igualmente inundado de mensajes.

En todos los canales, en todas las cadenas de informativos, aparecían expertos, uno tras otro, intentando explicar el suceso. Físicos, climatólogos, científicos de todo tipo traídos de todos los rincones del planeta. Ninguno de ellos tenía la más mínima idea, no eran capaces de ofrecer una sugerencia ni remotamente convincente que explicase cómo ni por qué había sucedido aquello, y si bien el fenómeno emocionaba a algunas personas, a muchas las tenía profundamente asustadas.

A los expertos en religión les iba mejor. La fe era la única explicación que no requería pruebas. Curas, pastores, rabinos y muftíes expresaban su parecer respecto de la señal con una franqueza que iba en aumento. En un reportaje que vio Gracie salió un pastor baptista al que preguntaron qué opinaba del asunto. Respondió que las personas de fe repartidas por el mundo estaban observando todo muy atentas, y dudaba que existiera otra explicación que no fuera la divina. Era una opinión que también expresaron otros entrevistados, y ese punto de vista estaba ganando terreno. En la fe, no en la ciencia, era donde radicaba la verdadera explicación.

Aquella idea consumía a Gracie mientras observaba el lento ascenso de Dalton intentando resistir el chorro de aire descendente que provocaba el potente rotor del Lynx y protegiéndose los ojos del mismo. En su rostro se dibujó una leve sonrisa cuando su compañero la saludó con la mano desde lo alto obligándola a devolverle el gesto. Como consumado cineasta que era, llevaba una pequeña cámara de vídeo con la que estaba grabando cada instante de la emocionante operación.

Se fijó en que Finch volvía el rostro, y al seguir su mirada vio al capitán del barco viniendo hacia ellos. Éste levantó la vista para ver qué tal se desarrollaba la maniobra, que debía ejecutarse rápidamente porque ya estaban rozando el límite de la autonomía del helicóptero, aun con los tanques adicionales de combustible, y después se volvió hacia Finch y Gracie.

—Acabo de recibir una llamada del Pentágono —los informó gritando para hacerse oír por encima del ruido ensordecedor del rotor.

Gracie miró a Finch. De repente, ambos se pusieron visiblemente en tensión.

—¿Sí...?

—Querían que me cerciorase de que nadie abandonara el barco antes de que llegara su gente —añadió el capitán—. En particular, usted —especificó señalando con el dedo a Gracie.

Ella quedó paralizada por la preocupación.

—¿Y qué les ha dicho usted?

El capitán sonrió de oreja a oreja.

—Que estábamos en medio de la nada y que, en mi opinión, por el momento nadie iba a irse a ninguna parte.

Gracie respiró aliviada.

—Gracias —dijo con una ancha sonrisa.

El capitán quitó importancia al asunto con un encogimiento de hombros.

—Ni siquiera era una petición. Era más bien como una orden. Y no recuerdo haberme alistado en ningún ejército. —Sus palabras iban teñidas de cierto regocijo e indignación a la vez—. Si me mandan a Guantánamo, espero de usted que arme un buen escándalo.

Gracie sonrió.

—Cuente con ello.

El capitán dirigió una mirada al helicóptero y a continuación se acercó un poco más para decir:

—A nosotros también nos están inundando con peticiones de periodistas y reporteros de todas partes. Estoy pensando que deberíamos aumentar el número de camarotes y sacarnos unos cuantos dólares extra.

—¿Qué les está diciendo? —quiso saber Finch.

El capitán se encogió de hombros.

—De momento hemos colgado el cartel de completo.

—Seguirán preguntando —le dijo Gracie—, a poco bien que se les dé su trabajo.

—Lo sé —corroboró el capitán—, y cuesta decir que no, pero este barco es de investigación. No quiero que se convierta en un crucero de placer. El problema es que nosotros somos los únicos que estamos aquí; los otros barcos que hay en un radio de doscientas millas son un ballenero japonés y el buque de Greenpeace que lo acosa, y no creo que ninguno de los dos esté de humor para mostrarse muy hospitalario. —Sus ojos hundidos y despejados le hicieron un guiño malicioso a Gracie—. Por lo que parece, sigue teniendo usted la exclusiva.

Ella le respondió con una sonrisa que hacía evidente su gratitud.

—¿Qué puedo decir? Me considero afortunada.

—Me sorprende un poco que tenga usted tanta prisa por abandonar mi barco cuando todo el mundo parece estar desesperado por subirse a él —comentó el capitán con divertida suspicacia, apenas disimulada.

Gracie miró a Finch, y a continuación, procurando no despistar demasiado al capitán, sonrió y le dijo:

—Por eso somos el mejor equipo de periodismo de investigación. Siempre vamos un paso por delante del reportaje.

Como si acudiera en su rescate en aquel momento incómodo, apareció de nuevo el arnés y un miembro de la tripulación la ayudó a ponérselo. Cuando ya estuvo bien sujeta, el ayudante hizo una seña al operador del cable que aguardaba en el helicóptero y el mismo comenzó a tensarse.

—¡Gracias otra vez, por todo! —gritó Gracie al capitán, haciendo hincapié en la última palabra como referencia a la petición de Finch de que mantuviera en secreto que habían abandonado el barco. El capitán había accedido elegantemente, sin hacer preguntas, y Gracie sintió una leve punzada de culpabilidad por no poder compartir con él toda la historia que había detrás de aquella partida tan precipitada.

Él le hizo un breve ademán de despedida con la mano.

—Ha sido un placer. Pero infórmenos de lo que descubra allá. —Y añadió con un guiño de lo más elocuente—: Estaremos atentos.

Antes de que Gracie pudiera reaccionar, el cable cobró tensión y tiró de ella hacia un cielo moteado de aguanieve. Sin aliento, contempló cómo el barco iba alejándose debajo de ella, temerosa de la jornada maratoniana que tenía por delante y de la incierta recompensa que la aguardaba al final de la misma.

22

Placa de hielo occidental de la Antártida

Los cuatro fantasmas que se encontraban sobre la plataforma de hielo permanecieron agachados y contemplaron el helicóptero de la Marina Real que se encontraba suspendido sobre el barco, a menos de media milla al oeste de su posición.

No les preocupaba que pudieran descubrirlos, ya se encargaría de dicho detalle el equipo que llevaban. Se limitaron a quedarse donde estaban, abrazados al montón de nieve, invisibles dentro de sus parkas y pantalones de camuflaje completamente blancos, con la cara oculta detrás de unos pasamontañas también blancos, provistos de unas discordantes aberturas redondas para los ojos y la boca. Eran blancas hasta las suelas de las botas, las cuales rascaban todas las mañanas antes de entrar en acción. Cerca de ellos había cuatro motonieves, así mismo de color blanco y sin marcas de ninguna clase. Escondidas bajo la red de camuflaje blanca, también eran prácticamente indetectables desde el cielo.

El jefe del equipo siguió al helicóptero a través de sus potentísimos prismáticos en la maniobra de elevar al último de los miembros del equipo de televisión. Se le extendió por los labios una ligera sonrisa de satisfacción. Las cosas estaban saliendo tal como estaba previsto. Lo cual no era algo con lo que pudiera contarse de antemano, teniendo en cuenta el estrecho marco de tiempo de que habían dispuesto y lo frenético que había sido el despliegue de su unidad.

La operación se había puesto en marcha cuatro días antes. Salieron del campo de entrenamiento de Carolina del Norte y se trasladaron en avión hasta Christchurch, en Nueva Zelanda, en cuyo aeropuerto los estaba esperando un Globemaster C-17 de la Guardia Aérea Nacional para llevarlos a la estación McMurdo, dirigida por la Fundación Nacional para la Ciencia y ubicada en la isla de Ross, en el continente helado. Desde allí, un avión Hércules LC-130 equipado con patines los transportó hasta una aislada zona de escala de la propia plataforma de hielo, veinticuatro kilómetros al sur de su posición actual. El último tramo de ese viaje de veinte mil kilómetros lo habían hecho al volante de las motonieves que habían viajado con ellos.

El extremo cambio de clima y el hecho de haber atravesado varias zonas horarias habían sido brutales y habrían debilitado a la mayoría de las personas, pero a ellos no los afectaron. Se habían entrenado a fondo para esta operación y sabían lo que debían esperar.

Decir que aquélla era una misión muy valiosa y de prioridad uno sería subestimarla. Él nunca había experimentado nada que fuera igual de intenso ni igual de inflexible que el riguroso proceso de entrevistas y trazado de perfil psicológico al que se había sometido para conseguir aquel trabajo. Una vez que eso quedó resuelto, no se reparó en gastos en cuanto a las instalaciones para el entrenamiento ni en cuanto al equipo que se iba a poner a su disposición y la de sus hombres. Era obvio que el cliente no tenía problemas de presupuesto. Claro que una gran parte de los clientes de la empresa eran gobiernos (el de Estados Unidos era el más importante) y por lo general podían permitirse pagar lo que dictaran los requisitos del trabajo.

Sin embargo, en este caso el jefe del equipo tenía muy claro que lo que se estaba jugando allí era mucho más que en otras misiones anteriores. Beirut, Bosnia, Afganistán y después Iraq; ahora consideraba aquellos años de violencia y actividad frenética como meros pasos intermedios que lo habían llevado hasta aquí, a ser seleccionado para mandar esta unidad.

Era, sin lugar a dudas, el trabajo de su vida.

Y ahora, después de toda la preparación y de una espera interminable, por fin la operación estaba en marcha. Había empezado a pensar que no iba a iniciarse nunca. Tras completar el entrenamiento, él y el resto del pequeño equipo de «contratistas» (ese término eufemístico siempre lo hacía sonreír, pero estaba más que contento de eludir el desprecio que llevaba asociado la etiqueta, más precisa, de «mercenario») entraron en fase de espera. Aguardaron varios meses a recibir el pistoletazo de salida. Al jefe del equipo no le gustaba que le pagaran por permanecer quieto, no era su estilo. Al igual que los demás componentes del equipo, era un ex Force Recon, el equivalente en los marines estadounidenses a los SEAL de la Marina o a los Delta Force del ejército de tierra. «Rápido, silencioso, mortal», el eslogan de los Force Recon, no casaba del todo bien con quedarse sentado viendo la televisión durante horas y horas en un barracón aislado, aunque cómodo. Allí fuera, el mundo equivocado, tiranizado, «malvado», estaba esperando.

De pronto trinó algo en el interior de su petate. Miró el reloj. Era una llamada esperada.

Examinó una vez más la posición del helicóptero. Estaba alejándose describiendo un amplio arco. Extrajo su teléfono vía satélite, un minúsculo Iridium que no sería más grande que un móvil normal, salvo por la antena de veinticinco centímetros que sobresalía de él y por el módulo STU-III de encriptado de voz que llevaba acoplado a la base. Pulsó la tecla de contestar. Una secuencia de pitidos mezclados con estática le indicó que la llamada estaba rebotando por medio planeta. Aguardó a que el led rojo le dijera que la llamada era segura y entonces habló.

—Aquí Zorro Uno.

Tras una pausa brevísima, respondió una voz masculina computerizada.

—¿Cuál es su situación?

Parecía que estuviera llamando Stephen Hawking, y comprendió que su propia voz sonaba igual de robótica al otro extremo de la línea. Aunque el supervisor del proyecto y él habían esquivado balas juntos en más de un continente, el encriptado militar de 256 bits volvía irreconocibles sus voces, por si acaso hubiera alguien escuchando. Lo cual era bastante improbable, pero nunca estaba de más tomar precauciones, y también por eso el microprocesador de su teléfono llevaba incorporada una segunda salvaguardia que permitía una modalidad híbrida (salto de frecuencia y barrido) de codificación. Las transmisiones efectuadas entre ambos sólo podrían ser descodificadas por otro teléfono que llevara el mismo procesador. Cualquier otro aparato recibiría únicamente un zumbido de desagradable estática.

—Estamos listos para empezar —repuso Zorro Uno.

—¿Hay algún problema del que deba estar informado?

—Negativo.

De nuevo se oyó la voz sintetizada:

—Bien. Reúna a sus hombres e inicie la fase siguiente.

El jefe del equipo puso fin a la llamada y levantó la vista hacia el cielo. Éste había adquirido nuevamente aquella tonalidad monótona, sombría y de un blanco sucio.

«No hay ni rastro —pensó—. Perfecto.»

23

Cambridge, Massachusetts

Matt volvió a depositar el teléfono en su base y cerró la puerta con cuidado. Acto seguido cruzó el vestíbulo a toda prisa y se metió en el dormitorio principal.

Tenía que largarse de allí echando leches. Aquellos tipos iban a llegar en cuestión de segundos.

Hizo caso omiso de la ventana del dormitorio y fue directamente hacia la pared del fondo, en la que, al pálido brillo de la luna que penetraba por la ventana, había descubierto antes una puerta con cristalera hasta media altura que daba a un balcón de aproximadamente un metro cuadrado. Con el pulso latiéndole en los oídos, se asomó y vio que, tal como sospechaba, conducía a una escalera de incendios.

Probó la manilla de la puerta, pero estaba cerrada con llave. Miró a izquierda y a derecha en busca de la llave, pero a simple vista no vio nada. Volvió a tirar de la manilla en un gesto desesperado, en cambio la puerta, obstinada, se negaba a moverse. Lanzó una mirada a su espalda, hacia el vestíbulo, con los pensamientos desbocados, como la rápida cuenta atrás de una bomba de relojería, preguntándose cuánto tiempo le quedaba, visualizando a los dos hombres irrumpiendo en el apartamento, cuando de pronto se oyeron unos fuertes golpes en la puerta.

—¡Abra, policía!

No quería que lo sorprendieran allí dentro. Tenía la seguridad de que Bellinger estaba muerto, y allí estaba él, en su apartamento, un apartamento que había allanado, el apartamento de un muerto que fue visto por última vez huyendo de él tras haber estado los dos discutiendo en un concurrido bar.

Suficiente para hundirlo delante de un jurado, si es que tenía ocasión de eso.

Sus reflejos tomaron el control de la situación.

Agarró una mesilla que había junto a la cama, la levantó en vilo y la arrojó contra el cristal de la puerta que daba al balcón. Se produjo una lluvia de cristales cuando la robusta mesilla salió volando y fue a caer con un ruido sordo sobre el piso de madera. El pelotón que aguardaba al otro lado de la puerta de entrada debió de oír el estruendo, porque seguidamente se oyó de nuevo, procedente de la escalera, la orden de «Abra, policía», un grito claramente pronunciado en tono resuelto. Matt cruzó el dormitorio como una exhalación, sólo que no en dirección al balcón. En vez de eso, se lanzó en sentido contrario, alejándose de él, y se escondió detrás de la puerta del dormitorio justo en el momento en que se abría violentamente la puerta de entrada.

Dos hombres entraron en tromba, se orientaron rápidamente y se abalanzaron hacia el dormitorio principal y hacia la destrozada puerta del balcón. Matt se arrimó a la pared todo lo que pudo y oyó gritar a uno de ellos:

—¡Ha escapado por la escalera de incendios! Registra el resto de la casa.

A la vez que decía esto retiró con el cañón de la pistola los pedazos de vidrio que se habían quedado adheridos al marco de la ventana, y acto seguido salió por ella y desapareció en la oscuridad de la calle. Su compañero pasó junto a Matt, y cuando éste percibió que ya había pasado de largo, salió de su escondite y se lanzó en pos de él.

El otro se encontraba en mitad del pasillo a oscuras cuando Matt lo placó desde atrás. Los dos se precipitaron al piso de madera, cayendo el uno sobre el otro, y al policía se le escapó algo metálico que rebotó ruidosamente por el suelo. Una pistola, a juzgar por el ruido que produjo. El policía no era especialmente alto ni corpulento, pero los delgados brazos que tenía poseían una feroz energía contenida, y luchó igual que un gato enjaulado retorciéndose y asestando manotazos veloces como flechas en el intento de quitarse a Matt de encima. Matt sabía que no tenía el tiempo de su parte y que tenía que darse prisa en acabar aquello. Encajó un par de puñetazos en las costillas a modo de sacrificio con el fin de dejar que se abriera un hueco para propinar un buen golpe, y cuando vio uno, soltó un puñetazo como si llevara un yunque en la mano que acertó al policía justo debajo de la oreja izquierda y le sacó todo el aire que tenía en los pulmones. El policía se enroscó sobre sí mismo con un fuerte gemido. Matt se valió del breve intervalo para ponerlo otra vez boca abajo, y palpó algo que llevaba debajo de la chaqueta. Introdujo la mano y halló unas esposas guardadas en una bolsa del cinturón. Empujó a su aturdida víctima contra la pared y le sujetó rápidamente las manos a un tubo del radiador. Acto seguido echó un vistazo en derredor y descubrió un perchero en el que había unas cuantas chaquetas, gorras, un paraguas y una bufanda. Cogió esta última y se la metió al policía en la boca antes de enrollársela en la cabeza un par de vueltas y remeter bien el extremo para que no se aflojase.

Sin siquiera mirar atrás, se puso en pie de un brinco, salió pitando del apartamento y se lanzó escaleras abajo saltando los peldaños de tres en tres.

Al llegar al portal frenó en seco para reconocer el terreno. No había ni rastro del hombre que había bajado por la escalera de incendios. Respiró hondo para despejar los sentidos, hizo acopio de fuerzas para el movimiento siguiente y se internó en el frío de la noche.

En la calle reinaba un silencio desconcertante, ajeno a su apurada situación. Descendió a toda prisa los peldaños de la entrada y se dirigió cautelosamente al sedán estacionado. Entonces sacó el Leatherman y acuchilló una de las ruedas delanteras. Contempló durante una fracción de segundo cómo salía el aire y a continuación salvó de un salto la pequeña valla de tablas que se extendía junto al camino que llevaba a la casa y echó a andar pegado a la fachada principal, evitando la acera y sin dejar de mirar al frente y atrás hasta que llegó al callejón.

Allí seguía estando el Mustang, agazapado en las sombras, esperándolo a él. Se deslizó al interior lo más silenciosamente que pudo y tiró de la portezuela sin cerrarla del todo. Con la respiración rápida y entrecortada, arrancó el motor sin encender los faros, y justo en el momento en que empezaba a coger revoluciones apareció el otro policía a la entrada del callejón, a su espalda, iluminado desde atrás por las farolas de la calle, y voceó:

—¡Alto, policía!

Al mismo tiempo echó mano de su arma y levantó el otro brazo con la mano hacia fuera y la palma abierta. Estaba cerrando el paso, con lo cual a Matt no le quedaba otro remedio que dar marcha atrás con el coche y embestirlo, arriesgándose a un juego de a ver quién es más valiente, algo que podía terminar muy mal para aquel de los dos que no se encontraba protegido por un caparazón de dos toneladas de acero. Era eso, o...

Matt maldijo para sus adentros, metió la marcha y pisó el acelerador. Las ruedas resbalaron ligeramente en la fina capa de nieve antes de agarrarse al asfalto y el Mustang saltó hacia delante rugiendo de rabia, embalado en dirección a los oscuros recovecos de la callejuela. Matt hizo un esfuerzo para ver adónde se dirigía, qué lo esperaba al fondo del callejón, y cuando por fin lo tuvo a la vista no resultó ser nada bueno. El callejón terminaba en un repecho de terreno de matorrales que subía en pendiente hacia unos árboles. Si fuera un Hummer, a lo mejor habría tenido alguna posibilidad, pero el Mustang no estaba diseñado para aquello, de manera que no tenía la menor esperanza de conseguir pasar de allí.

Clavó el pedal del freno y el Mustang derrapó casi hasta donde terminaba el asfalto, con el motor ronroneando deseoso de continuar, esperando a que le soltasen la rienda de nuevo. Miró el espejo retrovisor y descubrió que la silueta en sombra del policía venía hacia él, con la pistola en alto.

A Matt se le habían acabado las opciones. Con un rechinar de dientes, metió la marcha atrás. El coche experimentó una sacudida y arremetió de nuevo por el callejón con el V-8 rugiendo enfurecido. Matt maniobró con un brazo por detrás del reposacabezas del asiento del pasajero, prácticamente a ciegas. Con la mejor iluminación posible, yendo marcha atrás no se disponía de una visibilidad muy buena a través del parabrisas trasero, de modo que dadas las actuales circunstancias, en aquel callejón estrecho y oscuro y con la débil luz de marcha atrás del Mustang por todo alumbrado, lo único que pudo hacer fue procurar que el coche fuera en línea recta y esperar lo mejor, a saber: que pudiera evitar las paredes y que el policía no tuviera un último deseo antes de morir. Permaneció todo lo agachado que le fue posible, en tensión, mientras aguardaba los inevitables disparos, y efectivamente, al poco reverberó uno en aquel reducido espacio, seguido de varios más, de los cuales uno perforó la luneta trasera y se incrustó en el reposacabezas de al lado y otro rebotó a su derecha, en el ángulo del parabrisas delantero.

En cuestión de segundos se encontró casi a la altura del policía. Giró el volante unos centímetros para arrimarse a la pared que tenía más próxima, la situada al otro lado de donde se hallaba el policía disparando. El Mustang se estremeció y chirrió con furia al rozar el costado de la casa, pero el policía se pegó a la pared de enfrente y Matt se las arregló para colarse sin atropellarlo. Acompañado por nuevos disparos, salió del callejón dando tumbos y emergió a la vía principal, donde tiró del freno de mano y dio vuelta al coche para ponerlo en la dirección correcta. Salió disparado a toda mecha.

Miró el espejo retrovisor y vio al policía saliendo del callejón y corriendo hacia su coche, pero sabía que no se proponía perseguirlo a él. Aun así, todavía no estaba fuera de toda sospecha. En cuestión de segundos se emitiría un mensaje a todas las unidades mencionando el coche que conducía, que no era precisamente común y corriente. Tenía que abandonar el Mustang, deprisa, y ocultarse en algún sitio hasta que amaneciera.

Lo que ya no estaba tan claro era lo que iba a hacer al día siguiente. Pero antes tenía que superar lo que quedaba de noche.

24

Washington, D.C.

Keenan Drucker se sentía electrizado. Estaba muy descansado, tras haber conseguido, no sin esfuerzo, dejar de navegar por los canales de informativos y por Internet poco antes de las doce para dormir la noche entera como es debido. Llegada la mañana, después de un potente desayuno a base de tortitas y fruta, repasó los periódicos con serena satisfacción, una sensación que llevaba años sin experimentar. Una sensación que esperaba poder mantener conforme fuera avanzando el día.

De momento, sentado en su despacho ubicado en una décima planta de Connecticut Avenue, giró en su mullido sillón de cuero para apartarse de la amplia mesa de trabajo (nihilista en su ausencia de trastos, limpia de polvo y paja a excepción de un ordenador portátil, un teléfono y una fotografía enmarcada de su hijo fallecido) y contempló la ciudad. Le encantaba estar en la capital, trabajar allí, desempeñar su parte a la hora de dar forma a las vidas de los ciudadanos del país más poderoso del planeta y, por extensión, a las vidas de los demás habitantes del mundo. Era lo único que había hecho siempre. Había iniciado su ascenso dentro del sistema poco después de salir de Johns Hopkins llevando bajo el brazo una licenciatura en ciencias políticas. Los veintipico años siguientes los había pasado siendo miembro del Congreso, trabajando de asesor en políticas de actuación y director legislativo para un par de senadores. Los ayudó a crecer en prominencia y en poder a la vez que se aseguraba de medrar también él en estatura, trabajando en silencio, entre bastidores, rechazando los puestos de mayor visibilidad que estaban constantemente en oferta, aunque sí había coqueteado con la idea de aceptar el de subsecretario de Defensa cuando se lo propusieron. Prefería la continuidad con que contaba gracias al hecho de mover los hilos desde detrás del telón, y únicamente abandonó el Capitolio cuando le llegó una oferta demasiado buena para rechazarla y que le brindaba la oportunidad de crear un comité de expertos propio, bien financiado y muy ambicioso, el Centro para la Libertad de Estados Unidos.

Él estaba hecho para aquella vida. Era un estratega político despiadado e imaginativo, poseía una inteligencia más afilada que un cuchillo, y su apetito por los detalles, combinado con una memoria prodigiosa, lo convertía en un maestro de los procedimientos. Y como si todo eso no bastara, su eficacia se veía incrementada todavía más por un encanto personal gregario, afable, que enmascaraba la férrea resolución que guardaba debajo y que resultaba de gran ayuda cuando uno era un consagrado polemista preparado para abordar los temas candentes que estaban dividiendo al país.

Sin embargo, los últimos años habían infundido en él una nueva sensación de urgencia. Varios grupos de asesores civiles habían asido firmemente las riendas de la política a seguir, tanto dentro como fuera del país, y habían llevado la nación a su punto de vista. El sentimiento de tener una misión que los impulsaba, desenfrenado y sin necesidad de justificarse, a un animal político como Drucker le parecía algo hermoso; y sus métodos y tácticas, sobrecogedores. Pero más impresionante aún, a su parecer, era el uso que hacían del arte de «incriminar», esa astuta técnica consistente en restar peso a cuestiones y políticas complejas y controvertidas empleando imágenes y muletillas penetrantes, evocadoras y emotivas con el fin de prejuzgar y socavar cualquier desafío que pudiera plantearse a dichas políticas a seguir. En el nuevo siglo, la incriminación había sido elevada a la categoría de arte, y actualmente circulaban expresiones engañosas como «desgravación fiscal», «guerra contra el terror» y «apaciguador» que estaban firmemente grabadas en la psique del público y que tocaban las adecuadas fibras emocionales y creaban la errónea creencia de que cualquiera que arguyera en contra de dichas medidas tenía que ser, por definición, un malvado que intentaba impedir que el defensor de los inocentes que sufrían les diera su medicación, un cobarde que se echaba atrás para no tomar parte en una guerra a gran escala contra una nación agresora o, todavía peor, alguien demasiado blandengue para enfrentarse a un Hitler.

La incriminación funcionaba. Nadie lo sabía tan bien como Keenan Drucker. Y ahora estaba listo para practicar un poco la incriminación él mismo.

Miró el reloj. Le habían programado precipitadamente una reunión a última hora de la mañana con los colegas veteranos del Centro que estaban libres, para hablar de la inexplicable aparición que había tenido lugar en la plataforma de la Antártida. Ya había conversado con varios de ellos por teléfono y, comprensiblemente, estaban tan emocionados como inquietos.

Después de aquello estuvo viendo los canales de informativos para ver cuál era el estatus del proyecto. Según parecía, todo iba sobre ruedas, aparte de aquella pequeña complicación de Boston. Drucker no estaba preocupado; podía dejar tranquilamente el asunto en las manos de la Bala.

De pronto le pitó el Blackberry. El tono le indicó que se trataba de la Bala.

Drucker sonrió al ir a coger el teléfono. Sí que había sido rápido. «Como una bala.» No habría podido encontrar mayor coincidencia literal entre nombre y acción aunque hubiera querido.

Con la escueta eficiencia que era habitual en él, Maddox puso al día a Drucker respecto de la suerte que había corrido Bellinger, la posterior huida de Matt Sherwood y su incursión en el apartamento del finado científico.

Drucker absorbió la información con un distanciamiento emocional digno de encomio.

A Maddox, Drucker no le caía demasiado bien. A fin de cuentas, era un político. Un empleado de Washington. Pero lo que le gustaba de él era que no cuestionaba ni criticaba nada en asuntos en los que no era experto. No tenía problemas de ego, ni tampoco asumía aquel aire de superioridad que él había visto con tanta frecuencia, y disfrutaba desinflando, en ejecutivos de despacho y aún más en políticos. Drucker sabía que debía dejar el trabajo sucio a las personas que se sentían cómodas moviéndose entre el lodo, cosa que nunca había asustado a Maddox y seguía sin asustarlo, aun cuando su empresa de «seguridad y gestión de riesgos» venía creciendo saludablemente desde que la creara tres años antes, no mucho después de haber resultado herido en Iraq.

Maddox era un individuo al que le gustaba tomar parte activa en los trabajos. Tenía una mentalidad dura, una ética del trabajo firme, una disciplina inquebrantable forjada a lo largo de veinte años de trayectoria profesional con los marines y su división de Force Recon, en la que se había ganado el apodo de «la Bala» debido a su cabeza, rapada y ligeramente en punta. Era un nombre que adquirió una connotación todavía más inquietante cuando su escuadrón quedó hecho trizas en un salvaje bombardeo de la apocalíptica ciudad de Faluya.

La tragedia que hizo que se conocieran Drucker y él y que los unió a partir de entonces.

Su unidad había llevado a cabo una labor estupenda en las montañas de Afganistán. Había golpeado con mano dura a los talibán y sus colegas de Al Qaeda. Los había hecho salir de las montañas y de las cuevas que había junto a la frontera con Pakistán. Estrechando el cerco en torno a Bin Laden. Y entonces, de manera frustrante e inexplicable, recibieron la orden de abandonar el lugar para iniciar otra misión. En Iraq. A los nueve meses de iniciarse la guerra, Maddox perdió catorce hombres y una oreja, en una tarde terrorífica. Los que sobrevivieron al ataque se dejaron atrás brazos, piernas o dedos. El término «herido» rara vez alcanzaba a expresar el horror de las heridas que sufrieron ni el efecto permanente que tuvieron en la vida de cada uno de ellos. Fue un día que Maddox recordaba cada vez que vislumbraba brevemente su propio y horripilante reflejo en el cristal de una ventana o en las gafas de sol de un colega. Lo llevaba marcado a fuego en la cara, una quemadura en forma de estrella que partía del diminuto colgajo de piel de oreja que los cirujanos habían conseguido salvar.

Odiaba mirar los espejos. Cada vez que se veía accidentalmente en ellos, revivía la experiencia de aquel día. Y no sólo de aquel día, sino también de los que siguieron. De las investigaciones. De la manera en que lo decepcionaron sus superiores. Del maltrato y el desprecio que recibió por parte del sistema. Y por si no hubiera sido suficiente, más adelante descubrió que le habían mentido. Que le había mentido el país entero. Aquella guerra había sido una farsa. Una farsa catastrófica. Y luego, para colmo de males, en sentido literal, contempló cómo los mismos cabrones mentirosos que lo habían enviado a él a la guerra, desde el congresista de nivel más bajo hasta un héroe de guerra que había estado a punto de convertirse en presidente, votaban en contra de aumentar las subvenciones para aquellos que, como él, habían regresado a casa con heridas físicas y mentales que los incapacitaban. Contempló cómo los soldados eran arrestados, sometidos a juicio por infracciones mínimas de las normas y sacrificados por conveniencia política por hombres que jamás en toda su vida habían estado a menos de cien kilómetros de un tiroteo. Y con cada nuevo destape de las mentiras y las manipulaciones que habían originado aquella guerra (las que habían costado la vida a sus colegas, y a él la cara) se enfurecía un poco más. Aumentaba un poco más su resentimiento y su deseo de venganza. Y de esa rabia y aquel rencor surgió la revelación de que, si quería cambiar algo, tenía que tomar cartas propias en los asuntos.

Su estatus de herido de guerra le dio facilidades para montarse el chiringuito. No tardó mucho en tener en nómina a varias decenas de hombres sumamente entrenados y debidamente equipados trabajando para él en los infiernos de Afganistán, Iraq o dondequiera que la gente le pagase para que los enviara. Ocupándose de trabajitos que nadie más deseaba tocar. Trabajos que nadie quería que le vieran hacer. Trabajos en los que no estaban limitados por normas arbitrarias trazadas por políticos que bebían coñac de veinte años. Y sin saber bien por qué, con cada misión encontraba más consuelo, más satisfacción. Cada trabajo terminó siendo una dosis de venganza sin la que ya no podía vivir. Y a pesar de los miles de dólares en contratos del gobierno y honorarios que estaba cosechando con su modesto negocio, a pesar de tener un pequeño ejército de hombres fiables, endurecidos en la batalla y capaces de hacer lo que se les ordenara, él seguía tomando parte, en primera línea, con ellos. Y cuando le llegó este encargo comprendió al momento que no podía delegar en nadie; el hecho de participar personalmente le iba a proporcionar una satisfacción totalmente distinta.

Si aquello efectivamente era capaz de lograr lo que ellos esperaban, bien podían tener por seguro que él iba a cerciorarse de que no fallara nada.

Con todo, Drucker no pareció muy emocionado por la noticia.

—No me siento cómodo con eso de que el Sherwood ese ande dando vueltas por ahí —le dijo Drucker—. Tienes que quitarlo de en medio antes de que la cosa se nos vaya de las manos.

—No llevará demasiado tiempo —le aseguró Maddox—. Es sospechoso de asesinato. No tiene muchas alternativas.

—Cuando ese asunto esté resuelto, házmelo saber —concluyó Drucker, y a continuación puso fin a la llamada.

Maddox dejó el teléfono sobre la mesa y se puso a meditar sobre lo que había ocurrido aquella noche. Matt Sherwood había resultado ser mucho más duro de pelar que su hermano. Estaba claro que estaban hechos de una pasta diferente, detalle que Maddox ya conocía, dado el historial de Matt. Todo aquello requería un modo de actuar más coordinado.

Sus hombres estaban vigilando las comunicaciones de la policía, pero aquello no bastaba. Matt Sherwood estaba tomando iniciativas impulsivas e inesperadas, como allanar el apartamento de Bellinger. Iniciativas inesperadas que podían resultar ser una molestia importante.

Maddox se despejó la cabeza y se puso en el lugar de Matt. Reprodujo mentalmente todos los pasos que había dado el ex convicto intentando hacerse una idea mejor de su modo de pensar. Hizo extrapolaciones de los hechos buscando el clavo ardiendo al que se agarraría Matt, un clavo que él necesitaba arrancar antes de que Matt llegara hasta ellos. Volvió a acordarse de los informes que le habían proporcionado sus hombres y decidió investigar por ese lado.

Se volvió hacia la pantalla y abrió los registros de llamadas de todos los periféricos que guardaban alguna relación con Bellinger y con Matt. Su mirada se posó en la última línea: la llamada telefónica de un compañero de trabajo de Bellinger, de nombre Csaba Komlosy. Pinchó el pequeño icono que había al lado y escuchó la llamada, un mensaje que había quedado grabado en el teléfono particular de Bellinger. La escuchó por segunda vez y acto seguido volvió atrás y oyó la primera llamada que había tenido lugar entre los dos científicos, la que había precipitado los enfrentamientos de la noche anterior.

La Bala consultó el reloj y tomó el teléfono.

25

Boston, Massachusetts

Larry Rydell se quedó mirando un momento la pantalla de su Blackberry antes de depositarlo sobre la mesa. Acababa de hablar por teléfono con Rebecca. Otra vez. Dos llamadas de su hija en menos de veinticuatro horas. Era mucho más de lo que tenía por costumbre. Estaban muy unidos, sin duda, pese a que él se había divorciado de su madre hacía casi una década. Pero Rebecca tenía diecinueve años, era alocada, fabulosa y libre, cursaba el segundo año en Brown, y aunque poseía una sensatez sorprendente para ser una persona que tenía el mundo a sus pies, las llamadas habituales a su papá cada vez iban quedando más excluidas del torbellino de actividad en que se había transformado su vida.

A Rydell le encantaba charlar con ella. Le encantaba verla tan entusiasmada, tan fascinada, con tanta curiosidad por todo, incluso cuando se advertía aquel tonillo de miedo en su voz burbujeante. Le encantaba tener noticias de ella dos veces al día.

Pero odiaba mentirle.

Y le había mentido. Dos veces ya, en menos de un día. Y no le cabía duda de que iba a tener que seguir mintiéndole, si todo salía bien, durante el resto de su vida.

Sintió una leve punzada por dentro al caer en la cuenta, una punzada que fue intensificándose a medida que fue comprendiendo más ampliamente lo que sucedía.

«Está ocurriendo de verdad.»

Ya estaba allí fuera. Ya no había posibilidad de retorno.

La idea lo aterrorizó y lo euforizó a partes iguales.

Y pensar que todo aquello parecía tan irreal la primera vez que estudió la posibilidad, sólo cuatro años antes. En cambio, todo había ocurrido muy deprisa. El rompimiento de la plataforma de hielo ya se esperaba, lo habían estado vigilando por satélite, pero había llegado antes de lo previsto. Y los halló preparados. Preparados para aprovecharlo.

Preparados para cambiar el mundo.

Le vino a la memoria una fatídica velada que pasó con Reece tres años atrás. Una cena estupenda. Una botella de Brunello di Montalcino y un par de Cohibas Espléndidos. Una larga e inspirada conversación hasta bien entrada la noche acerca de las posibilidades que tenía la innovación industrial que había logrado Reece. Las muchas y diversas aplicaciones para las que se podría usar. Los saltos de imaginación que en ocasiones concebían las grandes mentes y que ahora podrían transformarse en algo real. Y la mera mención de una palabra.

Milagroso.

Una palabra. Un catalizador que había lanzado la mente de Rydell al interior de un territorio inexplorado. Un territorio oscuro, misterioso, maravilloso, imposible. Y allí estaba ahora, al cabo de casi cuatro años, y lo imposible se había hecho realidad.

Reece. En su recuerdo apareció el rostro de ese brillante científico, y a su lado se materializaron también otros rostros, todos de personas jóvenes, de gran talento y dedicación, y con ellos una familiar sensación dura y glacial que le retorció las entrañas. Sintió que se le encogía el alma al rememorar aquel último día en Namibia. Después de la última prueba. Después de haber compartido todos la alegría de ver cómo el duro trabajo realizado fructificaba de una forma tan espectacular y sobrecogedora. Y entonces todo se fue al garete. Todavía le pareció ver a Maddox, de pie a su lado, apretando el gatillo. Se oyó a sí mismo gritando, oyó el ruido que hizo la bala al impactar en la espalda de Reece, vio el cuerpo de su amigo sacudirse y a continuación desplomarse en los brazos de Danny Sherwood.

Los sonidos y las imágenes de aquel día no habían dejado de atormentarlo en todo este tiempo.

Se odió a sí mismo por no haber podido impedir aquello. Y a pesar de lo que le dijeron los otros, no sirvió de nada ninguno de los tópicos, ninguno de los clichés sobre eso de que el fin justifica los medios ni sobre la necesidad de sacrificar la vida de unos pocos por el bien de muchos. Nada de todo eso funcionó.

No los había entendido bien. No se había dado cuenta de hasta dónde eran capaces de llegar con tal de de conseguir su propósito. Y ya era demasiado tarde para hacer nada. Se necesitaban unos a otros. Si quería que tuviera éxito todo aquello por lo que había trabajado él, tenía que tragarse aquella píldora y seguir adelante. Y eso fue lo que hizo, aunque no le resultó fácil, porque todavía lo sentía por dentro, en lo más hondo, carcomiéndolo poco a poco. Sabía que al final terminaría acabando con él. De un modo u otro, moriría a causa de ello. Tenía que ser así. Pero quizás antes de que sucediera eso, quizá, si todo salía bien…, quizá las muertes de sus compañeros terminaran sirviendo para algo…, aunque estaba convencido de que sus fantasmas no iban a dejar de acosarlo nunca, ni siquiera entonces.

26

Boston, Massachusetts

Oculto al amparo de un seto de gran altura, respirando el aire frío y límpido de primeras horas de la mañana, Matt esperaba y observaba, procurando cerciorarse de que no aguardase ninguna sorpresa desagradable en el hotel, antes de salir de su escondite y entrar. Tenso y alerta, y evitando todo contacto visual, pasó por delante de varios ejecutivos de mirada soñolienta que aportaban un poco de vida al vestíbulo apagado y cortado por el mismo patrón que tantos otros, tomó el ascensor hasta la quinta planta y llegó al refugio de su habitación.

Estaba igual de cansado que de cabreado.

Había tenido que dejar el Mustang tirado a varias manzanas del apartamento de Bellinger, y aquello por sí solo ya lo enfurecía. Para él ese coche representaba un hito importante, un avance notable y particularmente satisfactorio en su camino de vuelta del precipicio. Danny no sólo lo había encauzado por dicho camino, además le había pagado el peaje y le había dado combustible en forma de dinero para que pudiera arrancar. Y ahora él se había visto obligado a abandonar el coche en una calle oscura y anodina por culpa de los mismos cabrones que le habían arrebatado a Danny.

Estaba muy enfadado.

Después de aparcar el Mustang, había recorrido un par de manzanas ocultándose de la luz y luego había cruzado hacia la parte norte de Broadway, donde le hizo un puente a un indefenso Ford Taurus de diez años. Seguidamente enfiló en dirección oeste, hacia la salida de la ciudad, y después regresó dando un rodeo por la autopista, por si divisaba luces blancas y azules. Estacionó en un rincón discreto del aparcamiento de un pequeño centro comercial que había nada más doblar la esquina del hotel e hizo el resto del camino a pie.

Estuvo un rato frente a la ventana de su habitación, contemplando cómo la ciudad iba cobrando vida. Una vez más, hacía un día nublado y de invierno, el sol se esforzaba por abrirse paso entre una capa de nubes de un gris pastoso. Se tumbó en la cama con todos los músculos y los nervios agotados por la tensión y la fatiga. No había dormido, y el cuerpo le pedía a gritos un descanso. Hacía años que no lo sometía a semejante ritmo. Pero sabía que el descanso iba a tener que esperar. Optó en cambio por una ducha larga y caliente que lo revigorizó y lo ayudó a calmar la mente. Le proporcionó una energía que lo hizo revivir, si bien menguó rápidamente. Veinte minutos después estaba de nuevo ante la pantalla del ordenador del centro de negocios del hotel, austero y sin ventanas.

Se sirvió de las páginas blancas de la red para realizar una búsqueda inversa del número de teléfono que había tomado del contestador de Bellinger. El número apareció asociado al curioso nombre de Csaba Komlosy y a una dirección (aquí sí que no hubo sorpresas) perteneciente a la misma área de captación de cerebritos que se encontraba a caballo entre Harvard y el MIT y en la que vivía Bellinger..., y también Danny. Estudió la posibilidad de llamarlo. Según el mensaje que había dejado, Bellinger y él habían estado hablando de lo que estaba pasando en la Antártida justo antes de que Bellinger se reuniera con Matt, y Matt presintió que el tal Csaba (no estaba seguro de cómo se pronunciaba) podría llenar varias lagunas. Pero decidió no efectuar la llamada; a todas luces, aquellos matones eran ávidos pinchadores de teléfonos. Además, sería mejor tener un encuentro cara a cara. Anotó la dirección, que tenía la pinta de ser un apartamento, marcó en el enlace del mapa para cerciorarse mejor de su ubicación y después, tras llegar a la conclusión de que no podía seguir eludiendo el asunto, buscó la página web del *Boston Globe* y marcó en el enlace correspondiente a la sección de últimas noticias locales.

Era el primer artículo de la lista.

Se le distorsionó el rostro en una mueca de tristeza... y también de rabia.

El artículo no era muy largo. Una puñalada. Cerca de un bar del sur de Boston, poco después de las doce de la noche. Habían identificado el cadáver y correspondía al de Bellinger. Había una breve mención de una pelea en el bar, pero nada más. Se había iniciado la investigación del asesinato.

El artículo no lo mencionaba a él... todavía. Pero sabía que en aquel asunto aún no estaba todo dicho.

Ya se asegurarían ellos.

Expulsó el aire con fuerza, se restregó la cara para espabilarse y volvió a leer el artículo. La redacción, fría y aséptica, le provocó un acceso de bilis cáustica que le subió hasta la garganta. Todo aquello tenía un carácter tan irreversible que lo enfureció. Alzó los puños por encima del teclado, blancos los nudillos de apretarlos con tanta fuerza, y tuvo que recurrir a toda su capacidad de control para no cogerlo y destrozarlo a porrazos contra la mesa y hacer añicos el puesto entero.

Para esos hijos de puta era muy fácil. Ellos podían agarrar a una persona en la calle, abrirla en canal, dejarla tirada en la nieve y después pasar al siguiente encargo sin pestañear. La vida de un hombre, un hombre decente e inocente, arrebatada en su momento de máximo esplendor, y todo por qué, ¿por una llamada telefónica? ¿Por una idea?

Matt estaba que echaba humo.

Respiró hondo y exhaló el aire despacio, imponiendo calma en la furia que lo dominaba. Un momento después, volvió a concentrarse en la pantalla, tecleó la página web de su rastreador y entró en ella.

El Chrysler ya no estaba delante de su casa.

Apareció un mapa detallado que mostraba el itinerario seguido por el coche en segmentos de treinta segundos. Retrocedió hasta el primer movimiento que había registrado el rastreador GPS y vio que hacía casi una hora los matones por fin habían renunciado a continuar vigilándolo. También podía ser que simplemente le hubieran pasado el testigo al equipo siguiente. Lo cual, advirtió, había sucedido después de que él lograra escapar del piso de Bellinger. Le gustaría saber si aquello quería decir que los matones ya estaban enterados de la breve excursión que había hecho a Cambridge. Si era así, se deducía que contaban con medios para conocer la actividad de la policía, ya fuera mediante escáneres de radio o por cortesía de alguna persona infiltrada. Tomó mentalmente nota del asunto y amplió en la pantalla la zona en la que se encontraba actualmente el Chrysler. Estaba aparcado en una calle de Brighton, no muy lejos del centro médico St. Elizabeth, y llevaba veintitrés minutos sin moverse de allí. La página del rastreador contaba con un enlace a Google Maps. Matt pinchó la opción «ver calles», desplazó el pequeño cursor naranja a la ubicación actual del Chrysler y marcó de nuevo. Al instante se desplegó una imagen tomada con gran angular, tan nítida y detallada como si él estuviera plantado en medio de la calle, no en tiempo real, naturalmente, sino del momento en que Google tomó aquellas imágenes con una cámara panorámica, de lo cual no podía hacer mucho, dado que esa tecnología no era precisamente de la época de la Guerra Fría. La foto le ofreció una visión detallada de cómo era el lugar físicamente. La amplió a pantalla completa, recorrió la calle arriba y abajo como si estuviera conduciendo por ella y a continuación giró la cámara para obtener una panorámica de la acera de enfrente.

En aquella callecita residencial había una fila de casas de dos plantas, pequeñas y construidas con tablas de madera. La foto, exacta con un margen de error de tres metros desde la posición del rastreador si había que creerse el sermón del bien untado vendedor al que se lo había comprado, enfocó una casa de apariencia exangüe y color gris, provista de un pequeño balcón encima del porche de entrada y una ventana abuhardillada en el tejado.

Necesitaba verla más de cerca. En directo.

A aquella temprana hora no le llevó mucho tiempo llegar, dado que iba en contra del tráfico de la hora punta. La ligera nevada de la noche anterior casi había desaparecido del todo, y el viejo Taurus, en fin, funcionaba. Viró para tomar Beacon y se dirigió en sentido oeste, con el pensamiento enfrascado en imaginar las diferentes formas en que podían desarrollarse los acontecimientos cuando se topase con aquellos tipos. Procuró reprimir sus instintos primarios. Sí, eran vil escoria, sanguijuelas, y sabía que le iba a costar mucho resistir el impulso de romperles todos los huesos si se le presentaba la ocasión, pero no era necesario convertir aquello en una misión suicida. Si estaban allí, necesitaba averiguar más detalles acerca de ellos: quiénes eran, qué estaban haciendo, quién los había contratado.

Qué sabían de Danny.

Qué le había ocurrido.

Una vez que reuniera todos aquellos datos…, en fin, la verdad era que no había motivo alguno para dejarlos con vida.

Aquella idea se le ocurrió de forma espontánea, y no le produjo el menor estremecimiento. Lo cual lo sorprendió. Nunca había matado a nadie. Desde luego, se había metido en muchas peleas. Antes de la cárcel. En la cárcel. A lo largo de los años se había llevado sus buenas palizas, pero él también les había partido la cabeza a unos cuantos individuos. Pero no fue así desde el principio; él era temerario, cometía locuras y había jugado siempre con reglas propias, pero no era ningún matón y nunca había sido su intención hacerle daño a nadie. Y aunque la cárcel efectivamente endurecía a los hombres, tanto en el plano físico como en el psicológico, a él no le cambió su tendencia natural. Él era más inclinado a dar rienda suelta a su mal genio, menos tímido a la hora de utilizar los puños, pero jamás halló placer en ello. Siempre actuaba en defensa propia y nunca se excedía más allá de lo necesario para neutralizar la amenaza a la que se enfrentaba.

Pero presentía que aquello era distinto. Además, en ese momento concreto no le preocupaba demasiado. Ya se vería. Antes tenía que dar con aquellos tipos.

Giró a la derecha al llegar a Washington y enfiló hacia el norte, sintiendo que se le aceleraba el pulso a cada manzana, cada vez más cerca de su objetivo. Al llegar al gran cruce con Commonwealth pilló el semáforo en rojo, y mientras esperaba a que cambiase, detrás de una camioneta de trasera abierta e igual de destartalada que necesitaba urgentemente unos aros de pistones nuevos, le llamó la atención algo que vio más adelante, la expresión agresiva y burlona de un radiador muy conocido: el de un Chrysler 300C. Estaba esperando en el semáforo contrario, de cara a él, con el intermitente izquierdo puesto.

Entrecerró los ojos para enfocar mejor, en un intento de determinar si aquel 300C era el «suyo», y torció el cuello para distinguirlo mejor a través del humo del tubo de escape de la camioneta que no lo dejaba ver. El semáforo de enfrente debió de ponerse en verde, porque el Chrysler atravesó el cruce justo por delante de la camioneta y aceleró por Commonwealth arrastrando tras de sí un par de pelotillas, igual que un tiburón con sus rémoras. Al verlo pasar raudo, Matt se inclinó hacia el asiento de al lado y consiguió ver al tipo que iba en el asiento del pasajero, y aunque sus facciones duras encajaban, Matt no estuvo del todo seguro. Sólo había visto a los matones de forma fugaz, frente al bar y en el interior de la furgoneta, y en la zona oscura que había delante de su casa. Ahora bien, para él lo definitivo fue la matrícula del 300C. Alcanzó a vislumbrar brevemente los dos últimos números, y coincidían con los que había visto en el coche que estaba aparcado delante de su taller.

Eran ellos.

Se le disparó el pulso mientras seguía con la vista el automóvil que se alejaba a toda velocidad y dudó qué debía hacer, con la necesidad de decidirse en una fracción de segundo. Entonces giró el volante, pisó el acelerador, maniobró bruscamente para esquivar la camioneta subiendo las ruedas del lado derecho al bordillo de la acera y viró para tomar la avenida siguiendo la estela del Chrysler.

Fue más una reacción instintiva que una decisión racional, pero mientras perseguía al terso sedán a unos cuantos coches de distancia, su determinación fue adquiriendo cada vez más fuerza. No sabía en qué ubicación se había puesto en marcha el rastreador, si sería en la base de aquellos tipos o simplemente en una parada al azar a la que no pensaban volver. Además, en el coche sólo iban dos, pero ese dato le daba lo mismo, sobre todo teniendo en cuenta cómo se sentía en aquel momento.

Los del Chrysler siguieron en dirección este por Commonwealth y luego giraron a la izquierda para continuar por Harvard y tomar el puente que llevaba a Cambridge. Mientras recorrían River, Matt sintió un hormigueo, una incómoda sensación de frío. Estaban regresando a la zona de Inman Square, de la que justo acababa de escapar hacía una hora o dos. Y aquella incomodidad se transformó en miedo puro y duro cuando leyó el nombre de la calle por la que se metía el Chrysler y vio el número del edificio ante el cual se detuvo.

Era inconfundible, porque se trataba de una dirección que él acababa de consultar.

Habían aparcado frente al domicilio de Csaba.

27

Cambridge, Massachusetts

Matt llevó suavemente el Taurus más allá de donde estaba aparcado el Chrysler y volvió la cabeza al otro lado con un gesto de naturalidad al pasar por el costado del mismo, para negar a sus ocupantes la posibilidad de que le vieran la cara. Continuó avanzando, viró en la primera bocacalle que encontró y se detuvo.

Aquello no pintaba nada bien.

Permaneció unos segundos sentado en el coche, cavilando, sin estar seguro de lo que significaba todo eso. ¿Estaría trabajando con ellos el tal Csaba? ¿Los habría ayudado a tender la trampa a Bellinger, los habría alertado de lo que se proponía hacer? Matt ya no sabía qué pensar, aunque le daba en la nariz que aquello no era cierto. El mensaje que le había dejado Csaba a Bellinger parecía totalmente sincero. Estuvieron hablando de la aparición, y Bellinger —por lo visto— cortó la conversación de manera brusca.

Si Csaba no estaba trabajando con ellos, ellos tenían que haber acudido allí por el mismo motivo por el que fueron a por Bellinger. Lo cual no presagiaba un futuro de color de rosa para Csaba. Por no mencionar que el hecho mismo de que los matones fueran a por él significaba que él sabía algo, algo que podría contribuir a explicar qué era lo que tanto protegían, y que podría arrojar un poco de luz sobre lo que le había ocurrido a Danny.

Lo que le habían hecho a Danny, se recordó Matt.

Tenía que hacer algo.

Se apeó del Taurus y se acercó sigiloso hasta la esquina. Se asomó con mucho cuidado y oteó la calle. El Chrysler no se había movido y en su interior seguían distinguiéndose las dos siluetas.

Estaban vigilando. Esperando.

Acechando a Csaba, Matt ya estaba seguro.

Tenía que adelantarse a ellos.

Estudió el edificio en busca de una entrada que estuviera situada más allá de los matones, pero no vio ninguna. Csaba vivía en un moderno bloque de apartamentos de seis o siete plantas. Los del Chrysler gozaban de una amplia panorámica de la calle y de una línea visual sin obstáculos hasta el jardincillo que había frente al edificio y el portal, lo cual descartaba toda idea de entrar por allí. Sin embargo, a un costado había una rampa descendente, de las que normalmente conducen a un garaje subterráneo. El problema era que ésta también se encontraba dentro del campo visual de los tipos.

Se apartó de la esquina y echó a correr un poco calle adelante, hasta encontrar un callejón estrecho que discurría entre dos casas. Penetró en él y avanzó con cautela, paralelo a la calle principal, acortando la distancia al bloque de apartamentos de Csaba…, pero al llegar al final de la segunda casa se topó con el fondo del callejón y una valla de madera de dos metros de altura. El edificio de Csaba se elevaba más adelante, pasadas otras dos casas con sus vallas. Salvó la valla trepándola y siguió caminando. Al cabo de unos minutos llegó a un pasaje lateral que discurría junto a la rampa y llevaba de vuelta a la calle.

Se asomó brevemente. El Chrysler seguía en su sitio, por lo que todavía le resultaba imposible subir a la rampa sin que lo vieran. Además, desde donde se encontraba, se percató de otro problema: la rampa tenía una entrada controlada por un panel de pulsadores. Y no sólo eso, sino que además era uno de esos que no tienen números impresos. Los botones se iluminaban con números no secuenciales y asignados de forma aleatoria que aparecían en ellos cuando alguien intentaba introducir un código, a fin de impedir que alguien que estuviera espiando imitara la secuencia y pudiera acceder.

Justo en aquel momento, Matt oyó un chasquido metálico seguido de un ruido grave, como un crujido. Aunque no alcanzaba a ver de dónde provenía, supo que se trataba de la puerta del garaje, que estaba abriéndose. Se puso en tensión y retrocedió un poco.

Del garaje emergió el morro y después el techo de un Escalade grande y negro que debió de quemar varios litros de gasolina para remontar la rampa a toda pastilla y se detuvo al borde de la calle.

Bloqueando momentáneamente el campo visual del Chrysler.

Matt aprovechó la oportunidad. Echó a correr y salvó de un salto el bajo muro que daba a la rampa. Aterrizó de mala manera y sintió el impacto en todos los huesos, a modo de protesta. Tenía que haber un desnivel de por lo menos tres metros, contando la altura del muro. Rodó un poco por el suelo y por fin se incorporó y se quedó en cuclillas. En ese preciso instante oyó que el Escalade arrancaba de nuevo y salía a la calle, con lo cual él quedó a la vista del Chrysler. Se lanzó de cabeza hacia la puerta del garaje antes de que se cerrase y se ocultó a un lado, esperando que no lo hubieran visto.

Se asomó, pero no percibió movimiento alguno en el interior el coche.

Según parecía, se había librado.

Los números de los apartamentos figuraban en una lista que había al lado de los botones de los pisos en el ascensor. Subió hasta la tercera planta y se encaminó hacia la puerta del piso de Csaba. Estaba a punto de pulsar el timbre cuando se fijó en que la puerta disponía de una mirilla. Se apartó, levantó la vista, y acto seguido se quitó una bota, la pasó a la mano derecha y, sin hacer ruido, rompió un par de bombillas del pasillo, con lo cual éste se sumió de pronto en la oscuridad. Entonces volvió a ponerse la bota y pulsó el timbre, que sonó en el interior de la casa. Se oyó el eco de unas pisadas que se acercaban y después se vio una sombra al otro lado de la parte de abajo de la puerta.

—¿Quién es? —Era la misma voz ligeramente metálica que había oído en el contestador.

Sin quitar ojo al ascensor, Matt improvisó sobre la marcha:

—Soy un amigo de Vince. De Vince Bellinger.

Se oyeron unos roces detrás de la puerta, como si Csaba estuviera apoyándose contra ella para intentar ver algo por la mirilla..., cosa nada fácil estando el pasillo a oscuras.

—¿Un amigo de Vince? —La voz de Csaba sonó un tanto trémula—. ¿Qué es lo que..., qué quiere?

Matt procuró hablar en tono serio y nada amenazante, pero firme.

—Tenemos que hablar. Le ha ocurrido una cosa.

Se oyó un golpe y más roces. A continuación, como si sintiera una gran reticencia, Csaba dijo:

—Vince ha muerto.

—Ya lo sé. ¿Le importaría abrir la puerta para que podamos hablar?

Las cuerdas vocales de Csaba parecían estar atenazadas por un terror paralizante.

—Mire, yo no... Está muerto, lo han asesinado, y no sé qué quiere usted, pero...

—Escúcheme —lo interrumpió Matt sin contemplaciones—, en este momento, los mismos tipos que han matado a Vince están dentro de un coche aparcado delante de su casa. Han oído las llamadas telefónicas que hizo usted anoche, saben de qué estuvieron hablando, y por esa razón lo han matado. De modo que si quiere que yo lo ayude a no terminar igual que Vince, abra esta maldita puerta.

Transcurrieron unos instantes de denso silencio, al cabo de los cuales se hizo evidente que Csaba había tomado una decisión, porque se oyó un chasquido en la cerradura y la puerta se entreabrió unos centímetros. Al otro lado se vio una cara ancha y de niño, rodeada de una mata de pelo lacio... y los ojos de Csaba se agrandaron súbitamente a causa del pánico al ver el rostro de Matt.

—Mierda —soltó Csaba a la vez que intentaba volver a cerrar la puerta.

Pero Matt introdujo la bota, empujó la hoja e irrumpió en el piso. Cerró nada más entrar, mientras Csaba retrocedía dando tumbos y levantaba las manos en un ademán defensivo, tropezando consigo mismo en su afán de alejarse de Matt.

—No me haga daño, por favor, no me mate, yo no sé nada, se lo juro —balbució gesticulando frenético.

—¿Qué?

—No me mate. Yo no sé nada.

—¡Cálmese! —exclamó Matt—. No he venido a matarlo.

Csaba lo miró con mudo terror al tiempo que le brotaban gotas de sudor por toda la cara. Matt lo observó durante un instante..., pero al momento captó su atención una imagen que había aparecido en el televisor que Csaba tenía a la espalda.

El grandullón advirtió la repentina distracción de Matt y dio un paso hacia un costado, vacilante, lo que a él le permitió ver la pantalla con toda claridad. El televisor estaba sintonizado en uno de los canales que emiten noticias las veinticuatro horas y estaba mostrando la misma señal resplandeciente que él había visto, sólo que las imágenes no eran las mismas. Al pie de la pantalla había un rótulo muy visible que proclamaba: «Segundo avistamiento inexplicable, esta vez en Groenlandia.»

Matt se acercó a la pantalla con la frente fruncida en un gesto de confusión.

—No es la misma que la otra vez, ¿verdad?

Csaba tardó unos momentos en caer en la cuenta de que le estaban dando conversación.

—No —farfulló—. Ésta ha aparecido en el Ártico.

Matt se volvió hacia Csaba sin entender nada. Debió de hacerse evidente en su expresión, porque ahora Csaba temblaba de manera aún más visible.

—¿Qué? —soltó Matt irritado.

—No me mates. En serio.

Matt no atinaba a comprender.

—Deje de decir eso, ¿quiere? ¿Se puede saber qué le ocurre?

Csaba titubeó y luego, como si estuviera actuando en contra de su voluntad, dijo con un hilo de voz:

—Sé que ha matado a Vince.

—¿Qué?

Csaba levantó una vez más las manos.

—Le he reconocido por la cara. Ha salido en las noticias.

A Matt lo invadió una súbita alarma.

—¿Yo?

Csaba afirmó con la cabeza, aún petrificado por el miedo.

—Enséñemelo —ordenó Matt.

28

El Cairo, Egipto

Gracie avistó al hombre de hábito negro y expresión nerviosa que intentaba captar su atención entre el gentío que abarrotaba las cristaleras de la sala de llegadas del Aeropuerto Internacional de El Cairo. Estableció contacto visual con él y lo saludó con un gesto vacilante de la mano, al que el hermano Amín respondió con otro gesto similar, altivo y discreto, para a continuación comenzar a abrirse paso hacia un lado a fin de acudir a su encuentro.

El viaje había resultado sumamente fastidioso, por lo interminable. Después de que el helicóptero los depositara en la estación Rothera, subieron a bordo de un DASH-7 que los llevó hasta el aeropuerto de Mount Pleasant, un campo de aviación militar situado en las Malvinas. Allí embarcaron en un viejo Tristar de la RAF que prestaba un servicio comercial para el largo vuelo que los separaba del aeródromo de Wideawake, ubicado en las islas Ascensión, y después continuó hasta la base Brize Norton de la RAF, en Oxfordshire. Un taxi hasta Heathrow se encargó de ponerlos en manos de EgyptAir para el tramo final del viaje.

En Ascensión tuvieron un breve momento de tensión, debido a que se perdieron de vista y estuvieron a punto de ser descubiertos por un equipo de filmación británico que se dirigía en sentido contrario. Aprovecharon el tiempo para ilustrarse acerca de la religión copta y más concretamente de la historia del monasterio en cuestión. En cada parada consultaron los teléfonos por si habían recibido mensajes, ahora que volvían a estar en territorio GSM, pero no contestaron a ninguno. En Washington, aparte de Ogilvy, el director internacional de informativos de la multinacional, nadie (ni siquiera Roxberry, para gran regocijo de Gracie, Dalton y Finch) había sido informado de que habían abandonado el continente helado ni de adónde se dirigían. Gracie y Ogilvy sabían demasiado bien cuán depredadores podían ser sus colegas y la competencia. Había que proteger ferozmente la exclusividad de aquel reportaje contra el resto de la manada.

La nueva terminal, una reluciente y moderna estructura de vidrio y acero, sorprendió a Gracie por su eficiencia, más si cabe teniendo en cuenta que Egipto por lo general ganaba a los demás países vecinos en lo de dejar las cosas para el día siguiente, y eso que sus vecinos no eran precisamente tímidos cuando tocaba, en fin, hacer el vago. La fila del control de pasaportes había avanzado ligera y con cortesía. Las maletas habían salido por la cinta de equipajes casi al mismo tiempo que ellos. Y, lo que era todavía más sorprendente, la gente daba la impresión de respetar la reciente prohibición de fumar en el aeropuerto, una hazaña nada despreciable tratándose de un país en el que era cosa habitual que se ignorasen las leyes y en el que más de la mitad de la población masculina fumaba prácticamente desde la cuna.

Pero más apremiante era el hecho de que Gracie, Dalton y Finch ya estaban enterados de la nueva aparición que había tenido lugar en Groenlandia. Justo después de que aterrizase el 777, sus Blackberry cobraron vida casi al unísono con mensajes urgentes de la sala de redacción y otros lugares. Dicha noticia, vigorizante y electrizante, les había sacudido el cansancio de los huesos e inyectado nuevos bríos. Y cuando se acomodaron en el asiento trasero del Previa de Yusuf e iniciaron el lento trayecto a través del denso tráfico de la tarde que conducía al centro de la ciudad, empezaron a bombardear al pobre hermano Amín con toda clase de preguntas.

El monje les dijo que él también había visto la aparición en las noticias y les confirmó que, hasta donde él sabía, era idéntica a la que habían visto ellos sobre la plataforma de hielo…, e idéntica también al símbolo que cubría las paredes de la cueva del padre Jerome. Un símbolo que no había parado de dibujar desde hacía siete meses.

A aquellas alturas, Gracie ya tenía la seguridad de haber hecho bien al responder a la llamada del monje y venir a Egipto. A pesar de los saltos de un continente a otro y de las incomodidades físicas que llevaba asociadas, no recordaba la última vez que se había sentido tan llena de energía. En aquel caso, la sensación insólita pero codiciada de tener la exclusiva era algo que quedaba descartado, teniendo en cuenta la escala y el impacto de lo que estaba ocurriendo. Aun así, había muchas preguntas que necesitaba responder. Empezando por la razón de aquel viaje, el padre Jerome.

—¿Cómo y por qué vino aquí? —preguntó Gracie al monje.

El hermano Amín vaciló unos instantes.

—La verdad es —dijo con una mueca de disgusto— que no estamos seguros.

Gracie y Finch intercambiaron una mirada interrogativa.

—Estuvo trabajando en Sudán, ¿no es así? —inquirió Finch.

—Sí. En los últimos años, como ya sabrán ustedes, al padre Jerome le preocupaba mucho lo que estaba sucediendo en Darfur. Este año abrió allí otro orfanato, el cuarto, junto a la frontera con Egipto. Y luego, en fin... ni él mismo se entiende. Una noche salió del orfanato solo, a pie y sin pertenencias de ninguna clase, ni comida ni agua. Simplemente salió y se fue al desierto.

—¿Así, sin más? Acababa de estar enfermo, ¿no? ¿No les preocupaba que pudieran secuestrarlo o matarlo? Él criticaba duramente lo que estaban haciendo allí los señores de la guerra —apuntó Gracie—. Para ellos habría sido un trofeo importante.

—Los combates, las masacres de Darfur..., lo afectaron profundamente. Lo debilitaron, y se puso muy enfermo. Fue un milagro que llegara a recuperarse. —El monje asintió para sí y continuó hablando en un tono cargado de tristeza—. La noche en que se marchó, dijo a unos cuantos ayudantes suyos que necesitaba ausentarse una temporada..., para «encontrar a Dios». Ésas fueron sus palabras. Dijo que podía ser que tardase un poco en regresar y les pidió que velasen por que continuase su obra durante su ausencia. Y después se marchó. Al cabo de cinco meses lo encontraron unos beduinos desmayado en el desierto, pocos kilómetros al sur de aquí. Iba vestido con un sencillo *zaub*, una túnica, sucia y hecha jirones. Tenía las plantas de los pies encallecidas y llenas de arañazos. Estaba perdido y deliraba, apenas le quedaba un hálito de vida. No tenía consigo ni comida ni agua, en cambio..., al parecer había atravesado el desierto. Solo. A pie.

Gracie abrió unos ojos como platos, estupefacta.

—Pero de aquí a la frontera habrá..., ¿cuántos kilómetros, quinientos, seiscientos?

—Así es —confirmó el hermano Amín con una calma que desconcertaba.

—Pero no pudo..., en esas condiciones. —A Gracie le faltaban las palabras—. Ahí no hay nada más que desierto. Ya solamente el sol le habría dejado la piel... ¿No estaba todo quemado? ¿Cómo sobrevivió?

El monje volvió las palmas de las manos hacia arriba en un ademán interrogante y la miró con una expresión tan confusa como la de ella, pero no dijo nada.

El cerebro de Gracie pensaba a toda velocidad para procesar lo que le contaba el monje. Era posible, tal vez, pero aquel relato contenía demasiadas incógnitas.

—¿Qué dice el padre Jerome que sucedió? No dijo que hubiera venido andando desde Sudán hasta aquí, ¿no?

—Él no se acuerda de lo que ocurrió —explicó el monje. Alzó un dedo y elevó las cejas al tiempo que subía el tono de voz—: Pero está convencido de que su destino era venir aquí, a nuestro monasterio, a nuestra cueva. Que ésa es su vocación. Parte del plan de Dios. —El monje calló unos instantes, y luego arrugó el rostro en un gesto de remordimiento—. En realidad yo no debería hablar por él —dijo—. Pueden preguntárselo ustedes mismos cuando lo vean.

Gracie dirigió una mirada fugaz a Finch. Éste ladeó la cabeza con discreción en un gesto que indicaba que se sentía igualmente perplejo.

—¿Y el documental? —preguntó Gracie—. Háblenos de eso.

—¿Qué desean saber?

—¿Cómo ocurrió? ¿Estuvo usted presente, conoció a esa gente en persona?

El hermano Amín se encogió de hombros.

—No hay gran cosa que contar. Ellos se pusieron en contacto con nosotros. Nos dijeron que iban a hacer un documental, que les había llegado la información de que el padre Jerome estaba en la cueva y nos preguntaron si podían venir a filmarlo. El abad no estuvo muy de acuerdo, en realidad ninguno de nosotros. No es habitual en nuestra comunidad, no es algo a lo que estemos acostumbrados, pero ellos procedían de una cadena muy respetable y eran muy amables, y no dejaban de pedir e insistir. Así que acabamos aceptando.

—Fue una suerte —le dijo Finch—. De lo contrario, no estaríamos nosotros aquí.

—Ah, pues no sé —replicó el hermano Amín con una ligera sonrisa en los ojos—. Los caminos de Dios son misteriosos. Supongo que ya habría encontrado otra manera de hacerlos venir aquí a ustedes, ¿no cree?

29

Cambridge, Massachusetts

Csaba titubeó y, sin darle la espalda a Matt, retrocedió unos pasos hasta su mesa de trabajo. Ésta era un revoltillo de revistas y textos impresos. Por todas partes había vasos de café a modo de vigilantes de cartón. Estaba claro que Bellinger y él distaban mucho de ser gemelos en más aspectos que sólo la apariencia física. Entre aquel berenjenal se alzaba, dominándolo todo, un enorme monitor Apple de pantalla plana. Éste también mostraba la imagen de la luz suspendida sobre la plataforma de hielo. Csaba miró primero a Matt y después a un teclado inalámbrico en el cual pulsó unas cuantas teclas para entrar en otra página web. Luego se volvió hacia Matt con una expresión entre tímida y aterrorizada.

Matt se acercó a la mesa con él. El artículo de prensa que acababa de aparecer era una breve reseña de un delito. Habían hallado el cadáver de Bellinger en un callejón situado no muy lejos del bar. Se incluían dos fotografías en blanco y negro captadas por una cámara de seguridad del interior del local. En una de ellas, tomada con gran angular, se veía a Matt y a Vince en plena refriega. La otra era un primer plano de la cara de Matt, tomado desde otro ángulo.

Estaba bastante reconocible.

Matt devoró el texto con los ojos. No vio que su nombre figurase en ninguna parte del mismo, aunque sabía que aquello no iba a durar mucho. El artículo mencionaba a varios testigos, entre ellos una «mujer de nombre desconocido» que afirmaba que estaba frente a la puerta del bar cuando vio a Matt persiguiendo enfurecido a Bellinger calle abajo. Lo cual él no había hecho, pues lo habían capturado justo a la entrada del local. Frunció el ceño y recordó de pronto a la mujer de la furgoneta. Recordó su perfil, iluminado por las luces de la calle, y la media melena que le enmarcaba el rostro. Las dos eran la misma, estaba seguro. Se imaginó a los policías presentándose en su casa con una orden de registro. Y también se los imaginó encontrando el arma del asesinato que debieron de colocar allí la chica de la media melena y sus colegas.

Se dio cuenta de que Csaba lo estaba escrutando con mirada nerviosa.

—Ya sé lo que parece todo esto —le dijo Matt—, pero no es lo que ha sucedido. Esos tipos iban a por Vince a causa de eso que ha aparecido en la Antártida —señaló la televisión con gesto de enfado—. Vince creía que era posible que a mi hermano lo hubieran asesinado por culpa de ello. A Vince lo han matado ellos, no yo. Tiene que creerme. —Aquélla, a juzgar por la inquietud que se leía en los ojos de Csaba, parecía una petición imposible de satisfacer—. Vince y usted estuvieron hablando de ese tema, ¿no es así? Antes de que él lo dejara colgado.

Csaba asintió a regañadientes.

En aquel momento Matt no tenía tiempo para nada más.

—Necesito que me cuente de qué estuvieron hablando, pero eso puede esperar. Esos tipos están ahí fuera, tenemos que largarnos.

—¿Los dos? —Csaba se encogió sobre sí mismo y echó mano al teléfono—. Yo no pienso irme a ninguna parte. Usted puede hacer lo que le apetezca. Voy a llamar a la policía y...

—¡No tenemos tiempo para eso! —explotó Matt al tiempo que le quitaba el teléfono y volvía a ponerlo en la mesa, junto a su base—. Están aquí. Ya mismo. Por culpa de esa conversación suya con Vince. Y piensan hacer lo mismo. Así que si quiere vivir, tendrá que fiarse de mí y venir conmigo. —Lo perforó con la mirada, totalmente serio.

Csaba titubeó, con los ojos clavados en Matt y la respiración jadeante..., hasta que afirmó con la cabeza.

—¿Tiene coche?

—No.

—No importa. Vamos. —Matt se encaminó rápidamente hacia la puerta.

—Espere —masculló Csaba levantando una mano para imponer una pausa. Recogió una mochila del suelo y empezó a meter cosas en ella.

—Tenemos que irnos —insistió Matt.

—Deme un segundo —contestó Csaba a la vez que metía su portátil Macbook, el cargador y el iPhone. Al terminar, echó un último vistazo a la habitación y se reunió con Matt en la puerta.

A Matt, al ver el teléfono, le vino una idea a la cabeza.

—El móvil —le dijo a Csaba—. Apáguelo.

—¿Por qué?

—Porque si está encendido pueden seguirnos el rastro. Usted debería saberlo.

Csaba permaneció boquiabierto durante unos instantes, pero después comprendió.

—Sí, claro —dijo un poco confuso, y repitió—: Tiene razón. —Sacó el teléfono de la mochila y lo apagó.

Matt miró la pantalla para echar una última ojeada —allí seguía la señal, brillando de forma deslumbrante, incitándolo de modo enigmático— y a continuación salió del apartamento como una flecha con Csaba pegado a sus talones.

Tomaron el ascensor para bajar al garaje. En él había una docena de coches. Matt miró en derredor, aunque sin mucho entusiasmo por tener dónde elegir. Por lo que se veía, los vecinos de Csaba eran adeptos a los Prius y los compactos japoneses, sin perjuicio del propietario del Escalade. Se conformó con un ejemplar ligeramente más robusto, un Toyota RAV4, el cual casi seguro que no se resistiría a sus encantos.

Se movió deprisa. Cogió un extintor de incendios que había en la pared y destrozó con él la ventanilla del conductor. Acto seguido introdujo la mano y abrió la portezuela.

—Suba —le ordenó a Csaba al tiempo que barría con la mano los diminutos trocitos de vidrio que habían caído sobre el asiento.

El grandullón se quedó quieto en el sitio, con la mandíbula descolgada.

—Éste es el coche de la señora Jooris —dijo con tono dolorido—. Se va a poner hecha una furia. Le tiene veneración a su coche.

—No es más que una ventanilla. Suba.

En el tiempo que Csaba tardó en recomponerse y acomodarse en el asiento, Matt ya había abierto el capó, había quitado el fusible del transponedor del centro de relés y había hecho arrancar el motor. Se subió al coche, metió la marcha y enfiló con un chirrido de neumáticos hacia la puerta del garaje, que había empezado a elevarse obedeciendo la orden de un sensor oculto a la vista. Poco a poco fue apareciendo delante la rampa de salida, libre de obstáculos, que doblaba hacia la izquierda y rodeaba el edificio.

—El cinturón —dijo Matt.

Csaba se volvió hacia él y luego se miró la prominente panza con expresión irónica. La hebilla del cinturón y el enganche del mismo quedaban fuera de la vista, abrumados por la mole del muslo.

—¿Quiere ayudarme?

—Puede que no —contestó Matt con una media sonrisa adusta—. Agárrese.

En cuanto la puerta del garaje se hubo levantado lo suficiente para dejarlos pasar, Matt cerró los dedos en torno al volante e hizo subir al RAV4 por la rampa, al principio lentamente, ya que no merecía la pena llamar la atención de los matones antes de lo necesario. No iban a tardar en verlo, lo cual sucedió en el instante en que el coche rebasó el costado del edificio.

Matt cruzó la mirada con los dos hombres que aguardaban dentro del Chrysler y que lo observaron sorprendidos, y procuró grabarse sus caras en la memoria todo lo que le fuera posible en aquel nanosegundo, con el pie tocando apenas el acelerador. Ya había planificado mentalmente aquella maniobra: una rápida acometida para cruzar la calle en diagonal, luego torcer a la derecha en dirección a los matones, apuntando con la parte izquierda del parachoques delantero del Toyota hacia el hueco de la rueda del Chrysler, y embestirlo en un ligero ángulo y con la fuerza suficiente para hundirle la espoleta y dejarlo inutilizado, un golpe que permitiría a su propio vehículo continuar rodando, abollado pero operativo. Era una apuesta y un sacrificio que tenía que hacer. Perdería la ventaja de poder seguirles la pista, ya que a partir de entonces iban a tener que servirse de otro vehículo, pero no tenía otra alternativa. El Toyota no era rival para el Chrysler. No habría podido perderlos de vista.

Estaba a punto de pisar a fondo el acelerador cuando en eso percibió algo que le venía por la derecha. Despegó un momento la mirada del Chrysler y descubrió un coche que se acercaba por la calle, en dirección a él. De repente encajó algo en su cerebro.

Aguardó uno o dos segundos a que el coche estuviera más cerca, Csaba mirándolo sin entender a qué esperaba y acicateándolo con un angustiado «Venga, tío», los asesinos del Chrysler con la vista fija en ellos y expresión de perplejidad, no muy seguros del motivo por el que seguían allí, ansiosos por bajarse del coche e ir a por ellos, probablemente sacando ya las armas de las sobaqueras e introduciéndoles cartuchos…

Y justo en el momento en que el coche que se aproximaba llegó casi a su altura, Matt apretó el pie contra el acelerador y se plantó en el centro de la calle para cerrarle el paso. El otro coche, un torpe y viejo Caprice que databa de la época en que el combustible era abundante y barato y que era la personificación rodante de la feliz despreocupación por la destrucción del planeta, se rozó contra el Toyota y rebotó en él. Su conductor, un individuo nervudo, con coleta y gafas con montura de hueso, derrapó hacia el carril contrario en el afán de esquivarlo y por fin se detuvo con un chirrido de frenos casi de costado contra el Chrysler. Entonces Matt aceleró y salió disparado calle abajo, en dirección contraria a la que apuntaba el Chrysler. Por el espejo retrovisor vio que el impotente conductor del Caprice se apeaba y le gritaba algo en tono colérico, y que también los matones se bajaban del Chrysler para obligar al otro a que quitase el coche del medio a fin de que ellos pudieran dar media vuelta y lanzarse en su persecución.

Matt se metió por la primera bocacalle en que pudo doblar y efectuó un cerrado giro a la izquierda para después ponerse a cruzar una calle vacía tras otra, cambiando de dirección a menudo, callejeando para salir de Cambridge y tomar la autovía, sin quitar el ojo en ningún momento a los espejos, por si veía aparecer el Chrysler.

Pero no había ni rastro del coche.

Se tranquilizó un poco y levantó el pie del acelerador. A continuación enfiló en dirección norte, hacia la salida de la ciudad, con la intención de poner muchos kilómetros de por medio entre él y unas calles que daban la impresión de querer atraparlo entre sus zarpas mortales.

Miró a Csaba sesgadamente. Su faz redonda todavía se veía congestionada y brillante de sudor, pero su postura se había relajado un poco. Respondió a Matt con un gesto demacrado y luego, negando apenas con la cabeza, le dijo:

—La señora Jooris va a ponerse hecha un basilisco cuando vea esto.

—Oye, ¿cómo se pronuncia tu nombre? —le preguntó Matt con confianza.

—«Chaba.» Pero puedes llamarme «Jabba» —repuso él sin asomo de rencor, aceptando el tuteo—. Como todo el mundo.

Aquello sorprendió a Matt.

—¿En serio?

Jabba asintió con la cabeza.

—Sí.

—¿Y no te molesta?

La expresión de Jabba era de tranquilo desconcierto.

—¿Debería?

Matt lo pensó unos instantes y luego se encogió de hombros.

—Pues vale. Vamos a dejar este coche y buscar un lugar seguro donde no nos encuentren. Después, voy a necesitar que me cuentes exactamente de qué estuvisteis hablando Vince y tú y que me ayudes a averiguar qué diablos está pasando aquí.

30

Monasterio Deir Al-Suryan, Wadi Natrun, Egipto

El Previa no tardó en dejar atrás el desierto e internarse en el atascado tráfico que se dirigía al centro de El Cairo. No había manera de evitar atravesar aquella inmensa ciudad, dado que el aeropuerto nuevo estaba situado al este de la misma y Wadi Natrun se encontraba al noroeste. Ya mediaba la tarde, y la luz menguada del sol poniente se filtraba entre la neblina de gases de escape y polvo que asfixiaba esa metrópoli superpoblada y destartalada.

—¿Está enterado el padre Jerome de lo que está sucediendo? —preguntó Gracie al hermano Amín—. ¿Le han hablado ustedes de las señales?

—No —se lamentó el monje—. Aún no. —Se volvió para mirarla con gesto nervioso, una mirada que indicaba que ella misma iba a pasar pronto a formar parte del problema—. De hecho, no sabe que venían ustedes. Ni tampoco lo sabe el abad.

Gracie estaba a punto de pedirle que se explicase, pero el monje se le adelantó.

—El abad… no sabe qué hacer. No quería que el mundo exterior supiera esto.

—Pero usted, sí —lo espoleó Finch.

El monje asintió.

—Está ocurriendo algo milagroso. No podemos reservarlo para nosotros, no es nuestro.

Gracie miró a Finch. No era la primera vez que se veían en una situación como ésa: huéspedes no invitados viajando a lugares conflictivos del mundo para hablar con entrevistados renuentes, personas cuya reacción instintiva era cerrarse al escrutinio de «los de fuera». Algunas veces Gracie y Finch lograban traspasar la barrera; otras, se quedaban sin poder entrar. En este caso tenían que conseguirlo como fuese. No habían recorrido medio planeta para irse con las manos vacías, cuando el mundo entero estaba esperando una explicación.

La aparición de los vértices de las pirámides de Giza le indicó a Gracie que por fin estaban dejando atrás la ciudad. Ya las había visto antes, pero era un panorama que no dejaba de inspirar reverencia, incluso al observador más hastiado. En esta ocasión Gracie sintió que algo más se rebullía en su interior; aquellas construcciones de piedra que se elevaban de la arena le recordaban extrañamente a los *nunataks* (los peñascos rocosos que surgían de las planicies nevadas) que acababa de contemplar sólo unas horas antes desde la ventanilla del helicóptero. El ruidoso y caótico desorden de El Cairo enseguida dio paso a un paisaje más soñoliento de casas apiñadas en racimos aislados, y cuando pasaron por el pueblo de Bir Hooker, el último antes del desierto y de los monasterios, perdieron la señal de los teléfonos móviles. El hermano Amín les informó de que a partir de allí tendrían que limitarse a la comunicación por satélite.

Desde la primera llamada, Gracie no había conseguido identificar el acento que tenía el monje.

—A propósito, ¿de dónde es usted? —le preguntó.

—De Croacia —explicó él—. De una pequeña ciudad situada al norte, no muy lejos de la frontera con Italia.

—Entonces debe de ser católico.

—Naturalmente —confirmó el monje.

—¿Así que en realidad no se llama Amín?

—No es mi nombre de pila —la corrigió él con una sonrisa cálida—. Antes de venir aquí, me llamaba padre Darío. Al entrar en el monasterio todos adoptamos nombres coptos. Lo manda la tradición.

—Pero la Iglesia copta es ortodoxa —replicó Gracie.

Mucho antes de la Reforma protestante que tuvo lugar en el siglo XVI, el mundo cristiano ya se había visto sacudido por el gran cisma del siglo XI. Las inveteradas rivalidades y disputas teológicas entre Roma y sus homólogas orientales de Alejandría y Antioquía estaban enconadas ya desde los primeros días del cristianismo. Todas esas riñas alcanzaron por fin su culminación en el año 1054 y dividieron la cristiandad en dos: la Iglesia oriental ortodoxa y la Iglesia católica de Roma. El término griego *ortodoxo* significaba literalmente «opinión correcta», lo cual venía a resumir la convicción de la Iglesia oriental de que era ella la verdadera guardiana de la llama, de que sus miembros seguían las tradiciones y enseñanzas auténticas e incorruptas que habían transmitido Jesús y sus apóstoles.

—Ortodoxa, sí, pero no ortodoxa oriental —especificó el monje. Evidentemente, la expresión confusa de Gracie no constituyó ninguna sorpresa ni fue exclusiva de ella. El monje miró a sus tres invitados y desechó el tema con un gesto de la mano—. Es una historia muy larga —les dijo—. La Iglesia copta es la más antigua de todas, es más ortodoxa que la ortodoxa oriental. De hecho, fue fundada por el apóstol Marcos a mediados del siglo primero, menos de diez años después de la muerte de Jesús. Pero son todas simplezas. En última instancia, todos los cristianos somos seguidores de Cristo. Eso es lo que importa. Y los monasterios de aquí tampoco establecen esas distinciones. Todos los cristianos son bienvenidos. El padre Jerome es católico —les recordó.

No tardaron en rodear el cercano monasterio de San Bishoi, y seguidamente apareció Deir Al-Suryan, al final de una carretera polvorienta y sin iluminar. Daba la sensación de ser un arca a la deriva en un mar de arena, una imagen que sus monjes habían adoptado hacía tiempo, pues estaban convencidos de que su monasterio se había construido tomando como modelo el arca de Noé. Pronto comenzaron a distinguirse los detalles, conforme el coche iba aproximándose: los dos altos campanarios; la torre cúbica y chaparra de cuatro pisos (el *qasr*) que guardaba la entrada; las pequeñas cúpulas coronadas por grandes cruces repartidas de manera irregular alrededor de las capillas y estructuras del interior del vasto complejo; y todo ello rodeado por una muralla fortificada de diez metros de altura.

Fueron apeándose del coche y a continuación, siguiendo al hermano Amín, dejaron atrás la torre y atravesaron el patio interior, que en aquel momento se hallaba desierto. Era un recinto más grande de lo que parecía en realidad. Gracie advirtió que tendría aproximadamente el largo y el ancho de un campo de fútbol, y que era igual de plano. Todas las superficies exteriores, tanto muros como cúpulas, estaban cubiertas por un adobe de arcilla y piedra caliza de color uniforme, un agradable ocre arenoso, y presentaban las esquinas y las aristas redondeadas, suaves y orgánicas. Los muros de la torre estaban salpicados de minúsculas aberturas de formas irregulares en vez de ventanas, para no dejar entrar el calor, y unas escaleras angostas se extendían en todas direcciones. Con el resplandor cálido y anaranjado del ocaso, que contribuía al ambiente prodigioso que desprendía aquel santo lugar amurallado, y el vivo contraste que producía el compararlo con el paisaje gélido y sombrío del continente helado, cuyo frío todavía llevaba impreso en los huesos, Gracie no tuvo la sensación de haber saltado de un continente a otro, sino la de haber aterrizado en Tatooine.*

De camino a la entrada de la biblioteca, de pronto salió un monje que se detuvo al verlos y los observó con curiosidad y después con un gesto huraño. Gracie supuso que era el abad.

—Esperen aquí, hagan el favor —les dijo el hermano Amín a Gracie y Finch. Ellos se quedaron donde estaban mientras él se adelantaba e interceptaba al abad, a todas luces iracundo. Gracie le dirigió a Finch una mirada que quería decir: «Ya empezamos» mientras ambos hacían todo lo posible por observar la acalorada conversación sin dar la impresión de sentir mucho interés.

Momentos después, regresó el hermano Amín con el abad. Éste no parecía muy contento de verlos, y tampoco se esforzó demasiado en disimularlo.

—Soy el obispo Kyrillos, el abad de este monasterio —les dijo secamente—. Me temo que el hermano Amín se ha extralimitado al invitarlos a venir aquí. —No les ofreció la mano.

—Padre —dijo Finch—, le ruego que acepte nuestras excusas por habernos presentado así. No teníamos noticia del..., este... —calló unos momentos intentando encontrar una manera diplomática de decirlo—, el debate interno que tiene lugar aquí respecto al modo mejor de hacer frente a todo esto. Por supuesto, no es nuestra intención causarles incomodidad alguna ni imponernos de ningún modo. Si usted considera oportuno que nos vayamos, no tiene más que decirlo y nos volveremos a casa, y nadie tiene por qué enterarse de nada de esto. Pero le ruego que tenga en cuenta dos cosas. Una, nadie sabe que estamos aquí; sólo se lo hemos

* Planeta de una película de *La Guerra de las Galaxias*. (*N. de la T.*)

dicho a una persona de nuestras oficinas centrales, a nuestro jefe. Él es el único que sabe que hemos venido. De modo que no tiene usted por qué preocuparse por que esto pueda transformarse de pronto en un circo de medios de comunicación por culpa nuestra. No vamos a permitir que ocurra semejante cosa.

Nuevamente calló unos instantes, esperando a ver si sus palabras habían surtido algún efecto. No estuvo muy seguro, pero le pareció detectar un ablandamiento en el ceño fruncido del abad.

—Dos —siguió presionando—, hemos venido únicamente a ayudarlos a ustedes y al padre Jerome a intentar comprender, como lo intentamos todos, los extraordinarios sucesos de que estamos siendo testigos. Imagino que ya estará al corriente de que nosotros estuvimos presentes. En la Antártida. Vimos suceder todo justo delante de nosotros. Y nuestra presencia aquí es por encima de todo en calidad de testigos expertos. No pensamos transmitir nada sin el permiso de usted. Lo que veamos y hablemos aquí quedará entre nosotros hasta que usted diga otra cosa.

El abad lo observó fijamente, miró a Gracie y a Dalton, se volvió ceñudo hacia el hermano Amín, y por último centró de nuevo la atención en Finch. Al cabo de unos instantes, asintió despacio con la cabeza como si hubiera llegado a un veredicto y dijo:

—Ustedes desean hablar con el padre Jerome.

—Sí —contestó Finch—. Podremos decirle lo que hemos visto. Mostrárselo, mostrarle lo que hemos filmado. A lo mejor él le encuentra algún sentido.

El abad asintió otra vez. Después dijo:

—Muy bien. —Alzó un dedo con actitud severa—. Pero tengo su palabra de que no permitirán que nada de esto salga a la luz antes de hablarlo conmigo.

—Tiene usted mi palabra, padre —afirmó Finch con una sonrisa.

El abad, sin apartar la mirada de Finch, dijo:

—Acompáñenme.

Los invitó a entrar en la parte más nueva del complejo, un sencillo edificio de estuco de tres plantas que databa de los años setenta. Finch y Gracie continuaron adelante, mientras que Dalton se escabullía por el patio. El hermano Amín les había dicho que en el monasterio no había televisión y que estaban deseosos de ver las imágenes del Ártico y las reacciones a dicho suceso.

Gracie y Finch aceptaron agradecidos un poco de agua y un platillo de queso y dátiles frescos, y apenas tuvieron tiempo para intercambiar unas cuantas frases de cortesía cuando Dalton asomó la cabeza por la puerta.

—Estamos conectados.

Todos se precipitaron al exterior. Dalton había conectado su portátil a la antena parabólica plegable Began y había entrado en la página web de la cadena. Gracie, Finch, el abad y el monje se acurrucaron a su alrededor mientras él reproducía el artículo que hablaba del avistamiento de Groenlandia.

Un gráfico mostró la ubicación del avistamiento: junto al fiordo Carlsbad, en la costa oriental de Groenlandia, seiscientos cincuenta kilómetros al norte del Círculo Polar Ártico. El vídeo que seguía resultó inquietante por lo familiar. Las imágenes eran más inestables y granuladas que las que habían tomado ellos, no eran obra de un profesional. En lugar de eso, habían sido grabadas en cinta por un equipo de científicos que estaban estudiando los efectos del hielo fundido en los glaciares de la gran isla del Ártico. La aparición los había pillado por sorpresa, y en la pantalla se apreciaba vívidamente la emoción y la actividad frenética de aquellos momentos. Uno de ellos, un individuo de barba blanca experto en glaciares que trabajaba para el Centro Nacional de datos sobre nieve y hielo de Boulder, Colorado, estaba siendo entrevistado en directo y su rostro se veía pixelado y fracturado a causa del teléfono vía satélite conectado a una webcam que obviamente estaban utilizando.

—Primero en la Antártida, y ahora aquí —dijo fuera de pantalla la voz del reportero—. ¿En su opinión, por qué está sucediendo esto?

Hubo un desfase de dos segundos, y después el rostro de profesor del científico reaccionó al oír la pregunta.

—Pues verá, estoy… No sé qué es ni de dónde procede —respondió con voz ronca—. Lo que sé es que no puede ser una coincidencia que este…, esta «señal» aparezca encima de lo que sólo se puede describir como zonas de desastres. Quiero decir que la plataforma de hielo de la Antártida que está desmoronándose y este glaciar de aquí son zonas cero. Llevo más de veinte años estudiando estos glaciares. —Se volvió y señaló con su mano enguantada la llanura de color blanco grisáceo que se extendía a su espalda—.

Antes, cuando uno miraba todo ese territorio de ahí veía sólo un blanco puro, nada más que nieve y hielo durante todo el año. Pero ahora hay más azul que blanco. Está fundiéndose tan deprisa que actualmente tenemos lagos y ríos por todas partes, y eso quiere decir que el agua está filtrándose hasta el lecho de roca y aflojando la base de los glaciares, motivo por el cual han empezado a resbalar hacia el mar. Y si éste desaparece —señaló con gesto grave—, estaremos hablando de un incremento de un metro en el nivel del mar del planeta. Lo cual podría a su vez desencadenar toda clase de desastres inimaginables.

»¿Y usted me pregunta qué opino que está ocurriendo? Pues en mi opinión es bastante evidente. La naturaleza nos está mandando una alerta roja, y yo creo que vamos a tener que tomar en serio la advertencia, antes de que sea demasiado tarde.

Gracie se quedó petrificada, sumida en el mutismo, mientras el reportaje pasó a un montaje de diversas reacciones ante la segunda aparición de la señal. Eran unas imágenes sobrecogedoras. En Times Square se había concentrado un gentío enorme que contemplaba las escenas que se reproducían en una pantalla de gran tamaño, por debajo de la cual iba pasando un rótulo electrónico que anunciaba el avistamiento con letras destacadas. Escenas similares se habían filmado en Londres, Moscú y otras ciudades importantes. Lo que había sembrado la primera señal, la segunda lo estaba cosechando en grandes cantidades, en lo que se refería al impacto causado. El mundo estaba prestando atención y dándose por enterado.

Gracie miró a Dalton y a Finch y experimentó una oleada de temor. Estaba sucediendo algo que no tenía precedentes, algo grande, maravilloso, y desconcertante y aterrador a la vez, y ella se encontraba justo en el centro mismo del suceso.

De pronto la sobresaltó el teléfono vía satélite y le hizo desviar la atención de la pantalla. Era Ogilvy, que llamaba desde su móvil, obedeciendo el protocolo de comunicaciones que habían acordado.

—Acabo de recibir una llamada del Pentágono —le informó—. Acaban de aterrizar en McMurdo dos tipos de la DIA y han descubierto que os habéis ido de allí. Están bastante cabreados —añadió con una risita.

Gracie frunció el ceño.

—¿Qué has tenido que decirles?

—Nada. Este país sigue siendo libre…, más o menos. Pero no

van a tardar nada en seguiros la pista hasta el aeropuerto de El Cairo, si es que no han dado ya con vosotros. A partir de ahí..., quién sabe. Tal vez os convendría apagar los teléfonos.

—De todos modos, aquí no hay señal —le dijo Gracie—, pero necesitamos mantenernos en contacto. En este lugar estamos aislados del mundo.

—Consultad el teléfono vía satélite cada hora, si surge algo te enviaré un mensaje de texto. —Ogilvy la impresionó con su sangre fría.

—Así lo haremos —confirmó Gracie—. Y también te conseguiré el teléfono fijo del monasterio, por si acaso.

—Bien. —La voz de Ogilvy adoptó un tono más serio—. ¿Habéis hablado ya con él?

—No, acabamos de llegar.

—Habla con el padre Jerome, Gracie. Y date prisa. El mundo entero está mirando. Y en este caso tenemos que evitar que nos tomen la delantera. La exclusiva nos pertenece.

Gracie sintió un nudo en la garganta. Miró nerviosa a los monjes al tiempo que se apartaba unos metros de ellos y les daba la espalda. Bajó la voz y contestó:

—Vamos a tener que andar con pies de plomo, Hal. No podemos anunciar esto sin tomar las precauciones necesarias.

—¿A qué te refieres?

—A que éste es un país musulmán, y no estoy segura de que vayan a reaccionar con amabilidad ante algo que huele al Segundo Advenimiento, sobre todo en su propia casa.

—Pues es donde apareció la primera vez —señaló Ogilvy con ironía.

—Hal, hablo en serio —dijo Gracie en tono tajante—. Tenemos que actuar con mucho cuidado. Por si no te habías dado cuenta, éste no es lo que se dice el rincón más tolerante del planeta. No quiero poner en peligro al padre Jerome.

—Yo tampoco quiero poner a nadie en peligro —replicó Ogilvy con una ligera irritación—. Procederemos con cuidado. Tú habla con él. A partir de ahí, ya nos haremos cargo nosotros.

Gracie no se sintió ni siquiera un poco aliviada. Terminó con un «Ya te llamaré cuando hable con él» y seguidamente cerró el teléfono y se volvió hacia el abad. Necesitaba despejar un detalle.

—Las imágenes para el documental que filmaron en la cueva ¿podemos verlas?

—Por supuesto. Están grabadas en el DVD que nos enviaron. No las he visto, porque aquí no tenemos reproductor.

—Las veremos con este portátil —le dijo Dalton tocando su ordenador.

El abad asintió y se fue.

Dalton miró con preocupación a Gracie y a Finch.

—¿Y si las imágenes que necesitamos no resultan definitivas?

Aquélla era una posibilidad descorazonadora que ninguno de ellos deseaba tomar en cuenta en aquel momento, porque suponía que tendrían que ponerse en contacto con quienes habían tomado dichas imágenes para hacerse con los trozos de película desechados. El abad interrumpió sus preocupaciones reapareciendo al instante, DVD en mano. Dalton lo cargó en el portátil y avanzó a toda prisa hasta que apareció en la pantalla el exiguo equipo de filmación subiendo por la montaña y aproximándose a lo que parecía una puerta vieja recortada en la pared de roca.

—¡Ahí es! —exclamó el abad—. Ésa es la cueva del padre Jerome.

Dalton pasó a modo de reproducción y la pantalla mostró el punto de vista del cámara en el momento de penetrar en la cueva. Gracie, con el corazón en la boca, contempló cómo iba pasando por una estancia oscura mientras una voz en *off* amenazante y en primera persona iba describiendo la caverna y su escueto mobiliario, un adelanto de lo que ella iba a visitar de manera inminente. Acto seguido, la cámara cambió el plano y, trazando un barrido, recorrió toda la curva del techo de la cueva.

—¡Justo ahí! —exclamó Gracie tocando la pantalla con el dedo—. Es eso, ¿no?

Dalton pulsó el botón de pausa, retrocedió varios fotogramas y volvió a pasar la imagen a cámara lenta. Todos se inclinaron hacia delante para ver mejor. Era tan sólo una imagen muy breve, apenas un vistazo fugaz a una curiosidad del interior de la cueva, pero era todo lo que necesitaban. Dalton congeló la imagen en uno de los símbolos pintados. Se trataba de una elegante formación de círculos concéntricos y líneas de intersección que radiaban hacia fuera. A pesar de su simplicidad, de algún modo lograba transmitir lo que habían visto ellos en la Antártida y ahora en el vídeo con una facilidad y una nitidez sorprendentes.

Era inconfundible.

Gracie se volvió hacia el abad. Le vibraban todos los nervios a causa de la emoción.

—¿Cuándo podemos ir a este lugar y hablar con el padre Jerome?

Él miró el reloj.

—Se está haciendo tarde, pronto se pondrá el sol. ¿Mañana a primera hora?

Gracie hizo una mueca de disgusto. A su corazón le estaba costando trabajo recuperar el ritmo normal después del frenético bombeo que habían provocado las imágenes que mostró la pantalla de Dalton.

—Padre, por favor. No quisiera ser de ningún modo una carga, pero…, teniendo en cuenta lo que está ocurriendo, creo que no deberíamos esperar. Es mi sincera opinión que deberíamos hablar con él esta noche.

El abad le sostuvo la mirada durante unos segundos que se hicieron incómodos, y después cedió.

—Muy bien. Pero en ese caso, deberíamos irnos ya.

Tumbado en el suelo bajo una red de camuflaje color arena, cuatrocientos metros al oeste de la puerta del monasterio, Zorro Dos observaba con sus prismáticos de gran potencia a Gracie, Finch y Dalton, los cuales, acompañados por el abad y por otro monje, estaban subiéndose a un monovolumen.

De pronto vibró su teléfono vía satélite Iridium. Lo sacó y lo miró. El mensaje de texto decía que Zorro Uno y su equipo acababan de aterrizar. A la hora fijada. Como estaba previsto.

Cerró el teléfono y se lo guardó de nuevo en el bolsillo para continuar observando al Previa, que arrancaba en medio de una nube de polvo.

Antes de levantarse del suelo esperó a que se hubieran alejado cerca de un kilómetro. A continuación, en cuclillas, plegó la red con cuidado, la metió en su bolsa y abandonó la posición para reunirse con sus hombres, que esperaban cerca de allí.

La montaña llamaba.

Otra vez.

31

Woburn, Massachusetts

El motel estaba mugriento y destartalado, pero satisfacía las necesidades básicas de Matt y Jabba: cuatro paredes, un techo y el anonimato de un mostrador de recepción atendido por un individuo esmirriado y adicto a la televisión que apenas era capaz de construir una frase completa. Y en ese momento era lo que más necesitaban: refugio y anonimato.

Aquello, y unas cuantas respuestas.

Matt estaba sentado en el suelo, apoyado contra la cama y con la cabeza totalmente caída hacia atrás, descansando sobre un colchón lleno de bultos. Sin embargo, Jabba no podía quedarse quieto. Paseaba sin cesar arriba y abajo, mirando repetidamente por la ventana.

—¿Te importaría dejar de hacer eso? —gruñó Matt—. Aquí no va a venir a buscarnos nadie. Por lo menos de momento.

Jabba soltó a regañadientes la cortina, delgada y salpicada de manchas, e inició otra vuelta más arriba y abajo de la habitación.

—¡Haz el favor de sentarte! —le ladró Matt.

—Lo siento mucho, ¿vale? —protestó Jabba—. No estoy acostumbrado a todo esto. Es de locos, tío. ¿Se puede saber qué estamos haciendo aquí? ¿Por qué no podemos simplemente ir a la policía y decir lo que sabes?

—Porque lo que sé no es nada comparado con lo que la policía cree saber, y no me apetece lo más mínimo que me metan entre rejas por esto. Así que haznos un favor a mí y a la moqueta y siéntate.

Jabba se lo quedó mirando unos instantes y después cedió. Miró en derredor, frunció el ceño al localizar una desvencijada silla que daba la impresión de ir a desintegrarse sólo con que uno pensara en sentarse en ella y decidió acomodarse en la cama, que parecía algo más resistente. Cogió el mando a distancia y se puso a pasar canales en el pequeño televisor que colgaba de la pared. El aparato hacía juego con la habitación: básico y destartalado, pero funcional. Matt volvió la mirada hacia la pantalla. La imagen era poco nítida y el sonido salía raquítico y enlatado, pero no importaba; daba para ver lo que él necesitaba ver.

La noticia del fenómeno que había tenido lugar en Groenlandia había sacudido los medios de comunicación y los había sumergido en un frenesí aún mayor que el primero. Acaecido tan poco después del de la Antártida, era una confirmación irrefutable que nadie podía ignorar. Salía en todos los canales, una palabrería incesante que a fin de cuentas no era capaz de ofrecer ninguna explicación, aparte de reproducir una y otra vez los mismos vídeos y explorar otras apariciones místicas del pasado por si contenían algún detalle que viniera al caso. Se emitían vídeos de fenómenos anteriores, desde Fátima hasta Medjugorge, sólo que palidecían al compararse con lo de ahora. Lo de ahora no era un puñado de niños que afirmaran haber visto a la Virgen María en una pradera.

El mundo estaba, simplemente, extasiado.

Matt dejó caer la cabeza de nuevo y lanzó un suspiro de cansancio.

—Cuéntame de qué estuvisteis hablando Vince y tú.

—¿Que te cuente de qué estuvimos hablando? —divagó Jabba—. Estuvimos hablando de todo, tío. ¿Por dónde quieres que empiece?

—Por anoche —especificó Matt en tono de irritación—. ¿De qué hablasteis anoche?

—Anoche. Anoche, sí —murmuró Jabba pellizcándose el puente de la nariz con dos dedos—. Estuvimos viendo esa cosa —dijo, señalando la pantalla—, o sea, la primera. Intentamos deducir cómo lo habían hecho.

Matt se incorporó a medias.

—¿Lo ha hecho alguien? ¿Tú crees que es una falsificación?

Jabba lo miró de frente.

—Tío. Venga. Cuando pasa una cosa así, la primera reacción

tiene que ser pensar que se trata de una falsificación. A no ser que uno se trague toda esa mierda de «la verdad está ahí fuera».

—Y supongo que tú no te la crees.

—No, oye, yo estoy abierto a todo. Estoy seguro de que hay algo rarito que no nos están contando. Claro que hay trolas para dar y tomar, ya vengan del gobierno o de gente que quiere ganar dinero rápido. Hay que ver las cosas con escepticismo. Además, nosotros somos científicos, camarada. Nuestro instinto nos empuja a cuestionar las cosas antes de todo.

Matt afirmó con la cabeza y procuró no perder la concentración.

—Así que Vince y tú estuvisteis dando vueltas a una serie de ideas. ¿Sacasteis algo en claro?

—No, verás, ésa es la cosa. —Jabba se inclinó hacia delante y su tono de voz se animó—. No encontramos nada que encajase, nada de nada. No teníamos ni idea de lo que podía ser. Si es una falsificación, el que la ha fabricado está empleando una tecnología salida directamente del Área 51.

Matt arrugó el entrecejo. Había algo que no acababa de entender.

—Pero ¿qué es exactamente lo que hacéis vosotros? Es decir, si en efecto fue una falsificación, ¿qué os hizo pensar que ibais a poder adivinar qué era?

—Somos ingenieros electrónicos. Trabajamos en…, o sea, Vince y yo… —Se veía a las claras que la turbación lo hacía tartamudear—. Diseñamos circuitos de ordenadores, microprocesadores, esas cosas.

Matt volvió la vista hacia la pantalla con expresión dubitativa.

—No parece que tenga mucho que ver con eso de ahí.

—No estoy hablando de *walkie-talkies* de mercadillo, compañero. Me refiero a tecnología de ciencia ficción. Precisamente ahora mismo estamos construyendo los famosos microprocesadores RFID. ¿Te acuerdas de la escena de *Minority Report* en la que Tom Cruise va andando por un centro comercial lleno de paneles holográficos que lo reconocen y empiezan a hablarle y mostrarle anuncios hechos a medida para él?

—La verdad es que no. —Matt se encogió de hombros—. En los últimos años me he perdido bastantes películas.

—Pues qué lástima, tío. Porque es una peli increíble. Está a la altura de *Blade Runner*, la otra novela de Philip K. Dick que Hollywood no ha conseguido joder del todo. —La mirada que le dirigió Matt lo obligó a regresar al tema—. Bueno, pues ahora ya podemos hacer esas cosas. No me refiero a la pantalla, sino a lo de reconocer a la persona. Se hace con unos microprocesadores diminutos incrustados en la tela de la camisa, cosas así.

—Sigo sin entender por qué pensabais que ibais a ser capaces de descubrir cómo habían hecho lo de la aparición.

—Lo que hacemos nosotros... no es un simple trabajo —explicó Jabba—. Es una vocación. Uno lo vive, lo respira, sueña con ello. Te ocupa la vida entera. Tu vida es eso. Y una parte de esa vocación consiste en mantenerse al día de las novedades, no sólo de lo que guarda relación directa con tu trabajo.

»Hay que interesarse por lo que se está haciendo en el resto del mundo, ya sea en la NASA, en Silicon Valley o en un laboratorio de Singapur. Porque todo está relacionado. Un descubrimiento de ellos podría combinarse con lo que estás haciendo tú de una manera que ninguno tenía previsto y abrir una puerta totalmente nueva en tu cerebro. Es posible que te proporcione precisamente lo que necesitabas para dar ese salto cuántico y orientar tu trabajo en una dirección completamente nueva.

—De acuerdo. —Matt no parecía demasiado convencido—. De modo que Vince y tú os manteníais al tanto de lo que soñaban otros cerebritos.

—Bastante.

Matt todavía se sentía confuso.

—Bueno, y si vosotros dos no teníais idea de lo que era la aparición, ¿por qué lo que estuvisteis hablando iba a suponer una amenaza para nadie? ¿Tú crees que a lo mejor disteis con algo sin saberlo?

Jabba repasó mentalmente la conversación que había tenido con Bellinger.

—Lo dudo. Todo lo que dijimos es de dominio público, al menos entre los otros «cerebritos» que hay por ahí. Si hubo alguna parte que se acercó a la verdad, que no creo, a estas alturas ya habría alguien que también estableciera la relación.

—Entonces, ¿por qué fueron a por Vince? ¿Y por qué aquello le hizo pensar que mi hermano estaba involucrado de alguna forma?

Un dato sorprendió a Jabba.

—¿Tu hermano?

—Vince creía que mi hermano pudo haber sido asesinado por culpa de esto.

—¿Y por qué iba a pensar algo así?

—No lo sé. Estaban muy unidos.

La expresión de Jabba indicó que ahora era él el que no entendía.

—¿Quién era tu hermano?

—Danny. Danny Sherwood.

El nombre tocó una fibra. Una fibra sensible.

—¿Danny Sherwood era hermano tuyo?

Matt afirmó con la cabeza.

—¿Tú lo conocías?

—Sabía quién era, ya lo creo. Se dedicaba al procesado de datos distribuido, ¿verdad? El santo grial de la programación. En ese campo, la credibilidad de tu hermano era más sólida que una roca. —Asintió con expresión pensativa—. Vince estaba enamorado de tu hermano, tío. Decía que era el programador más brillante que había conocido. —Dejó reposar el comentario mientras su cerebro intentaba rellenar las lagunas y establecer las relaciones—. ¿Qué te dijo Vince, exactamente?

—No mucho. Dijo que un tal Reece había contratado a Danny para que trabajase con él en algo. ¿Te suena?

—Dominic Reece. Se estrellaron todos en un helicóptero, ¿no? Lo siento, colega. —El semblante de Jabba se endureció—. ¿Vince te dijo que en su opinión los habían asesinado? ¿A todos?

—Puede que sí, puede que no. —No quería perder el hilo—. Dijo que estaban trabajando en una especie de proyecto de biosensores. ¿Tiene sentido para ti?

—No. Pero Vince y Danny eran amigos íntimos. Más que íntimos. A lo mejor le contó algo en estricta confianza, algo que no debía divulgar. Como tal vez que todavía no se habían solicitado las patentes. En nuestro sector, que alguien se vaya de la lengua puede suponer la pérdida de miles de millones de dólares.

Matt se frotó los ojos en un intento de eliminar la fatiga. En el televisor se vio de nuevo la señal que había aparecido en Groenlandia. Resultaba burlona, hipnótica, y a Matt le costaba trabajo apartar los ojos de ella.

—Vince y tú. Anoche. Él te colgó en mitad de la conversación, ¿verdad?

Jabba hizo un gesto de asentimiento.

—¿Qué fue lo último que dijo? ¿Te acuerdas?

Jabba se concentró.

—Lo último no lo dijo él, sino yo. Justo estaba diciendo que era como si el aire mismo estuviera ardiendo, como si las moléculas de aire se hubieran prendido fuego. Sólo que eso no es posible.

Matt observó fijamente la imagen granulada de la pantalla.

—¿Y si lo fuera?

—¿Prender fuego al aire? Me parece que no.

—Qué me dices de un láser, un proyector... algo que requiera las habilidades de un magnífico programador.

Jabba negó con la cabeza.

—No conozco nada que sea capaz de hacer eso. Y si hubiera otra persona que supiera cómo se puede hacer, estaría en todas las televisiones.

Matt cerró los ojos y se recostó, frustrado. Le estaba costando mucho concentrarse e intentar entender aquel misterio. Un esfuerzo aún más penoso teniendo en cuenta que estaba funcionando en vacío. Se sentía agotado, física y mentalmente. Llevaba sus buenas veinticuatro horas sin dormir, horas que no había pasado precisamente paseando. Y no parecía que fuera lo que fuese lo que lo tenía atrapado fuera a soltarlo en un futuro próximo.

—Existe un motivo para que hayan matado a Vince. Y tiene que ver con lo que les sucedió a Danny y a los otros. Con independencia de que esa puñetera señal sea real o no, alguien está haciendo algo.

A Jabba se le hundió el semblante.

—Y tú pretendes averiguar quién es.

—Pues sí.

Jabba lo miró igual que un niño que observa a un oso panda de tres ojos en el zoo.

—¿Te has vuelto loco? Es justo lo que no tenemos que hacer, amigo. Lo suyo es que nos perdamos de vista hasta que ellos terminen lo que están haciendo, sea lo que sea. Desaparecemos, podemos irnos a Canadá o algo así, nos quedamos quietecitos y esperamos hasta que pase la tormenta.

Matt lo miró como si ahora la especie alienígena fuera él.

—¿Tú crees?

Jabba frunció el ceño, un tanto molesto por la expresión sardónica de Matt.

—Me has preguntado qué nos hizo pensar a Vince y a mí que podríamos averiguar lo que era la señal esa. ¿Y por qué crees que vas a poder averiguarlo tú? A ver, ¿qué eres tú, un ex poli o algo así? ¿Un antiguo agente del FBI? ¿Uno de esos tipos duros, un ex SEAL, un soldado de operaciones especiales?

Matt negó con la cabeza.

—Me estás encasillando en el bando contrario.

—Ah, pues es genial, maravilloso —gimió Jabba. Una vez más movió la cabeza en un gesto negativo, y después recuperó el tono grave—. Tío, en serio. Esta gente no es bondadosa. Estamos hablando de tipos que matan gente como el que hace churros.

Pero Matt tenía el pensamiento en otra parte.

Jabba se dio cuenta.

—No me estás escuchando, ¿verdad?

Matt negó con la cabeza.

El semblante de Jabba volvió a hundirse por la exasperación.

—Estamos bien jodidos, ¿a que sí?

Matt no hizo caso de aquella pregunta y formuló la suya:

—¿Podrías averiguar qué otras personas iban en el helicóptero? ¿Qué especialidad tenían? Y también… quién las financiaba.

Jabba suspiró.

—Como si pudiera elegir. —Introdujo la mano en su mochila y extrajo el portátil.

Matt lo señaló con la mano.

—¿Piensas que vas a tener conexión a Internet en esta chabola?

—Dudo seriamente que aquí tengan wi-fi, pero… —Jabba sostuvo en alto su iPhone y le dirigió a Matt una mirada de hiena, condescendiente. Pero enseguida se acordó y se le nubló la expresión—. Se me olvidó que no puedo usar este trasto. Maldita sea. —Se restregó la cara con sus dedos gordezuelos, caviló unos instantes y después levantó la vista—. Depende de lo que necesites. Puedo tenerlo encendido durante cuarenta segundos como máximo; si lo tengo más, sabrán con precisión dónde estamos.

Matt hizo una mueca.

—¿Eso lo sabes de ver la serie *24*, o es de verdad?

Jabba levantó el teléfono.

—Tío. ¿Sabes qué fue lo primero que hice cuando compré este cacharro? Lo desmonté totalmente para recablearlo. Sólo por joder a AT&T.

—¿Y qué quiere decir eso?

—Que lo he liberado. Que puedo enganchar a mi portátil la conexión de datos Edge que lleva dentro.

—De acuerdo. Pero para jugar sobre seguro, puede que el tipo de recepción te deje usar su ordenador.

Jabba frunció el ceño.

—¿Por qué? ¿Qué más necesitas?

—Una actualización sin importancia —respondió Matt—. Saber por dónde andan nuestros amigos del Chrysler.

32

Montañas de Wadi Natrun, Egipto

El padre Jerome era muy distinto de lo que había imaginado Gracie. Pero no se sorprendió. Según su experiencia, era frecuente que la gente fuera distinta en persona que en las fotos o en los vídeos. En alguna que otra ocasión el cambio era para mejor, pero por lo general, y cada vez más en los últimos tiempos, dado lo extendido que estaba el Photoshop, resultaba decepcionante. En este caso, Gracie esperaba que hubiera cambiado su apariencia física, teniendo en cuenta por lo que había pasado desde las últimas imágenes que había visto de él. Y en efecto: estaba más delgado y más demacrado, parecía más frágil de lo que ella recordaba. Pero incluso allí, a la luz de tres candiles de gas y unas cuantas velas repartidas por la oscuridad opresiva de aquella caverna, sus ojos, de un penetrante gris verdoso que destacaba sobre el bronceado de su rostro, eran más cautivadores que en los vídeos y compensaban cualquier fragilidad que hubiera podido verse exacerbada por la dura prueba por la que acababa de pasar.

—¿Así que no recuerda nada del viaje que hizo? —le preguntó Gracie—. Le llevó varias semanas, ¿no es así?

—Tres meses —respondió el anciano, cuyos ojos no se desviaron en ningún momento de los de ella. Gracie, Finch y Dalton se habían llevado una agradable sorpresa al descubrir que el padre Jerome no se negaba a verlos. Lejos de eso, se mostró afectuoso y acogedor. Estaba imperturbable, su tono de voz era firme y tranquilizador y hablaba despacio y con dicción clara. No había perdido el acento español que coloreaba su pronunciación. Gracie le cobró afecto inmediatamente, sin duda predispuesta por la gran admiración que sentía hacia él y por la humildad y la falta de egoísmo que desprendía.

—Y sin embargo son tres meses... en blanco —agregó Gracie.

—Nunca había experimentado nada igual. Tengo recuerdos desvaídos, imágenes fugaces... Me veo caminando, solo. Me veo los pies calzados con las sandalias, andando por la arena, rodeado por un paisaje que no tiene fin. El cielo azul, el sol abrasador, el aire caliente... Lo huelo, siento el calor en la cara, el aire en los pulmones. Pero nada más que eso. Recuerdos inconexos. Destellos momentáneos de la conciencia en una superficie que por lo demás está vacía. —Sacudió la cabeza con decepción, ligeramente, para sí mismo, como si estuviera reprendiéndose por aquel fallo.

Aunque Dalton y Finch estaban sentados con Gracie en el interior de la cueva, además del abad y del hermano Amín, ella había decidido no solicitar que se filmase aquella primera entrevista. No había sido una decisión fácil. Aunque en su opinión era mejor pasar primero un rato con el padre Jerome, conocerlo, darle tiempo para que se sintiera cómodo con ellos, tampoco estaba segura de cuál sería su reacción al ver las imágenes tomadas de las señales que habían aparecido en el cielo. Además, se sentía incómoda y poco sincera al pensar en darle la noticia de sopetón y con una cámara grabando.

Levantó la vista al techo de la caverna. Estaba todo lleno de aquellos círculos blancos, inquietantes representaciones de la señal que había presenciado ella en la plataforma de hielo.

—Hábleme de esos dibujos —pidió al padre Jerome indicando el techo con un gesto de la mano.

El sacerdote miró el techo con gesto pensativo, estudió atentamente los símbolos pintados que se extendían sobre la cabeza de todos los presentes, meditó la pregunta unos instantes y volvió a posar la mirada en Gracie.

—Poco después de llegar aquí —le dijo—, me sobrevino una nitidez mental que no había experimentado nunca. Empecé a entender las cosas con más claridad. Fue como si mi mente se hubiera liberado súbitamente de todo lo que la retenía y fuera capaz de ver la vida tal como era en realidad. Y esos pensamientos, esas ideas..., comenzaron a venir a mí con una gran nitidez y una gran fuerza. No tenía más que cerrar los ojos, y empezaban a fluir a través de mí. Era algo que escapaba a mi control. Los he escrito todos aquí. —Señaló la mesa, en cuya gastada superficie había varios cuadernos. En la repisa de la ventana había otros—. Igual que un fiel escriba —añadió con una débil sonrisa.

Mientras hablaba, Gracie no podía despegar los ojos de él. Y más inquietante todavía era la serenidad de su voz, la total normalidad con que se expresaba, la naturalidad de su tono al hablar. Era como si no estuviera describiendo nada más que la más trivial de las experiencias.

—¿Y este símbolo? —le recordó Gracie señalando hacia arriba una vez más—. Eso lo ha pintado usted, ¿no?

El padre Jerome asintió despacio, con el rostro ligeramente contraído en un gesto de confusión.

—Es algo que no sé explicar del todo. Cuando me vienen esos pensamientos, cuando oigo esas palabras dentro de la cabeza igual que la estoy oyendo a usted, también veo eso —explicó indicando la señal—. Aparece sin más, brillando intensamente en mi conciencia. Al cabo de un tiempo me puse a dibujarlo sin parar, una y otra vez. No sé con seguridad qué significa, pero... sigo viéndolo dentro de la cabeza. Lo veo con toda claridad, y es..., es más que esto —añadió casi con tristeza al tiempo que señalaba el techo de la cueva—. Es más..., claro, más intenso, más resplandeciente, más... vivo. —Apartó la mirada y dudó en continuar—. Es difícil de explicar. Perdóneme si lo que le digo es demasiado impreciso, pero es que..., la verdad es que supera mi entendimiento. Y mi control.

—¿Podría ser algo que ha visto en sueños?

El padre Jerome meneó la cabeza en un gesto de negación y sonrió.

—No. Existe de verdad. Para verlo no tengo más que cerrar los ojos. En cualquier momento.

Gracie sintió un escalofrío en la nuca.

—¿Así que nunca lo ha visto en realidad? Quiero decir físicamente —especificó, sopesando las palabras. De repente se le ocurrió una idea—: ¿Podría ser algo que vio mientras estaba en el desierto? ¿Algo que vio pero que no recuerda?

—¿Que lo vi? ¿Dónde? —inquirió él.

Gracie titubeó unos instantes y luego dijo:

—¿En el cielo?

El sacerdote ladeó un poco la cabeza y alzó las cejas, reflexionando sobre lo que sugería Gracie.

—Supongo que es posible, sí, lo es... —concedió por fin—. Es posible cualquier cosa, si tenemos en cuenta que esas semanas las tengo totalmente borrosas.

Gracie lanzó una mirada a Finch y otra al abad. Ambos, con un ligerísimo gesto de asentimiento, parecieron mostrarse de acuerdo con lo que ella estaba pensando. Entonces se volvió hacia Dalton, que había caído en la cuenta y ya estaba tecleando órdenes en su portátil.

Gracie sintió un nudo en la garganta en el momento de hablar.

—Quisiera enseñarle una cosa, padre. Son unas imágenes que acabamos de tomar, un fenómeno que hemos visto en la Antártida justo antes de venir a verlo a usted. Me preocupa un poco enseñárselas así, sin preparación, pero en mi opinión le conviene verlas. Tienen que ver con ese símbolo que ha estado dibujando. —Calló unos momentos para escrutar el rostro del sacerdote en busca de signos de turbación, pero no halló ninguno. Tragó saliva y le preguntó—: ¿Le gustaría verlas?

El padre Jerome la miró con una expresión burlona, pero, con la serenidad de siempre, asintió.

—Por favor —dijo al tiempo que extendía las manos a modo de invitación.

Dalton se levantó y colocó el portátil encima de una mesa de baja altura que había delante del sacerdote, y acto seguido le dio la vuelta para que todo el mundo pudiera ver la pantalla. Seguidamente pulsó el botón de reproducción. Comenzó a reproducirse el vídeo de la Antártida, montado tal como se lo habían enviado a la cadena. Gracie no apartó los ojos del padre Jerome, atenta a la expresión que ponía conforme iba absorbiendo las imágenes que pasaban ante él. Lo observó en tensión, esperando ver alguna reacción emocional de entre las muchas posibles —sorpresa, consternación, preocupación, incluso miedo— y abrigando la esperanza de no alterar demasiado al sacerdote. Pero éste no se alteró. En cambio, lo que veía pareció confundirlo. Su postura se tornó ligeramente más rígida cuando se inclinó para verlo más de cerca, entreabrió la boca, frunció la frente por efecto de la tensión.

Cuando finalizó el vídeo, se volvió hacia ellos con una expresión de desconcierto en la cara.

—¿Esto lo han filmado ustedes?

Gracie afirmó con la cabeza.

El sacerdote no sabía qué decir. Sus ojos adquirieron una expresión atormentada, dolorida.

—¿Qué significa?

Gracie no tenía una respuesta para él. Y, a juzgar por el silencio que la rodeaba, los demás tampoco. Esbozó un gesto de dolor al decirle:

—Ha habido otro avistamiento igual que éste. Esta vez en Groenlandia, hace sólo unas horas.

—¿Otro?

—Sí —confirmó Gracie.

El padre Jerome se levantó haciendo un esfuerzo y se acercó con paso cansino hasta la ventana. Miró fijamente su mesa, sacudiendo la cabeza en un gesto de incredulidad, y a continuación cogió uno de sus cuadernos. Fue pasando las páginas hasta que encontró lo que estaba buscando y se quedó allí quieto, con la vista clavada en el papel.

—No lo entiendo —murmuró—. Es lo que he visto yo, y sin embargo...

Se volvió hacia Gracie y los demás con el cuaderno abierto en las manos. Gracie, titubeante, alargó la mano. Él le entregó el cuaderno con la mirada perdida, atormentada. Ella miró las páginas que tenía ante sí y luego pasó unas cuantas más. Eran todas parecidas: saturadas de un texto denso y escrito a mano con letra elegante y salpicadas aquí y allá de dibujos más complejos de la señal. Miró a Finch y le pasó el cuaderno con los dedos un tanto temblorosos bajo el peso de lo que acababa de ver.

—Cuando lo veo —prosiguió el viejo sacerdote—, me..., me habla. Es como si me metiera las palabras y las ideas directamente en la cabeza. —Observó fijamente las caras de los presentes, con mirada magnética, pasando de uno a otro, en busca de consuelo—. ¿Ustedes también las oyen?

Gracie no sabía qué contestar. Notó que los demás se removían incómodos, igualmente sin saber qué decir. El abad se incorporó, fue hasta el padre Jerome y le rodeó el hombro con un brazo en un gesto reconfortante.

—Tal vez deberíamos hacer un breve descanso —sugirió haciendo una seña con la cabeza a Gracie—. Dejemos descansar un rato la mente de nuestro buen padre. Es mucha información para asimilar.

—Por supuesto —convino Gracie con una sonrisa cálida y solidaria—. Esperaremos fuera.

Los tres dejaron al padre Jerome con el abad y el otro monje más joven y salieron al pequeño espacio que había frente a la entrada de la cueva. Los últimos vestigios del día que habían visto durante la subida ya habían desaparecido. Con una ausencia total de luz ambiente hasta donde les alcanzaba la vista, la bóveda negro azabache que se cernía sobre ellos parecía irreal, refulgente y cuajada de estrellas, un espectáculo asombroso y anonadante que Gracie rara vez había visto.

Nadie dijo nada. Daba la impresión de que cada cual estaba asimilando lo que había dicho el sacerdote, buscando una explicación racional a todo aquello. Gracie miró su reloj con gesto distraído y vio que ya casi era la hora en punto. De pronto recordó lo que habían acordado con Ogilvy.

—¿Dónde está el teléfono vía satélite? —preguntó.

Finch lo extrajo de su bolsa, que había dejado a la puerta de la cueva, le insertó la batería y lo encendió. En cuestión de segundos pitó para indicar que había varios mensajes de texto. El que atrajo su atención fue el procedente de Ogilvy. Decía simplemente, en estridentes letras mayúsculas: «LLÁMAME EN CUANTO RECIBAS ESTO.» Se lo tendió a Gracie con un:

—Ha pasado algo.

Lo escueto del mensaje la puso nerviosa. Pulsó la tecla de rellamada. Ogilvy respondió al primer timbrazo escupiendo palabras:

—Acaban de emitir el documental con las imágenes que tomaron en la cueva.

Gracie se quedó petrificada.

—¿Qué?

—Lo han enseñado —reiteró Ogilvy sin aliento debido a la urgencia—. Ha salido a la luz. Ha salido todo: el padre Jerome, el monasterio, el símbolo que pintó por toda la cueva. En este momento lo están transmitiendo todas las televisiones que hay desde aquí hasta Shanghái —dijo Ogilvy en un tono nada característico de él, con los nervios de punta, a todas luces luchando por asimilar las implicaciones él mismo—. Esto acaba de explotar, Gracie, y tú estás justo en la zona cero.

33

Boston, Massachusetts

A Larry Rydell le estaba costando centrar la atención en lo que, al salir del ascensor, decían su principal estratega de publicidad y su director de márketing interactivo. Ya había tenido dificultades para concentrarse en la conversación mientras almorzaban en la relajada cafetería de la empresa, un apelativo que subestimaba gravemente el excelente sushi y la cocina mediterránea que ofrecían en ella. Conocía muy bien a los dos ejecutivos. Formaban parte del grupo de expertos que dirigían la empresa..., su empresa, la que él había fundado veintitrés años atrás, antes de abandonar los estudios en Berkeley. Por lo general lo complacían las reuniones informales que celebraba con ellos. Eran en parte lo que propulsaba a la compañía para alcanzar el éxito que tenía en todo el planeta, y normalmente disfrutaba de ellas con el entusiasmo de un joven empresario decidido a conquistar el mundo. Sin embargo, últimamente estaba más distante, menos concentrado, y aquel día estaba allí sólo en sentido estrictamente físico. Su mente estaba en otra parte, ensimismada en los acontecimientos que estaban teniendo lugar a miles de kilómetros de allí.

Al separarse les dirigió con naturalidad una media sonrisa y un breve gesto de despedida con la mano y a continuación se alejó por el amplio pasillo cubierto por un techo de cristal que conducía a su despacho. Al llegar al puesto de las secretarias ubicado frente a su puerta, vio a Mona, su asistente personal de confianza, y a sus otras tres secretarias apiñadas en torno al grupo de monitores LCD montados en la pared que estaban sintonizados todo el tiempo en los principales canales internacionales de noticias.

Encontrárselas así lo sorprendió en cierto modo; ya habían visto el avistamiento que había tenido lugar en Groenlandia esa misma mañana. Mona se volvió y lo vio. Le hizo una seña con la mano para que se acercara al tiempo que gesticulaba en dirección a la pantalla.

—¿Has visto esto? —preguntó—. Es de un documental que filmaron hace ocho meses en un antiguo monasterio de Egipto. Tienes que verlo.

Rydell, con una punzada de preocupación, se aproximó a las pantallas, y entonces le huyó toda la sangre de la cara al comprender la importancia de lo que se veía en ellas.

Logró disimular el nerviosismo y fingió compartir el entusiasmo de ellas durante uno o dos minutos antes de replegarse hacia el refugio de su despacho, donde estudió la noticia en privado. Ya sabía quién era el padre Jerome, por supuesto —quién no—, pero desconocía totalmente aquel monasterio. Dondequiera que miraba veía primeros planos de los dibujos de las paredes de la cueva, y no cabía duda de que eran representaciones de la señal. Lo cual provocó en su mente un auténtico torbellino que planteó toda clase de posibilidades de lo más preocupante.

Empezó a recorrer febrilmente canales de televisión y páginas de Internet buscando algo, lo que fuera, con tal de calmarse. Pero nada acudió en su rescate. Las pantallas estaban acaparadas por legiones de comentaristas de los informativos que competían por buscar una explicación lógica al fenómeno.

—Bueno, si lo que estamos viendo es cierto, si esas imágenes realmente fueron tomadas cuando dicen —estaba diciendo un famoso experto—, está claro que existe una asociación entre este fenómeno sin explicación y un hombre de fe que goza de gran estima, y no de una fe cualquiera, sino de la fe cristiana —enfatizó—, un hombre que, no sabemos cómo, previó los acontecimientos que estamos presenciando ahora durante su estancia en uno de los lugares de culto más antiguos del cristianismo...

Lo que implicaban dichas imágenes era obvio e ineludible, y ya estaban levantando un revuelo tremendo. Los evangelistas y los cristianos renacidos, tanto los fieles como los predicadores, habían comenzado a reivindicar la aparición de la señal y a hacer toda clase de proclamaciones proféticas. Los seguidores de otras religiones —como era previsible— no compartían la misma euforia y se sentían excluidos y amenazados. Y los eruditos musulmanes, indignados, ya habían expuesto varias denuncias a su vez. Era inevitable que continuaran llegando más, y también procedentes de otras devociones, de eso a Rydell no le cabía la menor duda.

Lo cual no formaba parte del plan.

Se recostó en su sillón y se sumergió en un análisis más amplio, con menos prejuicios, de lo que podía estar ocurriendo. Sabía que había un montón de explicaciones posibles. Habían esperado que la gente aclamara la señal desde el principio. Sabían que los pirados que se ocultaban en todos los rincones del planeta saldrían de sus madrigueras y harían toda clase de declaraciones sin sentido. Pero en este caso no se trataba de ningún chiflado. En este caso se trataba del padre Jerome. Del famoso padre Jerome.

No, estaba seguro. Algo se había torcido muy gravemente.

Había vuelto a equivocarse con ellos.

Y dicha posibilidad (dicha certeza) le provocó una sensación gélida que le subió por las venas igual que una corriente de hielo.

Hizo todo lo que pudo para contener la cólera en el momento de tomar el teléfono y pulsar la tecla de marcación rápida que lo pondría en comunicación con Drucker.

Cómodamente sentado en su despacho de Connecticut Avenue, Keenan Drucker observaba el monitor de televisión con interés ávido. Lo maravillaba con qué prontitud los medios de comunicación se abalanzaban sobre cualquier suceso y lo hacían viajar por todo el planeta. La bestia enjaulada necesitaba que le dieran de comer, y desde la primera aparición de la señal, no cabía duda de que estaba dándose un festín.

Experimentó una satisfacción en lo más hondo de sí al ver cómo iban desarrollándose las cosas, y su mirada se despegó un momento de la pantalla de plasma montada en la pared y bajó para posarse en la foto enmarcada que había sobre su mesa. Jackson, su hijo (su hijo muerto), le devolvió una sonrisa desde el otro lado del fino cristal. Drucker sintió la misma punzada de dolor que sufría cada vez que contemplaba esa foto. Había intentado conservar en su memoria aquella imagen de Jackson: vivo, vibrante, bien parecido, luciendo orgulloso su pulcro uniforme de oficial de gala, con los ojos brillantes de determinación y seguridad en sí mismo, y no permitir que se colara y se superpusiera la visión horripilante del depósito de cadáveres, pero nunca había podido. Las imágenes de su visita a la base, cuando a su esposa y a él les entregaron lo que había quedado de su hijo, las tenía grabadas de forma indeleble en su alma endurecida.

«Voy a enderezar las cosas —pensó, dirigiéndose a Jackson—. Voy a asegurarme de que eso no vuelva a pasar nunca.»

Hizo un esfuerzo para apartar los ojos del rostro de su hijo y miró de nuevo la pantalla. Se salió de las principales cadenas informativas y recorrió los canales cristianos. Los fragmentos de comentarios eran prometedores. Las imágenes tomadas en la cueva estaban causando una gran conmoción, estaba claro. La gente de la calle disfrutaba con ello, pero los predicadores se mostraban más cautelosos. Contempló cómo un evangelista televisivo tras otro daba su explicación particular, con todas las reservas, sobre lo que estaba ocurriendo, y se notaba a las claras que no estaban seguros de cómo afrontar esa inesperada intrusión en el mundo envuelto en algodones en que vivían.

«Típico», pensó, sabiendo que tenían que sentirse gravemente amenazados, pero también consciente de que estarían vigilándose los unos a los otros, esperando a ver quién era el primero en lanzarse a la piscina.

—Si el padre Jerome es quien tiene la clave —oyó comentar a un experto—, estos predicadores no van a tardar mucho en pelearse entre ellos por abrazarlo y reclamarlo como propio.

«Ya llegarán a eso —reflexionó Drucker—. Sólo necesitan un poco de estímulo.»

Un estímulo encubierto, para ser precisos.

Lo cual daba la casualidad de que era algo que a Keenan Drucker se le daba a las mil maravillas.

En eso, le pitó el Blackberry. Apartó la concentración del monitor y miró el teléfono. Era Rydell.

Tal como estaba previsto.

Hizo una larga inspiración para calmarse y a continuación atendió la llamada. Rydell tenía la voz agitada, lo cual también estaba previsto.

—Keenan, ¿qué diablos está pasando?

Era el momento de efectuar un control de daños. Algo que también se le daba de maravilla.

—Por teléfono, no —replicó en tono cortante.

—Necesito saber que esto no es lo que creo.

—Tenemos que hablar —se limitó a repetir Drucker, pronunciando despacio cada palabra, en tono comprensivo—. En persona.

Transcurrieron unos segundos y después se volvió a oír la voz de Rydell.

—Voy a tomar el primer vuelo de la mañana. Vamos a quedar en Reagan. A las ocho. —Y colgó.

Drucker asintió lentamente para sí. Para prever la reacción de Rydell y su llamada no había sido necesario precisamente ningún acto de adivinación sobrenatural. Era una simple ley causa-efecto. Pero quería decir que iba a tener que provocar un efecto él mismo.

Maddox respondió a su llamada al cabo de dos timbrazos.

—¿Dónde estás? —le preguntó Drucker—. ¿En qué punto nos encontramos con el hermano de Sherwood?

—La situación está controlada —contestó Maddox—. Me estoy ocupando yo mismo.

Drucker frunció el entrecejo. No esperaba que la Bala se zambullera personalmente a no ser que las cosas estuvieran yéndose de las manos. Llegó a la conclusión de que no era el momento de investigar más en aquel detalle; tenía un mensaje más acuciante que transmitir, en forma de cuatro breves palabras.

—Hazte con la chica —fue todo lo que dijo. Y después colgó.

Más de tres mil kilómetros al este de allí, Rebecca Rydell todavía estaba en la cama, disfrutando del placer de levantarse tarde. Según las normas convencionales, ya había pasado la hora de comer, pero Costa Careyes distaba mucho de ser convencional. Y lo que es más, en la inmensa Casa Diva de los Rydell, así como, ya puestos, en las demás villas y casitas que se extendían a lo largo de la soleada costa mexicana, la vida no estaba sujeta a restricciones tan triviales.

Había pasado en pie la mayor parte de la noche, con sus amigos. Vieron la última aparición en la enorme pantalla del salón abierto al aire libre antes de trasladar la reunión a la playa para comentarla entre ceviche, langostinos a la plancha, margaritas y una gigantesca hoguera, y bajo el resplandor perlado de la luna.

Acudieron a su memoria recuerdos imprecisos de la velada mientras se desperezaba, aún medio dormida, dejando que sus sentidos fueran despertando a la vida estimulados por los delicados aromas a buganvilla y copa de oro que flotaban por la casa. Por lo general le gustaba dormir con las puertas de la terraza abiertas, pues prefería el murmullo de las olas y el sabor salado del aire al zumbido aséptico del aire acondicionado, pero aquella semana había hecho más calor de lo normal, más que nunca, que ella se acordase. Todavía soñolienta, cayó en la cuenta de que la había despertado además otra cosa: un débil ruido procedente del exterior de su dormitorio. Unas pisadas, y cada vez más cerca.

De repente se abrió la puerta de golpe y Rebecca casi se murió del susto al ver a los dos hombres que entraron a toda prisa. Los conocía, naturalmente, eran Ben y Jon, los guardaespaldas que su padre había insistido en que debían acompañarla cada vez que saliera del país. Sobre todo cuando estuviera en México. Normalmente eran muy discretos y permanecían bien fuera de la vista, en especial allí, en aquel remoto y soñoliento paraíso de Careyes, tan apartado de Ciudad de México, centro nacional del secuestro, y de las zonas en guerra de los narcotraficantes, situadas más al norte. Ya hacía más de un año que conocía a sus guardaespaldas, y le caían bien y se fiaba de ellos, por eso se incorporó bruscamente con un súbito escalofrío de miedo. Que irrumpieran de aquel modo en su habitación, sin llamar siquiera, significaba que había ocurrido algo muy malo.

—Vístase —le dijo Ben sin contemplaciones—. Tenemos que sacarla de aquí.

Rebecca se subió la sábana hasta el pecho y se encogió contra el cabecero de la cama, con la respiración jadeante.

—¿Qué pasa?

Ben clavó la vista en un vestido ligero y de motivos florales que aguardaba extendido sobre un banco a los pies de la cama, lo agarró y se lo lanzó.

—Tenemos que sacarla de aquí ahora mismo. Vamos —ordenó.

Hubo algo en la manera en que lo dijo, y también en las miradas de preocupación que lanzaba Jon a un lado y al otro, que la puso muy nerviosa. Estiró la mano hacia la mesilla de noche y cogió a toda prisa su teléfono móvil.

—¿Dónde está mi padre? ¿Se encuentra bien? —preguntó al tiempo que aporreaba el teclado.

Ben dio un par de zancadas hasta la cama y le quitó el teléfono de la mano.

—Se encuentra perfectamente. Más tarde podrá hablar con él. Ahora tenemos que irnos. —Se guardó el móvil en el bolsillo y miró a Rebecca con gesto elocuente.

El carácter irreversible de esas palabras la dejó noqueada y la obligó a someterse.

Asintió con gesto vacilante y extendió la mano para coger el vestido. Los dos hombres se volvieron a medias para concederle cierta intimidad mientras ella se vestía. Procuró tranquilizarse, aplacar el terror que la estaba dominando. Los dos hombres eran profesionales, sabían lo que hacían, estaban entrenados para esto. No debía hacer preguntas. Sabía que su padre sólo contrataba a los mejores. Estaba en buenas manos. Incluso conocía a su jefe, un siniestro individuo de ojos duros como el granito cuya empresa se encargaba de todos los aspectos de seguridad del negocio de su padre, un hombre que no tenía pinta de hacer nada a medias.

Todo iba a salir bien, intentó convencerse.

Se calzó las sandalias. Segundos después estaban huyendo de la casa y subiéndose a un automóvil que aguardaba y que al momento abandonó la finca y enfiló a toda velocidad la carretera a medio asfaltar que llevaba a Manzanillo.

«Todo va a salir bien», se repitió a sí misma, aunque, sin saber por qué, una vocecilla le decía que se equivocaba.

34

Brighton, Massachusetts

Matt estaba aparcado en la otra acera, a seis coches de distancia de la casa objetivo. Llevaba allí más de una hora, medio tumbado en el asiento, observando, esperando. Pensando en las opciones que tenía. Sin que le gustara ninguna de ellas.

Había dejado abandonado el RAV4 y había tomado un Camry de color blanco porcelana, un modelo anterior al 89 y por lo tanto anterior a las llaves con transponedor. Era probablemente el coche más anodino que había robado nunca, más anodino todavía que el Taurus, que no era poco. Aun así, había sentido una punzada de culpa al hacerle el puente. En esos momentos había varias personas que tenían por delante la desagradable tarea de tratar con sus compañías de seguros respecto del robo de sus coches, todas por culpa de él. Con todo, la verdad era que no había tenido otro remedio. Supuso que seguramente lo entenderían si supieran la situación que estaba viviendo.

La casa gris que estaba vigilando era igualmente anodina. Pequeña, destartalada, dos plantas, paredes de madera y tejado a dos aguas. Probablemente alquilada a nombre de una empresa tapadera. Con la renta pagada por adelantado. Prácticamente imposible de rastrear, imaginó Matt. Estaba allí anónimamente, sus tablones grises haciendo de espejo al plomizo cielo invernal, tan sombría y falta de vida como los robles rojos de ramas desnudas que salpicaban aquel tranquilo vecindario. A su costado tenía un corto camino de entrada para coches que llevaba hasta un garaje de una sola plaza que había en la parte de atrás. Frente a éste estaba aparcado el

Chrysler, lo mismo que la furgoneta, la que había visto por última vez alejándose por la avenida cubierta de nieve después de que él hubiera saltado.

Sus terminaciones nerviosas vibraban de impaciencia y emoción. Las respuestas que con tanto afán buscaba estaban probablemente en el interior de aquella casa, pero no podía entrar sin más y cogerlas. Tenía que hacer tiempo. Vigilar. Estudiar. Y pergeñar un plan. Uno que tuviera al menos alguna posibilidad de funcionar. Uno que no terminase con él muerto.

Ya se le había ocurrido uno, en el motel, antes de venir hasta aquí. Un plan grandioso que lo había entusiasmado..., aunque sólo hubiera sido durante breves instantes.

Iba a llamar a la policía. Hacer lo del «soplo anónimo» y decirles que los verdaderos asesinos de Bellinger se encontraban en esa casa. Mandarían un coche a comprobarlo. Los policías, acaso los mismos que se presentaron en el apartamento de Bellinger, llegarían a la puerta y llamarían. Uno de los matones (no la chica de la melenita, supuestamente, dado que era uno de los «testigos» que lo habían «visto» a él persiguiendo a Bellinger) acudiría a abrir. Tendrían un pequeño diálogo de preguntas y respuestas y saldrían a la luz unas cuantas informaciones.

Y entonces él subiría un escalón más en el estado de cosas.

Por el camino cogería un par de botellas vacías de un contenedor, y también algún trapo viejo que pudiera encontrar. Después, en una gasolinera, compraría un bidón de combustible y un mechero. Llenaría las botellas con el combustible, haría tiras con el trapo y las metería por el cuello de las botellas a fin de usarlas a modo de mechas. Y luego, con la bomba incendiaria, prendería fuego a la casa.

Puede que desde la parte de atrás. O desde un costado. Se acercaría sigilosamente hasta un punto en el que no lo viera nadie y arrojaría una o dos botellas ardiendo por una ventana. Y observaría. Iba a pillarlos a todos por sorpresa. Los policías querrían entrar a ayudar a apagar el fuego. Probablemente los matones ofrecerían resistencia, pues no les apetecería que la policía viera lo que tenían dentro de la casa. Su comportamiento distaría mucho de ser ingenuo, y seguro que resultaría más bien sospechoso. Ello despertaría la curiosidad de los policías, sobre todo teniendo en cuenta el motivo que los había llevado allí. Seguramente llamarían pidiendo refuerzos. Luego sobrevendría un punto muerto. Los matones tendrían mucho que explicar. Al investigar el incendio premeditado que aún estaba por aclarar, los policías encontrarían varias pruebas forenses en el interior de la furgoneta, las cuales relacionarían con el asesinato de Bellinger. Los matones se verían atrapados en un marasmo burocrático. Él se los quitaría de encima y, con un poquito de suerte, se vería por fin fuera del apuro.

Quizá.

Por otra parte, podía ser que saliera todo mal y que los policías le pegaran un tiro y el caso quedara cerrado. Y, de un modo u otro, él no lograría lo que más deseaba: averiguar lo que le habían hecho a su hermano.

Así que descartó el plan. Decidió actuar de manera más cautelosa, hacer las cosas paso a paso. Quizás intentar conseguir una entrevista cara a cara con uno de los matones. En cuyo caso le vendría bien contar con un arma. Era posible que en la furgoneta, y en el coche, hubiera alguna. Algo de lo que pudiera servirse para equilibrar un poco las fuerzas. Y quizá, con un poquito de suerte, pudiera agarrar a uno de los asesinos y obtener las respuestas que quería.

Quizá.

Durante todo el tiempo que llevaba allí no había entrado ni salido nadie de la casa, pero los coches y las luces de la planta baja sugerían que los matones estaban dentro. Procuró hacer memoria de cuántos iban en la furgoneta…, cuatro, creía. Lo cual era bastante grave. No sabía si los dos del Chrysler formaban parte del pelotón o si eran miembros adicionales, en cuyo caso habría seis personas allí dentro. Lo cual sería más grave todavía.

La casa de al lado parecía oscura y vacía en comparación, no mostraba ningún signo de vida aparte de un árbol de Navidad en la ventana de delante, que se encendía y se apagaba con un ritmo que entumecía el pensamiento. Entre ambas casas había un seto de metro y medio de altura, paralelo al camino de entrada del objetivo. Matt pensó en esperar hasta que se hiciera de noche, para contar con más cobertura, pero no le apetecía nada perder tanto tiempo, y además no estaba seguro de hasta cuándo iban a permanecer los matones dentro de la casa.

Así que decidió arriesgarse.

Corrió siguiendo el seto y se dirigió a la parte posterior de la casa. Se agazapó detrás del Chrysler y se asomó para mirar. No detectó ningún movimiento en esa parte de la casa, todo estaba oscuro y silencioso. Entonces miró por la ventanilla del 300C; no vio nada dentro, pero las áreas en las que residía el verdadero interés eran la guantera y el maletero. El coche tenía las puertas bloqueadas, lo cual era de esperar…, y no ayudaba precisamente. Era un coche nuevo, de gama alta, provisto de cerraduras fuertes y alarmas perimétricas y volumétricas de serie. Lo cual quería decir que antes de que pudiera penetrar en el habitáculo interior iba a tener que meter las manos bajo el capó sin molestar demasiado al coche. No era lo que se dice el coche más fácil de robar, y mucho menos con las herramientas básicas que tenía a mano.

Avanzó en cuclillas hasta la furgoneta, que era algo más antigua y poseía un mecanismo de bloqueo de puertas más básico que cedería con más facilidad. Echó una ojeada al interior. Una vez más, no había nada a la vista, pero una vez que estuviera dentro las cosas podían resultar distintas.

Se arrodilló junto a la puerta del pasajero, y ya estaba a punto de ponerse a manipular la cerradura cuando oyó el motor de un vehículo que pasaba despacio por delante de la casa y se metía por el camino de entrada. Se agachó todo lo que pudo y se deslizó a toda prisa hasta la parte frontal de la furgoneta cuando el otro coche, un Mercedes negro clase S, llegó y finalmente se detuvo al costado de la casa.

Se tendió en el suelo y espió desde debajo de la furgoneta. Oyó que se abría la puerta del Mercedes y vio que se apeaba un hombre y se dirigía andando hacia la puerta de atrás. Matt se inclinó un poco y se arriesgó a mirar por encima del parachoques izquierdo de la furgoneta. El hombre mediría cerca de uno ochenta y caminaba con zancadas firmes y precisas, con seguridad. Llevaba la cabeza afeitada y vestía un traje oscuro que le venía ligeramente justo, aunque no por culpa de la grasa. Matt reconoció su tipo de complexión por el tiempo que había pasado en la cárcel. Las piernas un poco zambas, los brazos ligeramente abiertos, extremidades cuya posición natural en reposo se veía impedida por lo abultado de la musculatura. No era un tipo descomunal, ni tampoco de ésos prepotentes, pero imponía de todos modos, con discreción, bajo ese cuerpo por lo demás esbelto, a la espera de infligir daños.

Cuando se dio la vuelta, Matt vio el hueco de la oreja perdida y la cicatriz en forma de tela de araña que partía de él. La turbadora visión lo pilló por sorpresa. Se preguntó si aquel tipo no sería un ex militar. A lo mejor lo eran todos. Y, a juzgar por su forma de andar, el traje y el coche, el individuo en cuestión no daba la impresión de ser simplemente un sicario más. Era el jefe. Y como para confirmarlo, la puerta trasera de la casa se abrió con un crujido en el momento en que él se aproximó. Uno de los matones salió y miró alrededor de manera instintiva a la vez que el tipo duro del traje pasaba por su lado sin saludarlo y desaparecía en el interior de la casa. Momentos después el matón hizo lo propio y cerró la puerta al entrar.

Matt continuó agachado en cuclillas, con el cerebro pensando a toda velocidad en el intento de interpretar la nueva variable y ajustar consecuentemente las opciones que tenía. De inmediato se le ocurrió una jugada que ocupó la primera línea de su pensamiento. Se aferró a ella, se deslizó hasta el Mercedes y se metió debajo.

35

Montañas de Wadi Natrun, Egipto

—Este lugar no es seguro —le dijo Gracie al padre Jerome—. Tenemos que sacarlo de aquí.

Rápidamente refirió a los tres hombres santos lo que le había contado Ogilvy.

—Tienen que confiar en mí —finalizó—. Yo sé cómo funciona esto. Ya se han puesto en marcha las camionetas de reporteros, y ya se han reservado todas las conexiones por satélite. Antes de que salga el sol, esto va a ser un zoo. Por lo menos en el monasterio tienen cuatro murallas que mantendrán el mundo a raya hasta que averigüemos la mejor manera de actuar.

Lo que no quería mencionar era otro problema, no el acoso de la prensa, sino otra cosa mucho más peligrosa. Se encontraban en un país abrumadoramente musulmán y en una región del mundo abrumadoramente musulmana. Cierto que aproximadamente el diez por ciento del país era cristiano (concretamente, copto), pero seguía habiendo más de setenta millones de egipcios allí, y un número incalculable de ellos en países musulmanes de la periferia, que podrían discrepar de lo que estaba ocurriendo. Al fin y al cabo, era una región del mundo en la que la llegada a la luna todavía se consideraba un fraude destinado a promover la superioridad de Estados Unidos, en la que todo tenía una faceta de «conspiración de cristianos», en la que la sombra de las Cruzadas seguía siendo dura y alargada.

El semblante del padre Jerome se hundió al conocer la noticia, pero no puso pegas. Había presenciado el salvajismo con que los hombres de esa región tenían la costumbre de tratarse unos a otros sin más motivo que el de disputarse a qué tribu pertenecían o en qué religión habían nacido. El abad y el otro monje tampoco le discutieron a Gracie la interpretación de la situación; lo que ella les sugería parecía lo más sensato.

—Deberíamos llevarnos lo que podamos —les dijo al tiempo que recorría el espartano interior de la caverna y después señalaba los cuadernos—. Todo lo que ha escrito usted, padre Jerome, y las cosas que considere de valor. No sé en qué estado se encontrará la cueva la próxima vez que la vea.

Levantó la mirada a los dibujos del techo con un fuerte presentimiento, preguntándose cuánto iban a durar sin que los borrasen, y pidió permiso para filmar la salida, que le fue concedido. Hizo que Dalton tomara rápidamente unos planos de la cueva y del techo de la misma mientras los demás ayudaban al padre Jerome a recoger sus pertenencias.

No tardaron mucho en emprender el regreso montaña abajo, cubiertos una vez más por la bóveda de estrellas.

36

Brighton, Massachusetts

Matt estaba justo saliendo de debajo del enorme Mercedes cuando oyó que volvía a abrirse la puerta trasera de la casa.

Se agazapó contra la puerta del pasajero y se quedó inmóvil. No podía arriesgarse a echar una mirada, pero tampoco tenía necesidad de ello. Lo más probable era que se tratase del tipo duro y trajeado, pero sabía que se encontraba en una situación apurada con independencia de la persona que estuviera saliendo de la casa. El Mercedes estaba cerrando el paso al Chrysler y a la furgoneta. Para que cualquiera de los dos pudiera salir, antes habría que mover el Mercedes. Y el propio Mercedes estaba muy a la vista; tenía varios metros de espacio libre por delante y por detrás, a su izquierda el costado y la pared trasera de la casa, y a su derecha el seto de metro y medio que separaba ambos edificios, a la espalda de Matt. Todo lo cual significaba que si alguien tenía la intención de coger un coche, el Mercedes estaba a punto de moverse y Matt estaba a punto de quedarse sin resguardo alguno.

Estaba atrapado. Ya sabía que era una posibilidad de tantas, pero aun así había seguido adelante, convencido de que merecía la pena correr el riesgo. En ese momento, mientras escuchaba las pisadas que se acercaban, lamentó profundamente no haber llevado a cabo el plan original, el de la bomba incendiaria. Claro que a toro pasado todo parecía mejor, sobre todo cuando uno tenía a la espalda una pared..., o, en este caso, un denso e impenetrable seto de metro y medio de altura.

Las pisadas pertenecían a más de una persona, y Matt calculó que eran por lo menos dos. Si se dirigían al Mercedes, iba a tener a alguien en la cara en cuestión de segundos. Se tendió en el suelo, pegando la mejilla al asfalto, e intentó discernir cuántos eran y hacia qué lugar se dirigían. El patio estaba un poco cuesta arriba. Transcurrieron unos instantes sin que le fuera posible ver nada, y de pronto apareció un par de zapatos (gruesos y negros, los del tipo duro, pensó) seguido muy de cerca por otro. Eran dos. Y se encaminaban hacia el Mercedes. El tipo duro debía de haber pulsado el botón para desconectar la alarma, porque el coche emitió un pitido y las puertas se desbloquearon con un chasquido.

Matt no tenía dónde elegir.

Se hizo un ovillo y aguardó, aguzando el oído para no perder detalle de las pisadas que se aproximaban. Oyó que se abría una portezuela, la del conductor..., y seguidamente surgió una figura junto al coche por el lado en que se encontraba él, y que rodeó el morro del automóvil. Era un individuo de pómulos marcados y corte de pelo a cepillo, a quien Matt reconoció por haberlo visto dentro del coche que vigilaba el piso de Jabba. Antes de que el otro pudiera reaccionar, Matt se puso en pie de un brinco pillándolo por sorpresa y le propinó un fuerte puñetazo en el mentón. La cara de Corte a Cepillo se desplazó toda hacia un lado retorciéndose contra natura sobre el eje del cuello, y se oyó claramente un jadeo húmedo que le salía del pecho y de la boca. Pero era robusto y no se desplomó. En vez de eso, intentó devolver el golpe, pero ahora Matt estaba lo bastante cerca para infligir daños más graves y le atizó un feroz gancho dirigido a la cara que lo levantó momentáneamente del suelo y lo hizo retroceder dando tumbos.

Matt captó un movimiento al otro lado del coche y vio por el rabillo del ojo que el tipo trajeado retrocedía unos pasos e introducía una mano por debajo de la chaqueta. Corte a Cepillo estaba atontado y le costaba trabajo sostenerse en pie. Matt lo aferró desde atrás y le sujetó el cuello con la mano izquierda a la vez que le metía la derecha debajo de la chaqueta rezando para que sus dedos encontrasen un arma en alguna parte. Al otro lado del Mercedes, el tipo duro había sacado su propia pistola. Echó el percutor hacia atrás y encañonó a Matt, con Corte a Cepillo situado entre ambos.

Matt dio con el cofre del tesoro: Corte a Cepillo llevaba un arma guardada debajo de la chaqueta, en una funda sujeta al cinto, sobre la cadera derecha. Sus dedos encontraron la culata en relieve de la pistola y la sacaron de un tirón. La levantó con el brazo extendido a la altura de la oreja de su rehén y apuntó en línea recta al tipo duro.

—¡Atrás! —gritó al tiempo que giraba el arma y la ponía contra la cabeza de su rehén y otra vez apuntaba al tipo duro.

Dio un paso hacia su izquierda para interponer el coche entre él y el tipo duro, el cual alzó la mano izquierda en un gesto que pedía calma, pero todavía apuntando con su pistola al rostro de Matt.

—Tranquilo, Matt —dijo—. No te pongas nervioso.

—¿Quiénes coño sois vosotros? —vociferó Matt sin dejar de moverse hacia la izquierda, girando los ojos a un lado y a otro como histérico, para vigilar la parte delantera y la trasera de la casa.

—Estoy impresionado de ver que has conseguido llegar hasta aquí, Matt —dijo el tipo duro, con la clara intención de sonsacarle cómo había logrado dar con ellos—. De hecho, estoy impresionado con todo lo que has hecho desde que empezó esto.

Matt se encontraba ya en el ángulo trasero del Mercedes. El tipo duro no estaba retrocediendo, sino que de hecho estaba siguiendo la trayectoria de él, desplazándose suavemente de lado y acercándose al Mercedes, que ahora se alzaba entre los dos, escrutando los alrededores con un barrido de radar. Aquel tipo tenía algo profundamente inquietante; la oreja que le faltaba y la cicatriz, la cabeza rapada y puntiaguda, en forma de bala. Sin embargo, todos esos detalles servían únicamente de telón de fondo de la actitud verdaderamente siniestra que emanaba de sus ojos negros como cristales que miraban sin parpadear, como si hubieran visto el infierno y hubieran vuelto, de los párpados oscuros y definidos que los envolvían, y de las perfiladas cejas que enmarcaban la expresión nefasta que le surgía del centro de la cara.

—¿Y qué es esto? —bramó Matt—. ¿Qué cojones está pasando? ¿Qué le ocurrió a mi hermano?

El tipo duro sacudió el rostro ligeramente, con aire condescendiente, chasqueando la lengua.

—¿Sabes una cosa, Matt? Te preocupa demasiado el pasado. Tendrías que pensar más en el futuro.

Matt dio otro paso atrás.

—¿Qué le hicisteis a mi hermano? —chilló de nuevo—. ¿Sigue vivo?

El tipo duro no se inmutó. Permaneció totalmente tranquilo, mientras sus ojos gélidos parecían estudiar la posición de Matt y evaluar los posibles desenlaces.

—Estás jugando con algo con lo que no te conviene jugar —le dijo por fin—. Mi consejo es que lo dejes. Búscate un agujero que te guste, bien hondo, mete la cabeza dentro y olvídate de que ha ocurrido todo esto. O, mejor todavía…, permite que sea yo el que te meta en él.

De pronto apretó el gatillo, una sola vez, sin revelar la menor emoción, simplemente tomó una decisión y la llevó a la práctica sin sentir absolutamente nada. El disparo alcanzó de lleno en el pecho al individuo que estaba sosteniendo Matt.

Matt notó que Corte a Cepillo se estremecía y al mismo tiempo sintió una súbita quemazón en su propio costado izquierdo, junto a las costillas, pero no tenía tiempo para pararse a investigar. Tenía que seguir en pie mientras todo se transformaba rápidamente en una mancha borrosa.

A Corte a Cepillo se le doblaron las piernas y empezó a venirse abajo justo en el momento en que el tipo duro disparaba otra vez, y otra vez más. Una de las balas hirió a Corte a Cepillo en el hombro y salió rozando de cerca la cabeza agachada de Matt; le silbó junto al oído y le roció la cara con una lluvia de sangre y fragmentos de hueso. Matt hizo un esfuerzo supremo para mantener a Corte a Cepillo erguido y utilizarlo como escudo mientras disparaba a su vez al tipo duro, que se refugió detrás del Mercedes.

Matt se derrumbó de espaldas, mirando continuamente alrededor suyo; la quemazón del costado izquierdo se incrementaba a cada paso que daba. De repente emergió el tipo duro para disparar de nuevo y alcanzó al rehén de Matt en el muslo. En aquel momento salieron de la casa dos individuos más, con las armas desenfundadas. Al ver a Matt se agacharon para adoptar la posición de disparo, pero estaban desprotegidos y Matt acertó a uno de ellos en el hombro una fracción de segundo después de advertir que se trataba de la chica pelirroja que conducía la furgoneta la noche en que los secuestraron a Bellinger y a él. La mujer se desplomó de costado como si le hubieran puesto una zancadilla. El otro tirador buscó refugio detrás del Mercedes y se unió al tipo duro. Matt siguió moviéndose, sirviéndose como escudo del todavía ensangrentado, si no muerto, Corte a Cepillo, cargando con su cuerpo en dirección a la calle, paso a paso, centímetro a centímetro, disparando cada vez que atinaba a ver un fragmento de piel. Hubo un par de proyectiles que pasaron silbando junto a él, y respondió con otros tres por su parte, pero después el cargador de su pistola agotó la munición y el percutor quedó bloqueado en la posición abierta.

Vio que el tipo duro y el otro tirador se percataban a la vez que él, y emergieron de su escondite con toda tranquilidad. Miró en derredor, frenético, y se dio cuenta de que ya estaba a sólo un par de metros de la acera. Entonces, haciendo acopio de toda la energía que pudo reunir, arrastró el peso muerto de Corte a Cepillo unos pasos más y después lo soltó y echó a correr por la calle.

No miró atrás. Se limitó a seguir corriendo, con la pistola vacía en la mano, pegado a los coches que estaban aparcados y luego apretando la zancada para cruzar la calle y saltar a la acera contraria a fin de interponer una barrera entre él y la línea de fuego de los tiradores. Esperaba que no lo alcanzara una última bala antes de llegar a su Camry, y se preguntaba si sería muy grave la herida que ya llevaba y si llegaría a tener ocasión de averiguarlo.

37

Monasterio Deir Al-Suryan, Wadi Natrun, Egipto

Tal como había predicho Gracie, consiguieron por los pelos llegar al monasterio antes que los equipos de reporteros, y ahora se encontraban cómodamente y a salvo detrás de sus muros. Frente a las puertas iban acumulándose un número cada vez más grande de coches y camionetas. Como los demás monjes estaban alarmados ante aquella súbita actividad (el monasterio alojaba a casi doscientos), el abad procuró tranquilizarlos mientras enviaba al hermano Amín a hablar con los periodistas. Éste dijo a los que se apiñaban frente a las puertas que el padre Jerome no tenía ningún comentario que hacer de momento, y les pidió que respetasen su intimidad. Los reporteros protestaron enfadados, pero sin éxito.

Había dado comienzo el asedio.

El teléfono vía satélite de Gracie volvía a estar en plena actividad. No merecía la pena seguir navegando por debajo del radar. Al contrario; Dalton, Finch y ella estaban magníficamente bien situados para superar a sus colegas en aquel reportaje, que ahora estaba monopolizando las pantallas de todos los principales canales de noticias, imponiendo un seguimiento continuo y actualizaciones constantes. Su exclusiva estaba vivita y coleando, y al cabo de menos de media hora de haber vuelto, ya estaban enviando el primer vídeo «en directo» desde la azotea de la torre que se erguía junto a las puertas de entrada al monasterio.

De pie en lo alto de aquel enorme cubo del color de la arena, Gracie sopesó con cuidado lo que iba a decir mientras miraba de frente el objetivo de la cámara de Dalton.

—Aún no ha hecho ninguna declaración, Jack. Como te puedes imaginar, se siente abrumado por los sucesos de estos dos últimos días. Lo único que puedo confirmarte de momento es que el padre Jerome se encuentra con nosotros aquí, en el monasterio.

—Pero has hablado con él, ¿no? —preguntó Roxberry a través del auricular.

—Así es —confirmó ella.

—¿Y qué te ha dicho?

La frustración de Roxberry se apreciaba con toda claridad, y las lacónicas respuestas de Gracie no la aliviaban precisamente. Gracie había evitado mencionarle que habían mostrado al padre Jerome las imágenes de los avistamientos, y tampoco le había dicho lo que él les contó en la cueva. Finch y ella habían hecho una cuidadosa criba de lo que iba a decir y lo que no, y habían llegado a la conclusión de que aquél no era el lugar apropiado, al menos de momento, para desvelar detalles que había dicho el sacerdote en confianza y que podrían sacarse de contexto y distorsionarse como a uno se le antojara, cosa que era inevitable. Por muy difícil que resultara guardarse una exclusiva de semejante calibre, acordaron que era más respetuoso ofrecer al padre Jerome la oportunidad de que él mismo relatara su historia, cuando decidiera relatarla. Ellos le harían una entrevista en directo en cuanto hubiera tenido ocasión de descansar un poco y asimilar todo lo sucedido.

—Nos ha rogado que respetemos la necesidad que tiene en este momento de disfrutar de un poco de paz, lo cual hemos entendido perfectamente.

Casi percibía cómo le aumentaba la tensión arterial a Roxberry a través del auricular.

Finch y ella también habían debatido si debían utilizar o no el material que habían filmado en el interior de la cueva. Gracie opinaba que se les había concedido el privilegio de verlo, y tenía sus dudas respecto a emitirlo por antena porque le parecía que era traicionar la confianza del padre Jerome. Pero, tal como señaló Finch, tampoco podían dejar de utilizarlo: era demasiado bueno, formaba parte del reportaje, y además, el equipo del documental británico había obtenido permiso para filmarlo con vistas a emitirlo. Ya estaba viéndose en todo el mundo. Finch no veía qué había de malo en simplemente confirmarlo, y Gracie estuvo de acuerdo.

Cortó la comunicación, esperándose una respuesta instantánea y colérica de la redacción, y se acercó al borde de la azotea. La azotea no tenía nada más que un reborde de baja altura, menos de diez centímetros, y Gracie sintió un ligero vértigo al observar la caída que había desde allí. Al contemplar el paisaje llano y desértico que se divisaba más allá de las murallas del monasterio, tuvo también un mal presentimiento, aunque distinto. El rosario de faros de coches rebotando desierto a través era cada vez más largo, conforme iban sumándose vehículos que convergían en el monasterio. Ella conocía esa región del mundo lo bastante bien para saber con qué facilidad podían irse las cosas de la mano y con qué rapidez se inflamaban las pasiones religiosas hasta formar una espiral que desembocaba en un derramamiento de sangre. Apartó la mirada del inquietante juego de luces y se reunió con Finch y Dalton, que estaban acurrucados junto al ordenador portátil, viendo la emisión en directo de Al-Jazeera desde el otro lado de las puertas del monasterio.

—¿A que se hace extraño? —observó Gracie, abrumada por un repentino cansancio, al tiempo que se sentaba a su lado con las piernas cruzadas—. Estar aquí, al otro lado de las puertas, viéndonos desde fuera.

—Es como una versión de una situación con rehenes en un planeta extraño —entonó Dalton.

De pronto Gracie percibió un cambio en las sombras provenientes de la trampilla que había en la azotea, a su izquierda, y vio asomar la cabeza del hermano Amín. Éste los saludó con un breve gesto de cabeza y terminó de subir por la inestable escalera de mano.

—¿Qué tal está el padre Jerome? —se interesó Gracie.

El monje se encogió de hombros con un ademán de cansancio.

—Confuso. Asustado. Rezando para recibir inspiración.

Gracie asintió, comprensiva, frustrada por no poder ofrecerle ninguna respuesta ella misma. Sabía que la presión que estaba soportando no había hecho más que empezar, y así lo confirmaba el aluvión de informativos que veía a través del portátil. Las noticias que procedían de El Cairo y de Alejandría eran preocupantes. Las revelaciones de que el padre Jerome efectivamente había visto con antelación lo que todavía seguía estando sin explicar estaban causando un enorme revuelo en todo el país. La polarización de opiniones ya estaba clara, y eso que el tema sólo acababa de surgir. En las imágenes elegidas para ser emitidas se veía a los cristianos de aquel país confusos pero en general excitados por la noticia. Para ellos, el padre Jerome hacía mucho tiempo que era un símbolo de transformación positiva, y en conjunto parecían aceptar su participación como algo edificante y deseaban saber más. Por otro lado, los musulmanes a los que se entrevistó se mostraron despectivos o enfadados. Y seguramente, pensó Gracie con escepticismo, habían sido escogidos a propósito por lo inflamatorias y llamativas que eran sus reacciones. Los clérigos denunciaban al padre Jerome y hacían llamamientos a sus fieles para que no se dejaran arrastrar por lo que ya estaban describiendo como malas artes.

Gracie miró al joven monje. Tenía el semblante en tensión.

—¿Qué sucede? —le preguntó.

Él mantuvo la vista fija en la pantalla durante unos momentos y luego se volvió hacia ella.

—No entiendo qué es esa cosa que han visto todos ustedes. Tampoco entiendo las visiones del padre Jerome, ni la relación que existe entre lo uno y lo otro. Pero hay ciertas cosas que sí sé. Egipto no es un país rico. Aquí, la mitad de la gente tiene pocos estudios o ninguno y vive con menos de dos dólares al día. Ni siquiera a los médicos de los hospitales públicos se les paga más. Pero también somos un país muy religioso —continuó, desviando la mirada hacia el caos de luces que había abajo—. La gente halla consuelo en la religión porque no ve esperanza en nada de lo que la rodea. No tienen fe en los políticos. Están cansados del tráfico, la contaminación, la subida de los precios, la bajada de los sueldos y la corrupción. No les queda nadie en quien confiar, más que Dios. Y eso mismo sucede en todas las demás partes de esta región del mundo. A la gente le importa más la identidad religiosa que la ciudadanía en común.

»Aquí, en este país, en lo que tiene que ver con las diferencias entre sectas vivimos al filo de la navaja. Es tabú hablar de ello, pero es un problema real. Ha habido un montón de incidentes. El año pasado, nuestros hermanos del monasterio de Abu Fana fueron atacados dos veces; la segunda de ellas, los apalearon, los azotaron y los obligaron a escupir sobre la cruz. —Calló unos instantes y miró alternativamente a cada uno de los tres, para finalmente centrar la vista en Gracie—. Entre la gente de este país existe mucha tensión e incomprensión. Y tenemos a millones de personas a una hora en coche desde aquí —dijo el monje y Gracie entendió. Tanta variedad no mezclaba bien—. Bajar al padre Jerome de la cueva y traerlo aquí ha sido un acierto —agregó—. Pero podría no ser suficiente.

Ella había estado pensando lo mismo. De pronto tomó forma en su cerebro una visión alarmante: la de dos grupos antagónicos a las puertas del monasterio, cristianos coptos en una especie de peregrinación para oír lo que el padre Jerome tuviera que decirles, y musulmanes dispuestos a responder a cualquier ultraje que aquellos *kuffar* (blasfemos) estuvieran perpetrando.

Una vez más, tanta variedad de ingredientes no mezclaba bien. A no ser que uno pretendiera fabricar nitroglicerina.

—¿Dónde está el ejército? —preguntó Gracie—. ¿Es que no saben lo que está ocurriendo aquí? ¿No deberían estar enviando gente para proteger el monasterio? Y la cueva…, si esto se descontrola, quedará destrozada.

—El ejército, no —replicó el monje con expresión sombría—, las fuerzas de seguridad interna. Tienen el doble de tamaño que el ejército, lo cual le dice a uno en dónde percibe el gobierno que radica la auténtica amenaza. Pero normalmente no las hacen salir hasta que un problema estalla de verdad. Y cuando aparecen, por lo general la situación empeora. No tienen ningún escrúpulo en utilizar la fuerza para devolverlo todo a la normalidad. Mucha fuerza.

Gracie sintió una oleada de inquietud. Se volvió hacia Finch y le dijo:

—¿Podrías contactar con alguien de la embajada? A lo mejor ellos pueden preparar algo rápido.

—Puedo intentarlo, pero…, en mi opinión, el hermano Amín lleva razón. Quizá fuera mejor largarse de aquí antes de que esto se desmadre. Y eso va también por el padre Jerome.

Dalton señaló con un gesto de cabeza el gentío que había abajo.

—No va a ser fácil.

La expresión de Gracie se oscureció aún más.

—Tenemos un coche y un conductor. Y ahí fuera las cosas todavía están tranquilas. Deberíamos marcharnos con las primeras luces. Mientras sea factible. —Volvió a mirar a Finch—. Podemos llevarnos al padre Jerome a la embajada. Tenemos que hacerles saber que vamos para allá. De ahí en adelante ya veremos.

—¿Y si no quiere marcharse? —apuntó Finch.

Gracie se volvió hacia el hermano Amín. Éste le contestó con un encogimiento de hombros que indicaba incertidumbre.

—Hablaré con él, pero no sé lo que va a decir.

—Lo acompaño. Tenemos que convencerlo —insistió Gracie levantándose del suelo. El hermano Amín asintió y se encaminó hacia la trampilla abierta. Gracie se volvió hacia Finch.

»Con las primeras luces, ¿de acuerdo? —Le dirigió una mirada decidida y acto seguido asió los lados de la trampilla y desapareció en las entrañas de la torre.

38

Houston, Tejas

El teléfono móvil del reverendo Nelson Darby sonó en el preciso momento en que su dueño, un individuo alto y elegante, se apeaba de su coche oficial de Lincoln Town, conducido por su chófer. Se hallaba de un humor excelente, pues acababa de presenciar un ensayo completo de la función de Navidad del coro, integrado por quinientos miembros. La identidad del llamante que apareció en pantalla lo instó a contestar a su asistente, de modo que se detuvo un momento para atender la llamada en las anchas escaleras que conducían a la bella casa de campo que albergaba el núcleo administrativo de su extenso imperio de «valores cristianos», una potencia cuyo buque insignia era la esplendorosa megaiglesia de cristal y acero con capacidad para 17.000 personas que había construido, una de entre un número cada vez mayor de refugios del cristianismo, dotados de todos los servicios, como ya no se veían desde las catedrales europeas del siglo XIII.

—Reverendo —dijo el llamante—. ¿Qué tal van las cosas?

—Roy —respondió Darby con calor, complacido, como siempre, de oír la comedida voz de Roy Buscema. Darby era un hombre de cuarenta y pocos años, en buena forma física, de facciones angulosas, ojos hundidos y labios finos. Con su melena negro azabache peinada hacia atrás y perfectamente cuidada y sus trajes de Brioni, parecía más un banquero de inversiones de la época anterior a la crisis de los créditos que un predicador. Lo cual no resultaba impropio, dado que ambas ocupaciones consistían en gestionar empresas multimillonarias dentro de un mercado sumamente competitivo—. Me alegro de tener noticias tuyas. ¿Cómo te van las cosas a ti?

Buscema, un gregario periodista que trabajaba para el *Washington Post*, había conocido al pastor hacía poco más de un año, cuando le encargaron que redactase un artículo trazando el perfil de dicho personaje para la revista dominical del periódico. El artículo que escribió, que indicaba una aguda capacidad de observación y era sumamente elogioso, preparó el terreno para la amistad que se inició a continuación, una amistad que luego se transformó en una relación no oficial *consigliere*-padrino basada en todas las horas que pasaron el año anterior debatiendo y trazando estrategias para respaldar al predicador en la maratón de las primarias para la presidencia. El enfoque de los acontecimientos por parte de Buscema resultó impresionante de tan astuto que fue, además de correcto en todo momento, y permitió que el pastor participase en más de una exclusiva con los medios que se confirmó por sí sola. El pastor quedó convertido. Vio en Buscema a un sagaz analista que le tenía tomado el pulso a la gente y sabía adónde acudir para que se corroborasen sus pronósticos, y como tal (además, dado que Darby era uno de los peces gordos políticos del movimiento Cristianos de Derechas) era un hombre muy valioso para tenerlo a mano.

Sobre todo ahora, con todo lo que estaba ocurriendo.

—Más desquiciadas que nunca —contestó Buscema—. Pero en fin, la verdad es que no puedo quejarme. Para eso estamos. Qué te iba a decir... ¿Has visto lo de esa cosa que ha aparecido en los casquetes polares?

—Y quién no.

—¿Qué opinas?

—Para serte sincero, todo esto me tiene un tanto confuso, Roy —le confió el pastor con aquella inocencia suya que desarmaba—. ¿Se puede saber qué está ocurriendo, por el amor de Dios?

La voz de Buscema adquirió un tono ligeramente más serio.

—Pienso que deberíamos hablar de esto. Mañana voy a estar en la ciudad —le dijo a Darby—. Si tienes un rato, ¿por qué no nos vemos?

—Suena bien —repuso Darby—. Ven a casa. Siento curiosidad por saber tu opinión sobre todo esto.

«No me cabe la menor duda», pensó Buscema mientras quedaban en una hora concreta. Luego se despidió y colgó. Acto seguido, desplegó su lista de contactos e hizo una segunda llamada, casi idéntica.

A la cual siguió una tercera, también similar.

Lo mismo que otras seis, todas cuidadosamente coordinadas, que efectuaron otros dos hombres de perfil parecido al suyo, a otros influyentes líderes evangélicos de diversos puntos del país.

39

Woburn, Massachusetts

La bala no había causado tanto estropicio como Matt temió en un principio. Le había entrado justo por debajo de la última costilla del lado izquierdo y al salir había abierto un pequeño orificio en la carne a apenas dos centímetros del costado. No era exactamente un rasguño, pero tampoco una herida capaz de causar daños en órganos importantes. Aun así, ahora tenía dos agujeros de un centímetro cada uno que era necesario cerrar. Lo cual significaba puntos. Y teniendo en cuenta que acudir a un hospital o a un médico era una opción que estaba descartada, iba a tener que hacer uso del talento de Jabba para la costura, fuera el que fuera.

Jabba lo estaba llevando sorprendentemente bien. Se las había arreglado para no vomitar cuando vio a Matt entrar tambaleándose en la habitación del motel con la ropa empapada de sangre. Consiguió llegar hasta la farmacia que había más cerca y compró las cosas que llevaba anotadas en una lista que Matt le había dictado precipitadamente: yodo para limpiar la herida, cualquier pomada anestésica que pudiera encontrar para insensibilizar la piel, agujas de coser y un mechero para esterilizarlas, un poco de hilo de nailon, analgésicos y vendas.

Y lo más impresionante de todo era que hasta el momento había realizado tres suturas en el orificio de entrada de la bala sin desmayarse, cosa que estuvo a punto de hacer en la primera. Con otras tres puntadas más, esa herida quedaría lista. Luego tendría que proceder a coser la segunda.

Estaban acurrucados en el cuarto de baño de la habitación, que distaba mucho de ser antiséptico. Matt estaba en calzoncillos, en el suelo, con la espalda apoyada contra la pared de azulejos de la bañera, apretando los dientes mientras Jabba introducía la aguja por la caldera de piel que rodeaba la herida abierta y en carne viva. Aquella sensación era mucho peor que el efecto inmediato de recibir el disparo, cuando la herida todavía estaba caliente y los receptores del dolor aún no habían lanzado su furiosa descarga a lo largo de la columna vertebral. Se sentía débil y tenía náuseas, y luchaba por no desmayarse. Pasó el mal trago diciéndose a sí mismo una y otra vez que aquello pasaría. Y era verdad. Sólo tenía que aguantar esa parte. Ya lo habían herido gravemente en otras dos ocasiones, y aunque nunca le habían disparado, intentó convencerse a sí mismo de que esto de ahora no era peor que el tajo de una navaja. Cosa que sí había experimentado. Sólo que aquella vez la herida se la cerró un médico de verdad que empleó un anestésico como Dios manda, no una pomada sin receta más adecuada para las hemorroides y para hacerse la cera en las piernas.

Parpadeó para alejar las lágrimas de dolor cuando la aguja salió por el otro lado.

—¿Te parece que está bien así? —preguntó Jabba tirando del hilo con dedos temblorosos.

Matt no bajó la vista. Su rostro sudoroso se contrajo a causa de la tensión.

—El fanático del cine eres tú. Tienes que haberlo visto hacer más de una vez, ¿no?

—Sí, pero por lo general vuelvo la cabeza cuando lo hacen. —Jabba hizo un gesto de dolor en el momento de acercar los dos lados de la herida para hacer un nudo en el hilo y añadió intencionadamente—: Cosa que, por cierto, suelen hacer ellos mismos.

—Ya, pero luego terminan quedándoles unas cicatrices que parecen Frankenstein, mientras que con el doctor Jabba al mando...

—El parecido con Frankenstein está garantizado —bromeó Jabba a la vez que cortaba el extremo del hilo. No quedó una costura particularmente elegante, pero por lo menos la herida ya no sangraba—. ¿Lo ves?

Matt se encogió de hombros.

—No te preocupes. Tengo entendido que las tías se mueren por las cicatrices monstruosas —lo engatusó—. Cuando hayas terminado conmigo, ¿te importaría probar a remendarme el agujero de la chaqueta? Es que le tengo mucho cariño, ¿sabes?

Al cabo de siete puntos y media hora, dieron por terminada la operación.

Mientras limpiaba toda la sangre que había alrededor, Jabba informó a Matt de lo que había descubierto durante su ausencia, que no era mucho. Le había dado diez pavos al gandul del recepcionista para que le dejase usar su ordenador. Entró en su cuenta de Skype y efectuó unas cuantas llamadas mientras navegaba por Internet, intentando averiguar algo más sobre el equipo de personas que habían fallecido en el accidente del helicóptero.

Logró dar con dos nombres más que añadir al de Danny y el de Reece: un ingeniero químico de nombre Oliver Serres y un ingeniero biomolecular llamado Sunil Kumar.

—Ambos eran los mejores de su especialidad y gozaban de una alta estima —le dijo a Matt—. Pero resulta de lo más raro, tío. A ver, Kumar era biólogo. Hasta el momento lo tenemos a él, a un químico, a Reece, que era ingeniero eléctrico e informático, y a Danny, que era programador. Los tres últimos, lo entiendo. Pero Kumar... ¿Qué tiene que ver con esto un ingeniero biomolecular?

El matiz resultaba inaprensible para Matt en sus mejores momentos. De manera que, en su estado actual, le entró por un oído y le salió por el otro.

—¿Qué opinas tú?

—No sé, tío —respondió Jabba con visible incomodidad—. Los de la biología molecular se dedican a reorganizar el ADN, a hacer juegos malabares con los ladrillos que forman la vida. Se pasan el día montando y desmontando átomos y moléculas como el que juega con piezas de Lego. Y esa señal que ha aparecido en el cielo, que se parece tanto a algo orgánico, incluso vivo... Es la zona gris que hay entre la biología y la química, entre la vida y la no-vida, ¿comprendes? Me pone los pelos de punta. Como si lo que estuvieran haciendo tuviera más que ver con una especie de forma de vida diseñada que con una imagen proyectada.

Matt arrugó la frente intentando comprender lo que estaba diciendo Jabba.

—Has pasado demasiado tiempo viendo *Expediente X*.

Jabba se encogió de hombros como quitándole importancia al asunto.

—Esos tipos que se dedican a la biotecnología están siempre recibiendo críticas por hurgar en el armario de Dios. El armario de Dios, camarada. Quién sabe lo que habrán encontrado allí dentro.

Dejó morir el tema y abrió el grifo del agua fría. Bebió de él y se echó un poco de agua en la cara antes de llenar un vaso y pasárselo a Matt. No tenía mucho más que contarle. No había podido encontrar ningún sitio más en el que se mencionase quién financiaba el proyecto de Reece, y mucho menos en qué consistía.

Fuera, en la calle, estaba haciéndose de noche rápidamente, lo cual le venía perfecto a Matt. Esa noche no tenía pensado ir a ninguna parte, necesitaba descansar. Jabba salió de nuevo a comprar para Matt: ropa que no estuviera manchada de sangre y trajo también algo de comer y unas latas de Coca-Cola. Lo engulleron todo con ansiedad mientras veían las noticias. Las imágenes de la cueva de Egipto lo acaparaban todo, y las pizzas calientes, aunque se agradecían, no sirvieron de mucho para calmar la gélida sensación de abatimiento que los dominaba.

—Esto está yendo a más —señaló Jabba con aire lúgubre—. Se está complicando.

Matt afirmó con la cabeza.

—Saben lo que hacen.

—No me refiero a eso.

—Entonces, ¿a qué?

—A esa gente. Cuentan con recursos importantes a su disposición. Piensa en lo que están haciendo. Primero reúnen a unos cuantos cerebros de lo mejorcito que hay, los ponen a trabajar en un sitio durante, digamos, un par de años. Y luego los matan a todos. —Advirtió una chispa de resistencia en la expresión de Matt y se apresuró a corregirse—. O lo que sea, lo mejor los encierran en alguna parte y fingen que han muerto, lo cual es todavía más complicado de hacer. Pero, por lo visto, nadie tiene la menor idea de en qué estuvo trabajando ese maravilloso equipo de científicos, y tampoco hay constancia de para quién estuvieron trabajando. Lo único seguro es que hay una pasta gansa de por medio. Danny, Reece y los demás no habrían participado si no hubieran sabido que contaban con todo el respaldo económico que iban a necesitar. Y la investigación a la que se dedicaban ellos no era precisamente barata. Luego hay que tomar en cuenta lo demás, todo esto —dijo indicando el televisor—. Pasta en grandes cantidades, tío.

—De acuerdo, ¿y de dónde procedía el dinero?

Jabba reflexionó un momento.

—Hay dos posibilidades. Que Reece hubiera recaudado el dinero de manos privadas —especuló—, aunque no de una empresa de capital riesgo ni de una sociedad anónima. En ese caso quedaría algún rastro, sobre todo después de las muertes. Sí, tendría que ser dinero privado. Cosa nada fácil, teniendo en cuenta la escala de la que estamos hablando. Y prácticamente imposible de rastrear, dado que se supone que el equipo creativo en su totalidad desapareció de un plumazo.

—¿Y cuál es la otra posibilidad?

—Que Reece estuviera haciendo esto para un organismo del gobierno. Un proyecto considerado alto secreto. Lo cual a mí me resulta de lo más plausible.

El semblante de Matt se oscureció por la incertidumbre. Él había estado pensando lo mismo.

—¿Algún candidato en particular?

Jabba se encogió de hombros.

—DARPA. In-Q-Tel. —Matt le dirigió una mirada interrogativa—. DARPA. La Agencia de Investigación de Proyectos Avanzados de Defensa. Forma parte del Departamento de Defensa. Financia una tonelada de proyectos de investigación. De todo, desde micro robots hasta campos de batalla virtuales. Cualquier tecnología que pueda ayudarnos a ganar guerras y a derrotar a quienes odian la libertad de que disfrutamos nosotros —añadió con sorna.

—¿Y el otro?

—In-Q-Tel. Es el brazo de capital riesgo de la CIA. Son inversores de las etapas iniciales de una empresa, lo cual en realidad es muy inteligente, si uno se para a pensarlo. Entran al principio de todo. Se enteran de la existencia de cualquier tecnología de utilidad cuando ésta todavía es un sueño. Tienen la zarpa puesta en un montón de empresas de tecnología, entre ellas varios de los sitios conocidísimos de Internet que tú y yo usamos a diario. —Le lanzó una mirada con intención, al estilo de «el gran hermano te está observando».

Matt asimiló lo que Jabba estaba intentando decir.

—Una operación del gobierno.

—Es bastante obvio, ¿no? A ver, si lo que estamos diciendo es verdad, si efectivamente ese fenómeno lo ha fabricado alguien, van camino de convencer a todo el mundo de que nos está hablando Dios. Puede que incluso a través del buen padre Jerome. ¿Quién más iba a pretender hacer algo así?

Matt comprendía la lógica de lo que estaba diciendo Jabba, sólo que en lo profundo de su cerebro había algo que no dejaba de incordiarlo. Hizo un gesto dubitativo.

—Seguramente tendrás razón, pero…, no sé. Esos tipos de la furgoneta, la casa que tienen en Brighton.

—¿Qué pasa?

—Son una unidad pequeña. Trabajan con buenos recursos, pero no exagerados. Se esconden en una casa pequeña de un vecindario tranquilo. No sé. Si es una operación encubierta, no sólo no figura en los libros, es que está completamente fuera de los libros.

—En ese caso es todavía peor —agregó Jabba con énfasis—. Oficialmente no existen. El que sea que los ha enviado está totalmente libre de sufrir las consecuencias que pudieran derivarse. Pueden hacernos lo que quieran, que nadie sabrá nunca que lo hicieron ellos. —Perforó a Matt con una mirada grave—. Tenemos que dejar de hacer preguntas y desaparecer, tío. Lo digo en serio. Ya sé que se trata de tu hermano y eso, pero…, estamos muy superados en armas.

Matt meditó sobre la advertencia de Jabba. Estaba demasiado cansado para pensar con claridad, sentía los nervios entumecidos a causa de la fatiga y la aprensión. Pero había una idea que no dejaba de acosarlo una y otra vez, una quilla estabilizadora que le permitía mantener la cabeza fuera del agua en medio de la tormenta de confusión que giraba a su alrededor. Miró a Jabba y dijo simplemente:

—¿Y si Danny aún estuviera vivo?

Jabba hizo una inspiración profunda y seria.

—¿De verdad crees que podría estar vivo?

A Matt le vino a la memoria la reacción que tuvo el tipo duro cuando él le hizo la misma pregunta: puso una impenetrable cara de póquer que él no supo descifrar.

—No lo sé, pero… ¿Y si así fuera? ¿Quieres que me olvide de él y salga huyendo?

Jabba le sostuvo la mirada un momento, con un brillo de sentimientos encontrados. Era como si su cerebro estuviera buscando desesperadamente una manera de expulsar de su sistema lo que había dicho Matt y estuviera fracasando sin remedio. Finalmente afirmó con la cabeza.

—Está bien.

Matt retribuyó su aceptación con otro breve gesto de asentimiento. Pasados unos instantes de silencio, le pidió a Jabba que convenciera al recepcionista de que le permitiera sentarse unos pocos minutos más ante su ordenador para entrar en la página del rastreador.

Jabba lo dejó solo, pero regresó pocos minutos después armado de varias copias de pantallas impresas. Se las pasó a Matt. El rastreador se había movido, dentro de lo que Matt estimaba que habían sido unos pocos minutos, tras su huida de la casa de Brighton. Lo cual era de esperar. Los vecinos habrían dado parte del tiroteo, y la zona no habría tardado mucho en convertirse en un hormiguero de policías.

Era evidente que habían abandonado la casa franca a toda prisa. Urgentemente. Invadidos por el pánico. La incursión de Matt se lo había jodido todo. Lo cual prendió una minúscula chispa de satisfacción en lo más hondo de él.

Buscó la posición actual del rastreador. Se encontraba estable, en una ubicación del distrito Seaport. Aquello quería decir que el gran Mercedes, el coche del tipo duro, al que él había trasladado el rastreador, estaba allí.

Dirigió la mirada hacia la pistola apoyada sobre la mesilla de noche y después dejó caer la cabeza contra las almohadas. Se le cerraron los párpados dejando el mundo fuera, y la última imagen que flotó en su cerebro antes de que todo quedara en calma fue el rostro del tipo duro.

Ese individuo tenía las respuestas que él necesitaba. Y fuera un tipo duro o no, de una manera o de otra, sabía que iba a tener que sacárselas por la fuerza.

40

Monasterio Deir Al-Suryan, Wadi Natrun, Egipto

Cuando amaneció, la llanura desértica que se extendía frente al monasterio era un hervidero de actividad. Había decenas de automóviles repartidos a lo largo y a lo ancho, esparcidos por el terreno reseco que había delante de las murallas del monasterio y todo a lo largo de la estrecha carretera que llevaba hasta la puerta de entrada al mismo. La gente (hombres, en su mayoría) pululaba alrededor de los coches o formando corrillos, en tensión, sin saber qué hacer, a la espera.

Había llegado el momento de marcharse.

Gracie y Finch se sentaron cada uno a un lado del padre Jerome en la fila central del monovolumen, con Dalton de copiloto, con la cámara colocada y cargada, al lado de Yusuf, y el hermano Amín en la parte de atrás.

El ruido que se oía procedente del otro lado de las murallas resultaba amortiguado, detalle desconcertante tratándose de una muchedumbre tan grande. El silencio general no hacía sino acentuar la tensión y la emoción, como la espera entre el relámpago y el trueno. Aquí y allá se apreciaban algunos puntos de actividad. También llegaban algunos retazos de música de pequeños grupos de adoradores, que, con la cabeza inclinada en actitud de oración, entonaban himnos tradicionales coptos. Pero también se veían muchos corrillos de disturbios, más al fondo, lejos de los muros del monasterio. Correspondían a varios clérigos agitadores que lanzaban invectivas indignados, denunciando al sacerdote y a la señal ante sus dispuestos seguidores. Las fuerzas internas de seguridad no se veían por ninguna parte, y si bien los dos grupos contrincantes no habían colisionado, se apreciaba a las claras que en cualquier momento podía estallar la violencia.

Gracie estaba angustiada. «Esto no puede durar. Dentro de un minuto van a tirarse al cuello los unos a los otros.» Por eso el padre Jerome había accedido a marcharse a regañadientes. Él era el pararrayos. Y si él se marchaba, tal vez pudiera evitarse la tormenta.

Gracie observó al abad empujar la puerta del monovolumen para cerrarla. Miró por la luna tintada de la ventanilla y les hizo un breve gesto de despedida con la mano acompañado de una expresión de preocupación en el rostro. El padre Jerome le devolvió el saludo con una mirada de melancolía. Daba la impresión de sentirse más perdido ahora que cuando estaba en la cueva.

El abad hizo una seña a dos monjes que estaban apostados en la entrada del monasterio. Éstos asintieron y abrieron las enormes puertas. A medida que las antiquísimas hojas de cedro se iban desplazando hacia dentro, crujiendo sobre sus goznes oxidados, iba penetrando con ellas una cacofonía que fue aumentando de intensidad conforme el gentío que aguardaba fuera se percataba y cobraba vida.

A Gracie se le aceleró el pulso cuando oyó el ruido que se alzaba a su alrededor y se removió incómoda en el asiento, mirando por la ventanilla, con una sensación de mareo que se veía más acentuada todavía por la combinación del potente aire acondicionado del coche y el rancio olor a incienso que despedía el hábito del padre Jerome.

—Empieza el baile —dijo Dalton al tiempo que retiraba la cámara de la ventanilla y la orientaba hacia el frente.

Gracie tragó saliva.

El viejo monovolumen se lanzó adelante de un salto y arremetió hacia la salida. Avanzó rápidamente siguiendo el muro del monasterio, y casi de inmediato la muchedumbre empezó a invadir el terreno para converger sobre él. Cuando dejó atrás el perímetro del muro y enfiló la carretera que partía del monasterio, el gentío se arremolinó alrededor. Innumerables manos se extendieron intentando frenar su huida. Yusuf tuvo que aminorar la velocidad cuando delante de él desapareció todo espacio libre. Con la mano pegada al claxon, logró avanzar otros treinta metros más o menos a paso de tortuga hasta que por fin se detuvo del todo, frente a una pared de gente que le cerraba el paso.

Gracie se inclinó hacia delante y miró más allá de Yusuf y de Dalton. Este último estaba haciendo barridos con la cámara para captar el pandemónium que rodeaba el coche. Montones de caras desesperadas se pegaban a las lunas tintadas del Previa gritando el nombre del padre Jerome, intentando ver si viajaba dentro, rogándole que hablase con ellos. Sacudieron los tiradores de las puertas, lucharon contra las cerraduras, con cara de dolor y las facciones distorsionadas por la presión contra el monovolumen, y manchando las ventanillas con manos sucias y sudorosas. El padre Jerome se encogió en su asiento lanzando miradas nerviosas a izquierda y derecha a unos rostros que aún resultaban más amenazadores detrás de los cristales oscuros.

—Tenemos que volver —instó Finch a Yusuf—, tenemos que volver al monasterio.

—No podemos —dijo Gracie. Torció el cuello hacia atrás y vio la masa de cuerpos que hacían presión contra el coche por todos lados y que descargaban unos golpes sobre el techo y las ventanillas que retumbaban como tambores de guerra—. Estamos atrapados.

En el borde exterior del gentío, en lo alto de un pequeño repecho situado junto a los escombros de una antigua muralla, tres hombres subidos a una camioneta cubierta con una lona observaban con gran interés el caos que se había desatado, a través de unos prismáticos militares de gran potencia y del color de la arena.

Cuando el monovolumen se perdió de vista tras el amasijo de cuerpos, Zorro Dos decidió que había llegado el momento de actuar.

Hizo una seña a sus hombres con un gesto seco de la mano.

Uno de los hombres levantó una punta de la lona, lo suficiente para dejar al descubierto el dispositivo que aguardaba debajo, parecido a un tambor y montado sobre un trípode. Otro hombre, colocado detrás del dispositivo, miró por el visor para localizar el objetivo y apuntó al grupo de gente que rodeaba la parte trasera del Previa.

Comprobó dos veces los ajustes del dispositivo.

Y acto seguido apretó el disparador.

La masa de gente que hacía fuerza contra el monovolumen retrocedió durante una décima de segundo como si hubiera sido golpeada por una fuerza invisible, con las caras contorsionadas por muecas de dolor y tapándose los oídos con las manos.

El efecto sólo duró un segundo, pero bastó para que Finch lo captara..., y también el hermano Amín. Cuando la turbamulta retrocedió por la sacudida, detrás del Previa se abrió un cráter de espacio libre.

El hermano Amín cruzó la mirada con la de Finch (los dos tenían la confusión pintada en el rostro) y a continuación señaló hacia atrás como loco y le chilló a Yusuf:

—¡Atrás!

El conductor y Gracie volvieron la cabeza y descubrieron el boquete.

—¡Atrás! ¡Dé marcha atrás! —volvió a gritar el hermano Amín.

Yusuf vaciló.

—¡Vamos, venga, retroceda! —vociferó Gracie, también señalando hacia atrás.

Yusuf asintió de mala gana, metió la marcha atrás y, sin levantar la mano del claxon, comenzó a retroceder. La muchedumbre, sorprendida, dio un respingo y se apartó, con lo cual se ensanchó la abertura por detrás del Previa.

—No se pare —insistió Gracie, vigilando en todas direcciones—. Hay que volver hasta las puertas.

El Previa fue cobrando impulso, pues Yusuf aprovechó que la multitud había dejado de ejercer presión y mantuvo el pie en el acelerador. Giró el volante para doblar la esquina del monasterio y empezó a resultarle más fácil avanzar siguiendo el muro, cada vez más deprisa, todavía marcha atrás y perseguido por una horda frenética. De repente estalló una pelea cuando la gente empezó a engarrarse y a darse de puñetazos, pues los seguidores del padre Jerome intentaban cerrar el paso a los seguidores de los agitadores islámicos para que no pudieran llegar al monovolumen. El Previa continuó avanzando, se escabulló de aquella maraña de puños y sangre y por fin alcanzó las puertas del monasterio, que se abrieron justo en ese momento. Yusuf se las arregló hábilmente para hacer pasar el Previa por el estrecho espacio antes de que las puertas se cerraran de nuevo e impidieran la entrada de la chusma enloquecida.

Todos salieron del coche en tropel, aturdidos, con el corazón desbocado y un torrente de adrenalina en las venas. Dalton seguía filmando, capturando cada momento de la huida.

—¡Vamos allá arriba! —chilló Gracie dirigiéndose a Dalton y a Finch y señalando la torre que se elevaba junto a la entrada y que sobresalía del perímetro de la muralla.

Finch afirmó con la cabeza y dijo:

—Vamos a subir la Began. —Sacó del Previa la antena parabólica compacta—. La gente de ahí fuera está viendo esto en directo.

Gracie se volvió hacia el padre Jerome.

—Por favor, entre, padre. Es necesario que se refugie en un lugar seguro, lejos de las puertas —le previno. Lanzó una mirada al abad, cuyo semblante grave hizo un gesto de aprobación.

Pero el padre Jerome no parecía muy convencido.

No respondió a Gracie. Parecía distante, con el pensamiento concentrado en otra cosa. Tenía la vista fija más lejos, incluso más allá de la puerta, en la muchedumbre que la rodeaba y gritaba diciendo su nombre, y aparentaba una curiosa serenidad.

—Tengo que hablar con ellos —dijo por fin en un tono de voz firme y seguro.

Su mirada se posó en Gracie y después en el abad. Seguidamente, sin esperar a que le dijeran nada más, se apeó del coche y se encaminó hacia la torre.

—¡Espere, padre! —exclamó Gracie echando a correr en pos de él seguida inmediatamente por el abad y por el hermano Amín.

—He de hablar con ellos —insistió el padre Jerome sin darse la vuelta ni dejar de andar. Cuando llegó a la angosta escalera comenzó a subir los escalones con paso decidido.

Los demás lo siguieron. Atravesaron el puente levadizo del segundo nivel, penetraron en la torre y continuaron subiendo hasta llegar a la planta superior. Allí seguía estando la tambaleante escalera de mano, en un rincón de la capilla, asomando por la pequeña trampilla. Momentos después todos estaban ya de pie en la azotea.

Gracie, Finch y Dalton se aproximaron al borde para observar la multitud.

La escena que vieron debajo ponía los pelos de punta. Cientos de personas apiñadas contra las puertas del monasterio, entonando cánticos, lanzando gritos, moviendo las manos y agitando los puños en el aire, ávidas de obtener alguna reacción, mirando hacia atrás con nerviosismo, mientras a su espalda la violencia iba en aumento, los focos de peleas se propagaban como un reguero de pólvora amenazando con engullir la llanura en su totalidad.

Dalton consiguió enganchar la conexión en directo mientras Finch se comunicaba con Atlanta por el teléfono vía satélite. Gracie cogió el auricular y el micrófono y repasó mentalmente lo que pronto iba a decirle al público de todo el mundo, mientras vigilaba al viejo sacerdote, que se encontraba de pie junto a la trampilla, con la mirada puesta en el borde de la azotea, a seis metros de él, y que constituía la única barrera que lo separaba de la turba que clamaba allá abajo. Desde donde estaba la oía, pero todavía no podía verla. El abad y el monje joven estaban hablando con él, rogándole que no se expusiera de aquella forma, diciéndole que allá abajo fácilmente podía haber alguien que tuviera una pistola y que le disparase. Pero el padre Jerome no hacía caso de nada; meneaba la cabeza con gesto calmo, emanando una extraña mezcla de resolución y miedo. Los brazos le colgaban a los costados sin fuerza, los dedos extendidos, los pies quietos. Volvió la cabeza hacia un lado, cruzó la mirada con Gracie y acto seguido, con un estoico y brevísimo gesto de asentimiento, echó a andar.

Gracie se volvió alarmada hacia Finch y Dalton. Estaban agazapados junto a la pequeña cúpula coronada por una cruz que ocupaba un rincón de la azotea, que por lo demás era lisa. Dalton, en cuclillas, tenía la cámara en posición y estaba siguiendo al sacerdote. Finch le hizo a Gracie la señal de que estaban transmitiendo. Gracie levantó el micrófono, pero se quedó aturdida unos instantes tras dar unos pasos para aproximarse al padre Jerome, que no tardó en llegar al borde de la azotea.

El sacerdote se detuvo y miró abajo, y la muchedumbre estalló en una mezcla de gritos, vítores y abucheos. Hicieron más presión todavía, llamando al padre Jerome a voces y agitando los brazos. La euforia de los de las primeras filas no hacía sino enfurecer aún más a los que se oponían a la aparición del padre Jerome, y las peleas del fondo cobraron intensidad. Por toda la explanada resonaron con furia gritos de *kafir*, blasfemo, y *La ilah il-la Alá*, no hay más dios que Dios, al tiempo que los inflamados agitadores arrojaban piedras contra la torre.

Con el rostro empapado de sudor, el padre Jerome contemplaba el rugiente torbellino que tenía lugar a sus pies. Entonces levantó los brazos poco a poco y los abrió de par en par, bien extendidos, en un ademán de bienvenida. Una vez más, igual que había ocurrido poco antes con el mero hecho de aparecer, su gesto sirvió únicamente para polarizar todavía más a la multitud y reavivar las peleas.

—¡Por favor! —exclamó en árabe con un fuerte acento—. Por favor, basta. Por favor, escuchadme.

Pero su súplica se oyó a duras penas por encima del caos reinante, y no surtió ningún efecto en la conmoción. A pesar de las piedras que continuaban rebotando en la pared de la torre y otras que pasaban raudas por su lado, él permaneció tranquilo y cerró los ojos, con el semblante sumido en una profunda concentración y los brazos en alto.

Y de repente, la muchedumbre lanzó una exclamación de sorpresa. Gracie vio que señalaban hacia arriba, no al sacerdote, sino más lejos, hacia el cielo, y al darse la vuelta vio una bola de luz, que podría tener unos seis metros de diámetro, girando por encima del padre Jerome. Permaneció unos momentos suspendida en aquella posición y seguidamente comenzó a elevarse en línea recta, y mientras se elevaba, de pronto experimentó un cambio brusco tanto de tamaño como de luminosidad y se metamorfoseó para transformarse en la señal, la misma que ella había visto flotando sobre la plataforma de hielo. Ahora resplandecía allá en lo alto, un ingente caleidoscopio esférico de luces cambiantes, cuyo borde inferior no podía estar a más de unos seis metros de la cabeza del padre Jerome.

La muchedumbre se quedó petrificada, clavada en el sitio, embelesada, mirando hacia arriba con la boca abierta. Dejaron de volar piedras. Las peleas cesaron. Los gritos enmudecieron. La señal permaneció suspendida en el aire, brillando con fuerza, rotando muy despacio, casi al alcance de la mano, más cerca que cuando se posó en la vertical del buque de investigación, irradiando líneas y círculos que resultaban hipnotizantes.

Dalton estaba tumbado de espaldas al borde mismo de la azotea, filmando la señal, y abrió el plano para grabar la reacción de la muchedumbre. Gracie seguía agachada a su lado, a unos cinco metros del padre Jerome, el cual había inclinado la cabeza hacia atrás y tenía la mirada fija en la deslumbrante aparición que flotaba por encima de él, desconcertado. La cámara regresó al plano anterior y se detuvo momentáneamente para posarse en Gracie. Ésta miró el oscuro agujero del objetivo con la lengua hecha un nudo. Deseaba decir algo, se daba cuenta de que la estaba observando el mundo entero sentado al borde del asiento, deseoso de que ella contase lo que se sentía estando allí, pero no podía. Sencillamente, aquel momento era imposible de describir con palabras. Levantó la vista hacia la resplandeciente esfera de luz, y en ese momento el padre Jerome bajó la cabeza y ella pudo fijarse en sus ojos. Advirtió que estaba temblando y vio una lágrima que le resbalaba por la mejilla. Su expresión era de confusión y miedo, su semblante proyectaba el angustioso mensaje de «¿de verdad estoy haciendo esto?» y suplicaba un gesto cualquiera que se lo confirmara, como si no creyera lo que estaba sucediendo. Gracie sacó fuerzas de flaqueza y le envió un ademán de confirmación y una sonrisa de apoyo..., y entonces la expresión del sacerdote cambió, como si de pronto algo lo hubiera sobresaltado desde dentro de sí. Cerró los ojos, como para concentrarse, y segundos después se volvió de nuevo de cara a la multitud. La contempló durante unos instantes y a continuación abrió los brazos de par en par y levantó la cabeza hacia la señal.

Nuevamente, el padre Jerome cerró los ojos y respiró hondo, disfrutando del resplandor que irradiaba la señal, bebiendo de su energía. Abajo, las masas continuaban paralizadas, mirando hacia arriba, en medio de un silencio de estupefacción, con los brazos extendidos hacia el sacerdote como si pretendieran tocar el hueco globo luminoso.

El padre Jerome mantuvo aquella postura de brazos abiertos por espacio de casi un minuto, y después abrió los ojos y miró a la multitud.

—Orad conmigo —exclamó con voz tensa por la emoción y los brazos levantados hacia el cielo—. Oremos todos juntos.

Y así lo hicieron.

En una ola semejante a las que se ven en los estadios, que fue extendiéndose lentamente desde las primeras filas hacia el fondo de la muchedumbre, todos los que se hallaban fuera del monasterio (cristianos y musulmanes, creyentes y simples manifestantes) cayeron de rodillas y se doblaron hacia delante, tocando el suelo con la frente y postrándose con temor y adulación.

41

Washington, D.C.

—¿Se puede saber qué diablos estás haciendo? Creía que teníamos un acuerdo.

Rydell echaba humo. Había pasado la noche entera en vela, siguiendo las noticias. Las imágenes procedentes de Egipto habían explotado en la pantalla de su televisor poco después de las doce de la noche, y en este momento, mientras paseaba nervioso por la cabina de su reactor privado junto a un tranquilo hangar del Aeropuerto Nacional Reagan, todavía tenía los sentidos doloridos por el impacto de semejante metralla visual.

—En ningún momento hemos llegado a un acuerdo a ese respecto, Larry —replicó Drucker en tono calmo desde su mullido y acolchado sillón—. Tú no habrías aceptado ninguna otra cosa.

—¿Así que simplemente has ido y lo has hecho de todos modos?

—Los dos hemos invertido mucho en esto. No estaba dispuesto a ponerlo todo en peligro por culpa de tu obcecación.

—¿Obcecación? —explotó Rydell—. No sabes lo que haces, Keenan. ¿Se te ha ocurrido siquiera pensar adónde va a conducir esto ahora?

—Está funcionando, ¿no?

—Es demasiado pronto para saberlo.

Drucker ladeó ligeramente la cabeza.

—No seas falso. Te desmerece.

—No sé si está funcionando, pero…

—Funciona, Larry —lo interrumpió Drucker poniendo énfasis—. Funciona porque es a lo que está acostumbrada la gente. Es a lo que está acostumbrada desde hace miles de años.

—No lo necesitábamos.

—Por supuesto que sí. ¿Qué esperabas? ¿Creías que la gente iba a ver la señal y «pillarlo» sin más?

—Sí. Si le diéramos la oportunidad.

—Eso es una ingenuidad. Lo que la gente no entiende lo esconde en el fondo del cerebro y con el tiempo termina perdiendo intensidad y se olvida. Porque así no hace daño. No, la gente necesita que alguien le diga en qué creer. Ha funcionado en muchas ocasiones. Y funcionará otra vez.

—Y luego, ¿qué? —dijo Rydell echando pestes—. ¿Qué viene ahora?

Drucker sonrió.

—Dejamos que crezca el número de seguidores. Que se propague el mensaje.

—Eso es insostenible, lo sabes perfectamente —rugió Rydell—. Estás construyendo algo que va a ser imposible de mantener.

—No si se injerta en una estructura que existe previamente. Una estructura que tenga un poder sólido, que pueda durar.

Rydell sacudió la cabeza negativamente.

—Me cuesta creer que estés diciendo esto. Precisamente tú.

Drucker emitió una risita.

—Deberías disfrutar de la ironía que conlleva. Deberías estar relajado y riendo a carcajadas en vez de preocuparte de esta manera.

—Ni siquiera imagino… —Rydell estaba ofuscado por la indignación—. No lo comprendes, ¿verdad? No ves lo equivocado que estás.

—Venga, Larry. Tú sabes cómo funciona el mundo. Sólo existen dos maneras seguras de conseguir que la gente haga lo que uno quiere. O te pones un guante de hierro y la obligas, o le dices que Dios desea que lo haga. Si Dios lo quiere —se mofó—, se hará. Entonces es cuando hacen caso. Y teniendo en cuenta que no vivimos bajo el régimen de ningún Tío José y ningún Presidente Mao…

—De eso se trataba precisamente —protestó Rydell—. Se suponía que esto lo quería Dios. Dios. No esos santurrones que se consideran representantes suyos.

—Eso no funcionaría, Larry. Es demasiado ambiguo, demasiado expuesto a diversas interpretaciones. Estás pidiendo a la gente que descifre el mensaje ella sola, y eso sería concederle demasiado mérito. Eso no ha funcionado nunca. La gente no está acostumbrada a pensar las cosas por sí misma. A la gente le gusta seguir y que la sigan. Necesita un guía. Un mensajero. Un profeta. Siempre ha sido así, y siempre será.

—De modo que pretendes fabricar... ¿Qué? ¿Un Segundo Advenimiento?

—No exactamente, pero casi. ¿Y por qué no? Hay una parte sustancial del planeta que está esperando algo así. Todo eso que se dice del final de los tiempos y del Armagedón. Es una oportunidad de oro.

—¿Y las demás religiones? Porque sabrás que en este planeta existen otras, ¿verdad? ¿Cómo crees que van a reaccionar ante tu mesías prefabricado?

—No va a ser exclusivo. Ya está previsto ese detalle. Su mensaje abarcará a todos.

—¿Abarcará a todos y los animará a que sigan a Jesucristo? —replicó Rydell con acidez.

—Bueno —dijo pensativo Drucker, con una expresión malévola en los labios—, ése no es el mensaje principal que va a traer, pero sospecho que bien podría ser un efecto secundario de su predicación.

—Genial —replicó Rydell con enfado—. Y con ello, lo que harás será dar más pábulo todavía a esta alucinación en masa que no hemos conseguido quitarnos de encima en miles de años. ¿Te imaginas el provecho que le van a sacar a esto esos predicadores? ¿Te imaginas el poder que les vas a conceder a todos esos egomaníacos, repeinados e interesados, que andan por ahí? Vas a convertir a todos los políticos evangelistas y a todos los telepredicadores en santos incapaces de hacer nada malo. Y antes de que te des cuenta, volverán a declarar que la píldora es una forma de aborto y la prohibirán, los libros de la serie *Left Behind** se convertirán en lectura obligada en los colegios en medio de incineraciones en masa de

---

* Novela controvertida y de gran éxito que propone una determinada lectura escatológica de la Biblia, en particular del libro del Apocalipsis. *(N. de la T.)*

los de *Harry Potter*, los niños rezarán avemarías como castigo, y tendremos un museo del creacionismo en todas las ciudades. Si eso es lo que vamos a obtener a cambio, creo que prefiero quedarme con el calentamiento global.

—No tiene por qué suceder así. Mira, te estás olvidando de una cosa —señaló Drucker a la vez que se inclinaba hacia delante con el semblante iluminado por la expectación—. Al mensajero lo controlamos nosotros. Piénsalo, Larry. Se nos presenta la oportunidad de crear un profeta propio, un mesías que sea nuestro. Imagínate las posibilidades que tiene eso. Piensa en lo que podemos obligarle a hacer a la gente. —Drucker estudió a Rydell con ojos fríos y calculadores y prosiguió—: Sabes que tenemos razón. Sabes que ésta era la única manera de hacerlo. Esa gente no lee los periódicos. No investiga en Internet. Hace caso de lo que le dice su predicador, y le cree. Fanáticamente. No cuestiona lo que dicen los predicadores. No se molesta en comprobar la veracidad de las mentiras que oye en esas megaiglesias. Se contenta con tragárselo todo sin masticar, por muy ridículo que sea, y no hay quien la convenza de lo contrario, ni siquiera un ejército de personas de pensamiento que hayan ganado el Premio Pulitzer ni de científicos ganadores del Nobel que tengan todo el sentido común o todas las pruebas científicas del mundo.

»Mira: esa gente se limita a despreciarlos por considerarlos agentes del demonio. Satanás intentando nublarles el entendimiento. Nosotros necesitamos a esos habladores, necesitamos que vendan nuestro mensaje. ¿Y qué mejor manera de subirlos a bordo que dándoles un profeta nuevo y propio que puedan vender a su rebaño?

En lo que dijo hubo algo que irritó a Rydell.

—¿Y el resto del mundo? Hablas como si aquí el único problema fuéramos nosotros.

—Somos los que más contaminamos, ¿no es cierto? Pues empecemos por aquí. El resto del mundo hará lo mismo. —Calló un momento para escrutar a Rydell con mirada fija—. Nuestro objetivo no ha cambiado, seguimos estando en esto por los mismos motivos. El fin es la supervivencia, hacer frente a la singular amenaza a la que se enfrenta el planeta, desviar a la gente del peligroso camino que lleva.

—¿Devolviéndola a la Edad Media? —dijo Rydell—. ¿Dando a

esos pobres ilusos una razón auténtica para creer en supersticiones de la Edad del Bronce?

—¿Lo ves? —le respondió Drucker con una sonrisa—. Ahora has captado la ironía. —Miró una vez más a Rydell y añadió—: Para bien o para mal, todo este movimiento ha pasado a ser religioso, Larry. Lo sabes perfectamente. Es la misma historia de siempre, el mismo mito clásico que tenemos grabado en el cerebro, y en este caso encaja igual que un traje hecho a medida. Al fin y al cabo es una historia de salvación, ¿no? Somos pecadores. Todos somos pecadores. Hemos cogido el perfecto Jardín del Edén que nos entregó Dios y lo hemos profanado con nuestras orgías consumistas. Y ahora tenemos que pagar. Ahora tenemos que hacer sacrificios enormes y flagelarnos conduciendo coches más pequeños, usando menos electricidad, restringiendo lo de viajar en avión y otros lujos que nos parecen tan normales, y matando de asfixia nuestras economías para enderezar las cosas.

»Tenemos que derrotar al anticristo de la contaminación y buscar la salvación de la sostenibilidad, y salvarnos antes de que nos caiga encima el día del Juicio Final y nos elimine a todos mediante un apocalíptico y brusco cambio climático. Así es como va a ser, Larry. Y la razón de que haya terminado siendo eso es que a la gente le gustan los mitos religiosos. Le encantan. Tarde o temprano, lo convierte todo en una cruzada. Y dicha cruzada necesitaba un profeta, no una mera señal, para propagar el mensaje y llevarla a la práctica.

Rydell negó con la cabeza y desvió el rostro unos instantes. Todavía estaba esforzándose por asimilar que en efecto estaban teniendo aquella conversación. Que, después de haberlo debatido muchos meses atrás y de haber dejado reposar el tema, o eso creía él, realmente estaba sentado allí, contemplándolo en todo su glorioso y catastrófico esplendor.

—Los demás… ¿Están contigo?

—Sin la menor vacilación.

—¿Y dónde termina? —replicó Rydell—. ¿De verdad crees que vas a poder mantener a raya al padre Jerome eternamente? ¿De verdad crees que vas a poder mantener esta mentira en pie de forma indefinida? Tarde o temprano lo descubrirá alguien. Alguien meterá la pata, alguien cometerá un desliz, y todo saldrá a la luz. ¿Qué pasará entonces?

Drucker se encogió de hombros.

—Nuestra organización es muy eficiente.

—Hasta los planes mejor elaborados terminan por fracasar. Ya lo sabes tú. Pensaba que ésa era una de las principales razones por las que accediste a no tomar esta vía.

Drucker no cedía.

—Continuaremos todo el tiempo que nos sea posible.

—¿Y después?

Drucker reflexionó sobre la pregunta, y enseguida la descartó con la mano como si fuera una molestia carente de importancia.

—Ya se nos ocurrirá una salida elegante.

Rydell asintió con estoicismo mientras lo asimilaba todo. Permaneció allí sentado, baldado por la impresión que le había causado todo aquello, con la mirada perdida a lo lejos como si acabaran de decirle que le quedaba una semana de vida.

—No —dijo por fin con una voz teñida de consternación—. Esto no está bien. Es un error enorme.

Drucker entrecerró un poco los ojos.

—Tómate un tiempo para meditarlo como es debido, Larry. Acabarás viendo que tengo razón.

Pero en realidad aquello no terminaba de convencer a Rydell. De nuevo acudió a su memoria inmediata la imagen del sacerdote de pie en la azotea del monasterio de Egipto, con la señal suspendida encima de la cabeza y cientos de fieles postrados ante él.

—Ni siquiera con las mejores intenciones, ni teniendo en cuenta lo que estamos intentando hacer… No estoy dispuesto a formar parte de esto. No puedo ayudarte a hacer que este…, este virus se haga más fuerte de lo que ya es.

—Pues no te va quedar más remedio. Los dos tenemos mucho en juego —le recordó Drucker secamente.

—No está bien —repitió Rydell enfadado—. El plan consistía en asustar a la gente, Keenan. En obligarla a que tomara conciencia y pensara en lo que está haciendo. Y ya está. Unas cuantas apariciones bien escogidas, y se acabó. Que se quedaran sin aclarar. Que se quedaran como algo misterioso, inquietante y aterrador. En ese punto estábamos de acuerdo, maldita sea. Quedamos en que sería bueno que la gente no supiera de dónde había salido esto, que terminara pensando que procedía de alguna presencia alienígena, de alguna inteligencia superior.

»La belleza de todo el plan radicaba en que además de lograr que la gente hiciera caso, a lo mejor también la ayudaba a desprenderse de una vez de ese concepto pueril que tiene de Dios, de ese Dios personal, de ese viejecito de barba blanca que escucha todas las patéticas peticiones que le hacemos y establece reglas ridículas para decirnos lo que debemos comer, beber y vestir o a quién tenemos que hacer reverencia, y quizá también la ayudara a ir adquiriendo el concepto de que Dios, si acaso, es algo que resulta inimaginable e inexplicable...

—¿Y de ese modo empujarla a que adopte la mentalidad descafeinada de los agnósticos? —comentó Drucker en tono de sorna.

—Pues sí. Es un paso en la dirección correcta, ¿no?

Drucker permaneció inamovible. Meneó la cabeza en un gesto negativo y contestó:

—Ése es un noble pensamiento, Larry, pero... ésta era la única manera en que podía funcionar el plan. El mundo no está preparado para desprenderse de la obsesión que tiene con la religión. Ni mucho menos. Cada día es más fundamentalista. Y no sólo nuestros enemigos. Nosotros también. Mira lo que está pasando en este país. No tenemos un solo congresista o senador que sea capaz de admitir que es ateo. Ni uno. ¡Pero si el año pasado tuvimos diez candidatos a la presidencia, y ninguno de ellos se atrevió a levantar la mano y decir que creía en la evolución!

—Y tú estás contribuyendo a que eso vaya a peor.

—Es sacrificar una cosa por otra. Es un mensaje que entenderán.

Rydell volvió a negar con la cabeza.

—No. Es una equivocación. No había necesidad de actuar así. Tal vez ayudes a expulsar un demonio, pero estarás dando de comer a otro igual de abominable. Y que convertirá nuestro mundo en un infierno en vida para cualquier persona racional. —Se le oscureció el semblante en un gesto de resolución, y perforó a Drucker con una mirada fija—. Tenemos que buscar una manera de salir de esto. Tenemos que ponerle fin antes de que aumente demasiado de tamaño.

—Ya has visto lo que acaba de pasar en Egipto. Es demasiado tarde.

—Tenemos que frenarlo, Keenan —insistió Rydell.

Drucker se encogió de hombros.

—Tal vez deberíamos estar de acuerdo en discrepar respecto de eso.

—Todavía tengo voz en este asunto.

—Siempre que sea dentro de un marco razonable. Y en este momento estás siendo irrazonable.

Rydell meditó unos instantes y luego dijo, en tono provocador:

—Me necesitas para el polvo inteligente.

—Así es —aceptó Drucker con calma.

—Sin él, no puedes hacer esto.

—Ya lo sé.

Rydell quedó momentáneamente desconcertado por la actitud tan imperturbable que mostraba Drucker.

—¿Y entonces?

—Entonces… —Drucker hizo una mueca como si le doliera algo—. He tenido que fabricarme una póliza de seguros.

Rydell lo miró fijamente, no muy seguro de lo que había querido decir…, y entonces comprendió.

—¿Qué? —siseó—. ¿Qué has hecho? ¿Qué has hecho, hijo de puta?

Drucker le dejó sudar unos instantes y después dijo:

—Rebecca.

Aquella palabra acuchilló a Rydell igual que un picahielos. Abrió unos ojos como platos, se sacó el teléfono de la chaqueta y pulsó el botón de marcación rápida. Al cabo de dos timbrazos, se oyó una voz. No era la de Rebecca. Era una voz de hombre. Rydell reconoció instantáneamente al guardaespaldas de su hija.

—Ben, ¿dónde está Becca?

—Se encuentra a salvo, señor Rydell.

A Rydell el corazón le dio un vuelco de alivio. Lanzó una mirada victoriosa a Drucker.

Pero éste seguía conservando una expresión serena e impasible.

De pronto Rydell sintió una punzada de preocupación.

—Pásame con Becca —ordenó al guardaespaldas con la esperanza de obtener una respuesta que sabía que no iban a darle.

—Eso no puedo hacerlo, señor Rydell.

Esas palabras se le enroscaron en las entrañas y se las apretaron con fuerza.

—Ponme con ella —rugió.

Pero la voz del guardaespaldas no se alteró lo más mínimo.

—Sólo si me lo ordena el señor Drucker, señor.

Rydell arrojó el teléfono al suelo y arremetió contra Drucker.

—¿Dónde está? —chilló.

Drucker saltó del asiento y esquivó el ataque de Rydell a la vez que le aferraba la muñeca y el codo y le doblaba el brazo de lado y hacia atrás. Al mismo tiempo, le metió la zancadilla. El millonario cayó pesadamente al suelo y se golpeó contra uno de los asientos. Drucker lo observó unos instantes y a continuación se apartó unos pasos de él.

—Rebecca está bien —dijo mientras se estiraba la chaqueta. Tenía el rostro ligeramente congestionado y la respiración un tanto agitada. Hizo una inspiración profunda para calmarse antes de agregar—: Y seguirá estando bien. Mientras tú no cometas ninguna tontería. ¿Nos entendemos?

42

Monasterio Deir Al-Suryan, Wadi Natrun, Egipto

Zorro Dos y sus dos hombres miraban en silencio por sus prismáticos de gran potencia y esperaban. Estaban escondidos detrás de la pared en ruinas, cuatrocientos metros al oeste del monasterio y ocultos por la red de camuflaje para el desierto.

A su lado, descansando bajo la lona del camión, la unidad LRAD aguardaba pacientemente, preparada para blandir de nuevo su invisible poder. Para esta misión había sido pintada de color arena mate, un tono conseguido a la perfección para fundirse con el terreno que rodeaba al monasterio y el de más arriba, el de la cumbre de la montaña, por encima de la cueva. En esta ocasión habían dejado el micrófono direccional dentro de su guarnición; el suceso de aquel día había sido planificado estrictamente como conversación unidireccional, a diferencia de las largas horas que habían pasado durante las últimas semanas y meses, en la montaña, en las que el padre Jerome pareció estar preparado para formular una o dos preguntas.

Zorro Dos estudió la multitud agitada que se veía allá abajo. Hasta el momento había logrado sin problemas pulsar los botones apropiados y generar las reacciones que necesitaba. El padre Jerome había reaccionado tal como se esperaba a la suave estimulación que se le había dado en la azotea, cuando apareció la señal encima de él, pero claro, es que había sido bien preparado para que reaccionara de aquel modo. Y también bastaron unas pocas palabras susurradas, dirigidas a los núcleos visiblemente más violentos de la muchedumbre, para desencadenar una reacción en cascada, para incitarlos a dejarse dominar por el frenesí al ver un coche que huía. Una pulsación de ultrasonidos de alta frecuencia empleando el ajuste para control de multitudes fue más que suficiente para disminuir el fervor cuando éste ya no era necesario y hacerlos retroceder para facilitar una huida.

«Notable», pensó todavía, incluso habiendo empleado tantas veces el dispositivo acústico de largo alcance que ya era para él como una segunda naturaleza. En realidad obedecía a un concepto muy simple: proyectar el sonido dentro de un haz de audio muy concentrado, igual que la lente de un proyector de cine amplifica y concentra un haz de luz, a fin de que sólo pudieran oírlo las personas (o persona, porque poseía la precisión del rifle de un francotirador) que eran el centro de interés del mismo. Incluso desde aquella distancia. Y era capaz de hacer que pareciera la voz de una persona, en vivo o grabada, que le hablaba a uno desde dentro de su cabeza o, utilizando el modo de control de multitudes, menos sutil, enviar un pulso de sonido tremendamente abrasivo e insoportable al interior de los oídos del objetivo que, en su ajuste máximo, causaba desvanecimiento y náuseas y derribaba al enemigo más duro de pelar.

Simple, pero enormemente eficaz.

«La voz de su amo», pensó Zorro Dos.

En este caso el poder de sugestión era de lo más eficaz, dado que los sujetos ya estaban ardiendo en deseos de hacer lo que se requería de ellos, igual que en el caso de los objetivos seleccionados entre la multitud que se agolpaba frente al monasterio, o, como en el caso del padre Jerome, cuando habían sido sometidos a varias semanas de adoctrinamiento forzoso. Sesiones de electroshock y de privación de sueño, seguidas de cócteles de metohexitol para calmarlo. Estimulación mental transcraneal. Una crisis completa psíquica y química. Trastocar los interruptores del cerebro, desarmarlo del todo para a continuación bombardearlo psicológicamente. Implantar visiones, pensamientos, sentimientos. Condicionar el cerebro para que acepte una realidad alternativa, como oír la voz de Dios o superar la propia humildad para aceptar la idea de ser el Elegido.

Hizo un barrido del desierto con los prismáticos, hacia el oeste de su posición. Aunque sabía lo que estaba buscando, de todas formas tardó casi un minuto en localizar a Zorro Uno y su unidad.

Los cuatro hombres y su equipo también eran prácticamente invisibles, ocultos bajo la red de camuflaje entre las dunas de arena, a un par de centenares de metros. Su contribución había sido perfecta, como era de esperar. El efecto que había ejercido, sobrecogedor. Él ya lo había visto en otra ocasión, en un vídeo que recogía una prueba realizada en el desierto, pero así, en vivo, nunca. Ni tampoco delante de un público que no sospechaba nada.

Lo había dejado sin respiración. Incluso para un tipo como él, escéptico y curtido en mil batallas, fue un momento que casi le paró el corazón. Un puñetazo en la cara que, sin duda, iba a causar un fuerte impacto en todo el mundo.

Zorro Dos volvió a centrar la atención en las hordas que asediaban las puertas del monasterio. Pronto iba a poder largarse para siempre de aquella mierda de sitio, pensó con cierto placer. Había sido una misión espantosa. Viviendo oculto, de guardia al amanecer y al anochecer, subiendo y bajando esa montaña, cargando todos los días de acá para allá con el equipo. Llevaba demasiado tiempo en el desierto. Echaba en falta el tacto de la piel de una mujer y el aroma de una buena barbacoa, pero sobre todo echaba de menos vivir entre la gente.

«Pronto», pensó.

Pero antes de poder hacerlo, tenía que cerciorarse de que la misión llegara a su fin tan libre de tropiezos como había comenzado.

43

Woburn, Massachusetts

El aroma a café recién hecho despertó el cerebro de Matt y lo
sacó de un dormir en el que no había soñado nada. Todo lo que lo
rodeaba se le antojó borroso. Intentó incorporarse en la cama, pero
lo hizo tan deprisa que casi se desmayó. Probó a incorporarse de
nuevo, esta vez un poco más despacio. Poco a poco fue recuperan-
do la conciencia y asimilando el entorno, pero con la sensación de
tener la cabeza llena de alquitrán.

La televisión estaba encendida, aunque la verdad era que no
lograba distinguir lo que estaban dando. Parpadeó en un intento de despejar la neblina que le cubría los ojos. Jabba estaba
sentado junto a la mesa que había al lado de la ventana, viendo
la televisión. Volvió la cabeza hacia él y le sonrió, sosteniendo una humeante taza de café en una mano (una *venti*, o un bol,
o cualquier otro de esos nombres graciosillos y originales pero
equivocadamente fastidiosos que les ponían actualmente a las tazas simplemente «grandes») y un donut glaseado (¿o era *glasé*?) a
medio comer en la otra, con el cual señaló las otras dos tazas gran-
dotas y la caja de donuts sobre la mesa.

—El desayuno está servido —dijo entre un bocado y otro.

Matt respondió al científico —también tamaño *venti*— con
una sonrisa de cansancio, y entonces se dio cuenta de la luz del día
que penetraba a torrentes en la habitación.

—¿Cuánto tiempo he dormido? ¿Qué hora es?

—Casi las once. Lo que quiere decir que has dormido... —Jabba realizó los cálculos mentales—, dieciséis horas más o menos.

Horas que Matt necesitaba.

Que necesitaba de verdad.

También reparó en un par de periódicos que había encima de la mesa. Los titulares tenían un tamaño fuera de lo corriente, del que se utiliza sólo cuando ha tenido lugar un suceso importante. Debajo se veía una foto de la aparición, en color, que abarcaba casi una cuarta parte de la plana, y que también ocupaba las primeras páginas al lado de antiguos retratos de archivo del padre Jerome.

Matt levantó la vista y miró a Jabba. Éste afirmó con la cabeza y su expresión se desvió hacia territorio más amenazante.

—El Águila ha aterrizado —dijo con voz sombría, apuntando con su medio donut a la televisión.

Matt observó las imágenes procedentes de Egipto en silencio y con un sentimiento de incredulidad. Otras noticias urgentes llegadas de todo el mundo mostraban también la reacción explosiva que siguió a lo sucedido en el monasterio.

En la plaza de San Pedro, en el Vaticano, se habían congregado decenas de miles de fieles que aguardaban ansiosos las instrucciones del papa para saber cómo debían afrontar la aparición. La Praça da Sé de São Paulo estaba abarrotada por hordas de brasileños eufóricos que habían acudido a ella desde dentro de la ciudad y desde el exterior y habían invadido hasta el último centímetro libre de la catedral Sé, también buscando respuestas. Esas reacciones eran reflejo de las variedades locales en la fe y los diferentes niveles de apetito por lo sobrenatural que había alrededor del planeta.

Las escenas se repetían en concentraciones de masas frenéticas frente a las iglesias y en las plazas de ciudades de otros centros del cristianismo, desde México hasta Filipinas, pero en otros lugares eran distintas. En Extremo Oriente la reacción en general fue más sorda. Las multitudes tomaron las calles en China, Tailandia y Japón, pero en su mayor parte de forma ordenada y con muy pocos disturbios aislados. Por otra parte, en la conflictiva Jerusalén reinaba la tensión y ya empezaban a apreciarse señales preocupantes de polarización entre los diversos grupos religiosos. Cristianos, musulmanes y judíos se echaban a la calle en busca de respuestas, desconcertados e inseguros de cómo reaccionar ante lo que muchos de ellos consideraban una manifestación milagrosa y sobrenatural, pero que no coincidía con lo que había profetizado ninguna de las escrituras sagradas. Lo mismo estaba ocurriendo en el mundo islámico. Los fieles, sumidos en la confusión, habían acaparado los centros de las ciudades, las plazas y las mezquitas de todo el mundo árabe y de otros países situados más al este, como Pakistán, Bangladesh e Indonesia. Como siempre, las voces moderadas permanecían al margen o se veían dominadas por las más radicales. Llegaban informes de escaramuzas y altercados que habían estallado en varias ciudades, tanto entre seguidores de religiones distintas como entre miembros de una misma fe.

Por todo el mundo la reacción oficial no estaba sino empezando a instalarse poco a poco, pero de momento los dirigentes gubernamentales y religiosos se habían abstenido de hacer declaraciones públicas respecto del fenómeno, aparte de un poco de retórica vehemente que varios fundamentalistas no sentían tapujo alguno en expresar.

A lo largo de toda aquella cobertura por parte de los medios, el rostro del padre Jerome estaba por todas partes. Aparecía en la primera plana de todos los periódicos del país, si no del mundo. Le sonreía al público desde todos los canales de televisión. El frágil sacerdote de pronto se había transformado en una superestrella. Todos los informativos se centraban en el mismo reportaje. Presentadores y locutores de todo el espectro lingüístico se esforzaban por reprimir los superlativos... y fracasaban. El mundo entero estaba totalmente embelesado por aquel suceso que no tenía explicación.

Mientras Matt comía, bebía y veía la televisión, Jabba le iba contando lo que había ocurrido durante la noche. La cafeína y el azúcar volvieron a hacer efecto en él y le fueron inyectando un poco de vitalidad en las venas; y los lugares a los que no llegó la cafeína los rellenaron las imágenes repetitivas de Egipto y del resto del mundo. Con cada nuevo informativo y cada nuevo vídeo Matt sintió que lo recorría un escalofrío. Lo que estaba en juego iba aumentando de forma exponencial, junto con la revelación de la enormidad a la que se enfrentaba.

Cuando los donuts se acabaron, Jabba bajó el volumen y le contó a Matt lo que había hecho. Había estado ocupado. Después de que Matt cerrara los ojos y antes de la sesión del desayuno, regresó a la recepción, le entregó al recepcionista otro billete de diez dólares y se puso a trabajar hasta bien entrada la noche, y de nuevo a primera hora de la mañana.

Obtuvo la última actualización sobre la posición del rastreador y le pasó a Matt los datos impresos: indicaban que el Mercedes había salido del distrito Seaport, la última ubicación que tenían de él, en algún momento anterior a las diez de la noche; viajó hasta la zona del centro urbano, y allí se perdió la señal, supuestamente por culpa de las paredes de hormigón del aparcamiento subterráneo de algún edificio. Reapareció poco después de las siete de aquella mañana y regresó a la misma ubicación del distrito Seaport, y desde entonces no se había movido.

A partir de ahí, Jabba había pasado la mayor parte del tiempo intentando reforzar el endeble esquema que habían conseguido construir respecto del siniestrado equipo de investigación y el proyecto encubierto que éste se traía entre manos. Había efectuado nuevas llamadas a los contactos que tenía dentro de dicho sector y había hecho trabajar de lo lindo a varios algoritmos de búsqueda de Google y Cuil, y aunque no había obtenido gran cosa, lo que no encontró también le indicó algo.

Aunque la experiencia que Jabba poseía tenía que ver con proyectos de investigación que no guardaban relación con Defensa, el secretismo que rodeaba su trabajo y el de sus colegas a menudo parecía militar, debido a su intensidad. Y aunque los proyectos que sí guardaban relación con Defensa eran todavía más secretos, con frecuencia surgía un comentario, una insinuación, algo que se había filtrado por entre las grietas y ofrecía una idea, aunque fuera vaga, de la envergadura aproximada que tenía dicho proyecto. Las más de las veces, la información clave que había que proteger era la de cómo había que alcanzar un objetivo. En la mayoría de los casos, el objetivo en sí se conocía como mínimo de manera tangencial, sobre todo dentro de los círculos de técnicos mejor relacionados. Sin embargo en este caso nadie sabía nada: el proyecto había nacido y muerto en un secretismo completo. Lo cual indicaba a Jabba que no se parecía a nada que él hubiera conocido anteriormente. Y también apuntaba a los recursos y la determinación que tenían los que lo manejaban, con lo cual la idea de actuar contra ellos resultaba aún menos atractiva, si es que tal cosa era posible.

No obstante, había logrado desenterrar una pepita auténtica, que se reservó para el final.

—He seguido la pista de la mujer de Dominic Reece —informó a Matt con no poca satisfacción y una sonrisa radiante en su semblante cansado—. A lo mejor ella tiene alguna idea de lo que estaban haciendo su marido y Danny en Namibia.

—¿Dónde está? —inquirió Matt.

—En Nahant, subiendo por la costa —respondió Jabba al tiempo que le entregaba un papel en el que había anotado un número de teléfono—. Podemos llegar en media hora.

Matt reflexionó unos instantes y luego asintió.

—Suena bien. Pero antes vamos a ver qué nos ofrece el rastreador en Seaport.

44

Monasterio Deir Al-Suryan, Wadi Natrun, Egipto

Desde el momento de frenesí vivido en la azotea de la torre, Gracie no había dejado de hacer conexiones en directo casi continuas. Aproximadamente cada media hora se colocaba frente al objetivo de la cámara de Dalton a fin de aplacar la sed insaciable de noticias nuevas que tenía el mundo, con independencia de la información de que dispusiera, ya fuera mucha o poca. Sentía la garganta entumecida, los nervios de punta, las piernas flojas, pero no habría deseado que fuera de otra forma. El mundo entero estaba atento y escuchando, pendiente de la más mínima información que pudiera recibir. Todos los noticiarios hablaban del mismo tema. Y ella se encontraba allí mismo, justo en el corazón de la noticia. La única cara y la única voz que tenían al planeta entero en vilo.

Y, a pesar de todo, todavía le costaba creer que estuviera sucediendo, seguía sin asimilar del todo el hecho de estar allí, haciendo aquello, viviendo *in situ* unos sucesos que iban a hacer época junto al hombre que muy posiblemente era un enviado de Dios.

Por seguridad, habían bajado al padre Jerome de la azotea, teniendo en cuenta la masa de gente que se había congregado al otro lado de las puertas. Tras la aparición de la señal al amanecer, la muchedumbre se había multiplicado por diez, y aún seguía llegando gente venida de todos los rincones. El padre Jerome había sido escoltado a las entrañas del monasterio por el abad y el hermano Amín. Se sentía desconcertado por toda aquella experiencia y se lo veía visiblemente agotado. Necesitaba tiempo para recuperarse y asimilar lo sucedido. Dalton, Finch y Gracie regresaron a la azotea en un par de ocasiones, y Dalton se arrimó hasta el borde mismo y filmó la escena que tenía lugar frente a los muros del monasterio. Estaba desesperado por usar la cámara aérea, pero acordó de mala gana con Gracie y Finch en que no era sensato, dada la volatilidad de aquella masa de gente.

Hasta el momento, desde que la señal se desvaneció al cabo de unos quince minutos de aparecer encima de la cabeza del padre Jerome, allá afuera las cosas transcurrían en calma, si bien con gran tensión. No habían vuelto a producirse estallidos de violencia, pero la muchedumbre se había atrincherado en zonas separadas, campos rivales que se vigilaban nerviosos el uno al otro: cristianos que se concentraban allí para rezar y rendir culto, musulmanes que se sentían fascinados por el milagro que habían presenciado y se habían sumado a los demás en la oración aun sin estar seguros de cómo interpretar la aparición de la señal sobre la cabeza de un sacerdote, y grupos inflamados de musulmanes más fundamentalistas que rechazaban a todo el que sugiriese que había florecido un profeta nuevo, y que con su mera presencia empujaban hacia la cuneta a los moderados de ideas más abiertas que había entre ellos.

Entre una emisión y otra, Gracie, Finch y Dalton hacían un seguimiento de los informativos que iban entrando procedentes de todo el planeta y actualizaban su información gracias a los contactos que poseía su cadena en El Cairo. La primera figura religiosa de importancia que hizo un comentario oficial sobre lo que estaba sucediendo fue el patriarca de Constantinopla. A diferencia del papa, que era el indiscutible dirigente de los católicos de Roma y cuya palabra ellos consideraban infalible, el patriarca contaba con escaso poder ejecutivo en el fragmentado mundo de la Iglesia ortodoxa oriental. Pero ello no le había impedido hacer uso de su evocador e histórico título para promover la preocupación que sentía por el medio ambiente y presentar dicho tema como una responsabilidad espiritual. En ese contexto acababa de publicar una declaración en la que pedía a las personas de todo el mundo que prestaran atención a lo que estaban presenciando y en la que expresaba su interés por conocer al padre Jerome a fin de comprender mejor lo que estaba ocurriendo.

De momento, Gracie, al contemplar el enjambre de gente que ocupaba la llanura, iba sintiéndose cada vez más inquieta por su situación. En el aire flotaba un silencio tenso. La amenaza de que se produjera una erupción de violencia todavía mayor era algo palpable. Aceptó agradecida un poco de limonada que le llevó uno de los monjes y se sentó con las piernas cruzadas en el extremo más alejado de la azotea, con la espalda apoyada contra varias piezas del equipo. Dalton y Finch no tardaron en sumarse a ella, vasos en mano.

Permanecieron sentados en silencio por espacio de varios minutos, permitiendo que sus respectivos cerebros aminorasen la velocidad y que se les tranquilizara un poco el pulso.

—¿A que es increíble? —comentó Finch paseando la mirada por los irregulares tejados en cúpula que llenaban el recinto del monasterio—. Que todo pueda cambiar así, en un segundo.

—¿No estábamos ayer, sin ir más lejos, helándonos de frío en el Polo Sur? —preguntó Dalton en tono cansado, con incredulidad—. ¿Qué ha pasado?

—La historia de nuestra vida, eso es lo que ha pasado —repuso Gracie.

—Sin duda. —Dalton meneó la cabeza a la vez que se le formaba una sonrisa irónica en un lado de la boca.

Gracie reparó en ella.

—¿Qué?

—Resulta de lo más raro el modo en que ocurren estas cosas, ¿no os parece? No sé cómo lo llamaréis vosotros. Suerte. Destino.

—¿Qué es lo que quieres decir?

—Que podríamos habernos perdido todo esto de la manera más fácil. Imagínate... que no hubieras aceptado esa llamada del hermano Amín cuando estábamos en el barco. O que él no hubiera conseguido convencernos para que viniéramos. O que los del documental no hubieran estado aquí antes que nosotros y no hubieran filmado las pinturas del padre Jerome. Podríamos haber pasado de largo, ¿no? —Miró a Gracie y a Finch—. No estaríamos aquí en este momento, y puede que no hubiera ocurrido nada de esto.

Gracie meditó sobre ello una fracción de segundo y luego se encogió de hombros.

—Habrían venido otros. La exclusiva sería de otros.

—¿Tú crees? Y si los del documental no hubieran tomado esas imágenes. Y si no hubiera venido nadie a hablar con el padre Jerome. No se habría reunido este gentío. El padre Jerome no habría

subido a esta azotea. No le habría aparecido ninguna señal encima.
—Levantó las cejas como diciendo: «Piénsalo»—. A uno le da por
pensar si él es el primero o ha habido otros antes.

—¿Otros? —preguntó Gracie.

—Ya sabes, tipos excéntricos. Locos que oyeron voces interiores, que pintaron símbolos extraños en las paredes o que llenaron
diarios personales con sus desvaríos. ¿Y si hubiera habido otros
antes que él? Otros tan auténticos como él, sólo que no lo sabía
nadie. —Afirmó con la cabeza para sí mismo, profundizando más
en la idea—. ¿Y qué me decís del momento escogido? —agregó—.
¿Por qué precisamente ahora? Ha habido otras épocas en las que
nos habría venido bien recibir una señal, un mensaje. ¿Por qué no
justo antes de Hiroshima? ¿O durante la crisis de los misiles en
Cuba?

—¿Siempre te vuelves tan lúcido al beber limonada? —preguntó Gracie.

—Depende de lo que haya puesto dentro ese buen monje —repuso Dalton con una sonrisa de oreja a oreja y alzando una ceja.

Justo en aquel momento asomó la cabeza el hermano Amín por
la trampilla de la azotea, con un gesto de profunda preocupación.

—Acompáñenme, por favor. Tienen que oír una cosa.

—¿Adónde? —preguntó Gracie a la vez que se levantaba del
suelo.

—Abajo. Al coche. Vengan.

Descendieron de la torre y acompañaron al monje hasta el Previa, que seguía aparcado junto a las puertas. El abad llegó al mismo
tiempo que ellos. El coche tenía las puertas abiertas, y Yusuf y
un par de monjes se hallaban inclinados sobre él, profundamente
concentrados, escuchando una emisión en árabe que se oía por la
radio. Todos lucían una expresión de horror en la cara.

Otro líder religioso estaba haciendo una declaración, sólo que
ésta no pretendía inspirar como la primera. Gracie no entendía lo
que decía, pero el tono no era difícil de interpretar. Vociferaba escupiendo las mismas soflamas e invectivas que ella había oído innumerables veces por todo el mundo árabe. E incluso antes de que
el hermano Amín se lo explicase, ya comprendía perfectamente lo
que estaba ocurriendo.

—Es un imán de El Cairo —les dijo con voz un tanto temblorosa—. Uno de los clérigos más impetuosos del país.

—No parece estar muy contento —señaló Dalton.

—Y no lo está —repuso el hermano Amín—. Está diciendo a sus seguidores que no se dejen engañar por lo que ven. Que el padre Jerome es una *hila*, un truco, una invención del Gran Satán que es Estados Unidos, o un enviado del *shaytán* en persona, un agente del diablo. Y que ya sea lo uno o lo otro, deben considerarlo un falso profeta que ha sido enviado para sembrar miedo y confusión entre los verdaderos creyentes. —Escuchó un fragmento más y añadió—: Les está diciendo que cumplan su deber de buenos musulmanes y que recuerden las enseñanzas de la única fe verdadera.

—¿O sea? —preguntó Finch.

—Está pidiendo la cabeza del padre Jerome —contestó el hermano Amín—. Literalmente.

45

River Oaks, Houston, Tejas

—Tengo que confesártelo, me siento confuso de verdad —gruñó el pastor a la vez que depositaba su vaso de bourbon—. ¿Se puede saber qué demonios está pasando? No estaba previsto que las cosas sucedieran así.

—¿Y cómo estaba previsto que sucedieran?

—El Segundo Advenimiento, Roy —respondió—. El Final de los Tiempos. La venida de Cristo.

Estaban sentados el uno frente al otro en el enorme invernadero, un gigantesco recinto acristalado que empequeñecía la mayoría de las viviendas unifamiliares, pero que al lado del resto de la mansión del pastor parecía un cuarto de baño anexo. Al otro lado de los ventanales biselados había una piscina oval, cubierta por una reluciente lona alquitranada a la espera de que llegaran días más cálidos. La valla que rodeaba la pista de tenis de Darby se entreveía por detrás de una fila de chopos que bordeaban el linde izquierdo de la finca.

Aunque en el transcurso del año anterior se habían visto innumerables veces, Roy Buscema aún observaba al hombre que tenía enfrente con la misma fascinación que un antropólogo que hubiera descubierto una especie nueva. El reverendo Nelson Darby constituía un espécimen de lo más intrigante. Moderno en todo lo tecnológico y en todo lo que tuviera que ver con las prácticas comerciales, pero inamovible y medieval en lo que se relacionaba con las escrituras sagradas. Refinado y comedido, pero un feroz guerrero de la cultura de derechas y agente inconfeso de la intolerancia. En todas las ocasiones en que se habían visto, en ningún momento Darby había dejado de ser un anfitrión encantador, relajado y deseoso de agradar, nada parecido al predicador rimbombante y lleno de frases apocalípticas en que se transformaba en un escenario. Además iba impecablemente acicalado, era un hombre elegante que apreciaba las cosas buenas de la vida. Por suerte para él, Dios (según la inequívoca escritura que nos legó, en todo caso) se complacía en la prosperidad de sus siervos, y él era ante todo un siervo de lo más leal.

Su estilo refinado se extendía también a su hogar. Situado al final de una frondosa avenida de River Oaks, ocupaba un emplazamiento privilegiado, pues daba directamente al campo de golf del club de campo. Era una majestuosa mansión de columnas blancas que databa de la década de los veinte; majestuosa pero construida con gusto y cierta austeridad, no un vulgar templo erigido en honor de la Teología de la Prosperidad. Darby se sentía particularmente orgulloso de su invernadero. Lo había mandado diseñar a medida por uno de los principales proveedores de invernaderos de Londres, el cual se había traído consigo un equipo de cuatro carpinteros para instalarlo. Le gustaba celebrar allí las reuniones; era un lugar apartado de los ojos y los oídos del pequeño ejército de empleados que trabajaban en las amplísimas oficinas del campus de su megaiglesia. Así tenía la oportunidad de exhibirse e impresionar a las visitas. Y, naturalmente, le servía de inspiración. A Darby, aquel invernadero de cristal se le antojaba un prisma para los rayos del sol, un agujero blanco que absorbía hasta el más débil retazo de luz que brillara en el más oscuro de los días. Normalmente ayudaba a instilar en él un mayor sentimiento de asombro y admiración del que ya poseía. Era allí dentro donde preparaba sus sermones más vehementes, en los que arremetía contra los homosexuales, el aborto (incluso en el caso de víctimas de violación y de incesto), los condones, la evolución de las especies, la investigación de las células madre y los aspirantes a presidente elitistas-casi-musulmanes, en los que incluso dirigía sus venenosas y pomposas diatribas contra las Girl Scouts, a las que había tachado de agentes del feminismo, contra el juego *Dragones y Mazmorras* y, cosa todavía más peregrina, contra Bob Esponja Pantalones Cuadrados.* Era allí donde

---

* Popular personaje en forma de esponja de cocina que algunos grupos evangelistas de Estados Unidos han atacado por considerarlo homosexual. (*N. de la T.*)

redactaba los sermones que reservaba para las ocasiones especiales, como la Navidad, para la cual ya faltaban muy pocas fechas.

Aquel día, sin embargo, toda su inspiración se encontraba bloqueada por las ideas confusas que navegaban por su cerebro.

—Tal vez no sea éste el Final de los Tiempos —sugirió Buscema.

—Desde luego que no —concordó el pastor con irritación—. No puede serlo. Todavía no. Y menos cuando no ha tenido lugar ninguna de las profecías del libro sagrado. —Se inclinó hacia delante con una expresión reflexiva en los ojos y, para mayor énfasis, hizo con las manos los típicos movimientos verticales del kárate, como hacía en el púlpito—. La Biblia nos dice que el mesías sólo regresará cuando hayamos librado la batalla definitiva entre los hijos de Dios y el ejército del anticristo en Israel. Sólo después de que haya ocurrido eso podremos ser salvados mediante la venida de Cristo. —Sacudió la cabeza—. Esto no está bien. Demonios, aún estamos esperando a que los israelíes eliminen el mal de Irán a base de bombas y pongan todo el proceso en marcha.

—Dios nos está enviando un mensaje, Nelson —apuntó Buscema con aire pensativo—. Nos ha dado una señal, dos señales, en los casquetes polares. Y nos ha enviado un mensajero.

Darby soltó una risita de mofa.

—Un árabe. Y además católico, si es posible entender semejante cosa.

—No es un árabe, Nelson. Es español.

Darby hizo caso omiso de la corrección.

—No hay diferencia. Sigue siendo un católico.

—No importa. ¿Qué creías tú que iba a ser el mesías del Segundo Advenimiento? ¿Un luterano?

—No sé, pero ¿católico? —gimió Darby.

—En estos momentos, eso es un detalle que no viene al caso. Es cristiano. Y, más importante, resulta que es uno de los hombres más santos del mundo entero. Ha pasado los seis últimos meses escondido en una cueva de Egipto, cerca de un monasterio. Que forma parte de Tierra Santa. El propio Jesucristo se ocultó en ese mismo valle cuando lo perseguían los romanos.

—¿Y qué pasa con todo eso de los coptos?

—El monasterio en que se encuentra el padre Jerome es copto, pero él no. ¿Sabes quiénes son los coptos?

—Todavía no —respondió Darby con una sonrisa de modestia.

—Son los cristianos de Egipto. Tal vez un diez por ciento de la población. Pero son los que llevan más tiempo en ese país. Ya estaban antes de que lo invadieran los árabes en el siglo VII. De hecho, llevan allí desde el primer día. Sin interrupción. Son los cristianos más puros, más antiguos y menos corrompidos que se pueda encontrar, Nelson —insistió Buscema. Calló unos instantes para dejar calar lo que había dicho y luego prosiguió—: Sí que sabes quién fundó la iglesia copta, ¿no?

—No —contestó Darby.

—Marcos. El evangelista, ese Marcos. Fue allí para predicar el Evangelio, unos treinta años después de la muerte de Jesús. No le costó mucho conseguir que la gente que vivía allí abrazara la nueva religión; ya creían en la vida eterna, llevaban miles de años creyendo. La diferencia radicaba en que Marcos les dijo que no era sólo para los faraones. No había necesidad de que a uno lo momificaran y lo metieran dentro de una pirámide, ni que los sacerdotes llevaran a cabo toda clase de rituales extraños. Todo el mundo tenía derecho a ir al paraíso, siempre que creyera en el único Dios y que le suplicara el perdón de sus pecados. Lo cual, como te puedes imaginar, fue como música para sus oídos. Y allí fue donde comenzó todo, donde el cristianismo tomó forma por primera vez.

»El simbolismo, los rituales. Muchas cosas salieron de allí. Fíjate en el *anj*, ese símbolo egipcio de la vida eterna, y la cruz. Piensa en su dios, Ra, el dios del sol, y nuestro día santo, el domingo. Y ese valle en el que ha estado escondido el padre Jerome es más santo de lo que crees. Los monasterios de esa zona son los más santos del mundo, albergan algunos de los libros sagrados más antiguos que existen. Evangelios de los siglos IV y V. Manuscritos de valor incalculable. Montones de ellos. Y se encuentran allí. Todavía los están traduciendo. Quién sabe lo que encontrarán en ellos. Es un lugar profundamente religioso, Nelson. Un lugar profundamente religioso…, cristiano. Y el padre Jerome…, en fin, de él ya lo sabes todo. Todo lo que ha hecho, la obra de Dios. Lo mucho que ha contribuido a difundir el mensaje. Si Dios quisiera escoger a alguien, a mí me parece que el padre Jerome reúne todos los requisitos necesarios.

Darby afirmó con la cabeza y permitió a regañadientes que el sermón de su asesor fuera asentándose en su cerebro.

—Pero ¿por qué ahora? ¿Y qué significan esas señales aparecidas en los polos?

Buscema elevó las cejas en un gesto de incertidumbre.

—Quizá nos esté diciendo que estemos vigilantes. A lo mejor le gustaría que permanezcamos aquí un poco más de tiempo. ¿Y quién sabe? —Sonrió—. Es posible que encuentres personas que terminen prefiriendo ese mensaje antes que las profecías del Final de los Tiempos de las que has estado hablándoles. Con independencia de lo mucho que estén deseando que lleguen. —Sonrió para sus adentros al soltar aquella pequeña pulla.

Darby la captó y entrecerró los ojos, pero la dejó pasar.

—Es nuestro destino, Roy. Eso es lo que dice la Biblia. Así es como nos salvaremos los que hemos aceptado a Jesucristo como nuestro salvador. Antes del Armagedón. Antes de que la Tierra sea arrasada. Además, no creerás en serio que esos gases de efecto invernadero van a terminar por matarnos a todos engulléndonos en sus olas gigantes o en esa nueva era glacial con la que no dejan de machacarnos. Aunque no estoy seguro de que no pueda suceder algo así.

—Bobadas —replicó Darby—. El Final de los Tiempos lo va a traer la guerra, Roy. La guerra nuclear entre las fuerzas del mal y las del bien, no el calentamiento global. —Suspiró y se recostó en su asiento—. El Señor creó este mundo. Y si recuerdas el Génesis, el Señor dijo: «Es bueno.» Lo cual quiere decir que quedó contento con el modo en que le salió. Es su divina creación. Y él es el Todopoderoso, por Dios. ¿Crees que iba a diseñarla de manera que la enclenque raza humana pudiera destruirla sólo con ir por ahí conduciendo cochazos y con poner el aire acondicionado a toda pastilla? ¿Su divina creación? Eso no puede ocurrir. Él no permitirá que ocurra de esa manera.

—Lo único que estoy diciendo —replicó Buscema con su estilo pausado— es que hay una señal que ha aparecido en los puntos en que se está originando el cambio climático de este planeta. Es una señal, Nelson. Y acabo de ver los primeros resultados de las encuestas a escala nacional.

Aquello disparó una subsección totalmente diferente en el cerebro del pastor, y se le iluminó el semblante por efecto de un agudo interés.

—¿Y qué dicen?

—La gente está prestando atención, está haciendo caso.

Darby expulsó el aire con fastidio.

—Seguro que esos tarados que propugnan eso de «cuidar de la creación» estarán sonriendo en este momento.

—«Del Señor es la tierra y cuanto la llena» —citó Buscema con regocijo.

Darby frunció el entrecejo.

—Gracias por recordármelo.

—Está en la Biblia, Nelson. «Dios tomó al hombre y lo puso en el jardín del Edén para que lo cultivase y lo guardase» —recalcó—. La gente está preocupada por el mundo en el que van a crecer sus hijos. Es un gancho potentísimo.

—Se equivocan. Y son peligrosos. Hemos de tener cuidado, Roy. ¿De qué estamos hablando? ¿Estamos diciendo que este planeta es sagrado? ¿Se supone que debemos adorar la naturaleza? Ése es un terreno muy resbaladizo. No podemos ir por ahí diciendo a la gente que ame a la Madre Tierra y que cuide de ella. Eso era en lo que creían los indios.

Buscema sonrió. Darby era una persona que entendía las sutilezas de la fe. Y además era inteligente, no cabía la menor duda. Y también un as a la hora de etiquetar a la gente, aparte de ser un orador hipnotizante que sabía cautivar a su público. Por algo miles de personas soportaban penosos atascos de tráfico todos los domingos para acudir a oír sus estimulantes sermones. Por algo otros millones de personas sintonizaban su programa para dejarse embobar por la labia que desplegaba en las televisiones nacionales abiertas y por cable. Por algo sus opiniones, pese a ser primitivas e intolerantes y contener sandeces de encefalograma plano, tales como echar la culpa del 11-S a los gais, lo habían ayudado a montarse un imperio que abarcaba más de cincuenta ministerios de diferente denominación y una red mundial de más de diez mil iglesias, una escuela y una universidad, un centro de conferencias, veintitrés emisoras de radio y dos docenas de revistas.

—No es necesario llegar a eso —dijo Buscema—. Tienes que ver esto más bien como que los deseos pecadores del hombre lo han hecho desviarse de su camino. Necesita ver la senda que conduce a la salvación. Y tu misión consiste en tomarlo de la mano y mostrarle por dónde se va. —Buscema lo miró fijamente y a continuación se inclinó hacia él para hacer mayor énfasis—. Porque, a no ser que yo esté equivocado y no haya entendido bien, tú estás a favor de la vida, ¿verdad? —Jugó con él dejando que dicha pregunta quedara flotando unos instantes, siempre perplejo, y apenado, por la manera en que los que defendían la vida aplicaban su fervor a un mínimo conjunto de células, con independencia de cuán trágicamente hubieran sido malformadas o concebidas, pero no a ninguna otra especie de ser vivo ni al hábitat que compartíamos todos—. A eso se refiere lo de salvar el planeta, ¿no? A la vida.

Darby exhaló el aire con fuerza. Se veía a las claras que no le estaba gustando aquello. Formó una pirámide con las manos y apoyó la barbilla en los dedos pulgares.

—¿Por qué no dice nada ninguno de esos imbéciles de Washington?

—Ya lo dirán —repuso Buscema con una expresión que indujo a Darby a suponer que sabía más que lo que revelaba.

Darby se lo creyó.

—¿Qué has oído?

—El verdadero héroe es el padre Jerome, Nelson. En Washington lo saben. Únicamente están planificando la mejor manera de manejar el asunto.

Darby frunció el ceño. Unas pequeñas arrugas pudieron más que el botox y se le extendieron alrededor de los ojos.

—Les preocupa lo mismo que a mí. —Abrió los brazos—. Uno construye todo esto, llega a la cima, se convierte en el rey de su castillo…, y entonces aparece un tipo queriendo que lo llames amo.

—Ha ocurrido, Nelson. Eso no podemos cambiarlo. El padre Jerome existe. No deseo que pierdas el tren, eso es todo.

—En tu opinión, ¿qué debería hacer? —le preguntó Darby.

Buscema meditó un momento y dijo:

—Llevarlo a tu terreno. Mientras puedas.

—¿Quieres que lo respalde?

Buscema afirmó con la cabeza.

—Ya hay otros pensando en hacerlo.

—¿Quiénes?

Buscema le sostuvo la mirada unos instantes y después le desveló:

—Schaeffer. Scofield. Y muchos más. —Sabía que si mencionaba los nombres de dos de los principales rivales de Darby en la lotería de salvar almas, generaría una determinada reacción. Uno de ellos incluso había cometido la ofensa de tener su megaiglesia en la misma ciudad que Darby.

A juzgar por la expresión de Darby, aquellos dos nombres tocaron la fibra sensible que él estaba buscando.

—¿Estás seguro de eso? —preguntó el pastor.

Buscema asintió con aire enigmático.

«Lo sé mejor que nadie —pensó—. Porque he estado hablando con ellos antes de venir a verte a ti.»

—Ese hombre es un católico de la hostia, Roy —rugió Darby con un aleteo de pánico en los ojos.

—No importa —respondió Buscema en tono cortante—. Tienes que respaldarlo, y además a lo grande. Que no quede duda. Mira, en ese aspecto ya te estás quedando rezagado. Tus colegas, los líderes religiosos que hace dos años firmaron la iniciativa respecto del calentamiento global, ya se han subido al tren. —Buscema se refería a los ochenta y seis líderes cristianos que, pese a contar con una fuerte oposición por parte de muchos de sus hermanos evangélicos, habían firmado lo que llegó a conocerse como la «Iniciativa Evangélica por el Clima». No obstante, varios de los líderes religiosos más prominentes, como el presidente de la Asociación Nacional de Evangélicos, se habían resistido públicamente a respaldar dicho movimiento, aun cuando en privado lo apoyaba—. Ésta es tu oportunidad para ponerte por delante de ellos y tomar el control.

Darby frunció el ceño.

—Pero ¿y esa señal que aparece una y otra vez? ¿Qué es? Si fuera una cruz o algo claramente cristiano, pues bueno…, pero no lo es.

—Lo que sea no importa. Lo que importa es que existe. Existe y todo el mundo la está mirando y desea formar parte de ella. —Buscema se inclinó hacia delante y perforó a Darby con una mirada firme e inamovible—. No acabas de ver lo que es importante, Nelson. Ya sea católico, protestante, baptista, presbiteriano, cuáquero o amish…, o incluso mormón, judío, musulmán, budista o de la Iglesia de la Cienciología. En este momento, todo eso da igual. Tienes razón en que lo que ha aparecido no es una cruz. Pero tampoco es una estrella de David, ni una media luna, ni nada que se relacione con ninguna de las otras religiones mayoritarias. Es algo que está cambiando el juego, un paradigma enteramente nuevo. Podría ser el comienzo de algo más grande que todo lo que hemos visto hasta ahora, algo nuevo, algo mundial. Y, tal como hemos visto a lo largo de la historia, cuando suceden cosas como ésta engendran grandes organizaciones. Actualmente no hay ninguna. No hay nada. No hay más que un hombre y una señal en el cielo. Pero la gente está acudiendo a él en masa. Y tú tienes que decidir si quieres formar parte de ello o no.

»Ahora mismo puedes adelantarte a los demás subiéndote al carro antes que ellos. Las cosas pueden cambiar... en un abrir y cerrar de ojos. —No pudo resistirse a lanzarle aquello—. Porque aunque esa señal no sea específicamente, obviamente cristiana —perseveró—, si tú no la aceptas cuando ya la ha aceptado todo el mundo, podrías encontrarte con un montón de bancos vacíos de fieles. Y eso no sería nada bueno, ¿verdad? —Hizo una mueca en el intento de contenerse para no introducir otra pulla valiéndose de un eslogan referido a una catástrofe del Final de los Tiempos, pero no pudo aguantarse; mantuvo el tono de voz todo lo neutro que pudo y agregó—: No querrás que te dejen atrás, ¿verdad?

—¿Se lo ha tragado? —preguntó Drucker a Buscema.

—Por favor —replicó el periodista en tono de burla, un sonido que se filtró por el teléfono del coche—. Está tan convencido que casi da pena verlo.

—¿Vas a ver otra vez a Schaeffer?

—Desde la última vez que hablé con él me ha dejado dos mensajes —confirmó Buscema—. Y Scofield lo mismo. Voy a dejarlos sudar un poco más antes de volver a llamarlos.

«Un tipo eficaz», pensó Drucker. Por lo que parecía, ya habían pescado un pez importante. Con un poco de suerte, conseguirían una captura de récord.

46

Boston, Massachusetts

Matt y Jabba se encontraban dentro del Camry, que estaba manchado de sangre, aparcados frente a un moderno bloque de oficinas de seis plantas que había en el distrito Seaport.

Matt tenía el rostro oculto por la sombra de la gorra de béisbol y por el cuello subido de la zamarra. Estaba sentado en el asiento del acompañante y miraba el edificio con furia contenida. Era una anodina construcción de baldosas y cristal y de arquitectura ruinosa, provista de una amplia zona de aparcamiento enfrente. En la entrada no figuraba el logo de ninguna empresa; en su lugar, lo más probable era que hubiera diversos inquilinos que entraban y salían de acuerdo con el ir y venir de sus ingresos económicos. Una fina capa de nieve caída a una hora más temprana cubría el asfalto y ribeteaba las ramas desnudas de los árboles que salpicaban el aparcamiento.

Llevaban media hora estacionados allí, y sólo habían visto a una persona entrar en el edificio. Del tipo duro no había ni rastro.

Los analgésicos habían eliminado el escozor principal de la herida de Matt, pero ésta todavía dolía cada vez que hacía un movimiento. Aún se sentía un tanto mareado, lo que atribuyó a la pérdida de sangre. Su cuerpo le estaba suplicando que le diera tiempo para poder curarse, pero las súplicas estaban cayendo en oídos sordos. Matt podía andar, y por el momento tendría que contentarse con eso.

—Voy a echar un vistazo —le dijo a Jabba. Puso la mano sobre el tirador de la puerta e hizo una mueca de incomodidad al accionarlo.

Jabba extendió el brazo para impedírselo.

—No es buena idea, tío. Ni siquiera deberías estar aquí. Mírate.

—Sólo un vistazo —repitió Matt. Pero al ir a empujar la puerta Jabba le puso una mano en el hombro y lo detuvo.

—Ya voy yo. —Matt lo miró—. Voy yo —protestó e insistió, alzando la voz ligeramente, y luego le cruzó por los ojos un gesto de preocupación—. Si no he vuelto en cinco minutos, llama a la policía —añadió al tiempo que ponía su iPhone en la mano de Matt. Al momento se rehízo y sonrió—. Dios, jamás había imaginado que pudiera oírme a mí mismo decir algo así.

Pero Matt se mantuvo completamente serio.

—Procura no fisgonear demasiado.

Jabba le lanzó una mirada de soslayo.

—Compañero, en serio, a veces es como si no me conocieras —se quejó en broma, y a continuación se apeó del coche.

Atravesó el aparcamiento oteando la zona a izquierda y derecha y exagerando un poco la pose de intentar pasar inadvertido, pero no había nadie alrededor que pudiera fijarse en él. Matt lo vio desaparecer en el vestíbulo de entrada del edificio.

Cuando hubo transcurrido menos de un minuto, emergió.

—¿Y bien? —inquirió Matt.

Jabba le ofreció una sonrisa que pretendía decir que había sido más que fácil, pero su cuerpo decía otra cosa totalmente distinta. Tenía la respiración agitada y la cara salpicada de gotitas de sudor que antes no estaban.

—No hay recepcionista. En el tablero figuran cinco nombres, uno por planta. La tercera parece estar sin ocupar, o será que han sido demasiado vagos para poner su nombre —informó entre jadeos rápidos—. Pero creo que ya sé cuál es el que nos interesa. Sólo tengo que entrar en la red para confirmarlo.

Matt pensó en ello y dijo:

—Está bien. Hazlo aquí.

Lo que dijo Matt desconcertó totalmente a Jabba.

—¿Qué quieres, que utilice mi teléfono?

—Eso es —confirmó Matt con seguridad.

—Tío, podrían localizar nuestra posición. Mi iPhone tiene GPS asistido, lo cual les facilita todavía más el trabajo.

—Estupendo. Adelante. Y mantente en línea el tiempo suficiente para que puedan localizarte.

Jabba lo miró como si hubiera perdido la chaveta.

—¿Quieres que sepan que estamos aquí?

Matt asintió.

—Eso es.

Jabba ya lo miraba como si le hubieran salido antenitas verdes de las orejas.

—¿Por qué?

—Porque quiero jugar un poco con ellos. Ponerlos nerviosos. Desestabilizarlos.

—Mi teléfono soy yo, tío —concretó Jabba—. Lo único que sabrán con seguridad es que aquí he estado yo.

—Da lo mismo. Ya saben que estamos juntos.

Jabba dio la impresión de querer continuar poniendo más objeciones, pero se rindió, alzó las manos a modo de capitulación y encendió el teléfono. Miró el reloj y acto seguido arrancó su Macbook y lo conectó al teléfono sirviéndose de la conexión a Internet del mismo. Matt observó cómo sus dedos bailaban sobre el teclado y tocaban en varias ocasiones la almohadilla que hacía las veces de ratón. A continuación, Jabba dio vuelta al portátil para que Matt pudiera ver la pantalla.

En la pantalla se veía la página principal de una empresa llamada Centurion. Una serie de vistosas fotografías que iban pasando mostró una refinería de petróleo ubicada en un desierto, a la hora de ponerse el sol, después lo que parecía un complejo situado en algún lugar de Oriente Próximo, luego un convoy de automóviles, todo en el mismo entorno soleado y polvoriento. La última imagen mostraba a un individuo de aspecto recio ataviado con un inmaculado atuendo casi militar, guantes negros y amplias gafas de surfero, de pie detrás de una ametralladora de gran calibre. Cada imagen iba acompañada de un eslogan, el último de los cuales anunciaba el lema de la empresa: «Asegurar un futuro mejor.»

Matt y Jabba leyeron hasta el final el párrafo que decía «Acerca de nosotros», el cual describía Centurion como una «empresa de seguridad y gestión de riesgos que posee oficinas en Estados Unidos, Europa y Oriente Próximo» y «proveedor de servicios de seguridad del gobierno de Estados Unidos y colaborador actual de las Naciones Unidas». Jabba pinchó en el enlace «Dirección» y apareció un retrato en blanco y negro de Maddox. El tipo duro era el fundador y presidente ejecutivo de la empresa anunciada, y el texto de propaganda que lo acompañaba describía su larga y estelar trayectoria profesional en los marines y sus logros en el campo de la «consultoría de seguridad».

—¡Ay! —exclamó Jabba a la vez que se encogía al ver la foto de Maddox, inquietante y con ese gesto del que no se arrepiente de nada. Miró alrededor con desasosiego, claramente incómodo con la idea de jugar con aquel individuo. Volvió a mirar el reloj y levantó el teléfono en el aire—. Ochenta y cinco segundos. Por favor, ¿podemos desconectarnos ya y largarnos de aquí cagando leches?

Matt aún estaba absorbiendo en silencio hasta el último detalle de la biografía de Maddox. Al cabo de un momento dijo:

—Claro.

Jabba apagó el equipo y Matt arrancó el coche y comenzó a salir de allí.

Se volvió hacia Matt para preguntarle:

—¿Y bien?

Matt asintió para sí con mirada un tanto distante y expresión agria.

—Ahora ya sabemos con quien estamos tratando.

—Tío, ese tipo tiene un ejército privado —gimió Jabba en un tono agudo cargado de preocupación—. Y nosotros tenemos un cochecito de color blanco y una pistola sin balas.

—Pues en ese caso vamos a tener que equilibrar la balanza —replicó Matt—. Pero antes vamos a ver qué puede decirnos la mujer de Reece.

—¿Estás seguro?

Maddox no estaba gritando. Antes bien, su voz revelaba una calma que resultaba ilógica, teniendo en cuenta la noticia que acababan de darle. Pero la irritación que sentía estaba llegándole alta y clara a su contacto en Fort Meade.

—Por supuesto —fue la respuesta—. La señal del teléfono de Komlosy apareció en la parrilla durante poco más de un minuto y luego se esfumó.

Maddox se acercó a la ventana de su despacho y se asomó. No vio nada que se saliera de lo normal. En el aparcamiento y en la calle reinaba un silencio glacial.

«Dos apariciones inesperadas de Sherwood en otros tantos

días —pensó echando humo—. La segunda, en el entorno inmediato de mi oficina.»

Ese tipo era muy bueno.

Un poquito demasiado bueno para su gusto.

—¿Cuánto tiempo hace? —quiso saber.

—Acaba de desaparecer ahora mismo.

Maddox hirvió en silencio.

—¿No puedes rastrearlo con el teléfono apagado?

—Por el contrato que tiene, al parecer se trata de un iPhone 3G —le dijo el agente de vigilancia de la Agencia de Seguridad Nacional—. Si lo mantiene encendido el tiempo suficiente, puedo descargar por control remoto un software que me permitiría seguirle la pista aunque estuviera apagado.

—Necesito algo más que eso —insistió Maddox.

—Estamos trabajando en varias cosas, pero por el momento irá mejorando cada vez que encienda el teléfono. El software de rastreo contará con una posición por la que empezar e irá añadiendo datos cada vez que conecte. No necesitaremos tanto tiempo para situar su ubicación.

—Está bien. Tan pronto como se encienda de nuevo, comunícamelo —ordenó la Bala—. Y ocúpate de efectuar esa descarga en cuanto tengas ocasión.

Y dicho eso, colgó, se metió el teléfono en el bolsillo, miró el reloj y volvió a asomarse por la ventana con gesto ceñudo.

47

Monasterio Deir Al-Suryan, Wadi Natrun, Egipto

—¿No tenemos a nadie que pueda llegar aquí más rápido? —preguntó Dalton—. ¿Dónde está la maldita sexta flota cuando se la necesita?

Gracie, Finch, Dalton, el hermano Amín y el abad estaban al pie de la torre, moviéndose nerviosos. En la llanura, al otro lado de los gruesos muros del monasterio, reverberaba un murmullo de voces expectantes. Un poco más cerca se oía por la radio del coche el odioso soniquete del imán en su furiosa e incesante llamada a las armas, que se repetía en un número incontable de otras radios que había fuera de la muralla.

—Sí, estaría genial —comentó Finch en tono irónico—. Tropas estadounidenses acudiendo a proteger a un santo cristiano en medio de un mar de musulmanes enfurecidos. Eso terminaría de rematar la batalla de corazones y mentes que tenemos ahí fuera.

—Tenemos que sacar de aquí al padre Jerome —dijo Gracie.

—Estoy de acuerdo —repuso Finch—, pero ¿cómo?

—¿Qué tal si traemos un helicóptero que se lo lleve? —propuso ella.

—¿Y dónde va a aterrizar? —inquirió Finch—. Dentro del recinto del monasterio, en ningún sitio hay espacio suficiente para que se pose.

Gracie señaló la torre.

—¿Y allá arriba?

Finch negó con la cabeza.

—La azotea no es lo bastante fuerte, tiene cientos de años. De ninguna manera podría aguantar tanto peso. Y tampoco creo que funcionase la opción de izar al padre Jerome con un cable. Es demasiado mayor para poder hacer algo así, y aunque pudiera, podrían dispararle con facilidad.

Dalton indicó la torre que se alzaba a sus espaldas con un movimiento de cabeza desesperado.

—¿Y qué hacemos entonces? ¿Refugiarnos bajo tierra? —Señaló el puente levadizo del segundo nivel de la torre, que se hallaba por encima de ellos—. ¿Eso todavía funciona? —le preguntó al abad, bromeando sólo a medias. La torre fortificada, con sus almacenes para víveres, su pozo de agua, su biblioteca y la capilla que tenía en el último piso, se había utilizado como refugio en épocas en las que había sufrido ataques, pero dicha situación no se había repetido en más de mil años.

—No, pero…, deberíamos quedarnos aquí a esperar a que lleguen las fuerzas de seguridad. Están a punto de llamarlas. Además, los que están ahí fuera no son únicamente musulmanes —los tranquilizó el abad—. Muchos de ellos son de los nuestros. Cristianos. Llegado el caso, defenderán al padre Jerome.

—No me cabe la menor duda, pero no se trata de eso —presionó Gracie—. Sería mejor sacarlo de aquí antes de que suceda algo parecido. Para cerciorarnos de que no suceda.

—Tal vez exista otra forma de salir —ofreció de pronto el hermano Amín.

Al punto, todos los ojos se volvieron hacia él.

—¿Cuál? —preguntó Gracie.

—El túnel —respondió él volviéndose hacia el abad con una mirada interrogante.

—¿Hay un túnel? ¿Adónde conduce? —preguntó Gracie.

—Hacia el monasterio que tenemos más cerca, el que pasamos de largo al venir.

—El monasterio de San Bishoi —confirmó el abad.

—¿El que se encuentra al final del llano? —Gracie estaba señalando al noreste, intentando visualizar la ubicación relativa del segundo monasterio de cuando lo vio, desde la azotea del *qasr*.

El abad hizo un gesto afirmativo.

—Sí. El túnel es más antiguo que el monasterio. Verán, nuestro monasterio se construyó encima de lo que en otro tiempo fue la ermita del monje Bishoi, la cueva a la que solía retirarse. Debido a la constante amenaza que suponían los invasores, los monjes decidieron construir una vía de escape del monasterio de San Bishoi, y escogieron como punto de salida la antigua cueva del santo. Años después, cuando el peligro fue disminuyendo, se construyó encima de la cueva una pequeña capilla, la cual con el tiempo fue aumentando de tamaño y se convirtió en este monasterio.

—¿Y usted cree que todavía podrá llevarnos hasta allí? —preguntó Finch.

—La última vez que alguien lo recorrió fue hace años, y se hallaba despejado. No veo por qué ahora va a ser distinto —respondió el abad—. No hemos sufrido terremotos ni nada parecido.

Gracie lanzó una mirada de duda a Finch. Fuera como fuese, era lo único que tenían.

—Si logramos atravesarlo, ¿podrían conseguirnos un coche que nos saque de la otra punta? ¿Discretamente? —solicitó.

Tras reflexionar unos instantes, el abad observó con la mirada al conductor del Previa y a los demás, que escuchaban la radio fumando nerviosos. Se acercó a Yusuf y le habló en árabe. Yusuf le contestó, tras lo cual el abad regresó con Gracie.

—Yusuf tiene un cuñado que también conduce un coche como el suyo. Si puede usar el teléfono de usted para llamarlo, podremos decirle que los recoja en Bishoi.

—De acuerdo, pero luego, ¿qué? ¿Adónde nos dirigimos? —preguntó Dalton—. ¿A la embajada?

—Allí las cosas estarán igual —terció Amín—. Puede que incluso peor. Es más seguro sacar al padre Jerome del país en un avión.

Finch frunció el entrecejo previendo las circunstancias, y vio muchos obstáculos en la logística.

—Eso es más fácil decirlo que hacerlo. ¿El padre Jerome tiene pasaporte, siquiera?

—Tendremos que sacarlo de contrabando —opinó Gracie—. Si lo ve alguien, se complicará la cosa.

—Puede usar mi pasaporte —se ofreció el abad—. Con el hábito y la capucha echada por la cabeza, no se detendrán mucho en mirarlo. Y llevarán consigo a Amín, para que desvíe las posibles preguntas.

Gracie miró a Finch buscando su aprobación. Éste pensó a toda prisa y accedió.

—De acuerdo, merece la pena intentarlo. Voy a llamar a Washington —le dijo a Gracie— para ver cuándo pueden tenernos preparado un avión. —Se volvió hacia los monjes—. ¿Qué longitud calculan que tiene ese túnel? ¿Medio kilómetro, tal vez?

—No estoy seguro —dijo el abad—. Puede que un poco más.

Finch arrugó el ceño.

—No vamos a poder atravesarlo cargando con todo el equipo. —Se volvió hacia Dalton—. Vamos a bajarlo todo. Nos llevaremos lo que podamos.

De repente el discurso que se oía por la radio aumentó de volumen. La voz del que hablaba comenzó a chillar con rabia. A Gracie le vinieron a la memoria unas imágenes simbólicas y violentas de la turbulenta historia reciente de aquella región del mundo, todas ellas alimentadas por el fervor religioso: el ataque a la embajada de Estados Unidos en Teherán, el apedreamiento y la quema de la embajada danesa en Beirut, las decapitaciones de Iraq y Afganistán. No deseaba convertirse en un caso de aquéllos, al menos en aquel sentido.

—Más vale que empecemos a movernos. —Se volvió hacia el monje y el abad—. Tienen que hablar con el padre Jerome.

Amín afirmó con la cabeza.

—Ahora mismo voy —dijo, y a continuación los dejó y desapareció por la puerta, seguido de cerca por el abad.

—Están intentando sacarlo de allí —informó Buscema a Darby.

—¿Ya? ¿Quién?

—Acabo de recibir una llamada del contacto que poseo en la cadena —le dijo el periodista al reverendo—. Aún tienen allí a ese equipo de filmación, con el sacerdote, y no piensan esperar a que tenga lugar una reacción oficial. Van a resolver la situación por sí mismos.

—Naturalmente —rio Darby—. Esa posición de ventaja no les viene precisamente mal para los índices de audiencia, ¿no? ¿Cómo van a hacerlo?

—No estoy seguro. Están removiendo cielo y tierra para que les preparen un avión lo antes posible.

—¿Adónde tienen pensado llevárselo? —preguntó Darby.

—No lo sé. Y no creo que lo sepan ellos. Lo único que quieren es sacarlo del monasterio antes de que los fanáticos lo hagan pedazos.

El reverendo guardó silencio. Al cabo de un momento exhaló el aire despacio, como si hubiera tomado una decisión, y dijo:

—Vamos a traerlo aquí.

—¿Aquí?

—¡Sí, coño! Éste es el país de Dios, ¿no? —explotó.

—No va a resultar fácil. Eso mismo querrá hacer todo el mundo —lo aguijoneó Buscema—. ¿Has visto las concentraciones que ha habido en Roma?

—El papa aún no ha anunciado cuál es su postura en este tema, ¿verdad? —La frase de Darby iba teñida de un leve pánico que era infrecuente en él.

—No. El Vaticano no es famoso precisamente por reaccionar con celeridad.

—Entonces, ¿a qué otro sitio va a ir? ¿A Francia? —se mofó Darby.

—Puede que a España. Es su país de origen. Y los británicos suelen darse mucha prisa en tender una alfombra de bienvenida a todo el que tiene problemas.

—Ni hablar. Tenemos que traerlo aquí. Además, como tú dijiste —agregó—, en popularidad está que se sale. Los ciudadanos de este país están deseando oírlo.

—El gobierno ni siquiera ha hecho una declaración oficial sobre este asunto.

—Menos mal —replicó Darby con regocijo—, así tendré la oportunidad de hacerla yo, y evitar que termine en manos de esos paganos orientales.

«Ya está», pensó Buscema.

—¿Pretendes encargarte de esto tú mismo? —Elevó el tono de voz con fingida sorpresa.

—Dios nos está enviando un mensaje —afirmó Darby—. Y yo voy a cerciorarme de que lo oiga todo el mundo, alto y claro.

Buscema esperó unos instantes sin decir nada y luego respondió:

—Si el Departamento de Estado da luz verde a la embajada, que se la dará, todo habrá terminado. Si quieres tener éxito, vas a tener que moverte deprisa.

El tono que empleó el reverendo fue afilado como un cuchillo:

—Tú mira y aprende.

Gracie, Dalton y Finch habían bajado el resto del equipo de la azotea de la torre y estaban seleccionándolo a la sombra, junto a la entrada de la biblioteca. El túnel iba a suponer una caminata larga y a oscuras por un pasadizo estrecho y polvoriento, con lo cual llegaron a la conclusión de que no les iba a ser posible llevárselo todo consigo. La cámara y el equipo de emitir en directo, y también todos los cuadernos del padre Jerome que pudieran llevar encima, pasaron el corte. El aparejo de la cámara aérea estuvo a punto de constituir una baja del forzado proceso de criba, hasta que el abad reclutó a varios monjes para que los acompañaran por el pasadizo y los ayudaran a cargar con el resto del equipo.

Finch había hablado con Ogilvy, el cual se puso a trabajar en la tarea de preparar a toda prisa un reactor que pudiera sacarlos del país sin formular demasiadas preguntas. Aun así tendrían que pasar los controles de seguridad que hubiera en el aeropuerto, pero Finch sabía que dichos controles serían mucho menos restrictivos tratándose de un avión privado que en el caso de los vuelos comerciales. De todas formas iban a tener que improvisar sobre la marcha, aunque ello no era un excesivo motivo de preocupación; de peores situaciones habían salido.

Mientras cerraba su mochila, Finch no podía quitarse de la cabeza las observaciones que había hecho Dalton. Había algo que lo carcomía. Tal como Dalton había señalado, todo había partido de la existencia previa de unas imágenes documentales tomadas con anterioridad. Sin ellas, caviló, no habría sucedido nada de aquello. Desde luego, ellos no habrían hecho aquel viaje. Y además había otro detalle que lo molestaba: la forma en que la masa de gente que rodeaba el coche se había replegado y había abierto un hueco por el que pudieron retroceder y regresar a la seguridad del monasterio. No acababa de dilucidar del todo qué era lo que lo concomía, porque aquel momento había estado envuelto en un frenesí borroso. Con todo, había algo que no encajaba.

De nuevo pensó en hacer una llamada al productor del documental para averiguar algún detalle más del modo en que se había desarrollado todo. Consultó el reloj, y estaba a punto de decir algo cuando Dalton, tras echar una mirada de impaciencia en derredor, dijo:

—¿Dónde están estos tipos? Tenemos que irnos.

—Estaba en la idea de que Amín y el abad habían ido a buscar al padre Jerome —respondió Finch.

—Voy a ver si los encuentro —se ofreció Gracie.

Y acto seguido echó a andar por el patio, en dirección al exiguo edificio que albergaba las celdas de los monjes. Finch la observó. Se secó el sudor de la frente y paseó un momento alrededor, y por fin decidió aprovechar ese tiempo muerto para ponerse en contacto con el productor del documental. Consultó una vez más el reloj, hizo un cálculo rápido de la diferencia horaria que había entre Egipto e Inglaterra, donde se encontraba el productor, y comprendió que iba a despertarlo a horas intempestivas. Cogió el teléfono vía satélite y después se palpó los bolsillos en busca de su móvil, pero no lo tenía encima.

—¿Has visto mi Blackberry?

Dalton se volvió hacia él.

—No. ¿Por qué?

Examinó su mochila.

—He estado pensando en lo que dijiste antes, y se me ha ocurrido hacer una llamada a los del documental.

—Pues hazla por el teléfono vía satélite. De todos modos, aquí tu móvil no funciona, ¿recuerdas?

Finch le dirigió una sonrisa de listillo.

—Tengo en él la lista de contactos, atontado.

Dalton pensó un minuto en ello y luego dijo:

—La última vez que lo he visto ha sido allá arriba, y lo tenías fuera —dijo señalando el *qasr*—. Antes de que atendieras esa llamada por el teléfono vía satélite.

Finch dirigió una mirada a la torre que se elevaba por encima del patio amurallado del monasterio y frunció el ceño.

—He debido de dejármelo en la azotea, mientras recogíamos el equipo —dijo—. Enseguida vuelvo.

Dejó a Dalton solo, cruzó el patio y subió hacia el puente levadizo, tras lo cual desapareció en el interior de la torre.

Igual que la última vez que entró en ella, sus ojos tardaron unos segundos en adaptarse al pasar del fuerte resplandor del sol egipcio a la oscuridad polvorienta del espacio interior, de techo bajo y carente de ventanas. Recorrió un estrecho pasaje que llevaba a la escalera y comenzó a subir.

La torre se hallaba desierta, como antes. Algunas de sus dependencias se utilizaban como almacenes, ya que la oscuridad y los gruesos muros mantenían la temperatura relativamente fresca;

otras llevaban años sin usarse, si no siglos. Los techos eran bajos, las ventanas no eran más que finas ranuras practicadas en los muros..., es decir, no era el lugar más acogedor para trabajar ni para dormir, pues no estaba diseñado para ninguna de las dos cosas. Subió los tres pisos hasta el final de la escalera, y allí encontró el breve rellano en el que se apoyaba la escalera de mano que conducía a la azotea.

Allí estaba el Blackberry, escondido en el polvo detrás de una pequeña chimenea de estuco. Finch lo recogió. Estudió la posibilidad de acercarse hasta el borde de la azotea para echar una última mirada a la muchedumbre que bullía debajo, pero decidió que era mejor que no. En vez de eso, buscó el número del productor del documental, sacó el teléfono vía satélite y lo llamó.

El individuo en cuestión, Gareth Willoughby, era un respetado cineasta trotamundos que tenía en su currículum una lista impresionante de documentales muy bien realizados sobre todo tipo de temas. Finch sólo consiguió hablar con el correo de voz, y le dejó un breve mensaje en el que explicaba lo que estaba ocurriendo y le pedía que le devolviera la llamada.

Dirigió una última mirada al desierto y a continuación emprendió el descenso de la torre. Cuando puso el pie en el último barrote de la escalera que bajaba de la azotea, oyó una voz, un murmullo grave procedente de una de las pequeñas dependencias que había detrás de la capilla. Era una voz masculina, no fueron más que unas pocas palabras, pero produjeron un rumor que se transmitió a través de la quietud de aquel espacio semejante a una madriguera. Tenía algo que lo incitó a escuchar con más atención. Se apartó de la escalera de mano sin hacer ruido y siguió a la voz a lo largo del estrecho corredor hasta una estancia que daba al exterior del monasterio. No alcanzaba a distinguir lo que estaba diciendo el hombre, pero le sorprendió que estuviera hablando en inglés.

Al llegar al umbral de la puerta se detuvo antes de cruzarlo y se inclinó para asomarse. El hombre se hallaba dentro, a solas. Era un monje. Como los demás, iba vestido con el tradicional hábito negro provisto de capucha distintivamente bordada, que en aquel momento llevaba echada sobre la cabeza. Estaba de espaldas a Finch. Finch se quedó donde estaba, un tanto estupefacto, pues se percató de que el monje estaba hablando por un teléfono móvil. En inglés.

—Seguramente saldremos dentro de diez o quince minutos —decía—. No tardaremos más de veinte minutos en pasar. —Hizo una pausa y agregó—: De acuerdo. —Y después colgó.

Finch se puso tenso al reconocer aquella voz, y el movimiento debió de hacerlo retroceder unos centímetros, puede que menos, nada significativo…, pero sí lo suficiente para que el monje percibiera su presencia y se diera la vuelta.

Era el hermano Amín.

Lo incómodo del momento resultó asfixiante. La mirada de Finch se posó en el teléfono —había algo en él que se salía de lo habitual, pero su cerebro confuso no lo captó de inmediato— y a continuación en el monje, al que miró fijamente unos instantes antes de rehacerse y relajar el rostro para componer una media sonrisa informal, tímida.

—Yo…, esto… —empezó titubeando, y señaló hacia la azotea—. Me olvidé el teléfono.

El hermano Amín no contestó. Y tampoco le devolvió la media sonrisa informal. Se limitó a quedarse donde estaba, sumido en un profundo mutismo.

Finch notó que el monje tensaba los músculos. Su mirada se desvió de nuevo hacia el teléfono, y entonces cayó en la cuenta de lo que había advertido de manera inconsciente. No era un teléfono móvil normal, allí no funcionaban. Era un teléfono vía satélite, provisto de su distintiva antena desplegable y de gran tamaño. Y no sólo eso, sino que además tenía una cajita enchufada en su base, que Finch sabía que era un módulo de encriptado.

48

Nahant, Massachusetts

—Más que nada, Dom vivía para su trabajo —les estaba diciendo Jenna Reece a Matt y a Jabba—. Incluso estando los niños, casi nunca conseguía estar en casa, y cuando estaba tampoco se notaba mucho. Siempre tenía la cabeza en su laboratorio.

Se encontraban en el salón-estudio de la casa que tenía Jenna Reece en Nahant, una pequeña localidad encaramada sobre una diminuta península con forma de media luna que había veinticinco kilómetros al norte de Boston. Se hallaba a un par de millas de la costa, y estaba unida al continente por un estrecho cordón umbilical de bancales de arena. La casa de Reece, una construcción de estilo holandés colonial totalmente modernizada, miraba al océano que se abría frente a la costa occidental del pueblo. En otra época había sido la residencia de verano de Dominic y Jenna, según les dijo ella, pero al morir su esposo vendió la casa que tenían en Boston y se mudó a vivir aquí durante todo el año. Transformó el salón de doble altura en un taller y se volcó en sus esculturas.

—Imagino que tu hermano probablemente hacía lo mismo, ¿no? —preguntó—. Todos ellos parecían estar consumidos por su trabajo. —Se encogió de hombros con tristeza y se inclinó hacia delante para acariciar al perro, un retriever de pelaje color miel que dormitaba a sus pies. En un rincón parpadeaban las luces de un árbol de Navidad, al lado de las puertas correderas que se extendían del suelo al techo y por las que se salía a la terraza—. Y ya veis lo que terminó ocurriéndoles.

Matt le sostuvo la mirada y asintió con gesto solemne.

—¿Qué sabe del proyecto en el que estaban trabajando cuando fallecieron?

Jenna Reece dejó escapar una risa ligera.

—No gran cosa. La verdad es que Dom no me contaba muchos detalles de su trabajo, a mí, su atolondrada esposa. —Rio con libertad—. De todas formas, yo no tengo una mente muy científica, así que no era algo que normalmente me inspirase mucha curiosidad. Era el mundo de él. Además, en fin, vosotros ya debéis de saber lo obsesivos que eran él y todos los demás en lo de asegurarse de que nadie supiera en qué estaban trabajando... hasta que estuvieran preparados para anunciárselo al mundo y recoger el trofeo. A mí eso siempre me pareció un tanto paranoico... A ver, no es exactamente un tema que yo sacaría a colación en una conversación normal en la cafetería, ¿no? —Sonrió.

Matt se removió en su asiento y se inclinó hacia delante con las manos debajo de la barbilla, mostrando una clara incomodidad por lo que necesitaba preguntarle.

—Señora Reece...

—Llámame Jenna, Matt —lo corrigió ella suavemente.

—Jenna —probó Matt de nuevo—, tengo que preguntarte una cosa, pero es posible que te parezca un poco extraña y... —Dejó la frase sin terminar y la miró con la esperanza de recibir un poco de estímulo por su parte.

—Matt, dijiste que necesitabas hablar conmigo y has hecho un viaje hasta aquí para verme, de modo que imagino que tiene que ser por algo importante. —Lo perforó con la mirada—. Pregunta lo que tengas que preguntar.

—Está bien —afirmó Matt, agradecido—. Verás, quisiera saber... ¿Llegaste a ver el cadáver de tu marido?

Jenna Reece parpadeó un par de veces y desvió la mirada antes de bajarla a los pies. Alargó la mano y volvió a acariciar al perro, un poco alterada por los recuerdos. En el exterior de la casa, las espumosas olas de diciembre chocaban contra los afloramientos rocosos que había debajo de la terraza de piso de madera, puntuando con sus embestidas metronómicas el incómodo silencio que siguió.

—No —respondió pasados unos momentos—. Quiero decir, no vi el cadáver entero. Pero ya sabéis cómo murieron todos y... las circunstancias de ese lugar...

—Ya sé —la tranquilizó Matt, intentando no traer a la memoria más imágenes dolorosas—, pero ¿estás segura de que era él?

Jenna apuntaba con la mirada a Matt, pero sus ojos veían más allá de él, mucho más allá, más allá de las paredes de la habitación y hasta del pueblo mismo.

—Lo único que me entregaron fue una mano suya —dijo. Las palabras se le atascaron en la garganta y cerró los ojos unos instantes. Cuando volvió a abrirlos, los tenía brillantes de humedad—. Pero era su mano. Su mano izquierda. Todavía llevaba la alianza. No me quedó ninguna duda.

—¿Estás segura de ello? —sondeó otra vez Matt, a pesar de sus dudas.

Jenna Reece afirmó con la cabeza.

—Dom tenía unas manos preciosas, finas. Como las de un pianista. Me fijé en ellas cuando nos conocimos. Naturalmente, estaba… —Apartó de la mente un pensamiento doloroso y se enderezó—. A pesar de todo, supe que era suya. —Le sonrió a Matt—. ¿Por qué lo preguntas?

—Bueno, de mi hermano no quedó nada, así que me he preguntado si… Esperaba que alguien hubiera cometido un error —dijo con ofuscación.

—¿Crees que tu hermano podría estar todavía vivo?

Lo sorprendió la manera en que Jenna acertó justo con lo que estaba pensando, y no pudo evitar hacer un gesto afirmativo.

Ella le ofreció una sonrisa cálida y solidaria.

—Ojalá pudiera decirte algo que te ayudase a esclarecer la cuestión en un sentido o en otro, pero lo único que puedo decirte es lo que sé de Dom.

Matt asintió, agradecido de no tener que dar más explicaciones. Volvió a centrarse en el motivo principal de su visita.

—¿Sabes para quién estaba trabajando Dom?

—Eso no me lo contó a mí —contestó Jenna con aire pensativo—. Y no era que no estuviese muy entusiasmado al respecto, porque sí lo estaba. Pero, igual que todos, era muy reservado para los detalles. Ya se lo había notado yo en otras ocasiones anteriores. Cada descubrimiento que hacía tenía el potencial de cambiar nuestra forma de vivir. Así pensaban todos, eso era lo que perseguían. Y supongo que algunas de esas cosas pueden terminar cambiándonos la vida, ya sean los teléfonos móviles, Internet o los coches eléctricos. —Se inclinó hacia delante con expresión de preocupación, intentando ver a través de las telarañas que le inundaban el cerebro—. Pero con ese proyecto... era diferente. Como digo, en circunstancias normales Dom no contaba gran cosa de su trabajo, pero con ese proyecto se mostraba especialmente reservado. Yo me daba perfecta cuenta de que era distinto. Era el gran proyecto.

»Por mucho que él intentara disimular, se le notaba un entusiasmo especial, un optimismo... Estaba convencido de que realmente iba a cambiar las cosas, en un nivel más fundamental. Yo lo presioné un par de veces, pero él me decía: «Ya lo verás.» Y el día en que le dieron luz verde con la financiación..., por lo general era una noche importante para nosotros, algo digno de celebrarse en un buen restaurante. Pero esa vez no fue así. Él estaba encantado, no me entendáis mal. Pero era algo más que eso. Era como si hubiera empezado la siguiente etapa de su vida. Como si estuviera desempeñando una misión. Y a partir de ahí se volvió más reservado todavía. Yo apenas lo veía. Hasta que... —Desvió la mirada para sacudirse aquel recuerdo.

—¿Tú no sabías nada de quién lo financiaba? Debió de comentarte algo al respecto —presionó Matt.

Jenna le dirigió una mirada titubeante y dijo:

—No estoy segura de que deba contarte esto.

—Por favor, Jenna —rogó Matt con las palmas abiertas—. De verdad que necesito saberlo. Mi hermano formaba parte de ello.

Jenna lo estudió unos instantes y después suspiró y asintió.

—Pues... yo siempre di por sentado que el dinero procedía de alguna de las grandes empresas tecnológicas de capital riesgo que conocía Dom, o acaso del gobierno. Sólo se le escapó en una ocasión, y fue de manera accidental —reveló.

—¿Qué? —preguntó Matt con delicadeza.

—Que el dinero procedía de Rydell.

Matt la miró confuso. Jabba fue el que tomó el cabo suelto.

—¿Larry Rydell?

—Sí —confirmó Jenna Reece—. Se suponía que no debía saberlo nadie. No sé por qué, pero así lo querían ellos. Rydell tiene un perfil muy público, y supongo que tiene motivos para preocuparse. Aun así, yo me quedé sorprendida..., y más bien enfadada, para deciros la verdad, cuando ni siquiera se presentó en el funeral de Dom. A ver, no puedo quejarme, cuidaron muy bien de mí, no tuve ningún problema con los del seguro ni nada, pero de todos modos...

Jabba dirigió una mirada enfática a Matt. Matt conocía aquel nombre, como la mayoría de la gente, pero no acababa de comprender por qué resultaba tan significativo para Jabba.

—Estás segura de esto —presionó Jabba.

—Sí —contestó Jenna.

Jabba miró a Matt con una expresión que decía que ya tenían todo lo que necesitaban saber.

49

Monasterio Deir Al-Suryan, Wadi Natrun, Egipto

—Así que…, tiene usted un teléfono vía satélite —terminó preguntando Finch de manera retórica, como si estuviera en trance. —El hermano Amín no reaccionó de forma alguna—. No creía que tuvieran ninguno aquí —añadió Finch mientras intentaba eliminar toda suspicacia de su tono de voz.

El monje seguía sin decir nada. Se limitó a mirar al productor con el semblante inexpresivo.

—Es curioso —continuó Finch—, porque yo pensaba que la razón de estar aquí era poder aislarse del resto del mundo, poder tener la posibilidad de, ya sabe, concentrarse en Dios y…, y ahora resulta que usted tiene un teléfono vía satélite —afirmó de nuevo, bajando la vista al móvil que tenía el monje en la mano y volviendo a mirarlo a los ojos.

Su sonrisa forzada se esfumó. En cambio, se extendió muy ligeramente por el rostro del hermano Amín.

—Así es —dijo finalmente el monje, casi pidiendo disculpas—. Y lleva una caja de encriptado. —Aguantó la mirada con que lo taladró Finch. Éste intentó desechar el comentario con una mueca que venía a decir que la cosa no tenía importancia, pero el monje no se lo tragó—. Sé que lo ha reconocido nada más verlo —agregó el hermano Amín—. Se le ha notado en la cara. Imagino que ya habrá visto otros muchos, dado el tipo de trabajo que tiene y los lugares en los que ha estado.

—Sí, pero… —Finch hizo un gesto con la mano de falsa naturalidad—. Cada día se ven más. Son más seguros, ¿no cree? Con todos los escáneres que hay y... —Su voz se fue perdiendo a la vez que su pensamiento fue volviéndose hacia sí mismo y hacia todos los acontecimientos que habían desembocado en su presencia en aquel lugar, en aquella estancia estrecha y sofocante. El hecho de repasar todo lo sucedido le trajo un aluvión de revelaciones que jamás habría imaginado, y de pronto cayó en la cuenta de que corría un peligro grave, fue una extraña reacción instintiva que no entendió del todo pero que aun así lo incitó a dar un vacilante paso atrás.

El monje hizo un leve movimiento simétrico al suyo, hacia delante.

Finch frunció el entrecejo.

—¿Qué está haciendo?

—Lo siento —dijo el hermano Amín al tiempo que daba otro paso hacia él.

Los instintos de Finch se pusieron al rojo vivo y lo impulsaron a dar un salto hacia atrás y girar en redondo para correr hacia la escalera, pero apenas llegó al umbral de la puerta cuando se encontró con el monje a su lado, rápido como el rayo, que lo empujó contra la pared y al mismo tiempo le propinó un rodillazo de lleno en la entrepierna. Finch se dobló hacia delante soltando el aire con fuerza a consecuencia del golpe. Al encorvarse, las gafas le salieron volando de la cara. Giró sobre sí y levantó las manos en un gesto defensivo, con la esperanza de evitar otro golpe. Durante una fracción de segundo alcanzó a entrever el puño del monje. Sin las gafas lo vio un poco desenfocado, pero tuvo la impresión de que el monje lo tenía muy bien cerrado, con el nudillo del centro extendido, y que retrocedía ligeramente para arremeter contra su cabeza, veloz como el ataque de una serpiente de cascabel.

El puñetazo se estrelló a un lado del cuello, justo debajo de la oreja, y percutió el seno de la carótida con la fuerza de un martillo. Finch sintió que se le tensaba todo el cuerpo a resultas del golpe antes de perder todo el control motor de los músculos y desplomarse en el suelo.

Fue una sensación de lo más rara: una inmovilidad total, sin control alguno sobre los músculos, como un pegote de gelatina al chocar contra el suelo. Entre el atontamiento y la bruma que le nublaba los ojos vio que el monje se erguía por encima de él, después apartaba la vista, volvía a mirarlo, reflexionaba un mínimo instante y a continuación se agachaba, lo agarraba por el brazo, lo alzaba del suelo y se lo echaba al hombro.

—¿Dónde está? —preguntó Gracie recorriendo con la mirada el patio del monasterio.

Estaba junto a Dalton, preparada para partir. Se les habían sumado el abad y el padre Jerome, y también los demás monjes que iban a ayudarlos a cargar con el equipo.

Dalton inclinó la cabeza para mirar hacia lo alto de la torre, puso las manos a modo de bocina y chilló:

—¡Finch! ¡Ya estamos listos! ¡Es hora de mover el culo, tío!

Nadie respondió.

Gracie miró en derredor y luego preguntó a Dalton:

—¿Estás seguro de que ha subido ahí?

Dalton afirmó con la cabeza.

—No debería estar tardando tanto. Ha ido a recoger su Blackberry.

Gracie miró otra vez en derredor, impaciente, y a continuación miró ceñuda la torre.

—Voy a ver en qué se ha entretenido —dijo, y echó a andar.

Casi había llegado a la entrada cuando sintió algo en su interior que la hizo levantar la vista —el ruido apenas perceptible de una ráfaga de viento, un oscurecimiento casi inapreciable del suelo, a su derecha— y se volvió y miró hacia arriba justo a tiempo para ver el cuerpo de Finch, que venía recto hacia el suelo y se estampaba contra la dura arena a escasa distancia de ella.

50

Afueras de Boston, Massachusetts

—Es de lo más lógico —dedujo Jabba todo embalado, hablando como una metralleta—. Tiene el dinero. Tiene los medios técnicos para fabricar una cosa así. Y además es uno de los más importantes defensores del medio ambiente. —Meneó la cabeza con una expresión de profunda concentración—. La pregunta es: ¿cómo lo está haciendo?

—Eso no importa —repuso Matt.

Estaban de nuevo en el continente, viajando hacia la autopista de Salem, en dirección a Boston. Jabba le había contado a Matt lo que sabía de Rydell: que era el adalid de proyectos de energías alternativas en todo el mundo, la pasión con que presionaba a Washington para que allí se tomaran en serio el problema del cambio climático, el apoyo que había prestado a políticos y grupos que venían librando una batalla —perdiéndola, mayormente— contra el cruel desdén de la administración anterior hacia los problemas del medio ambiente. Con cada palabra que decía, sumaba otro píxel de nitidez a la imagen que estaba tomando forma en el cerebro de Matt: la de él encarándose con Rydell y oyendo de primera mano qué le habían hecho a Danny.

—¿Cómo es que sabes tanto de Rydell? —inquirió Matt.

Jabba lo miró de soslayo.

—Tío. ¿Lo preguntas en serio? ¿Dónde has estado metido?

Matt se encogió de hombros.

—¿Así que de verdad pensó que iba a poder fundar una religión «verde»? ¿Es eso?

Jabba esbozó una sonrisa.

—Nos programan para que creamos desde el minuto uno, tío. Lo tenemos a nuestro alrededor desde el día en que nacemos. No hay forma de eludirlo. Y la gente se cree cualquier tontería. Fíjate lo que fue capaz de fabricar un escritor de ciencia ficción de tercera, y eso que todo el mundo sabía que lo único que pretendía era hacerse asquerosamente rico. Rydell... es un tipo que funciona en una onda totalmente distinta. Cuenta con lo último en tecnología y tiene a su disposición todo el dinero que necesita. Y no es ningún idiota. Una mezcla de cojones.

Matt asintió, asimilando lo que decía Jabba.

—¿Y ha montado todo esto para salvar el planeta?

—El planeta, no. Para salvarnos a nosotros. Es como dijo George Carlin. Al planeta no le va a ocurrir nada, ya ha pasado por circunstancias mucho peores que las que podamos provocar nosotros. Estaba aquí mucho antes que nosotros, y seguirá estando mucho después de que hayamos desaparecido. Somos nosotros los que necesitamos ser salvados.

Matt sacudió la cabeza con incredulidad y después miró por la ventanilla. El tráfico que circulaba por la autopista en ambos sentidos había aumentado de manera notable, la hora punta de regreso a casa en época de Navidad estaba empezando a obstruir las arterias del país.

—¿Tú crees que de verdad sabían en lo que estaban trabajando? —le preguntó a Jabba—. Danny y los otros, ¿crees que Reece y Rydell se lo dijeron?

—No lo sé... Tenían que estar al tanto de la enorme energía que estaban concentrando. —Lanzó una mirada de reojo a Matt—. La pregunta no es si se lo dijeron o no, sino más bien si lo sabían desde el principio. Si estuvieron trabajando en ello sabiendo para qué se iba a usar. Danny era tu hermano, tío —agregó Jabba con cierto titubeo—. ¿Qué opinas tú? ¿Podría haber formado parte de algo así?

Matt reflexionó sobre el asunto.

—¿De un engaño como éste? Estafar a millones de personas... —Negó con la cabeza—. Yo creo que no.

—¿Aunque hubiera sido por una buena causa?

Esa pregunta fue más difícil de contestar. Danny no era más religioso de lo que era él, por mucho que se hubieran empeñado sus padres, de modo que en su caso no pudo haber problemas de fe. Y aunque poseía una mente superior y era un tipo que sobresalía por encima de la media, Matt no recordaba que estuviera demasiado preocupado por los problemas medioambientales del planeta más que otras personas leídas y con la cabeza bien amueblada. Desde luego, no era en absoluto mesiánico al respecto. Aun así, habían pasado mucho tiempo separados el uno del otro, cortesía de los períodos que pasó él entre rejas, y a fin de cuentas, ¿hasta qué punto se conocen las personas en realidad?

Jabba lo estaba escrutando, no muy seguro de si debía decir algo más o no. Matt se dio cuenta.

—¿Qué? —preguntó.

—No sé, tío. O sea, odio decirlo, pero esto no pinta nada bien. Han pasado dos años. Si Danny no hizo un truco de magia para desaparecer y participar en esto, no sé cómo han podido hacer para tenerlo todo este tiempo encerrado y amordazado. Tu hermano habría encontrado un modo de establecer contacto con alguien, de poder filtrar un mensaje, ¿no te parece?

—Si saben lo que hacen, no.

—Dos años, colega —insistió Jabba con una ligera mueca de dolor.

Matt mantuvo la vista fija al frente, ceñudo. De pronto sentía una opresión en el pecho. No sabía qué era mejor, si descubrir que efectivamente Danny llevaba mucho tiempo muerto o averiguar que estaba participando en todo aquello voluntariamente. Participando en algo que había tenido como resultado que muriera su mejor amigo y que además pesara sobre su hermano la acusación de asesinato.

—Ni hablar —dijo Matt por fin—. Danny no transigiría en formar parte de algo así, y menos si supiera lo que estaban haciendo en realidad esos tipos.

—De acuerdo —aceptó Jabba, y volvió a mirar la carretera.

Continuaron aproximadamente un kilómetro más, y Matt dijo:

—Vamos a echar otro vistazo al coche de Maddox, ¿qué te parece?

—Vale, pero no deberíamos hacerlo con este móvil —advirtió Jabba a la vez que extraía su iPhone.

—Tú no prolongues la conexión más tiempo del que consideres

seguro. Puedes entrar y salir en menos de los cuarenta segundos que dijiste, ¿no es así?

—Pongamos que treinta —dijo Jabba asintiendo de mala gana. Entró en la página del rastreador. No necesitó teclear el número del dispositivo, porque ya estaba almacenado en una *cookie*. Aguardó un par de segundos a que rebotara la señal y abrió el mapa.

—Se encuentra estacionario. Está en un sitio que se llama Hanscom Field —informó a Matt—. Espera un momento. —Entró en otro sitio de la red. Tecleó la petición. Aguardó un par de segundos a que se enviara—. Es un pequeño aeropuerto que hay entre Bedford y Concord. Y me salgo ya, antes de que nos encuentren. —Apagó el teléfono, consultó el reloj, veintiséis segundos en total, y se volvió hacia Matt.

Matt reflexionó sobre la información a toda prisa. Un aeródromo pequeño. ¿Qué estaría haciendo Maddox allí? También acarició la idea de que a lo mejor podían dar una sorpresa a Maddox y tener con él una entrevista íntima y personal fuera del ambiente en que se sentía más cómodo.

Dirigió una mirada al reloj del salpicadero. El sitio en cuestión no estaba lejos, incluso tomando en cuenta que el tráfico era cada vez más denso a causa de las fechas.

—Eso está saliendo por la noventa y cinco, ¿verdad?

A Jabba se le hundió el semblante.

—Sí —respondió con un encogimiento de hombros.

—Vuelve a examinar la posición dentro de unos quince minutos, ¿quieres? Para asegurarnos de que no se ha movido.

Jabba asintió con gesto lúgubre y se derrumbó en el asiento con un fuerte suspiro y esperándose lo peor.

Maddox colgó con el contacto que tenía en la Agencia de Seguridad Nacional y frunció el entrecejo. De manera instintiva, escudriñó el cielo para ver si veía llegar el reactor, pero tenía el pensamiento absorto en otra cosa.

Había recibido tres llamadas consecutivas. La primera fue bastante inocua: el software inteligente había estado a la altura de lo que se esperaba de él, y los objetivos se encontraban justo al norte de la ciudad, dirigiéndose hacia ella. La segunda llamada le dijo que los objetivos habían cambiado de dirección y que ahora se dirigían al oeste por la autopista de Concord, lo cual, en retrospectiva, debería haber supuesto una sorpresa, pero no. En cambio la tercera resultó seriamente preocupante. Los objetivos habían virado hacia el norte nada más llegar a la I-95, y ahora se encontraban a menos de diez kilómetros del aeródromo.

Lo cual era, dicho sea una vez más, seriamente preocupante. Por la sencilla razón de que Maddox no creía en la suerte ciega, como tampoco creía en las coincidencias. Y además era la segunda vez aquel día que Matt se las arreglaba para dar con su pista. Lo cual significaba que o era vidente o contaba con una ventaja que él desconocía.

Aún.

Su cerebro hizo un giro de ciento ochenta grados y realizó un barrido completo de todo lo que había sucedido desde la primera vez que tropezó con Matt Sherwood. Dejó a un lado los detalles que le parecieron superfluos y se concentró en establecer las conexiones causales existentes entre el primer encuentro y el momento presente y en compararlas con las habilidades básicas que poseía Matt.

Todo lo cual se confabuló para que dirigiera la atención hacia su coche.

Dio medio paso hacia el vehículo, escrutándolo atentamente, a la vez que su instinto operativo evaluaba cuál podía ser el culpable.

Y cuando lo comprendió frunció el ceño.

No iba a tener tiempo para ordenar que inspeccionaran el coche. Lo cual significaba que existía la posibilidad de que se viera obligado a dejarlo allí de momento. Lo cual lo cabreó todavía más. Porque la verdad era que aquel coche le gustaba mucho. Miró el reloj. La llegada del reactor era inminente.

Miró alrededor. El aeródromo estaba tranquilo, lo normal. Lo cual era bueno. Decidió que había llegado el momento de poner fin con carácter permanente a las imprevistas incursiones de Matt Sherwood e hizo señas a dos de sus hombres que aguardaban allí cerca para que se aproximaran.

—Me parece que estamos a punto de tener compañía —les dijo.

Y a continuación les explicó lo que quería que hicieran al respecto.

51

Monasterio Deir Al-Suryan, Wadi Natrun, Egipto

—¡Finch!

El chillido de Gracie sacudió los muros del monasterio. Corrió al lado de Finch. Estaba temblando, su rostro había palidecido y se llevó las manos a la boca. El cuerpo de Finch yacía allí mismo, delante de ella, tendido sobre la arena del desierto. Estaba boca abajo y no se movía, y la nube de polvo que había levantado al estamparse contra el suelo empezaba a descender y asentarse a su alrededor.

Muy despacio, Gracie bajó las manos y se inclinó sobre él sin atreverse a tocarlo. Los otros, encabezados por Dalton, se apresuraron a acudir a su lado.

—¿Está…? —Dalton no pudo acabar la frase.

No había heridas abiertas que fueran visibles, ni tampoco sangre manando. Pero no por ello la escena era menos horripilante. La cabeza, que debió de ser la primera en chocar contra el suelo, estaba retorcida hacia un lado formando un ángulo imposible. El cuerpo tenía un brazo doblado hacia atrás y los ojos fijos en una expresión sin vida, mirando el suelo reseco.

—Oh, Dios mío, Finch —sollozó Gracie al contemplarlo, sin saber qué hacer. Por fin bajó las manos hacia el cadáver y apretó suavemente con los dedos en el cuello, buscándole el pulso o algún signo de vida que sabía que no iba a encontrar.

Miró a Dalton con ojos llorosos e hizo un gesto negativo con la cabeza.

Dalton estaba temblando. Rodeó con sus brazos a Gracie, también sin poder apartar los ojos del cadáver de su amigo.

Los monjes, que aguardaban titubeantes detrás del padre Jerome y del abad, comenzaron a rezar en voz baja. Al cabo de un momento Gracie retiró la mano, apartó unos cuantos mechones de pelo suelto de la frente de Finch y le acarició dulcemente la mejilla sin dejar de mirarlo, deseando cerrarle los párpados pero sin atreverse a tocarlos. Entonces percibió movimiento a su espalda, se volvió y vio que el padre Jerome avanzaba con paso vacilante y la mirada clavada en Finch. El santo dio unos pasos más hasta que llegó a la altura de Gracie, y acto seguido se arrodilló a su lado en silencio, aún concentrado en el cuerpo sin vida de Finch.

Gracie sintió que la recorría un escalofrío de emoción. «¿Qué está haciendo?» Contempló extasiada cómo el sacerdote se inclinaba hacia Finch, extendía las manos sobre él y le cerraba los ojos murmurando una plegaria. Durante un momento fugaz Gracie sintió nacer en su interior una idea descabellada, un pensamiento imposible y absurdo: que estaba a punto de presenciar algo milagroso, que el padre Jerome en efecto iba a interceder ante el Cielo y resucitar a su amigo de entre los muertos. Se le subió el corazón a la garganta al contemplar la escena, atenazada por la esperanza y el miedo, e intentó asirse a aquella loca posibilidad todo el tiempo que pudo, rememorando rápidamente todas las cosas imposibles que había visto en los últimos días y procurando convencerse a sí misma de que ahora era posible cualquier cosa, aferrándose a aquella idea con desesperación a pesar de que se esfumó tan deprisa como vino, barrida por la visión del maltrecho e inmóvil cuerpo de Finch y por la fría lógica por la que siempre se había guiado. No tardó en invadirla de nuevo un abrumador sentimiento de pena que le dejó entumecidos todos los nervios del cuerpo.

Volvió la vista hacia el padre Jerome, quien abrió los ojos e hizo la señal de la cruz sobre la cabeza de Finch. Después se volvió hacia ella con una expresión de profunda tristeza y le tomó las manos.

—Lo lamento muchísimo —dijo simplemente.

Por su expresión, Gracie vio que también albergaba un sentimiento de culpa. Asintió con la cabeza pero no dijo nada. El padre Jerome se incorporó y regresó con sus hermanos. El abad y el hermano Amín se encontraban unos pasos más atrás, y cuando el sacerdote llegó a ellos el abad le puso una mano en el hombro a modo de consuelo y, acompañado por el joven monje, le murmuró unas palabras. Gracie se volvió hacia Dalton y a continuación hacia lo alto de la torre. El perfil color arena de la edificación contrastaba vivamente con el fondo del cielo azul. Parecía una fotografía en primer plano de las que cabría ver en una postal o en un álbum de fotos, desconcertante en su perfección, con aquellos llamativos tonos pastel, demasiado perfecta para haber sido el emplazamiento de una muerte tan espeluznante.

—¿Cómo...? —musitó Gracie—. ¿Cómo ha podido caerse así?

Dalton negó lentamente con la cabeza, aún conmocionado.

—No lo sé. —De pronto abrió unos ojos como platos—. ¿Tú crees que es posible que le hayan disparado desde ahí fuera?

Gracie lo miró con un súbito horror y volvió a agacharse al lado de Finch. Dalton se agachó con ella. Gracie dudó, pero después, con dedos temblorosos, estiró los brazos y las piernas de Finch y le dio la vuelta poco a poco. Examinó la parte frontal del cuerpo, pero no vio ninguna herida de bala.

—No parece —dijo—. Yo no he oído ningún disparo. ¿Y tú?

—Tampoco. —Dalton estaba intrigado. Una vez más volvió la vista hacia lo alto de la torre—. El reborde de la azotea es muy bajo. A lo mejor se asomó para decirnos que había encontrado el teléfono y simplemente... —Dejó la frase sin terminar.

Gracie inspeccionó el suelo de alrededor. Vio brillar el teléfono vía satélite a escasos metros de ella, semienterrado en la arena. Amplió el círculo, y entonces lo descubrió. Una caja pequeña y negra, al pie del muro de la torre. El Blackberry de Finch. Se puso en pie, recuperó el teléfono vía satélite y a continuación fue hasta el muro. Recogió el Blackberry y se lo quedó mirando al tiempo que le limpiaba la arena con los dedos, imaginando los últimos momentos de Finch al hallarlo en la azotea y acercarse al borde para... ¿Para qué? ¿Para echar un último vistazo, para saludar? Ojalá hubiera algún modo de volver atrás para impedirle que subiera a la torre y detener el curso de su vida en un momento súbito y cruel. Pero no existía la posibilidad de volver atrás. Gracie lo sabía perfectamente. Ya había visto demasiadas muertes a lo largo de los años y hacía mucho que había aprendido a aceptar que era algo irreversible.

—¿Qué vamos a hacer? —preguntó. Sus ojos, todavía llorosos, dejaron atrás a Dalton y se posaron en el padre Jerome, el abad, el hermano Amín, que estaban a su espalda, y el macabro contingente de monjes que se encontraban un poco más allá.

—Tenemos que irnos —le dijo Dalton con voz ronca.

—¿Y Finch? No podemos dejarlo aquí, sin más.

—Tampoco podemos llevarlo con nosotros —replicó él con suavidad—. No podemos.

Al cabo de unos breves instantes Gracie aceptó, todavía a regañadientes, pero con una chispa de lucidez que comenzó a volver a ella.

—Tienes razón —dijo. Luego miró al abad—. ¿Podría usted...?

El abad le ahorró la necesidad de decirlo y asintió con solemnidad.

—Por supuesto —le respondió—. Nos haremos cargo de él hasta que podamos enviarlo a su casa..., como es debido. —Calló unos momentos como si quisiera cerciorarse de que Gracie estaba de acuerdo con eso y a continuación miró el Previa y los hombres apiñados alrededor de él. Gracie siguió su mirada. Aún seguía oyéndose el débil zumbido de la radio, amenazador como una sirena malévola—. Deberían irse ya —añadió.

Mientras recogían el equipo, Gracie y Dalton observaron cómo unos cuantos monjes, asistidos por el conductor, depositaban el cadáver de Finch en una camilla improvisada —una puerta vieja que habían sacado de sus goznes— y lo llevaban al interior de la capilla principal. Otros cuatro monjes recogieron el resto del equipo, y a continuación la pequeña *troupe*, siguiendo al abad, abandonó el patio inundado de sol y penetró en la fresca penumbra del monasterio.

Cruzaron por delante de la entrada de la iglesia de la Santísima Virgen y del refectorio, hasta que llegaron a una antigua escalera sin iluminar.

—A partir de aquí tendrán que utilizar las lámparas —instruyó el abad.

Los monjes encendieron una serie de pequeños candiles de campin que proyectaron una luz blanca y fría sobre la piedra. Lentamente comenzaron a descender por una escalera angosta levantando una fina niebla de polvo acre, y llegaron a otro pasillo en el que se abrían un par de despensas de aceite de oliva (donde a mediados del siglo XIX se habían descubierto algunos de los libros más antiguos del mundo, traídos al monasterio por monjes que vinieron en el siglo VIII huyendo de la persecución religiosa en Siria y en Bagdad) y que finalmente conducía hasta la cueva del santo Bishoi.

El abad empujó la semideshecha puerta de madera y los hizo pasar. La cueva era oscura y estrecha, no más grande que un dormitorio pequeño. Gracie sostuvo el candil en alto para ver mejor. El suelo de la caverna estaba sucio de tierra, y el techo estaba formado por una bóveda tallada en la piedra. No vio nada que apoyara la leyenda que conoció gracias a sus lecturas realizadas durante el viaje a aquel lugar, y que decía que la devoción de san Bishoi a su fe era tan fuerte que se ataba el cabello durante muchos días a una cadena que pendía del techo de la cueva para asegurarse de no quedarse dormido mientras esperaba la visión de Cristo por la que rezaba.

—Es por aquí —dijo el abad.

Gracie dirigió el candil en dicha dirección. En un rincón de la cueva, a la izquierda de la entrada, se escondía otra puerta de madera en estado de putrefacción, aún más pequeña que la primera. Los monjes ayudaron al abad a abrirla, una operación que levantó nuevas nubes de polvo en el estrecho espacio. Gracie se acercó un poco más, y entonces descubrió la entrada del túnel, angosto y de techo muy bajo. No tendría más de metro y medio de alto por uno de ancho, un agujero negro que se tragaba la mortecina luz de gas en el mismo momento en que ésta penetraba en él.

—Que Dios los acompañe —le dijo el abad al padre Jerome.

Acto seguido, uno por uno, agachando la cabeza, se fueron introduciendo en el estrecho pasadizo. Gracie fue la última en entrar. Vaciló un momento, todavía acongojada por la idea de dejar abandonado a Finch, pero finalmente se despidió del abad con una media sonrisa, apretó la mandíbula con estoicismo y desapareció en la opresiva oscuridad del túnel.

52

Bedford, Massachusetts

Matt aminoró la velocidad del Camry justo en el momento en que los bosques que había a uno y otro lado de la carretera dieron paso a un puñado de edificios de oficinas de baja altura que sesteaban detrás de unas praderas cubiertas de nieve.

Dirigió una mirada de reojo a Jabba y le dijo:

—Atención. —Y acto seguido oteó los alrededores.

En la carretera no había más coches, y toda la zona se veía muy tranquila. Atravesaron la entrada y penetraron en una pequeña base de las fuerzas aéreas que se extendía a su derecha. Había un guardia solitario y aburrido que se encargaba de accionar la endeble barrera blanca y roja. La base compartía su pista de aterrizaje con el campo de aviación civil adyacente, pero poco más. Por lo que pudieron ver, daba la sensación de ser una base austera y trasnochada, en claro contraste con los dos despampanantes edificios de servicios de vuelo que se erguían carretera adelante y que atendían a la acaudalada clientela que gustaba de aterrizar con sus reactores privados en Hanscom Field, para evitar los retrasos debidos al tráfico aéreo y los severos trámites de seguridad del aeropuerto Logan de Boston, las dos maravillas gemelas de los viajes en avión del siglo XXI.

La carretera de acceso llevaba a la terminal civil, que tampoco era lo que se dice un hervidero de actividad. Una vez allí, doblaba en ángulo recto hacia la izquierda y a continuación volvía sobre sí misma rodeando un espacio central de tamaño desproporcionado, asfaltado y de forma trapezoidal, que servía de aparcamiento para las visitas. Matt contó menos de una docena de coches aparcados, y no reconoció ninguno de ellos.

Los hangares y los aviones se encontraban a su derecha, en el lado de fuera de la carretera de circunvalación, cruzando la calle desde el aparcamiento. Detrás de uno de los dos hangares principales se oía el agudo gemido de un reactor que avanzaba por la pista de rodadura. En un mundo posterior al 11 de septiembre, sorprendía el bajo nivel de seguridad de aquel lugar. Lo único que separaba la carretera de la plataforma de estacionamiento de los aviones era una valla metálica bastante básica que tendría dos metros de altura como mucho, dotada de treinta centímetros más en forma de reborde superior vuelto hacia fuera. Prácticamente se podía saltar la valla y tocar los aviones repartidos por la zona de los hangares.

Mientras recorría el tramo de la carretera que se doblaba hacia dentro, Matt vio que el campo de aviación tenía dos puntos de entrada. Una vez más, de una simplicidad sorprendente: vallas metálicas a lo largo, con la anchura de dos coches, que se abrían hacia un lado girando sobre unas ruedecitas de metal. Ni garitas ni guardias. Tan sólo un lector de tarjetas y un intercomunicador montado en un pie para los que no fueran visitantes habituales.

—Vuelve a mirar la posición —le dijo Matt a Jabba—. Necesitamos tener mejor localizado a ese hijo de puta.

—No sé, tío —repuso Jabba con cautela—. Estamos demasiado cerca.

—Tú respeta la regla de los cuarenta segundos y no nos pasará nada, ¿vale?

Jabba lo miró fijamente, con un gesto irónico.

—¿Tú crees que ese optimismo tuyo tan engreído pudo tener algo que ver con que te concedieran ese pase privilegiado para la cárcel?

—Qué va. En aquella época yo era simplemente un temerario —bromeó Matt.

—No necesitaba saber eso precisamente ahora —gimió Jabba a la vez que encendía el ordenador portátil y el teléfono. Fue directamente al mapa de Google y después cortó la conexión. El rastreador se hallaba unos cuatrocientos metros más adelante, al final de la plataforma de estacionamiento, justo antes de la línea de árboles, pasado el segundo hangar y lo que parecía un edificio más pequeño.

—¿Qué está haciendo ahí dentro? —preguntó Jabba.

—O está dejando a alguien o, más probablemente, estará reuniéndose con alguien que acaba de llegar en avión.

Matt se volvió para observar el perímetro. Vislumbró un pequeño reactor privado que cruzaba desde detrás de un hangar a otro. Se dirigía hacia la posición del rastreador.

A Matt se le aceleró el pulso con una sacudida de urgencia. Su instinto le decía que tenía que colarse allí dentro..., y rápido. Miró ceñudo la entrada que tenía más cerca, repasó a toda prisa las opciones que se le ofrecían, y entonces vio la otra entrada, la que estaba más adelante y más próxima al rastreador, abierta. Se tensó... pero lo que salió no fue el Mercedes, ni tampoco el 300C, sino una furgoneta Town and Country de color plateado, que se detuvo a esperar mientras se abría la valla.

Pisó el acelerador e impulsó el Camry hacia delante provocando un torturado chirrido de sus estrechos neumáticos. El coche aceleró por la carretera de circunvalación dejando a su derecha la valla que rodeaba el perímetro del aeródromo. Estaba a ochenta metros cuando la valla de la entrada se abrió lo suficiente para que pasara la furgoneta. Sesenta metros, y la furgoneta cruzó la entrada, viró a la derecha y comenzó a alejarse. Cuarenta metros, y la valla se detuvo con un chasquido e inició la operación contraria. Veinte metros, y la valla estaba a medio camino de su recorrido..., y cerrándose. Lo cual, teniendo en cuenta que tenía la anchura de dos coches, quería decir que los números no estaban de su parte.

Matt no levantó el pie. A quince metros de la valla, giró el volante hacia la izquierda para hacer derrapar el coche y luego lo giró de nuevo hacia la derecha al tiempo que accionaba violentamente el pedal del acelerador. Los blandos parachoques del Camry sufrieron un paro cardíaco a la vez que la trasera trazaba un arco y el automóvil se inclinaba peligrosamente hacia la izquierda. El impulso que llevaba trasladó todo el peso a los dos neumáticos izquierdos, pero Matt consiguió lo que quería. El coche había coleado y había quedado en una posición perpendicular a la valla, y ahora se lanzaba hacia ella a toda velocidad. Matt mantuvo el pedal pisado a fondo y coló el Camry por el estrecho espacio libre, pasando junto al poste fijo de la entrada sin tocarlo, con las ruedas en el aire, y arañándose el lado derecho contra la valla que se acercaba.

Estaban dentro.

La Bala observaba atentamente cómo el Citation X viraba a la izquierda en la amplia plataforma de estacionamiento y se detenía entre el edificio exterior y la línea de árboles, junto al Mercedes y el 300C.

El X era una maravilla de la ingeniería. Sus motores turboventiladores Rolls-Royce lo propulsaban a una velocidad de Mach 1, lo cual quería decir que era capaz de transportar a doce pasajeros de Nueva York a Los Ángeles en menos de cuatro horas y con el máximo lujo. No era de extrañar, se dijo Maddox, que fuera el reactor privado de moda entre los afortunados ricachones merecedores de figurar en la lista Forbes, los que ni siquiera sabían que existía una crisis de créditos: las principales estrellas de Hollywood, magnates rusos que gastaban sin mirar… y los predicadores evangelistas. Humildes siervos del Señor como Kenneth y Gloria Copeland, que habían conseguido que el ejército de fieles seguidores de su megaiglesia donase veinte millones de dólares para adquirir aquel X adaptado al gusto del cliente, el cual los ayudaría a ellos a seguir las directrices personales de Dios y extender su palabra con mayor eficiencia.

La Bala ya había utilizado ese lugar en otras ocasiones. Se hallaba apartado, al fondo del campo de aviación, lejos de miradas de intrusos. Resultaba muy apropiado para meter y sacar de la ciudad de incógnito a determinados clientes que sentían aversión a las cámaras, por lo general personas que se habían hecho famosas tras alguna operación o algún escándalo, o amos del universo que llevaban a cabo transacciones sensibles.

En este caso, las cosas eran distintas.

Cuando los motores del avión, montados en la cola, fueron enmudeciendo, una voz crepitó en su auricular.

—Un Camry blanco acaba de colarse por la puerta sur —dijo el operativo—. Me parece que son nuestros chicos.

Maddox se llevó la muñeca a la boca con gesto natural y habló con claridad al micrófono que llevaba en el puño.

—Recibido. No los pierdas. Y una vez que el paquete esté dentro del coche, abátelos.

Dio unos pasos más hacia el avión al tiempo que éste abría la portezuela, explorando las inmediaciones con toda naturalidad. No vio nada sospechoso, de modo que centró la atención en el aparato, del cual estaban ya descendiendo Rebecca Rydell y sus dos guardaespaldas.

Matt giró a la izquierda y se metió por detrás del primer hangar. Al llegar a la esquina del mismo se detuvo y acto seguido avanzó despacio, atento. Bajó la ventanilla y oyó el avión a lo lejos, aminorando la potencia de los motores, pero no alcanzó a verlo, así que pisó de nuevo el acelerador y cruzó hasta el segundo hangar. Por lo que logró ver en el mapa congelado en la pantalla del portátil, desde allí hasta la posición del rastreador no había nada más que asfalto.

Avanzó un poco más. A lo lejos, a un centenar de metros al frente, se encontraba el edificio exterior, una estructura de hormigón de poca altura y sin ventanas. Vio la cola del avión sobresaliendo por detrás de él, así como la puerta trasera de un Dodge Durango de color negro. Entre el hangar y el edificio exterior había un par de reactores privados y un puñado de aviones de hélice más pequeños, parados. Proporcionaban cierta cobertura, la que iba a necesitar si quería acercarse sin que los descubrieran.

Decidió atravesar por medio y meterse detrás del edificio. Desde allí podrían ver lo que estaba pasando y, si era viable, él podría hacer la jugada que tenía prevista. Sacó la pistola y se la puso sobre las rodillas. Se percató de que Jabba lo estaba mirando con aprensión.

—Te das cuenta de que está vacía, ¿verdad? —dijo Jabba.

—Pero ellos no lo saben —replicó Matt—. Además, no tengo previsto que vaya a necesitarla.

A juzgar por la expresión de Jabba, la explicación no pareció tranquilizarlo.

—Puedes bajarte aquí y esperarme, si quieres —le dijo Matt.

Jabba miró a izquierda y a derecha la zona desierta que había detrás del hangar y luego se volvió hacia Matt.

—Creo que voy a quedarme. Esto no es exactamente la Grand Central Station, tú me entiendes, ¿no?

Matt asintió, se acomodó la pistola sobre las rodillas e hizo avanzar el coche.

Pasaron pegados al avión aparcado y se metieron por detrás del edificio. Era una subestación de energía eléctrica y estaba rodeada por una valla metálica de poca altura. Matt continuó rodando, lo justo para poder tener un panorama del avión sin dejar a la vista más que el costado delantero del coche.

Dos hombres escoltaban a una chica joven rubia y bronceada, estaban bajando del avión.

Jabba se inclinó hacia delante y se le descolgó la mandíbula por la sorpresa.

—¡Uf!

Matt le dirigió una mirada de reproche.

—Ahora no, tigre...

—No, tío —lo interrumpió Jabba con urgencia—. Es la hija de Rydell.

Matt la estudió con mayor interés. La chica dejó atrás la escalerilla y miró en derredor con gesto inseguro, mientras los dos hombres la conducían hasta Maddox, el cual habló brevemente con ella y seguidamente los acompañó hasta el Durango que los aguardaba. Al abrir la portezuela trasera del mismo, lanzó una mirada a lo lejos, en dirección a Matt, y las miradas de ambos se cruzaron. Matt dio un ligero respingo, pero Maddox no. De hecho, no dio la impresión de sentirse turbado en lo más mínimo. Lo cual, teniendo en cuenta que los había descubierto, sólo podía significar una cosa.

El cilindro de duro acero que de repente se le apoyó a Matt por encima de la oreja se lo confirmó.

53

Monasterio Deir Al-Anba Bishoi, Wadi Natrun, Egipto

Media hora después de haber penetrado en el túnel, Gracie, Dalton, el padre Jerome, el hermano Amín y sus cuatro guías de hábitos negros emergieron en el interior de la antigua y mohosa bodega del monasterio vecino. Allí se encontraban para recibirlos varios monjes nerviosos, y a la cabeza de ellos su abad.

Gracie dejó en el suelo la mochila, se sacudió el polvo y estiró la espalda mientras el abad saludaba efusivamente al padre Jerome. Se le veía angustiado. Era un individuo compacto y entrado en años que se llamaba Antonius, y al parecer estaba profundamente anonadado ante la presencia del sacerdote milagroso, así como alterado por el giro que habían dado los acontecimientos, lo cual era de esperar. Se fijó en sus dedos surcados de arrugas, en cómo le temblaron cuando estrechó con fuerza la mano del padre Jerome.

—Gracias a Dios que se encuentra usted bien —le estaba diciendo al tiempo que soltaba un torrente de palabras y los guiaba a todos hacia una escalera de piedra que llevaba al refectorio del monasterio.

Les ofrecieron agua fría y les concedieron unos momentos para recobrar el aliento antes de salir a la balsámica luz del día. Aquel monasterio tenía el mismo ambiente beis, al estilo del planeta Tatooine, que el que acababan de dejar atrás, y aunque su tamaño era más reducido, no por ello era menos venerable. Muchos papas coptos habían comenzado siendo monjes allí, incluido el actual, Shenouda III. Y el monasterio también tenía su mito religioso propio. Allí se conservaba el cuerpo del mismísimo san Bishoi (que en ritual copto significaba «sublime»), sellado en el interior de un recipiente de madera que estaba envuelto en un plástico transparente. Según se creía, se conservaba perfecto e incorrupto a pesar del paso del tiempo, incluso hoy en día, una afirmación que resultaba difícil de verificar dado que el recipiente se encontraba encerrado dentro de un féretro, y los fieles contaban que en ocasiones el santo estiraba el brazo desde dentro y les estrechaba la mano, por lo visto sin dejarse intimidar por las limitaciones de la física. Además, la magia que se obraba en ese lugar no tenía que ver sólo con él. Cerca de allí y sellados de modo similar se hallaban los restos de otro monje llamado Pablo, un asceta que según se rumoreaba se había suicidado, con éxito, siete veces.

Llegaron al taxi del cuñado de Yusuf, un jadeante monovolumen Sharan VW de color blanco. Los estaba esperando a la sombra de una estructura de cúpulas múltiples, lugar de retiro ocasional del papa Shenouda.

—¿Está seguro de que ahí fuera no nos va a pasar nada? —preguntó Gracie al abad.

—Éste es un lugar relativamente tranquilo —la informó Antonius—. Nosotros no despertamos interés. Hasta el momento. —Sonrió de manera incómoda—. Vengan, voy a enseñárselo.

Dejaron que el conductor y los monjes se dedicaran a la tarea de cargar el equipo en el monovolumen y acompañaron al abad. Cruzaron el patio y ascendieron por una estrecha escalera exterior que subía en espiral hacia lo alto de la muralla.

—Echen una mirada —les dijo el abad—, pero procuren agacharse... por si acaso.

Gracie y Dalton se levantaron muy despacio de la posición en cuclillas. La llanura que se extendía entre ambos monasterios se veía cubierta por la ya conocida alfombra de coches y camionetas, pero con una diferencia: toda la atención parecía estar centrada en el lado de allá, en el monasterio del que acababan de salir. Lo cual quería decir que contaban con una posibilidad razonable de escabullirse sin que repararan en ellos.

Volvieron a bajar, dieron las gracias al abad y se metieron en el monovolumen. Esta vez Dalton y Gracie se sentaron a uno y otro lado del padre Jerome, mientras que el hermano Amín se instaló en el lugar del copiloto. Gracie experimentó una punzada de aprensión al ver cómo se abría la puerta de entrada. Hizo acopio de fuerzas y se irguió en el asiento a la vez que el conductor pisaba suavemente el acelerador y el Sharan arrancaba rumbo al desierto.

A un lado y otro de la pista polvorienta que partía del monasterio había unos cuantos automóviles y camionetas. Junto a los coches agrupados se veían varios hombres conversando, fumando, esperando. Cuando el monovolumen se aproximó al primero de los grupos, Gracie se volvió hacia el padre Jerome y le echó la capucha del hábito por la cabeza para ocultarlo a la vista. El cuñado de Yusuf se mantuvo calmado, procurando no atraer la atención hacia ellos mientras el Sharan pasaba de largo lentamente sin suscitar más que alguna mirada casual.

Gracie dejó escapar un breve suspiro de alivio. Delante de ellos ya no había demasiados coches ni camionetas. Unos pocos minutos más, se dijo, y tendrían el camino libre y despejado. A menos de un centenar de metros de la entrada del monasterio la pista dobló hacia la izquierda, junto a una vieja pared en ruinas y un grupo de palmeras. Allí había aparcados varios coches más, y junto a ellos otro corro de hombres apoyados contra el muro, al parecer indiferentes al sol. Gracie notó un aleteo en el estómago cuando el conductor aminoró la velocidad para pasar por entre los coches aparcados al azar, lo cual logró hacer sin levantar ningún bullicio..., pero de pronto se topó con una estrecha zanja que había más allá. Un hombre se dirigía hacia ellos caminando en solitario, a lo largo de la zanja, en dirección a los árboles. Gracie lo descubrió y se puso tensa. Procuró no volverse hacia él cuando el conductor disminuyó la velocidad y siguió avanzando a paso de tortuga. Ya habían cruzado la mitad de la zanja cuando, tal como temía Gracie, el hombre pasó por su lado y, justo en el momento en que miraba con naturalidad el interior del monovolumen, el padre Jerome volvió la cabeza y miró hacia la ventanilla, precisamente en su dirección. Fue suficiente.

El hombre reaccionó como si le hubieran propinado una bofetada. Sus facciones relajadas adquirieron de pronto una expresión de alarma. Aplastó ambas manos contra la ventanilla y pegó el rostro al cristal en un intento de ver el interior, caminando de lado para seguir la marcha.

—Estamos listos —exclamó Gracie—. ¡Sáquenos de aquí! ¡Ya!

El conductor miró atrás, vio al hombre que se movía con ellos y pisó el pedal del acelerador. El motor del Sharan soltó un gemido al tiempo que los neumáticos traseros salvaban la zanja de un salto y continuaban girando a todo gas. El hombre intentó seguir a su altura, pero no pudo, y enseguida quedó rezagado en la estela de polvo del monovolumen. Gracie vio cómo se iba alejando, pero sabía que aún no se encontraban fuera de peligro. Y efectivamente, vio que su perseguidor daba media vuelta y echaba a correr hacia el grupo de hombres que estaban junto a los árboles agitando las manos como loco, intentando llamar su atención. Y entonces desapareció.

Gracie no supo con seguridad lo que había pasado, porque su línea visual estaba parcialmente obstruida por el equipo que viajaba en la parte de atrás del coche y por la nube de polvo que estaban levantando, pero vio al hombre corriendo, agitando las manos y gritando, y al momento siguiente lo perdió de vista. Le pareció verlo de nuevo agarrándose la cabeza con las manos y cayendo al suelo, casi como si de pronto hubiera sufrido un espasmo, pero no estaba segura. Y no estaban dispuestos a pararse a averiguarlo. El conductor mantuvo el pedal pisado a fondo, y quince minutos después se encontraban en la autopista, con el camino hasta el aeropuerto al parecer totalmente despejado.

En ese momento sonó el teléfono vía satélite de Gracie.

Había estado reuniendo fuerzas para hacer aquella llamada a Ogilvy, para contarle lo de Finch, y creía que él se le había adelantado. Pero al ir a coger el teléfono no reconoció el número que apareció en la pantalla. Sólo reconoció el prefijo, que correspondía a un móvil de Estados Unidos.

—Diga —contestó picada por la curiosidad.

—¿La señorita Logan? —tronó una voz al otro extremo—. Aún no nos conocemos, pero me llamo Darby. Reverendo Nelson Darby. Y me parece que puedo serle de ayuda.

Zorro Dos observó el monovolumen blanco que avanzaba rápidamente por la pista del desierto y acto seguido enfocó con los prismáticos al hombre herido. Seguía tumbado en el suelo, retorciéndose de dolor, apretándose los oídos con las manos. Zorro Dos se relajó un poco.

La situación se había salvado por los pelos..., claro que estaban preparados.

Sabía que aquel agitador tardaría un rato en recuperarse. Lo habían golpeado con una potente descarga, sólo para estar seguros. A Zorro Dos lo sorprendía que no hubiera perdido el conocimiento, aunque sabía que todavía podía ocurrir. Lo principal era que no iba a ir a ninguna parte ni decir nada. Al menos durante un rato. Que era precisamente el tiempo que necesitaban ellos.

Alzó un dedo y trazó un círculo en el aire, la señal para que sus hombres abandonaran la posición. Rápido y en silencio, desconectaron el dispositivo LRAD y lo taparon. A continuación se pusieron en movimiento y se marcharon de allí tan inocuamente como habían llegado, siguiendo al coche desde una distancia que no levantara sospechas y ya deseosos de poder regresar por fin a casa.

54

Bedford, Massachusetts

El hombre mantuvo el arma apoyada en la sien de Matt.

—Tranquilo.

Su voz era inexpresiva, su brazo estable. Alargó la mano izquierda hasta las rodillas de Matt y le arrebató la pistola, que a continuación se guardó por dentro del cinturón. Matt maldijo para sus adentros. Había estado tan absorto en vigilar el avión y a Maddox, que no se había percatado de la presencia del hombre que se les acercaba desde atrás. Surgió otro individuo (misma apariencia general, traje negro, camisa blanca, sin corbata, gafas oscuras color granito) unos metros más adelante, por el otro costado del edificio, que se encaminó hacia el lado del coche en que iba sentado Jabba. Ése también empuñaba un arma, y también apuntaba a la cabeza de Matt. Un arma grande. Un Para-Ordinance P14. Parecía de gran potencia. Daba la impresión de ser capaz de parar en seco a un rinoceronte a la carga. Y así era.

El cerebro de Matt se disparó y entró en una demencial criba de noticias buenas y malas. En realidad, los esbirros de Maddox no podían matarlos allí como si nada, las autoridades del aeródromo tenían que haber hecho constar en alguna parte que se encontraban allí, tenía que haber varias cámaras de televisión de circuito cerrado diseminadas por las instalaciones que habrían grabado su presencia. En conjunto, todo resultaba demasiado engorroso para ellos, demasiado arriesgado, por fuerza. Lo cual, sin duda alguna, se colocaba en la columna de las buenas noticias. Pero tenían alternativas de sobra. La clave radicaba en sacarlos a Jabba y a él del recinto del aeródromo, y sin armar alboroto. O bien los llevarían a sus coches o bien (la opción más limpia y más obvia) uno de los esbirros, o más probablemente los dos juntos, se subirían al Camry y los conducirían a punta de pistola hasta algún lugar agradable y tranquilo en el que pudieran meterles unas cuantas balas en el cuerpo y dejar allí sus cadáveres en descomposición para que los descubriera algún desventurado excursionista. Lo cual se clasificaba claramente en la columna de las malas noticias. Matt sabía que si permitía que uno de los esbirros o ambos entrara en el coche, lo más probable era que no volviera a practicar nunca más el ejercicio de clasificar noticias buenas y malas. Lo cual en sí no era tan negativo, pero lo cierto era que le apetecía seguir vivito y coleando para dedicarse a otras actividades en las que su vida no corriera tanto peligro.

La cosa era simple. No podía permitirles entrar en el coche.

Lo cual significaba que probablemente no dispondría de más de un par de segundos de margen para hacer algo.

Las manos y los pies de Matt se movieron como el rayo. La mano izquierda salió disparada hacia arriba, agarró la muñeca derecha del hombre, la que sostenía el arma, y tiró de ella hacia delante aplastándola contra el ángulo interior del parabrisas. La pistola se disparó provocando una explosión ensordecedora dentro del coche, a tan sólo cuarenta centímetros del rostro de Matt. La sintió como si lo hubieran arrojado de cabeza a una piscina. La onda de choque lo golpeó igual que un puño de plomo que le percutió en ambos oídos y se los dejó insensibles, un entumecimiento desconcertante, en la misma fracción de segundo que el proyectil del calibre 45ACP destrozaba el espejo retrovisor y perforaba el parabrisas, un tiro limpio y supersónico que no lo hizo añicos sino que sólo lo cuarteó totalmente alrededor del orificio de salida de la bala, un agujero ovalado y de bordes nítidos.

A Matt le pareció oír que Jabba chillaba, pero no pudo estar seguro. Aún tenía la sensación de estar debajo del agua, y además no tenía la atención puesta en él; le preocupaba más el otro individuo. De modo que en el mismo instante en que empujaba hacia delante la mano del primer tirador y se la golpeaba contra el ángulo del parabrisas, con el pie derecho pisó a fondo el pedal del acelerador y con la mano derecha giró el volante en el mismo sentido. El coche se lanzó adelante y viró a la derecha, recto contra el segundo tirador. El tipo de la izquierda saltó hacia atrás, pero Matt tenía el codo bloqueado y consiguió mantenerle la mano armada aplastada contra el ángulo del cristal el tiempo suficiente para que el coche recorriera los tres metros que había hasta el segundo tirador y chocara contra él antes de que tuviera la oportunidad de disparar. Lo aplastó contra la valla metálica de escasa altura que sobresalía del costado del edificio. La cintura le quedó pulverizada, los ojos muy abiertos, y dejó escapar un desgarrador alarido de dolor antes de que un chorro de sangre le inundara las cuerdas vocales y le brotara de la boca para salpicar el blanco virginal del capó del Camry.

Pero todavía le quedaba bregar con el primer esbirro. Durante un segundo, el semblante del tipo se puso rígido por la sorpresa de ver a su colega seccionado por la mitad, pero enseguida mutó en una mueca con renovados bríos y empezó a forcejear para zafarse de la mano de Matt e intentar apuntar con su arma hacia el interior del coche. Explotó otro disparo, de nuevo a escasos centímetros del rostro de Matt, de nuevo ensordecedor, mareante, igual que el golpe de un bate de béisbol en los oídos, y la bala pasó silbando junto a la cara de Jabba antes de salir girando sobre sí misma por la ventanilla abierta. Matt vio que el esbirro bajaba la mano libre que le quedaba, la izquierda, con la intención de sacarse del cinturón la pistola que le había quitado a él. Entonces Matt dio un volantazo hacia la derecha con un solo brazo, una vez, luego otra, a todo lo que daba de sí el volante, y a continuación bajó la mano a la palanca de cambios, metió la marcha atrás y volvió a pisar a fondo el acelerador. El coche dio un brinco hacia atrás, cortesía de la dureza de la caja de cambios estándar en la posición de marcha atrás, y con el volante girado a tope a la derecha, el morro torció violentamente hacia un lado y hacia fuera y embistió al primer tirador. Éste salió lanzado de espaldas y, con la mano todavía sujeta a la ventanilla, tropezó sobre sí mismo y terminó cayendo al suelo, mientras el coche continuaba girando hacia atrás. La trasera del Camry se incrustó contra la pared de hormigón del edificio al tiempo que la rueda delantera izquierda pasaba por encima de los tobillos del esbirro destrozando hueso y cartílago. El hombre aulló de dolor y sus dedos soltaron el arma, que fue a caer junto a Matt, en el hueco para los pies. Matt volvió a meter la primera y se apartó de allí con un chirrido de neumáticos.

Entonces lanzó una mirada al avión; los dos guardaespaldas

que acompañaban a la hija de Rydell venían corriendo hacia él, con las armas en la mano. Pisó otra vez el acelerador a fondo y salió disparado por la plataforma de estacionamiento, buscó la entrada por la que se había colado, que estaba cerrada, arremetió contra ella y enfiló por Hanscom Drive para refugiarse entre los árboles que bordeaban dicha vía.

—¡Sabían que íbamos a venir! —le chilló a Jabba.

—¿Qué? ¿Por qué lo sabes?

—Porque sí. Maddox sabía que íbamos a venir. Nos estaban esperando.

—Pero... —A Jabba no le salían las palabras, todavía estaba conmocionado por las balas que habían surcado el aire pasándole justo por delante de la cara.

—Es tu teléfono, lo están siguiendo —afirmó Matt, tajante.

—Ni hablar —objetó Jabba—. No lo he tenido encendido el tiempo suficiente...

—Te digo que lo están siguiendo —repitió Matt enfadado.

—No hay forma, tío. —Levantó su iPhone y lo examinó detenidamente—. No pueden de ninguna manera localizarlo con tanta rapidez, y yo no lo he tenido encendido el tiempo suficiente para que descarguen algún *spyware* que...

De pronto Matt se lo quitó de los dedos, y estaba a punto de arrojarlo por la ventana cuando Jabba lo asió con las dos manos.

—¡No! —vociferó—. ¡No lo tires!

Matt lo miró irritado.

Jabba se lo arrancó de los dedos y volvió a cogerlo.

—Aquí dentro tengo toda mi puta vida, tío. No puedes tirarlo sin más. Dame un segundo.

Miró alrededor, investigó los bolsillos laterales del coche, el cenicero, abrió la guantera y hurgó dentro de ella. Encontró varios papeles metidos en una funda de plástico —documentos de revisiones del coche y un recibo—, todos sujetos por lo que estaba buscando: un clip sujetapapeles. Lo soltó, lo enderezó e introdujo uno de sus extremos en el minúsculo agujero que tenía el teléfono en la cara superior. Al instante se abrió la bandeja que alojaba la tarjeta SIM. Extrajo dicha tarjeta de su ubicación y se la enseñó a Matt.

—Si no hay tarjeta SIM, no hay señal. A todos los efectos, el teléfono está muerto. ¿Vale?

Matt lo miró ceñudo durante unos momentos, después se encogió de hombros y asintió.

—Vale.

Sintió que el pulso le volvía a la normalidad. Acababa de matar a dos hombres, lo cual debería provocarle un sentimiento de angustia, pero, cosa extraña, no era así. Todo era cuestión, se dijo a sí mismo, de matar o que te mataran. Pero sabía que iba a tener que ser más cuidadoso si no quería caer en el lado nefasto de esa ecuación la próxima vez que se le presentara.

Jabba guardó silencio durante unos instantes, con la vista al frente, y luego preguntó:

—¿Qué vamos a hacer ahora?

—¿Qué crees tú? —rugió Matt.

Jabba lo observó atentamente y afirmó con estoicismo.

—¿Rydell?

—Rydell —confirmó Matt sencillamente.

55

Wadi Natrun, Egipto

—Entiendo que estará deseando salir de ahí a toda prisa —dijo Darby con naturalidad.

Gracie levantó la vista con una expresión de desconcierto.

—¿Perdón?

Dalton se apartó y le hizo una pregunta con los labios. Ella le contestó con una mirada confusa.

—Necesita alguien que la lleve, señorita Logan —señaló Darby con cierta satisfacción—. Y si la he llamado es para ofrecerme.

Gracie hizo un esfuerzo mental para dilucidar de qué iba aquella llamada. El nombre lo reconoció, por supuesto. No era exactamente que ella pudiera incluirse entre los admiradores de ese pastor, ni mucho menos, pero en aquel momento ese detalle no venía a cuento, ni tampoco le decía lo que necesitaba saber.

—¿Cómo es que usted...? —balbució—. ¿Quién le ha dado este número?

—Oh, tengo muchos amigos, señorita Logan. Amigos muy bien relacionados. Estoy seguro de que usted lo sabe de sobra. Pero eso nos desvía del tema, que es que usted y mi más estimado hermano en Cristo necesitan ponerse fuera de peligro. Y yo puedo ayudarlos. ¿Le interesa?

Gracie intentó dejar a un lado la oferta que le estaba haciendo el pastor mientras bregaba con las informaciones inconexas que revoloteaban reclamando su atención e intentaba poner cada una en su lugar. Finch había llamado a Ogilvy. Se suponía que el director estaba organizándolo todo para que dispusieran de un avión, pero ella no había tenido más noticias al respecto. Diablos, si todavía no había tenido tiempo para contarle lo de la muerte de Finch. Ni siquiera sabía con exactitud qué le había dicho Ogilvy a Finch, si iba a poder o no conseguirles un avión, y en ese caso, cuándo. Ni siquiera sabía adónde iban a dirigirse. ¿A la embajada de El Cairo? ¿Al aeropuerto? No contaban con un destino concreto, ni en Egipto ni en ninguna otra parte. La preocupación más apremiante había sido la de poner la mayor distancia posible entre ellos y la chusma que asediaba el monasterio; las demás habían quedado borradas del mapa. Todo había sucedido demasiado rápido, y además, aquello era competencia de Finch, y él no estaba presente para ocuparse.

Necesitaba saber más.

—¿Qué tiene pensado?

El reverendo esbozó una sonrisa que se percibió a través del teléfono.

—Lo primero es lo primero. El padre Jerome está con usted, ¿verdad?

—Naturalmente —contestó Gracie, sabiendo que aquello era lo único que le importaba a Darby.

—¿Lograrán salir del monasterio a salvo?

Gracie decidió mantener una actitud como si aquello fuera alto secreto.

—Sí —respondió en tono cortante—. Tenemos una forma de salir.

—De acuerdo, muy bien. Lo que necesito es que vayan al aeropuerto de Alejandría.

—¿Por qué Alejandría? —inquirió Gracie.

Dalton le dirigió otra mirada de extrañeza, y ella le devolvió un gesto con el que le decía que aguardase.

—Se encuentra a la misma distancia que El Cairo, pero es más tranquilo —le explicó Darby—, más manejable. Dentro de menos de dos horas tendré un avión en tierra. ¿En cuánto tiempo podrán llegar ustedes?

Gracie reflexionó un momento. Alejandría tenía su lógica: un aeropuerto más pequeño, apartado de la ruta más frecuentada, con muchos menos vuelos comerciales, y con muchas menos posibilidades de que los descubrieran.

—No tardaremos mucho —repuso—. Llegaremos antes de dos horas.

—Perfecto —exclamó Darby—. Voy a darle mi número. Llámeme cuando ya estén de camino.

—¿Adónde está pensando llevarnos? —inquirió Gracie, sintiendo una punzada de incomodidad ante la idea de ceder el control a otro y ponerse ella misma y al padre Jerome en las manos del reverendo.

—¿A qué otro sitio puede ser, señorita Logan? —tronó Darby—. Al único en que tenemos la seguridad de que vamos a poder esconder a salvo al buen padre Jerome. —Hizo una pausa y a continuación anunció con orgullo—: A casa. Vuelve usted a casa, señorita Logan. Al propio país de Dios. Y puede creerme, aquí todo el mundo se va a alegrar enormemente de verla.

56

Brookline, Massachusetts

La noche iba cayendo impaciente, empujando el bajo sol invernal hacia el horizonte, cuando Matt aminoró la velocidad y detuvo el coche a un lado de la carretera.

El área era muy boscosa y por ella apenas circulaba tráfico. Justo enfrente se alzaban dos mojones de piedra, de una altura que llegaba a la cintura, que señalizaban la entrada del centro de mantenimiento de vehículos municipales, el cual se hallaba ubicado entre el bosque de Dane Park y los robledales que protegían el campo de golf de Putterham Meadows. Desde donde se había parado, Matt divisaba la estructura de poca altura y aspecto parecido a un almacén que servía para las oficinas y talleres del centro de mantenimiento de vehículos municipales de Brookline. Se encontraba muy retirado de la carretera y el camino que llevaba hasta ella estaba bordeado de coches y de montones residuales de nieve sucia. No había mucho movimiento en lo que a actividad se refería, lo cual era perfecto para Matt.

No habían ido allí directamente desde Hanscom Field. La prioridad fue deshacerse del Camry, magullado y manchado de sangre, lo cual no les supuso demasiado problema. Se metieron discretamente en un centro comercial, estacionaron el Camry en un rincón al fondo del aparcamiento y lo cambiaron por otro automóvil igualmente viejo y anodino, un Pontiac Bonneville verde oscuro que de todas formas no daba la impresión de que le quedasen muchos años más de vida.

Matt quiso comprar antes varias cosas, la más importante: más balas para la pistola que le había quitado al esbirro de Maddox. Tenía muy pocas alternativas. No podía entrar sin más en una tienda de armas, sobre todo con la pinta que llevaba y siendo una persona buscada por la policía. Jabba no tenía licencia de armas, de modo que tampoco podía comprar balas. Así que se dirigieron rápidamente a Quincy, y allí se pusieron en contacto con Sanjay, el cual se mostró profundamente preocupado pero quedó en verse con ellos fuera del 7-Eleven, en su casa. Llegó con dos cajas de munición Pow'Rball, vendajes nuevos para la herida y algo de dinero en efectivo. Matt quiso pedirle otra pistola, o tal vez el rifle que tenía. Sanjay guardaba debajo del mostrador un Remington 870 Breecher cargado que le habría venido de perlas, teniendo en cuenta lo que había planeado, pero sabía que no podía pedirle tal cosa a su amigo, y menos en aquellas circunstancias.

También se sirvieron del ordenador de Sanjay para buscar el domicilio de Rydell. Vivía en Brookline, en una casa grande. Las solicitudes que presentó para que le concedieran el permiso de obra sobre la casa anterior armaron un pequeño escándalo en esa localidad. Matt hizo un breve recorrido de refresco en Internet para ver cuál era actualmente la apariencia física de Rydell. Una vez comprobado, Jabba y él fueron en coche hasta Brookline y echaron un vistazo al centro de mantenimiento y a la zona que rodeaba la casa de Rydell antes de ponerse a vigilar la vivienda en sí.

No tuvieron que esperar mucho.

Poco después de las cinco, el Lexus con chófer de Rydell había entrado en el estrecho sendero que llevaba a su casa y a otras dos mansiones. Matt tenía pensado llevar a cabo su jugada en aquel momento, pero decidió que mejor no. El Bonneville no era tan manso como el Camry pero estaba débil de musculatura, y el guardaespaldas y el peso pesado que llevaba de copiloto le dieron la impresión de ser un poquito demasiado para el cuerpo del coche, dado su estado físico.

Estuvieron un rato vigilando la casa, cerciorándose de que Rydell no se iba a ninguna parte, y entonces Jabba se apeó del coche para continuar vigilando el edificio mientras Matt se ponía al volante.

—Recuerda —le dijo Matt— que si esto sale mal, no puedes acudir a la policía. No te fíes de nadie. Haz simplemente lo que te pareció más correcto al principio, ¿te acuerdas?

—¿Te refieres a que desaparezca sin dejar rastro?

—Eso es.

Jabba lo miró y se encogió de hombros.

—Pues entonces procura que esto no salga mal, ¿vale? Ya estoy echando de menos mis cosas, tal como estamos ahora.

Matt sonrió.

—Supongo que te veré dentro de un rato.

Acto seguido dejó allí a Jabba y regresó al centro de mantenimiento, donde se encontraba estacionado ahora.

Revisó por segunda vez la pistola y se la guardó debajo de la chaqueta. A continuación se vació una de las cajas de munición en el bolsillo, oteó la carretera al frente, miró el espejo, se apeó del coche y echó a andar por el camino que llevaba al centro de mantenimiento.

Había tomado más analgésicos, que le habían calmado el dolor de la herida del costado, y descubrió que podía caminar bastante bien, sin proclamar a gritos que iba herido. Siguió la curva que trazaba el camino, dejó atrás los coches aparcados, la entrada a la zona de recepción y a las oficinas y la puerta del edificio que ponía «sólo empleados». Salieron un par de individuos que habían finalizado su turno y se iban a casa; a la mirada de naturalidad que le dirigieron respondió con un breve gesto de cabeza, musitó un lacónico «¿Cómo va eso?» que únicamente suscitó una respuesta en un tono similar. No rompió el paso hasta que llegó a la zona de los talleres, situada detrás.

Allí dentro había varios camiones estacionados, el uno junto al otro, luciendo en el radiador logotipos de letras grandes que decían que eran de la marca Mack. Matt miró en derredor. Vio un par de mecánicos trabajando en un camión que estaba aparcado a unos treinta metros de allí. Uno de ellos se volvió hacia él. Matt le hizo un saludo relajado con la mano y un gesto de cabeza, como si su presencia en aquel lugar fuera lo más natural del mundo, y seguidamente se dirigió al muro posterior del taller caminando con toda la seguridad que pudo fingir, para no dar en ningún momento la impresión de estar fuera de sitio. Por el rabillo del ojo vio que el mecánico volvía a su tarea. Matt examinó el muro trasero. Reparó en un tablón de color blanco en el que aparecían indicados los diferentes turnos de trabajo y después la caja metálica y montada en la pared en la que se guardaban las llaves. No estaba cerrada, lo cual no le sorprendió, dado que los camiones de la basura constituían una baja incidencia en las listas de «vehículos más robados», lo cual probablemente tenía mucho que ver con el hecho de la carga que transportaban.

Rápidamente emparejó el número de la etiqueta de una de las llaves con los tres últimos dígitos de la matrícula de uno de los camiones, y sacó las llaves de su gancho con mucho cuidado. Se subió a la cabina del camión, oteó una vez más las inmediaciones y arrancó el motor. La gran cabina rugió bajo su peso. Pisó el fuerte embrague, seleccionó la primera sirviéndose de la larga y delgada palanca de cambios y probó el acelerador. Los frenos hidráulicos sisearon ruidosamente y el camión echó a andar. El mismo mecánico de antes volvió a mirarlo, esta vez con una expresión de desconcierto en la cara. Matt detuvo el camión el tiempo suficiente para responderle con otro amistoso gesto de cabeza, pero luego lo pensó mejor y se asomó por la ventanilla.

—¿Te falta mucho para terminar con eso? Steve dijo que en éste tenía problemas para meter la tercera —faroleó en tono de indiferencia, empleando un nombre que había visto en la lista de turnos.

—El mecánico lo miró un tanto perplejo, pero antes de que pudiera decir nada, Matt agregó—: Es posible que haya que mirarle el embrague. Vuelvo dentro de diez minutos. —Y se despidió con la mano antes de arrancar de nuevo.

Al tiempo que salía del taller miró el espejo exterior. El mecánico se volvió hacia él una segunda vez y luego volvió a centrarse en lo que estaba haciendo.

Un instante después Matt estaba tomando la carretera principal y conduciendo el torpe mastodonte anaranjado en dirección al exclusivo enclave que rodeaba el lago Sargent Pond.

Entumecido en la comodidad del estudio forrado de libros de su mansión, Larry Rydell miraba fijamente su vaso de whisky escocés, furioso por dentro.

«Serán hijos de puta —pensaba, estremeciéndose ante la idea de que pudiera sucederle algo malo a su hija—. Como le hagan un solo rasguño…» Se sintió arder de ira, notó un golpe de sangre que le subía a las sienes…, pero era inútil. Sabía que no podía hacer nada.

Se hundió en el sillón y contempló el vaso con furia. Jamás en su vida se había sentido tan impotente.

Con toda su fortuna y todo su poder, podía absorber —y absorbía— sin pestañear cualquier sublevación de accionistas o de fondos de inversión especulativos por más agresiva que fuera. Había soportado encendidos debates en cámaras del Senado que no lo alteraron lo más mínimo. Había llegado a un punto de su vida en el que se sentía intocable. Pero la impotencia de tratar con aquellos... matones. Porque eso eran, lisa y llanamente. Matones. Habían pervertido la idea que creó él, la habían distorsionado y se habían servido de ella para... ¿Para qué, exactamente?

Aquello no tenía lógica.

Por más que cavilaba y daba vueltas a lo que había dicho Drucker, no le encontraba la lógica. En cuanto a en qué creían, eran iguales, todos ellos. Veían el mundo de la misma manera. Veían bajo la misma luz los riesgos a los que se enfrentaba el mundo, y también a los que se enfrentaba Estados Unidos. Compartían las mismas frustraciones en relación con determinados aspectos muy arraigados en la mentalidad del mundo y de su país.

Y así y todo, ¿estaban haciendo aquello? ¿Habían creado un falso mesías? ¿Un enviado de Dios? ¿Uno cuya presencia reforzaría y justificaría la alucinación en masa que sufría la mayor parte del mundo?

«No tiene lógica —pensó otra vez—. Y aun así lo están haciendo.»

Él lo había visto.

Drucker se lo había confirmado.

Estaban haciéndolo de verdad.

Los muy hijos de puta.

Surgió en su mente el rostro de Rebecca, de la última vez que la había visto, poco antes del malhadado viaje de ella a Costa Careyes. Su intención había sido reunirse allí con su hija para pasar las vacaciones, pues lo cierto era que nunca habían pasado mucho tiempo juntos, dado todo lo que él deseaba conseguir en la vida, y eso era algo que ahora lamentaba profundamente. Pero no pudo reunirse con Rebecca. Con todo lo que estaba ocurriendo. Estando el proyecto más importante de toda su vida en pleno apogeo. Y ella, que Dios la bendijera, en ningún momento expresó su desilusión. Nunca decía nada. Se había acostumbrado a tener un padre mítico, tanto en el sentido bueno como en el malo. Lo cual era algo que pensaba arreglar, se dijo ahora..., si es que alguna vez tenía ocasión.

Tenía que dar con ella.

Tenía que rescatarla, liberarla de las garras de ellos y esconderla en algún lugar seguro. Lo demás no importaba. Incluso salvar el planeta era una empresa que ahora palidecía hasta resultar insignificante. Tenía que arrancársela de las manos, y entonces, sólo entonces, intentaría poner freno a esa locura. Tenía que hallar un modo de interrumpirla, de acabar con ella antes de que se hiciera demasiado grande.

Pero ¿cómo? No tenía nadie más a quien llamar. En su agenda no guardaba precisamente la tarjeta de visita de un «Equipo A». Durante años venía confiando todas sus necesidades de seguridad, tanto personal como profesional, a esa serpiente de Maddox. Los guardias de seguridad que estaban «cuidando de él» en aquel mismo momento, junto a su casa. Su chófer, que también hacía las veces de guardaespaldas. La estrecha vigilancia que ejercían su piloto y la tripulación de su yate. El personal de seguridad de sus empresas. Correo electrónico, teléfonos. De todo se encargaba una única compañía. La de Maddox. Por recomendación de Drucker. «Ampáralo todo bajo un mismo techo», había sido su consejo. «Contrata a alguien de quien te puedas fiar. A uno de nosotros», dijo.

Estaba claro que Maddox era uno de los tales «nosotros». Y ahora se dio cuenta de que él mismo no lo era.

Se sintió idiota.

Lo tenían cubierto.

Lo habían manipulado. Desde el principio.

Miró enfurecido el vaso de whisky y de pronto lo lanzó contra la pared, al lado de la enorme chimenea de piedra. Estalló y provocó una lluvia de fragmentos de vidrio que cayó sobre la moqueta. Justo en ese momento oyó un gemido en la periferia de su capacidad auditiva pero que fue aumentando de intensidad, el ruido de un motor grande. Picado por la curiosidad, se acercó a la ventana y se asomó al camino de entrada, que descendía en una curva suave hacia el portón de entrada de su mansión.

Matt localizó a Jabba cuando se acercó al cruce de Sargent Lane. Jabba le indicó con una discreta señal de pulgares arriba que estaba todo despejado y a continuación se internó de nuevo entre los árboles. Matt asintió, dobló al llegar al cruce y pisó el acelerador a fondo.

El musculoso motor del Mack, de trescientos caballos de potencia, se lanzó adelante con un gruñido y fue tensándose con cada kilómetro por hora adicional que conseguía sumar. No tardó mucho en aparecer al frente el portón de entrada de la finca. Matt no cambió de marcha, con el cuentarrevoluciones en la zona roja, pues no quería pasar a una velocidad más larga. No era que estuviese volando, pero eso no importaba; lo que perseguía Matt en aquel momento no era la velocidad.

Sino el volumen.

Al llegar al portón torció el gigantesco volante horizontal usando los dos brazos, luchando contra el tirón lateral de los neumáticos. No levantó el pie del pedal. El camión chirrió y se inclinó unos grados hacia un costado antes de que sus quince toneladas de acero macizo embistieran el portón y lo destrozaran hasta dejarlo convertido en un montón de palillos de dientes.

El camión arremetió por el camino de subida a la casa hollando la grava con su peso y dejando dos surcos paralelos tras de sí. Matt divisó la residencia a través de unos árboles de porte majestuoso, erguida en lo alto de un repecho y rodeada de una cuidada zona ajardinada. Se trataba de una mansión neogeorgiana provista de dos alas separadas que sobresalían del bloque principal y de un garaje de varias plazas escondido a un lado. Frente a la entrada principal había una zona de grava para coches, de forma circular. Del Lexus y de los guardaespaldas no había ni rastro. Aún.

Enfiló el camión recto hacia la entrada sin levantar el pie. Justo cuando llegó a ella, uno de los gorilas (le pareció reconocerlo: era el que iba de copiloto en el Lexus de Rydell) salió corriendo de la casa. Abrió unos ojos como platos al ver el camión de la basura que se le venía encima, y ya estaba sacando su arma de una sobaquera que llevaba bajo el hombro.

Matt no se molestó en seguir el camino para coches y fue directo hacia la entrada de la mansión. El camión rebotó dando un salto por encima del cantero de flores del centro y atropelló al guardaespaldas antes de que éste tuviera la oportunidad de disparar una sola bala. El hombre se estrelló contra el parabrisas panorámico cubriéndolo de sangre. Después, el camión lo aplastó contra la puerta de entrada al tiempo que entraba en tromba en la mansión.

En medio de una explosión de ladrillo, madera y vidrio, el Mack siguió avanzando hasta que por fin se detuvo dentro del vestíbulo, oscuro como una cueva. Matt, dejó el motor en marcha, sacó su pistola y se bajó de la cabina. Justo en aquel momento apareció otro gorila proveniente de una habitación lateral, aturdido y con el arma en la mano. Pero Matt contaba con la ventaja de la sorpresa y se lo quitó de en medio con dos balazos en el pecho. A continuación se apartó del camión, hizo una rápida evaluación de lo que quedaba del vestíbulo y chilló:

—¡Rydell!

Como si fuera un robot asesino desempeñando una misión, comenzó a avanzar por la casa sirviéndose de su pistola a modo de varita mágica, buscando a su presa. Exploró el salón principal y a continuación una sala de medios de comunicación contigua al mismo, y ya se dirigía hacia lo que parecía una cocina cuando de repente se abrieron unas grandes puertas dobles en un pasillo que había a su derecha y asomó la cabeza de Rydell.

Lucía una expresión de confusión y estupor. Matt lo reconoció de inmediato. Estaba más demacrado que en las fotos que le había enseñado Jabba por el navegador del teléfono, pero no cabía duda de que era él.

Matt alzó la pistola, corrió hacia Rydell y lo aferró del hombro.

—Vamos.

Lo obligó a ir con él hasta donde estaba el camión clavándole la pistola en la espalda. Rydell se quedó boquiabierto al ver el camión plantado en el vestíbulo y rodeado de escombros, además del boquete de seis metros cuadrados que presentaba la fachada principal de la casa. Mientras empujaba a Rydell, Matt oyó pasos que se acercaban, se dio la vuelta y vio a otro guardia que cargaba contra ellos. A aquellas alturas, el torrente de adrenalina que lo recorría estaba controlado, y ya funcionaba en piloto automático, un estado de aguda percepción. Apartó la pistola de Rydell, apuntó y apretó el gatillo, y el gorila se desplomó en el suelo.

—¿Esto es todo lo que tiene? —le ladró a Rydell con furia—. ¿Esto es lo mejor que sabe hacer?

Antes de que Rydell, en estado de shock, pudiera contestar,

Matt lo agarró por el cuello, lo arrastró hasta la parte trasera del camión y lo empujó contra ella. Después lo fulminó con la mirada y le indicó la tolva de carga.

—Métase ahí —le ordenó.

Rydell lo miró fijamente, paralizado por el terror.

—¿Ahí dentro?

—Métase —rugió Matt levantando la pistola hasta situarla a escasos centímetros del puente de la nariz de Rydell.

Rydell le sostuvo la mirada unos instantes y a continuación se metió. Matt observó cómo se quedaba acurrucado, acobardado, y accionó el interruptor de compactar la basura. La rueda hidráulica cobró vida y comenzó a descender pasando por encima de Rydell y empujó a éste hacia las entrañas del camión.

Matt accionó el interruptor de nuevo para bloquear la rueda y así sellar el contenido. Acto seguido regresó pisando los escombros hasta la cabina y subió a ella. Entonces apareció otro hombre, otro esbirro de traje oscuro y arma de gran tamaño apuntada al rostro de Matt. Disparó, y las balas perforaron el parabrisas y percutieron la pared posterior de la cabina, por detrás de la cabeza de Matt. Matt se agachó, asió la palanca de cambios, metió la marcha atrás y pisó el acelerador a fondo. El camión logró salir de la residencia arrasada y emergió de nuevo en el camino de grava. El esbirro fue detrás de él, sin dejar de disparar proyectiles que se embutieron en la gruesa carrocería del camión. No consiguió causar muchos daños; teniendo en cuenta cómo estaba construido ese armatoste, era como intentar frenar un rinoceronte con una cerbatana. Matt hizo girar a la bestia anaranjada y metió la primera. El tubo de escape que llevaba en el techo emitió un furioso bramido de humo negro (con toda probabilidad, el motor jamás se había visto sometido a tanto esfuerzo) y después se lanzó por el camino de coches y tomó de nuevo el estrecho sendero en dirección a la salida.

Estaba a medio camino de llegar a la carretera principal cuando apareció el primero de los vehículos de respuesta armada, un monovolumen amarillo provisto de una estridente sirena y una fila de luces giratorias en el techo. El sendero no era lo bastante ancho para los dos, y su conductor se dio cuenta. No tenía la menor posibilidad. Dio un volantazo justo cuando el enorme Mack llegó a su altura, pero no tenía ningún sitio adonde ir. El camión lo embistió por el costado, lo sacó de la calzada y lo mandó a los árboles como si fuera un disco de hockey. Al segundo vehículo de respuesta armada no le fue mejor. Matt se lo encontró justo antes del cruce del sendero con la carretera principal. Lo alcanzó por atrás y lo hizo derrapar haciendo piruetas sobre sus neumáticos hasta que se detuvo violentamente en una zanja de desagüe.

Al llegar al final del sendero Matt aminoró la velocidad, recogió a Jabba y continuó su marcha con las neuronas rebosantes de vida. Tenía a Rydell, lo que era estupendo, y él seguía vivo, lo que era mejor todavía.

57

Washington, D. C.

«Una lástima», pensó Drucker.

Rydell le gustaba. Era una pieza de gran valor, en todas las circunstancias. Y sin él no habría sucedido nada de lo que había sucedido. «Visionario» era un término muy manido, pero en su caso era totalmente cierto.

Le vino a la memoria cómo había empezado todo.

Fue en Davos, Suiza.

Una cena de gala de doscientos mil dólares la mesa. El solomillo Aberdeen Angus y la mermelada de champán rosado. Otra reunión más de los ricos y famosos del planeta, la poderosa elite que aspiraba a solucionar las grandes crisis del mundo. Egocéntricos inseguros y filántropos de buenas intenciones que se habían juntado no sólo para mitigar su sentimiento de culpa entregando un poco de dinero para ayudar a mil o dos mil almas más pobres que ellos, sino también con la esperanza de desatar un cambio capaz de salvar millones de vidas.

Rydell y Drucker habían estado juntos hasta altas horas de la noche, conversando acerca de la creciente montaña de datos sobre el calentamiento global. En China, cada día salían a las carreteras catorce mil coches nuevos. Las florecientes industrias de dicho país y de la India promovían la construcción, cada semana, de varias centrales eléctricas nuevas, alimentadas por carbón. El mundo desarrollado se apuntaba más que nunca a la energía barata del carbón. En Estados Unidos, el Congreso concedía una exención fiscal tras otra a las empresas de gas y de petróleo. Las campañas de desinformación de las compañías energéticas ayudaban a la gente a enterrar el problema y así evitar tener que tomar decisiones difíciles. Cada nuevo estudio confirmaba que si las cosas ya daban la impresión de estar mal, lo cierto es que en realidad estaban mucho peor.

Ambos estaban de acuerdo: el planeta avanzaba a toda velocidad hacia el punto de no retorno. Estábamos viviendo un momento decisivo, el momento decisivo para la continuación de nuestra existencia en este planeta, y estábamos haciendo caso omiso.

La pregunta era qué se podía hacer al respecto.

De principio a fin, Drucker no logró quitarse de encima la sensación de que Rydell lo estaba poniendo a prueba, lo estaba sondeando. Viendo hasta dónde estaba dispuesto a llegar.

Sonrió para sus adentros al recordar el momento en que Rydell por fin se relajó.

Él le dijo:

—Todo esto —indicando el despilfarro que se extendía a su alrededor— es algo, pero no cambiará gran cosa. Los gobiernos, las grandes empresas…, nadie quiere que lo echen todo a rodar. Los votantes y las opciones sobre acciones, ésas son las únicas cosas que importan. El crecimiento. En realidad, la gente no desea cambios, sobre todo si éstos le van a costar algo. El precio del petróleo se ha cuadruplicado a lo largo de lo que llevamos de siglo, y no ha cambiado nada. Nadie se preocupa. El famoso *don't worry, be happy*, todo es un mensaje cargado de gilipolleces con el que nos bombardean continuamente las compañías petrolíferas. En el fondo, es lo que todo el mundo quiere oír. Es como llovido del Cielo.

—A lo mejor el Cielo debería enviar a la gente un mensaje distinto —replicó Rydell con un brillo inteligente, y visionario, en los ojos.

Lo demás siguió a partir de ahí.

Al principio daba la impresión de que Rydell hablaba en teoría, pero lo teórico no tardó en transformarse en algo posible. Lo posible pasó a ser factible. Y cuando sucedió eso, cambió todo.

En lo que a él concernía, tenían encima de la mesa todo un abanico de aplicaciones posibles. Lo que Rydell y su gente habían ideado podía utilizarse como un arma capaz de neutralizar cualquier número de amenazas y de maneras que podían tener una eficacia espectacular. El problema era que Rydell no se mostraría abierto a aquello. En su opinión, sólo había una amenaza importante a la que nos enfrentábamos.

Drucker discrepaba.

Existían otras. Amenazas que eran mucho más inminentes, mucho más peligrosas. Amenazas que requerían una atención más inmediata. Porque aunque Drucker era un ciudadano del mundo preocupado, por encima de todo era un patriota.

El mundo musulmán estaba haciéndose cada vez más grande y más salvaje. Necesitaba que lo metieran en vereda. Drucker no pensaba que algún día fueran capaces de convertir a aquella parte del mundo, a apartar a su gente de su religión. Pero existían otras maneras de emplear allí la tecnología de Rydell. Una idea con la que estuvo jugando fue la de fomentar una guerra total entre suníes y chiíes. También China constituía una preocupación cada vez más importante. No en el plano militar, sino en el económico, lo que era todavía peor. Un mensaje espiritual podría haber cambiado las cosas en dicho país. Y además había otras preocupaciones que angustiaban aún más a Drucker. Preocupaciones situadas más cerca de casa. Preocupaciones por las amenazas que le habían costado la vida a su hijo. En cualquier caso, servirse del mensaje sobre el calentamiento global como primer gancho constituía una maniobra acertada. No planteaba ninguna amenaza. Era una causa que todo el mundo podía abrazar, una causa que trascendía la religión y la raza. Ayudaría a poner a la gente de parte de uno desde el primer día. El mensaje secundario, el que contaba, se colaría por la puerta de atrás.

La estrategia había que trazarla con detenimiento. Él contaba con una ventaja inicial, dada la configuración de su país. El setenta por ciento de los estadounidenses creía en los ángeles, en el Cielo, en la vida después de la muerte… y en los milagros. Mejor aun, nada menos que el 92 por ciento de los norteamericanos creía en un Dios personal, alguien que se interesaba por sus dramas personales y al que podían pedir ayuda. Eran unos cimientos muy sólidos. Drucker se basó también en el trabajo de psicólogos y antropólogos sumamente respetados que habían estudiado la arquitectura mental de las creencias religiosas. Lo que él estaba planeando tenía que encajar dentro de los parámetros establecidos por dichas investigaciones. Por un lado, el engaño tenía que ser mínimamente contrario a la intuición; tenía que ser lo bastante extraño para captar la atención de la gente y quedar profundamente arraigado en su memoria, pero no demasiado extraño, para que no lo desecharan. Los estudios realizados habían demostrado que para convencer a los agentes religiosos era necesario contar con el grado justo de extravagancia. Además, la manifestación tenía que tener una resonancia emocional para que la creencia quedase fijada. Las religiones empleaban complejos rituales para suscitar las emociones del pueblo: catedrales enormes y oscuras que se iluminaban con velas, himnos y cánticos, gestos de postración de todos los fieles al unísono. En dicho contexto, el movimiento en defensa del medio ambiente, que estaba adquiriendo un aspecto casi religioso, constituía la plataforma perfecta. No eran sólo los norteamericanos los únicos que se enfrentaban a la mortalidad, era el planeta entero.

Y el momento escogido también contribuía. El planeta estaba viviendo una época que daba miedo en muchos frentes. El medio ambiente. La crisis económica. El terrorismo y las malvadas potencias nucleares. La gripe aviar. La nanotecnología. Los colisionadores de hadrones. Todo daba la impresión de estar descontrolado o de poseer el potencial de acabar con todo. La existencia humana misma parecía verse amenazada a diario. Lo cual sólo podía dar pábulo a las profecías que hablaban de la llegada de un salvador, un mesías que lo resolvería todo y traería un reino del milenio. Y no se trataba sólo de un fenómeno del mundo cristiano; todas las religiones importantes tenían su propia versión de un gran maestro que había de aparecer y rescatar de la catástrofe al mundo. Sin embargo, a Drucker sólo le importaba una de ellas.

A fin de cuentas, pensó, siempre terminaba volviendo al principal escollo: la idea de que en un momento u otro se torcería algo. No iban a poder engañar a todo el mundo todo el tiempo. A alguien se le escaparía algo. La tecnología sufriría un fallo. Algo saldría mal. Por eso decidió tomar en cuenta dicha falibilidad y emplearla como punto de partida de su estrategia.

Y resultó ser un golpe maestro de inspiración.

Todo estaba en su sitio. Reclutó a los socios apropiados, que lo ayudaran a llevarlo a cabo. Lo único que necesitaba era esperar a que tuviera lugar el acontecimiento adecuado, algo grande, algo que poseyera suficiente resonancia emocional. Sabía que tarde o temprano sucedería. El planeta estaba bullendo, hirviendo de furia. Cada vez ocurrían más catástrofes por todo el globo. Y el acontecimiento que necesitaba le vino como si se lo hubieran enviado los dioses mismos. Lo mejor era el papel que iban a desempeñar los medios de comunicación. Éstos aprovecharían el engaño sin dudar. Era visceral, enorme y, al menos en la fase inicial de lanzamiento, su misión consistía en salvar al planeta, un problema que los medios apreciaban profundamente.

«Una lástima», pensó Drucker otra vez, frunciendo los labios y formando una pirámide con las manos delante de ellos. Él habría preferido tener a Rydell a bordo, que formase parte de todo aquello. Había intentado convencerlo de la necesidad de introducir el ingrediente de un mensajero, un profeta. Habían hablado de ello largo y tendido. Pero Rydell no quiso hacerle caso. A Drucker tampoco le gustó lo que tuvieron que hacer con Rebecca; hacía muchos años que la conocía, la había visto crecer y convertirse en una joven atractiva y dotada de un espíritu libre. Pero fue necesario. Rydell era demasiado apasionado. Su compromiso y su intensidad venían acompañados de una inflexibilidad imposible de superar. Jamás podría aceptar sacrificar una cosa por otra. Además, tampoco se lo podía incluir plenamente, él formaba parte de la fase final. El peón a sacrificar que resultaba crucial para que el proyecto concluyera con éxito.

En eso, sonó la musiquilla del móvil. Miró la pantalla. Mostraba el nombre de la Bala. El conseguidor. El hombre cuyos soldados de infantería estaban llevando el plan a la práctica. El marine chamuscado y desfigurado que había sido el oficial al mando de Jackson. El hombre que se había dejado media cara en el mismo matadero iraquí que hizo pedazos a su hijo.

Drucker cogió el teléfono.

La noticia no fue buena.

58

Brookline, Massachusetts

El compactador hidráulico emitió un gemido al rotar hacia arriba. Casi instantáneamente, salió de las entrañas del camión un hedor acre, aun cuando en aquel momento no transportaba basura. Matt dejó que el compactador se elevara dos tercios del total y a continuación apagó el motor. La pesada tapa quedó inmóvil, suspendida sobre las malolientes fauces de la panza del camión.

Matt se asomó a ellas.

—Salga de ahí —ordenó.

Pocos momentos más tarde salió Rydell, dando trompicones y protegiéndose los ojos de la fuerte luz del día.

El camión se hallaba estacionado en una callejuela desierta que corría paralela y por detrás de una calle comercial de edificios no muy altos, situada en la parte trasera de un videoclub Blockbuster cerrado. Estaba a seis manzanas del centro de mantenimiento de vehículos municipales en el que Matt había robado el camión. Cerca de allí se encontraba aparcado el Bonneville verde. Estaban junto a la entrada de un estrecho callejón, fuera de la vista, protegidos por el bulto del camión de los posibles coches que pudieran pasar por allí.

Rydell apestaba. Tenía la ropa llena de desgarros y él mismo estaba todo contusionado por haber venido rebotando en el interior de esa tolva metálica vacía. Jadeaba y hacía inspiraciones breves y trabajosas. Lucía en la mejilla izquierda un corte que le sangraba y que tenía mal aspecto. Se sostenía en pie con paso tambaleante, sin equilibrio alguno, y tuvo que apoyarse en el camión con la respiración agitada y cerrar los ojos para reorientarse, y probablemente también para reprimir el impulso de vomitar.

Matt le concedió unos segundos para que se recobrase, y acto seguido levantó la gran pistola niquelada que había perdido el asesino del aeródromo y la sostuvo a escasos centímetros del rostro de Rydell.

—¿Qué le han hecho a mi hermano?

Rydell levantó la vista. Todavía tenía los ojos semicegados, envueltos en una niebla de confusión y dolor. Miró a Matt y luego a Jabba, que aguardaba nervioso unos pasos más atrás, pero todavía le daba vueltas la cabeza y no alcanzaba a comprender del todo. Nuevamente se le cerraron los párpados e inclinó la cabeza, y se llevó las manos a las sienes para masajearlas.

—¿Qué le han hecho a mi hermano? —rugió Matt.

Rydell alzó una mano como pidiendo que Matt dejara un momento de acosarlo. Pasados unos instantes, volvió a levantar la vista. Esta vez su expresión era lo bastante viva como para dejar ver que no tenía la menor idea de quiénes eran Matt y Jabba ni de lo que Matt le estaba preguntando.

—¿Su hermano…? —murmuró.

—Danny Sherwood. ¿Qué le ocurrió?

Aquel nombre resucitó a Rydell. Sus ojos cobraron vida de pronto, igual que una serie de focos que se encienden en un estadio uno tras otro. Hizo una mueca de dolor, y se vio claramente que estaba esforzándose por contestar.

—Que yo sepa, no le pasa nada —respondió con voz cavernosa—. Claro que hace unas cuantas semanas que no lo he visto.

Matt dio un respingo al oír aquello.

—¿Está diciendo que está vivo?

Rydell lo miró y afirmó con la cabeza.

—Sí.

Matt volvió la vista hacia Jabba. Jabba dejó a un lado durante un instante su nerviosismo casi debilitador y le devolvió un gesto de cabeza que transmitía apoyo y alivio.

—Lo siento —continuó Rydell—. No teníamos otra alternativa.

—Ya lo creo que la tenían —replicó Matt—. Se llama libre albedrío. —Aún estaba digiriendo la noticia—. Entonces, esa señal…, todo lo que está pasando, ¿lo están haciendo ustedes?

Rydell asintió.

—Lo estaba haciendo yo.

—¿Estaba?

—Los demás..., mis socios..., ahora lo están haciendo a su manera —suspiró Rydell, que a todas luces sopesaba lo que decía—. A mí me han dejado... fuera de juego.

—¿Qué ocurrió en realidad en Namibia? ¿De verdad llegó a estar allí Danny?

Rydell asintió de nuevo, despacio.

—Sí. Allí fue donde hicimos el ensayo definitivo. Pero no hubo ningún accidente de helicóptero. Fue todo un montaje.

—Así que Reece y los otros... ¿Quiere decir que aún están vivos?

—No. —Rydell titubeó—. Oiga, yo no quería que sucediera nada de lo que sucedió. No es mi forma de hacer las cosas. Pero allí había otras personas que... se propasaron.

—¿Quiénes? —preguntó Matt.

—Los de seguridad.

—¿Maddox? —adivinó Matt.

Rydell lo miró con expresión burlona, obviamente sorprendido por el hecho de que Matt conociera ese nombre.

—Se deshizo de ellos —especuló Matt—. Cuando ustedes dejaron de necesitarlos.

—Las cosas no eran así —objetó Rydell—. Ninguno de ellos sabía lo que estábamos planeando en realidad. Ni Reece ni su hermano. Y Reece, cuando yo se lo revelé al final, no quiso oírlo. Creí que iba a poder convencerlo, sólo necesitaba un poco de tiempo... Se habría puesto de nuestra parte, y los demás también se habrían sumado. Pero no tuve ocasión. Maddox saltó y..., fue de locos. Se puso a disparar sin parar. Yo no pude impedírselo.

—¿Y Danny?

—Huyó —dijo Rydell.

—Pero no logró escapar. —Coligió Matt, y Rydell hizo un gesto negativo con la cabeza, con expresión cáustica—. Y ustedes lo han tenido encerrado desde entonces.

Rydell asintió.

—Danny diseñó el interfaz de procesamiento. Funciona perfectamente, pero es muy sensible a las más mínimas variaciones que haya en la densidad o la temperatura del aire o... —Calló de repente, como si se hubiera dado cuenta de que estaba hablando más de la cuenta—. Era más seguro seguir contando con él.

—De modo que durante todo este tiempo…, lo han mantenido con vida, para utilizarlo ahora.

Rydell asintió nuevamente.

—¿Y por qué iba a querer Danny seguir haciendo lo que ustedes le ordenaran? Tenía que saber que pensaban matarlo cuando terminara todo. —Miró fijamente a Rydell, abrigando internamente la esperanza de que no le respondiera lo que él temía—. No está haciendo esto por voluntad propia, ¿verdad?

—No —contestó Rydell—. Nosotros…, ellos…, lo amenazaron.

—¿Con qué?

—Con sus padres —dijo Rydell, y a continuación añadió—: Y con usted. —Le sostuvo la mirada a Matt un instante y después bajó los ojos—. Le dijeron que le harían daño a usted. Mucho daño. Y que después volverían a meterlo en la cárcel, y que se cerciorarían de que allí la vida fuera para usted un infierno. —Guardó silencio unos instantes y añadió—: Y Danny no quería eso.

Matt sintió que explotaba en su interior una oleada de furia.

—Mis padres están muertos.

Rydell asintió con remordimiento.

—Eso no lo sabe Danny.

Matt se volvió y se alejó unos pasos, con el semblante oscurecido. Dejó la mirada perdida a lo lejos, aún conmocionado por lo que le acababa de revelar Rydell. Su hermano pequeño, sufriendo lo indecible a lo largo de dos años, viviendo en una celda, apartado del mundo, obligado a ceder a otros el fruto de su inteligencia para algo en lo que no creía…, y todo por protegerlo a él. Por que él estuviera a salvo.

Después de todo lo que ya había hecho por él anteriormente.

Matt pensó en sus padres, en la devastación que les causó la noticia del accidente de helicóptero de Danny, y sintió que lo invadía un sentimiento de culpa abrumador. Se volvió y miró furioso a Rydell, y le entraron ganas de agarrarlo del cuello y arrancarle el corazón.

Jabba advirtió, profundamente apenado, cómo luchaba Matt para asimilar todas esas revelaciones, pero no interfirió. En vez de eso, dio un paso, titubeante, hacia Rydell.

No pudo evitarlo.

—¿Cómo lo hacen? —le preguntó indeciso Jabba, en tono reverente, como si todavía le costara creer que él estaba allí, cara a cara con uno de sus dioses, aunque fuera un dios caído, magullado y cubierto de sangre.

Rydell alzó ligeramente la cabeza para observarlo fijamente, pero hizo un gesto negativo y se dio media vuelta.

—Respóndale —ladró Matt.

Rydell miró a Matt y luego otra vez a Jabba. Al cabo de un momento dijo simplemente:

—Polvo inteligente.

—¿Polvo inteligente? Pero eso no es... Quiero decir, yo había pensado que... —balbució Jabba meneando la cabeza con incredulidad, al tiempo que su cerebro se veía bombardeado por una andanada de preguntas provocadas por la respuesta de Rydell—. ¿De qué tamaño?

Rydell hizo una pausa, reacio a hablar con Jabba, pero luego se encogió de hombros.

—La tercera parte de un milímetro cúbico.

Jabba se quedó boquiabierto. Según todo lo que había oído o leído, aquello simplemente no era posible. Ni siquiera se acercaba. Y sin embargo Rydell le estaba diciendo que sí.

El «polvo inteligente», unos minúsculos dispositivos electrónicos diseñados para registrar y transmitir información acerca de lo que los rodeaba mientras flotaban literalmente en el aire, era todavía un sueño científico. El concepto en sí fue imaginado por primera vez a finales de los años noventa por varios ingenieros eléctricos y licenciados informáticos que trabajaban en el campus de la Universidad de Berkeley, California, y que también fueron quienes acuñaron el término. La idea era simple: unas diminutas motas de silicio, equipadas con complejos sensores incorporados, procesadores informáticos y comunicadores inalámbricos, lo bastante pequeñas para ser prácticamente invisibles y lo bastante ligeras para permanecer suspendidas en el aire durante varias horas seguidas, recogiendo y transmitiendo datos en tiempo real..., y sin ser detectadas.

El estamento militar se interesó de inmediato. La idea de poder esparcir unos sensores del tamaño de una mota de polvo sobre un campo de batalla para captar y vigilar los movimientos de las tropas resultaba sumamente atractiva. Y también la posibilidad de dispersarlos por las redes del metro a fin de detectar amenazas químicas o biológicas, o sobre una multitud de manifestantes para poder seguir sus desplazamientos a distancia. La DARPA había participado en la financiación inicial, ya que, aunque el concepto también contaba con un abanico de posibles usos en el ámbito civil y el de la medicina, sus posibilidades para labores de vigilancia, si bien eran más viles, resultaban más seductoras todavía. Pero la financiación no siempre conduce al éxito.

El concepto era sólido. Los avances en nanotecnología estaban acercando cada vez más el sueño a la realidad. En teoría, era posible fabricar las motas; en la práctica, aún no existían. Por lo menos abiertamente. El problema no estribaba en fabricar sensores que fueran lo bastante pequeños, sino en construir los procesadores que analizaran los datos, los transmisores que se comunicaran con la base y la fuente de alimentación que hiciera funcionar algo tan minúsculo, normalmente algún tipo de batería de litio en miniatura. Para cuando se hubieran incorporado todos esos elementos, las partículas que en teoría eran pequeñitas como una mota de polvo iban a terminar siendo artilugios difícilmente sigilosos, del tamaño de una pelota de golf.

Estaba claro que el equipo de Rydell había conseguido superar todos los obstáculos y alcanzar nuevos niveles de miniaturización y de gestión de la energía.

En secreto.

Jabba se esforzaba por ordenar las preguntas que acudían a él desde todas las direcciones.

—Estaban trabajando en ello para la DARPA, ¿verdad?

—Reece, sí. Las aplicaciones eran infinitas, pero nadie era capaz de averiguar cómo fabricar el invento. Hasta que se le ocurrió a él. Antes de revelarles a los otros cómo se podía hacer, me lo contó a mí. Nos pasamos una noche entera en vela, imaginando toda clase de cosas para las que lo podíamos utilizar. —Calló unos instantes para rememorar aquella noche—. Y hubo una que destacó entre las demás.

—Así que toda esa historia de los biosensores... —preguntó Jabba.

Rydell negó con la cabeza.

—Fue sólo una pantalla de humo.

—Pero... ¿Cómo? ¿De dónde proceden? ¿Los dejan caer desde algún vehículo volador o...? —Dejó la frase sin terminar, su cerebro todavía intentaba descifrar el concepto en sí.

—Con botes —le dijo Rydell—. Los disparamos, igual que los fuegos artificiales.

—Pero no hay ruido, ni explosión —señaló Jabba—, ¿verdad?

—Empleamos lanzadores de aire comprimido. Como los que están utilizando actualmente en Disneylandia. Sin ruido y sin explosiones.

A Jabba no dejaban de ocurrírsele miles de preguntas.

—Y las motas... ¿Cómo se encienden? ¿Y cómo hacen para reducir la fuente de alimentación hasta un tamaño que resulte manejable? ¿Qué utilizan, células solares? ¿O energía nuclear?

La operación de captar, filtrar y transmitir datos consumía una gran cantidad de energía. Una opción que estaban explorando los científicos era la de rociar las motas con un isótopo radiactivo para proporcionar a cada una su propio suministro de energía de larga duración.

Rydell negó con la cabeza.

—No. En realidad no necesitan llevar una fuente de alimentación incorporada.

—Entonces, ¿qué las hace funcionar?

—Ése fue el gran invento de Reece. Se alimentan unas a otras. Nosotros las iluminamos desde tierra con una señal electromagnética. Ellas convierten esa transmisión en energía y la distribuyen por la nube allí donde se necesite.

La respuesta suscitó otra andanada de preguntas dentro del cerebro de Jabba.

—Pero ¿cómo consiguen que se enciendan?

Rydell se encogió de hombros.

—Es una reacción química. Son partículas Janus. Híbridos. Se encienden y se apagan según lo necesiten para adoptar la forma que nosotros queremos, igual que hacen los paracaidistas que realizan exhibiciones de caída libre. Al cabo de unos quince minutos se consumen, pero es tiempo suficiente.

Jabba estaba luchando visiblemente por absorber aquella información y completar el rompecabezas. Su voz adquirió un tono más agudo a causa de la incredulidad:

—Pero estarán moviéndose constantemente. Tienen que

moverse. O sea, hasta la brisa más ligera las empuja de un lado para otro, ¿no? En cambio la señal no se movía. —Extrapoló él mismo su respuesta, y entonces abrió mucho los ojos—. ¿Se propulsan ellas solas? —Ni él mismo se creía lo que estaba diciendo.

—No. —Rydell negó con la cabeza y miró a Matt con una expresión de remordimiento y los hombros hundidos, y luego volvió a mirarlo a él—. Ahí es donde entró Danny. Su programa de proceso distribuido..., más bien habría que denominarlo inteligencia distribuida de forma masiva. La diseñó él. Se le ocurrió un ingenioso sistema óptico basado en reflectores de esquina de cubo. Permite que se comuniquen unos con otros de manera muy compleja sin consumir prácticamente nada de energía. Literalmente, hacía que las motas cobrasen vida. —Lanzó un suspiro de incomodidad y prosiguió—: Necesitábamos que la forma, la señal, se quedara quieta en un sitio. Pero tiene usted razón, las motas son tan pequeñas y tan ligeras que flotan y se mueven en el aire igual que las semillas de un diente de león. De modo que necesitábamos que pudieran hablarse unas a otras. Y varios cientos de veces por segundo.

»Cuando una mota que está encendida se desplaza de su sitio, se apaga sola y la que se encuentra más cerca de ella se enciende, ocupa su sitio y adopta su posición en la pantalla. Así que la señal parece estacionaria, aun cuando las partículas de polvo estén cambiando siempre de posición. Hay que tener en cuenta que queríamos que la señal, que iba cambiando constantemente de forma, diera la impresión de estar viva, y... eso requiere una gran cantidad de capacidad de procesamiento en una máquina que tiene el tamaño de una partícula de polvo. —Una vez más levantó la mirada hacia Matt con una expresión de culpa—. Sin Danny no habríamos podido hacerlo.

—Ah, bueno, pues en ese caso han hecho bien teniendo a mi hermano encerrado bajo llave durante todo este tiempo —replicó Matt.

—¿Cree que esto ha sido fácil? —protestó Rydell—. ¿Cree que esto es algo en lo que me metí por capricho? Yo he puesto toda la carne en el asador. Y tal como van las cosas, lo más probable es que termine muerto por culpa de ello.

—Es una posibilidad muy clara —confirmó Matt en tono irónico.

—No tuve más remedio. Había que hacer algo. Esto se está yendo de las manos, y nadie presta atención.

—¿El calentamiento global? —preguntó Jabba—. De eso va todo esto, ¿verdad?

—¿Y de qué, si no? —estalló Rydell al tiempo que se incorporaba a duras penas—. No lo entiende, ¿verdad? La gente no tiene ni idea. La gente no se da cuenta de que cada vez que se sube al coche está matando lentamente el planeta. Matando a sus propios nietos. —Hizo grandes ademanes, exaltado—. No se confunda, estamos acercándonos al punto de no retorno. Y cuando lleguemos a él, ya será demasiado tarde para hacer nada. El clima cambiará drásticamente, y eso supondrá el fin de todos nosotros. Y la cosa va más deprisa de lo que cree. Les debemos a nuestros hijos y a los hijos de nuestros hijos hacer algo al respecto. A lo largo de los cien próximos años, la gente vivirá en lo que sin duda va a ser un planeta muy desagradable, y mirará atrás y se preguntará por qué demonios nadie hizo nada para evitarlo. A pesar de todas las advertencias que hemos tenido. Bueno, pues yo sí estoy haciendo algo. Todo el que se encuentre en situación de poder hacer algo tiene que actuar. Lo contrario sería un delito.

—Así que decidió eliminar a unas cuantas personas decentes para acaparar la atención de todo el mundo —dijo Matt.

—Ya le he dicho que eso no formaba parte del plan —saltó Rydell.

—Y aun así, usted sigue tomando parte en él.

El comentario de Matt debió de poner el dedo en la llaga, porque a Rydell no se le ocurrió ninguna respuesta rápida.

—¿Y qué quería que hiciera? ¿Abandonarlo todo y entregar a Maddox y a su gente a las autoridades? ¿Echar a perder todo el trabajo que habíamos realizado en todos esos años? ¿Tirar a la basura un plan que podría cambiarlo todo?

Matt no se inmutó.

—Pero ¿pensó siquiera en ello?

Rydell reflexionó unos instantes y negó con la cabeza.

Matt le hizo con la cabeza un significativo gesto de asentimiento. A Rydell se le hundió el semblante y dirigió una mirada inexpresiva a Matt antes de desviar el rostro.

—¿Y qué pasa con el padre Jerome? —inquirió Jabba—. No estará metido también en todo esto, ¿no?

—No lo sé. No formaba parte del plan original —respondió Rydell—. Eso se les ocurrió a ellos solitos. Tendrá que preguntárselo a ellos.

—No puede estar en el ajo —protestó Jabba—. Tratándose de quien es.

—Da igual —terció Matt en tono firme—. Yo, lo único que quiero es recuperar a Danny. —Se volvió hacia Rydell—. ¿Dónde está?

—No lo sé —dijo Rydell—. Ya le digo que me han sacado fuera del circuito.

Matt levantó la enorme pistola y apuntó de lleno a la frente de Rydell.

—Pruebe otra vez.

—¡Le digo que no lo sé, ya no! —exclamó Rydell—. Pero la próxima vez que aparezca la señal, es muy probable que lo encuentre en ese sitio.

—¿Qué? —dijo Matt con voz ronca, impactado por la respuesta de Rydell.

—Por eso lo necesitábamos vivo —señaló Rydell—, para que hiciera los microajustes en tiempo real. *In situ.*

—¿*In situ*? —repitió Jabba—. ¿Tiene que estar él presente? ¿No puede hacer eso por control remoto?

—Podría, pero en el caso de distancias tan grandes la transmisión de los datos no es infalible, y el más mínimo desfase podría estropearlo todo. Resulta más seguro que él se encuentre en el lugar en cuestión, sobre todo si queremos que la señal aguante más que unos pocos segundos.

—¿Así que estuvo presente? —preguntó Matt—. ¿En la Antártida y en Egipto?

—Estuvo en la Antártida —confirmó Rydell—. En Egipto, no lo sé. Eso tampoco formaba parte del plan. Pero por lo que he visto en televisión, imagino que también estuvo en Egipto. Tiene que situarse a aproximadamente un kilómetro de la señal. Ése es el alcance que tiene el transmisor.

De pronto se oyó aullar una sirena, estaba cerca. Matt se puso en tensión. A través de un estrecho pasaje que conducía a la avenida principal que pasaba al otro lado de los edificios comerciales que por detrás daban al callejón, vislumbró las luces de un coche de la policía que pasó por delante a toda velocidad.

Había llegado el momento de poner pies en polvorosa.

Se volvió hacia Jabba.

—Hay que moverse. —Encañonó a Rydell con la pistola para azuzarlo—. Vamos.

—¿Adónde? —preguntó Rydell.

—Todavía no lo sé, pero usted se viene con nosotros.

—No puedo —protestó Rydell—, ellos...

—Usted se viene con nosotros —lo cortó Matt—. Ellos tienen a Danny. Yo lo tengo a usted. Me parece un buen canje.

—No se lo van a canjear por mí. Lo necesitan mucho más de lo que me necesitan a mí. Si acaso, es probable que se alegren de verme muerto.

—Puede, pero si no lo han matado todavía es porque también a usted lo necesitan para algo —observó Matt.

El comentario, a juzgar por la expresión de Rydell, tocó una fibra sensible. Pero dio la impresión de archivarlo rápidamente, porque le dijo a Matt:

—No puedo ir con ustedes. Ellos tienen a mi hija.

Matt soltó una risa burlona.

—Ya, claro. —No le cabía duda de que Rydell era un hábil embustero, lo cual de pronto puso en tela de juicio todo lo que les había confesado.

—Le digo que tienen a mi hija...

—Y una mierda. Vamos —lo acució Matt, aunque había algo en la intensidad de su tono de voz, en sus ojos, que... ¿Se le estaría pasando algo por alto? Pero la furia que sentía hacia Rydell no le permitió continuar escarbando, y lo empujó hacia delante—. Muévase.

—Escúcheme. Han secuestrado a mi hija. En México. La tienen retenida como una póliza de seguros, para cerciorarse de que yo no dé al traste con todo el montaje. Si siquiera sospecharan que he hablado con ustedes... la matarán.

Matt vaciló, inseguro de repente..., y Jabba dio un paso hacia él.

—A lo mejor es verdad, camarada. —Luego se volvió hacia Rydell—. Su hija está aquí.

Rydell alzó la cabeza repentinamente.

—¿Aquí?

—Nosotros la hemos visto —lo informó Jabba—. Hará como

un par de horas. Maddox y su escuadrón de matones la han traído en avión hasta un pequeño aeródromo que hay cerca de Bedford. Creíamos que eran sus guardaespaldas.

A Rydell se le nubló el semblante.

—Tienen a su hija, ¿y lo único en que piensa usted es en que lo han dejado «fuera de juego»? —La cara de Matt traslucía un profundo desprecio—. No sé, tío. Yo lo tomaría como una señal definitiva de que ahora son ustedes enemigos.

Rydell lo miró con gesto inexpresivo. Era evidente que el comentario de Matt lo había dejado hundido.

Matt meneó la cabeza indignado y se limitó a decir:

—Vámonos. —Y apremió a Rydell con la pistola.

Por la expresión nublada de Rydell se veía que buscaba con desesperación un hueco por el que ver la luz. Pero sacudió la cabeza en un gesto negativo, levantó las manos a modo de rendición, enseñando las palmas, y dio un paso atrás.

—No puedo. —Retrocedió otro paso más, y otro—. Van a matarla.

Matt explotó de ira.

—¡Haberlo pensado antes de empezar a mirar para otro lado mientras liquidaban a sus amigos!

—¿Cuántas veces tengo que decírselo? —estalló Rydell—. Yo no quería que sucediera nada de eso. —Meneó la cabeza en un gesto estoico—. Aunque quisiera ayudarlo, no puedo. Mientras tengan a mi hija en su poder. Así que haga lo que quiera, pero no pienso ir a ninguna parte con usted.

Matt lo apuntó con la pistola, pero Rydell no se detuvo. Continuó retrocediendo, con las manos extendidas y los ojos girando a uno y otro lado, reconociendo el terreno que lo rodeaba.

—Basta. Lo digo en serio —le ordenó Matt.

Pero Rydell negó con la cabeza y siguió alejándose. Ya estaba en la entrada del estrecho pasaje que llevaba a la avenida principal.

Matt titubeó. Rydell se dio cuenta. Se despidió de él con una leve inclinación de cabeza, casi como pidiendo disculpas, y acto seguido se metió por el pasaje.

—Mierda —murmuró Matt al tiempo que echaba a correr en pos de él—. ¡Rydell! —chilló, levantando eco por aquel angosto y mugriento cañón de ladrillo mientras lo recorría a la carrera, seguido de cerca por Jabba. En cuestión de segundos desembocaron en la avenida. Matt se paró en seco. Sobre la ancha acera había unos cuantos peatones, inmóviles y con los ojos fijos en Matt, sobresaltados por su súbita aparición y por la pistola. Detrás de ellos estaba Rydell, que no dejaba de retroceder, con los brazos extendidos para implorar calma.

Matt sintió que tenía demasiados ojos encima. Rydell se le estaba escurriendo de las manos y él no podía hacer nada para evitarlo.

—Hay que largarse de aquí —le dijo a Jabba, y a continuación dio media vuelta y volvió a meterse en el pasaje a toda prisa, en dirección al Bonneville. Había perdido a Rydell, pero Danny estaba vivo y en aquel momento era lo único que le importaba.

59

Alejandría, Egipto

La decisión de evitar el aeropuerto de El Cairo resultó ser muy acertada, aunque no había empezado así. Gracie se hizo un lío imaginándose a sí misma llevando a cabo una tarea que normalmente era competencia de Finch, en este caso, intentar colar al padre Jerome por delante de un funcionario de pasaportes egipcio que seguramente sería demasiado puntilloso, sexista, antiamericano o cualquier combinación de dichas cosas.

Cuando llegaron, el avión estaba esperándolos. Darby había cumplido lo prometido. Se dirigieron a la oficina de aviación civil a fin de acceder a las pistas sin pasar por la terminal principal, y mantuvieron al padre Jerome bien oculto a la vista. Eran plenamente conscientes de que si alguien lograba vislumbrarlo un momento se podría provocar una estampida. Era un hombre demasiado reconocible, acaso el rostro más reconocible del planeta en aquellos momentos. El empleado que se encargaba de la pequeña oficina resultó ser copto (en Egipto, una posibilidad entre diez) y además devoto. No hizo falta más que una mirada al hábito que vestía el hermano Amín. En cuestión de minutos tuvieron los pasaportes sellados y las puertas abiertas, y procedieron a subir la escalerilla del reactor que les habían reservado a toda prisa. El plan consistía en que el conductor esperase y se cerciorase de que el avión despegaba sin impedimentos antes de comunicar al abad que se podía anunciar sin problemas que el sacerdote ya no se encontraba en el monasterio, con la esperanza de desinflar a la tensa muchedumbre que se agolpaba frente a los muros del mismo.

Gracie comenzó a relajarse cuando el tren de aterrizaje del Gulfstream 450 se separó de la pista y la estilizada aeronave de catorce plazas enfiló hacia el cielo para alcanzar su altitud de crucero; pero el alivio le duró poco. Sólo sirvió para traer de nuevo oscuros pensamientos a su mente. Pensamientos acerca de Finch. Visiones de él, tendido en la arena. Muerto.

Se abatió sobre Gracie un velo de profunda pena.

—Quisiera no haber dejado a Finch en el monasterio —le dijo a Dalton. Éste viajaba en el asiento que tenía enfrente, mirando hacia atrás—. Es una sensación horrible. Que nosotros estemos aquí mientras él está... —dejó la frase en suspenso.

—No hemos tenido más remedio —la consoló Dalton—. Además, es lo que él habría querido que hiciéramos.

—Y pensar que estaba cubriendo el reportaje de su vida... —Gracie se encogió de hombros, recordando—. Después de todo por lo que pasó, todas las guerras y los desastres..., morir así.

Dalton afirmó con la cabeza y ambos guardaron silencio, anonadados por la pérdida sufrida. Transcurridos unos momentos, Dalton dijo:

—Cuando lleguemos, tenemos que contarle enseguida lo de Finch a la gente.

Gracie asintió sin decir nada.

—Necesitamos volver a informar a Ogilvy de nuestra hora estimada de llegada —agregó—. Voy a hablar con el piloto, a ver si puede conectarnos con la redacción.

Se levantó, pero Gracie alargó la mano y le impidió continuar.

—Todavía no, ¿vale? Vamos..., vamos a reservarnos unos minutos para nosotros, ¿te parece?

—Claro. —Volvió la vista hacia la parte de atrás del avión y dijo—: Voy a ver si tienen café recién hecho. ¿Quieres uno?

—Gracias —aceptó Gracie asintiendo, y luego añadió—: También me vendrían bien un par de dedos de whisky, si lo tienen.

El falso monje que había elegido llamarse hermano Amín observó cómo Dalton se levantaba del asiento que ocupaba frente a Gracie y venía hacia él. Saludó al cámara con un gesto amistoso de cabeza cuando éste pasó por su lado para continuar hacia la cola del avión, luego se volvió y se puso a mirar por la ventanilla.

Era la primera vez que mataba en aquella misión, aunque ya había matado en otras muchas anteriores. La guerra librada en su país de origen había sido brutal, había convertido a muchos serbios como él en asesinos desalmados. Una vez que la guerra terminó, algunos pudieron cubrir de tierra dicha etapa de su pasado y transformarse de nuevo en personas normales y amigables; otros se sintieron cómodos con lo que descubrieron en el interior de sí mismos. Algunos otros, como Darío Arapovic, descubrieron también que tenían una gran demanda los talentos que habían forjado en lugares como Vukovar y en el curso de operaciones como la ofensiva Otkos-10. Aquella región del mundo seguía siendo inestable, vivía en una constante lucha, y cualquier momento de calma no era más que una pausa temporal del Gran Juego. Un juego en el que estaban tomando parte activa personas como Maddox, un juego en el que los talentos como los de Darío eran muy cotizados… y generosamente remunerados. Y la decisión que tomó mereció muchísimo la pena, porque aunque se enorgullecía de haber desempeñado un papel encubierto para contribuir a dar forma al futuro de su país, el hecho de que Maddox lo hubiera elegido para ocupar una posición clave en una contienda mucho más importante era fuente de una satisfacción aún mayor.

Él habría preferido no matar al productor. El riesgo de que lo detectasen era elevado. E igualmente peligroso era el riesgo de desbaratar un plan que había funcionado muy bien hasta el momento. El equipo de reporteros había hecho todo lo que se esperaba de ellos; no podrían haberlo hecho mejor aunque ellos mismos hubieran sido una unidad encubierta. Pero la muerte de Finch lo alteró todo. Trabajaban bien como equipo. Veían cosas y reaccionaban del modo que se había esperado de ellos. Eran profesionales, y profesionales que sabían que lo que estaban haciendo podía ser tomado en cuenta para seguir una metodología bien planeada… y hacer caso a la razón y actuar en consecuencia. Finch había sido una parte esencial de ello; ahora que no estaba, se había abierto una puerta nueva, una puerta que conducía a un camino sin explorar. Tendría que ser sustituido por alguien. Por otro productor, un cabeza dura que tal vez no fuera tan fácil de manipular como Finch.

Aun así, no le quedó otra alternativa. No hubo manera de evitarlo. Sabía que Finch no iba a creerse nada que se hubiera inventado él para explicar el hecho de que tuviera un teléfono vía satélite, y mucho menos si incluía un módulo de encriptado.

Volvió la cabeza y miró a Gracie. Ahora estaba sola, con los hombros ligeramente encorvados, mirando por la ventanilla. Sabía que ella no iba a agachar la cabeza porque Finch hubiera muerto. Ella también era una profesional, y como todos los profesionales, poseía empuje. Ambición. Y también la capacidad fría y racional de compartimentar las tragedias como la muerte de su productor y seguir adelante.

Lo cual era muy oportuno.

Porque ella todavía tenía un papel que desempeñar. Un papel importante.

Media hora después de que el Gulfstream hubiera despegado del aeropuerto de Alejandría, hizo lo mismo otra aeronave que ahora lo seguía como si fuera su sombra unas doscientas millas por detrás, con el mismo rumbo general hacia el oeste.

El avión, un Boeing 737 fletado especialmente, era mucho más grande y más viejo. En el curso de sus veintiséis años de servicio había cumplido encargos para diversas aerolíneas, aunque ninguno de ellos tan insólito como el que estaba llevando a cabo hoy.

La bodega del reactor transportaba una muy cotizada selección de tecnología ultramoderna. Entre otras cosas, incluía un Dispositivo Acústico de Largo Alcance, botes de polvo inteligente fabricado mediante nanoingeniería y lanzadores de aire comprimido ultra silenciosos. También había otro equipo que decididamente era menos sofisticado, pero igual de efectivo: rifles de francotirador, pistolas con silenciador, cuchillos tácticos, material de camuflaje. La cabina de pasajeros del avión llevaba una carga que no era menos excepcional: siete hombres cuyos actos habían dejado al mundo entero fascinado. Seis de ellos eran profesionales sumamente entrenados: un equipo formado por tres hombres que habían pasado más de un año en el desierto y otro que había soportado condiciones atmosféricas extremas en todo el globo. El séptimo era un externo. No estaba sumamente entrenado ni compartía el mismo entusiasmo que los demás: Danny Sherwood se encontraba allí sólo por miedo.

Llevaba casi dos años prisionero de ellos. Dos años ajustando, probando y volviendo a probar, esperando. Dos años preocupándose, ideando planes astutos y complicados para escapar, fantaseando con dejarlos en la estacada. Hasta que por fin todo comenzó. Por eso lo habían mantenido con vida. Por eso lo necesitaban. Y ahora estaba en acción.

Desconocía cuáles podían ser los planes de sus captores ni dónde acabaría todo. Había oído retazos de conversaciones. Creía saber lo que se proponían hacer, pero no estaba seguro. Pensó en sabotear, en dar al traste con sus planes, en modificar el software para que, en lugar de la mística señal que habían diseñado, apareciera un logo gigante de Coca-Cola o de los Red Sox, pero sabía que vigilaban muy de cerca su trabajo, que probablemente averiguarían lo que pretendía hacer incluso antes de que tuviera ocasión de iniciarlo. Y también sabía que si lo intentaba, sería su sentencia de muerte y probablemente también la de Matt y sus padres. De modo que meditó sobre ello, le dio vueltas, soñó y disfrutó de la breve satisfacción que le producía imaginarlo, pero sabía que jamás iba a llevarlo a la práctica. Él no era un luchador. No era un hombre duro.

Si hubieran cogido a Matt, seguro que las cosas habrían sido diferentes. Pero Matt no estaba allí. Estaba él.

A ratos deseaba que no hubiera entrado en acción su instinto de supervivencia cuando el Jeep se precipitó por el borde del cañón. Ojalá no hubiera sacado una mano para abrir aquella portezuela. Ojalá no hubiera saltado del Jeep justo en el momento en que las ruedas delanteras dejaron de pisar el suelo. Ojalá no hubiera terminado aferrándose a la vida al borde mismo del abismo, mirando fijamente el ave de rapiña que estaba a punto de posarse en tierra para llevárselo.

Pero hizo todo aquello. Y ahora estaba aquí, sujeto a su asiento por el cinturón de seguridad, viajando en dirección a otro rincón del planeta, preguntándose cuándo iba a terminar su pesadilla.

60

Framingham, Massachusetts

Las hamburguesas eran grandes y jugosas y las habían hecho al punto, el pan estaba blando pero no se desmigaba, la ensalada de col estaba recién cortada y crujiente, las patatas fritas eran gruesas, tostadas por fuera y blanditas en el grado justo por dentro, las Coca-Colas en botella de vidrio, no en lata, estaban bien frías y se las habían servido en vasos de cristal altos y sinuosos llenos de cubitos de hielo que no estaban a punto de derretirse. Para Matt y Jabba era la comida perfecta, teniendo en cuenta el día que habían tenido. Una comida sólida y agradable, tranquilizadora, de las que hacen que uno aparte el pensamiento de los malos tiempos y piense en días mejores, de las que lo transportan a uno al placentero mundo que ofrecen y dejan en suspenso por tiempo indefinido cualquier idea de enfrascarse en conversaciones profundas.

Estaban sentados uno frente al otro en una mesa de una pequeña cafetería de Framingham, una localidad situada unos veinte kilómetros al oeste de Brookline. Era un lugar lo bastante alejado y animado de gente para que se sintieran relativamente a salvo. Se pulieron una hamburguesa cada uno y no pronunciaron más de diez palabras en todo el tiempo. Habían sucedido muchas cosas. Había sido un día cargado, un día malo justo a continuación de otro día malo. Habían visto a un hombre partirse por la mitad, a otro con las piernas mutiladas por un coche de fabricación japonesa. Les habían pasado balas a pocos centímetros de la cara. Matt había disparado a varios individuos, posiblemente (probablemente) mató a uno o más de ellos, cosa que no había hecho nunca en su vida. Ni de lejos.

Al reflexionar sobre lo ocurrido, al rememorar mentalmente las escenas, le resultó difícil aceptar que todo hubiera acontecido en realidad, que lo hubiera hecho él. No se reconocía a sí mismo. Todo era de lo más irreal, como si él hubiera estado al margen, como observador. Pero volvió a hacerse muy real cuando se concentró en el elemento abrumadoramente sensacional que había desbancado a todos los demás sucesos: el descubrimiento de que su hermano menor aún estaba vivo.

Dejaron pasar el tiempo en silencio. Encima de la caja registradora había un televisor de pequeño tamaño, montado en la pared, con el volumen bajo. Estaba sintonizado en un canal local y acababa de pasar la reposición de un antiguo episodio de *Los Simpson*, uno que Jabba se sabía de memoria y que a Matt no le interesó lo más mínimo. Los créditos finales terminaron por dar paso a una serie de anuncios de una sorprendente falta de imaginación y después al informativo, que empezó con las últimas noticias de lo sucedido en Egipto. Aquello devolvió a Matt a la realidad de forma instantánea.

El volumen estaba demasiado bajo para poder oír lo que decían, pero incluso antes de que la camarera lo subiera ya las imágenes por sí solas resultaban ensordecedoras. Al pie de la pantalla apareció un rótulo llamativo que los informó de que no se había vuelto a ver al padre Jerome desde que la señal surgió encima de él, aquel mismo día. Otro rótulo añadía que existían informaciones no confirmadas que decían que, de hecho, había abandonado el monasterio con destino a un lugar desconocido. Reporteros y expertos de todo el mundo estaban esforzándose por averiguar dónde se encontraba y adónde podía haberse dirigido. Hacían conjeturas sobre si tal vez había ido a Jerusalén, al Vaticano, o acaso a su España natal.

En cuanto al resto del mundo, todavía persistían las grandes concentraciones de masas en la plaza de San Pedro, en São Paulo y en muchas ciudades más, fieles que celebraban vigilias y oraciones. El mundo estaba conteniendo la respiración, y esperaba la próxima aparición del padre Jerome. Habían estallado algunos focos de violencia en Pakistán, Israel y Egipto, hombres y mujeres de todas las religiones se habían echado a la calle para proclamar su fe en el padre Jerome y entraron en conflicto con turbas de creyentes inquebrantables e inflexibles que se aferraban a los rígidos preceptos de sus libros sagrados. Se había desplegado la policía antidisturbios, se habían incendiado coches y establecimientos, y en cada caso había habido muertos.

Matt contempló la pantalla durante unos instantes y por fin dijo:

—El lugar al que vaya ese sacerdote será el lugar en el que encontraremos a Danny.

—¿Quieres ir a Egipto?

Matt se encogió de hombros.

—Si el padre Jerome sigue allí, pues sí.

A Jabba se le hundieron los hombros. Tomó un último bocado y apartó su plato hacia el borde de la mesa. Se limpió la boca, recorrió la cafetería con la mirada y finalmente volvió a centrar la atención en Matt. Los destinos de ambos ya estaban entrelazados, no había modo de evitarlo. Y aunque él apenas conocía a aquel tipo, lo había visto actuar lo suficiente para reconocer esa expresión: una mirada distante, ceñuda, que indicaba que había algo que le molestaba, una especie de picor que necesitaba rascarse. Jabba lo estudió durante unos momentos y a continuación lo animó preguntándole:

—¿Qué te pasa, tío?

Matt asintió muy brevemente con la cabeza, para sí, denotando una intensa actividad cerebral. Al cabo de un momento respondió:

—Necesitamos a Rydell. Lo han jodido, tienen secuestrada a su hija. En este momento está enfadado de verdad. Lo cual me hace pensar que podría ayudarnos a recuperar a Danny.

—Mientras tengan a su hija, imposible —le recordó Jabba.

—Eso a lo mejor podemos cambiarlo.

—Tío, venga —protestó Jabba.

—Esa chica se ha visto atrapada en esto igual que nos hemos visto nosotros —argumentó Matt—. No ha sido por culpa suya. ¿Tú crees que esto va a acabar bien para ella? ¿Crees que su padre va a hacer las paces con esos tipos con un besito? Están reteniéndola para obligar a Rydell a que no saque los pies del tiesto. Cuando hayan terminado, no van a dejarlos con vida. —Jabba le dirigió una mirada, Matt se la sostuvo—. ¿Te gusta la idea de que Maddox y sus tropas de asalto la tengan encerrada en alguna parte?

Jabba sonrió a pesar de sí mismo y dijo:

—Oye, con lanzarme una referencia a *La Guerra de las Galaxias* no vas a...

—Lo digo en serio —lo cortó Matt—. Tenemos que hacer esto. Además, es posible que tengan encerrado a mi hermano en el mismo lugar.

Jabba lo miró ladeando la cabeza, dubitativo.

—En realidad no crees eso, ¿no es así?

—No —concedió Matt, y a continuación le ofreció a Jabba una ligera sonrisa—. Y bien, ¿se te ocurre a ti algo mejor?

Jabba meneó la cabeza derrotado.

—Aunque se me ocurriera, esto va a ser muchísimo más divertido.

Sólo tres horas después, Maddox recibió la segunda llamada de aquella noche del contacto que tenía en la Agencia de Seguridad Nacional.

—Acabo de captar otra conexión —le dijo a la Bala el hombre de Fort Meade—. Muy breve. Menos de veinte segundos.

—Saben que estamos intentando rastrearlos.

—Desde luego. Están procediendo con mucho cuidado, pero no el suficiente.

—¿Ubicación?

—La misma de antes —dijo el llamante. El GPS había localizado el iPhone de Jabba en una pequeña franja comercial que había a las afueras de Framingham.

—De acuerdo. Mantenme informado. En tiempo real. Estamos en marcha.

Maddox colgó y pulsó una tecla de marcación rápida. El hombre que se encontraba en el otro extremo de la línea respondió antes de que se completara el primer timbrazo.

—¿A qué distancia estás? —preguntó.

—Estaré ahí en menos de diez minutos —replicó el operativo.

—De acuerdo —dijo Maddox—. Acabamos de recibir otra localización. Es el mismo lugar de antes. Probablemente estarán en un hotel o un motel de ese bloque. Comunícame lo que averigües.

61

Boston, Massachusetts

La suite presidencial ubicada en la cuarta planta del Four Seasons ofrecía las mayores comodidades posibles en aquella ciudad, como en cualquier otra parte del mundo, pero Rydell se habría sentido igual de mal si se hubiese encontrado en la reducida habitación de un motel provista de una cama vibratoria accionada con monedas, pero que no funcionara. En aquel momento, su cerebro no registraba el entorno que lo rodeaba; se encontraba en otra parte, en un plano totalmente distinto. Luchando a brazo partido para asimilar una realidad nueva.

Tras escaparse de Matt, había vuelto a su casa, que había sido invadida por policías, personal de respuesta armada... y Maddox. Éste se las había ingeniado para que él le contara a la policía un cuento chino sobre un intento de secuestro. Rydell les dijo que no sabía quiénes eran sus captores, que llevaban la cabeza cubierta con pasamontañas. Les aseguró que consiguió escapar de ellos cuando intentaron trasladarlo del camión de la basura a otro vehículo, pero que no accionaron el compactador correctamente. Lo dejó así y, con el deseo de evitar el inevitable ataque de los *paparazzi*, se registró en el Four Seasons. Del resto podían ocuparse sus abogados.

Maddox había dispuesto lo necesario para que dos de sus hombres hicieran guardia frente a la suite. Fue algo que irritó a Rydell, pero no había nada que pudiera hacer mientras ellos tuvieran retenida a su hija. Desde aquel momento no había dejado de revivir su encuentro con Drucker y la intrusión de Matt, ni de repasar una y otra vez lo que habían dicho los dos.

«Si no lo han matado todavía es porque también a usted lo necesitan para algo», le había dicho Matt, lo cual sonó muy cierto. Preocupantemente cierto. Pero ¿para qué lo necesitaban? Cuando amenazó a Drucker y le dijo que no podían hacer aquello sin él, Drucker se mostró de acuerdo. Pero no era verdad. Él se había marchado de allí creyéndose su propio farol. Pero ahora comprendió, con creciente pánico, que la verdad era que sí podían. Y lo estaban haciendo. Poseían la tecnología. Sabían dónde se estaba fabricando y almacenando el polvo inteligente. Podían asegurar con facilidad las instalaciones. Tenían a Danny.

No lo necesitaban a él. Ya no.

Y sin embargo, no habían ordenado a Maddox que le metiera un par de balas en el cuerpo.

Aquella revelación hizo que volviera a plantearse la duda respecto de lo que tenía pensado hacer Drucker. Se habían metido juntos en el proyecto, como compañeros de armas, unidos por una causa digna. ¿Seguía siendo así? De repente se le ocurrió pensar que quizá ya no perseguían lo mismo, que quizá los otros perseguían otra cosa. Y mientras tanto, habían fabricado un mensajero que diera un viso trascendente al mensaje, que lo empequeñeciera y lo enterrara en su sombra. Sus miedos quedaron confirmados por el cambio que se había operado en el foco de atención de los medios.

Ahora la historia ya no hablaba de una advertencia procedente de Dios. Hablaba de su mensajero.

Drucker no cometería un error así. A no ser que tuviera en mente un mensaje distinto.

«Piensa en lo que podemos obligar a hacer a la gente», había dicho Drucker. La frase reverberó una vez más dentro de su cabeza.

Hubo un último pensamiento que confirmó sus peores miedos. Nuevamente, provenía de algo que había dicho Matt.

«Yo lo tomaría como una señal definitiva de que ahora son ustedes enemigos.» Eso había dicho. Y de pronto Rydell comprendió que Matt tenía razón. No había manera de que aquello terminara bien. Ni para él, ni para su desafortunada alianza con esos hijos de puta. Tenían a Rebecca. No merecía la pena restarle importancia, fingir que se trataba de una diferencia de opinión transitoria. No había forma de enmendarlo, de salvarlo. Se había terminado. Ellos eran el enemigo.

Le sonó el teléfono móvil. Era Drucker. No tardó en formular la pregunta principal.

—¿Qué le has dicho?

—Lo único que quería saber era qué le había sucedido a su hermano —respondió Rydell vagamente.

—¿Y?

—Le dije que me parecía que seguía vivo. Que no sabía dónde se encuentra. Y después escapé.

Drucker guardó silencio. Pasados unos instantes dijo:

—¿Nada más?

—No te preocupes, no le interesa lo que estáis haciendo —mintió—. Ni os conoce, si vamos a eso, aunque tal vez yo debería haberlo mencionado.

—No habría sido lo ideal para Rebecca —le recordó Drucker con frialdad. Hizo una pausa, a todas luces para poner dicha noticia a prueba, y luego dijo—: Está bien. Quédate en el hotel y evita a la prensa todo lo que te sea posible. Tal vez tengamos que buscarte un alojamiento más discreto hasta que puedas regresar a la casa.

Rydell colgó y volvió a pensar en Rebecca. En su cerebro resonaron las palabras de Matt.

Tenía razón. Ahora eran enemigos.

Y era muy posible que Matt fuera el único al que podía acudir en busca de alguna solución.

62

El cielo del Mediterráneo oriental

El mar se extendía hasta donde alcanzaba la vista de Gracie, una sábana color azul cobalto que abarcaba los propios bordes del planeta. Arriba y a la izquierda, el sol jugueteaba con el horizonte. Se inclinó hacia delante, contra el cristal mismo, y absorbió la serenidad del paisaje. Aunque ella se subía a un avión con la misma frecuencia con que la gente toma el metro, el hecho de mirar hacia fuera desde una aeronave que viaja a gran altitud nunca dejaba de instilar en ella una sensación de asombro. Constituía casi una experiencia mística, contemplar el planeta, las nubes, el sol, el espacio infinito que se extendía más allá de lo que le alcanzaba la vista. Nunca se cansaba de ello. Normalmente se quedaba sentada contemplando el cielo y dejaba que su pensamiento divagara en todas direcciones, disfrutaba de ese fugaz momento de feliz soledad antes de verse arrastrada de nuevo a la tierra de los vivos por obra de algún intruso.

Esta vez, el intruso fue una pregunta, expresada con el dulce tono de voz del padre Jerome:

—¿Cómo se siente?

Levantó la vista para mirarlo. Le produjo una sensación extraña estar allí, hablando con él. Después de lo que había presenciado. Sin estar segura de lo que él era en realidad.

Consiguió esbozar una sonrisa parcial y encogerse ligeramente de hombros.

—Francamente…, un poco perdida. Y es un sentimiento al que no estoy acostumbrada.

—Ha tenido suerte —comentó él. Parecía muy cómodo, de pie pero levemente encorvado, a pesar de que el techo de la cabina se encontraba a casi dos metros del suelo de la misma y él no era un hombre alto.

Gracie se dio cuenta y le indicó el asiento vacío de Dalton.

—Por favor. ¿Quiere hacerme compañía?

El padre Jerome afirmó con la cabeza y tomó asiento. En aquel momento regresó Dalton de la cocina.

—Perdone, le he quitado el asiento —se excusó el sacerdote.

—No pasa nada —repuso Dalton sin darle importancia, al tiempo que le entregaba otro café a Gracie—. De todas formas tengo que hablar con el piloto para averiguar cuál es el plan. —Lanzó una mirada a Gracie para cerciorarse de que ella lo aprobaba, y acto seguido continuó hacia la cabina del piloto.

Gracie se lo quedó mirando un momento y después centró nuevamente la atención en el padre Jerome y retomó el hilo de la conversación.

—¿Estaba diciéndome que he tenido suerte?

—Yo sé lo que es sentirse perdido. Desde que me fui de Sudán, con frecuencia he tenido la sensación de ir a la deriva, inseguro de dónde estaba y de lo que estaba haciendo. Ha sido... difícil —dijo vagamente—. Y ahora esto... —Insinuó una media sonrisa—. Únicamente ha servido para confundirme todavía más. —Desechó aquellas divagaciones con un gesto de la mano y centró la mirada en Gracie.

Ella lo estudió unos instantes y después se acercó a él.

—Cuando estaba en aquella azotea —le dijo—, ¿cómo era estar allí? —Se acordaba de su expresión de estupor teniendo la señal allí mismo, encima de él, suspendida en el aire—. ¿Tenía usted algún control sobre lo que estaba sucediendo?

El padre Jerome negó suavemente.

—A mí me resulta igual de extraño que a usted y todos los demás —repuso—. Sólo hay una cosa que tengo clara.

—¿Cuál?

—Que si he sido lo bastante afortunado para ser elegido, debo superar mis dudas y aceptar la gracia de Dios y la confianza que ha depositado en mí. No debo acobardarme ni negarlo. Si ha sucedido, será que hay algún motivo. Tiene que haberlo. —Observó la reacción de Gracie y le preguntó—: ¿Y qué cree usted que está pasando?

—No lo sé. Pero es de lo más raro —explicó— estar viviéndolo. Estar presente, viendo cómo ocurre, cómo se transmite en directo, por televisión, a todo el mundo. Haber conseguido pruebas documentales de este fenómeno inexplicable, un milagro supongo, y no sólo... —vaciló buscando cómo expresarlo—, unos escritos cuestionables de dos mil años de antigüedad.

El padre Jerome frunció la frente con curiosidad e inclinó ligeramente la cabeza hacia un lado.

—¿Cuestionables?

Gracie desvió un momento la mirada antes de clavarla de nuevo en el padre Jerome.

—Tengo que ser sincera con usted, padre. Yo no creo en Dios. Y no me refiero únicamente a la Biblia ni a la Iglesia —añadió un tanto a la defensiva, como si hacerlo lo volviera potencialmente menos ofensivo para él—, aunque en eso tampoco he creído nunca.

Pero el sacerdote no pareció ofendido ni turbado en lo más mínimo.

—¿Por qué no?

—Supongo que lo heredé de mis padres. Ellos no creían, así que jamás me lo inculcaron de pequeña, que es la manera en que uno suele adquirir las creencias, ¿no? —El padre Jerome hizo un gesto afirmativo; ella continuó—: La cosa es, y una vez más sin intención de ofender, que en las pocas ocasiones en que fui a la iglesia, jamás conocí a un predicador del que pudiera fiarme. Jamás tuve la sensación de que sus intenciones fueran las adecuadas, y ninguno de los que conocí supo darme nunca una respuesta sincera, inteligente o convincente a las sencillas preguntas que les planteé.

—¿Como cuáles?

—¿Cuánto tiempo tiene? —bromeó Gracie. El padre Jerome sonrió a modo de invitación para que continuase—. En fin, cuando ya tuve suficiente edad para pensar por mí misma, estuve de acuerdo con mis padres y con la visión que tenían ellos de todo el asunto. A ver, no se me ofenda, padre, pero históricamente la cosa no se sostiene, ¿no cree? Seamos sinceros. Todos esos relatos, desde lo del Paraíso Terrenal hasta la Resurrección..., son mitos. Arquetípicos, inteligentes, evocadores, pero mitos al fin y al cabo. Yo lo intenté. Deseaba creer. Deseaba ese consuelo, ese apoyo. Pero cuanto más leía, cuanto más investigaba, más veía que todo era una farsa de lo más primitiva, más cuenta me daba de que la fe que veía a mi alrededor en realidad no era nada más que un conjunto de leyendas antiguas que fueron recopiladas hace dos mil años... por unos individuos muy sagaces con la intención de transformar un mundo supersticioso en otro mundo mejor... que además podrían controlar con más facilidad. Estamos hablando de gentes muy primitivas.

»Mil quinientos años después, la gente todavía quemaba a las brujas. Que creyeran en ello en aquella época..., bueno. Pero ¿hoy? ¿Con todos los conocimientos que tenemos? ¿Cuando hemos trazado el mapa del genoma humano y enviado sondas espaciales a los confines mismos de nuestro sistema solar? —Dejó escapar un suspiro y agregó—: Y ahora ocurre esto y de repente ya no estoy segura de nada. —Miró al padre Jerome con una expresión apocada, derrotada.

El padre Jerome la miró pensativo, permitiendo que su discurso calase más hondo.

—No creer en una religión o en otra es algo totalmente comprensible —le dijo—. Sobre todo para una mujer culta como usted. Además, no pueden estar todas en lo cierto, ¿no? —Abrió las manos en un gesto interrogante y sonrió, pero al punto su expresión se tornó más grave—. Pero usted está diciendo algo muy diferente. Algo mucho más fundamental. Usted está diciendo que no cree en Dios.

Gracie le sostuvo la mirada y asintió.

—Y no creo. No creía. Por lo menos hasta estos últimos días. Ahora no sé qué creer. Ni qué no creer.

—Pero antes de que ocurriera todo esto. ¿Por qué no creer en Dios, fuera de la religión? En la idea de un ser maravilloso e imposible de conocer, y dejar a un lado todas las asociaciones que tiene la palabra «Dios» en la mente de las personas religiosas.

Gracie tomó aire y dijo:

—Lógico. Todo se puede reducir a la pregunta básica del «huevo y la gallina», ¿verdad? De dónde venimos y adónde vamos. Pero no funciona. Si existiera un creador, un diseñador que creó todo esto, tendría que existir un creador que creó al creador, ¿no? Y aun otro que lo hubiera creado a él. Y así sucesivamente. Es una teoría que no tiene peso. —Calló unos instantes para profundizar un poco más, para reflexionar sobre un detalle más sensible. Pareció surgir del interior de ella una tristeza muy honda—. Mi madre murió cuando yo tenía trece años, de cáncer de mama. Había pasado cinco años estupendamente, cuando de pronto la enfermedad regresó y se la llevó en diez días. Fue... brutal. Y yo no alcanzaba a entender cómo alguien podía haber creado algo tan horrible ni llevarse a una persona tan maravillosa. —Se le humedecieron los ojos al recordar, aun con todos los años que habían pasado.

—Lo siento.

—Fue hace mucho tiempo. —Gracie miró fijamente al padre Jerome y titubeó, como si no estuviera segura de si debía mencionar una cosa o no, pero por fin decidió que sí—. Volviendo a lo ocurrido en el monasterio, cuando se agachó al lado de Finch, por un instante yo...

—¿Pensó que iba a devolverle la vida?

Gracie se quedó sorprendida por la intuición del sacerdote.

—Sí.

El padre Jerome asintió para sí, como si él también se hubiera preguntado lo mismo.

—Tengo que decir... que yo mismo no estaba seguro de lo que iba a suceder, de lo que era capaz de hacer. —Volvió la vista hacia ella con la mirada borrosa.

—De eso precisamente es de lo que estoy hablando —dijo Gracie—. Eso es lo que no logro entender. De pronto, algo que no podemos entender, algo que bien podría ser lo que llamamos Dios, nos envía una especie de mensaje, se manifiesta, nos transmite esperanza, inspiración, asombro..., y al momento siguiente se le arrebata la vida a un hombre absolutamente decente, sin más. —Interrogaba al padre Jerome con todo el rostro—. Es igual que cuando murió mi madre. En todo este planeta no existía una persona más buena que ella. Y yo no entendía por qué, si existía un ser superior que nos vigila, permitía que sucediera algo así. No había modo de justificarlo. Por aquel entonces hablé con un par de pastores, y me respondieron con los manidos comentarios de que mi madre «estaba con Dios», y que él nos «ponía a prueba», y con toda clase de tópicos que, francamente, me parecieron completas idioteces. Lo que decían ellos, para mí no significaba nada.

El padre Jerome volvió a asentir con ademán pensativo.

—La razón de que su predicador no pudiera ayudarla es que él mismo se sentía perdido. Continuaba empleando las mismas frases que empleaban los predicadores hace quinientos años para intentar consolar a la gente. Pero ahora somos un poco más complejos. —Hizo una pausa, como si a él mismo le doliera lo que decía—. Ése es el problema que tiene la religión actualmente. Que no ha evolucionado, Y en vez de ser abierta y buscar maneras de estar acorde con el mundo de hoy, se ha puesto a la defensiva, a fin de protegerse, y ha vuelto a las frases que tienen bajo común denominador…, y al fundamentalismo.

—Pero no es posible reconciliar la religión con la vida moderna, con todos los conocimientos que tenemos, con la ciencia —insistió Gracie—. Deje que le haga una pregunta. ¿Usted cree en la evolución? ¿O cree más bien que hace seis mil años había dinosaurios y seres humanos caminando juntos por el planeta… que fue creado en seis días?

El padre Jerome sonrió.

—Yo llevo muchos años viviendo en África, señorita Logan…

—Por favor, llámeme Gracie —lo interrumpió ella.

El sacerdote asintió.

—He estado en las excavaciones, he visto los fósiles, he estudiado la ciencia. Naturalmente que creo en la evolución. Habría que ser un retrasado mental para no creer. —Estudió un instante su reacción y vio que daba un respingo—. ¿Le sorprende?

—Se podría decir que sí. —Rio Gracie, todavía aturdida.

El sacerdote se encogió de hombros.

—Pues no debería. Claro que en su país la religión está tan obsesionada con luchar contra la ciencia y contra todas esas voces ateas, que los predicadores han perdido de vista lo que es la religión en realidad. En nuestra Iglesia, la Iglesia oriental, y en las religiones de Oriente como el budismo y el hinduismo, el fin de la religión no es ofrecer teorías ni explicaciones. Nosotros aceptamos que lo divino es imposible de conocer. Pero para usted y para muchas personas racionales como usted, se ha convertido en una disyuntiva. Deben escoger: o la fe o los hechos. O la religión o la ciencia. —Calló un instante y añadió—: No deberían tener que escoger.

—Pero ambas cosas no son compatibles —insistió Gracie.

—Por supuesto que lo son. No deberían competir. El problema

lo tienen sus predicadores... y sus científicos. Están pisándose los unos a los otros. Y con botas muy grandes y duras. No entienden que la religión y la ciencia existen para satisfacer objetivos diferentes. La ciencia la necesitamos para entender cómo funciona todo lo de este planeta y lo de más allá del mismo: nosotros, la naturaleza, todo lo que vemos a nuestro alrededor. Ésos son hechos, nadie que tenga un cerebro pensante puede cuestionarlo. Pero también necesitamos la religión. Y no para que nos proporcione ridículas teorías contrarias acerca de cosas que puede probar la ciencia, sino para otro fin, para satisfacer una necesidad distinta: la necesidad de dar significado a las cosas.

»Es una necesidad básica que tenemos, como seres humanos. Y es una necesidad que queda fuera del ámbito de la ciencia. Sus científicos no entienden que es una necesidad que ellos no pueden satisfacer por muchos colisionadores de hadrones y telescopios Hubble que construyan. Y sus predicadores no entienden que su misión consiste en ayudar a la gente a descubrir un sentido personal, interior, del significado que tienen las cosas y a no comportarse como un puñado de zelotes empeñados en convertir al resto del planeta a su visión rígida y literal de cómo debe vivir todo el mundo la vida. En su país y en los países musulmanes, la religión se ha transformado en un movimiento político, no espiritual. «Dios está de nuestra parte», ésa es la frase que oigo yo salir de sus iglesias. Pero no es eso lo que deberían estar predicando.

—No se puede decir que le funcionara a la Confederación, ¿no cree? —bromeó Gracie.

—Es muy eficaz para convencer a las masas. Y para ganar elecciones, por supuesto —suspiró el padre Jerome—. Todo el mundo afirma tener a Dios de su lado en un momento u otro.

—Igual que ahora afirman tenerlo a usted —apuntó Gracie.

—¿De veras? —repuso el sacerdote con curiosidad.

—Estamos en este avión, ¿no?

El comentario pareció tocar una fibra sensible, porque el padre Jerome lo meditó durante unos instantes.

—Aunque —dijo Gracie pensativa— es posible que se lleven una sorpresa. A mí misma me ha sorprendido. Es usted mucho menos dogmático de lo que imaginaba. Tiene una mentalidad mucho más abierta. Sorprendentemente abierta, de hecho.

El sacerdote sonrió.

—Es que he visto mucho. He visto a personas buenas, amables y generosas realizar actos de caridad increíbles. Y he visto a otras hacer las cosas más horrendas que podría usted imaginar. Y eso es lo que nos convierte en humanos. Que tenemos mente. Elegimos nosotros mismos lo que queremos hacer y vivimos en conformidad con esa decisión. Damos forma a nuestra vida con el comportamiento que mostramos hacia los demás. Y Dios, con independencia de lo que signifique esa palabra, es sólo eso. Sentimos su presencia cada vez que escogemos hacer una cosa u otra. Es algo que llevamos dentro. Todo lo demás es sólo… artificio.

—Pero usted es un sacerdote de la Iglesia. Lleva eso encima —dijo Gracie señalando la cruz que llevaba el padre Jerome en una cinta de cuero alrededor del cuello—. ¿Cómo puede decir eso?

Gracie creyó detectar cierto nerviosismo en el sacerdote, cierta incertidumbre, como si aquél fuera un detalle que también lo turbaba a él. El padre Jerome la miró con expresión reflexiva y le preguntó:

—Cuando apareció la señal… ¿vio usted alguna cruz encima de ella?

Gracie no estaba segura de lo que pretendía decir el padre.

—No.

El padre Jerome sonrió un tanto incómodo, y a continuación elevó las cejas y abrió las manos en un gesto mudo que decía: «Exacto.»

63

Framingham, Massachusetts

Alrededor de las doce de la noche, el Chrysler 300C penetró en el estacionamiento delantero del Comfort Inn. Se apearon dos hombres. Traje negro, camisa blanca, sin corbata. Hombres fibrosos y duros, de mirada inexpresiva y zancada firme. Un tercero se quedó dentro del coche, detrás del volante. Con el motor en marcha. No tenían previsto tardar mucho.

Los dos hombres entraron en el austero vestíbulo. Estaba desierto, lo cual ya esperaban. Framingham no era lo que se dice un centro neurálgico de vida nocturna. Fueron hasta el mostrador de recepción. Detrás de él había un hombre de origen latino y entrado en años retrepado en una silla, viendo un partido de fútbol en una pantalla más bien borrosa. El jefe le indicó con una seña que se acercara. Su traje negro, su expresión adusta y su tono brusco de voz hicieron que el recepcionista se pusiera en pie al instante. Introdujo una mano en el bolsillo interior de la chaqueta y extrajo tres objetos, que extendió sobre el mostrador frente a las narices del recepcionista: dos fotografías, de Matt y de Jabba, y un billete de cincuenta dólares.

El recepcionista examinó los objetos, miró al jefe, volvió a mirar los objetos y asintió. Acto seguido, con mano temblorosa, recogió el billete de cincuenta y se lo guardó en el bolsillo. Después de eso el jefe obtuvo una respuesta, pero no era la que él quería. Se habían registrado en el motel aquella misma tarde. Habían tomado una habitación. Estuvieron dentro de ella un par de horas. Luego pagaron y se fueron. El recepcionista se imaginó algún asunto de carácter carnal, y se notaba que la imagen mental que le inspiró no le hacía sentirse muy cómodo.

Se habían escapado por los pelos.

El hombre apeado del 300C frunció el ceño. Miró fijamente al recepcionista unos instantes, llegó a la conclusión de que allí no había nada más que sacar y salió del establecimiento. Habían pagado, lo cual quería decir que no pensaban volver. En todo aquello había algo que no casaba bien. ¿A qué tomar una habitación únicamente para un par de horas? Se imaginó que debió de surgirles algo. Algo que no llegó al teléfono móvil del gordo…, y no era una buena noticia; significaba que contaban con otro medio para comunicarse con el mundo exterior, uno que desconocían los que estaban en su lado.

Condujo al otro hombre hasta el exterior del hotel, se detuvo un momento junto al coche y, de manera instintiva, lanzó una mirada de reconocimiento alrededor del aparcamiento. Sus ojos no captaron nada sospechoso. Entonces sacó el teléfono e hizo la llamada. Informó a su jefe de lo que le habían dicho. Oyó la irritación y la rabia que teñían el tono de voz de su interlocutor. Y se le ordenó que regresara a la casa franca y aguardara a recibir nuevas instrucciones.

Los dos hombres se subieron de nuevo al 300C. El conductor esperó a un coche que pasaba y a continuación sacó el robusto Chrysler a la carretera y se alejó, sin percatarse del Pontiac Bonneville de color verde oscuro que tomó la misma carretera a una distancia segura por detrás de ellos y que se había puesto a seguirlos.

Matt y Jabba no apartaron la vista de las luces de posición del 300C y no hablaron gran cosa. Era tarde, el tráfico era escaso, los coches eran pocos y circulaban muy espaciados. Todo ello aumentaba grandemente el riesgo de que los descubriesen, de manera que tenían que permanecer más atentos de lo normal. Nada de comentar en voz alta su plan ni de hacer pronósticos acerca del mismo. Nada de charla superflua. Sólo concentración total.

Les habían tendido el cebo encendiendo el iPhone de Jabba. La aparición del Chrysler había confirmado lo que sospechaba Matt: que Maddox y sus matones habían logrado rastrearlos a pesar de las precauciones tomadas por Jabba en el sentido de tener el teléfono conectado sólo durante períodos de tiempo muy breves. No sabían cómo, pero les estaban siguiendo la pista. Lo cual le proporcionó a Matt una abertura por la que atraerlos. Y esperar.

El 300C viró a la derecha en Cochituate y siguió la rampa en curva para entrar en la autopista, que tomó en dirección este. Por ella circulaban más coches, lo cual disminuyó un poco la tensión de que pudieran descubrirlos, pero la aumentó debido a la preocupación de perder al 300C. Con todo, Matt poseía una habilidad superior a la media para conducir y un ojo certero cuando se trataba de detectar cambios sutiles en la actitud de los vehículos, lo cual los ayudó a seguir detrás de su presa.

No tenían en absoluto ninguna seguridad de lo que iban a encontrarse cuando el 300C llegara a su destino, fuera el que fuese. Tal como le había reconocido Matt a Jabba, en realidad no esperaba encontrar allí a Danny, pero cabía una pequeña posibilidad de que encontrasen a Rebecca Rydell. Al parecer, Maddox no tenía una brigada entera de matones dedicados a aquello; estaban llevando a cabo una operación simple y austera. No era descabellado pensar que no tenían más que una sola casa franca y que posiblemente tendrían a la chica encerrada en la misma. Sería el lugar más seguro en que retenerla, y así se ahorraban recursos. Matt empezó a repasar lo que habría ocurrido si él no hubiera trasladado el rastreador al coche de Maddox ya desde el principio, pero dejó el asunto porque se dio cuenta de que le robaba la concentración. No quería correr el riesgo de perderlos. Además de la posibilidad de encontrar a Rebecca Rydell, también se les presentaba una oportunidad de torcer un poco los planes de Maddox, lo cual, en aquel momento, a Matt le parecía sumamente satisfactorio.

Cambiaron la autopista por la 95, la cual siguieron durante tres o cuatro kilómetros hasta salirse en Weston. Matt se quedó un poco rezagado hasta que el tráfico se hizo más ligero. Continuó en dirección este sin perder de vista al cochazo y sus distintivas luces traseras cuadradas, hasta Bacon, donde éste giró a la izquierda y se introdujo en Waltham. La situación se tornó más peligrosa. Allí había muchos menos coches, con lo que Matt tuvo que rezagarse bastante para no ser descubierto. También pasó de las luces de cruce a las de posición cada vez que cambiaba de dirección, con el fin de ir variando la vista frontal del Bonneville en los espejos retrovisores del 300C.

El 300C se metió por unas calles residenciales y finalmente giró para penetrar en un camino de entrada a una casa sin iluminar. Matt ya había apagado los faros y se había detenido un par de bloques más atrás. Apagó el motor y esperó. Los tres hombres emergieron del automóvil y se encaminaron al interior de la casa. El último de ellos, el conductor, cerró el coche con un mando a distancia. Se quedó un momento más para otear la calle de manera superficial y a continuación siguió a sus compañeros.

Momentos después, las luces interiores del 300C se atenuaron automáticamente hasta apagarse del todo y tanto el coche como la casa quedaron sumidos en la oscuridad.

La casa era una estructura de pequeño tamaño y dos plantas. Matt conocía bien aquellas construcciones, no se hallaban lejos de donde se había criado él, Worcester, y la distribución interior de ese estrato del mercado inmobiliario era bastante estándar. Una entrada frontal o lateral que daba a un cuarto de estar, cocina en la parte de atrás, escaleras en el centro que llevaban a dos o tres dormitorios y un baño o dos en la planta de arriba. También había un sótano, y Matt estaba bastante seguro de que era allí donde tendrían encerrado a cualquier prisionero.

En la planta superior no se veían luces, y el cuarto de estar también estaba a oscuras. Se apreciaban unos retazos de luz provenientes de la parte posterior de la planta baja que se filtraban por el ventanal del cuarto de estar y proyectaban un débil resplandor sobre el techo.

Matt dirigió una mirada a Jabba e hizo un gesto afirmativo con la cabeza. En el camino de entrada había otro automóvil: el Durango de color negro que habían visto en el aeródromo. El coche en el que los esbirros de Maddox habían introducido a la fuerza a Rebecca Rydell.

La parte fácil había tocado a su fin. Había llegado el momento de colarse en la fiesta.

Por suerte, no habían venido con las manos vacías.

Los tipos del Chrysler se encontraban en la cocina que había en la parte de atrás de la casa charlando, echando un pitillo, tomándose unas latas de Coca-Cola frías. Repasaban lo sucedido durante el día. Se relajaban. La verdad era que ya no esperaban que los hicieran trabajar más aquella noche.

Pero el fuerte estruendo cambió las cosas.

Reverberó por toda la casa y los hizo ponerse tensos al instante. El ruido vino de la parte delantera, en el nivel de la planta baja. Del cuarto de estar. Fue la típica explosión hacia dentro, con cristales rotos, algo denso que se estrelló con fuerza contra el ventanal y aterrizó con un ruido sordo a la vez que producía una cascada de cristales que se rompieron en mil pedazos al caer al suelo.

Los tipos se movieron todos a una, el que hizo de jefe en el hotel se puso a ladrar órdenes a la vez que echaba a correr hacia la parte delantera de la casa, con la pistola ya desenfundada y en alto. Ordenó a un hombre que se quedara atrás, en la cocina. Otro lo acompañó hasta el centro de la casa, se detuvo en la escalera y se apostó junto a una puerta que daba al sótano. El tercero se pegó al primero y ambos irrumpieron violentamente en el cuarto de estar.

La habitación tenía un ventanal amplio provisto de unas persianas de listones bajadas casi hasta la mitad, a una altura de aproximadamente metro y medio del suelo. Obedeciendo a un reflejo de defensa propia, no encendió las luces, sino que se conformó con el tenue resplandor que llegaba del pasillo. El cuarto de estar debería estar vacío, ya que la casa se alquilaba sin muebles, y así era, a excepción de los fragmentos de cristal esparcidos por el suelo, que crujieron ruidosamente bajo los zapatos del jefe conforme éste iba avanzando hacia el interior de la estancia apuntando a uno y otro lado con el arma. Se detuvo para observar el ventanal y vio que en su parte central tenía un agujero enorme, del tamaño de una calabaza grande. Miró en derredor intentando encontrarle lógica a lo que había ocurrido, y descubrió una piedra, que tendría el tamaño de un balón de fútbol americano, al pie de la pared del fondo. Su cerebro todavía estaba procesando la idea de que alguien hubiera arrojado una piedra grande contra la ventana cuando de repente llegó volando otra cosa, un objeto más grande y voluminoso que acertó en el borde del cristal roto, abrió un hueco aún más ancho en lo que quedaba de él y a punto estuvo de llevarse por delante al jefe. Lo roció con una lluvia de cristales y lo salpicó con un líquido de olor penetrante, para terminar cayendo al suelo dando botes hasta quedar inmóvil. El jefe se lo quedó mirando, aturdido durante un instante. Era una lata de gasolina. Polietileno ligero, rojo, con tapa de rosca. Sólo que la tapa no estaba enroscada. De hecho, no tenía tapa. Y había escupido combustible igual que una rueda de fuegos artificiales por el aire cuando entró volando con efecto, lo había regado a él y ahora estaba derramando su contenido por todo el suelo.

—¡Joder! —gruñó el jefe al tiempo que se tiraba al suelo. Agarró la lata por el asa y la puso boca arriba para interrumpir la salida de gasolina…, pero no sirvió de nada, porque tenía un montón de orificios diminutos por los que escapaba el combustible como si fueran pequeños géiseres que le empaparon los brazos y las piernas, así como el suelo y todo alrededor. Vio las burdas perforaciones que le habían practicado. No había manera de evitar que siguiera manando gasolina, lo cual no habría sido tan malo, de no ser por el tercer proyectil que penetró volando en el cuarto de estar. Esta vez vino directo hacia él, y le habían prendido fuego.

Matt observó el movimiento de las sombras en el interior de la habitación y accionó el encendedor. En la otra mano sostenía una botella de agua que había vaciado y después rellenado, una mitad con gasolina y la otra con aceite de motor. Ya le había introducido por el cuello una mecha hecha con un jirón de un trapo para el polvo empapado de gasolina, que ya estaba aguardando la llama. A sus pies esperaban, preparados y deseosos, otros dos proyectiles idénticos.

La piedra había hecho venir al cuarto de estar a los dos tipos del Chrysler, justo a tiempo para recibir la lata de gasolina en la que había practicado los agujeros. Sabía que tenía que moverse deprisa y quitárselos de encima antes de que entendieran siquiera lo que estaba pasando. Prendió fuego al trapo y arrojó la botella. El cóctel molotov describió un arco surcando el aire frío de la noche y se coló en el cuarto de estar de la casa a través de la ventana rota. Tras las persianas se vio un súbito resplandor luminoso, seguido casi instantáneamente por una bola de fuego aún más grande, que se formó cuando las llamas alcanzaron el combustible que salía de la lata. Oyó un alarido de pánico, prendió una segunda botella, la lanzó por la misma abertura, agarró la tercera y echó a correr hacia la parte trasera de la vivienda.

El jefe lanzó un chillido cuando se le prendieron fuego los brazos y las piernas. Se debatió a un lado y al otro furiosamente, intentando apagar las llamas con las manos. El segundo individuo se mantenía apartado, presa del pánico, sin saber muy bien qué hacer para socorrerlo. Las llamas eran obstinadas, más obstinadas y pegajosas de lo previsto…, y más difíciles. La gasolina era más fácil de apagar y dominar, pero el aceite de motor cambiaba sus cualidades: se adhería igual que el alquitrán y ardía con más fuerza y más resistencia. No había forma de quitárselo de la ropa ni de las manos, y encima iba a más, consumiendo con avidez todo lo que tocaba. Las llamas incluso se apoderaron del suelo y ya estaban extendiéndose por el parqué.

—¡Quítamelo! —chilló el jefe como un demonio al tiempo que se tiraba al suelo y rodaba sobre sí mismo en un intento de sofocar las llamas, sin darse cuenta de la futilidad de sus movimientos. En su piel quemada y desprotegida se le clavaron ahora un sinfín de fragmentos de cristal que le causaron un dolor insoportable. El segundo individuo se quitó la chaqueta y se acercó a él de costado, buscando un espacio por el que penetrar y echarle la prenda encima. La habitación iba llenándose de un humo gris que además olía a carne chamuscada y a aceite de motor quemado. El tercer tipo, el que se había quedado apostado junto a la escalera, entró también en el cuarto de estar y contempló con horror cómo se quemaba su compañero. Miró en derredor con desesperación intentando encontrar algo con que apagar el fuego, pero la habitación estaba vacía. No había alfombras, ni cortinas ni tapetes en los sofás.

—¿Qué coño pasa? —gritó el cuarto individuo desde el fondo del pasillo.

—La cocina —ordenó el segundo al tercero—. Ve a cubrir la parte de atrás.

Pero ya era demasiado tarde.

El cuarto individuo estaba solo en la cocina. Se había arrimado poco a poco hasta la puerta, junto al pasillo, para intentar ver lo que estaba pasando, pero sin querer dejar de cubrir la entrada posterior de la casa. Oyó los gritos, vio las llamas y el humo y olió el hedor que salía por la puerta del cuarto de estar y se repartía por toda la casa empujado por el aire que penetraba por el agujero de la ventana, y le entró el pánico. El pánico suficiente para incitarlo a dejar de prestar atención a la puerta de atrás y apartarse de ésta lo justo para que la jugada de Matt resultara viable.

Matt estaba pegado al muro posterior de la casa, observando lo que pasaba dentro por la ventana de la cocina. Reconoció al hombre: era uno de los dos tipos que escoltaban a Rebecca cuando ésta se bajó del avión. Ello reforzó su suposición de que la chica se encontrara allí. Tomó nota de la posición del otro y decidió que estaba bien. Entonces prendió fuego a la última botella, dio tres pasos atrás para dar al cóctel molotov impulso suficiente para que rompiera el cristal y lo arrojó con todas sus fuerzas. La botella penetró en la cocina y explotó contra la pared a pocos centímetros del tipo, que saltó hacia un lado al ver las llamas que enseguida comenzaron a desplegarse en todas direcciones, buscando alimento. Aquella mínima distracción era todo lo que necesitaba Matt. Nada más lanzar la bomba incendiaria, abrió la puerta de una patada y sorprendió a su adversario con la guardia baja. Todavía estaba volviendo hacia él la mano con la que empuñaba el arma cuando Matt lo derribó de dos balazos en el pecho.

A continuación arremetió por el interior de la casa sin titubear, buscando una puerta cerrada con llave, barriendo la zona con su P14. Experimentó una sensación extraña al estar allí dentro; le gustaría saber si Danny habría llegado a estar cautivo en ese lugar. Al pensar en ello se enfureció más aún, pero aparcó el pensamiento para más tarde y se concentró en encontrar a Rebecca. Según sus cálculos, debían de tenerla encerrada en el sótano, y en efecto, la puerta que conducía al mismo, situada junto a la escalera, estaba cerrada. Y no sólo cerrada, sino además con llave, porque alguien la estaba aporreando frenéticamente desde dentro a la vez que tiraba de la manilla sin dejar de gritar. Era la voz de una chica, lo cual confirmó lo que Matt había supuesto.

Pero no acudió en su rescate. Había al menos cuatro hombres, y aunque dos se encontraban potencialmente fuera de combate todavía quedaban otros dos con los que lidiar. Ya estaba dejando atrás la escalera cuando de pronto salió otro matón del cuarto de estar, con la intención de ayudar a su colega apostado en la cocina, pero que ahora estaba muerto. Matt, con un fogonazo, lo reconoció del aeródromo. Pero no se detuvo a ponderarlo. Se limitó a arrojarse hacia un lado y agacharse al mismo tiempo. El tipo disparó dos balas que se incrustaron en las paredes a la vez que Matt dejó que su gran pistola escupiera fuego. Un proyectil alcanzó al matón en el muslo y lo hizo retroceder momentáneamente, pero al instante se le dobló la pierna y se derrumbó. Alzó el arma con la esperanza de poder disparar de nuevo, pero se había quedado sin fuerzas y dio la impresión de que estuviera intentando levantar un ladrillo de plomo. Matt estaba de rodillas, agachado contra la pared, en posición de disparar con ambas manos, y le metió otros dos balazos que acabaron con él.

Se quedó durante unos instantes en el sitio. Miró escaleras arriba, descartó la idea de que allí quedara alguien y permaneció donde estaba, esperando, con los brazos extendidos, cubriendo la puerta, atento al humo y a las llamas que salían del cuarto de estar, sintiendo retumbar en sus oídos los chillidos y los golpes en la puerta. Tenía que salir de allí si no quería achicharrarse vivo. Y el salón sólo tenía una salida.

Entonces las oyó. Las sirenas, al principio un ulular grave y áspero, pero que se iba aproximando. Justo cuando las necesitaba. Le había dicho a Jabba que llamase a urgencias en el momento en que explotase la primera bomba incendiaria, calculando que dispondría de tiempo de sobra para irrumpir en la casa antes de que llegasen los bomberos y pensando que éstos le resultarían muy útiles si las cosas no salían de acuerdo con el plan. El aúllo de las sirenas fue cobrando intensidad y Matt se agachó más todavía, tensando los brazos, esperando que el tipo que estaba en el cuarto de estar las hubiera oído también y tuviera necesidad de hacer una salida desesperada, al estilo *Dos hombres y un destino*. Y en eso oyó otra cosa: cristales que estallaban en mil pedazos, un estruendo tremendo, y comprendió. El tipo había decidido largarse saltando por lo que quedaba del ventanal.

Sintió una punzada de pánico al pensar en Jabba, allí fuera, solo, sin un arma, pero habían estacionado el coche un par de casas más atrás y se imaginó que a esas alturas ya estarían saliendo los vecinos a la calle y convergiendo frente a la fachada de la vivienda, alertados por el fuego y los disparos, lo cual le proporcionaría cierta cobertura a Jabba.

Esperó un poco más e hizo un esfuerzo para percibir cualquier ruido significativo que contradijera lo que él calculaba que había pasado, y seguidamente regresó con dificultad hasta la puerta cerrada. Rebecca Rydell —tenía que ser ella— seguía vociferando y aporreando la puerta con los puños.

—¡Eh! ¿Qué está pasando? ¡Sáquenme de aquí!

Matt probó el tirador, pero estaba cerrado con llave.

—¡Apártate de la puerta! —chilló—. ¡Voy a tener que disparar para abrirla!

Aguardó un par de segundos y luego gritó:

—¿Ya te has apartado?

Ella contestó:

—¡Sí!

Matt disparó una vez, dos. Fue más que suficiente. La cerradura era de un modelo básico y antiguo, y el marco de la puerta estaba reblandecido por el paso del tiempo. Abrió de una patada. Aparecieron unos peldaños de madera que conducían a un sótano, en el que había una joven atractiva y bronceada acurrucada contra la pared, con el rostro contraído por el terror.

Matt alargó un brazo hacia ella y le indicó que subiera.

—Venga, tenemos que irnos —la apremió haciéndose oír por encima del crepitar cada vez más fuerte de las llamas. La chica dudó un segundo, pero después afirmó con gesto nervioso y se puso de pie.

Salieron a toda prisa de la casa, pasaron por delante de las caras de sorpresa de unos cuantos vecinos y también de un camión de bomberos que estaba girando para penetrar en el camino de entrada de la casa. Matt oteó en la oscuridad, buscando el Bonneville, y sintió una oleada de pánico al ver que había desaparecido de allí. Un chillido de horror vino a confirmar sus peores temores. Corrió más deprisa, con el corazón saliéndosele del pecho, imaginando lo peor. Conforme se fue acercando descubrió la silueta de Jabba, tendido de espaldas en el bordillo frente a una casa.

No se movía.

Había una pareja de curiosos que habían acudido a su lado. El hombre lo miraba con expresión dudosa; la mujer lo contemplaba fijamente, sobrecogida de miedo y tapándose la boca con las manos.

—¡Jabba! —chilló Matt a la vez que se tiraba al suelo a su lado.

En la oscuridad resultaba difícil ver dónde estaba la herida, pero distinguió un charco de sangre debajo de él que iba expandiéndose sobre la acera. A Jabba le costaba trabajo mantener los ojos abiertos, pero consiguió ver a Matt e intentó decir algo. Pero sufrió un acceso de tos que le dificultó articular.

—¿La hemos salvado? —balbució.

Matt afirmó con la cabeza y dijo:

—La tengo aquí mismo. —Se volvió para que Jabba pudiese ver a Rebecca Rydell, la cual se aproximó unos centímetros con una expresión de profunda tristeza—. No hables —le dijo Matt agarrándole la mano con fuerza—. Aguanta, ¿vale? Aguanta. Te pondrás bien. —Luego se volvió hacia la pareja de vecinos que observaba la escena—. ¡Llamen a urgencias! —les gritó—. ¡Llamen ahora mismo!

La mujer echó a correr hacia el interior de la casa. Matt se quedó donde estaba, al lado de Jabba con la esperanza de evitar lo peor, maldiciéndose por haberlo traído consigo. En menos de diez minutos por fin apareció la ambulancia.

Continuó al lado del herido mientras los paramédicos lo atendían a toda velocidad y después lo colocaban en la camilla con una eficiencia sobrecogedora.

Matt no dejaba de preguntarles:

—¿Se va a poner bien? —Pero no le daban ninguna respuesta clara. Ahogado por un devastador sentimiento de pérdida, observó cómo metían a Jabba en la parte trasera de la ambulancia, cerraban las puertas y arrancaban a toda prisa.

En eso oyó otra sirena, esta vez, la de un coche patrulla, y miró a Rebecca Rydell. La joven estaba acurrucada en el césped, temblando todavía.

—Vamos —le dijo.

Musitando una plegaria por la vida de su nuevo amigo, tomó a la chica de la mano y la apartó de la multitud conmocionada por el horror que se había congregado alrededor de la casa en llamas.

64

Houston, Tejas

—¿Dónde se encuentran en este momento? —preguntó Buscema al predicador.

El reverendo Darby estaba en su estudio. Era tarde, pero no le importó la llamada de Buscema. Estaba en deuda con él por haberle dado la información privilegiada acerca de la apurada situación del padre Jerome. Y tampoco le importó la dosis de estímulo para su ego que recibió al hablar de ello con la persona que era prácticamente la única de todo el país, aparte de su organización, que sabía lo que estaba haciendo.

—Estarán aterrizando en Shannon, Irlanda, aproximadamente dentro de hora y media —contestó a Buscema—. Y no tardarán más de un par de horas en repostar. —Darby hablaba todavía con más entusiasmo que cuando pronunciaba sus sermones.

—Entonces, ¿a qué hora van a llegar aquí?

—Yo calculo que alrededor de las seis de la mañana, hora de Houston.

Buscema guardó silencio. Luego dijo:

—Tal vez te conviniera retrasarles un poco la llegada.

—¿Por qué?

—Bueno, supongo que depende —dijo Buscema expresando sus pensamientos en voz alta—. Podrías dejar que su presencia quedase por debajo del radar. Quizá fuera más seguro así.

—También podríamos convertir su llegada en un gran acontecimiento —replicó Darby completando el razonamiento de Buscema. Reflexionó unos instantes y añadió—: Precisamente he estado pensando en eso. Tienes razón. Se merece una entrada triunfal. No debemos pasarlo furtivamente como si fuera un delincuente de poca monta. Ese hombre es un emisario de Dios. Nosotros no somos como esos salvajes, nosotros vamos a recibirlo con los brazos abiertos. Vamos a demostrar a este país y al mundo entero en qué lugar se encuentra verdaderamente el centro de la moralidad de Estados Unidos.

—Yo puedo contribuir a filtrar la noticia —le dijo Buscema—. No tienes más que proporcionarme toda la información que puedas.

Darby imaginó mentalmente la situación. La vio como algo de gran envergadura, de gran trascendencia. Le vinieron a la memoria las imágenes de los medios de comunicación que había visto el año anterior, relativas al momento de la llegada del papa a la Base Andrews de las Fuerzas Aéreas. La alfombra roja, los uniformes de gala de los militares. El presidente y la primera dama saludándolo al bajar del avión. Y aun se acordó de otras imágenes más antiguas que había visto varias veces, unas imágenes granuladas y en blanco y negro de los Beatles llegando al aeropuerto Kennedy, en 1964. Aquello se parecía más. La chusma enfebrecida haciendo presión contra las barricadas. Los gritos constantes que destrozaban los oídos. Los destellos de los flashes, los aullidos de las mujeres. Adulación total. Así iba a ser esto. Así era como debía ser. Y él en el centro de todo.

La idea le trajo una sonrisa a la cara. Iba a ser un momento determinante. Para el país y, más significativamente, para él.

«Voy a eclipsar al presidente —pensó con un sentimiento de triunfo—. Y eso va a ser sólo el principio.»

—Te daré tiempo suficiente —afirmó Darby.

—Vas a necesitar medios en condiciones para controlar a la multitud —opinó Buscema.

—Eso no es problema. El gobernador forma parte de mi grey.

—¿Y aparte de eso? ¿Ha habido algún progreso en el acto que preparas para Navidad?

—Ya está reservado el estadio —le confió el predicador—. Va a ser una maratón, pero lograremos sacarlo adelante. Vamos a traer a varios artistas. Nombres famosos. Acuérdate de lo que te digo, Roy. Pienso dar a los ciudadanos de este país una Navidad que no van a olvidar nunca.

Buscema guardó silencio. La clase de silencio que sabía que iba a hacer sospechar a Darby.

Y efectivamente, el pastor dijo:

—¿Qué te ocurre?

—Es que estoy un poco preocupado por proyectar el mensaje adecuado.

—¿A qué te refieres? —Darby no parecía emocionado en absoluto.

Buscema lanzó un suspiro de cansancio, como si aquello fuera un duro trago para él.

—Me están llegando rumores de quejas. De otros pastores y líderes religiosos.

—Ya lo sé —replicó Darby, furioso—. Desde que saltó la noticia, estamos inundados de llamadas. Nos han llamado todos los predicadores del país, desde aquí hasta California. Incluso el gobernador.

—No sería mala idea compartir esa plataforma, reverendo. Propagar más ampliamente el mensaje. Transformar esto en un acontecimiento mucho más grande, de mayor alcance. No le vendría mal a este país, precisamente en estos momentos.

—Yo soy el que lo ha traído en avión, Roy —apuntó Darby en tono calmo—. Yo lo he sacado de donde estaba.

—Y serás tú el que le dé la bienvenida cuando se baje del avión —lo tranquilizó Buscema—. Tú y nadie más.

—El gobernador también está presionando para estar presente en la ocasión. Y me está resultando difícil continuar dándole largas.

—No importa, reverendo. En el aeropuerto no habrá ningún otro pastor. Sólo tú. Será tu momento. Ésa será la imagen que recuerde la gente cuando vea por primera vez al padre Jerome. Pero después, yo diría que te interesa mostrar toda la generosidad que puedas e invitar a todos los líderes religiosos posibles a que te acompañen en ese gran día. Tienes que pensar a lo grande. Puedes tomar la delantera en esto. Estados Unidos no tiene papa, no tiene ningún líder espiritual, pero necesita tenerlo. Sobre todo teniendo en cuenta la situación tan dura que estamos viviendo.

»Los estadounidenses necesitan que alguien los inspire, necesitan sentir que forman parte de algo. —Hizo una pausa, la justa para dejar que calaran sus palabras, pero no lo bastante larga para dar pie al predicador a que las refutara—. No te conviene nada que esto parezca un servicio más de los que tienen lugar en tu iglesia, esto va dirigido al país entero. Al mundo entero. Y en ese escenario no puedes estar tú solo. Pero sí puedes actuar poniendo tú las condiciones. Y al tender una mano amiga, no harás sino elevar tu propia posición como elegante anfitrión... y líder.

«Ya hemos superado la parte difícil», pensó Buscema después de colgar con Darby. Ahora tendría que esperar a ver si aquel fanfarrón obseso jugaba limpiamente. Necesitaba que Darby lo hiciera. Necesitaba que compartiera su juguete nuevo con los otros niños. Y él sabía que aquello nunca era fácil. Sobre todo cuando uno trataba con un mocoso malcriado, así que no digamos ya con un tipo que tenía complejo de mesías.

Cogió el teléfono y pulsó otra tecla de marcación rápida. El hombre que contestó al otro extremo de la línea estaba esperando su llamada.

Buscema dijo simplemente:

—Ya está. Fíltralo. —Y colgó.

65

Shannon, Irlanda

El Gulfstream estaba estacionado junto a un hangar de servicio, apartado de la terminal de un pequeño aeropuerto. Gracie paseaba alrededor del avión mientras hablaba por el móvil. Se encontraba al aire libre y en realidad no la preocupaba que pudieran verla, ya que era de noche y allí no había nadie, a excepción de unos cuantos técnicos de mantenimiento adormilados e indiferentes que estaban repostando el aparato.

Allí hacía mucho más frío, otra nueva conmoción para su sistema nervioso tras el hielo del Polo Sur y después el cálido abrazo del desierto egipcio. No obstante, la sensación de frío resultaba agradable. Vigorizante. Entumecedora. Lo cual ayudaba mucho, dado que estaba hablando por teléfono con el abad y reviviendo la muerte de Finch con todos sus sórdidos detalles.

Estaba regresando de El Cairo. Le contó que habían entregado el cadáver de Finch a la embajada estadounidense. Que no les resultó nada fácil llegar hasta allí. La informó de que habían estallado varios conflictos violentos entre las hordas que asediaban el monasterio en cuanto se hizo pública la noticia de que el padre Jerome se había ido. Llegaron a la llanura varios vehículos todoterreno repletos de fuerzas de seguridad para contener los estallidos, y en aquel momento estaban dispersando a los últimos alborotadores, pero la misma situación se había repetido en El Cairo, en Alejandría y en otras ciudades de toda la región.

Gracie vio que Dalton venía hacia ella agitando en la mano su

Blackberry para indicarle que tenía una llamada. Estaba dando las gracias al abad, cuando de pronto éste se acordó de una cosa y le dijo:

—Y también lo siento mucho por las gafas de su amigo. Uno de mis hermanos las rompió de manera accidental. Le guardamos la montura en el bolsillo de la chaqueta.

Dalton ya había llegado hasta ella y le estaba diciendo con los labios: «Ogilvy.»

Por lo visto, era muy urgente. Gracie levantó un dedo para rogarle que aguardase un momento mientras su cerebro ofuscado intentaba encontrarle lógica a lo que estaba diciendo el abad.

—Perdone, ¿las gafas de Finch?

—Sí —contestó el abad—. Uno de mis hermanos las pisó accidentalmente. No las vio.

—No tiene importancia —repuso Gracie a la vez que indicaba a Dalton con una seña que ya estaba acabando—. Yo tampoco me fijé en ellas —agregó.

—No podría aunque hubiera querido —la corrigió el abad—, porque no estaban fuera, sino dentro de la torre, y como ya sabe, allí dentro está muy oscuro. Sea como sea, lo lamento de verdad. Ya sé que es una de esas pertenencias personales que en ocasiones como ésta tienen mucha importancia para los seres queridos. Le ruego que pida disculpas a su esposa en nuestro nombre.

—Por supuesto —respondió Gracie, todavía distraída por Dalton—. Gracias por todo, hermano. Ya lo llamaré desde Estados Unidos. —Cortó la llamada y tomó el otro teléfono que le pasó Dalton.

Era Ogilvy. La noticia que le transmitió dejó a un lado todo lo que tuviera que ver con Finch.

—Ha salido al aire —le dijo en tono urgente—. El mundo entero está enterado de que el padre Jerome se dirige hacia aquí.

—¿A qué te refieres? ¿Se ha filtrado? —preguntó Gracie—. ¿Cómo?

—No lo sé. Ha aparecido en la página de Drudge hace una media hora, y a estas horas ya circula por todas partes.

Gracie miró en derredor, súbitamente alterada. Por su mente pasó la visión fugaz de grandes multitudes convergiendo en un punto, pero se evaporó al instante.

—¿Saben que estamos aquí nosotros?

—No, eso no lo han mencionado. Lo único que saben es que el padre Jerome ha salido de Egipto y se dirige aquí, a Houston. Ni siquiera se menciona a Darby.

Gracie frunció el ceño. Aquello no pintaba nada bien. Se imaginó el circo de medios de comunicación y el caos que iban a encontrarse a su llegada.

—Tenemos que cambiar de destino, aterrizar en otro aeropuerto. Uno que sea tranquilo.

—¿Por qué? —quiso saber Ogilvy.

—Porque la gente va a volverse loca cuando vea al padre Jerome. Nos aplastarán.

—He llamado a Darby y me ha dicho que cuenta con la ayuda de la policía. Van a acordonar las pistas y proporcionarnos un equipo de escolta que nos acompañe todo el tiempo. No va a pasar nada.

—No lo estarás diciendo en serio.

—¿Estás de broma? —replicó Ogilvy—. Este reportaje nos pertenece a nosotros. A ti. Todos los periodistas de Estados Unidos darían los dos brazos por estar donde estás tú. Piénsalo. En todos los televisores de este país se te va a ver a ti bajando de ese avión acompañada del padre Jerome, con imágenes privilegiadas en directo, tomadas por la cámara de Dalton. Y Darby quiere que Dalton y tú os quedéis. Va a juntaros con ellos. Y también voy a estar yo. Así que relájate, descansa un poco y prepárate. Tenemos un reportaje que transmitir, y tú estás a punto de conseguir la mayor exclusiva de tu vida.

66

Boston, Massachusetts

—¿Papá?

Rydell no podía creer lo que estaba oyendo. Se le aceleró el pulso con dosis iguales de esperanza y de miedo; notaba cómo le vibraba contra el teléfono móvil.

—¿Dónde estás? ¿Estás bien?

—Estoy bien —respondió la joven—. Me han rescatado. Estoy bien.

A Rydell le dio un vuelco el corazón. La voz de su hija se oía un tanto trémula, pero no parecía asustada.

—Espera un momento —le dijo ella.

Rydell oyó una serie de ruidos que indicaban que el teléfono había cambiado de manos, y a continuación le llegó la voz que menos esperaba que le llegara.

—¿Está solo?

Reconoció la voz de Matt. De pronto lo invadió una oleada de pánico.

—¿Dónde está? ¿Qué ha hecho?

Matt hizo caso omiso de aquellas preguntas.

—Su hija se encuentra a salvo. ¿Puede salir a la calle sin que lo acompañen esos tipos?

—No lo sé… —farfulló Rydell—. Puedo…, puedo intentarlo.

—Hágalo —ordenó Matt—. Ahora mismo. Y reúnase con nosotros en el sitio al que llevó a Rebecca a celebrar su cumpleaños cuando cumplió los dieciocho.

Y seguidamente la línea se cortó.

Rydell no supo qué pensar. ¿Ahora Rebecca era rehén de Matt? ¿Aquél era su plan? No estaba seguro de qué prefería: si que estuviera en las manos de Matt o en las de Maddox.

No estaba seguro de lo uno ni de lo otro. Pero lo que sí tenía claro en aquellos momentos era que Rebeca estaba libre, que Drucker ya no tenía ninguna ventaja sobre él. A menos que intentara atraparlo a él y sustituirlo por Rebecca.

Tenía que salir.

Ya mismo.

Cogió el teléfono del hotel y pulsó el botón de la recepción. Le contestaron al primer timbrazo.

—Soy Rydell. Necesito personal de seguridad. Ahora mismo. Todos los agentes que puedan enviarme. Mis guardaespaldas están tramando algo, y necesito protección ahora mismo. Contra ellos. —Su tono de voz no dejó lugar a dudas respecto de la urgencia de la situación.

Cuando colgó, la voz teñida de nerviosismo que hablaba al otro lado todavía estaba intentando buscar una respuesta. Corrió al dormitorio, cogió la billetera y la chaqueta y se puso los zapatos; después corrió de nuevo a la puerta de la suite y se pegó a ella para otear por la mirilla. Vio a los dos guardaespaldas, hombres de Maddox, de pie junto a la puerta. Con cara de aburridos, matando el tiempo. Aguardó. Al cabo de unos diez segundos oyó el chirrido del motor del ascensor y el chasquido de las puertas al abrirse. De él salieron a toda prisa cuatro hombres que se abalanzaron sobre la puerta de su suite. Los guardaespaldas dieron un paso hacia ellos con las armas en alto como diciendo «Qué pasa aquí».

Rydell aprovechó la oportunidad. Abrió la puerta y salió rápidamente, cruzó a la carrera por delante de los sorprendidos guardaespaldas y atravesó la pared que formaban los de seguridad al tiempo que, poniendo expresión de pánico, señalaba con el dedo a los guardaespaldas y gritaba:

—¡Deténganlos! ¡Están intentando secuestrarme! ¡Ayúdenme a salir de aquí!

Los de seguridad dieron un respingo, perplejos, lo mismo que los guardaespaldas, que fueron pillados con la guardia baja por la precipitada huida de Rydell. Los hombres de Maddox quisieron avanzar haciendo fuerza, uno de ellos echó mano del arma que llevaba en la sobaquera, pero los de seguridad no se acobardaron.

Dos de ellos eran individuos corpulentos, auténticos gorilas, y se limitaron a proteger su espacio y cerrar filas, con lo cual crearon una barrera que bloqueó el pasillo. El más grande de todos alzó un dedo en un severo gesto de advertencia y también sacó su pistola, con una mueca burlona en la cara que decía: «No os conviene nada hacer eso.»

Rydell no se quedó a ver cómo terminaba la cosa. Se metió en el ascensor, pulsó repetidamente el botón de bajar hasta que comenzaron a cerrarse las puertas y descendió al vestíbulo con todos los nervios en tensión. El breve trayecto se le antojó una eternidad. Nada más abrirse la puerta salió como una exhalación, cruzó el vestíbulo a la carrera y se subió a un taxi solitario que esperaba fuera. Le ordenó al taxista simplemente que arrancara, y cuando éste obedeció, volvió la cabeza hacia atrás para cerciorarse de que no lo seguían. Obligó al taxista a efectuar unos cuantos virajes sin rumbo a izquierda y a derecha; cuando quedó satisfecho al comprobar que estaban solos, le dijo adónde debía dirigirse.

No tardaron mucho en rodear el Common y pasar junto a Faneuil Hall para llegar al Garden. Siendo ya tan tarde, el tráfico era ligero, a pesar del ajetreo típico de las fiestas. Cuando el taxi giró para entrar en el aparcamiento, Rydell descubrió a Matt al otro lado de la calle, apoyado contra un sedán oscuro. Ordenó al taxista que lo dejara frente a la entrada, después esperó a que se perdiera de vista y entonces cruzó la calle. Iba por la mitad cuando de pronto se abrió la portezuela trasera del sedán y apareció su hija, la cual se apeó a toda velocidad y echó a correr hacia él.

La abrazó con fuerza. Todavía le costaba trabajo creerlo. Miró más allá, a Matt, que seguía allí, apoyado contra el coche, cruzado de brazos y con cara de enfado. Rydell agarró de la mano con fuerza a Rebecca y se dirigió hacia él.

—¿Esto es obra suya? —preguntó. Era más una afirmación que una pregunta.

—Mi amigo está en el hospital —replicó Matt en tono crispado—. Le han disparado. Se encuentra malherido. Necesito que usted haga una llamada y me garantice que van a darle todo lo que necesite.

Rydell afirmó con la cabeza y echó mano del teléfono.

—Naturalmente.

—Y también va a necesitar protección —añadió Matt—. ¿Tiene alguien a quien pueda llamar?

—Tengo el teléfono del detective que acudió a la casa —dijo Rydell—. Puedo llamarlo a él.

—Pues adelante —repuso Matt.

Sin soltar a Rebecca, Rydell efectuó las llamadas correspondientes. No le llevó mucho tiempo. Por lo general, su nombre ayudaba a acelerar las cosas.

Le dijeron que Jabba estaba siendo intervenido y que el pronóstico era reservado. Luego colgó e informó a Matt.

—Se encuentra en buenas manos —le dijo—. Recibirá la mejor atención.

—Eso espero.

Rydell lo miró fijamente, inseguro de cuál era la situación entre ambos.

—Lamento lo de su amigo. Yo…, no sé cómo darle las gracias por esto —dijo en tono vacilante.

—Es que sus amigos no me gustan —replicó Matt, cortante—. Tienen la costumbre de encerrar a la gente bajo llave.

Rebecca se volvió y observó la expresión de culpabilidad de su padre.

—¿Y…? —Rydell se preparó para lo que pudiera venir. ¿Ahora eran los dos prisioneros suyos?

—Y nada. A mi amigo le han disparado y los colegas de usted siguen teniendo a mi hermano. —Matt le dirigió una mirada dura—. He pensado que a lo mejor quería ayudarme a enderezar las cosas.

Rydell se masajeó la sien. Miró a Matt y a continuación deslizó la mirada hacia Rebecca. Ésta lo estaba observando con una mezcla de confusión, acusación y miedo.

No sabía qué hacer. Pero ya no tenía nadie a quien proteger.

—Van a traerlo aquí —dijo por fin.

—¿A quién? —preguntó Matt.

—Al sacerdote. El padre Jerome. Ha salido de Egipto y viene hacia aquí.

—¿A qué lugar, concretamente?

—Están hablando de Houston —respondió Rydell—. Acaba de hacerse público. Sea donde sea, piensan colocar una señal encima de él, y, con toda probabilidad, en ese mismo sitio encontrará a Danny. —Calló un momento para ordenar las ideas—. Usted estaba en lo cierto —concedió finalmente—. Están planeando algo, algo para lo que me necesitaban a mí. No sé de qué se trata, pero lo que yo creía que era el plan, lo que ellos insistían en que seguía siendo el plan suyo..., ya no lo es. Es otra cosa. Ahora todo gira en torno a ese sacerdote.

—¿Quién puede saberlo? —le preguntó Matt perforándolo con la mirada.

—Los otros.

—Necesito nombres.

Rydell le sostuvo la mirada y dijo:

—Sólo necesita un nombre. Keenan Drucker. Él es prácticamente el artífice de todo esto. Él lo sabe.

—¿Dónde lo encuentro?

—En Washington D.C. En el Centro para la Libertad de Estados Unidos. Es un comité de expertos.

Justo en ese momento le sonó el timbre del Blackberry. Lo sacó del bolsillo y miró la pantalla. Luego miró a Matt con expresión ceñuda.

Matt lo miró con gesto interrogante.

Rydell afirmó con la cabeza. Era Drucker.

Pulsó la tecla de responder.

—¿Qué estás haciendo? ¿Dónde coño estás? —preguntó Drucker, tajante.

—¿Qué, trabajando hasta altas horas, Keenan? —Dirigió una mirada significativa a Matt al tiempo que le indicaba con la mano que se mantuviera tranquilo.

—¿Qué estás haciendo, Larry?

—Recuperar a mi hija. —Rydell dejó transcurrir unos segundos para que aquella información calara hondo. Drucker enmudeció. Entonces Rydell agregó—: Y he pensado que luego podría acercarme al *New York Times* a charlar un ratito con ellos.

—¿Y por qué ibas a hacer algo así?

—Porque no sé qué estáis tramando, pero estoy bastante seguro de que no tiene nada que ver con lo que en su día decidimos hacer —contestó Rydell encendido.

Drucker dejó escapar un siseo.

—Oye, he cometido un error, ¿vale? Retener a Rebecca ha sido una metedura de pata, ya lo sé. Y lo siento. Pero es que no me dejaste ninguna alternativa. Y en esto estamos juntos. Los dos queremos lo mismo.

—Tú no estás haciendo esto para salvar al planeta, Keenan. Lo sabemos los dos.

El tono de voz de Drucker no se alteró.

—Ambos queremos lo mismo, Larry. Créeme.

—¿Y qué es?

Drucker guardó silencio durante unos instantes y después dijo:

—Por qué no nos vemos en alguna parte. Donde tú quieras. Y te lo explicaré. Te contaré lo que tengo pensado. Después podrás decidir si todavía quieres que se nos caiga encima todo este asunto.

Rydell volvió la vista hacia Matt y Rebecca. Que Drucker sufriera un poco. Sabía que necesitaba oír una explicación de sus labios. Había demasiadas cosas en juego: su vida entera, todo lo que había conseguido, todo lo que todavía podía conseguir.

—Voy a pensarlo —contestó en tono inexpresivo, y a continuación colgó.

—¿Qué quería? —inquirió Matt.

—Hablar. Convencerme de que cooperase.

Matt afirmó con la cabeza y luego le señaló el Blackberry.

—Es posible que lo tengan localizado.

Rydell levantó el teléfono en alto con un gesto de curiosidad.

—¿Por esto?

—A nosotros nos han seguido la pista. A través del teléfono de mi amigo. Y eso que tuvimos mucho cuidado, lo encendimos sólo durante períodos de tiempo muy cortos.

Rydell no parecía estar preocupado lo más mínimo.

—Podemos lograrlo en el tiempo que se tarda en enviar un mensaje de texto.

Matt no entendió.

—Es tecnología nuestra —lo tranquilizó Rydell—. Un *spyware* que hemos desarrollado para la Agencia de Seguridad Nacional. Pero en este caso no tenemos de qué preocuparnos, no nos pasará nada. Mi teléfono está vacunado.

Matt se encogió de hombros, desvió el rostro y luego volvió a fijar la vista en Rydell.

—¿Qué va a hacer?

Rydell sopesó la pregunta.

—No lo sé.

No había tenido tiempo para pensar y trazar una estrategia. Claro que no era precisamente que le sobraran las opciones. Tenía la sensación de que todo se estaba desmoronando alrededor de él. Pero la llamada de Rebecca lo había cambiado todo.

Contempló a su hija. Su seguridad era lo primordial.

—No podemos quedarnos aquí, en Boston —le dijo a Matt—, después de esta visita suya. Aquí no tenemos dónde pasar inadvertidos. Vayamos a donde vayamos, nos descubrirá la prensa…, y por lo tanto Maddox.

Matt hizo un gesto afirmativo, meditó unos instantes y luego propuso:

—¿Quiere verlo?

—¿El qué?

—Su obra. En todo su esplendor.

Rydell pensó un momento y respondió:

—Diablos, por qué no. Vámonos de aquí.

67

Houston, Tejas

La muchedumbre resultaba visible desde el cielo.

Al principio Gracie no la distinguió; el avión estaba rodeando el pequeño aeropuerto en posición escorada, descendiendo hasta una baja altitud, realizando una aproximación en círculo. Desde una altitud de unos trescientos metros lo único que vio fue una masa sólida, un borrón oscuro que manchaba la pálida vegetación invernal que circundaba varias hectáreas de hormigón gris. Pero lo que delataba su presencia eran los atascos de tráfico. Todas las carreteras que conducían al aeropuerto estaban saturadas de coches.

Había vehículos diseminados de cualquier manera por todas partes, semejantes a piezas de Lego caídas de la caja. Estaban todos entrecruzados unos con otros, ya fuera en los campos o a ambos lados de las carreteras, y no daba la impresión de que pudieran salir de allí durante un buen rato. El tráfico se hallaba bloqueado hasta la vía de circunvalación, la cual se veía completamente atestada un par de kilómetros en cada sentido. La gente se bajaba del coche y se dirigía al aeropuerto andando, siguiendo a los que iban por delante igual que grupos de fans convergiendo para asistir a un concierto de rock al aire libre. Llegaban de todos los rincones y se dirigían hacia la esquina noroeste del aeropuerto, no muy lejos del extremo norte de la pista de aterrizaje.

Gracie no conocía ese aeropuerto. Darby le había explicado que el jefe de la policía había solicitado que evitasen el aeródromo Hobby and Bush Intercontinental y utilizasen Ellington Field. Así por lo menos no perturbarían los vuelos comerciales que entraban y salían de la ciudad. Ellington era un aeródromo pequeño, principalmente militar. Había un puñado de operadoras privadas que contaban con instalaciones FBO en dicho aeropuerto, pero ninguna línea aérea. Ni siquiera tenía terminal. No consistía en nada más que un par de pistas y una hilera de hangares desiguales para uso de la guardia costera, la NASA y también la Guardia Nacional Aérea de Tejas, famosa porque en ella había tenido su base George W. Bush durante la guerra de Vietnam, listo para frustrar cualquier ataque del Vietcong contra Houston. Además, allí también sería más fácil controlar a las multitudes. Aquel aeródromo se utilizaba para llevar a cabo eventos abiertos al público, sobre todo desde que era donde se celebraba todos los años el espectáculo aéreo Wings Over Houston.

Con todo, Gracie estaba dispuesta a apostar que no habían experimentado nada igual en toda su vida.

El reactor tomó tierra de forma impecable y al llegar al final de la pista viró a la izquierda. Continuó rodando otros cien metros aproximadamente hasta que por fin se detuvo junto a un solitario hangar de gran tamaño que tenía la entrada abierta de par en par. Allí cerca había aparcado un helicóptero birreactor junto al que se veían dos hombres de pie. El capitán redujo gases y apagó los motores del Gulfstream, y a medida que fue amainando el estruendo de los mismos comenzó a oírse el ruido procedente del exterior, una sobrecogedora oleada de aplausos y vítores lo bastante intensa para desafiar el cierre hermético de la cabina y del triple cristal de sus ventanillas.

Gracie miró al padre Jerome. Éste tenía el semblante contraído por la ansiedad y reluciente de una fina capa de sudor. Alargó el brazo y posó su mano sobre la de él, acompañando el gesto con una sonrisa de apoyo.

—No va a pasar nada —le dijo—. Han venido a darle la bienvenida.

El sacerdote afirmó con estoicismo, como si estuviera resignado al nuevo papel que le había tocado representar.

Al ver la expresión de su cara, Gracie sintió de nuevo la misma intranquilidad que experimentó en la azotea de la torre, y se preguntó por qué no sentía ningún alivio al verse nuevamente sana y salva en territorio seguro. Lanzó una mirada a Dalton. Éste ya estaba preparando la cámara y encendiendo la Began para establecer una conexión en directo.

—¿Estás preparada para esto? —le preguntó a Gracie.

—No —respondió ella con una sonrisa de inseguridad.

Nelson Darby aguardaba junto a la pista vacía disfrutando del clamor que se elevaba de la masa de curiosos. Ya estaba acostumbrado a las grandes muchedumbres. Todos los domingos su megaiglesia acogía a más de diez mil personas, y en ocasiones especiales a más de quince mil. Pero esto era distinto. Normalmente, el entusiasmo lo aportaba él. Él era el catalizador. La gente se empapaba de su energía y reaccionaba cuando se la estimulaba. No estaba acostumbrado a ser un observador pasivo, pero el gentío que se agolpaba detrás de las barreras en los límites del aeródromo ya aportaba entusiasmo para dar y tomar. Aplaudían y gritaban como si estuvieran esperando que el cantante Bono volviera a salir al escenario para hacer un bis. A la izquierda había un grupo considerable que cantaba «He sido redimido» y se balanceaba adelante y atrás con cada verso. Y eso que el padre Jerome aún no se había bajado del avión.

El pastor miró hacia su izquierda, donde se encontraba el gobernador de pie, todo enhiesto. Obsequió al político de cabellos plateados con la sonrisa más sincera que le fue posible y a continuación dirigió la vista hacia la derecha. Roy Buscema lo miró a su vez y asintió con gesto solemne.

Darby se inclinó levemente hacia él y le dijo en voz baja:

—Toda una concentración, amigo.

Buscema asintió nuevamente, de modo apenas perceptible, y mantuvo la mirada fija en la puerta de la cabina del avión, que estaba abriéndose en aquel momento.

Se elevó un fuerte clamor entre la multitud cuando la puerta basculó hacia fuera. Se desplegó la escalerilla hasta tocar el suelo, y acto seguido tres hombres de Darby desenrollaron una alfombra roja para preparar el descenso del padre Jerome.

Sin animar a ninguno de sus invitados a que lo acompañasen, el reverendo Darby fue hasta el avión a grandes zancadas y se volvió brevemente para saludar a la multitud con un elegante gesto de la mano y con la sonrisa de varios megavatios que constituía su firma personal. Las hordas, apretadas contra las vallas que la policía había conseguido colocar a duras penas, rugieron de emoción al tiempo que el predicador se situaba al pie de la escalerilla. A continuación el gobernador hizo lo propio, y también imitó el saludo de Darby a la muchedumbre, pero se le había pasado el momento y no logró generar una reacción igual.

En el interior del avión, el padre Jerome se estiró el hábito y procedió hacia la cabecera de la cabina. Parecía perdido y confuso, un desconocido en tierra extraña. Se volvió hacia Gracie con el semblante oscurecido por la misma expresión que antes. El hermano Amín se acercó a él y le tomó la mano para cubrirla con las dos suyas.

—Todo va a salir bien —le dijo al sacerdote.

Gracie contemplaba la escena, nerviosa, esperando a que el padre Jerome se calmase. Éste hizo una inspiración profunda, irguió la postura y asintió con renovados bríos.

—¿Le parece bien que empecemos ya a rodar? —preguntó señalando la cámara de Dalton. El hermano Amín observó fijamente al padre Jerome, luego se dio la vuelta hacia Gracie e hizo un gesto afirmativo. Gracie se colocó el auricular en el oído, se acercó el Blackberry a la boca y dio a Roxberry en voz baja la señal de empezar. Iban a transmitir en directo, tal como estaba previsto, en exclusiva para la cadena.

El padre Jerome se encorvó ligeramente para pasar por la baja abertura de la puerta y salir al rellano que había en lo alto de la escalerilla desplegable. Gracie y Dalton estaban dentro de la cabina, filmándolo por detrás. La reacción de la multitud fue atronadora. Fueron barridos por un tremendo *tsunami* de adulación procedente de todos lados. El padre Jerome se quedó paralizado y dejó que la ola lo arrollase mientras recorría con la mirada el mar de rostros que se extendía frente a él. Gracie torció el cuello para ver mejor. Había gente hasta donde alcanzaba la vista. Algunas personas portaban pancartas, otras tenían los brazos levantados. Había gritos, lloros y lágrimas de alegría, un torrente de fervor religioso que las barricadas apenas lograban contener. Por todas partes había cámaras de televisión y furgonetas de equipos móviles cuyas gigantescas antenas parabólicas lo salpicaban todo y daban al aeródromo la apariencia de una instalación del programa SETI. En el cielo gravitaban dos helicópteros de cadenas de informativos con las cámaras en acción.

El padre Jerome alzó una mano, después la otra, en un amplio abrazo que hablaba de humildad, no exhibición. La muchedumbre enloqueció y se puso a aplaudir y a vociferar con gran expectación, volviendo la vista hacia el cielo, preguntándose si iba a poder presenciar el milagro. El propio padre Jerome levantó la cabeza ligeramente y lanzó una mirada fugaz, preguntándose también si aparecería algo, pero no esperó. Se volvió para mirar al hermano Amín y a Gracie y comenzó a bajar por la escalerilla, recto hacia el reverendo Darby, que lo aguardaba con los brazos abiertos.

Gracie y Dalton lo siguieron y se apartaron discretamente a un lado.

—¿Estás recibiendo esto? —le preguntó a Roxberry, que se encontraba en su estudio, haciendo de comentarista de las imágenes.

—Ya lo creo —crepitó su voz en el auricular—. No me estoy perdiendo ni un momento.

Gracie observó cómo el reverendo retenía la mano del sacerdote con fuerza entre las suyas y le susurraba unas palabras al oído. El padre Jerome pareció sorprenderse y después asintió con gesto vacilante, como si lo hiciera por cortesía.

Darby se volvió hacia el público, levantó los brazos y después los bajó suavemente, para imponer silencio. La multitud tardó unos instantes en aquietarse, y cuando por fin enmudeció, el silencio que siguió resultó escalofriante. Se palpaba una mezcla de emoción contenida y presentimiento. Entonces uno de los ayudantes de Darby le pasó a éste un micrófono y él alzó una mano y se dirigió a la multitud.

—Hermanos y hermanas en Cristo —tronó con su voz de organillo—, os saludo a todos en el nombre de Jesucristo, Nuestro Señor, y os doy las gracias por haber venido a estar hoy aquí, conmigo, para recibir a un visitante muy especial, el padre Jerome.

Alargó la «o» de Jerome, igual que el que anuncia un concurso, y obtuvo como respuesta un vocerío enloquecido del público.

—Como ya sabéis, mañana es un día muy especial. Mañana es víspera de Navidad, un tiempo especial de celebración para todos nosotros, y sin embargo…, y sin embargo, este año es un tiempo para hacer una pausa, para inclinar humildemente la cabeza y pensar en los atormentados y difíciles tiempos que estamos viviendo, para pensar en lo que podríamos haber hecho para mejorar las cosas y en lo que el futuro nos tiene reservado.

»Hasta hace sólo unos días, yo estaba preocupado. Estaba molesto y angustiado. Se me hacía difícil conservar la esperanza. Y, como muchos de vosotros, he estado rezando. He estado rezando para que Dios salve a nuestra gran nación. Para que la salve del juicio que sin duda alguna merecemos por nuestros muchos pecados, como la matanza de millones y millones de niños sin nacer. He estado rezando para que Dios sea misericordioso con la piedra de molino que merecemos llevar colgada del cuello por nuestros pecados. Por permitir que nuestros científicos experimenten con células madre y con colisionadores de partículas. Por permitir que nuestros hijos sean explotados por los pervertidos anarquistas que controlan actualmente la educación en las escuelas públicas y Hollywood. Por tolerar a quienes les gustaría suprimir totalmente la Navidad.

»Y cuando una gran nación como la nuestra atraviesa tiempos atormentados como éstos, cuando una gran nación como la nuestra está de rodillas, el único camino normal, lógico y espiritual a seguir es el que nosotros, como buenos cristianos, deberíamos seguir todo el tiempo: acudir a Dios. Acudir a Él para que nos guíe y nos dé vida nueva.

Hizo una pausa para dejar que aquel sombrío discurso calara en los presentes, que guardaron silencio absoluto salvo por algún que otro «amén» y «bendigamos al Señor». Acto seguido hizo una inspiración profunda y obsequió a la multitud con una sonrisa radiante.

—¿Y sabéis una cosa? ¡Me parece que Dios ha oído nuestras plegarias! —bramó, respondido por un coro de «aleluyas» y «amenes»—. Sé que ha oído nuestras plegarias. Y estoy convencido de que nos ha lanzado un salvavidas. Un salvavidas que ayude a conducir una nación y un mundo que se encuentran al borde del derrumbamiento moral y tal vez de la tercera guerra mundial. Un salvavidas en forma de hombre piadoso y profundamente espiritual, un hombre que ha dedicado su vida entera a buscar de manera altruista una manera de ayudar a su prójimo. ¡Así pues, os pido a todos que os unáis a mí en dar la bienvenida al bondadoso padre Jerome a nuestro gran estado de Tejas! —exclamó desatando un clamor todavía más tumultuoso.

El padre Jerome recorrió la muchedumbre con la mirada, en silencio. A continuación miró a Gracie, que estaba de pie junto a Dalton con el micrófono en alto, pero sin decir nada. Ella reconoció en el semblante del sacerdote otra vez aquella expresión preocupada y confusa, la misma que había advertido en la azotea del *qasr* antes de que apareciera la señal. Se notaba a las claras que se sentía inquieto por todo lo que estaba aconteciendo.

Darby le pasó un brazo al padre Jerome por los hombros y lo orientó de nuevo hacia la multitud.

—Ahora tengo una petición especial para el padre Jerome, y espero que todos os suméis a mí, porque es una invitación que nace del corazón, del corazón de Tejas y del corazón de la nación entera. —Se volvió hacia el padre Jerome y le dijo—: Ya sé que está cansado, y también sé que ha vivido varios días de vértigo, pero yo estoy aquí para pedirle, en nombre de todas estas personas y del país entero, si nos haría el honor de oficiar un servicio especial mañana.

La multitud mostró su aprobación con una nueva andanada de vítores y aplausos que fue in crescendo. Darby levantó una mano para imponer silencio y se volvió hacia el padre Jerome para situarle el micrófono justo delante de la boca, a la espera de su respuesta. El padre Jerome lo miró un instante a los ojos y a continuación, con un gesto de asentimiento, pronunció:

—Por supuesto.

—¡Ha dicho que sí! —bramó Darby, y la multitud volvió a enloquecer. Una vez más alzó las manos para calmarla y dijo—: Estáis todos invitados. Todos y cada uno de vosotros —señaló a la gente—. Pasad el día con vuestros seres queridos. Disfrutad preparando el pavo y cantad villancicos, y a las seis de la tarde, acudid al estadio de Reliant Park. Tenemos sitio para todos. —Seguidamente sonrió de oreja a oreja y la multitud estalló en vítores todavía más ruidosos.

Darby saludó con la mano a su público y pasó el brazo por la espalda del sacerdote para guiarlo a hacerse la mejor foto que podría haber soñado, y acto seguido lo apartó de la multitud y se lo llevó hacia el hangar que tenían a su derecha.

—Nos estamos apartando de la gente —le dijo Gracie a Roxberry al tiempo que Dalton y ella seguían a los protagonistas sin interrumpir la transmisión en directo—. Al parecer nos dirigimos a... —Oyó que se encendían los motores del helicóptero y vio que comenzaban a girar las aspas—. Nos dirigimos a un helicóptero,

Jack. Están a punto de sacar de aquí al padre Jerome en helicóptero, que seguramente es la vía más segura en estos momentos. Imagino que tú y yo perderemos la conexión, pero nosotros vamos a seguir filmando, y te enviaremos las imágenes que tomemos nada más aterrizar.

Se subieron todos al helicóptero: Darby, dos de sus ayudantes, los dos religiosos, Gracie y Dalton. Menos de un minuto después, el helicóptero despegó, hizo una rápida pasada por encima de la muchedumbre que la excitó una vez más y después se enderezó y adoptó una trayectoria en línea recta hacia la ciudad, seguido de cerca por los dos helicópteros de las cadenas informativas.

68

Houston, Tejas

Matt estaba inclinado hacia delante, con la vista fija en la pantalla de plasma montada en la pared que había en la sala ejecutiva de FBO del aeropuerto Hobby. También se encontraba allí Rydell, viendo la televisión con él. Había organizado un vuelo nocturno desde Boston pidiendo el avión prestado a uno de sus colegas puntocom. El reactor los había depositado en Houston antes de continuar hacia Los Ángeles para llevarse a Rebecca a la relativa seguridad que le ofrecía una amiga de muchos años y una ciudad grande. Una vez en Hobby, Rydell había dispuesto lo necesario para que pudieran usar de forma exclusiva las instalaciones de operador con base fija, pues calculó que lo más sensato era quedarse en aquel aeropuerto y pensar cuál iba a ser el próximo movimiento que debían hacer, antes de ir a la ciudad en sí y arriesgarse a que los vieran. De modo que se relajaron y observaron.

La cobertura en directo del evento cortó la conexión con Grace Logan y pasó a la cámara fija que tenía la cadena junto al aeropuerto, y las imágenes del helicóptero despegando del suelo desilusionaron a Matt, que esperaba haber visto la señal aparecer sobre aquel falso profeta y por lo tanto tomar dicha aparición como indicio de que Danny no andaba muy lejos. No sucedió tal cosa, pero ello no le impidió escrutar atentamente todos los rincones de la pantalla en busca de cualquier cosa sospechosa hasta el momento mismo en que la imagen dio paso a la vista aérea que se contemplaba desde uno de los helicópteros y lo dejó frío.

Matt se derrumbó contra el respaldo del sofá, dejó caer la cabeza y cerró los ojos.

—El estadio del Reliant —dijo—. Ahí es donde juegan los Texans, ¿no?

Rydell ya estaba afanándose con su Blackberry.

—Vamos a ver qué tiempo va a hacer mañana.

—¿Por qué? —inquirió Matt.

—Porque ese estadio cuenta con una cubierta desplegable. Si no hay previsiones de que llueva, la tendrán abierta, lo cual les será necesario si pretenden hacer aparecer una señal encima.

Matt no levantó la cabeza y continuó contemplando el techo. Respiró hondo y dijo:

—Mañana, entonces.

Dejaron pasar unos instantes sin decir nada, pensando en las próximas horas, intentando aclarar la situación con mayor nitidez. Matt siguió con la vista fija en el techo. Sentía un optimismo cada vez más patente.

Estaba acercándose a Danny, y hasta el momento había logrado seguir vivo. Eran dos cosas cuya continuación estaba en entredicho, se mirase como se mirase.

—No va a ser fácil encontrar a Danny —añadió Rydell—, ese estadio es enorme.

Matt frunció el ceño. Estaba pensando en otra cosa.

—Puede que no tengamos que encontrarlo. —Volvió la mirada hacia Rydell—. Drucker le dijo que quería hablar, ¿verdad?

—Según mis últimas noticias, estaba en Washington —le dijo Rydell. De repente se le ocurrió una cosa—. A no ser que esté aquí, para todo esto.

—Llámelo. Dígale que si quiere hablar, aquí lo tiene. Y dígale también que si ya está aquí, se tome la molestia de acercarse a este sitio.

Rydell lo sopesó un instante. Pareció gustarle, pero aún sentía una leve reticencia.

—Sospechará que estoy tramando algo.

Matt se encogió de hombros.

—Todavía quiere verse con usted, y eso es algo que nosotros podemos controlar. Escogeremos el sitio. Podemos tenerlo todo preparado. Además, no es que tengamos precisamente un montón de opciones que barajar. —Reflexionó un momento más y luego apremió a Rydell con un gesto de cabeza—. Haga la llamada.

—¿Está seguro? —preguntó Rydell.

—Hágalo venir aquí —confirmó Matt—. Creo que a los dos nos gustaría saber qué tiene que decir ese hijo de puta.

69

River Oaks, Houston, Tejas

El área que circundaba la residencia de Darby se encontraba sellada en su totalidad por la policía. Las barricadas cubrían un perímetro de cuatro manzanas por tres de sus lados y cerraban el paso a todo el mundo salvo a los residentes. La parte de atrás de la casa daba al campo de golf, el acceso a cuyo club también se encontraba ahora bajo estricto control policial. Por el césped del campo patrullaban agentes y perros, atentos a la posible intromisión de creyentes excesivamente devotos y fanáticos enfurecidos. El gobernador también había dado orden de que estuviera preparada la Guardia Nacional, por si surgiera la necesidad de contar con más hombres.

El helicóptero se posó en el aparcamiento del club, y sus ocupantes fueron transportados con escolta policial hasta el otro lado del campo de golf, a la mansión de su anfitrión. Por fuera de la zona acordonada se apiñaban las camionetas de la televisión, una larga fila de vehículos blancos y antenas parabólicas, y contra las barricadas empujaba una masa de adoradores histéricos que clamaban para que el padre Jerome saliera a hablar con ellos, desesperados por vislumbrar, aunque fuera brevemente, el rostro del enviado del Señor. Entre ellos se habían infiltrado un par de alborotadores que gritaban lanzando discursos incoherentes acerca del inminente fin del mundo, pero eran más comunes los coros de himnos y villancicos que se elevaban aquí y allá y se oían desde el otro extremo del vecindario.

Gracie y Dalton fueron conducidos a una estancia situada en la planta baja de un pabellón para invitados anexo al edificio principal. El hermano Amín se instaló en una habitación contigua. Al padre Jerome le adjudicaron una cuidada suite para invitados, en la primera planta. El plan consistía en que todos se quedaran en dicha mansión hasta que llegara el momento del gran sermón que iba a tener lugar en el estadio al día siguiente.

Ogilvy, que se encontraba allí, había pedido que realizaran constantes conexiones en directo desde el interior de la residencia de Darby. Gracie y Dalton habían ofrecido a los espectadores de la cadena un recorrido en imágenes de todo el complejo, pero no habían logrado sacarle una sola palabra al padre Jerome, que se encontraba descansando en su suite y había rogado que no lo molestara nadie.

Cuando Gracie cortó la conexión, Dalton miró el reloj y dijo:

—Me voy al aeropuerto a recoger la cámara aérea y el resto del material. Si el centro comercial no está abarrotado de gente, puede que aproveche para comprarme algo de ropa. ¿Necesitas algo?

Gracie soltó una risita.

—Una realidad alternativa es lo que necesito.

—No estoy seguro de que en Gap vendan esas cosas, pero veré qué puedo hacer. —Sonrió.

Se marchó y la dejó sola. Gracie regresó a la habitación y se derrumbó en la cama. Llevaban una serie de días brutales, y no se atisbaba un final próximo. Consiguió desconectar durante tres minutos enteros antes de que sonara el teléfono.

Sacó el Blackberry, pero el que estaba sonando no era el suyo. Rebuscó más en el fondo del bolso, vio el suave resplandor azul de otra pantalla y la sacó. Era el teléfono de Finch.

Lo observó con curiosidad. La identidad del llamante estaba parpadeando y decía Gareth Willoughby. No fue un nombre que reconociera de golpe…, y entonces se acordó. Era el productor del documental para la BBC.

Contestó a la llamada.

Willoughby no sabía que Finch había muerto, y la noticia lo pilló totalmente por sorpresa. Le dijo a Gracie que no conocía a Finch y que simplemente le estaba devolviendo la llamada.

Se hizo un silencio incómodo que duró unos instantes, hasta que Gracie dijo:

—Supongo que se alegraría de que por fin aceptaran permitirle subir a hablar con el padre Jerome, ¿no?

Willoughby pareció confuso.

—¿A qué se refiere?

—A que si ellos no le hubieran dado el visto bueno, o si usted no hubiera seguido insistiendo..., quién sabe lo que habría sucedido. Seguramente nosotros no habríamos viajado hasta Egipto.

Willoughby no entendía.

—¿De qué está hablando? Fueron ellos los que acudieron a nosotros.

Aquella afirmación se le clavó a Gracie igual que un dardo. Se irguió y respondió:

—¿Cómo dice?

—Que ellos acudieron a nosotros. Sí, es verdad que ya estábamos allí, haciendo el documental y todo eso. Pero nosotros no fuimos buscando al padre Jerome. No teníamos ni idea de que estuviera allí.

A Gracie le estaba costando trabajo conciliar aquello con todo lo que había supuesto previamente.

—Entonces, ¿cómo acabaron reuniéndose con él?

—Pues fue uno de esos golpes de suerte inesperados, supongo —contestó Willoughby—. Estábamos filmando allí antes de irnos al monasterio de Santa Catalina, en el Sinaí. Ésa era nuestra primera intención, no el monasterio de los sirios. En aquel momento estábamos en el Bishoi, ya sabe, el otro monasterio que está allí cerca.

—Lo conozco —le dijo Gracie.

—Bueno, pues la historia de san Bishoi, la de que se ataba el pelo al techo con una cadena para no quedarse dormido, es el típico detalle tenebroso que añade un poquito de chispa a estos documentales. Y mientras estábamos allí compramos víveres en una pequeña tienda que había y nos tropezamos con un monje del monasterio de los sirios. Nos pusimos a charlar, y él nos dijo que el padre Jerome se encontraba en una de sus cuevas y que estaba actuando de un modo más bien extraño. Como si estuviera poseído, sólo que en el buen sentido. Lo cual resultó de lo más oportuno para nosotros.

—Espere un segundo —dijo Gracie impulsivamente, intentando encontrar la lógica a lo que estaba diciendo su interlocutor—. Yo pensaba que todo el mundo sabía que el padre Jerome estaba allí.

—No lo sabía nadie.

—¡Pero si nos hemos documentado! —objetó Gracie—. Era de dominio público.

—Por supuesto que sí…, después…, sí, después de que nosotros filmásemos el reportaje —la corrigió Willoughby—. Entonces fue cuando se supo. Antes de que llegáramos nosotros e hiciéramos el documental, nadie sabía que el padre Jerome se encontraba en Egipto. Estaba en su período «sabático», acuérdese. No estaban dispuestos a revelar dónde se encontraba, incluso en algún momento llegamos a pensar que había muerto. Y si lo piensa un poco, todo resultó más bien fortuito, en más de un sentido.

—¿Qué quiere decir?

—Pues que ni siquiera nos habríamos tropezado con aquel monje si no hubiera sido gracias a nuestro jefe de sección de la BBC. De eso sí que estoy agradecido.

—¿De qué, de que le dieran luz verde?

—No, de que nos dieran a nosotros el encargo —repuso Willoughby con regocijo—. Fue idea suya. Se les ocurrió a ellos.

Gracie sentía una presión en las sienes que iba en aumento.

—A ver. Retrocedamos un momento. ¿Está diciendo que a ustedes los enviaron? ¿Que no fue idea suya?

—Eso es.

—Entonces, ¿de qué manera exactamente surgió la idea de hacer ese documental? Cuénteme la historia desde el principio.

—Ya sabe cómo son estas cosas —comenzó a relatar el inglés—. Lanzamos ideas, programas que nos gustaría hacer. Y no dejamos de proponerlas hasta que una de ellas engancha. Acordamos un presupuesto y unas fechas, y allá que nos lanzamos. Aunque en este caso no fue así. Estábamos barajando diferentes ideas. A mí me interesaba más hacer un documental acerca del extraño y más bien sádico atractivo que tienen en su país las predicaciones sobre el Final de los Tiempos. Ya sabe, esos lunáticos que están haciendo propaganda para que explote el mundo entero. Pero entonces vino el jefe de sección y propuso un reportaje en coproducción con otros dos socios que ya había acordado con unos norteamericanos, y terminamos haciendo ése. Consistía en comparar el enfoque de la espiritualidad de Oriente con el de Occidente. Era distinto, pero seguía siendo muy oportuno, y además pensaban adjudicarle un presupuesto generoso. —Hizo una pausa para evaluar la conversación y preguntó—: Si me permite que se lo pregunte, señorita Logan, ¿a qué vienen todas estas preguntas?

De forma instintiva, Gracie levantó una muralla de defensa. A pesar de la turbación que le estaba causando lo que le estaban diciendo, había una vocecilla interior que le advertía que protegiera lo que estaba desvelando.

—En realidad, a nada —mintió—. Es simplemente que…, que quisiera comprender mejor qué es lo que nos hizo a todos ir hasta allá. Y por qué murió Finch. —En el segundo mismo en que pronunció eso, se sintió fatal por servirse de la muerte de su productor de aquel modo, y esperó que Finch la perdonara por hacer algo así—. Dígame una cosa —le pidió a Willoughby—: El monje que le habló del padre Jerome. ¿Recuerda cómo se llamaba?

—Sí, naturalmente —respondió Willoughby—. Era un tipo bastante interesante. Había vivido tiempos muy difíciles, ¿sabe? Era un serbio de Croacia. Se llamaba Amín. Hermano Amín.

Gracie tuvo la sensación de estar hundiéndose en el agua. Era como si hubiera caído en un gigantesco torbellino de dudas que la arrastraba hacia sus negras fauces. Unas fauces forradas con las palabras de Willoughby y con otros comentarios anteriores que su memoria estaba sacando ahora a la superficie.

Intentó ordenarlos todos de un modo que no plantease ninguna amenaza, de un modo que desactivase los pensamientos más siniestros que la estaban deprimiendo, pero no pudo. No había forma alguna de paliar el efecto.

Les habían mentido.

Le vino a la memoria la conversación que tuvieron dentro del coche cuando los recogieron en el aeropuerto de El Cairo. Cerró los ojos y visualizó al monje, el hermano Amín, contándoles cómo los había acosado aquel equipo de televisión para que le permitieran acceder al padre Jerome y cómo el abad terminó por dar su consentimiento.

Una mentira a todas luces.

La pregunta era: ¿por qué?

Sus instintos más oscuros estaban saltando en todas direcciones, y ninguna de ellas era buena. Y de entre la maraña de ideas y sospechas enfrentadas unas con otras, surgió otro comentario preocupante que se zafó, salió como una flecha y se prendió a su mente consciente.

Cogió el teléfono, abrió la lista de llamadas y marcó el número desde el que la había llamado el abad. La señal tardó unos segundos en rebotar por medio mundo. Al tercer timbrazo contestó Yusuf, el taxista. Era el teléfono móvil de él. En Egipto ya era de noche, pero no demasiado tarde. Gracie no tuvo la impresión de haberlo despertado.

—Yusuf —le dijo en un tono teñido de urgencia—. Cuando llamó el abad, volviendo de El Cairo, hizo un comentario acerca de las gafas de mi amigo, del lugar en que aparecieron. ¿Se acuerda usted?

—Sí —respondió Yusuf, sin saber muy bien adónde quería llegar Gracie.

—Dijo que allí dentro estaba oscuro, que por eso las pisaron sin querer, porque no las vieron. ¿Estaban dentro de dónde? ¿Dentro de la torre?

Yusuf calló unos instantes como si estuviera pensándolo y después dijo:

—Sí. Estaban en un pasadizo de la planta superior. Cerca de la trampilla de la azotea. Debieron de caérsele del bolsillo a su amigo al ir a subir a la azotea.

—¿Está seguro de eso?

—Sí, totalmente —confirmó Yusuf—. Me lo contó el abad.

Gracie sintió una cuchillada glacial en el fondo del estómago.

Finch no veía nada sin gafas. Y por más que lo intentó, no comprendía cómo pudo haber subido hasta la azotea, y mucho menos haber encontrado allí su Blackberry, si no las llevaba puestas.

Colgó y se puso a contemplar la puerta de su habitación como si fuera la entrada del infierno. Estaba ocurriendo algo raro. Pero muy raro. Tenía que hacer algo. Su reacción instintiva fue la de pulsar la tecla de marcación rápida para hablar con Ogilvy.

—Tengo que verte —le dijo con el cuerpo en tensión y la vista aún clavada en la puerta—. Hay algo que no va bien.

70

Houston, Tejas

Matt recorrió prudentemente con la vista el vestíbulo del hotel y empezó a pasear despacio por sus elegantes salones. Miró en derredor con gesto de naturalidad, buscando guardias de seguridad, cámaras, vías de escape y lugares ventajosos. Llegó hasta donde le fue posible y a continuación volvió sobre sus pasos y se dirigió a la cafetería que había en la parte frontal del hotel, la que daba a la calle. Tomó nota de su distribución, hizo mentalmente una lista de las entradas y salidas, se fijó en el tipo y el número de clientes. Seguidamente se adentró de nuevo en el hotel para echar un vistazo a la entrada de servicio que había al fondo.

Había llegado con adelanto. El encuentro entre Rydell y Drucker no tenía que celebrarse hasta dentro de dos horas. Seguramente Drucker ni siquiera había aterrizado aún en Houston, y además el plan consistía en que Rydell no le desvelara dónde iban a verse hasta que estuviera efectivamente en la ciudad. Con todo, Matt sintió la necesidad de examinar el lugar en cuestión mucho antes de que tuviera ocasión de presentarse allí alguno de los hombres de Drucker. Sabía que Drucker no iba a acudir solo. Con un poco de suerte, era posible que incluso lo acompañase Maddox. Y aunque Matt sabía que lo más probable era que se viera superado en número, tenía a su favor un detalle que no tenían ellos: él no necesitaba ser discreto. No lo preocupaban las apariencias ni provocar el pánico. No le importaba quién pudiera verlo extraer un arma de gran tamaño y apuntar con ella a la cabeza de Drucker allí mismo, en la cafetería. Él no tenía nada que perder. Lo único que quería conseguir era apretar el cañón de la pistola contra Drucker y salir de allí con él. Daba igual quién lo viera hacerlo. Daba igual cuán espantados quedasen los clientes del hotel. Sólo importaba el resultado final. Pensaba quedarse allí sentado, haciendo tiempo, hasta que Rydell le sacase a Drucker la información que necesitaba. A continuación entraría en acción.

Era más fácil decirlo que hacerlo, y sin embargo, cosa extraña, lo cierto era que Matt estaba deseándolo.

Seis manzanas al oeste de allí, en el parque Sam Houston, se encontraba Gracie en compañía de Ogilvy. Había dejado a Dalton en la mansión de Darby. Ya le habían traído del aeropuerto el equipo de la cámara aérea y estaba muy ocupado en examinarlo para cerciorarse de que no faltara nada. No le había dicho lo que tenía en mente, porque imaginó que todavía no le convenía que Dalton se pusiera hecho una furia, y tampoco deseaba levantar las sospechas de nadie. En aquel momento su cerebro sufría tensiones provenientes de todas partes, y ninguna de ellas era alentadora.

Estaban junto a la fuente Neuhaus, una instalación que consistía en tres esculturas de bronce que representaban coyotes acechando la frontera de lo salvaje. A su alrededor se veían varios paseantes que se detenían a disfrutar de la paz de la escultura y después proseguían su camino. Pero Gracie no sentía nada parecido. De hecho, no podía quedarse quieta. Boyante de energía nerviosa, le refirió al jefe de la cadena todo lo que le habían contado Willoughby y Yusuf.

Pero Ogilvy no dio la impresión de preocuparse tanto como ella. Persona de aire distinguido, nariz aguileña y cabello peinado hacia atrás, observó pacientemente a Gracie a través de sus gafas sin montura.

—Esos tipos son gente humilde, Gracie —señaló con un encogimiento de hombros que indicaba despreocupación—. Por eso, ese personaje, el hermano Amín, no quiso admitir que de hecho había chuleado al padre Jerome. Seguramente esperaba hacerse famoso él también. Una persona que se encontrara en la posición en que se encuentra él sería la última en reconocer que la idea de obtener un poco de publicidad le pareció demasiado difícil de resistir.

—Venga, Hal. No estaba en absoluto nervioso cuando mintió.

No se le notaba ni avergonzado ni alterado. No se podía decir que lo hubiéramos pillado desprevenido. ¿Y qué me dices de lo de las gafas de Finch?

—Podría ser la razón de que se cayera. Que no viera bien.

—En tal caso las gafas deberían haber aparecido en el suelo, junto a él —objetó Gracie—. O en la azotea, e incluso eso queda muy traído por los pelos. Pero ¿dentro de la torre? ¿Un piso por debajo de la azotea? ¿Cómo pudo siquiera subir sin llevarlas puestas?

—¿Y si se le cayeron y las rompió él mismo antes de llegar?

—¿Y qué hizo, las dejó allí tal cual? No me lo creo. Cuando uno pisa unas gafas es posible que rompa una lente, pero las dos no. Todavía se las puede poner para ver más o menos bien, uno no las deja tiradas.

Ogilvy desvió el rostro y dejó escapar un suspiro. Daba la impresión de estar perdiendo la paciencia.

—A ver, ¿qué es lo que estás diciendo?

—Estoy diciendo que tenemos dos mentiras que hay que esclarecer. Aquí pasa algo, Hal. Esto está empezando a oler mal.

—¿Por un monje que no ha sido capaz de reconocer que se le puso dura cuando vio una cámara de televisión y otro que está buscando una excusa para explicar una torpeza?

Gracie se quedó sorprendida al ver con qué facilidad su jefe desestimaba el problema.

—Es necesario que lo investiguemos. Tenemos que encontrar la manera de hablar directamente con el abad, confirmar dónde estaban las gafas. Y obtener un poco de información acerca del tal hermano Amín. Es de Croacia, ¿no? ¿De dónde ha salido? ¿Cuánto tiempo lleva en ese monasterio? Ese tipo ha sido esencial para que nosotros nos metiéramos en este reportaje sin cuestionar nada, y resulta que no sabemos nada de él.

Ogilvy calló durante unos instantes y la miró como si hubiera sido abducida por unos alienígenas.

—¿Qué estás haciendo?

—¿Cómo? —protestó ella.

—Posees información privilegiada sobre la exclusiva del siglo. Este reportaje es enorme, enorme de verdad. Para nosotros y para ti. Gozamos de un acceso sin precedentes. Si empiezas a meter la nariz en otros asuntos y a irritar a Jerome y a Amín, podrían cerrarnos las puertas. Lo cual no sería bien recibido. Nada bien. No puedes permitirte el lujo de estropearlo todo precisamente ahora, Gracie. Es demasiado importante. De modo que, ¿por qué no te centras en eso y dejas a un lado durante un ratito esa manía sobre una conspiración?

Gracie lo miró como si ahora el que contaba historias de abducidos fuera él.

—Hal. Te digo que aquí pasa algo. Todo esto ha sido un golpe de «suerte» tras otro —insistió Gracie haciendo el gesto de las comillas con los dedos—. Ya desde el principio mismo. —En ese momento su cerebro iba por delante de ella, y pensaba en voz alta—. A ver, piensa en ello. Da la casualidad de que justo cuando se rompe la plataforma de hielo nosotros estamos allí. Da la casualidad de que estamos filmando allí cerca. ¡Pero si ni siquiera habríamos estado allí si tú no lo hubieras sugerido cuando estábamos planeando todo!

Entonces sucedió. Su cerebro capturó las ideas disparatadas que revoloteaban en el interior de su cerebro y las alineó de tal modo que encajaron unas con otras. Igual que los lados de un cubo Rubik al colocarse en su sitio. Vio una conexión que llevaba existiendo todo el tiempo y tuvo una revelación que de repente se hizo tan obvia que no le cupo en la cabeza que no pudiera ser verdad.

Casi sin pensar, dijo:

—Oh, Dios mío. Tú también estás metido en esto.

Y en el brevísimo instante que transcurrió entre su afirmación y la reacción de Ogilvy, en la milésima de segundo que empleó él en mirarla antes de abrir la boca, Gracie lo vio. El gesto revelador. Una vacilación mínima, casi imperceptible. Un detalle que captó gracias a la intervención de sus instintos más básicos, porque éstos no podían permitirle que la ignorase. Un momento visceral, un acercamiento hasta el primer plano, que le causó la misma sensación que si le hubieran arrancado el alma del cuerpo.

—Gracie, estás adoptando una actitud ridícula —dijo Ogilvy en tono calmo, para quitarle importancia al asunto.

Pero Gracie no lo escuchaba. Estaba leyendo entre líneas lo que decía, observando las arrugas que se le formaban alrededor de los ojos, la dilatación de sus pupilas. Y entonces aumentó aún más su certeza, de manera horrible e irrecuperable.

—Tú también estás metido en esto, ¿verdad? —insistió—.

¡Dilo, maldita sea! —explotó—. Dilo antes de que me ponga a decírselo a gritos a todo el mundo.

—Gracie…

—Es falso, ¿verdad? —soltó—. Todo este tinglado. Es un montaje.

Ogilvy dio un paso hacia ella y alzó una mano con la intención de tranquilizarla.

—Están empezando a mirarnos. No des un espectáculo.

Gracie se zafó de su mano y dio un paso atrás. Su cerebro funcionaba a toda velocidad.

—Me has manipulado. Me has manipulado desde el principio. Todo este encargo, el viaje a la Antártida, tanto apoyo, tanto entusiasmo. Era todo mentira. —Lo miró furiosa, escupiendo preguntas una detrás de otra—. ¿Qué estáis haciendo? ¿Qué demonios está pasando? —Tenía el pensamiento embalado, estaba quemando todas sus reservas mentales—. ¿Estáis fingiendo esto? ¿Estáis fingiendo un segundo advenimiento? ¿Para qué? ¿Estáis fabricando un nuevo mesías? ¿De eso se trata? ¿Queréis convertir al mundo?

Ahora los ojos de Ogilvy giraban a derecha e izquierda. Tantos gestos reveladores lo confirmaron todo.

—¿Crees que yo iba a querer algo así? —siseó, procurando conservar la calma—. Me conoces lo suficiente para saber que no. Sería lo último que yo podría desear.

—Entonces, ¿qué buscas? —insistió ella—. Y no me digas que se trata de salvar el planeta.

De pronto también cambió algo en Ogilvy. Dio la impresión de abandonar todo fingimiento y perforó a Gracie con una mirada intensa.

—Quizá. Pero lo primero de todo es salvar nuestro país —afirmó en tono tajante.

Justo en aquel momento Gracie tuvo otra revelación salida de aquella ciénaga, igual que un buceador al límite de su resistencia que emerge a la superficie y aspira una bocanada de aire.

—¿La muerte de Finch ha sido un accidente? —Ogilvy no respondió lo bastante deprisa. Gracie sintió un desgarro en las entrañas—. ¡Maldita sea, Hal! —gritó con un sentimiento de horror que la hizo retroceder—. Dime que la muerte de Finch no ha sido un accidente. Dilo.

—Por supuesto que ha sido accidental —le aseguró Ogilvy abriendo las manos en un gesto defensivo.

Pero a Gracie sus tripas le decían lo contrario, y los ojos de Ogilvy se lo confirmaban.

—No te creo.

Con el corazón desbocado, dio otro paso atrás, porque súbitamente tomó aguda conciencia de su entorno inmediato. No vio a ninguna persona de apariencia inocente paseando o haciendo deporte. Lo único que alcanzó a distinguir fueron dos individuos de semblante pétreo y pelo cortado a cepillo vestidos de traje negro y sin corbata, cada uno situado en una entrada del recinto de la fuente. Su lenguaje corporal no era espontáneo.

Volvió a clavar la mirada en Ogilvy. Éste dirigió a los dos individuos un gesto de cabeza apenas perceptible y ellos echaron a andar hacia Gracie con aire amenazante. Cercándola. Cerrándole cualquier vía de escape.

Miró a Ogilvy con expresión de incredulidad, sin dejar de apartarse de él.

—Por Dios, Hal. ¿Qué estás haciendo?

—Sólo lo que es necesario —replicó él en tono ligeramente contrito.

Gracie no podía quedarse allí sin hacer nada. Giró sobre sus talones y echó a correr en línea recta hacia uno de los matones que se le acercaban, gritando todo lo que le daban de sí los pulmones, pidiendo socorro. Intentó despistarlo y dobló hacia la izquierda antes de torcer a la derecha, con la esperanza de esquivarlo, pero él la atrapó con un brazo y tiró de ella. El otro individuo trajeado los alcanzó en un par de segundos. El primero la obligó a darse la vuelta y le sujetó los brazos a la espalda para inmovilizarla. Ella forcejeó intentando soltarse, pero no pudo resistir aquella tenaza que parecía un torniquete. Así que, en vez de hacerlo, sacó el pie derecho y propinó una patada en la espinilla al tipo trajeado que tenía enfrente y le acertó de lleno. Debió de dolerle, porque retrocedió bruscamente con un gesto de sufrimiento, pero enseguida se rehízo y le arreó a Gracie una bofetada de revés que le volvió la cabeza hacia un lado y le repercutió en toda la dentadura. Atontada, levantó la vista justo a tiempo para ver que el del traje alzaba una mano para taparle la boca. Le apretó algo contra la nariz, una especie de paño que despedía un olor fuerte y acre. Casi al instante, sintió que se le escapaba toda la fuerza del cuerpo. Sus ojos se volvieron hacia un lado y alcanzó a ver a uno de los coyotes, que de pronto le pareció mucho más amenazante de lo que había creído, y a continuación se le desplomó la cabeza y la barbilla le chocó contra el pecho. Vio cómo se difuminaban unos pocos adoquines del suelo, y al momento siguiente todo desapareció tragado por una oscuridad muda y totalmente hueca.

71

Se encontraron en el hotel de cinco estrellas que había en el centro, según las instrucciones de Rydell. Situado justo a la entrada del vestíbulo, el Grove Café pareció un lugar apropiado; era una zona abierta y pública, en la que había más gente. Rydell se dijo que allí se sentiría a salvo.

Cuando llegó, Drucker ya lo estaba esperando. Estaba sentado a una mesita junto a una cristalera que daba a la calle. Era media tarde y hacía un día despejado, y por la ancha acera de fuera se veía a varios transeúntes paseando. Drucker hizo una seña a Rydell para indicarle dónde estaba.

Cuando Rydell tomó asiento, Drucker bajó la mano a su maletín y extrajo de él una caja de pequeño tamaño. La depositó abiertamente en la mesa, a un lado. Era de color negro y pesaba lo mismo que una novela de edición rústica, y tenía en el costado un par de lucecitas LED.

—No te importa, ¿verdad? —le preguntó a Rydell—. Es sólo por si acaso tenías pensado grabar esto.

En realidad no esperó a que Rydell contestara, y apretó discretamente un botoncito que tenía la caja. Las luces se iluminaron, Rydell se encogió de hombros y miró en derredor para ver el efecto que había causado. Un par de personas que hasta hacía un momento estaban hablando por teléfono miraron sus móviles con curiosidad y pulsaron botones al azar intentando obtener una señal de respuesta. Pero Rydell sabía que no iban a obtener ninguna hasta que Drucker hubiera terminado y hubiera apagado su bloqueador.

Drucker obsequió a Rydell con una sonrisa de complicidad y

tapó el bloqueador con su servilleta. Se acercó una camarera a preguntarles qué iban a tomar, pero Rydell la despidió con un movimiento de cabeza hosco. No estaban allí para tomar el té.

—Me sorprende que estés aquí —dijo Drucker—. ¿No has podido resistirte a ver el efecto con tus propios ojos? —Esbozó una ligera sonrisa, pero aun así continuó dando la impresión de que estaba buscando algo.

Rydell hizo caso omiso de la pregunta.

—¿Qué estás tramando, Keenan? —preguntó sin alterarse.

Drucker se recostó en la silla y exhaló el aire despacio. Estudió a Rydell como si fuera el director de un colegio pensando qué debía hacer con un alumno rebelde. Transcurridos unos momentos, dijo:

—¿Tú amas este país?

Rydell no captó a qué venía la pregunta.

—¿Perdona?

—Que si amas este país —repitió Drucker en tono firme.

—¿Qué clase de pregunta es ésa?

Drucker abrió las palmas.

—Dame el gusto...

Rydell frunció el ceño.

—Naturalmente que amo mi país. ¿A cuento de qué me preguntas eso?

Drucker afirmó con la cabeza, como si fuera la respuesta correcta.

—Yo también lo amo, Larry. He dedicado mi vida entera a servirlo. Y antes era un país magnífico, un líder mundial. Japón, China..., ésos no eran ni una mota de polvo en nuestro espejo retrovisor. Nosotros pusimos un hombre en la luna hace cincuenta años. Cincuenta años. Antes éramos los que portábamos la bandera de la modernidad, los que enseñábamos al resto del mundo cómo se hacían las cosas, cómo la ciencia, la tecnología y las ideas nuevas pueden ayudarnos a vivir mejor. Éramos los que exploraban visiones nuevas de cómo debía ser la sociedad del siglo veintiuno. ¿Y dónde estamos ahora? ¿En qué nos hemos convertido?

—Ahora somos mucho más mediocres —se lamentó Rydell.

—Más mediocres, más mezquinos, más gordos..., y más tontos. Estamos yendo hacia atrás. Todos los demás países están avanzando a toda velocidad, y mientras tanto nosotros pedaleamos en sentido inverso, hasta el punto de que nos hemos convertido en un chiste. Hemos perdido la posición que ocupábamos en el mundo. ¿Y sabes por qué? Por quienes nos dirigen —afirmó, apuntando furioso a Rydell con el dedo—. Los dirigentes lo son todo. Antes elegíamos presidentes que nos daban cien vueltas con su inteligencia, con el conocimiento que tenían del mundo, con su mente aguda y con su dignidad. Hombres que nos servían de ejemplo, hombres respetados por el resto del mundo, hombres que lograban que nos sintiéramos orgullosos. Hombres que tenían visión.

—Actualmente tenemos uno así —interrumpió Rydell.

—¿Y crees que con eso ya estamos salvados? —replicó Drucker—. ¿Crees que, así sin más, este país se encuentra nuevamente a salvo? Piensa un poco. Acabamos de pasar ocho años gobernados por un perforador de pozos de petróleo al que yo no contrataría ni para dirigir un tren de lavado de coches, ocho años dirigidos por un individuo que creía que sus instintos eran manifestaciones de la voluntad divina, ocho años de incompetencia criminal y arrogancia sin freno que ha puesto a todo el país de rodillas, ¿y hemos aprendido algo? Está claro que no. ¡Pero si ha sido necesario que llegase la crisis económica del siglo para que consiguiéramos arañar esta victoria por los pelos!

»Aquí no ha habido ningún cambio fundamental, Larry. Casi la mitad del país ha votado más de lo mismo..., o peor. Lo cierto es que hemos estado a un paso de poner a una persona que cree que *Los Picapiedra* era una serie basada en hechos reales, una persona que se sacó el pasaporte sólo un año antes de las elecciones y que pasó un mes sin conceder entrevistas porque estaba siendo aleccionada discretamente sobre lo que ocurría en el mundo real, una persona que cree que va a ver a Jesucristo de nuevo en esta tierra antes de que ella se muera y que está convencida de que nuestros muchachos desplazados en Iraq están haciendo la obra de Dios —dijo furioso, golpeando la mesa con la palma de la mano—. Lo cierto es que hemos estado a un paso de poner a una persona así de risible, así de absurdamente incompetente, dentro de la fuerza vital de la presidencia, un corazón de setenta y dos años y debilitado por el cáncer. Por ridículo y demencial que parezca, de hecho casi ha sucedido, Larry, y todavía podría suceder. Ésa es la ceguera que sufrimos a la hora de escoger a nuestros dirigentes. ¿Y sabes por qué ha estado a punto de suceder? ¿Sabes por qué casi se han salido con la suya?

Rydell se acordó del padre Jerome y empezó a comprender adónde quería llegar Drucker.

—Porque tienen a Dios de su parte —dijo.

—Porque tienen a Dios de su parte —repitió Drucker con solemnidad.

—O eso afirman ellos —agregó Rydell con un ligero encogimiento de hombros que indicaba burla.

—Eso es lo único que se necesita. Estamos dispuestos a elegir para el cargo más alto del país a cualquier inepto tartamudo, a cualquier campeón de la mediocridad, con tal de que tenga a Dios como compañero de carrera. Estamos dispuestos a entregarle la responsabilidad de todo: de la comida que comemos, de las casas en que vivimos, el aire que respiramos, hasta le hemos dado el poder de atacar con armas nucleares a otros países y destruir el planeta, aunque él no sea capaz de pronunciar correctamente la palabra «nuclear». Y estamos dispuestos a hacer todo eso con orgullo y sin titubear, mientras él diga las palabras mágicas: que cree. Que lleva a Jesús en el corazón. Que busca la inspiración de un padre superior. Que es capaz de mirar dentro del corazón de un presidente de Rusia en vez de hablar con los expertos.

»Hemos tenido presidentes que tomaban decisiones políticas basadas en la fe, no en la razón. Y ahora no estoy hablando de Irán, ni de Arabia Saudí ni de los talibán. Estoy hablando de nosotros. Estoy hablando de Estados Unidos y de este renacimiento evangélico que está barriendo el país. Hemos tenido presidentes que tomaban decisiones políticas basadas en el Libro del Apocalipsis, Larry. El Libro del Apocalipsis. —Se recostó un instante para recuperar el aliento y observar la reacción de Rydell antes de proseguir—. Hubo una época en la que éramos un gran país. Un país rico envidiado por el resto del mundo. Entonces pusieron dentro de él a un individuo que pensaba que Rusia era un imperio del mal y que estábamos viviendo las profecías del Armagedón. Nos pusieron a un individuo que había encontrado a Jesús pero que no sabía leer un balance de cuentas, y empezaron a desmoronar el país, y a librar guerras en el nombre de Dios, y a hacer pedazos a nuestros hijos, y todavía la mitad del país va a los oficios religiosos todos los domingos y sale de ellos con una sonrisa enorme y agitando la banderita de su nación redentora...

—Ya sé que estás furioso por lo de Jackson —lo interrumpió

Rydell, porque de pronto le había venido a la memoria el rostro del hijo que había perdido Drucker y comprendió qué era lo que estaba alimentando toda aquella rabia—, pero...

—¿Furioso? —rugió Drucker—. No estoy sólo furioso, Larry. Estoy que echo humo. Y no me entiendas mal, no soy de los que sobreprotegen a nuestras tropas. La misión de un soldado consiste en poner su vida en peligro por su país, y Jackson lo sabía perfectamente cuando se alistó. Pero es que nuestro país no corría ningún peligro. Era una guerra que no debería haber tenido lugar jamás. Jamás —bramó—. Y la única razón por la que tuvo lugar fue que teníamos como jefe del cotarro a un idiota incompetente con complejo de Edipo y que se creía un mesías... No se puede permitir que eso suceda de nuevo.

Rydell se inclinó hacia delante. Sabía lo mucho que Drucker amaba a su hijo, sabía los grandiosos planes que tenía para él. Tenía que proceder con cuidado.

—En eso estoy contigo, Keenan. Los dos coincidimos. Pero lo que estás haciendo es...

Drucker lo cortó con un gesto de la mano y asintió como si ya supiera lo que el otro estaba a punto de decir.

—No podemos consentir que esto continúe, Larry. Lo han organizado de tal modo que actualmente no se puede elegir como político a nadie que diga que cree en la teoría de Darwin. Han convertido un título universitario en un estigma, y el término «elitista» ha pasado a ser un insulto. —Entrecerró los ojos—. En los Estados Unidos del siglo veintiuno, la fe triunfa sobre la competencia. La fe triunfa sobre la razón. La fe triunfa sobre los conocimientos, la investigación, el debate abierto y el estudio atento. La fe triunfa por encima de todo. Y tenemos que dar un vuelco radical a toda esa mentalidad. Necesitamos recuperar el respeto por los hechos, por los conocimientos, por la ciencia y la educación, por la inteligencia y el raciocinio. Pero con esa gente no se puede razonar. Los dos lo sabemos. No se puede tener un debate político con alguien que piensa que uno es un agente de Satanás. No quieren comprometerse, porque para ellos comprometerse significa comprometerse con el diablo, y ningún cristiano temeroso de Dios querría hacer algo así.

»No, la única forma de poner fin a esto consiste en lograr que a la gente y a los políticos les resulte embarazoso exhibir su fe.

Tenemos que arrebatarles esa herramienta a quienes se están sirviendo de ella para ganar elecciones, y adelantarnos a los motivos que puedan tener. Tenemos que conseguir que decir que uno es creacionista resulte tan vergonzoso como si dijera que todavía es partidario de la esclavitud a estas alturas. Tenemos que barrer la religión y arrojarla a la papelera del discurso político, igual que hicimos con la esclavitud. Y tenemos que hacerlo ahora.

»Este país está atrapado en un trance de los que provoca el vudú, Larry. Ya has visto las cifras. Un sesenta por ciento del país cree que la historia del Arca de Noé es literalmente cierta. Un sesenta por ciento. Existen setenta millones de evangélicos, una cuarta parte de la población, que acuden a doscientas mil iglesias evangélicas, muchas de las cuales están dirigidas por un pastor que pertenece a una organización política conservadora, y esos pastores le dicen a la gente cómo debe votar. Y la gente les hace caso, y no vota al candidato que propone una política lógica, no vota al que tiene cerebro o visión de la situación; vota a quienquiera que la ayude a mejorar la posición en la que llegará a las puertas del Cielo. Y la cosa está empeorando. Esta alucinación está extendiéndose. Día sí, día no, se inaugura otra nueva megaiglesia. Literalmente. —Drucker perforó a Rydell con una mirada cáustica—. ¿Tú crees que el calentamiento global está a la vuelta de la esquina? Pues ya está aquí. Es posible que en estas elecciones hayamos esquivado la bala, pero esos individuos siguen existiendo, y volverán, y lucharán jugando doblemente sucio. Ellos lo consideran una guerra. Una guerra contra la secularización. Una cruzada para arrebatar el reino de Dios a los no creyentes y salvarnos a todos del matrimonio entre gais, del aborto y de la investigación con células madre. Y viendo cómo van las cosas, van a conseguir su propósito.

»Llegará un momento en que esos guerreros de la oración pondrán a un evangelista en el Despacho Oval. Y entonces tendremos una pandilla de pirados al frente de la colina del Capitolio y otra pandilla de tarados en contra, haciéndoles frente en Oriente Próximo, cada uno convencido de que Dios quiere que muestre al otro lo equivocado que está, ¿y sabes qué va a pasar? Que las cosas se van a poner feas. Antes de que esto termine estarán lanzándose unos a otros bombas nucleares. Y yo no pienso permitir que suceda eso.

Rydell no entendía.

—¿Y vas a impedirlo dándoles un profeta que los inflame todavía más?

Drucker le dirigió una mirada enigmática.

—Sí.

—No acabo de entenderte —presionó Rydell—. Pretendes darles algo real, un hombre milagroso y real al que adorar y alrededor del cual puedan congregarse. Un segundo advenimiento que los unifique a todos.

—Sí —repitió Drucker dándole pie para que continuara.

Rydell intentó seguir el hilo de su razonamiento.

—Y pretendes que los líderes de todas las iglesias se adhieran a él y enganchen sus vagones a su tren.

—Sí. —Esta vez el semblante de Drucker se iluminó con un leve brillo de satisfacción.

Rydell frunció el entrecejo.

—¿Y luego vas a convencerlo de que cambie su mensaje?

Drucker negó.

—No —declaró—. Únicamente le voy a quitar la alfombra de debajo de los pies.

Rydell lo miró con expresión interrogante... y entonces abrió unos ojos como platos.

—¿Vas a ponerlo en evidencia diciendo que es un farsante?

—Exacto. —Drucker lo taladró con la mirada—. Dejaremos correr el montaje durante una temporada. Semanas. Meses. Para que vaya tomando peso. Para que todos los pastores de este país lo acepten y lo avalen como mensajero de Dios. Para que extiendan el mensaje a sus rebaños —agregó, escupiendo dicha palabra con sorna—. Y cuando todo ya esté asentado y consolidado, cuando haya calado hondo y estén todos enganchados en el anzuelo, lo presentaremos tal como es en realidad. Les enseñaremos lo que es de verdad la señal.

—Y les enseñarás lo crédulos que son —dijo Rydell con una expresión ausente, imaginando cuál iba a ser el resultado.

—Los predicadores van a quedar tan en ridículo que les va a costar mucho subirse a sus púlpitos y enfrentarse a su gente. Las personas que acuden a la iglesia tendrán la impresión de que las han engañado, y es posible que empiecen a cuestionar las demás chorradas que oyen en esas salas. Ello dará lugar a un debate totalmente nuevo, a una actitud mental completamente distinta. Dirán:

«Si hoy ha resultado tan fácil engañarnos, con todos los conocimientos que tenemos, ¿con qué facilidad se embaucaba a la gente hace dos mil años? ¿Qué es lo que sabemos de eso en realidad?» Pondrá en tela de juicio todo lo que tenga que ver con la religión. Y hará que la gente se piense dos veces a quién debe seguir a ciegas.

Rydell se sintió mareado. Él mismo había estado dispuesto a intentar convertir al mundo a su causa, pero esto..., esto iba mucho más allá. Dejó escapar un siseo de cansancio y sacudió la cabeza en un gesto negativo.

—Vas a conseguir que mucha gente se vuelva más fanática de lo que ya es —advirtió.

—Probablemente —convino Drucker en tono ligero.

—Y también podrías provocar una guerra civil —añadió Rydell—, si no una guerra mundial.

Drucker resopló.

—Oh, eso lo dudo mucho.

—¿Te ríes de mí? —explotó Rydell—. Te vas a encontrar con un montón de gente enfurecida de veras, y deseosa de tomarse la revancha con alguien. ¿Quién va a cargar con la culpa? No vas a poder levantarte y decirles a todos: «Eh, que lo he hecho por vuestro bien.» Este país ya está dividido por la mitad por esa causa, y tú vas a polarizarlo todavía más. Te saldrá el tiro por la culata y será horrendo. Habrá sangre en las calles. Y eso antes de sufrir las consecuencias del tiro por la culata del resto del mundo. Ya has visto lo que está empezando a pasar en Pakistán, Egipto, Israel e Indonesia. No son únicamente los cristianos los que están creyéndose este pequeño montaje tuyo. Musulmanes, judíos, hindúes..., están peleándose entre sí discutiendo si el padre Jerome es auténtico o no. Y se van a cabrear en serio cuando descubran que lleva por todas partes las huellas dactilares del Tío Sam. La gente no se toma bien eso de que otros jugueteen con sus creencias, Keenan. Se enfada de lo lindo. Y son los norteamericanos los que van a pagarlo con su sangre. Vas a terminar desatando la guerra que intentas impedir.

—Bueno, pues si tienen una mentalidad tan cerrada, si son incapaces de ver el peligro que entraña su manera de actuar e insisten en caminar por la senda que lleva a la autodestrucción, no se los puede salvar. —Drucker ardía de rabia—. Ya tuvimos una guerra por la esclavitud; es posible que para esto necesitemos otra. —Se encogió de hombros con ademán altivo—. Si ha de tener lugar tarde o temprano, más vale que pase de una vez. Y puede que después, de sus cenizas, podamos construir algo más cuerdo.

Rydell se sintió como si le estuvieran retorciendo los pulmones con unos alicates.

—Estás loco —le dijo a Drucker—. Has perdido todo sentido de la perspectiva.

—En absoluto.

—No puedes hacer esto, Keenan —insistió Rydell.

—Sin una cabeza de turco, por descontado que no —concedió Drucker.

Rydell lo miró fijamente. Aquella frase colisionó con la maraña de sus pensamientos, y lo entendió al instante.

—Yo. Para eso me necesitas.

Drucker asintió con estoicismo.

—Necesitaba una cabeza de turco. Alguien que tuviera un motivo completamente distinto, una persona que no guardara relación alguna con la política de este país. Porque esto no puede considerarse una acción política, en eso tienes toda la razón. La única manera de hacerlo es pintándolo como la acción desesperada de un genio visionario que no abriga ningún otro motivo que intentar salvar el planeta. Y quién sabe, a lo mejor terminamos logrando que la gente tome mayor conciencia del problema del calentamiento global.

—Pero a ti eso te da absolutamente lo mismo —comentó Rydell en tono sardónico.

—No es verdad, Larry. Sí que me importa. Pero ni siquiera estoy seguro de lo que, siendo realistas, podemos hacer al respecto, si es que hay algo que se pueda hacer. Y devolver la racionalidad a la política…, eso ayudará más a los osos polares que llevar a la quiebra a Hummer, ¿no te parece?

—Aquí no se trata de salvar los osos polares ni la selva, Keenan —replicó Rydell con enfado—. Se trata de hacer justicia social. Para todos los habitantes del planeta.

—La justicia social consiste en liberar a la gente de las trabas impuestas por los hechiceros y la superstición —contraatacó Drucker.

Rydell se frotó la frente mientras reflexionaba sobre lo que había dicho Drucker. De repente el lugar en que se encontraban le pareció mucho más caluroso y agobiante.

—¿Cómo tenías pensado que acabara para mí todo esto? ¿En un «suicidio»?

Drucker afirmó con la cabeza.

—Una vez que el engaño saliera a la luz. Un final trágico para un intento heroico. —Suspiró y se inclinó hacia delante—. Lo siento, Larry, pero espero que comprendas la lógica que tiene lo que intento hacer. La urgencia. Y espero que, en cierta manera, coincidas en que era necesario hacerlo.

Rydell se recostó en la silla y encogió los hombros.

—Espero que no te desilusiones si te digo que no pienso seguirte el juego.

Drucker le hizo un gesto negativo con la mano que descartaba dicha posibilidad.

—Por favor, Larry, concédeme cierto crédito.

Rydell lo miró, esperando más, y de pronto se quedó petrificado al observar el aplomo de Drucker.

—Vas a sufrir una apoplejía —le dijo Drucker con naturalidad—, de las graves. De hecho, va a ocurrirte antes de lo que crees. Puede que aquí mismo, en este restaurante, delante de toda esta gente. Terminarás cayendo en coma. Un coma manejable. Y durante ese tiempo, nosotros —hizo una pausa para escoger las palabras apropiadas— masajearemos tu personalidad. Ya sabes, como hicimos con el sacerdote. Inocularemos en tu mente las respuestas adecuadas. Te volveremos más sumiso a aceptar nuestros planes. Y cuando llegue el momento te ayudaremos a que recuperes la vida, después de que hayas proporcionado una explicación detallada, contrita y conmovedora de por qué hiciste lo que hiciste. —Drucker escrutó su rostro, como si lo intrigara su reacción—. Así nacen las leyendas, Larry. Nadie olvidará tu nombre, si eso te sirve de consuelo.

Rydell experimentó una intensa oleada de terror, y justo en ese instante reparó en algo que había detrás de Drucker. Era un hombre trajeado de negro, uno de sus esbirros. Volvió la cabeza hacia la entrada de la cafetería, y allí aparecieron dos hombres más. Su cerebro barajó la única alternativa que tenía: emprender la huida con un gran alboroto y esperar que la conmoción resultante echara a perder los planes que pudieran tener Drucker y sus hombres. Y a punto estaba de levantarse de la silla cuando descubrió otra cosa más. A su costado. Fuera, en la calle. Una camioneta blanca que había estado aparcada allí todo el tiempo. La puerta lateral estaba abriéndose y dejando ver dos siluetas de pie en el interior, a uno y otro lado de un objeto grande, redondo y montado sobre un pie, un objeto que se parecía a un reflector.

Se le resbalaron las manos de los reposabrazos de la silla cuando intentó ponerse de pie, pero no logró despegarse más que unos pocos centímetros del cojín de asiento. El estampido sónico fue monumental. Agredió sus sentidos como si fuera el golpe de un martillo que los golpeara desde el interior del cráneo e inundó todas las terminaciones nerviosas de su cerebro con un ruido insoportable y estridente que no cesaba. Se le saltaron las lágrimas y dejó escapar un chillido. La fuerza de la detonación cáustica lo derribó de la silla delante de todos los clientes del hotel que llenaban la cafetería. Se tapó los oídos con las manos en el reflejo de protegerse, pero ya era demasiado tarde. Las piernas se le doblaron y se desplomó en el suelo retorciéndose, tosiendo y escupiendo, presa de intensas convulsiones.

Enseguida corrieron a su lado los hombres de Drucker. Lo ayudaron a levantarse y al instante se lo llevaron fuera de la cafetería, evitando cualquier movimiento brusco y exhibiendo los gestos entrenados y expertos de los guardaespaldas eficientes y atentos. Uno de ellos incluso llamó a un médico. En cuestión de segundos lo habían sacado de la cafetería y lo habían metido en un ascensor que estaba esperando.

Se cerraron las puertas con un discreto siseo y seguidamente el ascensor descendió al aparcamiento subterráneo del hotel.

72

A Matt se le aceleró el pulso cuando vio a Rydell caerse del asiento derribado por una fuerza incorpórea. No hubo ningún ruido, ninguna alteración física. Fue como si lo hubiera golpeado un puño invisible. Y al momento siguiente lo vio doblado en el suelo, retorciéndose de dolor, desparramando lo que tenía en el estómago sobre la mullida moqueta de la cafetería.

Estaba preparado para efectuar su jugada. Aguardando en un sofá del rincón, detrás del piano de cola que había junto a la barra, lejos de la zona principal de mesas, haciendo tiempo en un punto de observación que había seleccionado cuidadosamente. Tenía los dedos cerrados en torno a la ancha culata del Para-Ordinance, preparado para sacarlo y clavárselo a Drucker entre las costillas. Pero ellos se movieron primero. Fuera lo que fuese lo que le habían hecho a Rydell, había hecho trizas los planes de él.

Se levantó y fue a grandes zancadas hacia la entrada de la cafetería. Alcanzó a ver a Drucker saliendo, flanqueado por dos de sus hombres. Torcía hacia la derecha, en dirección a la puerta principal del hotel, mientras que a Rydell se lo habían llevado hacia la izquierda, hacia los ascensores. Matt cruzó la cafetería a la carrera y al llegar a la entrada de la misma frenó en seco. Drucker estaba marchándose del hotel acompañado de sus esbirros. Lo rodeaba mucha gente: clientes del hotel, botones, mozos de equipajes. No había manera de llegar hasta él. Se le había escapado la oportunidad. Entonces volvió la vista en la dirección contraria. Las luces del ascensor en el que viajaba Rydell indicaban números cada vez menores, lo cual indicaba que se lo llevaban al aparcamiento del hotel.

Optó por seguirlo a él. Si Drucker volvía a tenerlo en su poder, él se quedaría sin ninguna ventaja. Ventaja que necesitaba si deseaba volver a ver a su hermano.

Salió disparado y atravesó el vestíbulo pasando por delante de varios clientes sobresaltados, y se coló por la puerta que daba a la escalera interior del hotel. Bajó los peldaños volando, de tres en tres, agarrándose a la barandilla en las vueltas y tomando las curvas igual que si fuera un trineo de competición descontrolado. Seis tramos de escalera más abajo, llegó al nivel del aparcamiento. Irrumpió en el hormigón pintado del mismo a tiempo para ver una furgoneta de color gris oscuro que arrancaba con un chirrido de neumáticos y enfilaba la rampa de salida.

Recorrió el aparcamiento con la mirada; oyó una puerta que se abría a su izquierda, volvió la cabeza hacia allí y se lanzó a la carrera en dirección al ruido. Un empleado del hotel estaba apeándose de un enorme Chrysler Navigator monovolumen plateado. Matt no titubeó. Echó a correr hacia él, le arrebató de la mano las llaves del coche y lo empujó a un lado para a continuación subirse al volante y arrancar el potente motor Northstar V8. Metió la marcha en el selector de velocidades y salió como una flecha del espacio en que estaba aparcado para tomar la rampa de salida.

Emergió a la luz dorada del atardecer y lanzó una mirada rápida en cada dirección. El centro urbano formaba una cuadrícula de avenidas de sentido único que alternaban unas con otras, algunas de ellas con una anchura de cinco carriles. La suya discurría en dirección este-oeste, y la furgoneta había tomado hacia la derecha, en sentido oeste. Pisó el pedal del acelerador. El Navigator salió de la marquesina de la entrada del aparcamiento y aceleró para enfilar la avenida. La furgoneta iba perdiéndose a lo lejos, trescientos metros por delante.

Matt condujo sorteando otros vehículos más lentos y en poco tiempo dio alcance a la furgoneta. Se rezagó y dejó un coche entre su presa y él. La vía era recta y ancha, y el tráfico era escaso. Los cruces eran amplios y generosos, llanuras de cemento bordeadas por rellenos de piedra con dibujos que daban la sensación de estar en una plazoleta de Beverly Hills. Dos manzanas más adelante apareció un cartel verde gigantesco que anunciaba la rampa de salida para tomar la interestatal y más adelante la 90. Matt sabía que tenía que hacer algo antes de que ellos se incorporasen a la autopista. Una vez que estuvieran en ella, entraría en juego una serie de incógnitas de todo tipo. Corría el riesgo de que lo descubrieran. Corría el riesgo de perderlos. Corría el riesgo de que lograsen llegar a donde se dirigían y de que terminasen quedándose con la ventaja principal de su parte.

Tenía que llevar a cabo su jugada.

La calzada era tan ancha como una pista de aterrizaje y no tenía coches aparcados a los lados. El edificio al que se aproximaban estaba bordeado por una hilera de árboles delgados a la izquierda y una especie de columnata de granito a la derecha. No serviría. Demasiado brutal. Matt se acercó al lado derecho y miró al frente. El siguiente edificio parecía más prometedor. El margen izquierdo estaba bordeado por un aparcamiento semejante a un búnker y no serviría, pero la acera de la derecha conducía a un tramo de aproximadamente una docena de escalones anchos y de poca altura que llevaban a una explanada abierta que se extendía frente a un imponente bloque de oficinas de fachada de piedra.

Matt optó por esa alternativa y pisó el acelerador a fondo.

El motor V8 rugió al sacar al Navigator de detrás del sedán que llevaba de pantalla y adelantarlo por la izquierda. Matt se abrió ampliamente a la izquierda y a continuación viró a la derecha y apuntó con el morro del Navigator al ángulo frontal izquierdo de la furgoneta. No levantó el pie del pedal. El Navigator se fue recto hacia la furgoneta, igual que un misil guiado. Una décima de segundo antes de empotrarse en ella, Matt torció el volante hacia la izquierda y enderezó el rumbo del Navigator, que impactó con la furgoneta en una tangente y sorprendió a su conductor desprevenido. El impulso que llevaba desplazó a la furgoneta de su trayectoria y la empujó bruscamente hacia la derecha. Matt dio otro volantazo para acercar el Navigator al costado izquierdo de la furgoneta, y se pegó a ella y la acompañó en la trayectoria diagonal que recorrió, y después giró otro poco más el volante para acabar de acorralarla. La furgoneta ya no tenía adónde ir, y el conductor lo sabía perfectamente. Debió de clavar los frenos, porque la furgoneta se inclinó hacia delante sobre las ruedas delanteras y las envolvió en una nube de caucho pulverizado, pero todavía llevaba demasiada velocidad. Rebotó con fuerza contra el tramo de escalones y seguidamente se estrelló contra uno de los macizos pilares cuadrados del edificio.

Matt subió el Navigator al bordillo y salió volando de él en el preciso momento en que la furgoneta chocaba contra la columna. Arremetió escalones arriba con la pistola de acero inoxidable sacada y a punto para derramar sangre y los ojos atentos al menor movimiento.

La furgoneta había sufrido un choque importante. Le salía humo del radiador y tenía toda la delantera retorcida alrededor de la columna. Matt no sabía en qué estado iba a encontrar a Rydell. Pero lo que sí sabía era que los tipos que iban sentados delante no iban a encontrarse del todo bien. La furgoneta tenía el morro bastante inclinado y un capó escaso, por no decir nulo, que protegiera el motor en caso de colisión frontal. Además, él sabía que los de dentro no esperaban el golpe.

Ya estaban empezando a acudir transeúntes y personas que trabajaban en el edificio de oficinas para observar el accidente, pero retrocedieron rápidamente al ver a Matt y su arma. Éste no les hizo caso y fue hasta el costado de la furgoneta, flexionó las rodillas e inspeccionó con precaución las puertas y las ventanillas buscando signos de vida. La parte delantera era un amasijo de hierros, y le quedaron pocas dudas de que allí fuera a encontrar algún doliente, de modo que continuó hacia la parte de atrás, extendió un brazo apoyándolo contra una de las portezuelas traseras y dio unos golpes en ella con la pistola. Retiró el brazo enseguida, previendo que alguien pudiera disparar a través de la carrocería. Pero no hubo ningún disparo. Entonces alargó la mano, agarró la puerta y la abrió, sin dejar de apuntar.

Allí dentro se encontraba Rydell, retorciéndose en el suelo, conmocionado pero vivo. Tenía las manos sujetas con unas esposas de nailon. Vio a uno de los individuos del hotel, con la cabeza ensangrentada, intentando erguirse. El tipo levantó la vista, vio a Matt, parpadeó dos veces y buscó un arma a toda prisa. Matt le disparó una ráfaga y vio una mancha carmesí que le surgía en el pecho.

—¡Vamos! —le chilló a Rydell, el cual afirmó vagamente con la cabeza como el que se ha pasado un mes metido en una celda de castigo y confinado en solitario. Al alargar una mano para ayudarlo, vio otra cosa. Otro cuerpo, tendido boca abajo detrás de Rydell. Una mujer. Tenía las manos atadas a la espalda, también con esposas de nailon. Matt se introdujo en la furgoneta y, con mucho cuidado, la puso boca arriba. Tenía la boca tapada por una ancha cinta adhesiva. Se la despegó y la reconoció de forma instantánea. Era Grace Logan, la presentadora que venía cubriendo las apariciones de la señal. Le apoyó los dedos en el cuello para buscarle el pulso. Estaba viva.

Al sentir aquel contacto, Gracie se removió y al momento dio un respingo y miró a Matt con los ojos muy abiertos por la impresión.

—¿Dónde está…? ¿Quién…? —articuló de forma incoherente.

—Deme la mano —le dijo Matt guardándose el P14 bajo el cinturón. Ayudó a Gracie a ponerse de pie y se pasó un brazo de ella por los hombros—. Vamos —le dijo a Rydell.

Llevando a Gracie medio en brazos, pasó por delante de un corrillo de curiosos que lo miraban estupefactos y bajó los escalones para dirigirse al Navigator. Depositó a Gracie en el asiento de atrás, se subió al volante con Rydell a su lado y arrancó.

Por el espejo retrovisor, Matt advirtió que Gracie se incorporaba. Estaba saliendo lentamente de la conmoción. Sus ojos exploraron el entorno que la rodeaba y después se posaron en Matt.

—¿Se encuentra bien? —le preguntó él.

Ella lo miró con gesto inexpresivo. Por la cara que puso, daba la impresión de llevar encima una resaca de campeonato. Luego debió de venirle todo poco a poco, porque se le contrajo el semblante en un gesto de preocupación.

—Dalton —balbució—. Tengo que sacar de ahí a Dalton.

—¿A quién?

Gracie movía las manos a su alrededor, buscando algo.

—Mi teléfono. ¿Dónde está mi teléfono? Tengo que llamar a Dalton. No está seguro. —Se volvió hacia Matt—. Tengo que avisarle.

Matt miró calle abajo, vio una fila de cabinas telefónicas y detuvo el monovolumen junto a ellas. A continuación ayudó a Gracie a apearse.

—¿Adónde vamos? ¿Adónde le digo que vaya? —preguntó ella.

—¿De quién habla?

—De Dalton. Mi operador de cámara. Van a ir también a por él.

Matt intentó rellenar los huecos.

—¿Dónde está?

—En la mansión de Darby —respondió Gracie con expresión vaga, como si no estuviera segura del todo.

—¿El predicador?

—Sí. —Hizo un esfuerzo por concentrarse—. No. Espere. No estoy segura. —Sacudió la cabeza en un gesto negativo—. Fue al aeropuerto —añadió al cabo de unos instantes—. Sí, de eso estoy bastante segura. Sea como sea, estará en el móvil. —Cogió el aparato—. ¿Qué le digo?

Matt pensó rápidamente.

—Dígale sólo que se esconda en un lugar seguro. Si todavía está a la vista, dígale que no se acerque a la mansión del predicador, que ya lo volveremos a llamar para decirle dónde puede reunirse con nosotros.

Gracie comenzó a marcar, pero se detuvo un momento y miró a Matt con curiosidad, la vista aún nublada, y le preguntó:

—¿Quién diablos es usted?

—Usted haga la llamada —replicó Matt—. Ya hablaremos de eso después.

73

Estaban todos desperdigados por la habitación del motel, una variopinta colección de fugados de caras demacradas: Matt, Gracie, Dalton y Rydell. Una semana antes, aparte de Gracie y Dalton, no se conocían entre ellos. Ni siquiera se habían acercado. Se movían en esferas completamente distintas, llevaban vidas dispares, tenían ambiciones y preocupaciones heterogéneas. Y de repente todo cambió, sus vidas sufrieron un vuelco y allí acabaron todos, apiñados en aquella pequeña habitación, pensando cómo hacer para continuar vivos.

Dalton se había reunido con ellos en el motel poco después de que llegaran. Las dos horas siguientes las pasaron relatando el uno al otro cómo habían terminado recalando en aquella habitación, y cada cual aportó su parte de la historia. Fue una conversación intensa y rápida, animada por las diversas piezas que iban encajando en su sitio, y la cadena de noticias inquietantes tan sólo se volvió un poco más liviana cuando Rydell logró hablar con el médico que estaba tratando a Jabba en Boston. La intervención había sido un éxito. Jabba había perdido mucha sangre pero se encontraba estable, y el pronóstico era prudentemente optimista.

—¿Qué hacemos ahora? —preguntó Dalton. Todavía estaba aturdido, dado que acababa de enterarse de que Finch había sido asesinado y de que el sospechoso más probable era un monje con el que incluso habían trabado amistad.

—No dejo de pensar en el padre Jerome —señaló Gracie meneando la cabeza—. Él sabía que había algo raro, yo se lo noté en la cara. —Se volvió hacia Rydell—. ¿Usted no sabe qué le han hecho?

—No conozco los detalles desagradables —admitió Rydell—.

Cuando sacaron el tema, no quise saberlos. Mencionaron sustancias, el uso de ciertas drogas. Terapia a base de descargas eléctricas. Implantes de memoria y ajustes de personalidad. Para obligarlo a aceptar mejor su nueva situación, imagino.

—Pues qué bien —comentó Dalton con una mueca de nerviosismo.

—Dijo que había oído voces cuando estaba en la montaña. Que creía que era Dios quien le hablaba —mencionó Gracie.

Rydell afirmó con gesto pensativo.

—Debieron de utilizar un LRAD. Un dispositivo acústico de amplio alcance —especuló. Luego lanzó una mirada a Matt—. El mismo que emplearon conmigo en el hotel. También es capaz de enviar un sonido con precisión a gran distancia. Igual que el rifle de un francotirador, sólo que con el sonido…, o con voces —explicó—. Le hablaban a través de él.

En la habitación se hizo un profundo silencio.

Transcurridos unos momentos, Gracie dirigió la mirada hacia Rydell y le preguntó:

—¿De verdad creía que iba a salirse con la suya en todo esto? —Habló en un tono sin inflexiones. Todavía estaba conmocionada por la traición de Ogilvy, por la idea de que la hubieran manipulado, por la idea de que hubieran matado a Finch a causa de aquello.

—Tenía que hacer algo —repuso Rydell con un ademán de cansancio—. La gente no hace caso, es demasiado pasiva, demasiado perezosa. No atiende a razones hasta que ya es demasiado tarde. No quiere escuchar a los políticos, y desde luego no quiere que un amante de los árboles calzado con sandalias le diga cómo tiene que vivir. No quiere dedicar un poco de tiempo a leer o escuchar a los expertos. Fíjense en la crisis financiera. Los expertos llevan años advirtiéndonos de ella. Buffett llamó a los productos derivados «armas financieras de destrucción masiva». Pero nadie le hizo caso. Y luego resultó que todo se vino abajo de la noche a la mañana. —Recorrió la habitación con la mirada como si buscase un indicio de comprensión, ya que no empatía—. Yo no podía quedarme tan tranquilo. Aquí no estamos hablando de que nuestro plan de pensiones vaya a perder la mitad de su valor, sino de quedarnos sin la casa en la que vivimos. De que el planeta va a perder la capacidad de albergar la vida.

—Es como decía Finch, que todo estriba en la manera de llamar a las cosas —señaló Dalton mirando a Gracie—. La expresión «calentamiento global» suena demasiado bonita y agradable. Deberían haberlo llamado chamuscamiento global.

—Es un geocidio —dijo Rydell, y a continuación se reclinó en su asiento y se ocultó apartándose de las luces.

Tras un par de gestos de asentimiento la habitación volvió a sumirse en el silencio. Por fin Gracie rompió nuevamente aquella pesada bruma y preguntó a Rydell:

—Si usted no fuera a ser la cabeza de turco, ¿estaría de acuerdo con lo que dijo Drucker, con lo que están intentando hacer?

Rydell lo meditó unos instantes y después negó dolorosamente con la cabeza.

—Coincido en lo que él considera que nuestro país está haciendo mal. La historia nos ha demostrado repetidamente que mezclar religión y política sólo trae destrucción. Y yo no tengo ninguna duda de que supone un peligro auténtico, puede que un peligro mayor que cualquier cosa que preocupe a Homeland Security. Pero no estoy de acuerdo con la solución que quiere aplicar él. Y desde luego no estoy de acuerdo con los métodos que emplea. —Paseó la mirada por los presentes—. Se suponía que no iba a resultar herido nadie. Pero Drucker se ha desmadrado. Y aún no ha terminado. Quién sabe qué mensaje decidirá poner en boca del padre Jerome. Podría hacerle decir o hacer lo que se le antoje. Y tiene a todo el mundo escuchando.

—Tenemos que detenerlo —propuso Gracie—. Tenemos que decirle a todo el mundo lo que sabemos.

—No —dijo Matt en tono tajante desde un rincón de la habitación.

Gracie se volvió hacia él.

—¿De qué está hablando? Tenemos que hacerlo público.

Matt negó con la cabeza.

—No podemos desvelar la historia, aún no. Si hablamos ahora, matarán a Danny. Antes necesito liberarlo, cerciorarme de que se encuentra a salvo. Después de eso, ya pueden publicarlo todo en la primera plana del *New York Times* o donde quieran. Es todo suyo.

—Ya ha oído lo que están planeando hacer, Matt —argumentó Gracie—. El espectáculo va a tener lugar mañana. Va a ser colosal, y lo va a contemplar todo el planeta. Y ya ha visto lo que está pasando en la calle; la gente se lo está tragando, está peleándose. Cada hora que esperemos, esto se irá a pique cada vez más. Si esperamos hasta después del espectáculo para destapar el asunto, puede que sea demasiado tarde para deshacer los daños que haya causado.

—Pero entonces, si sacamos todo a la luz, más o menos les estaremos haciendo el trabajo, ¿no? —preguntó Dalton—. Quiero decir que ése es el plan, ¿no?

—No nos queda otra alternativa —señaló Gracie—. No es lo ideal, pero tenemos que hacerlo, y hacerlo ahora.

—Ellos no pueden destapar la olla —replicó Matt—. Aún no. Mientras no lo tengan a usted —dijo indicando con la cabeza a Rydell—. No tienen a su cabeza de turco, ¿no es así? Entonces, ¿a quién van a echar la culpa? Porque tienen que echársela a alguien, a una persona que no tenga ningún interés político. Además, mientras no lo tengan a usted encerrado bajo llave —volvía a dirigirse a Rydell—, estarán corriendo el riesgo de que usted aparezca contando su parte de la historia. Y eso los jodería bien jodidos. Tienen mucho que reflexionar antes de decirle al mundo que todo esto es un montaje.

—Pero terminarán haciéndolo tarde o temprano, de eso no cabe la menor duda —terció Gracie—. De ninguna manera van a continuar con esto de forma indefinida. Estarían entregando las llaves del reino al movimiento Cristianos de Derechas. Y tampoco podemos permitir que ocurra eso.

Matt calló unos instantes para reflexionar sobre ese punto. No parecía existir ninguna salida, y aunque lo único en que pensaba era en recuperar a su hermano sano y salvo, de repente cayó en la cuenta de que había consideraciones de más peso que no podía despreciar.

Lo meditó unos momentos y luego dijo:

—Disponemos de un breve margen de acción hasta que calculen una segunda línea de defensa, ¿no? —Lanzó una mirada a Rydell—. Puede que incluso estén suponiendo que usted va a mantener la boca cerrada. A modo de canje por transmitir el mensaje ecologista de usted.

—Se equivocarían —confirmó Rydell sin dudar.

—De un modo u otro, no van a hacer nada todavía. Hasta que se les ocurra otra traca final que no los haga cargar con el muerto. Lo cual me da a mí un poco de tiempo para intentar recuperar a Danny. Aunque ello signifique permitirles que saquen al padre Jerome a ese escenario. No pueden pedirme que renuncie a rescatarlo, ahora que estoy tan cerca.

Recorrió a los presentes con la mirada. Los otros se miraron entre sí, sopesando lo que decía.

Matt miró a Gracie. Ella le sostuvo la mirada un momento y después afirmó con vehemencia.

—El país entero ya se ha tragado una buena parte del montaje —dijo por fin—. Lo de mañana por la noche va a ser más difícil de recuperar, sin duda, pero... podemos aguantar hasta entonces. Además, en mi opinión, ninguno de nosotros seguiría con vida si no fuera por Matt. Eso se lo debemos a él.

Miró en derredor para juzgar la reacción de los demás. Rydell y Dalton mostraron su acuerdo afirmando con la cabeza. La mirada de Gracie terminó posándose en Matt.

Éste sonrió y le dio las gracias con un leve ademán.

—Está bien, ¿cómo lo hacemos? —le preguntó Gracie.

—¿Cómo hacemos qué?

—Buscar a su hermano. —Advirtió la mirada confusa de Matt y le dirigió una ligera sonrisa—. ¿Creía que íbamos a dejarlo solo precisamente ahora?

Matt miró una vez más a los presentes y vio un sincero apoyo en todos. Asintió para sí, aceptándolo.

—Debemos suponer que mañana pondrán una señal encima del padre Jerome, ¿no?

Gracie afirmó.

—Sin la menor duda.

—Pues así es como vamos a hacerlo.

Permanecieron sin dormir la mayor parte de la noche, estudiando mapas, planos y fotografías del estadio que bajaron de Internet, examinando la distribución y la extensión del área circundante, intentando prever dónde era probable que se ubicasen Danny y el equipo técnico.

Para cuando amaneció ya consideraron que habían llegado a un consenso acerca del modo en que los hombres de Drucker seguramente intentarían organizar la escena. Seguirían en gran medida las directrices de Rydell. El hecho de tener consigo al hombre que había estado encargado de la tecnología de la señal les proporcionaba una ventaja estupenda, pero aun así había muchas incógnitas. Cuando los primeros rayos del sol se abrieron paso por entre la oscuridad, la televisión comenzó a mostrar coches y gente que ya habían iniciado la peregrinación, y comprendieron que también ellos tenían que ponerse en marcha.

Cargaron el poco equipo que tenían en la parte trasera del Navigator. Cuando hubieron terminado, Matt vio a Gracie de pie, sola, en el pasillo que había frente a la habitación, en el borde del porche, contemplando cómo se iba aclarando el cielo. Fue hasta ella y se situó a su lado.

—¿Se encuentra bien?

Gracie lo miró unos instantes y luego afirmó con la cabeza.

—Sí. —Lo contempló unos instantes más y luego desvió la mirada—. Es que es todo tan raro... Pensar en cómo se ha dividido este país, pensar que la gente necesite recurrir a... —Sacudió la cabeza en un gesto negativo—. ¿En qué momento nos hemos vuelto tan odiosos, tan intolerantes?

—Probablemente cuando unos cuantos tarados obnubilados por el poder llegaron a la conclusión de que ello los ayudaría a ganar las elecciones —propuso Matt.

Ella sonrió y dejó escapar una leve risa.

De pronto se le oscureció el semblante con un eclipse que le cruzó por la cara.

—¿En qué está pensando? —inquirió Matt.

—En el padre Jerome. Es..., es imposible encontrar un ser humano que sea más honrado. Y pensar en el infierno por el que han debido de hacerlo pasar...

Matt asintió con gesto pensativo.

—No lo va a tener fácil cuando esto se desmorone.

Gracie lo miró fijamente, con una expresión de profunda preocupación.

—Todo su sistema de creencias va a ser barrido de un plumazo.

—En mi opinión, debería usted preocuparse más que por su sistema de creencias —repuso Matt—. Va a tener que buscarle alguna especie de custodia para protegerlo. Porque lo van a hacer pedazos.

Gracie dio un respingo, impactada por aquella idea.

—Mal si lo hacemos, y mal también si no lo hacemos, ¿no?

Matt se encogió de hombros.

—Es que en realidad no nos queda otro remedio. Tenemos que hacer esto.

—Tiene razón —cedió Gracie, aunque a juzgar por su expresión atormentada estaba claro que no iba a ser tan sencillo.

Matt dejó pasar unos segundos y dijo:

—Quiero darle las gracias. Por haberme apoyado antes. Y por no haberme dejado tirado.

Gracie le quitó importancia con un gesto de la mano.

—¿Después de todo por lo que ha pasado usted? Le debo la vida.

—Aun así, sé que no ha sido fácil —insistió Matt—. Suspender temporalmente la exclusiva de toda una vida. No cabe duda de que, sólo con que acudiera a cualquier medio y contara lo que sabe, en estos momentos se convertiría usted en la persona más vista en la televisión

—¿Usted cree que soy así de superficial? —bromeó Gracie.

—Superficial no, sólo... ambiciosa de manera realista.

Gracie sonrió y miró a lo lejos con una expresión de tristeza.

—Mi momento Woodward y Bernstein* —cacareó, burlándose de sí misma. Rio para sus adentros—. Es como si una llevara toda la vida esperando un gran momento como éste, deposita todas sus esperanzas en él y trabaja con ahínco para que llegue, lo visualiza y se imagina a sí misma regodeándose en todo su esplendor..., y luego, cuando sucede de verdad...

—Cuando esto se sepa, para usted cambiará todo, ya lo verá —le dijo Matt—. Y no necesariamente para mejor.

Gracie se volvió hacia él.

—Ya lo sé.

Sus ojos habían perdido aquella chispa que desarmaba. Para tratarse de algo con lo que soñaba todo reportero, daba la sensación de que empezaba a vivirse más bien como una pesadilla.

Matt asintió, porque en realidad no deseaba explorar el lado siniestro de lo que los aguardaba. En vez de eso, esbozó una leve sonrisa de consuelo.

—Venga. Primero vamos a ver qué tal se da el resto del día. Y a partir de ahí, ya veremos.

* Los periodistas que desvelaron el caso Watergate, que supuso la renuncia del presidente Richard Nixon.

74

Desde primeras horas de la mañana las carreteras ya estaban atestadas. Filas kilométricas de vehículos procedentes de todas direcciones ahogaban la circunvalación, la autopista sur y todas las vías de acceso que conducían al estadio de Reliant Park. Era un evento sin precedentes en aquella ciudad. En cualquier ciudad. Una procesión de coches repletos, semejantes a una fila de hormigas, ocupando hasta el último centímetro cuadrado de asfalto libre varios kilómetros a la redonda y convergiendo sobre el mayor complejo destinado a acontecimientos deportivos, espectáculos y convenciones que existía en el país.

Hacía un día despejado, perfecto, y para las doce de la mañana la temperatura ya rebasaba los veinticinco grados centígrados y todos los aparcamientos estaban llenos. Había más de media docena, repartidos alrededor del estadio, el Astrodome, las gradas y el centro de exposiciones. Más de veintiséis mil plazas de aparcamiento, y todas ellas ocupadas. Y la invasión de vehículos de cuatro ruedas no terminaba ahí; se extendía a través del amplio descampado en el que antiguamente se ubicaba el Six Flags Astroworld, antes de que fuera desmantelado en 2006. Treinta hectáreas de terreno llano y vacío situado junto al lado sur de la circunvalación, un suelo que en otra época había albergado con orgullo atracciones como el Greezed Lightnin' y el Ultra Twister, y que ahora se estremecía bajo el fragor de una marea imparable de coches, camionetas y monovolúmenes.

La gente llegaba en automóvil, a pie, de todas las maneras posibles. MetroRail estaba poniendo trenes adicionales para intentar dar abasto a la demanda, trenes cuyos vagones luchaban a brazo partido por contener la pujante masa humana que se apretaba contra sus paredes. Había helicópteros que transportaban a periodistas y reporteros, todos ocupadísimos en instalar sus antenas parabólicas y en darse prisa para conseguir las mejores posiciones desde las que transmitir el evento. En el cielo patrullaban helicópteros de la policía, vigilando el caótico bullicio que corría por el suelo. Las puertas del estadio en sí se cerraron poco después de las doce. Para entonces ya habían entrado en él setenta y tres mil personas, después de haber pasado horas haciendo cola, esperando a ser cacheadas por si portaran armas, las últimas empujando y peleando por abrirse paso, en un intento desesperado de penetrar en el estadio. Hubo varias personas enfadadas e histéricas que no aceptaron la negativa y que estaban formando corrillos de disturbios aquí y allá. También se produjeron algunos altercados en los aparcamientos a causa de la pelea por conseguir un sitio para el coche. Sin embargo, cosa sorprendente, la mayoría de los que habían hecho aquel viaje estaba tranquila y se comportaba con normalidad. La policía estaba llevando a cabo una labor encomiable organizando a los peregrinos y manteniendo el orden y la buena educación. Los acólitos de Darby también había traído un pequeño ejército de voluntarios para que se encargara de la gente que esperaba fuera y ayudara a la de dentro a acomodarse. Repartían botellas de agua gratis y panfletos con propaganda del imperio evangélico de Darby. Las multitudes apiñadas en los aparcamientos, las que no habían logrado entrar en el estadio, no estaban resentidas por haberse quedado fuera; habían venido preparadas y ya estaban adoptando una actitud festiva. Los aparcamientos rebosaban de fiestas a rebufo de la principal. Por todas partes se ofrecía pavo, ponche de huevo y villancicos. Familias enteras, viejos y jóvenes, personas de todas las formas, tamaños y colores, se habían congregado en una única celebración al son de la música navideña que se esparcía flotando por encima de aquel mar multicolor de chapas metálicas.

Partieron temprano y sólo se detuvieron brevemente en una gasolinera para comprar unas gorras con visera y unas gafas de sol baratas para ocultar la cara, y aun así se encontraron con los atascos. Pasaron junto a una valla publicitaria carcomida por la intemperie que decía: «Nos vemos el domingo en mi casa para ver el partido. Dios.» Y poco después apareció el estadio a lo lejos.

Aquella primera vista, desde la carretera, cortó en seco la melancolía que agobiaba a Matt y le infundió nuevos ánimos. Incluso desde aquella distancia se apreciaba que el techo estaba abierto. El estadio era el primero de la NFL que contaba con un techo retráctil, una impresionante cubierta de 150 metros de largo por 120 de ancho. Las enormes vigas que lo sostenían estaban muy separadas entre sí, y tenían los lados apoyados en sendos extremos del campo de juego. Al verlas así abiertas, Matt sintió que se le aceleraba la sangre en las venas; si estaban abiertas, era porque existían muchas posibilidades de que la señal hiciera una aparición. Sintió que iba acercándose a Danny. Se atrevió a abrigar la esperanza de efectivamente ver de nuevo a su hermano con vida. Y era una idea muy agradable, sobre todo después de lo que había soportado en los últimos días.

Los coches no se movían. Matt y Gracie dejaron a Rydell y a Dalton en el gran monovolumen color plata y cubrieron el resto del camino a pie. Conforme iban aproximándose, Matt paseó la mirada por el gigantesco complejo e intentó encajar en él la visión que había previsto Rydell de la situación: que los lanzadores estuvieran fuera y el transmisor dentro. Las razones que dio Rydell para extraer esa conclusión eran simples. Era muy poco probable que los lanzadores de aire comprimido estuvieran ubicados cerca del público que llenaba el estadio o en el interior del recinto; con semejante proximidad, alguien terminaría fijándose en aquellos grandes botes que salían lanzados hacia el cielo, por más silenciosos que fueran. Por otra parte, el transmisor de láser que daba vida a las motas de polvo y controlaba la apariencia externa de la señal tenía que estar dentro del estadio. Al imaginar la manera en que Drucker y su gente pensaban montar la escena, tuvieron la seguridad de que en algún momento la señal aparecería dentro del recinto del estadio. Y si ése era el caso, un rayo procedente de cualquier lugar del exterior no conseguiría entrar dentro. Era una noticia nada halagüeña; significaba que iban a tener que echar una ojeada dentro…, sin llevar armas, dado el control de seguridad que había en las puertas. Un cierto consuelo lo procuraba el hecho de que era probable que los que habían tramado aquello quisieran que la señal apareciera también sobre el estadio, lo cual ayudaba a reducir las posibilidades. En el interior del estadio no había demasiadas ubicaciones desde las que el transmisor disfrutara de una línea visual que le permitiera hacer un seguimiento de algo tan enorme como la señal apuntando hacia arriba, atravesando el techo y saliendo a lo alto del cielo.

La pregunta era: ¿Estarían Danny y su tablero de mandos al lado del transmisor, o al lado de los lanzadores? ¿O bien, otra opción igualmente posible, en otro lugar completamente distinto?

Aquella tercera posibilidad no merecía la pena tenerla en cuenta. En cuanto a las otras dos, sabían que iba a resultar difícil cubrir los dos ángulos. Carecían de personal para hacerlo, y sus limitados esfuerzos iban a verse ralentizados de modo significativo por la masa del público. Y en lo relativo a los lanzadores, lo bueno era que no había tantos lugares donde colocarlos. El estadio se hallaba rodeado por todos lados de varias hectáreas de aparcamientos, que sin duda eran demasiado visibles para utilizarlos. Lo malo era que los pocos puntos viables estaban tan apartados entre sí que abarcarlos todos en la breve franja de tiempo de que disponían iba a ser imposible.

Por eso planearon dividirse. Matt y Gracie peinarían el estadio en busca del transmisor, mientras que Rydell y Dalton examinarían la zona exterior buscando los lanzadores.

Soportaron la arremetida, aguantaron pacientemente en la cola y por fin lograron entrar en el estadio poco antes de que se cerrasen las puertas. Cerca de allí, Rydell y Dalton se abrían paso hasta los aparcamientos y maniobraban con el coche en dirección al extremo este de la zona roja, junto al Reliant Center. Terminaron estacionándolo en un espacio libre que encontraron al fondo del aparcamiento, al lado de la valla, donde esperaban que llamara menos la atención.

Una vez dentro del estadio, Matt y Gracie avanzaron con cautela. El ruido y la energía que se elevaban de las gradas los engulleron desde el primer momento. El edificio en sí tenía un tamaño impresionante, era un monumental coliseo de acero y cristal construido para el siglo veintiuno. Con el techo completamente abierto y el cielo encima, resultaba simplemente sobrecogedor.

Lo que se encontraron dentro del cavernoso recinto no se parecía a nada que Matt ni Gracie hubieran experimentado en toda su vida. Todos y cada uno de los asientos estaban ocupados. Allí había decenas de miles de personas, hablando, riendo, cantando y esperando. Una mezcolanza de elementos diversos de la cultura norteamericana, unidos todos por un anhelo común. Ancianos con peinados de los años cincuenta al lado de adolescentes adictos a los centros comerciales. Parejas de mediana edad cogidas de la mano o llevando jóvenes clones sobre los hombros. Yupis con polos y pantalones flojos sentados junto a fontaneros con monos de trabajo. Señoronas tejanas peinadas de peluquería y luciendo al cuello elegantes pañuelos europeos codeándose con *strippers* de melena leonina tocadas con sombreros de vaquero con lentejuelas. Blancos, negros, latinos de todos los tamaños y colores, todos embriagados por la ilusión, embobados por la idea de encontrarse en la presencia de un nuevo mesías, animados y emocionados, abrazándose, besándose, agitando las manos, conversando y cantando al son de las cristianas melodías de Casting Crowns y Bethany Dillon que se oían por los altavoces.

Al contemplar el suelo del estadio que se extendía ante él, Matt tuvo claro que la impresión inicial que se habían hecho de la distribución del mismo había sido correcta. En el centro se había erigido un enorme escenario cuyo perímetro le estaba vedado al público. Alrededor del mismo se estaba instalando una tropa de equipos de televisión, periodistas y fotógrafos. Seguramente, la programación televisiva de todo el país, por no decir del mundo entero, iba a quedar desplazada por la aparición en el escenario del padre Jerome. Matt dirigió una mirada a un reloj que había en lo alto. Era la una. Según la improvisada invitación de Darby, los festejos darían comienzo a las cinco. Aquello les proporcionaba a Gracie y a él cuatro horas para llevar a cabo la inspección. Parecía mucho tiempo, pero no lo era. El lugar era gigantesco. Y aunque el volumen de la muchedumbre actuaba a su favor porque les procuraba alguna cobertura, lo cierto era que no les facilitaba la tarea en absoluto. Atravesar la entrada principal les llevó una eternidad debido a la serie de obstáculos humanos que tuvieron que sortear. Fue como nadar en un mar de melaza. Además, la densidad de la multitud enmascaraba lo que había al otro lado de aquella marea de cabezas bamboleantes y barrigas que chocaban unas con otras, incluso para un individuo con la gran estatura de Matt.

Matt paseó la vista en derredor fijándose en las gradas de asientos que se elevaban a su lado, buscando un transmisor que fuera lo bastante pequeño para poder ocultarlo en un compartimiento de equipajes.

—¿Por dónde empezamos? —preguntó Gracie.

Matt se encogió de hombros. Se trataba de una tarea abrumadora. Si querían tener alguna posibilidad de éxito, iba a tener que reducir el área de búsqueda. Volvió a pensar en las suposiciones que habían hecho. El estadio tenía una forma más o menos estándar: un ancho rectángulo cuyos lados más largos se arqueaban hacia fuera. Contaba con varios niveles para acomodar al público: cinco hileras de asientos junto al césped, intercaladas por tres filas de suites dispuestas junto a las bandas de los niveles segundo, cuarto y último. Matt miró alrededor intentando visualizar el cono invisible de la señal de láser que había de dar vida al polvo inteligente. Intentó visualizar la señal apareciendo en el interior del estadio y en lo alto, y a partir de ahí fue retrocediendo a fin de deducir cuál sería la ubicación más ventajosa para el transmisor. Lo que atrajo su mirada fueron las suites. Éstas proporcionaban a un tiempo la intimidad y el refugio que se precisaban. Descartó las de los niveles superiores, porque estaban escondidas bajo los lados del techo, y no le pareció que permitieran un ángulo suficiente para controlar la señal si el plan consistía en que ésta permaneciera suspendida sobre el estadio. Tan sólo quedaban por examinar las suites de los dos niveles inferiores, las de los niveles cuatro y dos, y las suites club del nivel tres. Un grupo a lo largo de cada banda. Seis grupos de suites en total.

—Allá arriba —dijo señalando las suites superiores. Comenzarían por allí e irían bajando.

Gracie afirmó con la cabeza y siguió a Matt, que salió de las gradas y regresó a la zona general principal y a las escaleras.

En un rincón situado al fondo del aparcamiento, Dalton encajó en su sitio las palas de fibra de carbono del rotor del Draganflyer y apretó el arnés de la cámara aérea. Durante la noche había recargado la batería de litio y todo estaba preparado para funcionar. Lo había dejado en el maletero del Navigator, a salvo de miradas de curiosos. Mientras lo ponía a punto, miraba constantemente a su alrededor, atento a cualquier peligro que pudiera surgir. No podía evitarlo; todavía lo atormentaba la idea de que Finch hubiera sido asesinado de forma tan sencilla y despiadada. Él era capaz de tratar con milicias y chusmas enfurecidas de Oriente Próximo o de países africanos, pero los asesinos silenciosos y anónimos disfrazados con túnicas negras que se le acercaban a uno por detrás y lo arrojaban desde una azotea le provocaban escalofríos.

Examinó una vez más la unidad de control remoto. Satisfecho al comprobar que no había pasado ninguna conexión por alto, la dejó a un lado y consultó el reloj. Quedaban menos de tres horas para actuar. Aunque habría sido verdaderamente de utilidad explorar el área circundante desde lo alto, habían decidido no hacer uso de la cámara aérea antes de que apareciera la señal en el cielo. Era demasiado arriesgado. No les convenía en absoluto que algún peregrino exaltado o la policía (o los hombres de Drucker, ya puestos) la derribaran de un disparo. De modo que, en lugar de eso, decidieron que Rydell reconocería la zona que rodeaba el estadio a pie, realizando barridos contrarios desde el límite de los aparcamientos, hasta que se hiciera de noche.

Miró alrededor. No había ni rastro de Rydell. Se encogió de hombros, procuró quitarse de la cabeza la imagen de Finch cayendo de la azotea y se puso cómodo para esperar a que volviera.

Keenan Drucker consultó su reloj. Quedaban dos horas. Frunció el ceño. Las cosas no estaban yendo bien. Nada bien.

Perder a Rydell había sido un golpe importante. Drucker odiaba encontrarse en aquella situación. En aquel preciso momento no podía saber qué estaba pensando Rydell. Había habido demasiados trastornos. Rydell tenía que estar desquiciado, y desquiciado quería decir imprevisible o, peor todavía, irracional. ¿Sería capaz de actuar de forma impulsiva y echar todo el tinglado abajo, aunque se destruyera él al mismo tiempo? ¿O se replegaría, se reharía e intentaría idear una salida que lo dejase a él fuera de toda sospecha?

No estaba seguro. Esperaba que Rydell hiciera lo segundo, así también él tendría tiempo para rehacerse. Para idear una alternativa. Porque en aquel preciso momento necesitaba una.

Frunció el entrecejo y clavó la vista en el retrato enmarcado de su hijo, que le devolvía la mirada desde el borde del escritorio. Tenía la sensación de estar fracasando otra vez. De estar fallándole al recuerdo de su hijo, de no lograr compensar una muerte tan inútil.

«Esta vez no te voy a fallar», insistió para sus adentros, cerrando los puños con fuerza hasta que se quedaron privados del riego sanguíneo y adquirieron una tonalidad blanca y letal.

—Es posible que tengamos que llevar nuestros planes a la práctica —lo sorprendió la voz de Maddox por el teléfono manos libres. El soldado hablaba con voz sombría, de derrota. No era el tono que Drucker estaba acostumbrado a oír.

—No podemos —gruñó Drucker—, teniendo a Rydell suelto por ahí. ¿Hay algún rastro de su hija?

—No —contestó Maddox—. El avión la dejó en Los Ángeles. No está utilizando el móvil ni las tarjetas de crédito. Por el momento está fuera de juego.

Drucker suspiró.

—Van a por el hermano. Eso es lo único que le importa a Sherwood. ¿Lo tenéis todo dispuesto a ese respecto?

Maddox dijo simplemente:

—Estamos listos.

—Pues entonces terminad —le ordenó Drucker, y colgó.

75

Cuando el cielo pasó de un azul intenso a un rosa suave y los relojes rebasaron las cinco en punto, el atardecer se transformó en anochecer. Matt y Gracie no habían encontrado nada aún. Habían recorrido el estadio empezando por arriba, sin éxito. El espectáculo estaba a punto de comenzar, y todavía les quedaba mucho espacio por examinar.

No les fue fácil pasar revista a las suites. Como se trataba de un evento no programado, todos los asientos del estadio estaban libres… excepto las suites. Matt y Gracie no tardaron en descubrir que la mayoría de ellas habían sido adjudicadas a los invitados personales de Darby, algunas a los medios, y el resto a los invitados de otros predicadores que Darby había invitado a compartir el escenario con él. El acceso a los sectores de las suites estaba restringido y estrechamente controlado por fornidos vigilantes de seguridad vestidos con camisetas negras que se conocían todas las tretas. Aun así, Gracie se las ingenió para introducirse en los dos grupos de suites de los niveles club y cuatro, engatusando a varios invitados ingenuos y pegándose a ellos, y arrastrando consigo a Matt. Recorrieron todas las suites, las cuarenta y cinco que había en cada grupo, buscando equipos de alta tecnología o individuos que no dieran la impresión de encontrarse allí para vivir una experiencia espiritual. Pero no encontraron ni los unos ni los otros.

Acababan de inspeccionar el primer grupo de suites del nivel club cuando la música disminuyó hasta enmudecer y las luces se atenuaron. Todo el mundo empujó hacia delante para ver mejor. Matt y Gracie también se acercaron. Por los altavoces se oyó un coro de voces y comenzaron a fluir al escenario los cien miembros que formaban el coro del reverendo y fueron tomando posiciones con gesto solemne al tiempo que cantaban *Que se haga la luz*. El público rugió enfebrecido y estalló en aplausos y vítores antes de sumarse al cántico. El efecto fue notable. Setenta mil voces, todas cantando juntas, a las que enseguida se sumaron los incontables millares de personas que había al otro lado de los muros del estadio, un coro de adoradores cuyo eco llenó el crepúsculo de Houston.

Matt arrugó el entrecejo. No faltaba mucho para que apareciera el padre Jerome, y todavía no habían hallado el menor indicio de Danny ni de los individuos que lo tenían retenido. Debía tomar alguna decisión. Tenía que ir directamente a los lugares más probables y olvidarse de los otros. No había tiempo suficiente. Recorrió con la vista el estadio oscurecido y se decidió por dos áreas situadas más allá de las suites que todavía estaban inspeccionando: los dos grupos de suites del nivel dos. Cada grupo contenía treinta y nueve suites, las cuales iban a tardar mucho tiempo en examinar. Tendrían que olvidarse de las gradas generales y esperar lo mejor.

Cesó el cántico y salió Darby al escenario, recreándose en la inmensa ovación del público. Unas gigantescas pantallas de vídeo mostraron un primer plano de su rostro a todo el estadio.

—¡Saludos en Cristo! —exclamó, provocando una respuesta idéntica en las excitadas masas.

Matt y Gracie no pensaban quedarse a escuchar el discurso. Retrocedieron hasta la puerta de la suite y continuaron con sus pesquisas.

Avanzaron despacio, inspeccionando el resto de la zona. Al cabo de media hora aún estaban con las manos vacías. Mientras tanto habían salido al escenario otros dos megapastores y se habían puesto a lanzar ardientes sermones a la multitud enardecida. Entre un sermón y otro el coro cantaba, a modo de acompañamiento, temas de algunos de los artistas más famosos del rock cristiano. Matt y Gracie descendieron al vestíbulo general del nivel tres y ya se dirigían al nivel dos cuando de pronto Gracie lanzó una exclamación ahogada, se volvió y se escondió detrás de Matt.

—¿Qué ocurre? —preguntó éste.

Gracie asomó la cabeza, pero al momento volvió a esconderse detrás de él.

—Ogilvy —dijo—. Está justo ahí.

Matt apretó los puños.

—¿Quién es?

—Ese tipo elegante que está junto al quiosco de bebidas. Pelo grisáceo, gafas sin montura. Lleva un traje de color claro.

Matt escrutó al público. De un extremo al otro el recinto estaba abarrotado de gente. En eso se apartaron un par de cabezas y pudo vislumbrar brevemente a un individuo que encajaba con la descripción que le había hecho Gracie.

—Vamos —dijo en voz baja al tiempo que agarraba a Gracie de la mano y tiraba por en medio de la multitud yendo por detrás de Ogilvy. De pronto lo perdió de vista, pero después lo recuperó, como unos quince metros por delante, encaminándose hacia las suites. El hecho de que Ogilvy midiera más o menos uno setenta no ayudaba precisamente. Matt intentó empujar para abrirse paso, pero la presión que ejercía la masa de gente era como las arenas movedizas. Entonces vio un pequeño hueco que se abría entre la multitud y se dirigió hacia él, pero se tropezó con un par de individuos altos y corpulentos como fornidos ganaderos que regresaban del quiosco de las bebidas. Uno de ellos se derramó la cerveza encima de la camisa y, furioso, propinó un empellón a Matt.

—Mira por dónde vas, imbécil —soltó—. ¿Tienes prisa o qué?

Matt contrajo los músculos del brazo y entrecerró los ojos dispuesto a saltar, pero Gracie lo contuvo y lo dominó con una sonrisa forzada.

—Calma, grandullón. —Luego se volvió hacia el ganadero furioso y lo miró con ojos coquetos—. No ha pasado nada, chicos. Venga, hay que olvidar y perdonar, vamos a disfrutar de los sermones. Estamos en Navidad, ¿no?

Matt se contuvo y aguardó a que el otro asintiera con la cabeza. El ganadero arrugó el ceño, pensando, y por fin, a regañadientes, le ofreció a Matt una minúscula inclinación de cabeza. Matt hizo lo mismo, cogió de la mano a Gracie y tiró de ella hacia el interior del gentío, pero no vio a Ogilvy por ninguna parte. Estiró el cuello y se puso de puntillas para ver mejor.

Pero no había ni rastro de él.

Fuera, junto al aparcamiento rojo, Rydell y Dalton contemplaban asombrados cómo la gente prorrumpía en un cántico y después guardaba silencio de nuevo. Algunos se habían traído televisores en miniatura, alimentados por pilas de doce voltios, y a su alrededor se habían formado densos corros de personas para escuchar los sermones y responder con algún que otro «amén».

Rydell paseó la mirada por la explanada llena de coches y luego observó el cielo. Los últimos retazos de luz diurna se habían hundido por detrás del horizonte.

—Vamos a lanzar la cámara —dijo—. Ya no podemos esperar mucho más.

Dalton sacó el Draganflyer del Navigator y lo colocó en el suelo. Observó la luz que había y puso en modo de visión nocturna la cámara de vídeo HD que llevaba acoplada. Acto seguido encendió los motores del Draganflyer, miró en derredor y lo levantó con cuidado. El aparato se elevó rápidamente con el mismo ronroneo que emitiría un ventilador casero de gran potencia y desapareció en el cielo de la noche.

Rydell escrutó la zona que los rodeaba intentando adivinar dónde estarían ubicados los lanzadores. A su derecha se veían unas estructuras de baja altura, situadas al otro lado de Kirby Drive.

—Vamos a dirigir la cámara hacia esos edificios de ahí —dijo, señalando en dicha dirección. Pero de repente se le ocurrió otra cosa. Volvió la mirada hacia el estadio. Había algo en el eje norte-sur que despertaba su curiosidad. Entornó ligeramente los ojos y dijo—: Más bien, vamos a dirigirla hacia allá. —Indicó un punto a su espalda, al norte del estadio. Observó la imagen que estaba enviando la cámara aérea al ordenador portátil de Dalton. Tenía el típico tono verdoso y fantasmagórico de la visión nocturna, pero el procesador de alta definición estaba funcionando perfectamente, y los detalles eran de una nitidez sorprendente—. ¡Y no aparte los ojos de esa pantalla!

—Maldita sea —siseó Matt—. Lo hemos perdido.

Recorrió con la mirada el recinto. Ogilvy se había esfumado entre la multitud.

—¡La cadena! —exclamó Gracie—. Puede que hayan alquilado una suite. A lo mejor es así como han introducido el transmisor en el estadio.

—Tiene sentido. Pero ¿cómo hacemos para averiguar dónde está? Yo no he visto ninguna lista de invitados. Aquí dentro hay un desorden de mil demonios.

Además tenían otro problema. En el nivel dos había dos grupos de suites, pero se encontraban en extremos opuestos del estadio. Uno estaba al este, frente al Astrodome; el otro miraba al oeste. Para cruzar del uno al otro tendrían que pasar por medio de otra marea humana.

—No nos va a dar tiempo de registrar las dos zonas —dijo Gracie.

Justo en ese momento la música dio paso al protagonismo de los metales con una entrada grave, que anunciaba algo inminente, y nuevamente se atenuaron las luces del estadio. El público se sumió en un silencio escalofriante. Había una expectación nerviosa que se mascaba en el aire. Y entonces reapareció Darby en el escenario, acompañado por un tremendo rugido de las gradas. Se regodeó en el clamor del público por espacio de casi un minuto entero y después alzó una mano apaciguadora y preguntó:

—¿Estáis preparados?

La respuesta fue un estruendoso:

—¡Sí!

—Hermanos míos en Cristo, os ruego que deis una calurosa bienvenida a Houston y abráis los corazones a nuestro invitado especial, ¡el padre Jerome!

Cuando apareció la figura del padre Jerome, hasta la última persona que se encontraba en el estadio se puso en pie aplaudiendo y lanzando vítores, extasiada al verlo. Sobre aquel enorme escenario daba la sensación de ser diminuto, avanzaba despacio, arrastrando los pies, mirando con asombro al público, empequeñecido por la imagen de sí mismo que proyectaban las pantallas de vídeo del estadio. Fue hasta el centro del escenario acompañado por una cegadora andanada de destellos de flashes y saludó a Darby con una breve y cortés inclinación de cabeza. Darby lo condujo hasta un micrófono de pie, le indicó con un gesto que ya podía hablar y seguidamente se retiró unos pasos para apartarse de los focos.

Matt y Gracie se quedaron donde estaban, clavados al suelo, estupefactos por la reacción del público. El estadio entero reverberaba con un aire majestuoso. Gracie contempló el primer plano del padre Jerome que se veía en las pantallas. Estaba mirando hacia arriba, absorbiendo la escena, a todas luces abrumado por la escala de aquel evento. Le resbalaban por la frente varias gotitas de sudor. Daba la impresión de no saber qué decir. El público en masa estaba en pie, sin hacer nada más, mudo, pendiente de lo que fuera a proclamar el mensajero de Dios. Éste se aclaró la voz con una breve tos, miró a su alrededor con un gesto de ligera aprensión..., y de pronto su semblante se transformó, como si algo lo hubiera sorprendido levemente. Ladeó un poco la cabeza, parpadeó, tragó saliva y dijo:

—Gracias a todos por estar aquí y por haberme acogido de este modo.

La multitud respondió entusiasmada gritando «Amén» y aplaudiendo. Cuando el padre Jerome se embarcó seguidamente en su sermón, Matt sintió que le brotaba una idea entre el caos que abrumaba su cerebro.

—Necesito llamar a Rydell —le dijo a Gracie—. Rápido.

Gracie tenía consigo el móvil de Dalton. Rydell aún llevaba el suyo encima. Marcó su número a toda velocidad y le pasó el teléfono a Matt.

Rydell contestó al primer timbrazo.

—¿Ya tiene la cámara en el aire? —preguntó Matt en tono de urgencia.

Rydell estaba mirando atentamente la pantalla del portátil de Dalton.

—La tengo sobrevolando el centro médico, justo al norte de aquí —lo informó—. De momento no hay nada.

—¿Qué le pasaría al enlace de vídeo si se cruzase con la señal del transmisor? —preguntó Matt sin aliento.

—Que se interrumpiría, sin duda —especuló Rydell.

—Pero no trastornaría la cámara tanto como para que no pudiera volar, ¿no?

Rydell reflexionó unos instantes y contestó:

—Podría ser. La señal de láser podría anular la señal proveniente del control remoto de la cámara. Mientras estuviera en la trayectoria del haz, podríamos perder el control. Y también podría ser que dejara la cámara frita.

Dalton le lanzó una mirada de preocupación.

Nuevamente volvió a oírse la voz de Matt.

—Tenemos que correr el riesgo. Dirija la cámara hacia nosotros, al interior del estadio. Es la única manera que tenemos de averiguar de dónde viene la señal.

—De acuerdo —dijo Rydell a la vez que trazaba un círculo con el dedo en el aire en sentido horizontal, mirando a Dalton, y le indicaba el estadio—. Esperemos que llegue hasta allí de una sola pieza. —Se volvió hacia Dalton y le dijo—: Vamos adentro.

Dalton se sirvió del monitor para guiarse y manipuló las palancas para hacer girar el artilugio. Rydell se acuclilló detrás de él, con la atención fija en la pantalla. Cuando el Draganflyer dio la vuelta, dio un respingo y exclamó:

—¿Ha visto eso? —Tocó la pantalla con el dedo, pero el Draganflyer estaba alejando el foco y lo que él estaba señalando desapareció.

—¿Qué era? —preguntó Dalton.

—Había algo ahí atrás. —Señaló el ángulo superior izquierdo de la pantalla—. En el techo. ¿Puede girar la cámara para que enfoque hacia atrás?

El semblante de Dalton revelaba una profunda concentración mientras sus dedos hacían microajustes en las palancas de mando.

—No puedo hacer un giro de ciento ochenta grados, sólo un barrido hacia delante. Puedo hacer rotar el aparato y que vuele marcha atrás, pero en cualquier momento llegará al estadio, y no quiero correr el riesgo de pilotarlo a ciegas.

Rydell frunció el entrecejo y asintió.

—Está bien, continúe. Ya volveremos más adelante.

—Si es que para entonces el aparato sigue en el aire —se preocupó Dalton.

Matt y Gracie otearon la franja rectangular de cielo negro y esperaron a que el padre Jerome finalizase el sermón.

—Matt, está terminando —dijo Gracie señalando el escenario.

Matt bajó la vista sin quitarse el teléfono del oído.

—Vamos, tíos.

—Ya casi estamos —respondió Rydell con voz tensa.

Sobre el escenario, el padre Jerome echó la cabeza atrás y comenzó a elevar despacio los brazos hasta situarlos ligeramente por encima de la horizontal, como si se dispusiera a atrapar un gigantesco balón de playa. El público se estremeció y todos los ojos se volvieron hacia el cielo vacío que se extendía más allá del techo del estadio.

—Orad conmigo —imploró el padre Jerome a sus seguidores—. Orad conmigo para que Dios nos mande una señal que guíe nuestro pensamiento y nos ayude a hacer su voluntad.

Por todo el estadio surgieron murmullos y movimientos de labios. De repente se oyó una exclamación ahogada que reverberó por aquel gigantesco recinto, como reacción a una bola de luz que apareció en la vertical del padre Jerome. Era pequeña, quizá de dos o tres metros de diámetro, una esfera luminosa y brumosa que giraba sobre sí misma. Las gradas se encendieron con una oleada de flashes mientras la bola de luz permanecía varios minutos flotando. Entonces comenzó a elevarse. Llegó a un punto situado a medio camino entre la cabeza del padre Jerome y el borde superior del estadio y se mantuvo allí unos instantes, con un brillo deslumbrante, en contraste con un chispeante telón de fondo formado por los destellos luminosos de millares de cámaras, y a continuación incrementó su brillo y se transformó en la enorme esfera luminosa que ya conocía todo el mundo.

El público guardó un silencio tenso al ver rotar la esfera. Entonces, igual que una ola al romper, se produjo una marea de euforia que inundó las gradas y la multitud estalló en un clamor indescriptible, más arrollador que el que jamás hubiera podido generar un evento deportivo. Entre los miles de «amenes» y «aleluyas», aquella masa de fieles agitó los brazos y unos con otros se abrazaron llevados por la adulación y el asombro. La gente se persignaba. Algunos se desmayaban, otros aullaban histéricos. La mayoría contemplaba la escena con expresión de incredulidad y lágrimas de alegría en la cara.

Matt sintió un hormigueo en la piel. Era la primera vez que veía la señal en vivo, y se quedó alucinado al ver su poder. Tuvo que hacer un esfuerzo para recordarse a sí mismo que no era un fenómeno sobrenatural, que era resultado del trabajo de Danny. Que su hermano había desempeñado un papel decisivo para darle vida.

Intuía su presencia. Ahora más que nunca, tenía que encontrarlo.

Miró hacia el cielo y susurró al teléfono móvil:

—¿Dónde está?

—Dentro —anunció Rydell—. Acaba de dejarse caer por la cara norte de la abertura.

76

Matt miraba fijamente, esforzándose por distinguir la diminuta máquina negra…, y entonces la vio. Resultaba apenas visible porque su discreto acabado mate se confundía con el cielo nocturno, pero allí estaba. Mantuvo los ojos pegados a ella y calculó la posición que ocupaba en relación con las suites. Decidió ir primero a las de la parte norte.

—De acuerdo, hágala descender hasta el borde inferior de la señal y desplácela alrededor del estadio en el sentido contrario a las agujas del reloj —le dijo a Rydell—. Y en cuanto sufra alguna interferencia, comuníquemelo de inmediato.

—Recibido —respondió Rydell.

En el aparcamiento rojo, Rydell y Dalton seguían por la pantalla del portátil, conteniendo la respiración, el vuelo del Draganflyer, que se zambulló en el estadio y comenzó a girar en torno a la señal. Todo a su alrededor estaba atestado de grupos de personas apiñadas en torno a quienes habían llevado consigo televisores portátiles y contemplaban la señal con reverencia.

—Allá vamos —murmuró Dalton con un nudo de nerviosismo en la garganta.

Matt se esforzó para no perder de vista el pequeño artilugio, que comenzó a seguir una trayectoria circular alrededor del interior del estadio. Tenía el móvil pegado a la oreja y sentía su propio pulso vibrar contra la mejilla. Gracie también estaba alerta y vigilaba la entrada que tenían a la espalda, preocupada por la presencia de Ogilvy, incómoda por el hecho de que estuviera allí.

En la totalidad del estadio, el público seguía extasiado por la visión que se ofrecía a sus ojos. La señal se limitaba a flotar suspendida, una bola descomunal de energía vibrante. La mirada de Matt se sentía atraída una y otra vez hacia ella. Era increíblemente difícil resistirse a mirarla. Cuando se le desviaban los ojos sin querer, él los apartaba rápidamente y los fijaba en la última posición que había ocupado el Draganflyer procurando seguir concentrado en aquella minúscula mota de color negro.

La cámara aérea ya casi había llegado al extremo sur de las suites del lado este cuando de pronto oyó la voz de Rydell.

—Tenemos algo. ¡Mierda, estamos perdiendo la imagen! —chilló.

Matt estiró el cuello hacia delante, como si aquellos dos centímetros de más fueran a servirle de algo. Vio que la cámara aérea se tambaleaba y a continuación se desplomaba violentamente, como si de pronto se hubiera quedado sin energía o hubiera chocado con un gigantesco matamoscas, y se precipitó hacia el suelo igual que una piedra.

A Matt le dio un vuelco el corazón al verla caer, pero volvió a enfocar la vista en las suites que miraban hacia la última posición estable que había ocupado el aparato. Eran precisamente las últimas, las situadas en el rincón sureste del estadio.

—¡Vamos! —le gritó a Gracie al tiempo que la aferraba de la mano y regresaba a toda prisa a la zona general para dirigirse a la carrera hacia las escaleras mecánicas.

—¡Mierda! —chilló Dalton al perder el control del Draganflyer, con el corazón desbocado y la cara contraída por el pánico, accionando con desesperación las palancas buscando una reacción.

La imagen de la pantalla del ordenador portátil desapareció en un chisporroteo y fue sustituida por nieve estática, acompañada por un siseo que no hizo sino empeorar las cosas.

—Va a terminar matando a alguien —dijo impulsivamente. Y de improviso la pantalla volvió a la vida. Fue desconcertante: un descenso vertiginoso desde el punto de vista de la cámara mientras ésta caía en picado hacia una masa humana que rápidamente aumentaba de tamaño.

—¡Súbala! —vociferó Rydell.

—¡Ya lo intento! —respondió Dalton. Las personas que entraban en el campo visual de la cámara se veían cada vez más grandes, abrían mucho los ojos al descubrir aquel dispositivo alienígena que venía hacia ellas y ponían cara de alarma…, pero de pronto el Draganflyer cobró vida de nuevo y remontó el vuelo a escasa distancia de sus cabezas, las esquivó y se elevó por el aire hasta que quedó suspendido junto al techo del estadio.

Dalton dejó escapar un enorme suspiro de alivio y lanzó una mirada de alegría a Rydell.

—¿Quién tuvo esta brillante idea? —le preguntó con voz temblorosa?

Rydell le dio una fuerte palmada en el hombro.

—Ha estado muy bien, amigo. Muy bien. Ahora toca largarse de aquí y registrar ese edificio.

De pronto estalló a su alrededor un clamor de emoción que fue *in crescendo*. Ambos se apartaron del maletero del coche y se fijaron en la parte superior del estadio, al tiempo que se produjo una oleada de exclamaciones que recorrió todo el aparcamiento. La señal estaba elevándose lentamente hacia el cielo nocturno, una franja de luz curvada que se asomaba por encima del techo del estadio.

Matt se apeó de las escaleras mecánicas en el nivel dos y cruzó a la carrera la zona de rellano que llevaba a la entrada de las suites. Gracie iba detrás pisándole los talones. El gentío había desaparecido, no se veía ni un alma; todo el mundo estaba contemplando el milagro que tenía lugar sobre el césped. También habían desaparecido los gorilas, probablemente estaban en alguna de las suites viendo el fenómeno con los invitados.

Ellos venían del lado norte, y la suite que constituía su objetivo se encontraba al final de la zona general de acceso que discurría por detrás de las suites, en el extremo sur del grupo. Cuando Matt echó a correr por ese pasillo en curva, sucedieron dos cosas: dedujo que en el campo debía de haber tenido lugar algún cambio, porque se oyó un coro de exclamaciones que hizo retumbar las puertas de las suites; y además vio a un hombre que venía andando hacia él y que se dirigía al exterior de la zona de las suites, en el preciso momento en que Gracie, a su espalda, gritó:

—¡Matt!

El individuo en cuestión tenía el pelo grisáceo, gafas sin montura, traje de color claro y aire elegante. Ambos se reconocieron mutuamente. Ogilvy dio un respingo de sorpresa, pero no tuvo tiempo de hacer nada más, porque Matt arremetió directamente contra él sin aminorar el paso, lo agarró por los brazos, le dio la vuelta y lo empujó con fuerza contra la pared del pasillo. Ogilvy exhaló una exclamación dolorida cuando Matt se apoyó contra su espalda con todo su peso y lo dejó sin aire en los pulmones. Él mismo notó que la herida del disparo protestaba con una punzada de dolor, pero no le hizo caso y redujo a Ogilvy con un puñetazo en los riñones que lo hizo doblarse hacia delante. Matt estaba acelerado. No le dejó ni un momento de respiro: lo agarró del brazo derecho, se lo torció hacia atrás y hacia arriba hasta el borde de la dislocación y seguidamente le dio un empujón para que empezara a caminar y lo condujo pasillo adelante a paso rápido.

—¿En cuál están metidos? —rugió.

A Ogilvy la cabeza le rebotaba a izquierda y derecha, como un boxeador con los ojos hinchados que se tambalease con las piernas flojas.

—¿En cuál? —repitió Matt sin dejar de apretar el paso. Sabía que la suite que buscaba era una de las últimas de la fila, de modo que en realidad no necesitaba que Ogilvy le contestara. Calculó que la suite elegida no sería como todas las demás. Todas tenían las puertas abiertas de par en par y las numerosas personas que había dentro se agolpaban contra el mostrador frontal. Pero los muchachos de Maddox no iban a ser tan acogedores, y su suite tendría la puerta cerrada. Matt empujó a Ogilvy contra la puerta y golpeo ésta con firmeza sin dejar de retorcerle el brazo a su presa con tanta fuerza que la paletilla daba la impresión de estar a punto de salirse de su sitio.

—Procura que te abran con amabilidad y cariño —le siseó al oído.

—¿Sí? —preguntó una voz grave desde dentro.

Ogilvy tragó saliva y luego respondió:

—Soy yo, Ogilvy. —Intentó parecer tranquilo, pero no lo consiguió del todo.

El tipo que había al otro lado de la puerta debió de dudar, porque no abrió inmediatamente. La hoja se abrió unos centímetros. Nada más oír el chasquido de la cerradura, Matt levantó a Ogilvy en vilo, un movimiento en el que le desgarró varios tendones del hombro, y lo empujó contra la puerta igual que si fuera un ariete de asalto. La hoja basculó hacia atrás y golpeó en la cara al individuo que estaba junto a ella. Las puertas de las suites eran macizas y estaban insonorizadas. El impacto sonó como si al tipo lo hubieran atizado con un bate de béisbol. Lo levantó del suelo y la pistola que empuñaba salió volando por los aires y cayó con fuerza sobre el piso. Matt se lanzó al interior de la suite manteniendo a Ogilvy por delante de él en todo momento, a modo de escudo. Su visión captó a otros dos individuos, además del que estaba en el suelo. Estaban esperándolo y portaban armas con silenciador apuntadas hacia la puerta. Matt no frenó. Continuó con su arremetida, llevando a Ogilvy delante, y atravesó la habitación en cinco grandes zancadas. Ogilvy se sacudió y agitó los brazos acusando el impacto de varios balazos que lo alcanzaron, pero los asesinos no dispusieron de mucho tiempo antes de que Matt se les echara encima.

Arrojó a Ogilvy contra el que tenía justo enfrente y se abalanzó sobre el otro, le sujetó con las manos el brazo con que sostenía la pistola y empujó ésta hacia un lado a la vez que le propinaba un tremendo codazo en la mandíbula. Oyó cómo crujía el hueso mientras él se daba la vuelta, todavía aferrando la muñeca de su víctima con las dos manos, y giraba ésta noventa grados hasta dejarla apuntando hacia el otro asesino, que estaba entretenido en quitarse de encima el cuerpo ensangrentado de Ogilvy. Las dos armas con silenciador realizaron simultáneamente una pirueta para mirarse la una a la otra, sólo que la que controlaba Matt llegó una décima de segundo antes y él accionó el gatillo apoyándose en el dedo de su presa. La pistola escupió un disparo que alcanzó al contrario de lleno en el cuello. El otro cayó hacia atrás con un chorro de sangre manando entre los omóplatos, pero tuvo tiempo de disparar a su vez un tiro que pasó silbando junto a Matt y fue a incrustarse en la pared que éste tenía a su espalda.

Matt sintió que el asesino que tenía detrás se revolvía. Lanzó el codo en su dirección y le aplastó la garganta. Notó que se ponía rígido y que se convulsionaba en un gorgoteo de dolor, y en aquel preciso instante Gracie chilló otra vez:

—¡Matt!

Volvió la vista hacia la entrada de la suite y hacia el individuo que se había llevado el encontronazo con la puerta. Tenía la mitad de la cara brillante de un color rojo vivo. Tenía que doler. Estaba de rodillas, incorporándose, con la vista clavada en él. Acababa de recuperar la pistola cuando de pronto Gracie lanzó un chillido y se abalanzó contra él para placarlo desde el costado. Pero el matón reaccionó deprisa: no tuvo que hacer más que sacar el brazo para desviarla y mandarla contra la pared que tenía detrás de él, pero con ello dio a Matt los valiosos segundos que necesitaba para tener de nuevo la sartén por el mango, levantar el brazo del asesino que tenía a la espalda y hace un par de disparos contra el de la cara enrojecida.

Tardó un segundo en recuperar el resuello y permitir que su corazón volviera a latir con algo que recordara una cierta normalidad. Acto seguido, le quitó el arma de la mano al asesino, apartó a éste a un lado de una patada y se puso de pie. Gracie también se incorporó, con la conmoción pintada en el rostro, y fue hacia él.

Matt recorrió la suite con la mirada y de pronto notó, consternado, que allí no había ningún transmisor. Ni ningún tablero de control. Ni tampoco estaba Danny. Recordó a Ogilvy paseándose por el estadio, y también recordó la posición que ocupaba el asesino cuando él irrumpió por la puerta. Había sido una trampa. Lo estaban esperando y se habían servido de Ogilvy para atraerlo. El transmisor tenía que estar por allí cerca, dado que la señal procedía en general de aquella zona, pero eso ya no importaba. Estaba seguro de que no habían corrido el riesgo de tener a Danny en el interior del estadio. Tenía que encontrarse en algún punto del exterior del mismo. Es decir, si es que no estaba controlando el transmisor desde la otra punta del estado o… la otra punta del país.

Se le cayó el alma a los pies. Con el ceño fruncido, contempló cómo Gracie daba un par de pasos y observaba el campo de juego a través del cristal que abarcaba desde el suelo hasta el techo de la suite. Se acercó hasta ella. En su trayectoria hacia el cielo abierto, la señal había rebasado el techo del estadio y su borde inferior se situaba ahora justo pasada la tangente del mismo. El padre Jerome seguía estando en el escenario, con los brazos extendidos, musitando una oración. Y todo el público que abarrotaba el estadio se encontraba de pie.

De pronto acaparó su atención un leve trino. Provenía del móvil de Dalton. El que llamaba era Rydell. Lo cogió.

—Me parece que ya los tenemos —dijo Rydell impulsivamente y sin aliento—. Salgan de ahí a toda leche. Están aquí.

77

—¿Dónde? ¿Qué pasa? —preguntó Matt acelerado.

—Hay un edificio bastante alto cuya parte de atrás da a la entrada del aparcamiento rojo del lado norte —explicó Rydell—. Podría ser un hotel, no estoy seguro. En un lado tiene una piscina y un aparcamiento de superficie todo alrededor. En el tejado hay cuatro hombres. Tienen los lanzadores.

En los sentidos de Matt, esas palabras ejercieron el mismo efecto que una lata de combustible de reserva. Miró por la pared de cristal; la señal ya flotaba por encima del estadio. Al instante le vino a la memoria la ocasión en que Rydell le dijo que la bola de luz podía aguantar unos quince minutos antes de consumirse. Sabía que ese momento no iba a tardar en llegar, y entonces los hombres que manipulaban los lanzadores también desaparecerían. Llevándose consigo a Danny, si es que estaba allí.

—¿Dónde está usted? —quiso saber.

—En el extremo este del aparcamiento, junto al Reliant Center.

Matt estaba reproduciendo mentalmente la distribución del parque que había estudiado la noche anterior en la red.

—Así que si salgo por la puerta norte…

Rydell lo interrumpió:

—No tiene más que atravesar el aparcamiento en línea recta y ya está. Son aproximadamente unos quinientos metros.

—Voy para allá. Mantenga abierta esta comunicación y vaya informándome. —Se volvió hacia Gracie con una expresión de esperanza en la cara—. Han localizado los lanzadores. Voy a por ellos. —Pasó por encima de los sicarios abatidos, recuperó dos de sus armas y se las guardó en el cinto. A continuación se sacó los faldones de la camisa para disimularlas—. Vamos. Usted regrese al coche y espere con los otros.

—Usted no puede ir solo —protestó Gracie.

—La verdad es que no me queda otro remedio —replicó Matt—. Tenemos que irnos.

En el aparcamiento rojo, Rydell y Dalton miraban la pantalla del portátil con expresión extasiada. El Draganflyer llevaba a cabo una trayectoria de espera a unos setenta y cinco metros sobre la vertical del objetivo, con su lente de visión nocturna en posición de ampliación máxima. Probablemente eran las únicas personas en muchos kilómetros a la redonda que no estaban con la vista fija en la resplandeciente señal, que ahora ya había dejado atrás el techo del estadio y pendía suspendida en el cielo. Era una escena hipnótica, pasmosa, visible desde muy lejos. Los miles de personas que la contemplaban desde los aparcamientos y las carreteras atestadas de vehículos estaban paralizadas, totalmente embelesadas por aquella aparición de otro mundo.

Rydell miró el reloj. Sabía lo que estaba a punto de suceder, y en efecto sucedió casi a continuación. La señal vibró ligeramente, igual que un corazón al latir, y acto seguido su luz se atenuó hasta desaparecer como una vela que se apaga. La multitud reaccionó con una inspiración colectiva y varias exclamaciones aquí y allá de «Alabado sea el Señor» y «Amén».

Observó la pantalla. Los del tejado estaban dándose prisa en recoger el equipo. Bien sabía él lo eficientes que podían ser. No lo sorprendieron. En apenas un minuto guardaron los tubos de lanzamiento y el resto del equipo y desaparecieron en el interior del edificio.

—Vamos —murmuró casi para sus adentros, y volvió el cuello para ver mejor la entrada norte del estadio por si descubría a Matt, pero la entrada estaba muy lejos y su campo visual se hallaba bloqueado por toda clase de vehículos altos. Volvió la vista hacia el extremo norte del aparcamiento y el edificio de gran tamaño que se erguía sobre él, detrás de una hilera de árboles. Meneó la cabeza con tristeza y tomó una decisión rápida.

—Las armas están en la guantera, ¿verdad? —le preguntó a Dalton.

Antes de que Dalton pudiera contestar, ya había entrado en acción y había sacado el Para-Ordinance P14.

—¿Qué está haciendo? —Dalton sintió una punzada de miedo al ver a Rydell empuñando aquella pistola plateada.

Rydell volvió fugazmente la vista hacia el estadio, luego hacia el edificio, y por último hacia Dalton. Le entregó su teléfono.

—Tengo que ayudar a Matt. Usted quédese en el coche.

Y antes de que Dalton pudiera poner alguna objeción, se marchó.

Matt salió como una exhalación por la puerta norte del estadio, seguido de cerca por Gracie. Al llegar al aparcamiento se detuvo, lanzó una mirada rápida al mismo para orientarse y envió a Gracie en la dirección en que Rydell había dicho que estaba estacionado el Navigator.

—Tienen que estar por ahí, al fondo.

Ella afirmó con la cabeza, y Matt desapareció.

Atravesó a la carrera las hileras de coches, monovolúmenes y camionetas, cortó por en medio del gentío que llenaba la explanada, sorteando y zigzagueando como un jugador de fútbol americano que intenta llegar a la zona de anotación del campo de juego para lanzar un último y desesperado pase. Al cabo de un minuto y medio vio la última fila de coches y la valla de corta altura que recorría el perímetro del aparcamiento. Se abrió paso por entre un par de autocaravanas y alcanzó la valla, pero frenó en seco al ver a Rydell, que lo estaba esperando jadeante. Fue hasta él y aprovechó para recuperar un poco el resuello mientras le hacía un gesto interrogante con la cabeza.

—He pensado que no le vendría mal un poco de ayuda —explicó Rydell levantándose la chaqueta para dejar a la vista la pistola que se había guardado en el cinto.

Matt se alzó el faldón de la camisa para ofrecerle un vistazo del arsenal que portaba él y esbozó una leve sonrisa. A continuación se llevó el teléfono al oído.

—¿Hay algo? —preguntó.

La voz de Dalton respondió:

—Ningún movimiento, pero el aparcamiento del lado sur del edificio está abarrotado de gente. Ellos tienen que tener el coche aparcado en el otro..., un momento. —Titubeó—. De acuerdo, tenemos uno, dos, tres, cuatro individuos saliendo por la cara norte del edificio y dirigiéndose a lo que parece ser..., es una furgoneta, aparcada junto a los árboles que hay en el ángulo noreste del aparcamiento.

Matt cerró el teléfono y lo guardó.

—¿Sabe usarla? —preguntó, indicando la pistola plateada de Rydell.

Rydell afirmó con tranquilidad.

—Me las arreglaré.

Matt hizo un breve gesto de asentimiento y echó a correr en dirección a los árboles.

Ambos saltaron la valla que bordeaba el aparcamiento y atravesaron el grupo de árboles que había delante del edificio. Un letrero de neón informó a Matt de que se trataba de un Holiday Inn. Condujo a Rydell hacia la derecha y dejó atrás la piscina y la terraza, que estaba repleta de gente, clientes del hotel que charlaban animadamente sobre la aparición de la señal. Ellos continuaron su camino, dieron vuelta al hotel y alcanzaron el aparcamiento que éste tenía delante de la fachada.

Matt se arrimó a la pared y oteó los alrededores. El aparcamiento era amplio y estaba mal iluminado, y sus confines se hallaban envueltos casi en una oscuridad total. Había una hilera de coches, luego un carril vacío, luego dos hileras de coches, otro carril, y una última hilera de coches. Distinguió el techo de la furgoneta al fondo, en el extremo derecho. La habían estacionado mirando al hotel, con la parte trasera apoyada contra otro grupo de árboles que separaba el hotel de la finca siguiente. Dirigió una mirada interrogante a Rydell. Rydell asintió para confirmar que se trataba de la furgoneta que buscaban. Matt percibió algo de movimiento a su alrededor, figuras recortadas contra la noche. Vio que una de ellas levantaba un tubo de gran tamaño y se lo entregaba a alguien que quedaba fuera del campo visual. Miró una vez más a Rydell para obtener confirmación. Rydell confirmó. Eran hombres de Maddox. Y estaban cargando el equipo.

Matt sufrió un retortijón en las entrañas. Danny podría encontrarse allí mismo, a menos de cincuenta metros de él.

Sacó las armas y le pasó una a Rydell.

—Esta pistola hace menos ruido que ese cañón que lleva usted.

Vaya rodeando por ahí —le susurró al tiempo que le indicaba con una seña que se acercara por la izquierda—. Yo voy a atajar por la derecha. Y camine agachado.

Rydell confirmó con un breve gesto de cabeza y se escabulló agachado.

Matt se aproximó a la furgoneta con cautela, pegado a los coches, deslizándose por el estrecho espacio que quedaba entre unos y otros, con la vista fija en el objetivo. Se trataba de un vehículo de trabajo Chevy. Blanca y anónima. El modelo grande, el que tenía mucha distancia entre ejes. Oyó que se cerraba una de las puertas y vio a uno de los hombres dirigirse hacia la parte trasera. Los otros quedaron detrás, fuera de la vista. Matt se acercó un poco más, hizo una inspiración profunda y se irguió lo justo para ver por encima del techo del coche que tenía delante, con la pistola aferrada en las dos manos, preparado para meterles dos balas (con silenciador) a los hombres de Maddox…, pero allí no había nadie. Ya no estaban. Con todos los nervios en tensión, apuntó con el arma a izquierda y derecha, con todos los sentidos alerta…, y de repente oyó un roce a su derecha, en los árboles que había más allá de la furgoneta, y vio emerger a un tirador que traía consigo a Rydell encañonándolo en la sien con una pistola provista de silenciador.

Matt se replegó, no muy seguro de qué hacer…, y justo en aquel momento sintió un objeto duro que se le clavaba en la espalda.

—Suelta el arma —dijo la voz—. Despacio.

A Matt se le cayó el alma a los pies. Los estaban esperando. Durante una fracción de segundo brilló en su cerebro la idea de hacer un movimiento, pero el individuo que tenía detrás segó dicha idea de plano asestándole un puñetazo en el oído que le hizo doblar las rodillas. La pistola se le resbaló de la mano y sintió que se le nublaba la vista. Permaneció así unos instantes, esperando a que se le despejara, y mientras tanto, con la visión borrosa, distinguió el vago contorno de alguien que se apeaba de la parte trasera de la furgoneta. Era Maddox y… no estaba solo. Venía tirando de alguien, agarrándolo por el cuello y apuntándolo con una pistola.

Matt entornó los ojos en un esfuerzo por ver algo a través de la niebla que le ofuscaba el cerebro, pero incluso antes de que ésta se disipara, reconoció instantáneamente a la otra persona.

Era Danny.

Estaba allí. Estaba allí de verdad.

Vivito y coleando.

Matt sintió un vuelco en el estómago. Se incorporó con dificultad, y el torrente de adrenalina que le inundó todo el cuerpo le permitió distinguir con claridad el rostro de su hermano. Danny le dirigió una sonrisa dolorida. Matt respondió con un gesto de cabeza y no pudo evitar sonreír a su vez de oreja a oreja, aunque las cosas no presentaran un cariz demasiado prometedor para ambos.

Maddox acusó la presencia de Matt con un encogimiento de hombros, pero sus ojos reflejaron una sorpresa auténtica al ver a Rydell.

—Vaya, ésta sí que es buena —dijo bromeando, obviamente complacido por la inesperada presencia del millonario—. ¡Y eso que la gente afirma que no existe Santa Claus!

Gracie explotó.

—¿Qué están haciendo?

La imagen que proyectaba la pantalla del portátil mostraba a las dos figuras, que ellos sabían que eran Matt y Rydell, soltando las armas y apartándose de la furgoneta en un movimiento de derrota. Pocos segundos después aparecieron otras dos figuras salidas de la furgoneta, muy juntas, la una detrás de la otra.

—¿Eso es una pistola? —preguntó Gracie con un nudo de miedo en la garganta.

—Espera un momento —dijo Dalton. Manipuló las palancas con dedos expertos e hizo descender ligeramente el Draganflyer para ver la escena más de cerca.

El plano cenital del brazo extendido de Maddox fue haciéndose más grande en la pantalla. Y no cupo ninguna duda de que el arma apuntaba a Matt y a Rydell directamente a la cara.

Danny dejó escapar un gemido de protesta por la fuerte tenaza con que lo sujetaba Maddox.

—Lo siento, hermano —le dijo a Matt—. No he podido avisarte.

—No te preocupes por eso. —Se percató de que Danny tenía las manos sujetas por unas esposas de plástico flexible.

Danny miró ceñudo a Rydell.

—¿Qué está haciendo éste aquí? —le preguntó a Matt.

—Penitencia —repuso Matt en un tono sin inflexiones.

Danny meneó la cabeza en un gesto sardónico y taladró a Rydell con la mirada.

—Muy poca y demasiado tarde, ¿no le parece? ¿O es que también tiene poder para resucitar a los muertos?

Rydell no dijo nada.

Maddox extendió el brazo derecho trazando un arco con la pistola que empuñaba para señalar a Matt y a Rydell.

—Siento mucho verme obligado a interrumpir este feliz reencuentro, muchachos —dijo en tono tajante—, pero tenemos que irnos. ¿Qué tal si te despides por última vez del pesado de tu hermanito pequeño Danny? —Apuntó con el arma a Matt y le dirigió un curioso gesto de afirmación con la cabeza, casi respetuoso—. Ha sido un placer conocerte, amigo. Lo has hecho verdaderamente muy bien.

—Pero no lo suficiente —replicó Matt malhumorado.

—No, créeme, lo has hecho bien de verdad —insistió Maddox.

Alzó la pistola unos centímetros para dispararle a la cabeza sin que su semblante reflejara la menor emoción. A Matt se le paró el corazón ante la idea de sentirse atravesado por una bala…, y de repente Maddox se desplomó de espaldas golpeado por algo que chocó contra él venido de no se supo dónde, algo grande y negro que cayó como una flecha del cielo nocturno con un sigiloso zumbido e impactó salvajemente contra su brazo y se lo desvió hacia un lado. La pistola salió volando por los aires. Maddox dejó escapar un alarido cuando las palas de fibra de carbono del pequeño helicóptero se llevaron por delante piel y músculo, y cayó al suelo chorreando sangre oscura.

Cuando el Draganflyer se estrelló contra la puerta abierta de la furgoneta, Matt ya estaba moviéndose. Propinó un codazo al matón que tenía detrás al tiempo que le gritaba a Rydell que huyera. Seguidamente se dio la vuelta y empujó hacia un lado la mano con que el sicario sostenía la pistola a la vez que le asestaba un puñetazo que le desencajó la mandíbula y lo arrojó al suelo. Él se precipitó también, con la intención de hacerse con el arma, pero la mano del otro la aferraba como si fuera un torniquete y no la soltó.

Forcejearon por la pistola como perros rabiosos y hambrientos peleándose por un hueso, hasta que la automática disparó un tiro que alcanzó al asesino en el vientre y lo hizo encogerse de dolor.

Rydell no fue tan rápido ni tan eficaz. Estaba luchando con el individuo que pretendía dispararle a él, sujetándole la muñeca con las dos manos, esforzándose por arrebatarle el arma. De pronto el asesino tiró de él hacia sí y le propinó un cabezazo que le acertó de lleno en el puente de la nariz. Se le doblaron las piernas y se derrumbó igual que una muñeca de trapo. Matt se incorporó a tiempo para ver que el otro giraba en redondo alzando la pistola para encañonarlo a él...

Y de pronto el matón se sacudió y cayó hacia atrás siguiendo el ritmo de un par de disparos amortiguados. Matt parpadeó. Tardó un segundo en asimilar lo que había ocurrido, y entonces vio a Danny aferrando con fuerza el arma de Maddox, de cuyo silenciador se elevaba un fino hilo de humo en espiral. Danny se quedó mirando unos instantes el cuerpo inerte del asesino y luego volvió la vista hacia Matt con una expresión de incredulidad por lo que acababa de hacer...

Danny abrió la boca para decir algo...

Matt abrió unos ojos como platos...

—¡Cuidado! —acertó a decir.

Pero fue demasiado tarde. Maddox ya se había puesto en pie a la espalda de Danny y se abalanzó sobre él al tiempo que Matt se arrojaba a recoger la pistola que se le había caído al asesino. Consiguió agarrarla antes de que Maddox alcanzase el arma que había dejado caer Danny..., sólo que éste se encontraba en medio y no le dejaba espacio para disparar. Los ojos de Maddox se cruzaron con los de Matt durante un instante antes de empujar a Danny hacia él y escabullirse para buscar refugio detrás de la furgoneta.

—¡Muévete! —le chilló Matt a su hermano a la vez que lo empujaba hacia un lado y se lanzaba en pos de Maddox. Rápidamente rodeó la furgoneta y se metió entre los árboles que bordeaban el aparcamiento, pero la oscuridad se había tragado a su presa. Disparó un par de veces con un sentimiento de frustración, pero sabía que no iba a hacer ningún blanco. Maddox había desaparecido.

En el aparcamiento se hizo un silencio escalofriante. Matt se dio la vuelta, escrutó la zona y seguidamente dejó a Rydell y a su asesino abatido y se acercó a Danny. Se lo echó a los brazos para estrecharlo con fuerza, y luego lo apartó de sí y le revolvió el cabello.

—Feliz Navidad —le dijo.

—La mejor de mi vida —contestó Danny con la cara iluminada de nerviosismo y alivio. Rydell se levantó del suelo y se sumó a ellos. Danny lo miró durante unos segundos con un brillo feroz en los ojos; a continuación cerró los puños y alzó las manos, que aún llevaba esposadas, y en un movimiento de vaivén le sacudió un puñetazo en plena cara que lo hizo caer al suelo. Rydell escupió un poco de sangre, pero dejó pasar unos momentos antes de incorporarse. Luego miró a Danny, que se limitó a seguir allí, erguido sobre él.

Matt contempló la escena con curiosidad.

—Si no hubiera sido por él, no habría conseguido llegar aquí, hermano —le dijo a Danny.

Danny perforó a Rydell con la mirada durante un par de segundos más y después se volvió y se encogió de hombros.

—Algo es algo —gruñó.

—¿Podemos largarnos de aquí de una vez? —preguntó Matt acercándose a Rydell para ayudarlo a levantarse.

Rydell se volvió hacia Danny.

—Lo siento —le dijo en un tono teñido de sincero remordimiento.

—Como he dicho —repuso Danny echando a andar—, algo es algo.

Menos de medio minuto después estaban en el interior de la furgoneta, saliendo del aparcamiento del hotel y pasando por delante de las largas filas de coches aparcados que abarrotaban ambos lados de las calles.

78

Por seguridad, cambiaron de motel y se trasladaron a otra parte de la ciudad, sólo por si acaso, aunque estando Maddox malherido y un gran número de sus hombres muertos, comenzaban a tener la sensación de que tal vez habían dejado un poco de ser el centro de atención.

Danny y Matt estaban en su propio mundo. Tenían mucho tiempo que recuperar, y se turnaban para ponerse mutuamente al día de su azarosa vida.

—Tengo que llamar a mamá y a papá para decirles que me encuentro bien —dijo Danny con entusiasmo, aún eufórico por haber logrado escapar.

Matt había evitado mencionar a sus padres, pero ya no pudo seguir soslayando el tema. Miró a Danny a los ojos intentando buscar la manera más adecuada de decirle lo que había sucedido, pero éste lo leyó en su expresión antes de que pronunciara una sola palabra.

—¿Quién?... ¿Mamá? —preguntó.

Matt afirmó con la cabeza, pero su mirada apenada indicaba algo más.

—No... ¿Los dos? —El gesto de Danny era de completa incredulidad.

Matt afirmó otra vez.

El semblante de Danny se endureció, ahogado en un sentimiento de confusión. Y al instante se derrumbó agobiado por una profunda tristeza. Matt ya le había hablado del asesinato de Bellinger. Aquella tragedia triple le supuso un duro golpe. Se dejó caer al suelo y se agarró la cabeza con las manos, con la misma sensación que si le corriera lava por las venas.

Ya con un estado de ánimo más sombrío, Danny le habló a su hermano de la desesperación en la que había vivido a lo largo de dos años. Del intento que hizo de enviarle un correo electrónico a escondidas, sólo que lo atraparon. Del momento en que estudió la posibilidad de suicidarse. De las amenazas que siguieron y las drogas que le administraron después.

—Ahora estás aquí —le dijo Matt finalmente—. Has salido y estás a salvo. —Le sonrió—. Y eso ya es mucho más de lo que tú o yo teníamos hace un par de días.

—Cuéntame más. Háblame de papá y mamá. Dime cómo ocurrió todo —le pidió Danny.

En una habitación contigua, Rydell cavilaba a solas. Le resultaba cada vez más perturbador tener allí a Danny, de igual modo que a Danny se le hacía cada vez más incómodo tenerlo allí a él. Además, tenía un montón de cosas en la cabeza.

Todo había terminado, estaba claro. Una vez que regresara Gracie, se daría a conocer al público todo el entramado. Y entonces, lo mirara como lo mirara, también su vida estaría acabada. El papel que había desempeñado él en todo aquello formaría parte de la historia en sí, una parte importante. Y no existía modo alguno de recibir la protección de alguien, ni de Gracie, ni de Matt y Danny, ni de Drucker. Es más, aunque quisieran, no tenían modo de protegerlo. Teniendo en cuenta que era la época de los *blogs*. Y tampoco estaba preparado para huir. No era su estilo. Además, no tenía adónde escapar. No, iba a tener que afrontar aquello en lo que había participado.

La parte más difícil de todas era la de las posibles consecuencias que aquello iba a tener para Rebecca. Como mínimo, la dejaría destrozada. La acompañaría durante el resto de su vida. Su cerebro le dio vueltas y más vueltas, desesperado por encontrar una manera de mitigar esas consecuencias, de mantener a su hija al margen, pero no se le ocurría nada.

Para cuando Dalton y Gracie se reunieron por fin con ellos un par de horas más tarde, el reencuentro tuvo un gusto amargo, un tono apagado. Sí, estaban todos sanos y salvos. Sí, Danny estaba vivo… y libre. Y Dalton y Gracie estaban a punto de convertirse en dos superestrellas. Pero la locura que iba a suponer la inminente salida a los medios de comunicación también tenía una faceta negativa. Una faceta negativa que superaba con creces el hundimiento en público de Rydell. Una faceta que resultaba más amenazante cuanto más hablaban de ella.

El televisor encendido, como telón de fondo, reproducía los acontecimientos de aquella tarde casi en forma de bucle continuo, con toda clase de invitados y comentaristas que entraban y salían para dar su opinión.

—¿Qué va a suponer esto para todas las personas que han salido esta noche de casa a celebrar lo sucedido? —preguntó Gracie señalando la pantalla, en un tono cargado de preocupación—. Y no sólo para ellas, sino también para toda la gente del país entero que ha visto el evento por televisión. Y ya que vamos a eso, para todos los habitantes del planeta que se han tragado la trola de Drucker. ¿Qué les va a pasar? ¿Cómo van a tomárselo?

—¿Y qué alternativa hay? —replicó Dalton—. No podemos permitir que esta mentira siga rodando. No haríamos sino cavar un hoyo más profundo para que Drucker arrojara dentro de él a toda esa gente. Cuanto antes pongamos fin a esto, mejor.

—Ya lo sé —convino Gracie—. Pero aun así tengo la sensación de que lo que vamos hacer está mal. Pierden todas las partes. —Se frotó el puente de la nariz y después extendió los dedos y se masajeó la frente—. Odio esto —gimió.

—A Finch lo han asesinado por culpa de esto —le recordó Dalton.

—Y a Vince también —añadió Danny—. Y a Reece. Y a otros muchos.

Gracie lanzó un suspiro de cansancio.

—Los mataron para mantener el tinglado en secreto hasta que Drucker estuviera preparado para retirar la manta. Y ahora vamos a retirarla nosotros por él.

—Es nuestra obligación —intervino Danny—. Cuanto más se alargue, más doloroso resultará destapar la verdad.

Gracie asintió de mala gana, y luego le dijo a Rydell:

—Voy a necesitarlo a usted como fuente oficial de información. Necesitamos alguna prueba.

Rydell afirmó con gesto sombrío.

—Si no hay más remedio.

Acto seguido, Gracie miró hacia el otro lado de la habitación.

—¿Danny?

El aludido asintió.

—Claro que sí.

Gracie lo agradeció y a continuación se derrumbó en su asiento frustrada y con una palidez de temor en la cara.

Rydell se volvió hacia Danny.

—¿Cómo tenían pensado hacerlo? ¿Tú lo sabes? ¿Cómo iban a dejar al descubierto al padre Jerome?

—Me obligaron a diseñar un software especial para desacreditarlo. Cuando llegara el momento, pensaban ejecutar dicho software encima de él.

Rydell presionó.

—¿Cómo funciona?

—Simulando una avería en la tecnología. Como cuando uno está viendo la televisión y la señal se corta. Todo se vuelve inestable y se llena de nieve, y al final se desbarata. Está diseñado para que sea mínimamente contrario a la intuición. Lo que uno esperaría ver si la señal fuera un timo. Se asemejará a una emisión que se ha descontrolado. —Danny lo obsequió con una sonrisa incómoda—. Era eso o un gigantesco rótulo de Coca-Cola.

—¿Y si nosotros no hacemos nada y esto no llega a desvelarse nunca? —propuso Gracie pensando en voz alta—. Quiero decir, ¿qué pasaría si hubiera una manera de conseguir que Drucker y su gente mantuvieran la boca cerrada?

—Que los evangélicos conseguirían quedarse con su nuevo mesías, y que Darby y sus amigos de la extrema derecha lograrían elegir a nuestros próximos presidentes —observó Rydell en tono lúgubre.

—Pues si lo hacemos público todo y dejamos que la gente sepa quién ha sido el responsable y cuáles eran sus motivos, será todavía peor —replicó Gracie—. De un modo o de otro, Darby y todos sus colegas de la extrema derecha van a salir fortalecidos de ésta. Cuando Drucker y usted queden al descubierto, todos los paganos y depravados liberales del país serán demonizados. Pondremos en la mano de la derecha de núcleo duro el mayor llamamiento a la resistencia que ha existido desde la caída del «imperio del mal». Insuflaremos nuevos bríos a quienes pretendan tachar a la gente de «antiamericana». Arrasarán en las diez elecciones siguientes y convertirán este país en una teocracia cristiana.

—Un momento, estamos hablando de un puñado de personas que han puesto en práctica este montaje, no de un partido político entero —protestó Danny.

—No importa —arguyó Gracie—. Lo que importa es de qué manera van a darle efecto, cómo van a utilizarlo para dividir aún más este país. Van a cortar a todo el mundo por el mismo patrón y conseguir que parezca que todo el que está en el mismo lado que Drucker estaba conchabado con él. Eso es lo que van a hacer. Y además se les da divinamente bien.

—Eh, a lo mejor podríamos convencer a los tipos que nos vendieron la guerra de Iraq para que esto se lo achaquen a Irán —bromeó Dalton.

Todos los demás se volvieron hacia él mirándolo sin gracia.

—¿Qué pasa? Lo he dicho en broma —protestó levantando las manos.

En la habitación se hizo un silencio plúmbeo. En la televisión se vio al presentador durante breves momentos antes de que la pantalla volviera a proyectar imágenes de violentos disturbios habidos en Islamabad y Jerusalén. Por todas partes se veía a gente enfrentándose furiosa con coches incendiados detrás. Policías y soldados intervenían en medio de las peleas intentando detener la carnicería.

Gracie se incorporó en el asiento.

—Sube el volumen —le dijo a Dalton, que era el que estaba más cerca del televisor.

«… líderes religiosos han instado a sus fieles a que muestren contención mientras se responde a las preguntas que rodean al padre Jerome, pero la violencia que está teniendo lugar aquí no da indicios de disminuir», estaba diciendo un reportero fuera de cámara.

Volvió a verse el rostro de un presentador, acompañado de un rótulo al pie de la pantalla que decía: «El presidente hará una declaración sobre lo sucedido en Houston.»

«Tras los acontecimientos sin precedentes que han tenido lugar esta misma tarde en Houston, un portavoz de la Casa Blanca ha indicado que el presidente hará una declaración mañana.»

Gracie y los demás no tuvieron necesidad de oír el resto.

La red de Drucker estaba desbocándose.

—Hasta el presidente se ha tragado el montaje —dijo Rydell.

—No podemos permitir que ocurra tal cosa —insistió Gracie. Lanzó un suspiro de desánimo y volvió a derrumbarse en el asiento—. Esto nos va a hundir a todos.

La habitación enmudeció. Al cabo de un momento, Dalton preguntó:

—¿Qué vamos a hacer, entonces? Porque me da la impresión de que tenemos que actuar rápido, pero la cagaremos de todas formas, tanto si sacamos el montaje a la luz como si no.

En eso, Rydell se inclinó hacia delante.

—Podemos sacarlo a la luz —afirmó—. Tenemos que hacerlo. Pero sólo si cargo yo con la culpa. Yo únicamente. —Aquello captó la atención de todos. Rydell continuó—: Es la única manera. —Le temblaba la voz ligeramente, una vibración nerviosa que resultaba ajena a Larry Rydell—. En el plan que yo tenía no se incluía ninguna víctima propiciatoria. En ningún momento hubo la intención de dar más poder o socavar a ninguna religión. Lo único que se pretendía era que la gente hiciera caso. Pero ahora, después de lo que han hecho ellos, viendo cómo lo han distorsionado todo... Todos estábamos de acuerdo en que no podíamos dejar correr esta mentira. Pero Drucker tiene razón, necesitamos una cabeza de turco que no tenga motivos políticos para evitar que este país se parta por la mitad. Y esa cabeza de turco tengo que ser yo. —Suspiró y miró a todos con renovada determinación—. No hay otra manera de salir de esto. Si a alguien se le ocurre una idea mejor, soy todo oídos, pero... yo no veo ninguna otra solución.

—Genial —masculló Gracie—. Así que Drucker gana la partida.

—No se preocupe por Drucker —la tranquilizó Rydell en voz baja—. Ya me aseguraré yo de que pague.

Grace asintió con estoicismo. Nadie supo adónde mirar. Rydell tenía razón, y así lo reconocían todos. Pero la idea de hacer lo que Drucker iba a hacer de todos modos, aunque fuera mucho antes de lo que él tenía previsto, los revolvía por dentro igual que un pescado en lata que ha rebasado la fecha de caducidad.

Gracie se volvió hacia Matt, que no había dicho una sola palabra.

—¿Hay algún otro sitio en el que tiene que estar, vaquero? —le dijo con una sonrisa ligeramente provocadora que devolvió una chispa de luz a sus ojos.

—Están olvidándose de una persona —repuso él—. ¿Saben de quién?

Gracie lo comprendió ya antes de que hubiera terminado de decirlo.

—Del padre Jerome.

—Maldita sea —gruñó Dalton.

—¿Se imaginan lo que le va a ocurrir a él si todo esto se desmorona? —dijo Matt.

—Lo van a hacer pedazos —dijo Rydell.

—Pero él no ha tomado parte —apuntó Dalton—. Eso lo dejará usted bien claro, ¿no? —le preguntó.

—No importa —comentó Matt, ceñudo.

—Lo protegerán —razonó Dalton—. De eso podemos asegurarnos nosotros. Podemos llevarlo a algún lugar seguro antes de acudir a los medios.

—¿Y después? —preguntó Gracie con la voz quebrada por la emoción—. ¿Adónde va a ir? Su vida habrá terminado, y será por nuestra culpa. —Lanzó una mirada a Matt—. No podemos hacer esto —repitió con una resolución que le endureció el tono de voz—. Al menos, sin informarlo de lo que está a punto de ocurrirle. Él tiene que participar en esta decisión. No podemos consentir que lo pille desprevenido. —Una vez más clavó la mirada en Matt—. Tengo que verlo, hablar con él..., antes de que suceda lo que sea.

—Ya ha visto las noticias. Se lo han llevado de vuelta a la mansión de Darby —le recordó Rydell—. Si alguien entra allí, Drucker se encargará de que no vuelva a salir.

—¿Y si dice que quiere entrevistarlo en persona? —propuso Danny.

—Demasiado peligroso —musitó Rydell—. Además, en estos momentos debe de ser la persona más protegida del planeta.

Gracie miró a Matt. Éste parecía estar meditando sobre algo.

—¿Qué? —le preguntó.

Él se volvió hacia Danny.

—¿Qué parte del equipo hay dentro de esa furgoneta? —le preguntó señalando con el dedo pulgar hacia el aparcamiento del motel.

—El equipo completo —contestó Danny.

—¿Y el transmisor de láser? Estaba dentro del estadio, ¿no?

—Había uno. Nosotros teníamos otro. Para cuando la señal estuviera situada totalmente fuera del techo. En aquel momento el del estadio fue sustituido por el nuestro.

Matt asintió. Se notaba a las claras que estaba estudiando mentalmente una maniobra.

—¿Y cuánto polvo inteligente os queda ahí dentro? —Reparó en la expresión de Gracie y se fijó en que ella enderezaba la postura.

—No lo sé con seguridad. ¿Por qué?

—Porque nos va a hacer falta. Gracie tiene razón. No podemos echar al padre Jerome a los lobos. —Matt recorrió la habitación con la mirada—. A esto ha venido arrastrado, igual que Danny. Y es un hombre bueno, ¿no? Decente donde los haya, ¿no fue eso lo que dijo usted? —le preguntó a Gracie—. No podemos permitir que Drucker le destroce la vida, al menos hasta que haya dicho lo que tenga que decir. —Hizo una pausa para sopesar la reacción de los demás y después se volvió hacia Gracie—. ¿Cómo es la mansión de Darby?

79

River Oaks, Houston, Tejas

La caótica escena que tenía lugar frente a la verja de entrada de la finca de Darby no era precisamente normal, pero por lo menos no era ruidosa. Eran casi las cinco de la mañana, y la masa de gente amontonada ante la puerta pensaba pasar allí la noche entera. Dormían en el coche, en sacos de dormir a un lado de la carretera, donde podían. Otros continuaban aún despiertos, agrupados en torno a fogatas improvisadas, conversando, pululando llenos de expectación. Había un pequeño contingente infatigable que seguía apiñado delante de la caseta de vigilancia de la entrada, esperando que su mesías hiciera una aparición. Algunos gemían desesperados mientras que otros entonaban cánticos espirituales de diverso origen. Unos cuantos, más tenaces, provocaban con insultos y pullas al muro de guardias de seguridad y policías situados en las barricadas que protegían el perímetro de la propiedad. Los periodistas estaban refugiados en silencio junto a sus furgonetas y antenas parabólicas y se turnaban para hacer guardia, temiendo perderse algo. Por todo el vecindario se elevaban murmullos de rezos por entre los árboles perennes que bordeaban las calles y se mezclaban con una fina neblina previa al amanecer que confería a aquella zona tan boscosa un ambiente de expectación que presagiaba algo importante.

Pero la aparición de la señal lo había cambiado todo.

Los tomó a todos por sorpresa cuando se encendió en el cielo nocturno como una luz deslumbrante surgida de la densa oscuridad que comenzó a vibrar con un pulso vital misterioso, inexplicable, y permaneció suspendida justo por encima de las copas de los árboles.

Estaba allí mismo, en lo alto, gigantesca.

Y en la vertical de la casa de Darby.

La muchedumbre en su totalidad quedó prendida de ella. Los creyentes, los periodistas, los policías, los guardias de seguridad. Hasta los perros se quedaron pasmados. En cuestión de segundos todo el mundo se puso en pie, alerta, señalando con la mano y lanzando gritos de emoción. La multitud hacía fuerza contra las barricadas, desesperada por acercarse más. Los policías intentaban contener la súbita riada de gente. Las cámaras de la prensa estaban rodando, los periodistas se frotaron los ojos para eliminar el cansancio y se pusieron a hablar sin parar por sus micrófonos.

Y entonces la señal comenzó a moverse.

A desplazarse muy despacio, sin hacer ruido. Se desvió hacia un lado, apartándose de la casa de Darby, y fue deslizándose por encima de los árboles, en dirección este, hasta otra casa del vecindario, cerca del club de golf.

Y de pronto estalló un verdadero caos.

La turba echó a correr en pos de la señal. El repentino cambio de dirección tomó por sorpresa a los policías y los superó totalmente. Las barricadas cayeron al suelo, arrolladas por una oleada de creyentes histéricos que inundaron los árboles persiguiendo el resplandor de la señal. El lugar se llenó del furioso crepitar de las radios de la policía y las fuertes pisadas de los agentes y los guardias de seguridad, que se apresuraron a controlar aquellas hordas invasoras.

También la vieron los policías que patrullaban el borde de la calle en perímetro oeste de la propiedad, y sus radios cobraron vida unos segundos más tarde. Por las ondas viajaban retazos incoherentes de conversaciones. Los seis, que habían estado haciendo la ronda por parejas, convergieron sobre la pista de tenis de Darby en un intento de averiguar qué estaba pasando. Oyeron el caos, una sobrecogedora eclosión de ruido que surcó la quietud de la noche y que se alejaba de la casa. La parte posterior de la finca, la zona que daba al campo de golf donde estaban ellos, se hallaba en calma.

Entonces uno de ellos vio algo. Una chispa de movimiento que se deslizaba entre los árboles situados al borde del campo. Fijó la vista en esa dirección y dio codazos a sus compañeros para que atendieran. Se hacía difícil ver algo en medio de la oscuridad. La luz provenía de detrás de ellos, de las luces del porche que rodeaba el jardín y la piscina de Darby, y también, más lejos, de la señal que resplandecía en el cielo. Se desplegaron en abanico dejando varios metros entre uno y otro con los músculos ligeramente en tensión, las manos apoyadas en las culatas de las armas, los ojos atentos y escrutándolo todo. En eso, otro de ellos vio algo. Parecían dos figuras que avanzaban con sigilo por el borde más alejado de la pista de tenis y se dirigían hacia la casa.

—Allí —susurró uno, al tiempo que extraía su arma y apuntaba con los dedos tensos…, y entonces sintió el golpe. Lo sintieron todos. Una andanada de estática insoportable, un siseante chirrido del infierno les inundó los sentidos y les aplastó los tímpanos igual que si se los hubieran golpeado con un yunque. Los hizo perder el conocimiento. Un par de uniformados incluso se mojaron los pantalones antes de caer al suelo.

Matt oteó la oscuridad que se abría a su espalda. No los veía, pero se sintió agradecido de tener allí a Danny, Dalton y Rydell, manipulando el LRAD, ocultos entre los árboles que rodeaban el hoyo siete, cubriéndose las espaldas. Por el momento la operación de despiste estaba funcionando, pero no iba a durar mucho. Tenían que entrar y salir en aproximadamente quince minutos.

Aguardó un par de segundos para cerciorarse de que los guardias no se levantaban del suelo y a continuación le indicó a Gracie con un gesto que decía «Vamos», sabiendo que ella no podría oírle con los tapones de cera que se había introducido en los oídos.

Cruzaron por medio del césped y subieron hasta la fachada posterior de la casa. Matt descubrió a dos guardias que pasaban junto al pabellón de invitados y le hizo a Gracie una seña para que mantuviera su posición. Los dos se agacharon en cuclillas y esperaron a que los guardias terminaran de pasar, y acto seguido se aproximaron a un juego de amplias puertas francesas. Matt se sacó los tapones de los oídos. Gracie hizo lo mismo.

—¿Es aquí? —preguntó Matt en un susurro.

Gracie hizo un movimiento afirmativo.

—La escalera está a la derecha. El dormitorio está arriba, la primera puerta a la izquierda.

—Y el monje se encuentra en la planta baja, pasadas las escaleras, ¿no es así?

Gracie asintió.

Matt le retribuyó el gesto con otro igual y sacó su arma. Se había traído una de las automáticas con silenciador, aunque no tenía pensado utilizarla a no ser que las cosas se tornaran verdaderamente desesperadas. Una cosa era defenderse de los esbirros de Maddox, con eso no tenía ningún problema; pero esto era diferente. Gracie le había dicho que los tipos que vigilaban al padre Jerome eran policías y guardias de seguridad del estado de Tejas. Se limitaban a cumplir con su trabajo, y él no tenía la intención de causarles daños irreparables.

Probó el tirador de la puerta. Estaba abierta. Se deslizó al interior, seguido por Gracie. Aguardaron unos momentos agachados, junto a las puertas de cristal, escuchando con atención. De la casa no surgió ningún ruido. Matt miró en derredor. Se encontraban en el espacioso salón del pabellón de invitados. Estaba forrado de estanterías de libros y lucía un sofá enorme colocado frente a una gran chimenea de piedra. Estaba a oscuras, a excepción de un resplandor mortecino que penetraba desde el pasillo.

Atravesaron la estancia con el alma en vilo y se deslizaron escaleras arriba. Encontraron la primera puerta a la izquierda. Matt probó la manilla. No estaba cerrada con llave. Abrió la puerta con cuidado y se coló adentro con Gracie pegada a sus talones. Una vez que ella hubo entrado, volvió a cerrar sin hacer ruido. Con la palma de la mano palpó el botón de cierre que había en la manilla, y lo apretó.

Se acercaron hasta la cama. El padre Jerome estaba profundamente dormido y respiraba produciendo un ronquido muy leve. Gracie se agachó junto a él, lanzó a Matt una mirada de duda y a continuación tocó al padre Jerome en el hombro con suavidad. Éste se despertó y se dio la vuelta parpadeando. Entonces la vio, lanzó una exclamación ahogada y se incorporó.

—¿Qué...? ¿Señorita Logan...? —Al mirar hacia la habitación vio a Matt de pie junto a la ventana, mirando por entre los visillos—. ¿Qué sucede?

Gracie encendió la lámpara de la mesilla de noche.

—Hemos de darnos prisa. Tiene que venirse con nosotros, su vida está en peligro —le dijo, en un tono sereno pero apremiante.

—¿En peligro? ¿De qué?

—Por favor, padre. No hay tiempo. Fíese de mí. Tenemos que irnos ya.

El sacerdote se la quedó mirando con una expresión de incertidumbre en su rostro cansado. Le sostuvo la mirada durante unos instantes, y luego afirmó y se levantó de la cama. Llevaba un pijama de color oscuro.

—Tengo que vestirme —dijo.

—No hay tiempo. Únicamente, cálcese —insistió Gracie.

El padre Jerome asintió y se puso los calcetines y unos zapatos de cordones. Matt se acercó a él y le puso una mano en el hombro con gesto amistoso.

—Me llamo Matt Sherwood, padre. Todo va a salir bien. Usted no se separe de Gracie y procure no hacer ruido, ¿de acuerdo?

El sacerdote asintió de nuevo para indicar que estaba listo, pero las arrugas de su frente delataban nerviosismo. Matt miró a Gracie. Los dos intercambiaron breves gestos de cabeza, y seguidamente Matt abrió la puerta y salió.

No lo vio venir. El golpe le llegó por la derecha, de un agresor situado junto a la pared, y le acertó justo detrás del oído derecho. Fue un porrazo con trayectoria descendente y propinado con algo dotado de aristas duras, como una estaca de madera. Provocó un sinfín de luces en el interior de su cráneo y lo hizo desplomarse en el suelo al tiempo que Gracie lanzaba un grito al ver al hermano Amín saliendo de las sombras y asestándole a Matt un fuerte puntapié en la cintura.

Matt emitió un gemido cuando la patada lo levantó de las frías baldosas del pasillo. Se derrumbó contra la pared sin saber muy bien de dónde iba a llegarle el segundo golpe, con la vista borrosa y debatiéndose en la semioscuridad. Tomó aire y consiguió incorporarse a cuatro patas justo a tiempo para recibir otro puntapié en las costillas que lo mandó nuevamente contra la pared. De pronto tuvo encima al monje, rodeándole el cuello con sus brazos delgados y fibrosos como cables de acero, empeñado en matarlo de asfixia. Luchó por aspirar un poco de aire, pero la tenaza del monje no dejaba espacio. Notaba cómo se le iba escapando la energía rápidamente. Intentó golpear a su agresor con los codos, pero no encontró más que un espacio vacío, y además con cada intento perdía poco a poco las escasas fuerzas que le quedaban. Intentó combatir la mancha borrosa que lo iba engullendo y recurrió a sus últimas reservas para probar a defenderse con un cabezazo. Echó la cabeza hacia atrás con todas sus energías. El monje lo vio venir y movió la cabeza hacia un lado para esquivarlo, pero a continuación apretó con más fuerza el cuello de Matt. Éste sintió que la garganta se le aplastaba, que todos los cartílagos que la componían estallaban, se desgarraban y se retorcían, que sus pulmones pugnaban por aspirar aire. Boqueó, ya sólo luchando por respirar, con la sensación de que los ojos se le salían de las órbitas…

Y de pronto oyó un grito agudo y un golpe sordo, y sintió que la garra con que lo aprisionaba el monje comenzaba a aflojarse. Aprovechó para aspirar una fuerte bocanada de aire y saltó hacia atrás, empujando al hermano Amín, y al volverse vio que éste se zafaba de él, se enderezaba y sacudía la cabeza para despejarse. Allí estaba Gracie, con cara de sorpresa y miedo y la lámpara de la mesilla del padre Jerome en alto y fuertemente sujeta entre las manos, completamente deformada. La sostenía como si fuera un bate de béisbol, preparada para golpear de nuevo, con todo el cuerpo en tensión, encorvada igual que un depredador a punto de saltar sobre su presa. Pero el monje no se arredró y no le concedió una segunda oportunidad; con un movimiento rapidísimo del brazo le arrebató la lámpara de las manos y le propinó un puñetazo en la sien izquierda que produjo un claro crujido y la mandó volando por los aires al interior de la habitación, donde terminó aterrizando pesadamente.

Matt sacudió la cabeza para pensar con un poco de nitidez y se abalanzó sobre el monje en el preciso momento en que éste se volvía de nuevo hacia él. Matt era mucho más grande y voluminoso, pero Amín era un manojo de fibra y músculos y sabía dónde y cómo golpear. Recorrieron el pasillo forcejeando y lanzándose puñetazos, hasta que el puño del monje encontró la herida de bala de Matt. Éste sintió un latigazo de dolor en todo el cuerpo que le causó una negrura momentánea, le hizo bajar las defensas y lo dejó vulnerable a un tremendo aluvión de golpes. Matt se encogió sobre sí mismo mientras su cuerpo se estremecía con cada puñetazo como si estuviera siendo acribillado de balas. Estaba al borde de las escaleras cuando oyó que Gracie gritaba llamándolo por su nombre. De pronto penetró un rayo de lucidez en la oscuridad que lo abrumaba y vio que el monje alzaba el puño preparándose para asestarle el golpe definitivo en la cabeza que lo dejaría seco. Se lanzó hacia un lado sin pensar, tensó todos los músculos que todavía podía controlar y aferró el brazo del monje, se lo retorció salvajemente y lo giró del revés como si fuera el radio de un volante de metro y medio de ancho. Ese movimiento pilló desprevenido al monje y lo hizo doblarse hacia delante y ponerse de puntillas a la vez que le sacaba el hombro de su articulación. Sin soltarlo, Matt aumentó la presión retorciéndolo hacia arriba aún más, en un movimiento circular. El monje bajó la cabeza, despegó los pies del suelo y dio una voltereta hacia atrás sobre la barandilla para volar por los aires y caer al pie de las escaleras con un terrible crujido.

Matt se irguió con dificultad, se asomó y miró. Vio el cuerpo del monje tendido en el suelo, laxo y mudo. Después se volvió para mirar a Gracie. Ésta se acercó a él seguida por el padre Jerome, que aún no se había recuperado de la impresión. Bajó la vista.

Matt frunció el ceño. Y afirmó con la cabeza.

—Vámonos —susurró Matt con la voz ronca—. No nos queda mucho tiempo.

Bajaron los escalones con sigilo y pasaron por delante del cadáver del croata. No había necesidad de buscarle el pulso; tenía la cabeza torcida en un ángulo incompatible con la vida. Regresaron saliendo por el salón, dejaron atrás la piscina y la pista de tenis y se alejaron siguiendo el límite del campo de golf justo en el momento en que la señal comenzaba a apagarse y volvía a sumir el vecindario en la oscuridad.

Para cuando llegaron al Navigator, éste ya estaba cargado con el equipo y aguardándolos. Se subieron todos, bien apretados, y arrancaron envueltos en un silencio preñado mientras se preguntaban cómo iban a reaccionar la ciudad y el mundo a la sorpresa de Navidad que le tenían preparada.

80

Maddox procuró no pensar en el dolor mientras observaba cómo el equipo de urgencias se ocupaba de su propio regalito de Navidad. Le había dicho a la enfermera de admisiones que había sufrido un accidente mientras arreglaba la cortadora de césped. Del resto se encargó una tarjeta de crédito válida y bien provista. Los cirujanos llevaban más de tres horas trabajando en él, cortando, taladrando, atornillando y cosiendo su brazo mutilado mientras un par de tubos conectados a su cuerpo reponían la sangre que se había dejado entre los árboles contiguos al estadio.

Había insistido en que le pusieran sólo anestesia local, tras decidir que ya había recibido suficientes sorpresas inesperadas en una sola noche y sabiendo de sobra que podría haber pasado incluso sin ningún tipo de anestesia. Habían conseguido salvarle el brazo por los pelos, pero iba a pasar mucho tiempo sin poder utilizarlo, e incluso cuando pudiera, los médicos ya le habían dicho que sería de forma muy limitada. Las cuchillas se habían abierto paso destrozando músculos y tendones a placer. Al final su brazo iba a ser poco más que un miembro decorativo. Su brazo derecho. El bueno. En mitad de su cólera, tentado estuvo de acabar de una vez y decirles que se lo amputasen a la altura del codo, pero se arrepintió de la idea porque no deseaba convertir su aspecto físico en algo más grotesco de lo que ya era. Se conformaría con tener un solo brazo útil. Para compensar la pérdida, tan sólo tendría que entrenarlo.

Incluso en el estado debilitado y semidrogado en que se encontraba, se dio cuenta de la conmoción que se extendió por el hospital cuando llegó la noticia de que la señal había aparecido sobre la casa del reverendo Darby. Era una noticia preocupante. Sabía que no formaba parte del plan. Lo cual quería decir que alguien estaba esquiando fuera de pistas. Se preguntó si Drucker no tendría que ver con ello, y en tal caso, qué se proponía. Comprendió que las cosas estaban desbocándose en todos los frentes, pero lo aceptó con actitud estoica y se dijo que era mejor no permitirse hacer conjeturas sobre qué podía ser lo que se había torcido. Sabía que necesitaba centrarse en el camino a seguir en lo sucesivo: completar la tarea que se había impuesto a sí mismo y, con un poco de suerte, verse libre y sobrevivir. Sabía cuándo llegaba el momento de cortar por lo sano, cuándo era mejor buscar un barco nuevo antes que quedarse achicando el agua en uno que se hundía. Y estando en libertad Rydell, los hermanos Sherwood y aquella reportera, tal barco no sólo estaba hundiéndose, sino que además estaba a punto de ser torpedeado y hecho trizas.

Sabía lo que tenía que hacer: continuar adelante, seguir presionando y, llegado el peor de los casos, vivir para luchar otro día. Aquello era para lo que lo habían entrenado. Le vinieron a la memoria Jackson Drucker y el resto de sus hombres, recordó sus cuerpos masacrados y tirados en aquella ciudad fantasma de Iraq, rememoró cómo les había fallado a todos ellos. Pero sobrevivió y continuó luchando, y ahora tenía que seguir haciendo lo mismo. Y ello no incluía pasar más tiempo del necesario en Urgencias. Por esa razón, menos de una hora después de que terminaran de remendarle los desperfectos, estaba ya fuera del hospital y camino del centro urbano de Houston.

81

Aún estaban desprogramando al padre Jerome cuando por fin el amanecer hizo su aparición en aquella localidad de las afueras de Houston, al oeste. Matt, Gracie, Rydell, Danny y Dalton se habían ayudado unos a otros en la tarea de contarle a ese hombre viejo y frágil que los doce últimos meses de su vida habían sido una absoluta mentira.

Le hablaron del plan original de Rydell. Del polvo inteligente, de los lanzadores, de que el planeta estaba llegando a un punto irreversible. De que Drucker se había adueñado del asunto y lo había corrompido para satisfacer sus ambiciones personales. A continuación pasaron a otro tema más sensible, el de lo que la gente de Drucker le había hecho a él. Los tratamientos. Las drogas. Las voces que le dirigieron mediante el LRAD cuando estaba en lo alto de la montaña. Y con cada revelación, con cada detalle que se iba sumando, sus hombros delgados se hundían un poco más y las arrugas de su rostro curtido se hacían más profundas.

Cuando terminaron, el padre Jerome estaba profundamente conmocionado, pero aguantó mejor de lo que esperaba Gracie. Le preocupaba cómo iba a tomárselo, pero vio que no se desmoronaba. El padre Jerome había visto mucho en la vida, se recordó Gracie a sí misma. Cosas desagradables, peores de lo que mucha gente era capaz de imaginar. A pesar de toda su fragilidad física, era un hombre que parecía poseer una notable fuerza interior. Y sin embargo..., desde luego todo aquello tenía que ser devastador, se dijo Gracie. Después recordó el comentario que había hecho en el avión, y se preguntó qué le habría estado diciendo su voz interior a lo largo de todo ese tiempo.

—La voz que oí en la montaña —dijo por fin el padre Jerome con la mirada perdida a lo lejos— era asombrosa. Aunque no tenía sentido que aquello pudiera estar sucediéndome a mí, parecía muy... real. Como si proviniera de dentro de mi cabeza. Como si supiera lo que estaba pensando.

—Eso era porque antes le metieron todas esas ideas dentro del cerebro —le dijo Gracie en tono atento y suave.

El padre Jerome asintió y su semblante se tiñó de un tono sanguino. Lanzó un suspiro de cansancio y, pasados unos instantes, levantó la vista y miró a Rydell.

—¿Y usted va a decir que todo eso fue idea suya?

Rydell afirmó.

El padre Jerome arrugó la frente en un gesto de duda.

Gracie lo captó. Sus ojos se volvieron rápidamente hacia Matt, que también daba la impresión de haberlo advertido, y después se posaron de nuevo en el sacerdote.

—¿Qué ocurre?

El sacerdote no respondió. Parecía estar en su propio mundo, asimilando todo lo que le habían contado, abrumado por su envergadura.

—Estoy fatigado —dijo por fin con voz ronca—. Necesito descansar.

Gracie y Dalton se retiraron a su habitación, y Rydell a la suya. En la cuarta habitación, Danny y Matt se estiraron sobre sus respectivas camas con la vista fija en el techo y compartieron unos momentos de reflexión en paz. Habían visto el primer informativo de la mañana en la televisión de la habitación. La noticia más importante era, tal como esperaban, la aparición de la señal sobre la mansión de Darby y la locura que se desató a continuación, pero no se hizo mención alguna de la desaparición del padre Jerome. Por el momento la estaban manteniendo en secreto.

Al cabo de un rato Danny preguntó:

—¿En qué piensas?

—En lo mismo que tú —repuso Matt.

—¿En Drucker?

Matt contestó con un leve gruñido.

—Es que no se me quita de la cabeza la idea de que tal vez se escabulla de esto yéndose de rositas —dijo Danny.

—Mira, ese tipo es un saco de mierda, de eso no hay duda. Pero nosotros no podemos hacer gran cosa, como no sea meterle una bala en el cráneo.

Danny no respondió.

Transcurridos unos instantes Matt preguntó, en tono bastante indiferente:

—¿Tú quieres meterle una bala en el cráneo?

Danny miró a Matt con una expresión que quería decir «quizá» y luego volvió a mirar el techo.

—La verdad es que no es mi estilo.

—Eso pensaba yo.

—Pero si Rydell no se encarga de él a lo bestia, puede que me lo piense mejor.

—Podríamos atraparlo y encerrarlo en el sótano de mi casa durante un par de años, a modo de represalia —señaló Matt sin emoción—. Le daríamos sólo comida para perros y agua del grifo.

Danny frunció los labios y asintió mientras cavilaba al respecto.

—Da gusto saber que contamos con varias alternativas —dijo con una sonrisa.

Matt lo miró y dijo:

—Me alegro mucho de que hayas vuelto.

Danny sonrió con afecto, y una vez más fijó la mirada en el techo.

—Y yo me he alegrado de volver.

En su habitación, Rydell no miraba ningún techo. Estaba paseando de un lado para otro, devanándose los sesos, intentando buscar otra salida. Necesitaba llamar a Rebecca. Necesitaba oír su voz. Consultó el reloj del teléfono móvil; aún era demasiado temprano en la costa oeste, sobre todo para Rebecca. La idea le puso una ligera sonrisa en los labios, y también liberó una lágrima que le resbaló por la mejilla.

Se la enjugó con la manga y se sentó en el borde de la cama. Menudo final, pensó. Con todo lo que había logrado en la vida. Un auténtico amo del universo, hecho a sí mismo, de la nada. Y todo estaba a punto de irse por el desagüe.

Tenía que hablar con Rebecca. Buscó la R en su lista de contactos y después el número. Puso el dedo encima de la tecla de llamada. Pero no fue capaz de seguir. Y no por la diferencia horaria, sino porque no sabría qué decirle.

Volvió a dejar el teléfono a su lado, sintió que se le empañaban los ojos y contempló cómo le temblaban las manos.

El sol todavía brillaba con timidez cuando Matt salió de su habitación para dirigirse una vez más a la máquina de refrescos. También estaba allí Gracie, apoyada contra el radiador del Navigator, con una lata fría de Coca-Cola en la mano. Matt introdujo unas monedas y sacó una lata para él. Abrió la tapa, dio un sorbo bien largo y se reunió con Gracie.

—¿No puede dormir? —le preguntó.

—No —sonrió ella—. Mi reloj biológico está tan desbaratado que ni siquiera sé qué día es.

—Es Navidad —repuso Matt con una sonrisa irónica.

—No me diga. —Gracie sonrió y miró alrededor—. Pues este año no tenemos precisamente unas navidades blancas, ¿eh?

Matt afirmó con la cabeza y bebió otro sorbo.

—Debería descansar un poco. La esperan los meses más intensos de toda su vida. De la vida de cualquier persona.

—¿Peores que estos últimos días? —bromeó ella.

—Ya lo creo. —Matt se encogió de hombros—. Esto ha sido un paseo.

—Pues menudo paseo —respondió Gracie con expresión soñadora. Se percató de la mirada de Matt y desvió el rostro para observar el paisaje que los rodeaba, ensimismada en otros pensamientos.

—¿Qué pasa? —la instó él.

Se encogió de hombros. Al cabo de un momento contestó:

—Parece un desperdicio, ¿no cree?

—¿A qué se refiere?

—Toda esa gente, en el estadio. En todo el mundo. Todos prendidos de cada una de las palabras del padre Jerome. Cantando, rezando. ¿Usted ha visto algo así en su vida? —Matt no respondió—. El público estaba encantado. Encantado de creer en el padre Jerome. Estaban todos emocionados. Ya sé que es algo primitivo, sectario y hasta un poco siniestro, pero, no sé por qué, pero a mí en parte me resultó hermoso. Por un instante, todos eran felices. Se olvidaron de sus congojas, sus hipotecas y todos los problemas que tenían en la vida. Eran felices y tenían esperanza. El padre Jerome les dio esperanza a todos.

—Una esperanza falsa —corrigió Matt.

—¿Y qué tiene eso de malo? —preguntó Gracie, tanto para él como para sí misma—. La esperanza no es algo que sea real por definición, ¿no? No es más que una actitud mental. —Luego se encogió de hombros y volvió a bajar a la tierra—. Si no fuera porque todos esos depravados han estado aprovechándose de él..., retorciéndolo todo para sus propios fines. Valiéndose de algo tan hermoso e inspirador como eso para llenarse los bolsillos y adquirir más poder... —Miró a Matt con expresión melancólica—. Es un gran desperdicio, ¿sabe?

—Es lo mismo de siempre —respondió él con un encogimiento de hombros—. Así es el mundo.

Gracie asintió con tristeza. Dejó pasar unos instantes y luego preguntó:

—Bueno, ¿y qué va a hacer usted? Usted también forma parte de esta historia. La gente querrá conocer su versión.

Matt ladeó la cabeza y la miró con una expresión divertida.

—Estupendo.

—¿Por qué?

—A lo mejor me busco un escritor en la sombra —dijo pensativo—. Que me escriba un libro donde lo cuente todo. Algo que tenga gancho, como lo que escribiría el autor de *La tormenta perfecta*. Y a lo mejor luego le vendía los derechos de la película a algún estudio por un millón de dólares. —Sonrió de oreja a oreja.

—Ya, pues póngase a la fila, listo —replicó Gracie.

Matt dejó escapar una risita y después se volvió hacia ella. De pronto se le ocurrió que era una mujer muy atractiva. Atractiva y, sumando todo lo demás, tenía todo lo que podía desear un hombre. Y por más que deseaba dejar atrás la pesadilla que había supuesto la pasada semana, la idea de que ello mantuviera la relación entre ambos durante un poco más de tiempo se había impuesto como opción favorita.

Pero antes tenían que pasar por la parte difícil.

—¿Cuándo va a pulsar el botón? —le preguntó.

El semblante de Gracie se tensó al registrar aquel pensamiento incómodo.

—No lo sé. ¿Qué tal si antes dejamos que toda esa gente disfrute del pavo de Navidad?

—¿Mañana? —propuso Matt.

—Mañana —afirmó ella.

Arrojaron las latas vacías a la basura y regresaron con paso cansino a sus habitaciones. Estaban delante de la puerta del padre Jerome cuando ésta se abrió ligeramente. El viejo sacerdote apareció allí de pie, sosteniendo la puerta abierta, con un nudo de concentración dibujado en la frente.

—Perdone, ¿lo hemos despertado? —dijo Gracie.

—No —contestó. Daba la impresión de no haber dormido nada, y parecía estar profundamente ensimismado. Los observó durante unos instantes y les dijo—: ¿Podrían reunir a todos? He estado pensando en todo lo que ha ocurrido y... tenemos que hablar.

82

Hermann Park, Houston, Tejas

El día siguiente a Navidad amaneció tan suave y despejado como el gran día en sí. Sobre la ciudad se había depositado una relativa calma, aun cuando todavía flotaba una gran expectación en el aire. Habían transcurrido más de veinticuatro horas sin que hubiera noticias nuevas acerca del padre Jerome, y la ciudad estaba intentando seguir adelante con sus actividades mientras aguardaba el siguiente momento de revelación.

Las primeras personas que vieron la bola de luz vibrando sobre el estanque fueron las familias, las parejas y la gente que había salido a correr y a disfrutar de un día en el parque. Esta vez fue una bola pequeña y esférica, tal vez de unos seis metros de diámetro, y apareció de forma inocua a unos doscientos metros de altura sobre el extremo sur del largo y rectangular estanque ceremonial, al lado del obelisco erigido en memoria de los pioneros. Hacia él fueron gravitando observadores picados por la curiosidad que exploraban el terreno circundante con miradas de cautela. No tardaron en descubrir al hombre que había debajo de la esfera luminosa, el que iba vestido con un hábito negro de capucha bellamente bordada. Se alejaba lentamente del obelisco, y la luz lo iba acompañando.

Los curiosos fueron convergiendo sobre él y llamando a otros para que se acercaran, señalándolo. Aquel parque era muy popular y estaba rodeado por algunos de los atractivos más queridos de Houston: el zoo, el Garden Center, el museo de Ciencias Naturales con su invernadero de forma cilíndrica lleno de mariposas y el más convencional teatro al aire libre Miller. Dado el buen tiempo que hacía y que estaban de vacaciones, habían acudido muchos visitantes al parque, y no tardó en congregarse una pequeña multitud alrededor del hombre anciano y frágil que caminaba inocentemente junto al borde de las tranquilas aguas del estanque. Hablaron con él, lo saludaron y le formularon varias preguntas nerviosas, pero él ni respondió ni los miró, sino que se limitó a asentir de forma enigmática con la cabeza y continuó paseando en silencio, al parecer sumido en sus pensamientos. La gente guardó una distancia respetuosa y se mantuvo a unos metros de él. Los que invadieron dicho espacio privado fueron reprendidos por los demás y obligados a retroceder. Durante todo ese rato el padre Jerome siguió andando muy despacio, hasta que giró y subió los escalones ceremoniales que conducían a la plataforma que miraba al estanque.

Al llegar allí se detuvo y se dio la vuelta para contemplar la explanada que se extendía ante él, enmarcado por la estatua de Sam Houston y el monumental arco de la misma. La policía del parque se dio prisa en intervenir; hizo venir a todos los refuerzos posibles y no tardó en tender un cordón de protección alrededor de la plataforma. También acudieron enseguida las camionetas de la prensa y la televisión. Al poco tiempo, ya había centenares de personas esparcidas por el recinto del parque con la mirada fija en la diminuta figura sobre la que flotaba la brillante esfera luminosa y que no hacía otra cosa que permanecer allí de pie, contemplándolas en silencio.

Una vez que el público, la prensa y la protección estuvieron en su sitio, dio un paso al frente y alzó las manos a modo de bienvenida. Se extendió por la muchedumbre un murmullo de siseos que imponían silencio y a continuación el parque entero enmudeció. Hasta los pájaros y las ramas de los árboles parecieron obedecer dicha orden, porque cualquier ruido que podría haberse oído en la plaza desapareció y fue sustituido por una quietud sobrecogedora.

El padre Jerome recorrió lentamente con la mirada la multitud de los presentes, de un extremo a otro. Después levantó la cabeza para mirar la esfera luminosa que flotaba sobre él, asintió pensativo, cerró los puños con actitud resuelta y se dirigió a su público.

—Amigos —empezó—, en estos últimos días ha sucedido algo maravilloso. Algo asombroso, algo sobrecogedor, extraño, sorprendente…, y que escapa a mi entendimiento —confesó. Un murmullo de sorpresa recorrió a la multitud—. Porque, para seros sincero, no sé lo que está pasando. No sé qué es esto —dijo señalando la bola de luz que pendía en lo alto—. No sé por qué está aquí. No sé por qué me ha elegido a mí. En cambio, lo que sí sé es que su significado no se ha entendido correctamente. No lo han entendido otros, y desde luego tampoco yo. Hasta anoche. Y ahora me parece que sí lo entiendo. Entiendo lo que está intentando decirnos. Y he venido para explicároslo.

Keenan Drucker se encontraba en la habitación del hotel, mirando boquiabierto la pantalla del televisor, sin comprender qué diablos ocurría.

Estaba nervioso desde que le llegó la noticia de que el padre Jerome había desaparecido de la mansión del reverendo Darby, y se sentía preocupado porque se esperaba que Rydell y sus nuevos amigos lo destaparan todo a la prensa de un momento a otro. Y el hecho de que no hubiera sucedido tal cosa lo tenía desconcertado. Le gustaría saber por qué no habían sacado el asunto a la luz, qué estaba tramando Rydell, y lo que estaba viendo ahora por televisión, el padre Jerome paseándose por un parque rodeado por una horda cada vez más numerosa de seguidores, no le aclaraba precisamente las cosas.

De pronto sonó el timbre de la puerta de su suite y fue a ver quién era, todavía con el pensamiento cautivo de los acontecimientos que estaban teniendo lugar a un kilómetro de allí. Oteó por la mirilla y lo que vio lo hizo ponerse rígido, pero enseguida recobró la compostura y abrió la puerta.

—Dios —dijo cuando vio el brazo fuertemente vendado que traía Maddox y su rostro sudoroso—. No me habías dicho que fuera tan grave.

Maddox entró en la suite sin hacer caso de aquel comentario.

—En el vestíbulo hay una conmoción tremenda. ¿Has visto lo que está ocurriendo? —Apenas había terminado de decir esto cuando vio las imágenes en directo que estaban saliendo en televisión. Se acercó al aparato y se volvió hacia Drucker con una expresión de suspicacia—. ¿Qué estás haciendo?

—¡No he sido yo! —protestó Drucker—. Tiene que ser obra

de Rydell. Ahora es el jefe del cotarro. Anoche se llevaron al cura.

—La señal —comprendió Maddox, llenando mentalmente las lagunas—. Creía que era algo que tú tenías planeado. Pero llamé a Darío y me respondió un poli, lo cual no me cuadró para nada.

—Darío está muerto —confirmó Drucker.

Maddox afirmó con la cabeza. Las cosas estaban desarrollándose aún peor de lo que había imaginado él. Se volvió hacia el televisor intentando asimilar lo que estaba viendo.

—Entonces, ¿qué está tramando? ¿Qué están haciendo?

—No lo sé. Puede que Rydell haya convencido a los otros de que el mensaje sobre el calentamiento global es demasiado importante.

—Pero él sabe que tú puedes desbaratárselo todo —señaló Maddox.

—También puede arrastrarme consigo —le recordó Drucker, y después añadió—: Y a ti también, por si se te había olvidado. Él era la cabeza de turco, ¿te acuerdas? Sin él, no nos quedan alternativas. —A continuación se le relajó la expresión de la cara al darse cuenta de un detalle—. No van a desenmascarar al padre Jerome. No pueden. Al menos de momento. Hasta que averigüen a quién van a cargarle el muerto. —De repente se le iluminó el semblante—. Y eso nos da a nosotros un poco más de tiempo. Tiempo para averiguar cómo ponerlo en evidencia sin que se sepa que somos nosotros los que movemos los hilos. Tiempo para buscar otra salida.

Maddox lo estudió por espacio de unos segundos y llegó rápidamente a una conclusión. Si pretendía desaparecer —si pretendía vivir para luchar otro día—, tenía que cerciorarse de no dejar atrás a nadie que pudiera estropearle las cosas. Igual que un político de carrera no se lo pensaría dos veces a la hora de traicionarlo a él con tal de salvar su propio pellejo.

Antes de que Drucker tuviera tiempo de parpadear, Maddox extrajo una automática y se la puso en mitad de la frente.

—Yo ya tengo una salida. Siéntate.

Obligó a Drucker a retroceder y dejarse caer en un sillón que había frente al televisor. Acto seguido, en un veloz movimiento, se inclinó, asió la mano temblorosa de Drucker con la mano con que empuñaba la pistola y la levantó de forma que el cañón del silenciador le quedase apoyado contra la boca.

Drucker lo miró fijamente, aterrorizado y confuso.

—Lo cierto es que, desde el principio, a mí nunca me ha parecido que fuera buena idea desenmascarar a Jerome —le dijo a Drucker—. Así resulta mucho más útil. La verdad es que no se nos han acabado las alternativas, Keenan. Se te han acabado a ti. —Y apretó el gatillo.

La bala abrió un boquete en la nuca de Drucker y salpicó la pared que había detrás con una masa de color rojo oscuro y gris. Maddox puso la pistola en la mano inerte de Drucker, presionó ligeramente los dedos de éste contra la culata y el gatillo y después la dejó caer al suelo, como habría sucedido si Drucker hubiera estado solo.

Rápido, silencioso, mortal. Era un eslogan cojonudo.

A continuación sacó su teléfono móvil y pulsó la gastada tecla de marcación rápida.

—¿Cómo está nuestro chico? —preguntó.

—No se ha movido de casa —le dijo su contacto—. Está viendo las imágenes en directo de lo que ocurre en el parque.

—Bien. Si se mueve, llámame. Necesito que esté en casa.

Miró ceñudo la pantalla del televisor y acto seguido salió de la habitación, calculando ya cuál era la ruta más rápida para llegar a Hermann Park.

83

El padre Jerome miró fijamente a la multitud y titubeó, y sintió un estremecimiento en los labios y un temblor en los dedos. Se le perló la frente de sudor al ponerse a pensar en otros detalles que fueron surgiendo de los recovecos de su cerebro y que pugnaban por acaparar su atención. Con la mirada perdida, comenzó a volver los ojos nerviosamente a izquierda y derecha, nublados por la incertidumbre. Entonces llegó a sus oídos una voz familiar.

—Lo está haciendo muy bien —le dijo Gracie—. Siga así. Recuerde lo que hemos hablado. Piense en lo que de verdad desea decirle a toda esa gente. Aparte todo lo demás y abra el corazón a esas personas, padre. Nos tiene a nosotros justo detrás.

En su semblante apareció una levísima sonrisa. Volvió a centrar la mirada en el público que lo rodeaba con renovados bríos. Inclinó la cabeza en un ligero gesto de confirmación y siguió adelante.

Acurrucada en la parte trasera de la furgoneta, Gracie dejó los prismáticos y se volvió para hablarle a Matt, que estaba al otro lado del gran tambor del LRAD.

—Este chisme es sencillamente increíble —comentó con una amplia sonrisa, palmeándolo—. Quiero uno.

—Por qué no. Es Navidad, ¿no es así? —repuso Matt con gesto tranquilo. Luego se endureció y dijo—: Que sepan que pienso entrar. Y no aparte los ojos del padre Jerome, por si vuelve a flaquear. —Y dicho esto abrió la puerta.

—Buena suerte —le dijo Gracie con una sonrisa.

Matt sonrió también y le contestó:

—Hasta dentro de un rato.

Se puso el auricular del teléfono móvil y lanzó una mirada a Dalton, que estaba sentado al volante. Ambos intercambiaron un breve gesto de confirmación y seguidamente Matt se apeó de la furgoneta y se encaminó hacia la plaza.

Al otro lado de la plaza, escondido detrás del teatro al aire libre Miller, Danny observaba todo lo que sucedía con la ayuda de otros prismáticos, mientras Rydell se comunicaba por teléfono con Gracie. El Navigator estaba aparcado cerca de allí, oculto en el estacionamiento de servicio que había detrás del teatro, con el portón trasero abierto. Los tubos de lanzamiento estaban todos junto a ellos, recién cargados con los últimos botes de polvo inteligente que quedaban.

—Matt viene de camino —informó Rydell a Danny.

Danny asintió.

—¿Están preparados los lanzadores?

—Están todos listos —le dijo Rydell—. ¿Seguro que has tenido tiempo suficiente para escribir los programas nuevos?

—Funcionarán perfectamente —respondió Danny, tajante.

Se miraron el uno al otro. En la expresión de Danny todavía brillaba una rabia contenida. Rydell hizo una mueca dolorida y le dijo:

—Te voy a compensar por todo. Te lo prometo.

Danny se encogió de hombros y contestó:

—Antes vamos a asegurarnos de hacer esto bien. —Y volvió a centrar la atención en el padre Jerome—. ¿Listo?

Rydell afirmó.

—Listo.

—Pues vamos allá.

—Vivimos en un mundo fracturado —estaba diciendo el padre Jerome—. Otros me han precedido a mí, otras personas que recibieron revelaciones e inspiraciones. Otras personas de ideas sabias y nobles que intentaron compartir con quienes las rodeaban. Con el fin de ayudar a la humanidad, de darnos material para pensar. Pero lo único para lo que ha servido es para volver al hombre contra el hombre. Las palabras sabias y nobles de esas personas y sus actos altruistas han sido malinterpretados, distorsionados, pervertidos…, secuestrados por otras personas para su propia glorificación. Se han construido instituciones en su nombre…, grandes templos de la intolerancia, cada uno de los cuales afirma ser la verdadera fe y arroja al hombre contra el hombre. Han convertido aquellas palabras en instrumentos de control. En instrumentos del odio. En instrumentos de la guerra.

Hizo una pausa, con la respiración agitada y jadeante, percibiendo la intranquilidad que se esparcía por entre el público presente. Frunció el entrecejo y redobló su concentración para apartar de sí los sentimientos encontrados y dijo:

—Nosotros tenemos que intentar arreglar eso.

Justo en ese momento la esfera luminosa se ensanchó y aumentó de tamaño poco a poco hasta que dejó empequeñecida la plaza. La multitud lanzó una exclamación y contempló maravillada cómo la bola de luz vibraba y se ondulaba, para a continuación cambiar de forma siguiendo la secuencia de pautas geométricas que había mostrado anteriormente… sólo que esta vez terminó adoptando una figura distinta. Una cruz. Una cruz enorme y deslumbrante que ardía en el cielo de Hermann Park.

De la multitud se elevó un fuerte estruendo de vítores y gritos de «Alabado sea el Señor» y «Amén» mientras la cruz se mantuvo flotando en el aire…, pero toda aquella alegría fue segada de plano cuando la señal comenzó a transformarse de nuevo. La multitud lanzó otra exclamación al ver cómo la luz se onduló y se estiró en todas direcciones para adoptar otro símbolo. Esta vez no fue una cruz, sino una estrella. La estrella de David. El gentío dio un respingo de sorpresa, agitado por aquel cambio, confundido, asustado y pillado con la guardia baja…, pero la señal aún no había terminado. Conservó aquella forma durante unos instantes y luego cambió otra vez. Y ya no paró. Fue cambiando de forma continuamente, siguiendo una secuencia rotatoria de símbolos asociados con otras religiones, el islam, el hinduismo, el budismo, el bahaísmo, y fue retrocediendo históricamente, adoptando representaciones de toda clase de movimientos religiosos, pasando por las sectas adoradoras de las arañas de Perú y por los dioses solares del Antiguo Egipto y de Mesopotamia hasta remontarse a los albores de la civilización.

Los cambios fueron aumentando de velocidad, el símbolo iba

rotando de una forma a otra, cada vez más deprisa, en un mareante espectáculo de luz. Al final giraba tan rápido que los símbolos se volvieron casi imposibles de distinguir y la intensidad se hizo casi cegadora…, y entonces, de improviso, se apagó. Se desvaneció sin más. En un abrir y cerrar de ojos y sin producir ningún ruido ni avisar de ningún modo, desapareció.

La muchedumbre guardó silencio, como si todos fueran robots y alguien hubiera apretado el botón de quitar el volumen. Los presentes, estupefactos, se miraron unos a otros sin saber qué pensar…, y de pronto reapareció la señal con todo el esplendor del principio, adoptando la forma de todos conocida, la forma con que se la vio por primera vez sobre la plataforma de hielo. Permaneció brillando inmóvil en la vertical del padre Jerome.

—Un espectáculo muy interesante, el que estás ofreciendo —dijo una voz grave a su espalda.

Danny y Rydell se volvieron y se quedaron petrificados al ver a Maddox aproximándose por detrás de ellos. Llevaba un estuche negro y alargado colgado del hombro y empuñaba una pistola con la mano izquierda, la que tenía ilesa. Su expresión, que traslucía cansancio, mostraba una extraña mezcla de confusión y rabia.

Se acercó hasta que estuvo a unos tres metros de ellos y se detuvo. Desvió la vista por encima de las cabezas de ellos, en dirección a la enorme señal que iluminaba el cielo unos doscientos metros más allá, junto al arco monumental.

No le había costado demasiado dar con ellos. No era difícil si uno sabía lo que estaba buscando: una posición ventajosa, dentro de un radio determinado, desde la que pudieran trabajar y ver sin ser vistos. Y no había tantos puntos que reunieran dichos requisitos. El tercer lugar en que miró resultó ser el acertado.

—Siento un agradable calorcillo interior —se mofó al tiempo que les indicaba por señas que levantaran las manos—. Amor, paz y buena voluntad a todos los hombres. ¿Eso es lo que estáis vendiendo a la gente?

—Está funcionando —le dijo Rydell lanzando una mirada a Danny a la vez que dejaba el teléfono móvil en el suelo sin cortar la comunicación y levantaba ligeramente las manos—. Están haciendo caso.

—¿Y tú crees que eso va a cambiar algo? —Elevó el tono de voz a causa de la furia—. ¿Crees que también nuestros enemigos se van a tragar esa sarta de tonterías? Despierta de una vez, Larry. Puede que la gente esté haciendo caso en este momento, pero eso no va a cambiar nada.

—Podría. Mira, no sé que tendréis pensado Keenan y tú, pero yo no quiero que la gente deje de creer en Dios —dijo Rydell alzando la voz y disparando toda su rabia contra Maddox—. Lo único que pretendo es que utilice un poco más el cerebro. Que escuche al padre Jerome. Que escuche lo que está diciendo.

—Un deseo admirable —contestó Maddox en tono de burla—. *We are the world, we are the children*, ¿no? Es genial. Todo lo que está diciendo el padre Jerome es genial, pero ¿sabes para qué va a servir? —Dejó el estuche en el suelo, introdujo la mano en él y extrajo un rifle de francotirador—. Para matarlo.

Gracie se puso en tensión nada más oír esas palabras por el auricular de su móvil.

Maddox estaba vivo…, y en acción. Y por lo que parecía, los había tomado por sorpresa.

Sintió una gélida punzada de pánico en la nuca. Alarmada, se volvió hacia Dalton y le dijo:

—Necesito llamar a Matt. Tenemos problemas.

84

La muchedumbre estaba completamente conmocionada y rebosante de un asombro reverencial con la aparición de la señal encima del padre Jerome. Éste alzó las manos pidiendo calma y habló con voz potente para hacerse oír en medio de la confusión.

—¡Muchos de nosotros hemos predicado el mismo mensaje, el único mensaje que cuenta! —exclamó cuando el gentío guardó silencio para escucharlo—. Un mensaje de humildad. Y de caridad. Y de bondad y compasión. Eso es lo único que importa. Y sin embargo no ha funcionado. Todas las religiones que hemos construido llevan existiendo cientos, miles de años. Y aun así el mundo está más furioso y más dividido que nunca. Y nosotros tenemos que hacer algo al respecto.

—Matt —irrumpió la voz de Gracie en su auricular—. Ha vuelto Maddox. Tiene a Danny y a Rydell.

Matt se quedó inmóvil unos segundos —perdió un paso, quizá dos—, pero al instante echó a correr por entre el gentío, directo hacia el teatro Miller. En su mente habían comenzado a tomar forma una serie de imágenes a cuál más horrorosa.

Maddox apuntó con el rifle a Rydell y a Danny.

—En cuanto el padre Jerome termine de hablar, le volaré la cabeza. Vamos a hacer que parezca que se lo ha cargado algún chalado con turbante, dado que tenemos varios en la lista. Porque así es como terminan todos los profetas, ¿no? Tienen que morir por su causa.

Rydell hizo ademán de ir a decir algo, pero Maddox lo cortó en seco y se mofó de su intento.

—Vamos, estas cosas no se pueden hacer a medias, hay que llegar hasta el final. Hay que cerrar el trato. Si uno de verdad quiere que la gente crea en lo que dice, si de verdad quiere que sus palabras se graben a fuego en la mente de todos esos millones de personas, tiene que morir. Es necesario. Tiene que convertirse en un mártir. Porque los mártires… son mucho más difíciles de ignorar, ¿no?

Danny lo miró fijamente unos instantes y le dijo:

—Y después de que haya muerto…

Maddox asintió con un gesto de naturalidad.

—Sí. Teniéndoos a los dos fuera de la circulación, me encargaré de dejarlo todo bien limpio. No os encontrarán. Pero sí encontrarán al iraní chiflado que disparó al padre Jerome, un fanático con carnet de alguna organización que tenga un currículum bien cargadito, alguien a quien llevemos una temporada vigilando. Él mismo se volará la cabeza, naturalmente. Suicidio. Un sacrificio por el bien de los demás.

—¿No teníais pensado desenmascarar al padre Jerome? —preguntó Rydell.

Maddox negó con la cabeza.

—No.

—Pero Keenan… —Rydell lo entendió de golpe—. Él no lo sabía.

Maddox lo obsequió con una sonrisa glacial.

—Por supuesto que no.

—Así que los iraníes, el mundo musulmán —dijo Danny— va a ser el que cargue con la culpa.

—Desde luego. —Maddox sonrió—. Precioso, ¿a que sí? El profeta que quería liberarnos, abatido por un agente de la intolerancia.

—Vas a provocar una guerra —exclamó Danny—. Las personas que han creído al padre Jerome… van a ponerse furiosas.

—Ya cuento con ello —repuso Maddox fríamente.

Rydell dio un paso hacia él.

—Piensa en lo que estás haciendo, Brad…

—Ya lo he pensado, Larry —susurró Maddox a la vez que la cólera le inundaba el rostro—. No hice otra cosa que pensar en eso mientras veía que no acabábamos de decidirnos a actuar y permitíamos que esos salvajes nos masacraran. «Reglas de compromiso» —escupió indignado—, la Convención de Ginebra. Vistas en el Senado en cuanto uno intenta sacarle la verdad a hostias a algún kamikaze que de cualquier forma considera que su vida no vale nada. Somos demasiado débiles. No tenemos cojones para hacer lo que hay que hacer. Jugamos respetando las normas contra un enemigo que sabe que en la guerra no hay normas. Se están riendo de nosotros, nos están dando bien por el culo, y, ¿sabes por qué? Porque ellos sí que lo entienden, ellos sí que saben cómo hay que hacer las cosas. Ellos saben que si alguien te da una bofetada, no debes poner la otra mejilla, sino arrancarle el puto brazo. Y la única posibilidad que tenemos de ganar es consiguiendo que la gente se enfade de verdad, que se enfade hasta el punto de que aúlle pidiendo sangre.

—Vas a arrastrar a millones de personas inocentes a una guerra sólo por castigar a unos pocos extremistas...

—Los extremistas no son sólo unos pocos, Larry. Son todos. La puta región entera. Tú no has estado allí, tú no has vivido entre ellos, tú no has visto el odio que tienen en los ojos. Esa chorrada tuya de «todos somos uno» no va a funcionar. No podemos vivir juntos. Simplemente, no va a pasar. Existe una diferencia fundamental entre nosotros y ellos en todos los aspectos. Y ellos son conscientes de la diferencia, y nosotros también. Pero a nosotros nos faltan cojones para afrontarlo, de modo que nos atacan. Y no van a rendirse. No te confundas, son nuestros enemigos, lisa y llanamente. Quieren destruirnos. Quieren conquistarnos, y no se trata de hacerse con el territorio, es una guerra santa. Y para ganar una guerra santa se necesita una cruzada. Tenemos que atacarlos con todo lo que tengamos, sin reservas. De una vez por todas. Necesitamos barrerlos de la faz de la tierra. Y eso vamos a lograrlo con la muerte de tu falso profeta. Será una magnífica llamada a las armas que se oirá en el mundo entero. —Los encañonó otra vez—. De modo que sostén esa señal ahí arriba y procura que aguante hasta que se consuma. Y entonces acabaremos con esto.

El padre Jerome clavó la mirada fervientemente en la masa de gente que lo observaba y agitó un dedo en dirección a ellos.

—Todos rezamos al mismo Dios —les dijo—. Eso es lo único

que importa. Todo lo demás, todas las instituciones que hemos construido en su nombre, todos los rituales y las expresiones públicas de fe, todo eso lo hemos creado nosotros. Así es. Los seres humanos, personas como vosotros y como yo. Y puede que nos hayamos equivocado al crearlas y concederles el poder que tienen sobre nosotros. Porque a Dios no le importa lo que coméis ni lo que bebéis. No le importa con qué frecuencia le rezáis ni qué palabras empleáis para dirigiros a Él. No le importa a quién votáis. Lo único que le importa es cómo os comportáis unos con otros. Eso es lo único que importa.

»Él os dio a todos una mente grandiosa, una mente que os ha permitido realizar grandes adelantos. Habéis enviado a un hombre a la luna desde esta misma ciudad. Ya veis cuán inteligentes sois. Sois capaces de crear vida en un tubo de ensayo. Podéis arrasar el planeta con las armas que inventáis constantemente. Tenéis en vuestras manos la vida y la muerte, y todos sois dioses. Y os guste o no, controláis vuestra vida con todo lo que hacéis, con cada uno de vuestros actos. Lo que hacéis. Lo que compráis. A quién votáis. Y guardáis un poder infinito dentro de vosotros. Poseéis un cerebro capaz de lograr lo imposible. Un cerebro que os permite razonar, conversar unos con otros y debatir las cosas abiertamente. Y ese mismo cerebro debería bastar para deciros cómo debéis trataros unos a otros.

»Esto lo sabéis todos y cada uno de vosotros. Podéis verlo sin ayuda de nadie. Sabéis de sobra que haceros daño y mataros los unos a los otros está mal. Sabéis de sobra que quedarse sin hacer nada cuando otros mueren de hambre está mal. Sabéis de sobra que echar productos químicos letales a los ríos está mal. Todos los días, todos y cada uno de vosotros os enfrentáis a una decisión, y lo que importa es la conducta que vais a decidir adoptar. Es así de simple.

—Ya casi ha terminado —murmuró Maddox observando al padre Jerome desde su posición.

Rydell vio cómo se acercaba ligeramente al Navigator y apoyaba el rifle en el espejo exterior del coche. Se volvió hacia Danny y le dijo:

—Ejecuta el software especial.

—¿Qué? —dijo Danny.

—¡Que ejecutes ese puñetero software! —vociferó Rydell—. Más vale dejar al padre Jerome en ridículo que permitir que muera y provocar una guerra.

—Ni se te ocurra —rugió Maddox girando el rifle hacia ellos...

—¡Espere! —dijo Danny levantando las manos—. Vamos a calmarnos un poco, ¿vale? No voy a hacer nada.

—Danny, escúchame —lo apremió Rydell—. Maddox puede matarnos a los dos. Necesita que la señal siga estando ahí arriba. Ejecuta ese maldito software.

—Ni se te ocurra intentarlo, muchacho —le advirtió Maddox—. Me importa una mierda que la señal se apague ahora mismo. Ya ha hecho lo que yo necesitaba que hiciera.

Rydell se volvió hacia Maddox con gesto exasperado.

—Escúchame —suplicó—. Esto es conveniente, esto puede cambiar las cosas. Puede mejorar la situación de todo el mundo. Logrará el efecto que tú pretendes sin...

—¡Basta! —chilló Maddox en un tono que rasgó el aire igual que una carga de mortero—. ¿Sabes una cosa, Larry? Ya no eres necesario. —Alzó el rifle, tal vez unos quince centímetros, y apretó el gatillo... en el preciso momento en que Matt lo placó desde un costado. La bala se desvió, esquivó a Rydell y fue a incrustarse en la pared del teatro. Maddox y Matt se precipitaron contra el duro suelo.

Maddox giró sobre sí y lanzó una patada feroz que alcanzó a Matt en pleno pecho y le sacó todo el aire de los pulmones. Matt se encogió de dolor al tiempo que Danny y Rydell se abalanzaban sobre Maddox. El soldado se revolvió y se levantó del suelo con dificultad, pero se olvidó de que tenía el brazo derecho destrozado, como si se hubiera cebado en él un perro salvaje, e instintivamente se sirvió de él para incorporarse, lo cual le produjo un ramalazo de dolor que le recorrió todo el cuerpo. Volvió a desplomarse y lanzó una mirada furiosa a Matt al tiempo que introducía la mano por debajo de la chaqueta. Matt vio la culata de una automática que le asomaba por detrás del cinturón, luego vio el rifle que había caído a escasos metros y se lanzó a por éste.

Pero la mano de Maddox tenía una distancia menor que recorrer y lo alcanzó primero..., claro que no contaba con Danny, que había llegado antes y se arrojó sobre él con todo su peso y lo empujó violentamente hacia un lado. Maddox se desequilibró y cayó de nuevo sobre el brazo derecho, y el alarido que soltó tuvo tiempo de levantar eco por todo el aparcamiento antes de que Matt le cerrase la boca de manera definitiva con tres balazos en el pecho.

—No necesitáis que nadie os diga en qué debéis creer ni a quién debéis adorar —estaba diciendo el padre Jerome a la multitud—. No necesitáis obedecer ningún ritual concreto. No necesitáis preocuparos de que un Dios enfurecido no os permita entrar en el Cielo. No necesitáis acudir a esos majestuosos templos de la intolerancia para que os digan cuál es la palabra inequívoca e infalible de Dios, porque la pura verdad es que en realidad no lo sabe nadie. Yo no lo sé. Lo único que sé es que vosotros no sois esclavos ni formáis parte de ningún grandioso plan maestro.

»Si existe un Dios, y yo estoy convencido de que sí, todos sois hijos suyos. Todos y cada uno de vosotros. Vuestro destino lo creáis vosotros mismos. Y tenéis que aceptar esa responsabilidad, apartar a un lado el egocentrismo y dejar de buscar excusas en mitos antiguos y trillados. Vuestro destino lo fabricáis vosotros, cada día. Tenéis que cuidar los unos de los otros, Tenéis que cuidar de la tierra que os da de comer y os proporciona el aire que respiráis. Tenéis que asumir vuestro deber para con todo lo creado por Dios. Y tenéis que aceptar el mérito de lo bueno y la culpa de lo malo. —Paseó la mirada por la muchedumbre que lo contemplaba atónita y sonrió—. Disfrutad de la vida. Cuidad de vuestros seres queridos. Socorred a los menos afortunados. Haced del mundo un lugar mejor para todos. Y permitidme una última petición desde la humildad. No permitáis que lo que os he dicho hoy aquí se utilice y se distorsione de la misma forma.

Una vez más recorrió con la mirada a la multitud, luego cerró los ojos y alzó las manos. La señal se mantuvo en lo alto unos momentos más…, y después comenzó a descender, muy despacio, hasta que engulló con su luz la totalidad de la plataforma que rodeaba al padre Jerome y ocultó a la vista de todos a éste y al cinturón de policías y guardas del parque que lo protegían. El público retrocedió levemente con una exclamación de horror…, pero a continuación la señal se abrió por la mitad y se dividió en varias bolas luminosas más pequeñas que salieron disparadas hacia fuera, por encima del gentío, y se repartieron de manera uniforme sobre las cabezas de todos, hasta formar un plano horizontal formado por centenares de señales más pequeñas, cada una de las cuales no tendría más de un metro de diámetro, que quedaron suspendidas sobre el mar de personas que se hallaban presentes, casi al alcance de la mano de cualquiera de ellas.

La primera exclamación y el primer grito tardaron un par de segundos en atraer la atención de la multitud hacia la plataforma situada en lo alto de las escaleras.

La policía y los guardas del parque miraban alrededor sin comprender nada. La muchedumbre entera miró también, igualmente desconcertada.

El padre Jerome había desaparecido.

85

En el otro extremo de la ciudad, en la mansión de River Oaks, el reverendo Nelson Darby contemplaba furioso su gigantesco televisor. Estaba sonando el teléfono fijo.

Otra vez.

Igual que el móvil.

Era evidente que los predicadores a los que había invitado a subir al escenario con él también estaban viendo la transmisión en directo. Y que tampoco los entusiasmaba precisamente.

Enfurecido, hizo una inspiración profunda.

Agarró el enorme teléfono que descansaba sobre la mesita de roble blanco de su estudio.

Arrancó el cable de la pared.

Y lo arrojó con fuerza contra el televisor.

Todos veían las interminables repeticiones de las imágenes en la sala de ejecutivos de las instalaciones FBO del aeropuerto Hobby, con un sentimiento de alivio. Habían logrado su objetivo, y por el momento no había indicios de que hubiera tenido lugar ninguna reacción agresiva en ningún punto del mundo. Todos eran conscientes de que habían abierto una enorme caja de Pandora, de que habían abierto un debate que sin duda permanecería activo durante meses y años, pero era una oportunidad a la que ninguno de ellos había podido resistirse.

Rydell había reservado la sala para ellos exclusivamente. El avión que traía a Becca de Los Ángeles estaba a punto de llegar en cualquier momento, y acto seguido los llevaría a todos a sus diversos destinos: Washington D.C. para Gracie y Dalton, Boston para Rydell, Matt y Danny. El padre Jerome iba a ser el invitado de Rydell hasta que se les ocurriera un modo de introducirlo de nuevo en la vida pública…, si es que se les ocurría alguno.

En la bien provista sala, Gracie observaba al padre Jerome, que estaba viéndose a sí mismo en la televisión.

—¿Sin rencores? —le preguntó.

Él la miró con ojos afectuosos y sonrientes.

—Ninguno en absoluto. Necesitamos algo así. Necesitamos ser un poco más conscientes para poder hacer frente a los retos a los que nos enfrentamos. Y quién sabe, a lo mejor funciona.

—Tiene usted más fe en el género humano que yo, padre —comentó Rydell.

—¿Usted cree? Esto ha sido creación suya. —Señaló a Rydell con un dedo huesudo—. Usted creó algo maravilloso, y con la mejor intención. Ha sido una lástima que todo se haya echado a perder, cuando podría haberse empleado para hacer mucho bien. Además, necesariamente tuvo que estar convencido de que iba a funcionar, de lo contrario no lo habría probado siquiera. Lo cual me indica que usted también tenía un poco de fe en que la humanidad atendería su llamada y actuaría correctamente, ¿no?

Rydell sonrió y afirmó con la cabeza.

—Puede ser, padre. Y hasta es posible que la gente me sorprenda haciendo caso y asimilando una décima parte de lo que usted le ha dicho. —Calló unos momentos y continuó—: Le debo la vida, padre. Si desea cualquier cosa, no tiene más que decírmelo.

—Se me ocurren varios sitios en los que no vendría mal construir hospitales y orfanatos —contestó el padre Jerome en tono de naturalidad.

—No tiene más que hacerme una lista —le dijo Rydell—. Será un placer para mí.

Gracie dio al padre Jerome una suave palmada en el hombro. Volvió la mirada hacia Dalton, que estaba escuchando atentamente las explicaciones de Danny sobre la tecnología de la señal. Se preguntó si Dalton la dejaría tirada a ella para irse con Danny y Rydell al mundo de los pirados informáticos, cuando de pronto descubrió a Matt un poco más allá, junto a la máquina de café. Fue hasta él y le dijo:

—En fin, supongo que de esa película de Hollywood que iba a ser todo un taquillazo, nada de nada.

Matt arrugó la cara en una fingida mueca de dolor.

—No. Y menos mal, la verdad. No sabría cómo tratar con tantos fans. —Hizo una pausa y añadió—: Y el momento que iba a vivir usted, periodista estelar destapando un escándalo, también se ha esfumado.

—Gracias por recordármelo —masculló Gracie.

Hubo algo en los ojos de Gracie que le hizo sospechar que aquella respuesta no era tan ligera.

—¿Se encuentra bien? —le preguntó.

—No sé. Es que tengo una sensación muy rara. Desvelar una estafa tan tremenda. Parece un poco, no sé, condescendiente. Como si nosotros fuéramos más listos que los demás. —Rio—. Me siento igual que Jack Nicholson en el banquillo, ¿se acuerda?, ladrando: «Ustedes no son capaces de soportar la verdad.»

—Usted es mucho mejor —aventuró Matt.

Era justo el comentario encantador que necesitaba.

—Desde luego, eso espero —contestó ella con vehemencia, después se relajó y lo obsequió con una sonrisa capaz de fundir el hielo—. Pero gracias por darse cuenta. Ahora, ¿podría hacerme el favor de buscar otro tema de conversación?

Matt observó su sonrisa, disfrutó de ella durante unos instantes y dijo:

—¿Le gustan los coches clásicos?

Nota del autor

Aquí es donde nos encontramos:

Cuando leo a los profetas del Antiguo Testamento y las señales que predicen el Armagedón, me pregunto si será nuestra
generación la que presencie dichos acontecimientos. No sé si ustedes habrán leído recientemente alguna de esas profecías, pero
créanme, describen la época que estamos atravesando actualmente.

RONALD REAGAN, declarado en 1983

Si la gente no se implica en ayudar a los hombres de Dios a que
resulten elegidos, tendremos una nación de leyes seculares. Y eso
no es lo que pretendían nuestros padres fundadores, y desde luego no es lo que pretendía Dios. [...] Es necesario que recuperemos
este país. [...] Y si no nos implicamos como cristianos, ¿cómo vamos a poder recuperarlo? Si no elegimos a cristianos, probados y
auténticos, con la presión y el escrutinio públicos, si no elegimos
a cristianos, legislaremos esencialmente el pecado.

Y:

Florida es un estado clave para traer un cambio a esta nación,
y no cabe duda de que en Florida estas elecciones son también
un elemento clave. Por eso existe esta discordia espiritual. [...]
Padre, una vez más, una vez más, nos alegraremos con Tu hijo y

guiaremos esta nación en consonancia con Tu gobierno, con los principios y la autoridad de Tu reino.

KATHERINE HARRIS, secretaria del estado de Florida, explicando por qué decidió no permitir un recuento de los votos de Florida a pesar de las numerosas acusaciones de fraude e irregularidades en el proceso de votación que se presentaron, y en el que Al Gore iba por detrás de George W. Bush con una diferencia de tan sólo unos cientos de votos en la pugna por los votos electorales de Florida, decisión que entregó a Bush la victoria en las elecciones del año 2000.

Recuerdo las elecciones de 2004. Teníamos en contra de nosotros a Hollywood, a los medios de comunicación, a las universidades. Y a pesar de todos ellos, la iglesia de Jesucristo volvió a llevar a George W. Bush a la Casa Blanca. Estamos en el lado de los ganadores. Y vamos a ganar porque poseemos la verdad. Poseemos la palabra infalible de Dios.

JERRY FALWELL

Sí, estoy convencida de que veré regresar a Jesús a la tierra en esta vida.

SARAH PALIN, candidata republicana a la vicepresidencia en 2008, cuando se le preguntó si creía en la teología del Fin de los Días.

Y aquí es donde nos encontrábamos hace doscientos años:

Son meramente los delirios de un maníaco, no más dignos ni más susceptibles de hallar explicación que las incoherencias que vemos los demás en nuestros sueños nocturnos.

THOMAS JEFFERSON, tercer presidente de Estados Unidos, escribiendo acerca del libro del Apocalipsis.

Los sacerdotes de las diferentes sectas religiosas [...] temen el avance de la ciencia así como temen las brujas la llegada del día, y rechazan el heraldo fatal que anuncia la subdivisión del engaño en el que viven.

De nuevo THOMAS JEFFERSON

Menos mal que Jefferson vivió en aquella época, porque en los Estados Unidos del siglo XXI no tendría la menor posibilidad de ser nombrado candidato, y mucho menos de ganar las elecciones. Lo cual, en realidad, lo dice todo...

Agradecimientos

Escribir constituye esencialmente un esfuerzo solitario, y en el esfuerzo de no terminar tecleando repetidamente que «Todo trabajar y nada jugar convierte a Raymond en un tipo aburrido» y evitar buscar el hacha que haya más cerca: aprovecho todas las oportunidades que se me presentan para servirme del cerebro de mis amigos y de otras desventuradas víctimas cada vez que se me ocurre una excusa razonable para recurrir a ellos. Por suerte, resulta que son unas personas muy inteligentes y de ideas muy claras que siempre se las arreglan para encontrar tiempo para complacerme, y por ello les estoy muy agradecido a todas. Sin seguir ningún orden en particular, y seguramente olvidándome de uno o dos, mi pelotón estelar para este libro comprende a Richard Burston, Bashar Chalabi, Carlos Heneine, Joe y Amanda McManus, Nic Ransome (lamento no haber podido incluir la frase de «¡Él no es el mesías, sino únicamente un chico muy travieso!»), Michael Natan, Alex Finkelstein, Wilf Dinnick, Bruce Crowther, Gavin Hewitt, Jill McGivering, Richard Khuri, Phil Saba y Tony Mitchell.

Gracias de corazón a mis editores Ben Sevier y Jon Wood por sus consejos y su paciencia; para mí vuestras ideas han sido, una vez más, de un valor incalculable. Muchas gracias también a Brian Tart, Claire Zion, Rick Willett y a todo el personal de Dutton y NAL, a Susan Lamb y a todo el personal de Orion, y también a Renaud Bombard, Anne Michel y todo el personal de Presses de la Cité, por lo mucho que trabajaron y por su entusiasmo, y por haberme posibilitado que molestase constantemente a todas las personas mencionadas a fin de realizar la llamada «investigación».

Vaya mi agradecimiento muy especial y largamente postergado

a Ray Lundgren y Richard Hasselberger, directores artísticos de Dutton, responsables de las portadas de mis libros, empezando con la de *La orden del Temple*, que tuvo un impacto tan fuerte. Ray, esa cruz con el perfil de Manhattan era simplemente genial. El éxito de mis libros le debe mucho a lo excelente de tus diseños de portada. Muchas, muchas gracias a los dos.

Gracias también a Lesley Kelley y a Mona Mourad por sus generosas donaciones a obras de caridad y por pedir que algunos personajes les pusieran su nombre.

Y por último, mi profunda gratitud a mis fabulosos *consiglieri* de la agencia William Morris: Eugenie Furniss, Jay Mandel, Tracy Fisher y Raffaella De Angelis.